BASTEI
LÜBBE

Foto: privat

Robyn Lee Burrows
lebt mit ihrem Mann und drei Söhnen in der Stadt Gold Coast, Australian. Neben drei Sachbüchern hat sie in Australien schon mehrere historische Romane veröffentlicht.

Von Robyn Lee Burrows erschien bei Bastei Lübbe Taschenbücher:

14745 Weil die Hoffnung nie versiegt

ROBYN LEE BURROWS

WEIL NUR DIE LIEBE WIRKLICH ZÄHLT

Ins Deutsche übertragen von
Cécile G. Lecaux

BASTEI LÜBBE

BASTEI LÜBBE TASCHENBUCH
Band 14 948

1. Auflage: August 2003
2. Auflage: Januar 2004

Vollständige Taschenbuchausgabe

Bastei Lübbe Taschenbücher ist ein Imprint
der Verlagsgruppe Lübbe

Deutsche Erstveröffentlichung
Titel der australischen Originalausgabe: *Song from the Heart*

Dieses Werk wurde vermittelt durch die Literarische Agentur
Thomas Schlück GmbH, 30827 Garbsen.
Einbandgestaltung: Gisela Kullowatz
Titelbild: AKG/ZEFA – Böhnke
Satz: hanseatenSatz-bremen, Bremen
Druck und Verarbeitung: Nørhaven Paperback, Viborg
Printed in Denmark
ISBN 3-404-14948-3

Für Adam, Mark und Scott

PROLOG

»Kitty erwartet ein Kind?«

Ted ließ sich auf die oberste Stufe der Verandatreppe sinken, fuhr sich mit einer Hand über die Stirn und versuchte zu begreifen, was Mayse eben gesagt hatte. Schwanger! Das Wort wirbelte erst ganz allein durch die Leere in seinem Verstand und verursachte gleich darauf einen dumpfen, pochenden Schmerz an seiner rechten Schläfe. Langsam ließ er den Kopf sinken und stützte ihn auf die Hände.

Mayse holte tief Luft und beugte sich vor. »Reiß dich zusammen, Ted. Du kannst dich nicht mit dem Mädchen verlustiert haben, ohne dir über die möglichen Konsequenzen im Klaren gewesen zu sein.«

Er blickte ungläubig zu ihr auf. Verlustiert? Was für ein unpassendes Wort. Es klang billig, als wäre das, was in jener Nacht im Stall passiert war ... Ganz durcheinander brach er den Gedanken ab, nicht in der Lage, seine Gefühle für Kitty in Worte zu fassen. »Allmächtiger, Mayse. Es war doch nur das eine Mal.«

»Kein Grund, Gott zu lästern.«

»Ich habe nichts gegen ihren Willen getan, falls du das glauben solltest.«

»Was ich denke, tut nichts zur Sache. Es ist passiert

und lässt sich nicht ungeschehen machen. Die Frage ist, was jetzt werden soll.«

»Was werden soll? Himmel, ich weiß es nicht. Das kommt so unerwartet. Ich kann im Moment keinen klaren Gedanken fassen. Ich bin so müde. Können wir nicht ein anderes Mal darüber reden? Morgen vielleicht, nachdem ich eine Nacht darüber geschlafen habe?«

Mayse schüttelte den Kopf, die Lippen grimmig-entschlossen zu einem schmalen Strich zusammengepresst. »Um Himmels willen, Ted. Du machst es mir nicht gerade leicht. Es müssen Entscheidungen und Vorkehrungen getroffen werden. Es bringt nichts, sie hinauszuschieben. Morgen wird sich an der Situation nichts geändert haben. Das Problem wird sich nicht einfach in Luft auflösen.«

Verdammt, dachte Ted und rieb sich die müden Augen. Er stand auf und ging auf der Veranda auf und ab. Seine Schritte hallten laut auf den Dielen. Sie forderte Entscheidungen von ihm. Entscheidungen. Seine Gedanken überschlugen sich. »Sie könnte nach Brisbane gehen und das Kind dort bekommen. Es zur Adoption freigeben. Niemand müsste etwas erfahren«, meinte Mayse.

»Nein!« Ted wirbelte entsetzt herum. »Es muss einen anderen Ausweg geben.«

»Du könntest sie heiraten.«

Er hielt in seinem rastlosen Auf und Ab inne, einen schockierten Ausdruck auf dem Gesicht. Kitty heiraten? Die jüngere Schwester seiner verstorbenen Frau, die er vor Jahren aufgenommen und wie ein eigenes Kind großgezogen hatte? Kitty, das schlaksige junge Ding, das zu einer schönen und begehrenswerten Frau herangereift war? Und doch hatte all das ihn in jener schicksalhaften

Nacht nicht davon abgehalten, mir ihr zu schlafen. Plötzlich kam ihm das Ganze beinahe inzestuös vor.

»Kitty heiraten? Das ... das kann ich nicht. Was ist mit Maddie? Sie ist noch keine zwei Monate ...«

Er brachte es nicht über die Lippen. Tot! Tot! Tot! Das Wort hallte laut in seinem Kopf wider. Maddie: Er würde sie nie wiedersehen, würde nie wieder den betörenden Rosenduft ihres Haares riechen. Das war die eigentliche Ironie des Ganzen. Maddie, seine geliebte Frau, war tot, und schon drängte ihn Mayse in eine neue Ehe. Er fühlte sich leer, ausgeliefert, als hätte er jegliche Kontrolle über sein Leben verloren.

»Maddie ist tot, Ted«, entgegnete Mayse sanft. »Und daran kann keiner von uns etwas ändern.«

»Und was sagt Kitty zu alledem?«, fragte er müde. »Was ist, wenn sie mich gar nicht heiraten will?« Immerhin war Ted 37 Jahre alt, 20 Jahre älter als Kitty.

»Hat sie denn eine Wahl? Hat irgendeiner von uns eine Wahl?«

Ted dachte einen Moment über Mayses Worte nach. »Nein«, sagte er schließlich. »Ich denke nicht. Niemand wird ein Kind von mir einen Bastard schimpfen.«

Mayse erhob sich abrupt aus dem Schaukelstuhl. »Dann ist es also beschlossen. Es ist zum Besten, du wirst sehen.« Nach kurzem Zögern fügte sie hinzu: »Und was willst du Dan sagen?«

»Dan? Was hat das denn mit Dan zu tun?«

»Kitty hat mir heute erzählt, dass sie und Dan nach Weihnachten heiraten wollten.«

»Dan und Kitty?« Er starrte sie fassungslos an. »Du musst dich irren. Dan hat nie etwas von Heiratsabsichten gesagt.«

»Jeder hat so seine Geheimnisse. Man braucht doch nicht gleich seine Seele vor aller Welt bloßzulegen, oder?«

»Und ich muss jetzt Dan beibringen, dass sie meine Frau wird und nicht seine?« Er konnte Dan unmöglich sagen, dass Kitty von ihm schwanger war. Das wäre ein unerträglicher Vertrauensbruch für ihn. Und Maddie? Er hatte ihren Tod bislang noch nicht wirklich akzeptiert, hatte sie noch nicht endgültig losgelassen.

»Komm«, sagte Ted seufzend. Inzwischen war es stockdunkel. »Ich fahre dich nach Hause.«

Dan rührte in einem Topf auf dem Herd. Er blickte überrascht auf, als er seinen Bruder in der Tür stehen sah. Ted war ein wenig außer Atem, nachdem er zu Fuß gekommen war. Der Marsch zu Dans Hütte auf dem Nachbargrundstück hatte ihn ein wenig beruhigt, und er konnte jetzt wieder klarer denken.

»Ich muss dir etwas sagen«, begann er. »Kitty und ich werden heiraten. Ich denke, es ist das Beste. Jetzt da Maddie tot ist, muss ich an die Mädchen denken und ...«

Ted hörte ein dumpfes Krachen, das von Knochen herrührte, der auf Knochen traf, Sekundenbruchteile, bevor sein von den Ereignissen des Tages benommenes Hirn registrierte, dass Dans Faust seinen Kiefer getroffen hatte. Er taumelte rückwärts durch den Raum. Zwei weitere Schläge in den Magen, und er krümmte sich nach Luft ringend.

»Dan! Warte! Lass mich erklären«, keuchte er und griff Halt suchend nach der Tischkante.

»Erklären!«, schrie Dan und prügelte weiter auf seinen Bruder ein. »Da gibt es nichts zu erklären.«

»Herrgott, Dan. Hör auf!«

»Kitty gehört zu mir. Wir wollten heiraten, sobald Maddies Baby da war. Aber jetzt ist Maddie tot, und alles ist verdorben. Unsere ganzen Pläne. Und jetzt erdreistest du dich, herzukommen und mir zu eröffnen, dass sie dich heiraten soll. DICH!«

Ted rappelte sich schwer atmend auf und sah seinen Bruder an. Dans Züge waren versteinert und hasserfüllt.

»Davon habe ich doch nichts gewusst«, keuchte er.

»Ich habe dir vertraut. Ich habe an dich geglaubt. Aber mir war nicht klar, dass du alles haben willst. Alles, was mir in meinem ganzen Leben je etwas bedeutet hat.«

»Warum hast du mir nichts von euren Heiratsabsichten erzählt?«, hielt Ted dem entgegen. »Wenn ich das gewusst hätte ...« Er kam nicht dazu, den Satz zu beenden, da Dan sich erneut auf ihn stürzte und ihm die Linke in den Bauch rammte.

»Wirst du auch sie zerstören? Ist dir denn gar nichts heilig?«

In einem unentwirrbaren Knäuel aus Armen und Beinen rollten sie über den Boden der Hütte. Stühle fielen polternd um, Töpfe und Blechbüchsen mit Mehl und Zucker gerieten auf dem Tisch ins Rutschen und wurden von einem Arm heruntergefegt. Eine weiße Mehlschicht legte sich über den Raum. Ein kleiner Beistelltisch zersplitterte unter dem Gewicht der kämpfenden Brüder.

So plötzlich der Kampf begonnen hatte, so plötzlich war er vorbei. Dan erhob sich und klopfte sich das Mehl von der Hose. Ted setzte sich auf. Er fühlte, wie ihm das Blut an der Schläfe herunterrann. Keuchend sah er zu, wie Dan sich mit dem Hemdsärmel blutigen Speichel aus dem Mundwinkel wischte.

»Es tut mir Leid. Ehrlich. Eines Tages werde ich dir alles erklären, und vielleicht wirst du es dann verstehen.«

Dan bedachte seinen Bruder mit einem grimmigen Blick voll abgrundtiefer Verachtung. »Ich werde es nie verstehen. Nichts, was du sagen könntest, würde es für mich verständlicher machen. Im Übrigen würde ich dir doch nicht glauben.«

»Bitte, ich weiß, dass du verletzt bist, aber ich würde es gerne wieder gutmachen.«

»Fahr zur Hölle«, stieß Dan gepresst hervor, knallte die Tür hinter sich zu und lief hinaus in die Nacht.

Dan blieb an den Stamm eines ausladenden Eukalyptusbaumes gelehnt stehen und blickte zurück zur Hütte. Das Herz schlug ihm bis zum Hals, und in seinem Kopf drehte sich alles nach den Ereignissen der vergangenen Minuten. Ein paar Sekunden später kam Ted durch die Tür und starrte in die Dunkelheit.

»Dan?«, rief er.

Dan zog sich hinter den Baum zurück und betete, dass Ted seinen schnaufenden Atem nicht hören konnte. Vorsichtig betastete er seinen Mund. Die Lippen waren bereits geschwollen.

»Komm schon, Dan«, hörte er Ted rufen. »Ich weiß, dass du da draußen bist. Können wir reden?«

Reden! Was sollte Ted ihm noch sagen können, das er nicht bereits wusste? Ted und Kitty! Verheiratet! Glühender Zorn hatte seinen ganzen Körper erfasst, bis er schließlich glaubte, es nicht länger aushalten zu können, und beinahe laut aufgeschrien hätte vor Qual. Kitty, die ihm vor Monaten das Jawort gegeben hatte. Wie konnte sie ihm das antun? Und Ted, der alles hatte – Land, ein Zuhause, seine Töchter, und der ihm das eine nahm, das er für sich begehrte: Kitty!

Er hatte so lange auf sie gewartet, und jetzt hatte Ted sie ihm weggenommen, sie überredet, ihre geheime Verlobung aufzulösen und stattdessen ihn zu heiraten. Was hatte er ihr versprochen, um sie dazu zu bringen, ihre Meinung zu ändern? Dan war sicher, dass sie ihn geliebt hatte. Hatten ihre Küsse ihm das nicht verraten? Reden! Es gab nichts mehr zu sagen. Und was ihn betraf, hatte er von nun an keinen Bruder mehr.

Nachdem Ted nach vergeblichem Rufen gegangen war, kehrte Dan zurück in seine Hütte und stürmte ohne Licht zu machen ins Schlafzimmer, wo er den Koffer, der noch dem Vorbesitzer gehört hatte, vom Schrank nahm und seine spärliche Habe hineinstopfte.

Er fühlte sich wie betäubt, als wäre nichts mehr von Bedeutung. Alles, was er noch registrierte, war ein übermächtiger Instinkt, der ihm sagte, dass er fliehen musste, sofort und weit weg. Er hatte kein festes Ziel, wusste nur, dass er diesem Ort des Todes und der Enttäuschung den Rücken kehren würde.

Als er sein Pferd sattelte, wurde ihm klar, dass er nicht fortgehen konnte, ohne sie noch einmal gesehen zu haben.

Er wartete, bis in Teds Hütte nacheinander die Lichter gelöscht wurden, und geduldete sich dann noch eine gute halbe Stunde, ehe er zur Tür schlich.

Die Vordertür knarrte. Dan erstarrte und wartete,

dass sich etwas rührte. Nichts. Langsam trat er ein und tastete sich am vertrauten Mobiliar entlang.

Kitty lag auf dem Rücken, das rote Haar auf dem Kissen ausgebreitet. Sie atmete tief und gleichmäßig. Verzaubert stand er da und blickte auf sie hinab. Ein Teil von ihm wollte sie wachküssen, ein anderer war erfüllt von Bitterkeit und Groll. Er war aus dem Bedürfnis heraus gekommen, sie zu sehen, sie anzuflehen, ihm zu sagen, dass das ganze Gerede von einer Heirat mit Ted nur ein grausamer Scherz gewesen war. Aber nun, da er hier stand und sie im Schlaf beobachtete, übermannte ihn grenzenloser Zorn. Kitty hatte ihn betrogen, seine Liebe mit Füßen getreten, versprochen, ihn zu heiraten, um sich dann einem anderen zuzuwenden. Er fragte sich, was vorgefallen sein mochte. Was hatte sie bewogen, ihre Meinung zu ändern? Warum hatte sie so plötzlich beschlossen, statt seiner Ted zu heiraten? Er war von den einzigen noch verbliebenen erwachsenen Mitgliedern seiner Familie hintergangen worden.

Langsam wandte er sich ab, verließ das Zimmer und durchquerte das Esszimmer. Er blieb kurz stehen und prägte sich im schwachen Mondlicht das Zimmer noch einmal ein. Dann griff er nach der gerahmten Fotografie auf dem Esstisch, die früher auf Maddies Nachttisch gestanden hatte.

Er hob das Bild dicht vor das Gesicht. Es war nicht hell genug, um die einzelnen Gesichter erkennen zu können, aber er wusste, dass sie da waren. Er und Kitty, Ted, Maddie, Beth, Emma und die kleine Rose, die nur zwei Jahre alt geworden war. Er strich mit einer Hand über das Glas und stellte sich Kittys Gesicht unter seinen Fingern vor. Nach kurzem Zögern klemmte er sich den Bilderrahmen unter den Arm, so fest, dass das Silber sich durch den Stoff seines Hemdes in sein Fleisch bohrte.

Dan ging zurück zu seinem Pferd. Es gab noch eins, das er erledigen musste, bevor er Boolai endgültig den Rücken kehren konnte: Er musste sich von Dominic verabschieden. Er wusste, dass Dom überrascht sein würde von der Neuigkeit. Welche Ironie. Jahrelang hatte Dominic davon gesprochen, von daheim wegzugehen, und jetzt war er, Dan, derjenige, der davonlief.

Er schwang sich in den Sattel und ritt in Richtung Glengownie, dem Anwesen seiner wohlhabenden Nachbarn. Er schaute nicht zurück. Wenn er es getan hätte, wären die Konturen der kleinen Hütte verschwommen gewesen von seinen Tränen.

TEIL I

KAPITEL 1

Boolai

Im Südosten von Queensland, Oktober 1882

Ted war früh aufgestanden. Kitty hatte im Halbschlaf gespürt, wie er wach wurde, die Beine streckte und gleich darauf aus dem Bett stieg. Sie hörte, wie er barfuß umherging, dann das Rascheln seiner Hose und eines sauberen Hemdes, das Klirren einer Gürtelschnalle. Dann war er fort, und sie hörte die Vordertür knarren, die er leise hinter sich zuzog. Kitty döste wieder ein, versank wieder in grauem, traumlosem Nichts.

Schließlich weckte sie lautes Vogelgeschrei. Sie schlug noch ganz verschlafen die Augen auf und war im ersten Moment verwirrt, wusste nicht, wo sie war. Das Zimmer war fremd und doch vertraut, jedenfalls ganz sicher nicht das ihre. Um sie herum war alles weiß: Wände, Gardinen und sogar die Tagesdecke. Der Vorhang vor dem Fenster bauschte sich im Wind nach innen, gebläht wie ein Segel. Sonnenschein fiel hindurch und hob die strahlende Weiße noch hervor.

Auf dem Nachttisch stand ein welker Blumenstrauß. Und plötzlich fiel ihr alles wieder ein. Das war ihr Brautstrauß. Celsiana-Rosen, deren cremefarbene Blütenblätter in der Hitze erschlafft waren, obwohl jemand die Blumen in eine Vase gestellt hatte. Das musste Ted gewesen sein. Ted, der bis vor wenigen Monaten noch der Mann ihrer Schwester Maddie gewesen war. Aber Maddie lebte nicht mehr, und ihr Mann war jetzt mit ihr, Kitty, verheiratet.

Sie war jetzt hellwach, stützte sich auf einen Ellbogen und betrachtete die Vertiefung in dem Kopfkissen neben ihr. Sie berührte mit einer Hand die Mulde, die sein Kopf hinterlassen hatte. Dann senkte sie den Blick und schaute versonnen auf den schlichten goldenen Ehering an ihrem Finger. Es kam ihr vor, als läge die Trauung schon eine Ewigkeit zurück. Sie schien nur noch eine verschwommene Erinnerung.

Es war ein komisches Gefühl, verheiratet zu sein, als hätte sie sich von jetzt auf gleich in einen anderen Menschen verwandelt, der ihr fremd war. Gestern um diese Zeit war sie noch Miss Kitty gewesen, und heute war sie Mrs. Katherine Hall.

Ein neuer Name und ein anderes Bett. Kitty seufzte und ließ den Kopf auf das Kissen zurückfallen. Während sie so dalag, umgeben von Weiß und geblendet vom Sonnenlicht, kam es ihr vor, als stünde sie am Rande von etwas Unbestimmtem. Was war es für ein Gefühl, verheiratet zu sein? Sie schüttelte den Kopf; sie wusste es nicht. Allerdings, dachte sie gleich darauf, als Übelkeit in ihr aufstieg, weiß ich wohl, wie es sich anfühlt, schwanger zu sein. Sie kämpfte den Brechreiz nieder, atmete mehrmals tief durch. Zählte bis zehn und entspannte sich bewusst. Die Übelkeit verebbte wieder.

Ihre Gedanken kehrten zurück zu jener Nacht vor fast zwei Monaten. Sie hatte spätnachts auf einem Ballen Heu gesessen und bei der kalbenden Kuh gewacht, als Ted, der eben erst von einem Ausflug zum Pferderennen in Brisbane zurückgekehrt war, hereingestolpert kam, zwei Flaschen Bier unter die Arme geklemmt. Er war bester Laune gewesen und ordentlich angeheitert. Auf sein Drängen hin hatte Kitty schließlich das Bier getrunken.

Anfangs hatten sie sich noch über unverfängliche Dinge unterhalten, nichts Persönliches. Ted hatte immer wieder mit ihr angestoßen, bis ihr ganz schwummerig geworden war. Es war warm im Stall, und die Luft roch durchdringend nach Stroh und Melasse. Nach einer Weile war Ted still geworden, und abgesehen von der Flanke der hochträchtigen Kuh hatte sich nichts mehr gerührt.

Sie wusste bis heute nicht genau, wie es zum Äußersten hatte kommen können, aber einige Einzelheiten waren ihr lebhaft im Gedächtnis geblieben. Ted, der an den Knöpfen ihres Kleides fummelte, das Glühen, als seine Hand über ihre Wange strich. Teds Körper. Sein Mund, seine Haut.

Rückblickend war ihr klar, dass sie ihm hätte Einhalt gebieten, ihre Würde retten und gehen müssen. Sie hätte zu Dan gehen sollen, der sie liebte und heiraten wollte. Aber dumm wie sie war, war sie geblieben, hatte ihn betrogen, hatte ihre Liebe betrogen, und nun war Dan fort.

Ein einziger, bedauernswerter Fehler, und sie hatte sich ein ungewolltes Baby und eine lieblose Zweckehe eingehandelt. Was hatte Ted noch gleich am Vorabend, nach der Trauung, gesagt? *Ich habe dich geheiratet, um unserem Kind den Makel zu ersparen, als Bastard auf die Welt zu kommen. Ich werde für dich sorgen und alles in meiner Macht Stehende tun, um dich glücklich zu machen. Ich kann allerdings nicht versprechen ...*

Dich zu lieben: Das waren die Worte, die er nicht über die Lippen gebracht hatte.

»Das ist nicht fair«, flüsterte sie, und ihre Stimme klang ungewollt laut in der Stille der Hütte. Und doch wusste sie, dass Verbitterung ihr nichts bringen würde; es gab eben Dinge im Leben, denen man machtlos gegenüberstand. Es gab kein Zurück, wie sehr sie sich dies auch in den letzten Tagen gewünscht haben mochte.

Widerwillig versuchte sie, sich auf die Zukunft zu konzentrieren. Einmal abgesehen davon, dass sie in etwa sieben Monaten ihr Kind zur Welt bringen würde, waren da noch Teds Töchter. Die erst neunjährige Emma war noch ganz durcheinander vom Verlust ihrer Mutter, die im Kindbett gestorben war. Und Beth, inzwischen 13, lebte im Internat in Beenleigh und wusste noch gar nichts von der Blitzheirat ihres Vaters und ihrer Tante.

»Sie muss informiert werden«, sagte Kitty sich bestimmt. »Je eher, desto besser. Ich werde ihr gleich heute Nachmittag schreiben.«

Kitty stand auf und lief barfuß durch die verlassene Hütte. Als sie an dem Spiegel vorbeikam, der im Wohnzimmer über der Anrichte hing, blieb sie stehen und betrachtete ihr Spiegelbild. Eine wilde, noch nicht hochgesteckte rote Mähne fiel ihr über die Schultern und reichte bis weit den Rücken hinab. Die grünen, braun gesprenkelten Augen wirkten riesig und leuchtend, und die Schatten darunter verrieten, dass sie in der vergangenen Nacht nicht viel geschlafen hatte.

»Meine Güte«, schimpfte sie und kniff sich ungeduldig in die Wangen, um wenigstens etwas Farbe in ihr blasses Gesicht zu zaubern. »Ich sehe ja furchtbar aus.«

Emma saß im Küchenanbau und aß Toast, der dick mit dem Rest aus einem Marmeladenglas bestrichen war.

»Ich habe dich gesehen«, sagte das kleine Mädchen und

leckte sich Marmelade von der Oberlippe. »Du hast in Mamas Bett geschlafen.«

»Ja«, entgegnete Kitty und zauste ihrer kleinen Nichte das blonde Haar. »Dein Papa und ich haben gestern geheiratet. Du weißt doch noch, dass Reverend Carey da war und wir anschließend die leckeren Sandwichs gegessen haben und die kleinen Küchlein?«

Emma schwieg eine Weile nachdenklich. Auf ihrem runden Gesicht mit den lustigen Grübchen lag ein so trauriger Ausdruck, dass Kitty sich fragte, ob sie gleich in Tränen ausbrechen würde. »Heißt das, dass du jetzt meine Mama bist?«

Kitty schüttelte den Kopf.

»Dann ist es gut«, sagte Emma sichtlich erleichtert. »Ich habe nämlich schon eine Mutter, auch wenn sie tot ist. Und man kann ja nicht zwei Mütter haben, oder?«

Bei diesen Worten fühlte Kitty, wie ihre Augen sich mit Tränen füllten. »Nein, Schatz.« Dann zwang sie sich zu einem Lächeln und fügte hinzu: »Ich bin nur deine Stiefmutter.«

Bei einer Tasse Tee grübelte Kitty über ihre neue Beziehung zu Beth und Emma nach. Als die Töchter ihrer Schwester waren sie bisher ihre Nichten gewesen. Nachdem sie ihren Vater geheiratet hatte, waren sie nun ihre Stieftöchter. Und das neue Baby? Cousin und Halbbruder. Oder Halbschwester, fügte sie in Gedanken hastig hinzu. Immerhin gab es keine Garantie, dass es ein Junge wurde.

Nachdem die Hausarbeit erledigt war, nahm Kitty den Korb mit den Flickarbeiten und setzte sich auf die Vordertreppe. Emmas Stimme drang gedämpft aus der Hütte. Sie las laut aus einem *Irish National Readers* vor, den Maddie vor Jahren in der Stadt abonniert hatte.

Es war selbst im Schatten sehr warm, und auch die Brise, die durch die Baumwipfel fuhr, brachte kaum Kühlung.

Kitty schloss die Augen und lauschte dem leisen Rascheln. Plötzlich tauchte vor ihrem geistigen Auge Dans Gesicht auf. Ihr stockte der Atem. Zum tausendsten Mal fragte sie sich, wo er sein mochte, wohin er wollte. Sie wusste, dass er eine ordentliche Summe Geldes angespart hatte.

Stirnrunzelnd verdrängte Kitty die Gedanken, als sie nahendes Hufgetrappel vernahm. Ted würde nicht vor dem Abend zurückkehren, das wusste sie.

Kurz darauf tauchte ein gut gekleideter Mann auf einem Rappen aus dem Dickicht auf, das zwischen Haus und Straße wuchs. Sie erschrak, als sie Randolph Tarlington erkannte.

Den Tarlingtons gehörte das angrenzende Anwesen Glengownie. Hedley, der Patriarch der Familie, hatte sich vor 30 Jahren mit Frau und zwei Kindern – Randolph und Cordelia – als erster Siedler in der Gegend niedergelassen. Kitty konnte sich gar nicht vorstellen, wie es seinerzeit in Boolai ausgesehen haben musste, als die Wildnis noch nicht so großflächig gerodet war wie heute.

Hedley hatte für seine kleine Familie eine Hütte errichtet, das Land urbar gemacht und in große Weiden aufgeteilt. Viele Jahre später, nach dem Tod seiner Frau, hatte er wieder geheiratet. Bridie, die junge Tochter eines von Hedleys Geschäftspartnern aus der Stadt, war in Cordelias Alter gewesen. Sie hatte ihm noch zwei Söhne geboren, Hugh und Dominic.

Nach Jahren hatte die Kolonialregierung beschlossen, das Land in Parzellen aufzuteilen und zur Besiedelung freizugeben. Glengownie blieben nur zwei Parzellen eines bis dahin viel größeren Geländes. Hedley hatte für seine zweite Frau ein repräsentatives neues Haus gebaut, ein elegantes, zweistöckiges Herrenhaus, und neue Siedler hatten seinen ehemaligen Grund besiedelt, darunter die Halls, Kittys Familie.

In der Anfangszeit hatte Randolph Ted immer wieder gedrängt, sein Land an ihn zu verkaufen, weil er expandieren wollte. Kitty erinnerte sich noch gut an sein wiederholtes plötzliches Auftauchen, seine lächerlich niedrigen Angebote für das Land und seine Drohungen, die Ted unbeeindruckt einfach ignoriert hatte. Stattdessen war es Ted zu Randolphs Verdruss gelungen, zwei weitere angrenzende Parzellen zu erwerben, sodass sich zwischen den beiden Männern schwelender Hass entwickelt hatte.

Heute, sieben Jahre später, war Hedley tot, und wenige Wochen nach seinem Begräbnis, erst vor wenigen Tagen, um genau zu sein, hatte Randolph überraschend Glengownie verlassen und eine neue Parzelle, weiter entfernt in Richtung der Berge, gepachtet. Kitty hatte sich schon gefragt, ob es vielleicht innerhalb der Familie Streit gegeben hatte. Bridie, Hedleys Witwe und neue Herrin auf Glengownie, die zusammen mit Cordelia, Hugh und Dominic die Leitung des Anwesens übernommen hatte, hatte sich nicht zu Randolphs Weggang geäußert.

Kitty dachte über die komplexen Beziehungen zwischen den Mitgliedern der Familie Tarlington nach. Bridie und Cordelia, Hedleys zweite Frau und seine Tochter, hatten sich in den ersten Jahren nicht ausstehen können, und erst ihre gemeinsame Liebe zu Glengownie hatte sie einander näher gebracht. Dann der bodenständige Hugh, der niemals klagte und so ganz anders war als sein Bruder Dominic. Dominic, der das Landleben verabscheute und Randolph hasste. Dan hatte Kitty anvertraut, wie Randolph seinem Halbbruder mit Schlägen und abfälligen Bemerkungen das Leben schwer gemacht hatte. Aber Dominic war inzwischen ebenfalls fort. Er hatte Glengownie vor wenigen Tagen verlassen und war mit Dan auf und davon.

Und damit war sie wieder bei Dan angelangt. Sie verspürte einen schmerzhaften Stich in der Brust, und ihre Kehle war plötzlich wie zugeschnürt. Das muss aufhören, sagte sie sich bestimmt. Ich kann nicht ständig an ihn denken. Es ist aus und vorbei. Ich bin jetzt mit Ted verheiratet.

Randolph zügelte sein Pferd, sprang aus dem Sattel und nahm mit schwungvoller Geste den Hut ab. Glatt rasiert und mit bleistiftdünnem Schnauzer auf der Oberlippe stand er vor ihr. Er machte ein grimmiges Gesicht, und tiefe Furchen durchzogen seine Stirn. Das Haar, das sich dunkel von seiner gebräunten Haut abhob, war mit Pomade zurückgekämmt und glänzte in der Sonne.

»Ah, Mrs. Hall, die neue Hausherrin, wenn ich nicht irre.« Sein Tonfall klang aufrichtig, aber um seinen Mund lag ein spöttischer Zug.

»Ich würde empfehlen, dass Sie wieder auf Ihr Pferd steigen und verschwinden, Mr. Tarlington. Sie befinden sich auf Privatbesitz und sind hier unerwünscht.«

»Keine sehr freundliche Hausherrin, wenn ich das sagen darf.«

»Was wollen Sie?«

Er schenkte ihr ein schleimiges Lächeln. »Ich bin gekommen, um Ihnen mein Beileid zum Tod Ihrer Schwester auszusprechen. Ich weiß, dass die Beerdigung schon zwei Monate zurückliegt und ich früher hätte kommen müssen, aber gewisse Ereignisse haben mich davon abgehalten.«

»Danke«, entgegnete sie steif, bemüht, höflich zu bleiben.

»Aber jetzt habe ich gehört, dass man auch gratulieren kann, zur Trauung.« Randolph schob einen Fuß leicht vor und nahm eine entspanntere Haltung ein. Er war, ohne dass sie es recht bemerkt hatte, immer näher gekommen, und musterte sie nun eindringlich aus höchstens einem halben Meter Entfernung. »Der Busch ist natürlich kaum geeignet für alte Traditionen wie die Einhaltung eines Trauerjahres. Wir leben, und wir sterben. Wozu lange trauern?«

Beim Gedanken an Maddie fühlte Kitty zum zweiten Mal an diesem Tag, wie ihr die Tränen kamen. Wütend, dass er es schaffte, sie derart aus der Fassung zu bringen, machte sie auf dem Absatz kehrt, um die Treppe hinaufzugehen, fort von Randolphs prüfendem Blick. Sie wollte nicht, dass er sie weinen sah.

Blitzschnell schoss seine Hand vor und packte ihren Arm. Sie versuchte, sich loszureißen, aber vergeblich. Die Berührung machte sie ganz krank. Die Lüsternheit auf seinem Gesicht ließ sie beinahe zurückzucken vor Abscheu. Sie holte tief Luft und bedachte ihn mit einem verächtlichen Blick. »Wenn Sie gekommen sind, um Grundstücksangelegenheiten zu besprechen, vergeuden Sie Ihre Zeit, Mr. Tarlington. Guten Tag.«

»Vielleicht könnten Sie einem durstigen Nachbarn eine Tasse Tee anbieten? Ich würde gern ein paar Dinge mit Ihnen besprechen.«

»Was sollten wir beide schon zu besprechen haben, Mr. Tarlington, einmal abgesehen von unserer gegenseitigen Abneigung?«, entgegnete sie zuckersüß.

Randolph wich einen Schritt zurück. Ein Tick zuckte im Rhythmus seines Pulses an seiner Schläfe. Er musterte sie ernst. »Sie tun mir Unrecht, Mrs. Hall. Ich bin ein liebenswerter Mensch, wenn man mich erst näher kennt.«

Seine Stimme klang abgehackt, und Kitty wusste, dass sie ihn erzürnt hatte. Mit einer abrupten Bewegung riss sie sich los. »Wie schade, dass ich das nie erfahren werde. So, und nachdem unser Gespräch beendet ist, denke ich, sollten Sie gehen.«

»Bevor ich gehe, möchte ich noch einen Grund für diese angenehme Plauderei nennen. Ich habe mich gefragt, ob Sie nicht vielleicht fort möchten von Boolai. Einen neuen Anfang machen. Und als Vorbesitzer erwarte ich, dass Sie mir ein Erstkaufsrecht einräumen.«

Kitty ballte die Hände zu Fäusten. Sie war so wütend, dass sie an sich halten musste, um ihm nicht ins Gesicht zu schlagen. »Dieses Land gehört den Halls, und das wird auch so bleiben«, erwiderte sie wütend und schob entschlossen das Kinn vor, wobei sie die Hände hinter dem Rücken versteckte, um einen Ausrutscher zu vermeiden. »Und wenn Sie sich einbilden, wir würden ausgerechnet an Sie verkaufen, sind Sie wirklich furchtbar naiv.«

Hierauf fuhr sie herum und stürmte die Treppe hinauf auf die Veranda, um auf Distanz zu gehen zu diesem furchtbaren Menschen. Wie konnte er es wagen, herzukommen, sie zu bedrängen und ihr zu drohen!

Sie lief ins Haus und schlug die Tür hinter sich zu, mit

einem lauten Knall, der noch in ihren Ohren widerhallte, als sie sich schwer atmend mit dem Rücken an das Holz lehnte. Randolphs spöttisches Gelächter folgte ihr durch die stickige Luft.

Wütend ritt Randolph in Richtung Schiffsanleger. Der Muskel an seiner Schläfe zuckte unkontrolliert, und er hatte die Lippen zu einem schmalen Strich zusammengepresst. Es war, als hätte sich alles und jeder verschworen, um ihm sein Land zu rauben.

Er war noch ein Kind gewesen, als sie vor 30 Jahren hierher gekommen waren, um ein Stück Land zu besiedeln, das sie Glengownie nannten. Er hatte an der Seite seines Vaters geschuftet von früh bis spät. Land musste gerodet werden, eine Hütte wurde gebaut und Zäune errichtet. Mit der Zeit hatte er das Land erforscht, bis er es kannte wie seine Westentasche, bis er wie ein Liebhaber jede Kuhle und jeden Zaunpfahl auf jeder Weide kannte. Und in gewisser Weise war das Land ein Teil von ihm: das Einzige, was ihm in schlechten Zeiten die Kraft gab, durchzuhalten. Noch heute konnte er Hedleys Worte hören: *Dieses Land ist dein Erbe.* Eine Prophezeiung, die ihn angespornt hatte. *Vergiss nie, Sohn, ohne Land ist ein Mann nichts.*

Er erinnerte sich an den Tod seiner Mutter und an das Gefühl der Leere, das er hiernach Jahre nicht losgeworden war. Und vor allem erinnerte er sich an den Tag, da Hedley aus der Stadt zurückgekehrt war und einer fremden Frau vom Wagen geholfen hatte. *Das ist Bridie, meine neue Frau. Wir wurden gestern in Brisbane standesamtlich getraut.*

Randolph dachte daran zurück, wie sie ausgesehen hatte, als sie als Braut seines Vaters nach Glengownie gekommen war. Schlank und zierlich war sie, mit langem, vollem blau-schwarzen Haar. Er hatte sich auf den ersten Blick in sie verliebt, hatte sie mit falschen Versprechungen in sein Bett gelockt und ihre Beziehung zu etwas Schmutzigem gemacht. Dafür hatte sie ihn gehasst, aus ihren Gefühlen keinen Hehl gemacht und ihn ihre Verachtung spüren lassen, wo sie nur konnte. Sie hatte Hedley noch zwei Söhne geschenkt, Söhne, mit denen er, Randolph, sein Erbe teilen musste.

Und nun, dachte er wütend, war alles verloren. Das ursprüngliche Glengownie war vor Jahren aufgeteilt worden, und ihnen waren nur zwei Parzellen, ein Bruchteil der ursprünglichen Farm, geblieben. Er hatte miterlebt, wie Siedler über das Land herfielen und in Besitz nahmen, was einst sein gewesen war. Er hatte den Verlust nie verwunden. Und jetzt war sein Vater tot. Er war als Erbe von Glengownie eingesetzt gewesen, so wie Hedley es vor all den Jahren versprochen hatte. Aber das Anwesen war hoch verschuldet, und Randolph besaß nicht die Mittel, es zu halten, sodass er letztlich keine andere Wahl gehabt hatte, als es an Bridie zu verkaufen.

Bridie hatte ihn nach einer Auseinandersetzung fortgeschickt und ihm unmissverständlich klar gemacht, dass sie und Cordelia Glengownie künftig mit Hughs Hilfe verwalten würden. Frauen!, dachte er verärgert. Als ob sie in der Lage wären, einen landwirtschaftlichen Betrieb zu leiten. Eines Tages würde er sich zurückholen, was sein war. Und wenn es so weit war, würde es ihnen noch Leid tun, allen dreien! Er legte eine Hand auf seine Jackentasche und seufzte. Ihm war das Land wichtig gewesen, nicht das Geld. Er wollte es zurück. Und zwar nicht nur in seinem derzeitigen Umfang, sondern alles, die Tausende von Morgen, die er und sein Vater ursprünglich bewirtschaftet hatten. Vor allem, dachte er seufzend, die drei Parzellen, die dieser Emporkömmling Hall sich angeeignet hatte.

Der Gedanke lag ihm wie ein Stein im Magen. Irgendwie war es Hall gelungen, zu expandieren, während er, Randolph, so gut wie alles verloren hatte.

Ein unverschämter Kerl, dieser Hall. Und dass er so kurz nach dem Tod seiner Frau wieder geheiratet hatte, noch dazu seine eigene Schwägerin! Schamlos.

Seine Gedanken wanderten zurück zu der Szene bei den Halls vor wenigen Minuten. Er sah wieder Kitty vor sich auf der Treppe stehen, eine Hand in die Hüfte gestemmt, einen verächtlichen Ausdruck auf dem Gesicht. Kitty, die ihn des Landes verwies, das einmal ihm gehört hatte! Miststück! Eines Tages würde es ihr noch Leid tun, dass sie ihn so schlecht behandelt hatte. Ein wenig Freundlichkeit und Respekt hatte er wohl verdient, und nicht unverhohlene Verachtung und Ablehnung, vor allem von einer so jungen Person.

Im Stillen verfluchte Randolph die ganze Familie und wünschte ihr die Pest an den Hals. In seiner Wut rammte er seinem Pferd brutal die Sporen in die Seiten. Irgendwie würde er einen Weg finden, sich das Land wieder anzueignen. Der von Bridie gezahlte Kaufpreis hatte zwar fürs Erste seine Taschen gefüllt, sodass er ein billiges Stück Land am Fuß der Berge pachten konnte, aber der Boden war trocken und wenig fruchtbar, und bis zum Schiffsanleger waren es viele Meilen, ganz anders als von

Glengownie aus, das in unmittelbarer Nähe zum Fluss lag.

Er lenkte sein Pferd auf einen Hof gleich neben dem Anleger, als das Versorgungsschiff gerade festmachte. Das Schaufelrad wühlte das Wasser auf, das sich in kurzen, kleinen Wellen am Ufer brach und über die grasbewachsene Böschung schwappte. Auf einer kleinen Anhöhe am Fluss stand das Haus der O'Reillys. Die Gardinen wehten im Wind, und die Sonne glitzerte auf den Glasscheiben. Gleich hinter dem Haus befand sich die Schmiede, in der Schmied Paddy O'Reilly ein strenges Regiment führte.

Randolph bahnte sich einen Weg durch die Wartenden, bis er neben dem Kapitän des Versorgungsschiffes stand. »Die Vorräte für Tarlington?«, sagte er. »Das heißt, für Randolph Tarlington.«

Der Kapitän musterte ihn misstrauisch und überflog dann die Liste mit den bestellten Waren. »Nichts«, sagte er kopfschüttelnd. »Ist nichts auf diesen Namen dabei. Allerdings ist eine Bestellung für Glengownie dabei, wenn Sie die ausliefern wollen.«

Aus den Augenwinkeln sah Randolph Bridie auf den Hof reiten und absteigen. Er wollte ihr nicht begegnen, nicht heute. Nicht, bevor er sich einen Plan zurechtgelegt hatte.

Mit einem knappen Fluch wandte er sich ab. Kein Glengownie und keine Vorräte. Wie sollte ein Mann da überleben?

Nach dem Essen ging Ted hinaus auf den Hof, und gleich darauf drangen regelmäßige, dumpfe Axtschläge durch die stille Nachtluft herein.

»Komm, Emma«, seufzte Kitty und strich ihrer Nichte über das Haar. »Lass uns abräumen.«

Sie gab heißes Wasser in den Metallzuber und spülte das Geschirr. Emma trocknete ab, ganz still, wie so oft in letzter Zeit. Dann, nachdem sie Emma zu Bett gebracht hatte, setzte Kitty sich in einen Sessel und wartete auf Ted, da sie nicht wusste, was sie sonst tun sollte. Sie war unsicher. Sollte sie aufbleiben, bis er ins Haus kam? Sie war müde, sogar richtiggehend erschöpft, und der Gedanke an die kühlen Laken war verlockend.

Ted hatte nicht viel gesagt, als sie ihm von Randolph Tarlingtons Besuch berichtet hatte. Stattdessen hatte er die Lippen zornig zusammengepresst und nur einen verhaltenen Fluch ausgestoßen. »Wenn er noch einmal herkommt, geh ins Haus und verriegle die Tür hinter dir«, knurrte er. »Ich will nicht, dass du irgendwas mit ihm zu tun hast.«

Kitty wartete vergeblich, dass er das Holzhacken einstellte. Als sie die Augen kaum noch offen halten konnte, ging sie zur Tür und schaute hinaus. Im Licht, das durch das offene Hüttenfenster fiel, konnte sie Ted drüben beim Holzstapel ausmachen.

Als sie näher kam, hielt er mit erhobener Axt inne.

»Kommst du schlafen? Es ist schon spät.«

Er schüttelte den Kopf. »Geh du nur. Ich komme gleich, ich will nur erst den Stapel fertig machen.«

Der Stapel war bereits gewaltig, und überall lagen frisch geschlagene Scheite herum. Der Vorrat reichte für Monate. Es bestand keine Veranlassung, noch mehr Holz zu hacken.

Kitty nickte nur und kehrte zurück ins Haus. Leise schloss sie die Tür hinter sich. Als sie in dem breiten Bett lag, das sie jetzt mit Ted teilte, lauschte sie den gedämpften Schlägen und stellte sich Ted draußen im Mondlicht vor, bis sie darüber einschlief und er Teil ihrer Träume wurde.

Als sie aufwachte, war es Morgen, und er war bereits fort.

KAPITEL 2

Beth kam an Weihnachten nach Hause. Die Atmosphäre im Haus war gespannt und bei weitem nicht so locker wie zu Maddies Lebzeiten. Kitty war nervös und blass, Emma schaute mit großen traurigen Augen in die Runde und weinte viel.

Ihr Vater, Ted, ließ sich nur selten blicken. Es schien ihr, als wäre er andauernd beschäftigt oder unterwegs und kaum noch daheim. Er verbrachte nur dann längere Zeit im Haus, nachdem der Postbote Clarrie Morgan die neuesten – bereits mehrere Tage alten – Zeitungen gebracht hatte. Dann setzte er sich an den Esstisch, und im ganzen Haus war nur das Ticken von Mamas alter Uhr zu hören und das leise Rascheln, wenn er beim Lesen umblätterte.

Sogar nach dem Abendessen verließ er das Haus wieder, während Beth, Kitty und Emma aufräumten und sich bettfertig machten. Er schlug stundenlang Holz, obwohl der Aborigine Johnno immer für einen ausreichenden Vorrat an Feuerholz sorgte. Die Axt hob und senkte sich rhythmisch; die im Mondlicht schimmernde Eisenklinge fuhr unermüdlich durch die Luft. Es war, als wäre er lieber allein da draußen als bei ihnen in der Hütte.

Manchmal fragte Beth sich, ob sie ihn irgendwie verärgert hatte, weil er so ernst und grimmig war. Hatte sie etwas Falsches gesagt? Sie bemühte sich, brav zu sein, half Kitty im Haus und saß stundenlang über ihren Büchern oder ihrer Näharbeit, obwohl sie lieber durch den Busch gelaufen wäre. Aber Papa war nie da, um zu sehen, wie fleißig sie war, wie also sollte er wissen, wie sehr sie sich anstrengte?

Es ließ ihr keine Ruhe, bis sie schließlich Kitty darauf ansprach.

»Natürlich hat es nichts mit dir zu tun, Schatz«, beruhigte Kitty sie und umarmte sie. »Womit hättest du ihn denn verärgern sollen?«

Beth zuckte ratlos die Achseln. »Vermisst er vielleicht Mama? Mir fehlt sie jeden Tag, also könnte es ja sein, dass sie ihm auch fehlt.«

Ein trauriger Ausdruck trat auf Kittys Gesicht. Beth war verwirrt. Wem sollte sie ihre Loyalität schenken? Immerhin war Kitty jetzt mit Papa verheiratet. Vielleicht wurde sie nicht gerne daran erinnert, dass Papa früher mit Beths Mutter verheiratet gewesen war. Beth wusste, dass es nicht Kittys Schuld war, dass Mama gestorben war. Und es war auch nicht Kittys Schuld, dass Papa es auch in den schwülsten Nächten, wenn die Motten in dichten Schwärmen die Lampen umschwirrten und die Frösche unten am Fluss laut quakend nach Regen verlangten, vorzog, draußen zu bleiben. Der Holzstapel an der Schuppenwand wuchs und wuchs, obwohl Sommer war und Kitty den Ofen wegen der Hitze nur möglichst selten befeuerte.

Eine Woche vor Weihnachten erklommen Beth und Emma gemeinsam den grasbewachsenen Hügel, auf dem ihre Mutter begraben lag. Die Dupontii-Rosen, die sie und Kitty vor Wochen auf dem Grab gepflanzt hatten, schlugen aus. Auch Gras spross wieder auf der lockeren Erde, und Feldblumen nickten im Wind mit den Köpfen.

Es war komisch, sich Mama unter dem Erdhügel vorzustellen, unter den Rosen mit den winzigen Knospen. Und es war ein komisches Gefühl, ohne Mama den Christbaum zu schmücken und Kuchen und Pasteten zu backen.

Beth verspürte eine sonderbare innere Leere. In ein paar Wochen würde sie nach Beenleigh ins Kloster zurückgehen, wo sie ihre Schulbildung abschloss. Obwohl sie fast 14 war, ein Alter, in dem die meisten Mädchen von der Schule abgingen, bestand Papa darauf, dass sie noch blieb, um nachzuholen, was sie in den ersten Jahren hier in Boolai versäumt hatte. Emma würde mitkommen.

Beth seufzte bei dem Gedanken daran, wieder wegzugehen. Die Vorstellung war gleichzeitig aufregend und beängstigend, und so stand sie ihrer Abreise mit gemischten Gefühlen gegenüber. Einerseits freute sie sich, aber ein kindlicher Teil von ihr wollte lieber bleiben und sich von Kitty bemuttern lassen, obwohl diese gar nicht ihre Mutter war.

Aber es gab auch gute Neuigkeiten. Erst gestern hatte Papa ihnen gesagt, dass sie ein Baby erwarteten. Beth freute sich auf einen Säugling, ganz klein und weich, mit kleinen Fingern und Zehen. Dann dachte sie an Mama. Mama war bei der Geburt ihres Brüderchens gestorben, und jetzt würde auch Kitty ein Baby bekommen. Eine stille Furcht regte sich tief in ihrem Innersten, und plötzlich fürchtete sie sich davor wegzugehen. Und wenn etwas passierte? Wenn sie das nächste Mal nach Hause kam und Kitty nicht mehr da war?

Mit wem sollte sie dann reden, wem ihre Ängste anvertrauen? Nicht Emma. Sie war noch zu jung, um zu verstehen, selbst noch ein Kind. Und Ted, der allein im Mondschein die Axt schwang? Der hatte keine Zeit für banale Gespräche.

An einem heißen Nachmittag, als Kitty ruhte und Emma las, sattelte Beth sich ein Pferd und ritt zu dem einzigen Menschen, mit dem sie reden konnte. Zu der Frau, die Mamas beste Freundin gewesen war: Bridie Tarlington.

Bridie blieb auf dem Treppenabsatz stehen und schaute durch das Fenster auf die Staubwölkchen, die um das Haus herum aufgewirbelt wurden. Von der heißen Brise getragen, die vom Fluss heraufwehte, legte der Staub sich auf Jasmin und Geißblatt und bedeckte diese mit einer feinen Schmutzschicht.

Der letzte Rest Zuckerrohr lag auf dem Feld unmittelbar unterhalb. Randolph hatte einen Namen für das bambusartige Rohr gehabt. Süßes Gold, hatte er es genannt und auf einen finanziellen Aufschwung gehofft, aber dann war die Ernte von einer Krankheit befallen worden und wertlos geworden. Nun rissen Hilfsarbeiter die letzten Pflanzen aus der Erde und schichteten sie zu riesigen Haufen auf, die bei Sonnenuntergang verbrannt werden sollten. Dann würden sie zusätzlich zu dem allgegenwärtigen Staub auch noch den Rauch ertragen müssen. Aber das Feuer musste sein, um auch die letzten Spuren von Randolph auf Glengownie zu tilgen.

Randolph hatte das Anwesen nicht freiwillig verlassen,

sondern unter lautstarkem Protest und begleitet von Drohungen. Nur der Gedanke an das dicke Geldbündel in seiner Tasche, Geld, das sie ihm für das Land gezahlt hatte, hatte ihn ein wenig besänftigt. Sie sah ihn wieder vor sich, hochrot im Gesicht und mit dem Tick an der Schläfe, und unterdrückte ein Lächeln. Im Laufe ihrer Jahre auf Glengownie hatte sie manchen Kampf mit Randolph ausgetragen. Aber als sie zusah, wie er seine schwere Truhe zum Stall schleppte, wusste sie, dass sie gewonnen hatte. Süßes Gold? Sie betrachtete es lieber als süße Rache.

Und doch hatten die Endgültigkeit und das befriedigende Wissen, ihren verhassten Stiefsohn losgeworden zu sein, einen bitteren Nachgeschmack hinterlassen. *Glengownie gehört mir! Eines Tages werde ich zurückkommen und für mich beanspruchen, was rechtmäßig mein ist, und wenn der Tag gekommen ist, wird es dir noch Leid tun ...*

Was hatte er damit gemeint? Und wann würde er zurückkommen? Bridie wusste es nicht. Hedley hätte ihr zweifellos in dieser Sache raten können, aber sie musste sich immer wieder vor Augen halten, dass er nicht mehr lebte. Jetzt lag es bei ihr, sämtliche Entscheidungen zu treffen. Inzwischen hatte sich über die Gerüchteküche herumgesprochen, dass Randolph eine preiswertere Parzelle am Fuß der Berge gepachtet hatte. Und so hatte sie die eingeborenen Arbeiter gebeten, wachsam zu sein und ihr Bescheid zu geben, falls er in der Nähe gesichtet wurde.

Beim Gedanken an Hedley hüllte tiefe Trauer sie ein wie ein schwerer Mantel. In den vergangenen Monaten hatte sie nicht nur ihren geliebten Mann verloren, sondern auch ihre beste Freundin Maddie. Sogar ihr jüngster Sohn Dominic hatte sie verlassen.

Im Grunde war es Randolph gewesen, der den Jungen mit seiner spitzen Zunge vertrieben hatte. Bridie hatte im Laufe der Jahre häufig miterlebt, wie er Dominic behandelte. Die Schläge, die Art, wie er versucht hatte, seinen Geist zu vergiften und ihn gegen sie aufzuhetzen. Randolph hatte immer das Bedürfnis gehabt, sie alle zu beherrschen, und war letztlich mit großem Knall gescheitert. Obwohl Dominic mehr als einmal erwähnt hatte, von zu Hause wegzuwollen, hatte Bridie dies für eine leere Drohung gehalten bis zu jenem Morgen, da seine Kleider verschwunden waren und sein Pferd fehlte. Er hatte keinen Abschiedsbrief hinterlassen, keine Erklärung. Nichts. Nur eins stand fest: dass Dan Hall in derselben Nacht verschwunden war.

Süße Rache, dachte Bridie erneut mit einem Seufzer. Randolph hatte den Jungen vertrieben, und im Gegenzug hatte sie Randolph davongejagt. Die Ironie war nur, dass Bridie keine Möglichkeit hatte, Dom wissen zu lassen, dass sein verhasster Halbbruder fort war.

Sie alle hatten sie verlassen, all die Menschen, die sie am meisten liebte. Jetzt, da nur noch sie selbst, Cordelia und Hugh auf Glengownie lebten, kam ihr das Haus fast leer vor.

Nachdenklich stieg Bridie die Treppe hinunter und trat hinaus auf die Veranda. Die Äcker weiter entfernt waren grün von Mais und Pfeilwurz. Das neue Bewirtschaftungsprogramm, das sie und Cordelia ersonnen hatten, zeigte bereits erste Resultate. Kein wertloses Zuckerrohr mehr. Künftig würden sie sich an erprobte Saaten halten.

Eine Bewegung seitlich des Hauses erregte ihre Aufmerksamkeit, und als sie sich umdrehte, sah sie ein

Pferd auf sich zutraben. »Beth, Liebes«, rief sie aus, half dem Mädchen aus dem Sattel und rief einen der eingeborenen Stallburschen herbei. »Erzähl, was verschafft mir das Vergnügen?«

Ted brachte Emma und Beth mit dem Wagen nach Beenleigh ins Internat, und Kitty ging bis zur Straße mit und winkte, bis sie nicht mehr zu sehen waren. Das Letzte, das sie sah, bevor der Wagen um die Kurve verschwand, war Emma, die sich sichtlich mühte, nicht zu weinen.

»Beth hat schreckliche Angst, dich auch noch zu verlieren«, erzählte Bridie ihr, als die beiden Frauen zusammen in der Küche saßen. »Schließlich musste sie erleben, wie ihre Mutter im Kindbett starb, und seit sie weiß, dass auch du bald ein Baby bekommst, ist sie halb tot vor Angst. Sie war bei mir und hat versucht, sehr erwachsen zu klingen, aber ich glaube, eigentlich wollte sie sich nur ausweinen.«

»Sie vermisst ihre Mutter«, entgegnete Kitty und schenkte ihnen Tee ein. Sie tranken aus feinen Porzellantassen, an denen Maddie ganz besonders gehangen hatte. Wo sie auch hinsah, alles erinnerte an ihre Schwester. »Das tun wir alle. Ich denke, wir alle haben mit dem Verlust zu kämpfen. Vor allem Ted.«

»Und was ist mit dir und Ted?«

Kitty zuckte die Achseln. »Er ist aufmerksam, wenn er zu Hause ist, was allerdings nur sehr selten der Fall ist. Er ist ein anständiger Mann, fleißig, ehrlich, ein guter Vater.« Sie schob eine Tasse auf Bridie zu und konzentrierte sich darauf, nichts zu verschütten.

»Aber? Du verschweigst mir doch etwas.«

Kitty blickte auf ihre Hände. Sie lagen auf dem Tisch; die Knöchel hoben sich weiß von der umliegenden Haut ab. Sie rührte ihren Tee nicht an. »Er liebt mich nicht«, entgegnete sie, von einem seltsamen Zorn erfüllt. »Und wenn ich ehrlich bin, denke ich, dass er das nie tun wird. Keiner von uns hat diese Ehe gewollt, Bridie, so wie auch keiner von uns dieses Baby gewollt hat. Ein dummer, dummer Fehler. Aber es ist passiert und lässt sich nicht mehr ändern. Vielleicht hätte ich fortgehen und das Baby zur Adoption freigeben sollen. Dann hätte niemand etwas erfahren.«

»Hättest du das denn übers Herz gebracht?«

Kitty zuckte die Achseln. »Ich weiß es nicht. Aber ein Leben ohne Liebe? Das sind recht trostlose Aussichten für den Rest meines Lebens. Mit Dan wäre alles so anders gewesen.«

Bridie lehnte sich in ihrem Stuhl zurück und musterte Kitty aus grünen Augen. Sie hatte das dunkle Haar zu einem eleganten Knoten geschlungen und trug ein schickes graues Kleid, eine Farbe, die sie dieser Tage zu bevorzugen schien. Ein leises Lächeln umspielte ihre Lippen. »Ist das alles?«

Kitty fühlte, wie brennende Hitze ihr Gesicht überzog, und gleichzeitig wallte trotzige Bitterkeit auf, die sich in zornigen Worten äußerte.

»Himmel, Bridie, ich hätte mir etwas Rat gewünscht. Ich bin mit einem Mann verheiratet, der sagt, er könne mich niemals lieben, einem Mann, der vergeht vor Trauer über den Verlust seiner Frau, und alles, was dir dazu einfällt ist ›Ist das alles‹.«

»Rat? Ich glaube kaum, dass ich die Richtige wäre, dir zu raten, Kitty!«

Kitty schämte sich bereits für ihren Ausbruch. Als Maddies engste Freundin war Bridie gekommen, um ihr in Freundschaft die Hand zu reichen, und sie hatte wahrlich keine Vorwürfe verdient. »Nein, wohl nicht«, seufzte sie.

»Du bist schwanger geworden, und Ted hat dich geheiratet«, fuhr Bridie fort, ohne weiter auf Kittys Ausbruch einzugehen. »Dann muss er doch etwas für dich empfinden.«

»Er hat gesagt, er würde mich aus Pflichtgefühl heiraten, damit niemand sein Kind einen Bastard nennen kann.« Kitty starrte auf ihre Fingernägel und hörte, wie Bridie scharf Luft holte.

»Dann hat er dich geheiratet, um dem Baby einen Namen zu geben? Aus Pflichtgefühl?«

»Und vermutlich, weil er sich geschämt hat. Weil er meinte, dass die Leute sich das Maul zerreißen würden.«

»Niemand zerreißt sich das Maul, Kitty«, entgegnete Bridie. »Du bist schwanger von Ted. Ein Kind ist das kostbarste Geschenk, das eine Frau einem Mann machen kann.«

»Nicht, wenn er es nicht haben will.«

Bridie warf ihr einen durchdringenden Blick zu. »Ich werde dir jetzt ein kleines Geheimnis verraten. Als ich Hedley heiratete, war ich so alt wie du, gerade mal siebzehn, noch ein halbes Kind. Seine Frau war an einem Fieber gestorben, und er brauchte jemanden, der sich um ihn kümmerte. Die näheren Umstände unserer Trauung waren ähnlich wie bei euch.«

»Dann hat er dich auch nicht geliebt?«

Bridie schüttelte den Kopf. »Anfangs nicht. Es war eine reine Zweckehe. Wir konnten einander etwas geben, was der andere brauchte. Die Liebe kam erst später.«

Kitty seufzte tief und stützte das Kinn auf die Hände. »Dann hat er dich aber später doch geliebt?«

Bridie stellte energisch ihre Tasse ab und nahm Kittys Hände in die ihren. »Die Liebe zwischen zwei Menschen entsteht nicht unbedingt über Nacht. Das Umfeld muss stimmen, und die Saat muss gehegt und gepflegt werden, damit sie keimen und gedeihen kann. Wie deine Rosen. Wenn du sie gut behandelst, werden sie es dir mit einer Blütenpracht danken. Du und Ted habt noch ein wundervolles gemeinsames Leben vor euch, aber bevor die Zukunft beginnen kann, müsst ihr die Vergangenheit bewältigen. Natürlich trauert er um Maddie. Sie war seine Frau, die Mutter seiner Kinder. Und ich weiß, dass du Dan vermisst. Siehst du? Das ist es, was einer glücklichen Ehe zwischen euch im Wege steht.«

»Und was kann ich dagegen tun?«, fragte Kitty ungeduldig. »Ich hasse mein Leben, so wie es jetzt ist.«

»Zeit«, entgegnete Bridie schlicht. »Es wird einige Zeit dauern. Aber Ted wird lernen, dich zu lieben.«

»Glaubst du wirklich?«, fragte Kitty zweifelnd.

»Ich bin mir in meinem ganzen Leben noch nie so sicher gewesen.« Bridie erhob sich abrupt vom Tisch. »So, und jetzt muss ich zurück nach Glengownie. Es gibt viel zu tun, und es ist schon spät. Denk daran: Zeit. Das ist die Antwort. Vergiss Dan, wie schmerzlich das auch sein mag, und akzeptiere, was sich nicht ändern lässt.«

»Dann liegt es bei mir?«

»Ja, Kitty. Es liegt bei dir.«

Sie dachte einen Moment über Bridies Worte nach. Dann schob sie geräuschvoll ihren Stuhl zurück und stand auf. Der Rat der älteren Frau war vernünftig, der einzige praktikable Weg. Sie musste das Kapitel Dan abschließen und nach vorn blicken. »Ich will und werde es schaffen.«

»Das ist die richtige Einstellung. Du bist eine Kämpfernatur, Kitty, ein Mensch, der sich nicht so leicht unterkriegen lässt. Und wenn das Kind erst da ist, wird es ein Band zwischen dir und Ted knüpfen, das niemand mehr zerreißen kann.«

Sie strich Kitty mütterlich über die Wange. Es war eine ganz spontane, flüchtige Geste, aber Kitty konnte noch lange die Wärme der Finger auf ihrer Haut fühlen.

Nachdem Bridie sich verabschiedet hatte, räumte Kitty die Tassen fort und ging dann hinüber in das Schlafzimmer, das sie jetzt mit Ted teilte. Sie setzte sich auf die Bettkante und fuhr mit der Hand über die Tagesdecke. Die Daunendecke darunter gab unter der Berührung nach. Sie hatte ihrer Schwester gehört, so wie die meisten anderen Gegenstände im Raum. Maddies Bibel auf dem Nachttisch neben Maddies Messingbett mit dem hohen Kopfteil. Maddies Bürsten und Kämme auf Maddies Frisierkommode. Sogar die Gardinen an den Fenstern hatte Maddie genäht.

Kitty ließ mit Tränen in den Augen verzweifelt den Blick durch den Raum schweifen. Sie war rundum von Dingen umgeben, die die Erinnerung an die Vergangenheit wach hielten. Sie sah Maddie auf dem Bett sitzen und sich mit der silbernen Bürste durch das Haar fahren; Maddie, die aus der Bibel las. Sie hatte plötzlich einen Kloß im Hals. Maddie, die wie eine Mutter für sie gewesen war, lebte nicht mehr. Das war schlimm, und doch sagte ihr der gesunde Menschenverstand, dass das Leben weitergehen musste.

Bruchstücke ihres Gesprächs mit Bridie fielen ihr wieder ein. *Ihr müsst beide die Vergangenheit bewältigen.*

Wie sollten sie und Ted je miteinander glücklich werden, wenn ihn alles in diesem Zimmer an seine verstorbene Frau erinnerte?

Bridies Worte wiederholten sich in ihrem Kopf immer wieder wie eine Litanei. *Liebe entsteht nicht über Nacht. Das Umfeld muss stimmen, und die Saat muss gehegt und gepflegt werden, damit sie keimen und gedeihen kann.*

Einer plötzlichen Eingebung folgend sprang sie auf und lief ans Fenster. Entschlossen nahm sie die Gardine ab und tauschte sie gegen jene aus Emmas und Beths Zimmer aus. Dieser Stoff war weicher, durchsichtiger und blähte sich schon beim leisesten Windhauch.

Nachdem das erledigt war, richtete sie ihre Aufmerksamkeit auf den Rest des Zimmers. Die Bibel verstaute sie im Bettkasten am Fußende des Bettes, und Maddies persönliche Dinge verschwanden in einer Schublade.

Und jetzt das Bett. Dort hatte Ted mit seiner Frau geschlafen, und ihre Kinder waren auf derselben Matratze gezeugt und geboren worden. Und hier war Maddie auch bei der Geburt ihres Sohnes gestorben. Kitty betrachtete lange nachdenklich das verschnörkelte Kopfende, die kleinen Bögen und Spiralen, die handbemalten Porzellanköpfe oben auf den Pfosten. Ein Familienerbstück aus England, das sie seinerzeit aus der Heimat mitgebracht hatten. Das Bett war vermutlich ziemlich wertvoll, und sie beschloss, dass es bleiben musste. Das galt jedoch nicht für die Tagesdecke.

Sie zog sie vom Bett, lief in die Küche und öffnete die Ofentür. Vom Feuer waren nur einige glühende Kohlen übrig. Ohne zu zögern, stopfte sie die Tagesdecke hinein und sah zu, wie erste Flammen hochzüngelten und den Stoff versengten. Als sie sicher war, dass die Decke verbrennen würde, schlug sie die Ofentür wieder zu.

Ganz atemlos ließ sie sich auf einen Stuhl fallen, verschränkte die Arme auf dem Küchentisch und fing zu ihrer eigenen Überraschung an zu weinen. Tränen liefen ihr über die Wangen, gefolgt von Schluchzern, die ihren ganzen Körper erbeben ließen und gar kein Ende mehr nehmen wollten. Sie weinte ebenso um die Vergangenheit wie um die Zukunft. Weinte um Maddie und Dan. Um das winzige Wesen, das sie unter dem Herzen trug, und um die schöne Tagesdecke.

Schließlich versiegten die Tränen, und auch die Schluchzer wurden immer weniger. Nachdem sie sich die Nase geputzt hatte, kehrte Kitty zurück ins Schlafzimmer. Sie fand, dass der Raum schon viel besser aussah. Nackter, beinahe spartanisch, aber wenigstens nicht mehr so überladen mit Erinnerungen. Als Nächstes holte sie mehrere leere Vasen aus der Anrichte im Esszimmer und füllte sie mit Wasser. Dann plünderte sie den kleinen Blumengarten.

Die Rosen standen im Spätsommer in voller Blüte. Fast wie im Fieber schnitt Kitty Dutzende von ihnen. Die meisten waren cremefarben, und ihre Namen waren ihr so vertraut wie ihr eigener Herzschlag: die zweifarbige rosa Isaphan, die fliederfarbene Marie Louise, die perlmuttfarbene große Mme Zoetman, die rosigen schweren Blüten der Botzaris. Zuletzt kam sie zu den Celsiana. Es waren nur einige wenige Rosen übrig, und eigentlich waren sie schon verblüht, aber sie erinnerten sie an ihren Brautstrauß. Sie drückte den inzwischen recht dicken

Rosenstrauß so fest an die Brust, dass sie durch das Kleid hindurch die spitzen Dornen fühlte.

Im Schlafzimmer stellte sie bunte Sträuße zusammen, die sie auf die verschiedenen Vasen verteilte. Schon bald erfüllte ihr betörender Duft den ganzen Raum. Als sie fertig war, trat Kitty zurück und begutachtete ihr Werk.

Im schwindenden Licht des späten Nachmittags lag ein Glanz über allem, eine Art dunstiges Strahlen. Die durchscheinenden seidigen Blütenblätter warfen einen samtigen Schimmer an die Wände. Flüchtig verspürte Kitty ein Gefühl der Beklemmung. Was würde Ted sagen, wenn er das veränderte Zimmer sah? Vielleicht hätte sie ihn vorher fragen oder noch warten sollen?

»Es ist mir egal, was er sagt«, murmelte sie dann resolut und dachte wieder an Bridies Rat. »Es musste sein.«

Sie hoffte inständig, dass Bridie Recht behielt. Die ermutigenden Worte der Herrin von Glengownie waren alles, woran sie sich in den kommenden Monaten festhalten konnte. Ihre Ehe musste nicht unbedingt ein verpatztes Leben bedeuten. Wenn sie daran arbeitete, würde Ted vielleicht wirklich eines Tages lernen, sie zu lieben.

Die Vorstellung gefiel ihr und schenkte ihr neue Kraft. »Vielleicht kann ich dich dazu bringen, mich zu lieben, Ted Hall«, sagte sie laut zu sich selbst.

Die Gardinen blähten sich, wie um ihr Mut zu machen. Im Luftzug lösten sich mehrere Blütenblätter und fielen lautlos zu Boden: Die letzten Celsiana verwelkten bereits. Sie musste ihre eigene Ehe auf einem stärkeren Fundament errichten.

»Ja!«, sagte sie entschlossen und nickte bestimmt. »Ich

werde dafür sorgen, dass du mich liebst, und wenn es das Letzte ist, das ich tue.«

Und dann fügte sie noch in einem Tonfall, der keinen Widerspruch duldete, hinzu: »Das wäre doch gelacht!«

KAPITEL 3

Ted sagte nichts zu den Veränderungen im Schlafzimmer. Kitty lag im Bett und las, als er am Abend hereinkam und in der Tür kaum merklich zögerte. Ein verdutzter Ausdruck huschte über sein Gesicht, als frage er sich, ob er vielleicht irrtümlich im falschen Zimmer gelandet war. Kitty hielt die Luft an und wappnete sich für eine möglicherweise bevorstehende Auseinandersetzung, aber Ted ging nur wortlos zum Fenster und zog die Vorhänge zu.

Jetzt da Beth und Emma nicht mehr da waren, kam es ihr sonderbar vor, mit Ted ganz allein in der Hütte zu sein. Kein Stimmengemurmel von nebenan, keine Emma, die sie zu Bett bringen musste, und auch keine Beth, die mit unglücklichem Gesicht dasaß. *Mir fehlt Mama jeden Tag* ... Keine Kinder, die sie ständig daran erinnerten, dass sie in vieler Hinsicht Maddies Platz eingenommen hatte, auch wenn es nie ihre Absicht gewesen war, an ihre Stelle zu treten.

Sie brauchte jetzt auch kein Theater mehr zu spielen. Der Rollenwandel von der Schwägerin zur Ehefrau und umgekehrt vom Bruder-Ersatz zum Ehemann vollzog sich langsam. Es war für sie beide neu und fremd.

Februar. Es war drückend heiß. Kittys 18. Geburtstag. Ted war tagsüber gewöhnlich außer Haus und erledigte allerlei draußen auf den Feldern, während Johnno auf dem Hof herumwirtschaftete. Johnno war ein groß gewachsener, kräftiger Mann mit fast schwarzer Haut, der gern und viel lächelte. Seine Frau, Layla, kam mehrmals in der Woche vorbei, um Kitty bei der Wäsche zur Hand zu gehen.

Layla brachte immer ihre beiden pausbäckigen, braunen, lächelnden Kinder mit. Billinooba, der allseits nur Little Bill genannt wurde, war der Älteste, und seine Schwester Kaira ein Jahr jünger. Schüchtern liefen sie hinter ihrem Vater her und sahen mit großen Augen zu, wie er im Garten arbeitete oder Zäune reparierte. Kitty versorgte sie mit Gebäck und freute sich jedes Mal, wenn sie sah, wie die Kinderaugen bei ihrem Anblick aufleuchteten. Ihr Gelächter, wenn sie hinter Layla her auf den Hof hinaushüpften, hallte durch die Hütte und füllte zumindest vorübergehend die Leere aus.

Kitty zog es vor, die übrigen Haushaltsarbeiten allein zu erledigen. Außerdem war an manchen Tagen kaum etwas zu tun, nachdem sie und Ted jetzt allein waren. Sogar der Korb mit den Kleidungsstücken, die geflickt werden mussten, war leer.

In ihrem Inneren wuchs derweil unsichtbar das Baby heran. Sie spürte seine ersten zögerlichen Bewegungen, schwache Tritte gegen die Bauchdecke, und lächelte. Die Nächte wurden kühler, und morgens glitzerte das Gras von Tau. Der Herbst nahte. Kitty fragte sich, ob Ted in diesem Jahr wieder in die Berge ziehen würde, um Zedern zu fällen. Insgeheim hoffte sie, dass er blieb. Im Haus war es auch so schon einsam genug.

Eines Abends, als sie nach dem Abwasch ins Wohnzimmer zurückging, sah sie überrascht, dass er mit einer Zeitung am Tisch saß. Er las schweigend, während sie sich ihrer Näharbeit zuwandte, und nur ein gelegentliches Rascheln kündete von seiner Gegenwart. Von da an blieb er häufiger nach dem Abendessen im Haus.

Ted war müde. Draußen auf dem Hof zwang er seinen Körper über seine Leistungsgrenze hinaus. Auf, ab, auf, ab: Das Gewicht der Axt und die Erschütterung, wenn die Klinge sich ins Holz fraß, raubten ihm den Atem. Die Muskeln an seinen Schultern flehten um Gnade, aber er ignorierte ihren Protest, bestrafte sich erbarmungslos. Er begrüßte den körperlichen Schmerz, machte weiter, bis er die seelischen Qualen überlagerte und er für ein paar Stunden Vergessen fand.

In den vergangenen Monaten hatte er jede Minute mit harter Arbeit ausgefüllt, hatte die verzweifelte Hoffnung genährt, Beschäftigung würde die Erinnerung auslöschen. Himmel, er konnte nicht einfach nur dasitzen und Gedanken wälzen. Er musste stark sein, und starke Männer weinten nicht. Und doch fühlte er, dass die unterdrückten Tränen dicht unter der Oberfläche nur darauf warteten, hervorzubrechen. Manchmal war der Druck in seinem Kopf so groß, dass er das Gefühl hatte, sie würden sein Hirn überschwemmen.

Es war wie ein Schlag in die Magengrube gewesen, als er an jenem Abend das Schlafzimmer betreten hatte, aus dem Kitty Maddies sämtliche persönlichen Gegenstände entfernt hatte. Er hatte kein Wort gesagt, aber es hatte sich angefühlt, als hätte man ihm ein Messer in den

Bauch gerammt. Er hatte auch später nichts gesagt, unfähig, die Worte auszusprechen, die durch seine Trauer zu einem unentwirrbaren Knäuel verwoben waren.

Keine Bibel, kein hübscher Kleinkram, und auch die Tagesdecke auf mysteriöse Weise verschwunden. Stattdessen Rosen. Ein Meer verblühter Rosen, deren Blütenblätter Kommode, Nachttische und Fußboden bedeckten und die Luft mit dem Duft des Frühlings erfüllten. Dabei war es Herbst. Bald würden die kalten Winde aus den Bergen ins Tal wehen, und Holzfällertrupps würden Baumstämme aus den Wäldern zum Bootsanleger schaffen, von wo aus sie zusammengebunden nach Brisbane geschleppt wurden.

Ted fühlte, wie sein Körper immer langsamer wurde, als hätten die Ereignisse der letzten Monate ihn nach und nach seiner Energie beraubt. Er dachte an die vergangenen Jahre, in denen er mit Dan bis hoch in die Berge gezogen war auf der Suche nach kostbaren Zedern. Dann fiel ihm wieder ein, dass sein Bruder fort war, auch wenn er sich kaum noch an die Umstände von Dans Verschwinden erinnern konnte. Das Ganze kam ihm unwirklich vor wie ein Traum. Im Übrigen konnte er in diesem Jahr unmöglich fortgehen und Kitty in ihrem Zustand allein lassen.

Er fand die Bibel im Bettkasten, zusammen mit einigen von Maddies Kleidern: einer Bluse, Unterwäsche und dem grünen Schal, den er ihr zwei Tage vor ihrem Tod in Beenleigh gekauft hatte. Stoff, den sie auf der Haut getragen hatte. Manchmal, wenn er wusste, dass Kitty nicht in der Nähe war, nahm er die Stola heraus, setzte sich auf das Bett und atmete Maddies Geruch ein, der ihr noch anhaftete. Oder er nahm die Bibel ehrfürchtig in die schwieligen Hände und hob sie an die Wange, um das kühle Leder auf der Haut zu fühlen.

Aber dann hielt er sich vor Augen, dass er jetzt mit Kitty verheiratet war. Wenn er sie dabei beobachtete, wie sie mit zunehmender Leibesfülle immer schwerfälliger im Haus herumwirtschaftete, fühlte er eine Welle der Zärtlichkeit in sich aufsteigen. Heiland, dachte er, sie ist selbst fast noch ein Kind und hat etwas Besseres verdient; ich bin ausgebrannt und habe ihr nichts mehr zu geben.

Im Laufe der Monate ließ der Schmerz langsam nach, zog sich zurück, wie eine Ebbe, die es nicht eilig hatte, ihren Zyklus zu beenden. Anstatt die quälende Trauer weiter zu verdrängen, begann er, seine Gedanken zu ordnen und in geregeltere Bahnen zu lenken. Maddie, dachte er, den Klang testend, und das Wort hallte tonlos in seinem Bewusstsein wider, längst nicht mehr so allumfassend wie zuvor. Auf den Schmerz folgte eine so überwältigende Erschöpfung, dass er manchmal das Gefühl hatte, sein Herz würde vor Anstrengung einfach den Geist aufgeben und aufhören zu schlagen.

Er fing an, abends nach dem Essen im Haus zu bleiben, weil er das Alleinsein nicht länger ertrug. Und wenn er am Feuer saß, warf er gelegentlich einen verstohlenen Blick auf seine Frau, die Babykleidung nähte. Ganz vertieft in ihre Arbeit, das Gesicht gerötet von der Wärme des Feuers, registrierte sie seine Blicke gar nicht. Und so studierte er ihr Profil oft minutenlang. Die konzentriert gerunzelte Stirn und die rotgoldenen Härchen an ihrem Nacken weckten ein Gefühl der Einsamkeit und Sehnsucht in ihm, und es kam ihm vor, als hätte er etwas wiedergefunden, ohne so recht zu wissen, was er verloren hatte.

Wenn er sich abends an ihre zusammengerollte schlafende Gestalt schmiegte, legte er immer eine Hand auf ihren Bauch, ganz vorsichtig, um sie nicht zu wecken, und fühlte die Bewegungen seinen ungeborenen Kindes.

»Vielleicht wird es ja ein Junge«, sagte Kitty eines Abends, als sie sich bettfertig machte. Ted sah zu, wie sie das Unterkleid über den Kopf zog, fasziniert davon, wie das Baby ihren Bauch zu einer festen Kugel formte. Er fühlte, wie sich bei ihrem Anblick sein Verlangen regte.

»Gott ist mein Zeuge, es kümmert mich nicht, ob es ein Junge oder ein Mädchen wird«, entgegnete er, nahm sie in die Arme und atmete ihren warmen Duft ein.

Und es stimmte: Es war ihm egal. Die Ereignisse des vergangenen Jahres hatten ihn verändert. Die Zeit, die er getrennt von Maddie und den Kindern in den Bergen verbracht hatte auf der Suche nach den seltenen Zedern: Diese verlorenen Monate würde er nie nachholen können. Und jetzt war Maddie fort. Es war wie eine Warnung, und als hätte das Leben ihm eine zweite Chance eingeräumt. Er würde nicht noch einmal denselben Fehler machen. Kitty und das Kind waren Wirklichkeit, und sie waren wichtig.

Und doch konnte er noch nicht ganz mit der Vergangenheit abschließen. Ein Teil von ihm würde immer daran gebunden sein: Die Erinnerung kettete ihn an die Menschen, die er verloren hatte. Oft schlich er im schwachen Licht des anbrechenden Tages aus dem Schlafzimmer und ließ Kitty zusammengerollt im Bett zurück, um zu dem heiligen Ort oben auf dem Hügel aufzusteigen, wo die Buschrosen die Gräber seiner Frau und seiner zwei Kinder überwucherten.

Ein schlichtes, weißes Kreuz ragte aus dem hohen

Gras: Madeleine Hall: 1851–1882, lautete die Inschrift. Was würde Kitty denken, wenn sie ihn dort knien und blind von Tränen totes Laub vom Grab entfernen sah?

In diesen Augenblicken fühlte er wieder dieselbe Zärtlichkeit, eine Zärtlichkeit, die überschattet wurde von tiefer Trauer, von Bedauern und von sinnlosem Wunschdenken.

Herbst. Die Abende brachen früher herein, und die Luft roch feucht und nach verrottendem Laub. Der Rauch des Küchenfeuers schien tiefer zu hängen, und von den Rosen waren nur noch nackte Stängel übrig. Das Kind war kräftiger geworden und boxte und trat Kitty kräftig, die bei jedem Strampeln von neuem die Luft anhielt und staunte.

Sie registrierte auch leichte Veränderungen an Ted. Anfangs waren es nur Kleinigkeiten, die sie beinahe übersehen hätte. Ein Strauß Feldblumen auf dem Küchentisch. Das Angebot, ihr noch einen Tee zu kochen, bevor sie am Abend zu Bett gingen. Und als ihre Schwangerschaft fortschritt und sie immer schwerfälliger wurde, begann er, ihr in vielen Dingen behilflich zu sein, spülte beispielsweise ganz selbstverständlich nach dem Abendessen.

»Nein, du bleibst sitzen und ruhst dich aus«, befahl er, wenn sie aufstehen wollte. Und so saß Kitty am Feuer und lauschte dem Klirren und Klappern von Geschirr und Besteck aus der Küche.

Ihr war nicht entgangen, dass jemand regelmäßig Maddies Grab pflegte. Das Gras war gemäht, und auf dem Grab stand immer eine Vase mit frischen Blumen. Sie wusste, dass Ted sich um beides kümmerte. Wer auch sonst? Aber sie sah ihn nie oben auf dem Hügel.

Kitty genoss ihre Schwangerschaft und war entzückt von den Bewegungen des Kindes, den Veränderungen ihres eigenen Körpers, der sich dem wachsenden Baby anpasste. Doch wenn sie an die Geburt dachte, fühlte sie sich allein gelassen mit ihren Ängsten. Einerseits fürchtete sie sich vor den Schmerzen, die sie würde aushalten müssen, andererseits konnte sie es kaum erwarten, das Kind in den Armen zu halten, und über allem lag die Erinnerung an Maddies Tod im Kindbett, ein Gedanke, der ihre Vorfreude dämpfte.

Kitty hatte Bridie Tarlington mehrere Monate nicht mehr gesehen. Ihre Nachbarin war einige Zeit in Brisbane gewesen, um dort geschäftliche Angelegenheiten zu regeln, und hatte in dieser Zeit die Leitung Glengownies Cordelias und Hughs fähigen Händen überlassen. Seltsamerweise hatte Randolph sich nicht mehr blicken lassen.

Kitty war überzeugt davon, dass sie ohne die regelmäßigen Besuche Mayse O'Reillys, der Frau des örtlichen Schmiedes, verrückt geworden wäre an den endlosen Tagen, die sie ganz allein im Haus verbrachte. Mayse und Kitty waren enge Freundinnen geworden, so wie auch ihre Ehemänner befreundet waren.

Beth und Emma kamen an Ostern für eine Woche nach Hause. Emma verhielt sich scheu und reserviert und fühlte sich spürbar unwohl angesichts Kittys fortgeschrittener Schwangerschaft. Und so unternahm Kitty des Öfteren Spaziergänge mit Beth, um der gespannten Atmosphäre in der Hütte zu entgehen. Sie gingen nicht weit, da Kitty das Gehen immer schwerer fiel. Es kam ihr vor, als würde das Kind auf jeden Nerv in ihrem Körper drücken und überall diffuse Schmerzimpulse auslösen.

Sie folgten den alten Trampelpfaden durch den Busch,

Pfade, die Kitty vertraut waren, obwohl sie ihnen lange nicht mehr gefolgt war. Seit ich mit Dan hier war, ging ihr plötzlich auf. Sie dachte inzwischen nicht mehr so oft an ihn, und die Erinnerung an seine Gesichtszüge verschwamm auch immer mehr.

Eines Tages gingen sie bis zum Fluss und zu dem tiefen Wasserbecken, das sich zwischen zwei Felswänden gebildet hatte. Kitty starrte ins Wasser und sah ihr Spiegelbild in der unruhigen Oberfläche, die verzerrten Umrisse einer Frau, die richtiggehend aufgebläht wirkte. Sie zuckte zurück und legte eine Hand auf den Bauch, wie um sich zu versichern, dass es tatsächlich ihr eigenes Spiegelbild war.

Unbewusst war sie an den Ort gekommen, an dem Dan sie das erste Mal geküsst hatte. Es hatte geregnet, und das Wasser war über die Ränder des natürlichen Beckens geschwappt, ganz anders als heute bei blauem Himmel und leichtem Wind. Urplötzlich holte die Erinnerung sie ein und raubte ihr den Atem: der Geruch der Eukalyptusbäume, feucht und schwer, und wie ihre Füße auf den nassen Kieseln am Ufer ausgerutscht waren. Fast glaubte sie, Dans Gegenwart zu spüren, seine Hände um ihr Gesicht, seine Lippen auf ihren. Hinterher war ein Vogel im Baum über ihnen aufgeflogen, und Wassertropfen, die sich auf den Blättern gesammelt hatten, waren auf sie herabgeregnet.

Kitty erschauerte und schaute nach oben. Rot-grüne kleine Loris kreischten in den Bäumen und turnten geschickt im Geäst umher. »Pssst. Hör doch«, sagte sie, verdrängte die Erinnerung und legte einen Finger auf die Lippen.

»Was denn? Ich höre nichts«, entgegnete Beth flüsternd.

Sie lauschten einige Minuten abwartend, ein erwartungsvoller Ausdruck auf Beths rosigem Gesicht. »Hör nur die Stimme der Wildnis«, sagte Kitty schließlich.

»Die Wildnis spricht nicht.« Beth machte ein skeptisches Gesicht.

»Nein, nicht wirklich, aber die Geräuschkulisse. Der Wind in den Bäumen, die Vögel, die Zikaden, die kleinen Eidechsen, die durch das Unterholz flitzen. Das ist die Stimme der Wildnis.«

Kitty bückte sich, ungelenk wegen ihres dicken Bauches, und das Baby fing prompt an zu strampeln. Ächzend setzte sie sich auf einen umgestürzten Baumstamm. Beth musterte sie ernst. »Bist du okay?«

»Es ist nur das Baby, das so strampelt.«

Beth legte eine Hand auf Kittys Bauch, so wie sie es in der vergangenen Woche schon ein Dutzend Male getan hatte, und fühlte die leichten Bewegungen des Kindes. »Tut das weh?«, fragte sie.

Kitty schüttelte den Kopf.

Daheim wartete Ted zusammen mit Emma draußen auf der Veranda, obwohl es erst vier Uhr war und noch hell.

»Ich habe mir Sorgen gemacht«, sagte er leise, als er Kittys Arm nahm.

Kitty blickte fragend zu ihm auf. »Ich war nur spazieren«, entgegnete sie verwundert. »Beth und ich waren unten am Fluss.«

Er überraschte sie, indem er sie umarmte, als sie ins Haus ging.

Die Woche war viel zu bald vorbei, und Ted fuhr die Mädchen zurück nach Beenleigh. Emma schien froh, wegzukommen, und lud ihren Koffer schon eine gute halbe Stunde vor der Abfahrt auf den Wagen. Was in Beth vorging, vermochte Kitty nicht zu sagen.

Clarrie Morgan kam einen Tag vor Teds Rückkehr aus Beenleigh vorbei. Er reichte ihr den üblichen Packen Post, und Kitty kochte wie gewöhnlich eine Kanne Tee. »Ach, das hätte ich fast vergessen«, sagte Clarrie bei dem zweiten Stück Kuchen, das Kitty ihm förmlich aufgedrängt hatte. »Draußen in der Kutsche ist noch ein Paket für Ted.«

»Ein Paket? Von wem kann das sein?«

»Keine Ahnung. Allerdings ist es ziemlich schwer für die Größe.«

Es war ein rechteckiger Gegenstand, in mehrere Lagen braunes Papier eingeschlagen. Mit einer Schnur war ein Umschlag mit Teds Namen und Adresse an dem Päckchen befestigt. Beides war in Druckschrift geschrieben, die ihr nichts sagte. Ein Absender stand nicht auf dem Umschlag.

Kitty warf manchen neugierigen Blick auf das Päckchen auf der Anrichte im Esszimmer. Aber erst am Abend des nächsten Tages hörte sie, wie Ted heimkehrte. Sie lief mit dem Päckchen nach draußen auf die Veranda und drückte es ihm ganz aufgeregt in die Hand. »Clarrie hat es gebracht«, erklärte sie.

In der Küche riss Ted den Umschlag ab und zog wortlos den Brief heraus. Kitty sah, wie sein Blick die Zeilen überflog und er eine grimmige Miene aufsetzte. Er riss eine Ecke des braunen Papiers auf und schaute hinein.

»Hier«, sagte er und reichte ihr das Päckchen, bevor er hinausstürmte. »Du kannst es haben.«

Mit klopfendem Herzen entfernte sie das restliche Papier. Es war die gerahmte Fotografie, die zusammen mit Dan verschwunden war. Langsam strich sie mit einem Finger über das Glas. Dort waren sie alle in braun und weiß. Sie selbst, Ted und Maddie, die Kinder und Dan. Sie kniff die Augen zu, als sie fühlte, wie diese sich mit Tränen füllten. Dann hielt sie das Bild blinzelnd ins Licht und studierte es in allen Details. Breites, freundliches Gesicht, sandfarbenes Haar, das vertraute Lächeln. Er stand so nah bei ihr, dass ihre Schultern sich auf dem Papier beinahe berührten.

Sie legte das Bild auf den Tisch und griff nach dem Brief.

Ted, begann er, und ihre Augen folgten der krakeligen Schrift. Die Zeilen waren offensichtlich in aller Hast geschrieben worden – und voller Hass. Die Worte tanzten dunkel und hässlich vor ihren Augen, als hätten Dans Gefühle ihnen ein Eigenleben eingehaucht.

Das gehört dir. Wenn ich das Foto ansehe, sehe ich die Gesichter von Fremden. Ihr seid nicht länger meine Familie, und ich will nichts mehr mit euch zu tun haben. Weder jetzt noch sonst irgendwann. Sucht nicht nach mir; ich existiere nicht mehr. Ich habe keinen Bruder.

Der Brief endete abrupt und war nicht unterschrieben. Dan hatte sich nicht einmal die Mühe gemacht, seinen Namen darunter zu setzen.

Es wurde Juli. Tiefster Winter. Doktor Grace hatte in den vergangenen zwei Wochen zweimal vorbeigeschaut, jedes Mal überrascht, dass das Kind noch nicht da war. Nach seinen Berechnungen war es zwei Wochen überfällig. Kitty wurde immer ungeduldiger und ruheloser.

Bridie kehrte aus der Stadt zurück. »Ich bin nur ein paar Tage hier«, teilte sie Kitty mit, während sie noch ihre Handschuhe auszog. Ihr blauschwarzes Haar, das von ersten grauen Fäden durchzogen war, hatte sie wie meist zu einem Knoten geschlungen, der im flackernden Feuerschein glänzte. Ihre Haut war immer noch straff und leicht gebräunt, und Kitty staunte darüber, wie jugendlich sie trotz ihrer gut 40 Jahre noch aussah.

»Außerdem«, fügte Bridie hinzu, wobei ein Lächeln ihre Mundwinkel umspielte, »dachte ich, das Baby wäre inzwischen längst da.«

Kitty schnitt eine Grimasse und schenkte ihnen Tee ein. »Ich komme mir vor wie ein Ballon. Manchmal glaube ich, ich werde für immer so unförmig bleiben.«

Sie setzten sich und tranken Tee. Es war still um sie herum; nur das Knacken des Feuers und das Zusammenfallen der verkohlten Holzscheite war zu hören. Kitty verschränkte die Hände über dem Bauch und fühlte, wie das Baby es sich bequem machte und dann zur Ruhe kam. Die Bewegungen beruhigten sie, und von der Hitze des Feuers wurde sie ganz schläfrig. Sie schloss einen Moment die Augen.

In der letzten Zeit hatte sie immer öfter an ihre Schwester denken müssen, daran, wie sie gestorben war, und an die Ereignisse, die auf ihren Tod gefolgt waren. Die Bestätigung ihrer eigenen Schwangerschaft, die überhastete Heirat mit Ted.

»Weißt du, Bridie, manchmal habe ich schreckliche Schuldgefühle. Maddie sollte hier sitzen und Teds Kind unter dem Herzen tragen. Warum musste sie sterben? Das Leben ist so ungerecht.«

»Das Leben ist voller Ungerechtigkeiten, Kitty. Stell es

nicht in Frage, sondern nimm es so, wie es kommt. Denk an deine Rosen. Hunderte von ihnen öffnen tagtäglich ihre Knospen der Sonne, bis sie schließlich welken und sterben. Wenn Rosen Wünsche wären, würden unsere Träume wahr werden, aber so einfach ist das nicht. Wir sind immer gefangen zwischen Wünschen und Wirklichkeit.«

Kitty verbrachte die folgende Woche damit, in aller Ruhe alles für die Geburt des Kindes vorzubereiten. Sie fühlte, dass es nicht mehr lange dauern würde; immer öfter verspürte sie stechende, krampfartige Schmerzen, die ihren Bauch zusammenzogen, bis er steinhart war. Doktor Grace traf früh am Mittwochmorgen ein. Sie lag entspannt auf dem Bett, während er sie untersuchte und ihren Bauch abtastete.

»Gut. Gut.« Der Doktor nickte. »Perfekt. Er hat sich gesenkt. Hat den Druck von Ihren Rippen genommen.«

»Er?«

Doktor Grace trat zurück, damit sie ihr Kleid wieder zurechtzupfen konnte, und lächelte. »Das ist mir nur so rausgerutscht, junge Dame. Das hat nichts weiter zu bedeuten.«

Sie verlor schwallartig Flüssigkeit und war sofort hellwach. Der Himmel draußen ging eben von tiefschwarz zu indigoblau über. Bald würde die Sonne aufgehen. Ted schlief noch. Ungeduldig wartete sie auf das nächste Zeichen. In ihrem Bauch hatte sich ein konstanter Schmerz breit gemacht. Sie sah zu, wie der Himmel immer heller wurde, wartete, bis die erste wirklich starke Wehe kam.

Sie war überrascht von der Intensität der Kontraktion.

Es würde noch Stunden, vielleicht einen ganzen Tag dauern, bis das Kind kam. Hatte Doktor Grace nicht gesagt, dass das beim ersten Kind immer so war? Kitty erschauerte, als die nächste Wehe kam. Sie konzentrierte sich, biss die Zähne zusammen und kniff die Augen zu. Die Wehen kamen ganz plötzlich und folgten immer dichter aufeinander, bis sie zwischendurch kaum noch zum Luftholen kam.

Sie konnte ein Stöhnen nicht unterdrücken. Ted wachte sofort auf und schlug die Bettdecke zurück. »Bist du in Ordnung? Kommt das Baby?«

»Ja!«, keuchte sie, kniete sich hin und drückte die Stirn auf die Matratze.

Sie fühlte, wie das Gewicht des Kindes sich unaufhaltsam abwärts einen Weg durch sie hindurch bahnte. Sie verspürte das Bedürfnis zu pressen. Kitty hob leicht den Kopf und sah, wie Ted in seine Hose stieg. »Ich hole Layla.«

»Nein!« Flehend streckte sie eine Hand nach ihm aus. »Geh nicht weg! Es ist zu spät! Das Baby kommt!«

»Ich bin ja da, ich bin ja bei dir«, redete er beruhigend auf sie ein und strich ihr das Haar aus der schweißnassen Stirn. Sanft half er ihr, sich aufzusetzen, und stützte sie mit einem Arm. »Es wird alles gut gehen.«

Wieder der Drang zu pressen. Ganz langsam bewegte sich das Gewicht zwischen den Wehen weiter abwärts. Ted blieb bis zuletzt bei ihr, als das Baby nass und schreiend aus ihr hinausglitt.

»Ein Junge«, rief er mit vor Ergriffenheit zitternder Stimme. Kitty ließ sich erschöpft in die Kissen zurücksinken und schluchzte vor Erleichterung.

Sie musste eingeschlafen sein, wenn auch nur einen

kurzen Moment. Als sie die Augen aufschlug, war die Sonne eben aufgegangen. Ihre ersten Strahlen fielen durch die Gardine und tauchten das Zimmer in warmes, goldenes Licht, das von den weißen Wänden reflektiert wurde und sie fast blendete. Und da, in der Mitte des Zimmers, stand Ted, das Neugeborene schützend an die Brust gedrückt.

Später legte Kitty das Baby an die Brust, der ausgestandene Schmerz nur noch eine verblasste Erinnerung. Gierig seinem Instinkt folgend, saugte es sich blindlings an ihrer Haut fest. Sanft dirigierte sie seine winzigen Lippen an ihre Brustwarze.

Eine Bewegung an der Tür ließ sie aufblicken, und sie sah Ted auf der Schwelle stehen, sein Gesicht strahlend von Stolz und Zärtlichkeit. Kitty erwiderte das Lächeln und empfand plötzlich eine übermächtige Liebe zu diesem sanften, bärtigen Mann.

»Unser erster Sohn«, sagte sie leise. »Lass ihn uns Edward nennen.«

KAPITEL 4

Umgeben von Verwandten und Freunden betrachtete Edward feierlich den Kuchen, den Kitty vor ihn hinstellte. Er war vier Lagen hoch, mit Schokoladenglasur und drei Kerzen.

Ted sah zu, wie Kitty sich über ihren Sohn beugte, auf die Kerzen zeigte und ihn anwies, zu pusten. Ihr Haar, das im Licht der Nachmittagssonne rot schimmerte, rahmte ihr Gesicht ein wie ein leuchtender Hof. Wie ein Engel sieht sie aus, dachte er bei sich.

Edward blähte die Wangen, schloss die Augen und runzelte konzentriert die Stirn. Dann beugte er sich vor und blies. Eins, zwei, drei. Ted schaute zu, bis die Flammen nur noch eine Erinnerung waren, die ihn nach vorn und nicht zurückblicken ließ.

»Alles Gute zum Geburtstag«, riefen die Gäste und klatschten Beifall. Alle lächelten, vor allem über Edward. Ted wusste, dass er sich über die viele Aufmerksamkeit und die Geschenke freute, vor allem die bunt angemalten Zinnsoldaten, die seine Mutter ihm schon am Morgen überreicht hatte.

Kitty, die gerade damit beschäftigt war, den Kuchen zu schneiden, hielt inne. Als spüre sie seinen Blick, schaute sie zu ihm herüber und lächelte. Edward spielte unter den nachsichtigen Blicken der anderen Kinder und Erwachsenen mit den Kerzen herum. Immerhin war heute sein Ehrentag. Als wolle er wissen, warum seine Mutter nicht weiter Kuchen schnitt, blickte Edward auf. Der Fotograf wählte diesen Moment, um den Auslöser zu betätigen, und Kittys Lächeln wurde für immer auf Bromsilberpapier festgehalten.

Wochen später hielt er das Foto in der Hand und studierte nachdenklich Kittys Züge. Ein kleines, herzförmiges Gesicht, das lange rote Haar im Nacken lose zu einem Knoten geschlungen. Und ihr Lächeln sandte ein fast greifbares Strahlen aus. Edward blickte mit einem Ausdruck reinster Anbetung zu seiner Mutter auf und wirkte fast lebensecht, so scharf waren alle Details der Aufnahme.

Ted konnte im Haus seine Frau beim Staubwischen

mit glockenklarer Stimme singen hören. Obwohl die Hütte schon über 30 Jahre alt war, war sie praktisch, mit drei Schlafzimmern, einem Wohnzimmer und einem Küchenanbau auf der Rückseite. Sie war seinerzeit von den Tarlingtons errichtet worden, die sie später zugunsten des neuen Herrenhauses aufgegeben hatten.

Eines Tages würde er für Kitty ein schönes neues Haus bauen, ihr eigenes Zuhause und nicht das abgelegte Heim anderer. Aber bis es so weit war, musste die Hütte noch eine Weile genügen. Geld war Gott sei Dank nicht das Problem; Ted bewahrte einen Beutel voller Geldscheine im Stall auf. Aber er war ein vorsichtiger Mann. Er besaß bereits drei Parzellen Land, ein Sägewerk, ein Ochsengespann und einen kleinen Milchbetrieb, hatte aber bereits Pläne, seine Geschäfte auszuweiten.

Ted drückte das Foto an die Brust und dachte über seine Gefühle für seine zweite Frau nach. Seine Liebe zu Maddie war sanfter gewesen, weicher. Kitty hingegen weckte in ihm Empfindungen, die er bis dahin nicht gekannt hatte. Er sah sie überall, musste immer wieder ganz plötzlich an ihr Lächeln denken, ihr Lachen oder auch ihr ernstes Gesicht, wenn sie ihn anschaute.

Im ersten Jahr ihrer Ehe war er gefangen gewesen in einem verwirrenden Mahlstrom widerstreitender Gefühle. Unglaube. Unsicherheit. Schuldgefühle vermischt mit Furcht. Durfte er eine andere lieben? Er lebte in der ständigen Angst, dass er Kitty ebenso plötzlich verlieren könnte wie Maddie.

Kitty war seine Zurückhaltung in diesen Anfangstagen natürlich nicht entgangen. »Ted! Was ist los?«, hatte sie häufig gefragt, wenn sie auf seinem Schoß gesessen und Strähnen seines kurzen Bartes um einen Finger gewickelt hatte. Bis heute konnte er bei dem Gedanken den Geruch von Babys und Milch riechen, warm und sinnlich. Er sah sie noch vor sich, wie sie ihr Kleid aufknöpfte, um das Baby zu stillen. Er hatte die Hände über ihre warme Haut gleiten lassen und das Gesicht in ihrem Haar vergraben.

Sie hatte nicht nachgelassen. »Ich weiß, dass dich etwas bedrückt. Willst du es mir nicht sagen?«

Er hatte den Kopf geschüttelt. Er konnte nicht mit ihr darüber reden. Und er war nicht der Typ, der seine innersten Gedanken einem anderen Menschen offenbarte. Es gab eben Dinge, die ein Mann nicht mit seiner Frau besprechen konnte.

Er war glücklich und doch auch traurig, ein bedrückender innerer Konflikt.

Frühmorgens holte er den kleinen Edward in ihr Bett und sah zu, wie sie das Kind auf den Knien schaukelte und mit ihm herumalberte, bis es lachte und gurgelnde Laute von sich gab. Dann öffnete sie ohne jede Scham die obersten Knöpfe ihres Nachthemdes und legte den Säugling behutsam an. Ted schaute zu, wie Edward schläfrig an ihrer Brust nuckelte, fasziniert von dem rotgoldenen Haar, das ihr Gesicht umrahmte und fächerartig über das Kopfkissen fiel. Ihre Natürlichkeit und Unbefangenheit berührten ihn tief. Und da empfand er etwas, von dem er nicht wusste, wo es herkam, etwas Ähnliches wie Trauer.

Eines Morgens pflückte er Dutzende noch geschlossene Rosenblüten, die er ihr ins Haar steckte, während sie noch schlief.

»Kann das alles wahr sein?«, fragte er sich leise. »Sie ist doch noch ein Kind!«

Er malte sich aus, wie sie gemeinsam alt wurden, im

Umgang miteinander völlig entspannt, zusammengehörig wie ein altes Paar Stiefel: Und da wünschte er sich, sie beide, seine junge Frau und seinen Sohn, in die Arme zu schließen und nie wieder loszulassen.

Ted hatte im Laufe der vergangenen drei Jahre seine Holzexpeditionen immer weiter eingeschränkt und an seiner statt zwei der O'Reilly-Jungen engagiert. Das Sägewerk wurde von einem Verwalter geleitet, und ein weiterer O'Reilly kümmerte sich um den Milchtransport.

Es war ein praktisches Arrangement. Paddy und Mayse waren dankbar, dass ihre Söhne Arbeit hatten. Der Schmied und seine Frau hatten neun Kinder; mit einer Ausnahme, der jungen Kathleen, die in Beths Alter war, waren es alles Jungs. Paddy hatte Ted einmal gestanden, dass es in der Schmiede etwas beengt zugegangen war, als ein Großteil seiner Söhne ein erwerbsfähiges Alter erreicht hatte.

Die ältesten waren zu kräftigen Männern herangewachsen, groß und stämmig, und fast alle hatten Paddys karottenrotes Haar geerbt. Da waren Blue und Mick, gefolgt von Patrick und Tom. Kathleen war daheim geblieben, um ihrer Mutter mit den jüngeren Kindern zu helfen.

Die Great Southern Road, die Hauptroute zwischen dem Norden und Süden des Landes, bildete die östliche Grenze der Hall-Farm. Kitty ging oft mit Edward durch den Busch Clarrie Morgans Postkutsche entgegen, die ächzend die staubige Straße hinunterholperte. Sie liebte die Spaziergänge, bei denen sie ihrem Sohn allerlei Interessantes zeigte. Dreiste Elstern machten in den Bäumen ihre Faxen, wildfarbene Wallabys versteckten sich im grau-grünen Laub, regungslos und fluchtbereit. Eidechsen huschten raschelnd durch das trockene Laub. Ganze Heere von Ameisen, die sie nur sahen, wenn sie in die Hocke gingen, schleppten im Verhältnis zu ihrer Körpergröße riesige Lasten zu ihrem Bau.

Sie warteten an der Furt auf die Kutsche und sahen die große weiße Staubwolke, die ihre Ankunft ankündigte, lange bevor sie das Hufgetrappel und das Knarren der Ledergeschirre hörten.

»Da hast du, Kitty«, rief Clarrie, als er die Pferde durchparierte und ihr den üblichen Postsack reichte. »Und hallo, junger Mann! Meine Güte, du wächst ja jeden Monat gleich mehrere Zentimeter.«

In der Post waren einige Tage alte Zeitungen, Briefe und Kataloge. Manchmal kam ihr Boolai so schrecklich abgeschieden vor, dass die Post Kitty wie die einzige Verbindung zur Außenwelt erschien.

Sie konnte es kaum erwarten, den Inhalt des Beutels zu studieren. Unten am Fluss leerte sie ihn ins Gras und legte sich gleich daneben. Während Edward kleine Äste im Wasser schwimmen ließ, vertiefte sie sich in Zeitungen und Kataloge, in denen allerlei Waren aus der Stadt angeboten wurden.

»Sieh doch«, sagte sie später zu Ted und zeigte ihm den aktuellsten Artikel auf der Titelseite des Logan Witness. »Sie haben über 10.000 Pfund für den Straßenbau in der Gegend bewilligt.«

»Mmmm«, sinnierte Ted. »Dann kommen mehr Leute her.«

»Und es heißt, die Eisenbahn kommt«, fuhr sie fort und blätterte um. »Die Züge fahren schon bis zu den Downs. Vielleicht sind wir als Nächstes dran.«

Als es Sommer wurde, fiel Kitty auf, dass die Passagiere der Postkutsche erschöpft von der Hitze waren, wenn sie Boolai erreichten. Die kleinen Kinder, die ihre Gesichter an die Scheiben drückten und sie aus gelangweilten, traurigen Augen ansahen, taten ihr Leid. Und ganz besonders bedauerte sie jene, die bis Murwillumbah fuhren, der Endstation, die noch einen halben Tag entfernt war.

Und so nahm sie eines Nachmittags, als sie einen Überschuss an Zitronen von einem Baum in der Nähe der Hütte gepflückt hatte, einen großen Krug mit zum Treffpunkt und verteilte frische Limonade an Clarries dankbare Fahrgäste.

»Danke, meine Liebe«, sagte ein Mann mit rotem Gesicht, als er ihr das leere Glas zurückgab und sich mit einem sauberen weißen Taschentuch den Schweiß von der Stirn wischte. »Sie haben mir das Leben gerettet.«

»Stimmt«, meinte ein anderer Fahrgast. »Sie sollten hier einen kleinen Stand aufstellen. Bei Gott, Sie würden mit Erfrischungen ein Vermögen verdienen.«

Kitty lächelte über ihre Bemerkungen. Das Verkehrsaufkommen war bei weitem zu gering, um den Vorschlag ernst zu nehmen. »Hier, nehmen Sie noch«, sagte sie und schenkte ihnen nach.

Als sie später lachend Ted von der Szene berichtete, schwieg dieser eine Weile nachdenklich. »Die Idee ist gar nicht so dumm«, meinte er schließlich, einen abwesenden Ausdruck auf dem Gesicht.

»Das kann doch nicht dein Ernst sein! Den ganzen Tag an der Straße stehen und Limonade verkaufen? Das wäre sicher kein sehr einträgliches Geschäft.«

»Nein«, gab er zu und tippte sich mit dem Zeigefinger an die Lippen. »Ich meinte auch eher das Konzept an sich. Du hast mich da auf eine großartige Idee gebracht.«

»Wirklich?«

Ted trat vor sie und legte ihr die Hände auf die Schultern. Kitty fühlte die Wärme seiner Finger durch den Stoff ihres Kleides.

»In Nerang gibt es mehrere Hotels. Und dann gibt es noch das Murchistown Arms in Gilston und The Rose and Crown in Tallebudgera. Hier in Boolai dagegen gibt es kein einziges Gasthaus, und dabei besteht durchaus Bedarf, Kitty. Durstige und hungrige Reisende, die eine ordentliche Mahlzeit wollen, dazu einen Stall, kühles Bier und Schnaps. Es wird immer mehr Geld unterwegs ausgegeben! Und wenn erst die Bahn kommt! Dieses Land wird endlich erschlossen, und wir müssen vorausschauend denken.« Er schwieg einen Moment, als dächte er über seine Worte nach.

»Und?«, hakte Kitty neugierig nach.

»Mrs. Hall, ich glaube, es ist an der Zeit, dass Boolai einen Pub bekommt!«

Bridie Tarlington trug den Postsack in die Eingangshalle von Glengownie und leerte ihn auf den Dielentisch. Zum Vorschein kamen mehrere Zeitungen, Briefe und ein kleines Päckchen mit Blumensamen, das sie vor Wochen bestellt hatte. Nichts Besonderes, dachte sie, als sie die Post sortierte. Zwei Briefe für Cordelia und mehrere große braune Umschläge für Hugh. Ganz unten war ein an sie adressierter Brief.

Mit klopfendem Herzen hielt sie den Brief dicht vor das Gesicht und versuchte, den Stempel zu entziffern. Charters Towers, stand da, undeutlich, aber lesbar. Charters Towers? Nun war sie wirklich aufgeregt.

Vorsichtig schob sie einen Finger unter den Rand der Brieflasche und löste den Klebestreifen. Dann zog sie mit zitternden Fingern ein Blatt Papier aus dem Umschlag.

»Liebe Mutter«, las sie laut, und ihr Blick glitt sofort an den unteren Rand des Schreibens. Sie erkannte die vertraute Unterschrift. *Dominic* war dort hingekritzelt worden.

Sofort kehrte sie an den Briefanfang zurück und überflog die Worte, wobei sie es so eilig hatte, dass sie den nächsten Satz bereits las, bevor sie den vorausgegangenen richtig in sich aufgenommen hatte.

Ich weiß, dass es fast vier Jahre her ist, und ich möchte dich um Verzeihung bitten, dass ich mich nicht früher gemeldet habe und überhaupt, dass ich damals so plötzlich und ohne ein Wort von zu Hause weggegangen bin. Es geht mir gut, und das Leben hat es in den letzten Jahren gut mit mir gemeint. Schreib mir nicht. Ich werde in wenigen Tagen schon nicht mehr hier sein. Ich gehe nach Norden und weiß noch nicht, wohin genau. Ich schreibe dir bald wieder.

Alles Liebe,
Dominic

Langsam las sie die Zeilen noch einmal. Für sich allein genommen verrieten sie nicht viel und als Ganzes scheinbar noch weniger. Es gab so vieles, das sie wissen wollte, nein, wissen musste! Was hatte er all die Jahre gemacht? Wo war er gewesen? Wann kam er zurück? So viele Fragen, und er hatte keine einzige beantwortet.

Es hatte im Laufe der Jahre nur wenige Anhaltspunkte hinsichtlich seines Aufenthaltsortes gegeben. Jedes Jahr war an Weihnachten ein Päckchen eingetroffen, jedoch ohne Begleitschreiben. Eine hübsche Stola, duftende Seife, Parfum. Anonyme Geschenke, die ihr verrieten, dass Dominic noch an sie dachte.

Bridie hielt den Brief an die Brust und lehnte sich an die Wand. Die Jahre, in denen sie Dominic nicht gesehen hatte, holten sie ein. All diese Monate, Tage und Stunden. Ihn zu vermissen war schlimm genug gewesen, aber die Ungewissheit war noch quälender gewesen. Sie hatte sich vorgestellt, er wäre krank, am Verhungern oder sogar tot. Aber das war er nicht. Wenigstens das ließ sich aus dem Brief schließen.

Sie legte eine Hand über den Mund, als ihre Lippen sich unkontrollierbar verzogen. Tränen stiegen ihr in die Augen, rannen über ihre Wangen und verwischten die Schrift auf dem Papier.

»Bridie, was ist denn?«

Cordelia stand in der Tür, das blonde Haar locker zum Pferdeschwanz gebunden und eine Gartenschere in der Hand. Der Saum ihres Kleides war schmutzig von der Erde im Garten.

Wortlos schüttelte Bridie den Kopf und kniff die Augen zu, um die Tränenflut zu stoppen.

Cordelia trat näher, nahm ihr den Brief aus der Hand und legte ihn auf den Tisch. »Komm mit in die Küche. Ich koche uns einen Tee, und dabei kannst du mir alles erzählen.«

Sie fühlte, wie Cordelia sie unterhakte und wegführte. Ihre Schritte hallten auf den Fliesen wider. Ein Schritt, noch einer. Würden sie denn nie ankommen? Ihre Beine trugen sie kaum. Dominic, dachte sie, und der Name wiederholte sich in ihren Gedanken endlos wie ein Gebet. Ein Wort, das alles andere aus ihrem Kopf verdrängte und sie in ein emotionales Vakuum sperrte.

»Dominic!«, brach es schließlich aus ihr hervor, als sie sich auf einen Stuhl sinken ließ. »Er lebt, Cordelia! Lieber Gott! Er lebt!«

Commercial Hotel – Boolai. Gegründet 1886 stand auf dem frisch gemalten Schild.

»Ein guter, solider Name, findest du nicht?«, fragte Ted und legte Kitty den Arm um die Schultern.

Kitty, die, die Hände in die Seiten gestemmt, vor dem Pub stand, legte den Kopf schräg und lachte. »Ich schätze, unsere Kunden werden sich mehr für die Getränke interessieren, die wir ausschenken, als für den Namen. Ein Farmer kommt jeden Tag vorbei und fragt, wann wir endlich aufmachen.«

Diesmal war es Ted, der lachte. Er sieht glücklich aus, dachte Kitty, wie ein Mann, der zufrieden ist mit seinem Leben. Beth war in der vergangenen Woche endgültig von der Schule abgegangen und heimgekehrt, um Kitty daheim zur Hand zu gehen. Kitty war wochenlang mit den Plänen und dem Bau des Pubs beschäftigt gewesen und hatte sich nebenher auch um die Erledigung aller rechtlichen Schritte gekümmert.

Das Hotel war an der Ostgrenze ihres Landes erbaut worden, gleich an der Hauptstraße. Es war ein lang gestrecktes, niedriges Holzgebäude mit Blechdach und mehreren großen Regenwassertanks auf der Rückseite. Neben der eigentlichen Bar gab es noch zwei mittelgroße Salons, ein kleines Büro, vier Gästezimmer und einen Stall für ein Dutzend Pferde. In einer Scheune hinter dem Haus sollten die Kutschen und das Futter für die Pferde untergebracht werden. Teds Schanklizenz war in der vergangenen Woche eingetroffen. Kitty war schockiert gewesen, als sie erfuhr, dass sie 30 Pfund gekostet hatte.

»Und, was meinst du?«, fragte Tom, als die Lampe über der Tür fertig angebracht war. Wenn der Pub erst eröffnet hatte, sollte sie die ganze Nacht brennen, von Sonnenuntergang bis Sonnenaufgang.

»Perfekt«, lachte Kitty, als Ted ging, um das Abladen einer Ladung Schnaps zu überwachen.

Tom O'Reilly war ihnen in den vergangenen Tagen zur Hand gegangen. Er war neunzehn, zwei Jahre jünger als Kitty, und ein freundlicher und fleißiger junger Mann. Nachdem er die Halterung der Lampe ein letztes Mal überprüft hatte, stieg er die Leiter hinunter und betrachtete sein Werk von unten. »Ich würde sagen, das sieht gut aus. Jetzt fehlt nur noch der Rum, dann kann's losgehen.«

Beth kam mit Edward im Schlepptau über das Feld. Es war bereits so heiß, dass die Luft über den Baumwipfeln flirrte. Tom wünschte den beiden Frauen einen guten Tag, zauste Edward das Haar und folgte dann Ted hinein.

»Wer war das?«, fragte Beth, die ihm nachblickte. »Er kommt mir irgendwie bekannt vor.«

»Tom O'Reilly. Einer von Paddys Söhnen drüben aus der Schmiede. Erinnerst du dich nicht an ihn?«

Beth schnitt eine Grimasse. »Vage. Er war ein brutales Kind, hat uns immer an den Haaren gezogen und uns ein Bein gestellt, wenn wir vorbeigegangen sind. Aber das liegt natürlich Jahre zurück. Sechs, vielleicht auch sieben. Ich frage mich, ob er sich noch daran erinnert.«

»Wenn ja, würde er es wahrscheinlich lieber vergessen«, entgegnete Kitty lachend. »Komm. Lass uns heimgehen. Ich brauche jetzt einen starken Tee.«

KAPITEL 5

Wütend zügelte Randolph Tarlington sein Pferd und glitt aus dem Sattel. Vor ihm lag der Fluss: Das Sonnenlicht warf glitzernde Reflexe auf das Wasser, das vor ihm durch die Bäume schimmerte. Er hatte eine mörderische Wut im Bauch. Außerdem fühlte er einen verräterischen Druck an der Schläfe, der Kopfschmerzen ankündigte.

Er schlang die Zügel um einen tief hängenden Ast, ließ das Pferd grasen und ging hinunter ans Wasser. Er bewegte sich vorsichtig und achtete darauf, wo er hintrat. Er lief über moosbewachsene Felsen, die in nassem Zustand sehr glitschig waren.

»Allmächtiger, Bridie!«, rief er und hörte, wie die Worte von den steilen Wänden der Felsschlucht zurückgeworfen wurden. »Was zum Teufel willst du eigentlich beweisen?«

Am Flussufer hob er einen größeren Stein auf, wog ihn bedächtig in der Hand und schleuderte ihn dann ins Wasser.

»Miststück!« Er schäumte vor Wut und bedachte Bridie mit jedem Schimpfwort, das ihm einfiel. Die paar Pfund hätten ihr nicht wehgetan. Und sogar Cordelia, seine eigene Schwester, hatte ihm jede Hilfe versagt. »Tut mir Leid, Randolph«, hatte sie gesagt. »Ich habe die Erfahrung gemacht, dass du in Finanzangelegenheiten keine glückliche Hand hast. Ich möchte nicht riskieren, mein Geld zu verlieren.«

Er hatte nur um ein kleines Darlehen gebeten, gerade genug, um sich die nächsten Monate über Wasser zu halten. Der Mais war aufgrund der Dürre noch nicht so weit, dass die Ernte eingebracht werden konnte. Genau genommen befürchtete er, wenn es nicht bald regnete, die ganze Ernte zu verlieren. Und was sollte er dann tun? Wahrscheinlich würde dieser Mistkerl vom Grundbuchamt in Beenleigh ihn von seinem Land entfernen lassen. Ohne Geld konnte er das Land nicht bewirtschaften, und das gehörte nun einmal zu den Pachtbedingungen. Und ohne Geld würde er auch die Pacht für das kommende Jahr nicht zahlen können.

Zornig dachte er wieder an Glengownie, das von Bridie, Cordelia und Hugh verwaltet wurde. Gewissenhafter, großherziger Hugh, dachte er angewidert, sein Halbbruder, der jetzt auf dem Land lebte, das ihm selbst zustand. Land, das sein Vater vor Jahren zu seinem Erbe bestimmt hatte.

Glengownie war direkt am Boolai Creek gelegen und kannte keine Wasserprobleme, im Gegensatz zu ihm auf seiner Parzelle am Fuß der Berge. Das Land dort war trocken und staubig, und es gab Meilen im Umkreis keinen nennenswerten Wasserlauf. Und alles veräußerbare Holz hatte Randolph inzwischen ebenfalls abholzen lassen.

Randolph beugte sich hinunter, schöpfte mehrmals hintereinander Wasser mit den Händen und benetzte seine Stirn mit dem kühlen Nass, was seinem gemarterten Hirn tatsächlich vorübergehend Linderung verschaffte.

Anschließend trank er gierig und wischte sich dann den Mund am aufgerollten Hemdsärmel ab.

Er richtete den Oberkörper wieder auf, hob den Kopf und blickte verdutzt in ein Paar braune Augen, die ihn aus einem ebenso braunen Gesicht neugierig musterten. Ein Eingeborenen-Kind hockte nur wenige Meter von ihm entfernt und betrachtete ihn mit unverhohlenem Interesse.

»Hallo«, sagte Randolph, im ersten Moment überrumpelt von der unerwarteten Begegnung. Normalerweise hätte er das Kind gesten- und wortreich verscheucht. Er verachtete die Aborigines und schimpfte sie bei jeder Gelegenheit eine Rasse von nutzlosen Faulpelzen.

Das Kind starrte ihn an, ohne zu blinzeln. Das Gesicht hatte etwas Sonderbares, etwas, das ihm vage vertraut vorkam, wenngleich er nicht zu sagen vermochte, woran genau es lag.

»Wie heißt du?«, fragte er. »Name? Ich ...« Er zeigte auf seine eigene Brust. »... Randolph.« Aus den Augenwinkeln registrierte er eine Bewegung weiter unten am Flussufer. Jemand näherte sich ihnen.

»Ihr Name ist Kaira«, sagte eine eiskalte, hasserfüllte Stimme. »Das heißt ›weißer Kakadu‹.«

Randolph blickte erschrocken auf. Layla, die Eingeborene, die drüben bei den Halls im Haushalt half, kam leichtfüßig mit nackten Sohlen über die glitschigen Steine, die er selbst eben erst mühsam überquert hatte, auf ihn zu. Als sie bei ihnen angelangt war, zog sie das Kind grob an sich und drückte sein Gesicht an ihren Bauch, als wolle sie es vor Randolphs Blick schützen. Ihre Augen blitzten in ihrem dunklen Gesicht, und sie hatte die Lippen verärgert zu einem schmalen Strich zusammengepresst.

»Layla«, sagte er, stand schwankend auf und zwang sich zu einem Lächeln. Sein Blick glitt an der Knopfleiste vorn an ihrem Kleid hinab, und er fühlte, wie sein Verlangen sich regte. Gott, es war Monate her, dass er das letzte Mal im Lager der Schwarzen gewesen war und eine Frau genommen hatte.

»Wie geht es dir, Layla?«, fragte er, wobei ihm nicht entging, dass seine Stimme rau und brüchig klang. »Es ist lange her.«

Layla warf ihm einen angewiderten Blick zu. »Nicht lange genug, wenn Sie mich fragen, Mista Tarlington. Halten Sie sich ja fern von ihr. Wir wollen Sie hier nicht haben. Bleiben Sie weg von meiner Tochter Kaira. Sie will mit Leuten wie Ihnen nichts zu tun haben.«

Ohne auf eine Erwiderung seinerseits zu warten, wandte Layla sich ab und ging, das kleine Mädchen an der Hand hinter sich herziehend. Kaira musste laufen, um mit ihrer Mutter Schritt zu halten. Sie warf noch einen flüchtigen Blick zurück, ehe das dichte Gestrüpp ihm die Sicht auf sie nahm.

»Kaira, Kaira«, wiederholte Randolph leise. Das gefiel ihm. Das klang weich und melodisch, etwas, das ihm an einem Namen gefiel. Er fragte sich, wie alt das Mädchen sein mochte. Sechs? Sieben? Sicher nicht älter, aber man konnte der Kleinen jetzt schon ansehen, dass sie zu einer Schönheit heranwachsen würde. Lange, schlanke Gliedmaßen, dunkle, samtige Haut und ein sinnlicher Mund wie der ihrer Mutter.

Randolph runzelte die Stirn, als er seine Gedanken einige Jahre zurückwandern ließ. Er hatte Layla seinerzeit begehrt, und er hätte sie auch gekriegt, wenn Bridie und diese Hall-Schlampe Maddie sich nicht eingemischt hätten. Einmal hatte er Layla in die große Speisekammer von Glengownie gestoßen und mit einem Fuß die Tür hinter ihnen zugetreten. *Zum Teufel mit euch allen. Ich werde heute meinen Spaß haben, und wenn es das Letzte ist, das ich tue,* das waren damals seine Gedanken gewesen.

Aber es war anders gekommen. Er würde Bridie nie verzeihen, dass sie die Tür aufgerissen und ihm den Spaß verdorben hatte. Nur ein paar Minuten, und er wäre fertig gewesen, und niemand hätte etwas davon erfahren. Er sah Bridies schockiertes Gesicht, hörte die zornigen Worte, die sie ihm an den Kopf warf: *Raus hier! Lass Layla in Frieden! Sie ist doch noch ein Kind!*

Layla war damals 14 gewesen. Kein richtiges Kind mehr, so wie ihre Tochter eins war, sondern groß und schlank, mit Brüsten, über denen sich der Stoff ihres Kleides spannte, ein Anblick, der sein Blut in Wallung gebracht hatte.

Kurz nach dem Zwischenfall in der Speisekammer hatte er es noch einmal versucht, als Bridie mit Hedley in Brisbane gewesen war. Diesmal war er niedergeschlagen worden – er wusste bis heute nicht, von wem. Damals war Layla zu den Halls gekommen. Er wusste, dass Bridie das arrangiert hatte. Blöde Kuh! Immer musste sie ihre Nase in seine Angelegenheiten stecken!

Er dachte wieder an den verweigerten Kredit und fluchte leise. Bridie, Cordelia: Irgendwie würde er es ihnen heimzahlen, dass sie gewagt hatten, sich gegen ihn zu stellen. Und was Glengownie betraf, gehörte das Anwesen von Rechts wegen ihm. Hedley hatte es versprochen.

Ohne Land ist ein Mann ein Nichts.

Die Worte aus Kindheitstagen ließen seinen Hass neu auflodern. Seine Schläfen pochten schmerzhaft, und ihm wurde leicht schwindlig. Er streckte Halt suchend den Arm aus, und seine Hand ertastete raue Baumrinde.

Glengownie, das Land, das er über alles liebte. Irgendwie würde er es eines Tages wieder in seinen Besitz bringen. Er hatte keine Eile; er war ein geduldiger Mann.

Um die Eröffnung des Hotels zu feiern, organisierte Kitty einen Neujahrsball. Die Gäste, die sogar aus Nerang, Southport und Coomera anreisten, trafen zwischen fünf und acht Uhr am Abend in den unterschiedlichsten Gefährten ein. Die Männer versammelten sich in der Bar, unterhielten sich laut und ließen sich anerkennend über den Standort des neuen Pubs aus. Die Frauen machten es sich in einem der Salons gemütlich, nippten an ihren Gläsern Sekt, der extra für diesen Anlass beschafft worden war, und bewunderten den guten Geschmack, den Kitty bei der Inneneinrichtung bewiesen hatte.

Um neun Uhr bat Ted alle in die angrenzende Scheune. Als die Gäste hinausgingen, zog Bridie Tarlington Kitty beiseite. »Kann ich dich kurz sprechen?«

»Natürlich. Was gibt es denn?«

Bridie wartete, bis der Raum sich geleert hatte. »Es geht um Dominic«, sagte sie schließlich. »Er hat mir geschrieben.«

»Wann?«

»Vor ein paar Wochen.«

Kittys Kehle war mit einem Mal wie zugeschnürt. Dominics Name war untrennbar mit Dans verbunden und riss alte Wunden auf.

»Wie geht es den beiden?«, fragte sie krächzend. »Wo sind sie? Kommen sie vielleicht bald heim?«

Bridie bedachte sie mit einem mitfühlenden Blick.

»Dominic ist mit Dan zusammen weggegangen.« Sie starrte Bridie verständnislos an. »Dominic muss doch in seinem Brief Dan erwähnt haben«, fuhr Kitty hastig fort. »Er muss doch irgendetwas von ihm geschrieben haben ...«

Bridie schüttelte den Kopf. »Tut mir Leid, Kitty. Der Brief war sehr kurz, und Dominic hat Dan mit keinem Wort erwähnt. Hier, lies selbst. Abgesehen davon, dass er mich wissen lässt, dass es ihm gut geht, bleibt er in allem sehr vage.«

Kitty überflog die Zeilen und war tief enttäuscht. Sie dachte nur noch selten an Dan, und doch war bei Bridies Worten eine Welle der Hoffnung in ihr aufgestiegen. Sie unterdrückte das Gefühl und nahm Bridies Hand. »Ich freue mich für dich, auch wenn er nicht viel preisgibt. Vielleicht kommt er ja schon bald nach Hause.«

Als sie und Bridie die Scheune betraten, aus der sämtliches Heu entfernt worden war, um Platz zu schaffen, spielte die Musik bereits. Die rauen Wände waren mit Jute bespannt worden, um die Kleider der Frauen zu schützen. In einer Ecke des ›Tanzsaales‹ hatte Ted eine kleine Bar aufgebaut, an der bereits kräftig ausgeschenkt wurde.

Von einigen kurzen Pausen abgesehen, wurde bis elf Uhr getanzt, dann läutete Kitty feierlich zum Abendessen. Die Gäste kehrten zurück ins Hotel, wo ein riesiges Büffet aufgebaut worden war.

Paddy O'Reilly hatte die Rolle des Conferenciers übernommen. Seine Augen strahlten, und er war bester Laune, ein Umstand, der, wie Kitty vermutete, nicht zuletzt auf mehrere doppelte Whisky zurückzuführen war. Nach einer langatmigen, etwas konfusen Ansprache, begleitet von Zwischenrufen und Johlen der Gäste, präsentierte Paddy schließlich formell den Gastgeber des Abends. »Ladys und Gentlemen«, rief er laut, um das Stimmengemurmel im Saal zu übertönen, »bitte füllen Sie Ihre Gläser, und trinken Sie mit mir auf das Wohl des Organisators des heutigen Abends: Ted Hall.«

Ted stand auf und verneigte sich, begleitet von tosendem Applaus und Hochrufen. »Ich danke Ihnen, dass Sie so zahlreich gekommen sind, meine Freunde«, sagte er. »Ich hoffe, dass Sie alle den Abend genießen, zumal viele von Ihnen, wie ich weiß, von sehr weit angereist sind. Das Commercial Hotel in Boolai ist hiermit offiziell eröffnet. Ich heiße Sie in meinem Haus willkommen und verspreche, mein Möglichstes zu tun, um Sie zufrieden zu stellen.«

Er verstummte und ließ den Blick durch den Raum schweifen, bis er Kitty entdeckte. Sie stand weit hinten im Saal, kaum zu sehen inmitten einer Gruppe von Farmern. Er schenkte ihr ein liebevolles Lächeln und winkte sie nach vorn. »Und jetzt, Ladys und Gentlemen, möchte ich einen Toast auf die Gastgeberin des heutigen Abends ausbringen, meine Frau.«

Lachend schoben die Gäste sie nach vorn, bis sie bei Ted war. Ted hob sein Glas, prostete ihr zu und lächelte. »Auf Kitty.«

»Auf Kitty!«, riefen alle Anwesenden im Chor.

Als die Gäste sich auf das Büffet stürzten, blickte Beth auf und sah, wie Kathleen O'Reilly mit ihrem Bruder ihren Tisch ansteuerte.

»Was für eine schöne Feier, Beth«, sagte Kathleen und schloss sie in die Arme. »Und ich freue mich, dass du jetzt wieder zu Hause bist.«

»Beth? Beth Hall?«

Kathleens Bruder drückte ihr fest die Hand. Seine Finger waren trocken und warm. Sie nickte schüchtern.

»Hallo. Ich bin Tom. Tom O'Reilly. Erinnerst du dich an mich?«

»Du musst dich an Tom erinnern!«, meinte Kathleen desinteressiert und blickte über Beths Schulter hinweg auf Kitty, die gerade mit einem weiteren Tablett aus der Küche kam. »Entschuldigt mich. Ich sehe da frische, warme Brötchen, und ich sterbe vor Hunger.«

Beth schaute in Toms wache Augen. Er war etwas größer als in ihrer Erinnerung, mit dem roten Haar seines Vaters, dem Markenzeichen der O'Reillys, und einem breiten, freundlichen Lächeln auf den Lippen. »H-hallo«, stammelte sie und fühlte, wie ihr brennende Röte ins Gesicht stieg.

»Es muss Jahre her sein«, fuhr er fort, ohne den Blick von ihr abzuwenden. »Kathleen hat erzählt, dass du in Beenleigh auf der Schule warst.«

»Ja«, entgegnete sie scheu, eingeschüchtert von seinem guten Aussehen. Sie rechnete rasch nach, dass er inzwischen über zwanzig sein musste, mindestens drei Jahre älter als sie selbst und Kathleen.

»Und die Spiele in der Schmiede«, fuhr er fort. »Kannst du dich daran noch erinnern? Verstecken, Fangen und so weiter. Wir hatten damals viel Spaß, nicht wahr?«

Bevor Beth antworten konnte, fing die Kapelle in der Scheune wieder an zu spielen, und alles strömte zur Tür. Sie drehte den Kopf zum Ausgang, und als sie sich wieder

Tom zuwandte, wurde der gerade von einem unscheinbaren Mädchen in einem rosafarbenen Brokatkleid weggeführt. Er zwinkerte ihr über die Schulter hinweg verschwörerisch zu.

Im Laufe des Abends ertappte Beth Tom mehrmals dabei, wie er sie eindringlich musterte. »Ich glaube, er mag dich«, kicherte Kathleen, als sie in einer Musikpause an der Wand saßen. Gemeinsam schauten sie zur Familie O'Reilly hinüber, die fast eine ganze Scheunenbreite besetzt hatte. Tom erwiderte ihren Blick und lächelte zögernd.

»Sei nicht albern«, entgegnete Beth. »Außerdem hat er mich, als wir noch klein waren, immer an den Haaren gezogen und ist uns ständig nachgelaufen. Für mich war er ein ziemliches Ekel.«

Paddy durchquerte die Scheune und hakte seine einzige Tochter unter. »Heh, Kathleen. Komm und tanz mit deinem alten Pa«, rief er.

»Bis später, Beth«, sagte Kathleen grinsend, als Paddy sie auf die Tanzfläche zog. »Und vergiss nicht, was ich gesagt habe«, rief sie noch, bevor sie von der Menge verschluckt wurde.

Beth sah den Paaren zu, die über die Tanzfläche wirbelten. Papa mit Bridie Tarlington im Arm. Kitty mit Clarrie Morgan, dem Postboten. Hugh Tarlington stand an der Tür und unterhielt sich ernsthaft mit einem jungen Mädchen. Sie war so mit Gucken beschäftigt gewesen, dass sie gar nicht bemerkt hatte, dass Tom sich einen Weg bis zu ihr gebahnt hatte.

»Möchtest du tanzen?«

Obwohl Beth und die anderen Mädchen im Kloster auch eine gewisse Grundfertigkeit im Tanzen erlangt hatten, war ihr der Tanz, der gerade gespielt wurde, gänzlich unbekannt. »O nein! Ich glaube nicht«, entgegnete sie verlegen.

»Tanzt du nicht gerne?«

Es war zwecklos, ihm etwas vormachen zu wollen. Immer ehrlich sein, hatte Papa sie immer ermahnt. »Ich würde sehr gern. Es sieht aus, als würde es großen Spaß machen. Aber um ehrlich zu sein, kenne ich die Tanzschritte nicht.«

»Dann ist das die beste Gelegenheit, es zu lernen.« Seine Stimme hatte einen tiefen, voll tönenden Klang.

»Hier? Vor allen anderen? Ich möchte dich nicht in Verlegenheit bringen.«

»Das ist doch Unsinn. Außerdem ist es ganz leicht. Komm, ich zeige es dir, wenn du mich lässt. Tu einfach so, als wären wir ganz allein.«

Er nahm ihre Hände und zog sie auf die Füße.

Beth blickte zweifelnd zu ihm auf, aber als er sie aufmunternd anlächelte, verlor sie ihre Scheu. »Also gut, wenn es dir nichts ausmacht.«

»Darf ich?«

Er hakte sie unter und führte sie auf die Tanzfläche. Die Dielen fühlten sich rutschig an. Papa hatte sie mit irgendetwas besprenkelt. Damit das Tanzen leichter fällt, hatte er auf ihre Frage hin erklärt.

»Dann bist du jetzt endgültig aus dem Internat zurück?«

Beth fühlte Toms starken Arm auf ihrem Rücken. Sie wiegten sich zur Musik und bewegten sich dabei kaum. Seine Lippen waren nur Zentimeter von ihren entfernt. »Ja«, sagte sie leise und schaute an ihm vorbei, zu schüchtern, um ihn anzusehen.

»Das freut mich, Beth.«

Er war stehen geblieben. Sie nahm die Paare, die sich um sie herum zur Musik drehten, nur noch ganz am Rande wahr. Der Lärm um sie herum wurde zu einem diffusen Meeresrauschen. Seine Stimme erinnerte sie an kleine Wellen, die über sie hinwegspülten, gegen ihr Bewusstsein schlugen und sie leicht schwanken ließen.

»Ich finde, du bist das hübscheste Mädchen im Raum, Beth Hall.«

Langsam hob sie den Blick. Warme graue Augen musterten sie forschend, als wolle er sich jede Einzelheit ihres Gesichts einprägen, jedes Grübchen und jeden Zahn, wenn sie lächelte. Sie schaute hastig wieder weg und fühlte, wie sie wieder rot wurde.

Die Musik war verstummt, und die Tänzer kehrten zurück an ihre Plätze. »Meine Güte«, sagte Tom lächelnd und führte sie zur Bar, wo Ted Erfrischungen ausschenkte. »Ich habe dich in Verlegenheit gebracht. Das tut mir Leid.«

Beth hob herausfordernd das Kinn. »Für mich sieht es aber nicht so aus, als würde es dir Leid tun«, konterte sie.

»Ach nein?« Er tat einen Moment so, als würde er nachdenken. »Vielleicht hast du Recht.«

»Das dachte ich mir«, lachte Beth.

Tom stimmte in ihr Lachen ein, dann wurde er plötzlich ganz ernst. Blitzschnell ergriff er ihre Hand und hob sie an seine Wange. »Darf ich dich wiedersehen?«

»Wenn ... wenn du willst. Und wo?«, fragte sie verwirrt.

»Morgen beim Picknick am Strand. Du kommst doch?«

»O ja. Papa hat gesagt, dass er mit uns hinfährt.« Beth nickte in Richtung des Mädchens im rosa Kleid, das sie aufmerksam beobachtete. »Sieht allerdings so aus, als hättest du bereits eine Eroberung gemacht. Vielleicht solltest du dich besser mit ihr verabreden?«, fragte sie verschmitzt.

Tom stöhnte leise und verdrehte die Augen. »Hexe!«, sagte er. »Wenn du morgen siehst, wie sie mich ansteuert, musst du mich retten. Versprochen?«

»Versprochen«, lachte Beth, die sich plötzlich schrecklich auf den folgenden Tag freute.

Kitty kam ganz atemlos hinzu und bat Beth, ihr beim Tee- und Kaffeekochen zu helfen. »Du meine Güte«, stöhnte sie. »Es ist schon drei Uhr, aber niemand macht Anstalten aufzubrechen. Alle amüsieren sich prächtig. Und was ist mit dir, Beth?«

Tom zwinkerte Beth verschwörerisch zu. »Ich auch«, entgegnete sie, ehe sie Kitty rüber ins Hotel folgte. »Ein wundervoller Abend.«

Stunden später sah Beth zu, wie die ersten Sonnenstrahlen zögernd über die höchsten Baumwipfel hinwegkletterten. Sie blickte zu Kitty und ihrem Vater. Ted hatte Kitty den Arm um die Taille gelegt, und die beiden sahen zufrieden und müde aus. Zum ersten Mal seit sehr langer Zeit fühlte Beth ein prickelndes Glücksgefühl in sich aufkommen, eine überschäumende Vorfreude, die ihr nichts und niemand verderben konnte.

Beth hasste es, Butter zu schlagen. Es war eine monotone und langweilige Arbeit, und hinterher tat ihr jedes Mal die Hand weh. Um sich abzulenken, dachte sie an Tom. Nachdem der Bau des Hotels abgeschlossen war, arbeitete er wieder bei Paddy in der Schmiede. Beth war in den vergangenen Wochen mehrmals mit Ted drüben gewesen, unter dem Vorwand, Mayse in irgendwelchen nichtigen Angelegenheiten um Rat fragen zu wollen. Hinterher war sie dann zu ihrem Vater in die Schmiede gegangen und hatte Tom zugelächelt, der mit kraftvollen Bewegungen seiner muskulösen Arme den Blasebalg bediente.

Beth seufzte ungeduldig und kurbelte immer weiter und weiter. Tom hatte von Anfang an deutlich gemacht, dass er mehr wollte als nur Freundschaft, und doch waren sie nie allein. Wenn Tom zu ihnen kam, war immer jemand bei ihnen, Kitty oder Ted, manchmal auch Kathleen, die darauf bestand, ihren Bruder zu begleiten. Immer ist jemand da, nie hat man seine Ruhe, dachte Beth ärgerlich.

Mit jeder Drehung der Kurbel malte sie sich den Augenblick aus, da sie endlich einmal für sich waren. Sie konnte fast sehen, wie Tom sie an sich zog und an seine breite Brust drückte. Sie konnte seinen Mund auf dem ihren fühlen, seine Lippen schmecken, süß wie Wein oder Honig. Er war wirklich der attraktivste Mann, der ihr je begegnet war.

Beth dachte zurück an den Morgen nach der Hoteleröffnung. Ein paar Familien hatten sich am Neujahrstag zum Picknick am Strand von North Harbour eingefunden. Sie hatten Brote und Kuchen gegessen und mit Tassen heißen Tees heruntergespült. Ted ließ eine Flasche Whisky herumgehen, und Beth sah, wie Tom wie alle anderen Männer einen Schluck trank.

Nach dem Mittagessen, als Kitty und ihr Vater sich im Schatten der Bäume ausruhten, war sie mit Edward ans Wasser gegangen, wo er fröhlich in den Wellen gespielt hatte, die sich sacht am Ufer brachen. Tom war später hinzugekommen, und sie wanderten langsam am Wasser entlang, während Edward Muscheln im Sand sammelte.

»Ich dachte schon, du würdest gar nicht mehr kommen«, sagte sie und blickte unter der Krempe ihres Hutes hervor zu ihm auf.

Tom schaute ihr tief in die Augen, ohne zu blinzeln. »Ich habe gesagt, ich komme, und ich halte immer mein Wort.«

»Ja.« Beth errötete leicht und schaute weg. Sie registrierte die Möwen, die kreischend über das Wasser hinwegsegelten, nur am Rande.

»Du hast mir gefehlt. Seit gestern Abend kommt mir jede Minute ohne dich vor wie eine Ewigkeit. Klingt das verrückt?«

»Nein.« Sie hatte genau das Gleiche empfunden.

Schweigend gingen sie weiter, wobei ihre Beine sich im Einklang zueinander bewegten. Edward lief vor und starrte in ein Felsbecken am Fuß einer Klippe. »Beth! Beth! Ich kann Fische sehen, so viele«, rief er aufgeregt und hielt drei Finger in die Höhe.

Sie kamen zu dem Becken, aber Edward war bereits wieder fort und schleppte eine große Muschel durch die schäumende Brandung. Beth beugte sich über das Wasser und betrachtete ihr Spiegelbild. Das Bild erzitterte von kleinen Wellen und reflektierte die Sonne.

»Beth?«

Sie fühlte Toms Hand auf ihrem Arm. Er zog sie zu sich herum. »Tom ...«, begann sie.

»Beth! Edward! Zeit zu gehen.« Der Wind trug ihnen Teds Stimme zu. Edward lief mit ausgebreiteten Armen auf seinen Vater zu.

»Wir haben uns eben erst kennen gelernt, Beth, aber ich liebe dich bereits«, sagte Tom hastig, mit einem Blick auf Ted, der sich ihnen näherte. »Ich möchte dich festhalten und nie wieder loslassen. Ich möchte dich küssen und dein Gesicht an meinem fühlen. Ich möchte dich auf die Arme nehmen und von hier wegbringen, immer an diesem einsamen Strand entlang, und nie mehr zurückkommen.« Er stand vor ihr und versperrte ihr die Sicht auf Ted und Edward. »Sag mir, ob du das verrückt findest.«

Das war es nicht, oder? Das bestätigte ihr das unkontrollierbare Hämmern ihres Herzens. Da sie keinen Ton herausbrachte, schüttelte sie nur wortlos den Kopf. Sie musste an sich halten, um ihm nicht die Arme um den Hals zu legen und sich an ihn zu schmiegen.

Aber er schien nicht zu merken, was in ihr vorging. »Nur für den Fall, dass du ähnlich empfinden würdest«, fuhr er feierlich fort, »würdest du es mir dann sagen?«

Ted kam keuchend hinzu, Edward auf seinen Schultern thronend. »Da bist du ja, Beth. Ich habe gerufen. Zeit zu gehen.«

Tief hängende Wolken zogen sich am Horizont zusammen und verschmolzen mit den silbernen Wellenkämmen. Die Sonne versank bereits hinter den fernen Bergen und warf lange Schatten auf den Sand. Ein Schwarm Möwen erhob sich kreischend in die Lüfte, um sich gleich darauf kopfüber ins Meer zu stürzen. Edward lief im Kreis um sie herum, die Arme ausgebreitet, wie um den Wind zu fangen.

Sie ging, hin und her gerissen zwischen ihrem Wunsch, noch zu bleiben, und dem Zwang zu gehen. Edward nahm ihre Hand und zog sie fort, fort von Tom. Als sie noch einmal zurückblickte, sah sie einen hoffnungsvollen Ausdruck auf seinem Gesicht.

»Und, was jetzt?«, fragte er, die Hände in die Seiten gestemmt, und blickte ihr nach. Der Wind trug seine Worte davon, und sie vernahm sie so leise wie ein Flüstern.

»Ja!«, entgegnete sie lachend. »Ich glaube, die Antwort ist Ja.«

»Worum geht es denn?«, wollte Ted wissen, als er sie einholte.

»Ach nichts. Gar nichts«, erwiderte sie und lief voraus. Zu spät wünschte Beth, der Tag werde nie zu Ende gehen.

KAPITEL 6

Im Commercial Hotel hatte die ganze Woche reger Betrieb geherrscht. Kitty hetzte unablässig von der Hotelküche zur Bar und servierte Mahlzeiten und Getränke. Und Clarries Postkutsche, die vor einer Stunde eingetroffen war, hatte ihr noch eine weitere Ladung hungriger Gäste beschert.

»Meine Güte«, stöhnte sie und strich sich eine feuchte Haarsträhne aus den Augen, als sie später auf der Veranda stand und Clarries Fahrgästen nachwinkte. »Wenn der Betrieb noch zunimmt, müssen wir jemanden einstellen.«

Ted trat hinter sie und schlang die Arme um ihren schlanken Leib. »Du bist eine verdammt tüchtige Geschäftsfrau geworden, Mrs. Hall«, flüsterte er ihr ins Ohr. »Erst verteilst du frische Limonade an durstige Reisende, und jetzt bist du Gastronomin.«

»Gastronomengattin«, verbesserte sie ihn, drehte sich zu ihm um und belohnte ihn mit einem Kuss. »Und zwar eine sehr müde, verschwitzte Gattin, die ein Königreich geben würde für ein kühles Bad.«

»In der Wanne oder im Fluss?«

»Das ist mir gleich, Hauptsache, es erfrischt.«

»Sollen wir?«

»O Ted«, lachte sie. »Das geht doch nicht. Jetzt wo die Gäste weg sind, habe ich vor dem Nachmittagsandrang tausend Sachen zu erledigen.«

»Zum Beispiel?«

Sie stützte die Hände auf die Hüften, einen Ausdruck gespielter Strenge auf dem Gesicht. »Du weißt sehr gut, was alles getan werden muss, Ted Hall. Zum einen müssen Teller und Gläser gespült werden, und dann sind da die Vorbereitungen für das Abendessen. Die Zimmer müssen geputzt werden ...«

»Du siehst aus wie ein keifendes altes Waschweib«, unterbrach er sie grinsend. »Ich glaube, du brauchst dringend eine Abkühlung.« Darauf hob er sie hoch und warf sie sich über die Schulter.

»Heh! Lass mich runter!«, protestierte sie.

»Auf keinen Fall!« Ted hielt sie mit festem Griff gepackt, und sie wusste, dass Gegenwehr zwecklos war. Trotzdem trommelte sie mit den Fäusten auf seinen Rücken, was ihn jedoch nur dazu anregte, in Laufschritt zu verfallen.

Ted lief auf den Fluss zu, der nur wenige hundert Meter entfernt hinter dem Pub herströmte. Er legte die Entfernung mühelos zurück, kaum beeinträchtigt von Kittys Gewicht. Er rannte über das Feld, durch das hohe Gras, bis sie den Schatten hoher Bäume erreichten und er das Rauschen des Wassers hörte. Die Felsen unter seinen Füßen waren rutschig, und er verlangsamte das Tempo, um nicht zu fallen. Dann watete er durch kühles Wasser, dass glitzernde Tropfen hoch aufspritzten.

»Das wagst du nicht!«, kreischte Kitty lachend und

krallte sich an ihn, als er versuchte, sie von seiner Schulter zu ziehen.

»Dann pass mal auf.« Er watete in tieferes Wasser und fühlte, wie eisige Kälte durch seine Kleider drang.

Schließlich ließ Kitty schreiend los. Eine Luftblase stieg unter ihrem Rock auf, der sich im Wasser blähte. Ihre Bluse klebte verführerisch an ihrem Körper und betonte die volle Rundung ihrer Brüste.

»Du bist ein Ungeheuer, Ted Hall.«

»Aber ein liebenswertes«, konterte er, nahm ihre Hand und zog sie an sich.

»Ted?«

Er sah, wie ihre Lippen das Wort formten und fühlte, wie ihre Hand durch seinen drahtigen Bart über seine Wange strich. Ihre Finger zeichneten die Konturen seiner Lippen nach. Er legte ihr eine Hand auf den Hinterkopf, zog ihr Gesicht zu sich heran und küsste sie.

Die Zeit schien still zu stehen. Nichts war zu hören, kein Vogelgezwitscher, kein Laub, das im Wind raschelte. Er nahm nur Kitty wahr, ihren Geschmack und die Konturen ihres Körpers.

»Grundgütiger!«, stöhnte er, als sich unkontrollierbares Verlangen in ihm regte.

Eine Hand fingerte an den Knöpfen ihrer Bluse. Langsam, einen nach dem anderen, öffnete er die Knöpfe und schälte die nassen Kleider von ihren Schultern.

Hinterher legte Ted ihre nassen Kleider zum Trocknen über mehrere kleine Sträucher. Im Gras liegend, beobachtete er das Spiel von Licht und Schatten auf ihrem Körper. Tropfen glitzerten auf ihrer nackten Haut. Sie lag ganz entspannt da, einen zufriedenen, friedlichen Ausdruck auf dem Gesicht.

Er konnte nicht sagen, wann er begonnen hatte, sie zu lieben, wann er zum ersten Mal den Drang verspürt hatte, sich ihr zuzuwenden und aus tiefstem Herzen zu sagen »Ich liebe dich«. Das Gefühl hatte sich nach und nach entwickelt, war gewachsen, bis es eine große, gleich bleibende Intensität erreicht hatte.

Er konnte sich nicht satt sehen an ihr, bewunderte die weichen Konturen ihres Körpers, der sich seit der Schwangerschaft etwas gerundet hatte. Brüste, Bauch, der Schwung ihres Rückens. Kurven, an die er sich gern schmiegte, wenn die Leidenschaft nach dem Liebesakt verebbte. Kurven wie Hügel und Täler, die ihn noch im Schlaf begleiteten.

Schläfrig von der Hitze beugte er sich über sie und küsste sie auf die nackte Schulter. »Glücklich?«

»Mmmmm.«

Ihre Lippen bewegten sich kaum. Ted sah, wie ihre Brüste sich hoben und senkten, und grenzenlose Zärtlichkeit stieg in ihm auf. Ganz sacht legte er den Handrücken an ihre Wange.

»Ich liebe dich, Kitty«, sagte er inbrünstig und zog sie an sich. »Ich liebe dich mehr, als es irgendjemandem zusteht.«

Hand in Hand kehrten sie zurück zum Pub. Feuchte Haarsträhnen klebten an Kittys Rücken. Ihre Wangen waren rosig angehaucht. Als sie sich dem Haupteingang näherten, war Ted überrascht, draußen ein Pferd stehen zu sehen, das mit dem Schweif gereizt Fliegen fortwedelte.

»Sieht aus, als hätten wir einen Gast«, lachte Kitty.

»Ja«, entgegnete Ted grimmig und sprang leichtfüßig die Treppe hinauf.

Randolph Tarlington lehnte an der Bar, einen verächtlichen Ausdruck auf dem Gesicht. »Ich habe mich schon gefragt, was man tun muss, um hier bedient zu werden«, bemerkte er säuerlich.

Kitty flüchtete in die Küche, eine Hand über den Mund gelegt, um das aufsteigende Gelächter zu unterdrücken.

»Was ist das?«, fragte Kitty, als Ted einen Zylinder eingerolltes Papier auf die Bar legte. Sie spülte gerade die letzten Gläser und stellte sie zum Trocknen auf das Abtropfgitter.

»Sieh selbst«, entgegnete Ted mit einem breiten Grinsen. »Was hältst du davon?«

Neugierig trocknete Kitty sich die Hände an ihrer Schürze ab und strich das Papier glatt. Zuerst war sie verwirrt von den vielen Linien, die Rechtecke und Quadrate bildeten. Linien, die sich schnitten und trafen und das Papier mit einem geordneten Durcheinander bedeckten.

»Ich verstehe nicht«, sagte sie und trat einen Schritt zurück. »Das ist ein Plan, ein Bauplan vielleicht?«

Ted umfasste lachend ihre Taille und wirbelte sie herum. »Dummchen. Das ist unser neues Haus.«

»Haus? Wir haben doch schon ein Haus.«

»Wir haben eine Hütte«, stellte Ted richtig. »Das hier«, fuhr er fort und tippte mit einem Finger auf den Plan, »ist ein Haus. Sieh doch! Schlafzimmer, Wohnzimmer, Küche, Vorratskammer, Bad ...«

»Ein Bad!«, rief Kitty überwältigt und fuhr aufgeregt mit einer Hand über das Papier. »Und sieh nur! Ein Ankleidezimmer und eine Veranda rundherum ...« Unvermittelt hielt sie inne und runzelte die Stirn. »Es würde ein kleines Vermögen kosten, ein solches Haus zu bauen!«

»Vermutlich.«

»So viel Geld haben wir nicht«, erklärte sie entschieden.

»Wer sagt das?«

»Was soll der Unsinn, Ted Hall?«

»Heh«, sagte er und nahm sie in die Arme. »Was bringt es, kleine Träume zu haben, Liebes. Träume sollten groß sein, überlebensgroß. Morgen könnten wir schon tot sein, aber unsere Träume, sofern wir sie realisiert haben, werden uns überdauern.«

»Das mag ja sein«, entgegnete sie kopfschüttelnd, »aber diese Träume müssen ja irgendwie bezahlt werden.«

Er schenkte ihr ein Wie-kannst-du-nur-an-mir-zweifeln-Lächeln, das ihren Widerstand dahinschmelzen ließ wie Butter in der Sonne. »Ich werde es tun. Für dich. Für Edward. Für die Kinder, die wir noch bekommen werden. Komm schon, Kitty. Wir sind hier, um unser eigenes Reich zu begründen. Sieh doch, was wir alles schon erreicht haben. Außerdem muss ein Traum groß genug sein, einen Mann zu motivieren. Kleine, schäbige Träume sind doch witzlos. Nicht wichtig genug, sich den Kopf darüber zu zerbrechen.«

Das Commercial Hotel, Boolai, hatte sich zu einem blühenden Geschäft entwickelt. Immer mehr Menschen auf der Durchreise sowie eine wachsende Zahl von Farmern im Umland sorgten dafür, dass sie immer gut zu tun hatten. Nur selten war eins der vier Gästezimmer hinter dem Pub frei, und im Stall drängten sich in der Regel edle Pferde. Ted war stolz auf die Qualität seiner Dienstleistungen und annoncierte wöchentlich im Logan Witness, um die Vorzüge des Inns anzupreisen.

Während Kitty immer mehr und mehr Zeit darauf verwandte, Ted in der Bar zu helfen, übernahm Beth den Haushalt in der kleinen Hütte, wobei ihr nach wie vor Layla und ihre Tochter Kaira zur Hand gingen. Zu ihrer eigenen Überraschung stellte Kitty fest, dass ihr die lockere Kameraderie der Männer, die ›Buschtrommeln‹, die Scherze und ausgeschmückten Geschichten gefielen. Sie kochte die Mahlzeiten, spülte tagtäglich unzählige Gläser und polierte den Mahagonitresen, bis er blitzte: Sie hatte Freude an ihrer Arbeit, und die Zeit verging wie im Flug.

Es gab im weiten Umkreis kein anderes öffentliches Gebäude, einmal abgesehen von der Schmiede, und so richtete Ted an einem Ende des Schankraumes einen kleinen Postschalter ein. Tom O'Reilly baute ein offenes Schränkchen, das in einzelne Fächer unterteilt war, die mit dem Namen der Farmer aus dem Umland versehen wurden, und Kitty verteilte die Briefe, die Clarrie brachte. Edward wuchs heran, und aus dem Pummelchen wurde ein schlanker, gut aussehender kleiner Junge. Kaira brachte ihn oft in den Pub, wo er am Ende des Tresens thronte und von den Männern verwöhnt wurde. Manchmal half er Kitty, die Briefe und Päckchen auf die entsprechenden Fächer zu verteilen.

Für gewöhnlich waren es die Frauen, die in staubigen Wagen kamen, um die Post zu holen. Kitty lernte sie mit der Zeit alle kennen. Und ob groß oder klein, alt oder jung, hatten sie alle eins gemeinsam: die Einsamkeit und das Bedürfnis nach menschlicher Gesellschaft.

Der erste Scheunenball war ein solcher Erfolg gewesen, dass Ted in regelmäßigen Abständen ähnliche Veranstaltungen organisierte. Die Frauen brachten Tabletts voller Speisen mit und die Männer Getränke. Die Kinder spielten in der Nähe im Gras. Bei Anbruch der Dunkelheit kamen sie dann müde in die Scheune gestolpert, verkrochen sich in einen Winkel und schliefen ungeachtet der lauten Musik.

Langsam nahm das neue Haus Gestalt an. Kitty sah fasziniert zu, wie das Holzgerüst vor blauem Himmel errichtet wurde. Dann folgten das Dach, die Wandverkleidungen, die Fenster mit echtem Glas. Sie wurde es nie müde, jeden Schritt des Bauprozesses mit wachsender Erregung zu verfolgen.

Das Haus wurde zwei Wochen nach Edwards viertem Geburtstag fertig gestellt. Emma verbrachte die Ferien daheim und kam gerade recht, um ihnen beim Umzug zu helfen, auch wenn Ted zu Kittys Verblüffung einen völlig neuen Hausstand an Möbeln bestellt hatte.

»Du meine Güte!«, sagte sie überwältigt, als zwei mit Planen bedeckte, hoch beladene Wagen vor dem Pub Halt machten und Ted sie stolz die Vordertreppe hinabführte.

»Für ein neues Haus braucht man auch neue Möbel. Das alte Zeug brauchen wir nicht mehr.« Er schickte die Fahrer zum neuen Haus, das am Ende einer langen Zufahrt hinter dem Hotel gelegen war.

Staunend sah Kitty zu, wie die Männer ihre Ladung abluden und über die neuen Dielen ins Haus trugen. Als Erstes kamen gepolsterte Stühle aus Zedernholz zum Vorschein, gefolgt von einem riesigen passenden Esstisch und einem Sideboard mit Aufsatz, drei integrierten facettierten Spiegeln und zwei Regalböden. Die Front war mit erlesenen Schnitzereien verziert, und das Schrankfach auf der rechten Seite enthielt sogar ein Weinfach. »An dem Tisch hat ja eine ganze Armee Platz!«, lachte Kitty, als die Männer ächzend den Tisch durch die Tür schleppten.

Es folgten mehrere neue Betten, Kommoden, Kleiderschränke und Vertikos. Außerdem hatte Ted Rattan-Liegestühle und Sessel kommen lassen, zwei dick gepolsterte Sofas, Teppiche, Kissen und allerlei Krimskrams. Für die Küche waren ein neuer Tisch, ein Schrank, ein großer Fleischschrank und sogar ein Gladstone-Herd dabei mit tiefer Feuerbuchse und großem, gut durchlüftetem Ofen.

Emma verfolgte das Geschehen mit Skepsis. »Ziemlich elegant für ein Haus im Busch«, murmelte sie, eine Bemerkung, die jedoch außer Kitty niemand hörte. »Für Mama war die alte Hütte gut genug. Mir scheint, das Ganze ist eine einzige Geldverschwendung.«

Kitty warf stirnrunzelnd einen Blick auf Ted. »Wie können wir uns das alles leisten?«, fragte sie leise.

Ted legte ihr lässig den Arm um die Schultern und drückte sie. »Lass das mal meine Sorge sein«, sagte er lächelnd. »Und wenn ich mir dein Gesicht ansehe, Liebes, war es jeden Penny wert.«

Emma hatte sich abgewandt und war gegangen.

Alles an dem neuen Haus entzückte sie. Kitty wanderte staunend durch die Zimmer, befühlte Teppiche und Vorhänge, strich im Vorbeigehen mit der Hand über einzelne Möbel und genoss die kühlen Dielenbretter unter den nackten Fußsohlen. Das Bad war ein Traum mit emaillierter Sitzbadewanne und Waschtisch mit Marmorplatte. Und das neue Doppelbett mit dem halben Himmel, der dazu passende Kleiderschrank und die Frisierkommode mit dem ovalen Spiegel entlockten ihr wahre Freudenschreie.

Sie tanzte durch das Schlafzimmer und ließ das schimmernde dunkle Holz, die geblümte Tagesdecke und die Vorhänge aus dem gleichen Stoff auf sich wirken. Die Erinnerung an jenen Tag vor Jahren, an dem sie Maddies bescheidene Habe versteckt und ihre Tagesdecke verbrannt hatte, um neuen Wind in ihre Beziehung zu Ted zu bringen, war fast vergessen.

Ihr Lieblingsraum war jedoch der Salon, der durch eine mit Schnitzereien verzierte Bogentür vom Wohnzimmer getrennt war. Cremefarbene Tapete bedeckte die Wände über der stuhlhohen Holztäfelung. Zwei Sofas mit dicken Kissen standen einander gegenüber. Einbauregale flankierten den Kamin, gefüllt mit Büchern und verschiedenen Dekogegenständen. Über dem Kamin hatte Ted einen Spiegel mit geschnitztem Rahmen aufgehängt. In einer Ecke stand ein Klavier mit passendem Rosenholzschemel, bezogen mit echtem Genueser Samt, der mit Nägeln mit dicken Messingköpfen am Holz befestigt war. Dazu Bismark-Lampen mit Füßen aus durchscheinendem Glas auf dem Klavier und mehreren Beistelltischen.

Am dem Tag, an dem sie die letzten Sachen aus der Hütte holten, halfen Layla und Kaira Kitty, die zwei Dupontii-Rosenbüsche rechts und links der Treppe auszugraben. Ted hatte für sie bereits zwei Löcher rechts und links vom Eingangstor des neuen Hauses gegraben.

»So«, sagte Kitty, wischte sich die Erde von den Händen und betrachtete ihr Werk. Sie wandte sich ihrem Gatten zu. »Jetzt habe ich erst das Gefühl, dass es wirklich unser Zuhause ist.«

Ted hob sie hoch, drückte die Wange an ihre und wirbelte sie durch die Luft. »Kitty, Kitty, Kitty«, murmelte er, bevor er sie wieder absetzte. »Ich werde dir noch viele, viele Rosen kaufen, mein Schatz. Eine für jeden Tag des Jahres. Wir pflanzen sie entlang der Auffahrt, und jeden Morgen, wenn du aufwachst, kannst du dich auf die Veranda setzen und dich an ihrem Anblick erfreuen.«

Kitty klatschte in die Hände und lachte über seinen absurden Vorschlag. »Du bist verrückt«, schalt sie liebevoll. »Wann hätte ich denn schon Zeit, nur dazusitzen und Rosen zu betrachten?«

Ted lächelte nur. »Eines Tages, Kitty, wart's nur ab.« Er schirmte die Augen mit einer Hand gegen die Sonne ab. »Aber wir haben das Wichtigste vergessen.«

»Und das wäre?«

»Ein Name für unser neues Heim«, sagte er lächelnd.

»Oh.« Sie kaute auf der Unterlippe und dachte angestrengt nach, aber ihr fiel nichts ein.

»Das ist eine sehr knifflige Angelegenheit«, fuhr Ted fort. »Ich habe gehört, dass der richtige Name einem Glück bringen kann.«

Plötzlich sah sie die Zufahrt so, wie Ted sie geplant hatte, gesäumt von Rosen, deren leuchtende Blüten im Wind nickten und tanzten. »Die Rosen«, meinte sie. »Vielleicht bringen sie uns Glück.«

»Rosen, Rosen«, überlegte Ted. »Etwas mit Rosen.«

Er trat mit der Stiefelspitze gegen einen Erdklumpen und wirbelte eine Staubwolke auf. Plötzlich erhellten sich seine Züge. »Roselea«, sagte er. »Wir nennen das Haus Roselea.«

Beth fand, dass Roselea mit seinem galvanisierten Eisendach das hübscheste Haus in ganz Boolai war, und da Kitty fast jeden Tag im Pub war, hatte sie ihr neues Haus praktisch für sich allein.

»Heh, Beth«, rief Edward und lief ihr auf seinen kurzen Beinchen nach, als sie mit ausgebreiteten Armen durch die Zimmer tanzte. »Warte auf mich!«

Während sie putzte, Staub wischte und kochte, stellte sie sich vor, Roselea gehöre ihr, ihr und Tom, und sie würde am Abend hier auf ihn warten. Sie malte sich aus, wie er nach einem langen Arbeitstag durch die Tür stürmte, um sie in die Arme zu schließen, und bei diesem Gedanken schlug ihr Herz schneller. Sie stand in der Tür zum Schlafzimmer ihres Vaters, jenes Heiligtums, das er mit Kitty teilte, und fragte sich, wie es wohl wäre, mit Tom in dem großen Messingbett zu liegen. Sie verspürte ein eigentümliches, sehnsüchtiges Ziehen im Bauch, und ihre Nerven prickelten.

Tom war ein regelmäßiger Besucher im neuen Haus. Beth öffnete häufig am späten Nachmittag auf ein Klopfen hin die Hintertür, und er stand mit einem strahlenden Lächeln vor ihr. »Hallo, Miss, sehen Sie mal, wer da ist«, bemerkte Layla dann grinsend.

Er drückte Beth einen verstohlenen Kuss auf den Mund, wenn sie ihn einließ, und zauste Edward im Vorbeigehen das Haar. Gewöhnlich verließ Layla unter einem Vorwand mit Kaira und Edward den Raum, damit das junge Paar etwas Zeit für sich allein hatte.

Beth wusste längst nicht mehr, wie viele Kannen Tee sie getrunken und wie viele Stücke Kuchen sie in der Küche gegessen hatten. Das Essen schien wie eine Ersatzbefriedigung zu sein, wenn sie auch nicht so recht wusste, wofür.

Sie hatten nur selten Gelegenheit, ungestört zu sein, und er machte ihr den Hof, während sie zahllose Haushaltsarbeiten am Küchentisch erledigte. Meist saß Edward an einem Ende über den Schularbeiten, kaute am Ende seines Bleistifts und seufzte. Ted verbrachte ebenfalls viel Zeit in der Küche – vor allem sonntags, wenn der Pub nur zwei Stunden am Nachmittag geöffnet war –, und erörterte mit jedem, der ihm zuhörte, seine Ansichten über den aktuellen Zustand der Straßen.

Beth betrachtete die Küche als ihr Reich. Dort war sie am glücklichsten, beschäftigt mit Backen, Einmachen und Einlegen von Obst und Gemüse aus dem eigenen Garten. Der neue Herd, aus Backsteinen gemauert unter einem richtigen Kaminschlot, war ein wahres Wunder. Er musste regelmäßig geschwärzt werden, und der Rauchfang wurde jede Woche mit Soda und Wasser gereinigt. Auf dem Herd stand immer ein gusseiserner Kessel, in dem Reste und Schalen für eine Suppe gesammelt wurden.

Die Küche mauserte sich in vieler Hinsicht zum Mittelpunkt des Hauses, und die Familie verbrachte manch gemütlichen Abend vor dem Herd. Wenngleich dieser zuweilen recht eigenwillig war, entwickelte Beth bald ein Gespür für ihn und lernte abzuschätzen, wie viel Holz sie brauchte, um eine bestimmte Temperatur zu erreichen. Dennoch schien es manchmal, als würden seine Eigenarten den Rhythmus ihres Lebens bestimmen.

»Monster Martha«, knurrte Ted eines Abends, nachdem er in nur drei Stunden zum dritten Mal Holz nachgelegt hatte. »Dieses Ding frisst uns noch die Haare vom Kopf.« Als er Kittys hochgezogene Braue bemerkte, fügte er defensiv hinzu: »Ein Herd bekommt immer einen weiblichen Namen, genauso wie ein Schiff und ein Zyklon.«

Kitty nahm ein Tablett mit Scones aus dem Ofen. »Er mag ja ein Monster sein, aber zweifellos ist der Herd Gold gegen seinen Vorgänger.«

»Übrigens«, wechselte Ted das Thema, »ich habe mir da etwas Neues überlegt.«

Als Beth den Kopf hob, sah sie, dass ihr Vater sie ansah. Er tippte sich einen Moment schweigend mit einem Finger an den Bart. »Ein neues Geschäft?«, fragte sie.

»Ein Fuhrunternehmen, Beth. Das ist es, was hier fehlt. Man weiß nie, wann die Schiffe anlegen wegen der Gezeiten und weil die Dampfschiffe aus der Stadt die Sandbank an der Flussmündung nur bei Flut passieren können. Oft kommt es vor, dass die Waren auf dem Anleger in Boolai herumstehen, bis die Farmer verständigt sind und dazu kommen, sie am Abend abzuholen. Erst letzte Woche hat mir jemand erzählt, dass Jamieson oben aus den Bergen eine ganze Sendung gestohlen wurde.«

»Und wo willst du die Zeit hernehmen, das zu organisieren, Ted? Der Tag hat doch so schon nicht genug Stunden«, bemerkte Kitty streng.

»Ich werde jemanden einstellen.«

»Und wen?«, fragte Beth neugierig.

»Den jungen Tom O'Reilly. Er scheint mir sowieso sehr oft hier zu sein.«

Beth fühlte, wie verräterische Röte ihr Gesicht überzog, und sie wünschte, die Erde würde sich unter ihr auftun und sie verschlucken. Sie und Tom vor aller Augen. Es war peinlich, wenn man so beobachtet wurde.

»Ich dachte mir, ich biete ihm einen Job an. Er ist so oft hier, dass er sowieso schon fast zur Familie gehört«, fuhr Ted fort, Beths Verlegenheit ignorierend.

Und so war es abgemacht. Tom nahm das Arbeitsangebot begeistert an. Ted erwarb in Beenleigh zwei Kaltblutpferde und einen gebrauchten Fleischerwagen von einem Metzger, der in die Heimat zurückkehren wollte. Beth blickte Tom stolz nach, als er mit seiner ersten Ladung aus Säcken und Kisten aufbrach.

»Viel Glück!«, rief sie, als er die Pferde durch das Tor auf die Straße lenkte. Er drehte sich um und strahlte sie durch eine Staubwolke hindurch an.

Das Fuhrunternehmen war ein solcher Erfolg, dass Ted und Tom schon einen Monat später, kurz vor Weihnachten, Partner wurden. Beth half dabei, den Namenszug seitlich auf den Wagen zu malen. Hall & O'Reilly prangte dort in roten und goldenen Lettern.

Beth hätte platzen können vor Glück.

Sie war 18 Jahre alt und verliebt.

KAPITEL 7

Mit Johnnos Hilfe hatte Kitty schon bald einen schönen Garten rund um das Haus angelegt. Zwischen den hohen, Schatten spendenden Bäumen wucherten Jericho-Rosen und Rittersporn, Bartnelken, wilde Stiefmütterchen, Kapuzinerkresse, gelbe Schlüsselblumen und Spanischer Flieder.

Ted zog eine Mauer um einen Küchengarten, in dem Beth Kräuter pflanzte, Rosmarin und Lavendel, Thymian und Majoran, die ganze Schwärme von Bienen und Schmetterlingen anzogen. Es war ein sonniges Fleckchen Erde, geschützt vor den kräftigen Winden, die im Winter vom Fluss her wehten. Edward hielt sich oft dort auf, lag bäuchlings auf den mit Steinplatten ausgelegten Wegen und beobachtete fasziniert winzige Ameisen, die in langen Kolonnen über die feuchte Erde krabbelten.

Ein geregeltes, ordentliches Leben, dachte Beth. Ordentlich wie die Kräuterbeete und Rosenrabatten links und rechts der Zufahrt. Rosen: Knospen und welke Blumen, immer neue Blüten, die sich der Sonne öffneten. Darunter dicht an dicht weiße Gänseblümchen mit etwas Lila in der Mitte.

Der Großteil der Rosen gehörte der Sorte Damaskus an. Isaphan, die, wie Kitty ihr erzählt hatte, früher wild auf den persischen Hügeln wuchs, Marie Louise und Mme Hardy, eine Kreuzung mit einem Hauch Rosa auf den Blütenblättern, die später reinweiß wurden. Kitty kannte die fremdartigen Namen auswendig, und sie hatte auch keine Probleme mit der Aussprache. Ihre Lieblingssorte war die Celsiana mit ihrem betörenden Duft und den tiefroten, fast ovalen Blütenblättern.

Daneben gab es Portland-, Moschus-, China- und Teerosen, dazu Kletterrosen, die den Zaun überrankten. Manchmal sammelte Beth ganze Körbe voll Blütenblätter, die kurz vor dem Abfallen waren, und destillierte ihr eigenes Rosenwasser.

Aber die Höhepunkte ihres Lebens waren die Tage, die sie am Strand von North Harbour verbrachte. Die Halls, die O'Reillys und noch einige andere Familien der Umgebung unternahmen des Öfteren die einstündige Fahrt durch den Busch und das Sumpfland, bis sie die Sanddünen an der Küste erreichten.

Die Dünen gingen in eine weite, geschwungene Bucht über. Dahinter lag das Meer, mit langen Stränden, die zu felsigen Landzungen führten, jenseits deren sich weitere sandige Abschnitte erstreckten. So weit das Auge reichte, folgte eine Bucht auf die andere.

Für Beth war es ein verzauberter Ort. Entlang der Küste ächzten schwankende Kiefern, die Brandung brach sich unermüdlich schäumend am Ufer. Dieser Ort war so friedlich, irgendwie zeitlos, als zählten nur die Naturgewalt des Ozeans und das Sonnenlicht, das durch die Bäume schien. Außerdem war sie dort mit Tom O'Reilly zusammen.

Die Gegend hatte sich weiter entwickelt, seit Beth das erste Mal mit Tom den Strand hinuntergeschlendert war. Es war ein Hotel entstanden an einem lang gezogenen Pier. Ein Schild verkündete: North Harbour Pier & Baths Company – heiße Bäder sind unsere Spezialität. Auf der großen Landzunge standen einige kleine Häuschen. Es handelte sich größtenteils um Ferienhäuser, dazwischen hier und da ein elegantes Herrenhaus, etwas zurückgesetzt vom Wasser, entlang der schmalen, holprigen Straße, die als Hauptstraße bezeichnet wurde. Es gab einen Gemischtwarenladen und eine Schmiede, außerdem einen speziellen Anleger, an dem man per Fähre mit Kutsche und Pferden über den Fluss setzen konnte, der hier ins Meer mündete.

Am heutigen Tag waren neben anderen Landbesitzern der Gegend mit ihren Familien auch die noch daheim lebenden O'Reilly-Jungen da, Hugh Tarlington und die Gebrüder Morgan, Clarrie und Jim. Vor dem Mittagessen sollten am Strand Rennen abgehalten werden. Sackhüpfen, Schubkarrenrennen und Eierlauf für die Kinder und später eine Regatta auf dem Fluss. Ted und Tom wollten gemeinsam am Wettbewerb der Ruderboote teilnehmen, flussaufwärts bis zum Anleger von Boolai und zurück, dann an der Landzunge vorbei bis zu der leuchtend roten Boje, die draußen auf dem Meer auf den Wellen tanzte.

Zu Mittag aßen alle zwischen den Dünen, im Schatten der Streitkolbenbäume. Edward war ganz aufgeregt wegen seines Sieges beim Sackhüpfen und berichtete ihnen, eifrig an seinem Eiersandwich kauend, von jedem einzelnen Schritt des Wettkampfes. Paddy, der sich immer wieder verstohlen einen Schluck aus einem Flachmann genehmigte, den er in der Hüfttasche versteckte, kam in redselige Laune und erzählte von einem Gespräch, das er in der vergangenen Woche mit Randolph Tarlington geführt hatte. Mayse sah blass aus und war stiller als sonst. Tom war zum Fluss gegangen, um vor dem Rennen das Boot ein letztes Mal zu inspizieren.

Beth lag mit geschlossenen Augen im Gras und lauschte dem Stimmengewirr um sich herum. Ganz in der Nähe tuschelten Kitty und Mayse, aber Beth bekam den einen oder anderen Gesprächsfetzen mit.

»Schon wieder!«, rief Mayse aus.

Beth öffnete träge ein Auge und sah, wie Toms Mutter dem ahnungslosen Paddy einen grimmigen Blick zuwarf.

»Und das in meinem Alter«, fügte Mayse unglücklich hinzu. »Als wären neun nicht genug!«

»Und was sagt Paddy dazu?« Kittys Stimme war durch das Seufzen der Bäume kaum zu verstehen.

»Der platzt vor Stolz. Er hat gesagt, er hätte sich schon immer ein Kind mehr gewünscht. Aber ich habe ihm gleich gesagt, dass dieses das letzte ist, und wenn ich ihn aus dem Haus werfen muss. Zehn Kinder hat Gott mir beschert. Ich würde meinen, damit habe ich meine Schuldigkeit getan – und mehr als das.« Hierauf entstand eine

Pause. Mayse seufzte laut, und als sie weitersprach, war ihr Tonfall sanfter. »Vielleicht wird es ja ganz schön, wieder etwas Kleines im Haus zu haben. Paddy hat gesagt, er wünscht sich eine kleine Tochter.«

Beth drehte sich auf den Bauch und lächelte. Offensichtlich war Mayse schwanger und nicht allzu glücklich darüber.

Am Rennen nahmen sechs Boote teil. Clarrie Morgan wurde zum Starter auserkoren und schickte die Teams in Ein-Minuten-Abständen los. Blue und Mick O'Reilly ruderten als Erste auf den Fluss hinaus, angefeuert von Paddy und Mayse. Ted und Tom starteten als Nächste. Beth beobachtete fasziniert das Muskelspiel an Toms Armen, jedes Mal, wenn er das Ruder aus dem Wasser zog und weiter vorn erneut eintauchte.

»Los, Ted«, rief Kitty. Sie war ganz dicht ans Ufer getreten, und der Wind löste einzelne Strähnen aus ihrem hochgesteckten Haar, die ihr funkelnd wie gesponnenes Gold ins Gesicht wehten. Edward hüpfte an ihrer Seite auf und ab und winkte mit beiden Armen.

Beth schaute mit angehaltenem Atem zu. Bitte gewinne, betete sie inbrünstig.

Es dauerte eine halbe Stunde, bis die Boote wieder in Sicht kamen. Beth strahlte, als sie sah, dass Ted und Tom Blue und Mick überrundet hatten, obgleich der Abstand sehr gering war. Vor ihnen lag nun noch der letzte Abschnitt, über die Sandbank hinaus zur Boje und zurück.

»Schneller, Tom!«, rief sie und schwenkte so energisch ihren Hut, dass er drohte, ihren Fingern zu entgleiten und davonzufliegen. Prickelnde Aufregung stieg in ihr auf. Wenn Tom und Papa siegten, würde es einiges Necken und Aufziehen seitens der anderen O'Reilly-Brüder geben.

Die beiden Boote passierten die Sandbank, als flussaufwärts gerade die nächsten Boote in Sicht kamen. Gemeinsam wurden die führenden Boote von einer Welle emporgehoben und einige Meter weit getragen, wobei die Männer energisch weiterpaddelten. Die Bootsrümpfe klatschten wieder ins Wasser und schossen in der Gischt der auslaufenden Welle wieder vor. Die beiden Boote lieferten sich ein Kopf-an-Kopf-Rennen um die Boje, wobei es Papa und Tom gelang, sich einen kleinen Vorsprung zu verschaffen, indem sie innen lagen. Edward jubelte.

Kitty nahm Beths Hand und drückte sie vor Aufregung. »Ich glaube, sie gewinnen!«, rief sie und tänzelte nervös auf der Stelle.

Die O'Reilly-Brüder lagen eine halbe Bootslänge zurück, als sie sich auf dem Rückweg erneut der Sandbank näherten. Glitzernde Tropfen wurden von den Rudern aufgeworfen. Mit geneigten Köpfen ruderten die Männer, was das Zeug hielt, als würden sie verborgene Kraftreserven anzapfen. »Los, Ted! Du schaffst es!«, schrie Kitty.

Die riesige Welle tauchte ganz plötzlich aus dem Nichts auf. Eine Minute lang war die Meeresoberfläche glatt wie ein Teich, dann erhob sich hinter den Booten eine massive Wasserwand. Erregtes Stimmengemurmel erhob sich unter den Zuschauern, und Beth blieb fast das Herz stehen vor Angst.

Die Welle hob Blues und Micks Boot hoch und trug es auf ihrem Kamm mit sich vorwärts. Papa und Tom befanden sich unmittelbar vor der Welle, als diese sich brach. Einen Moment schien es, als hinge ihr Boot in der Luft, und es sah aus, als würde es kentern, aber dann richtete es sich langsam wieder auf. Das Publikum atmete erleichtert auf. Aber der Sog der Welle hatte sie die Führung gekostet, und sie mühten sich im schäumenden Wasser ab, während Micks und Blues Boot zügig vorbeiglitt in Richtung Ufer und Sieg. Die Zuschauer jubelten.

Beth lief ans Wasser, als Tom das Boot ans Ufer dirigierte. Ted sprang ins knietiefe Wasser. »Das nächste Mal zeigen wir es ihnen, mein Junge! Wart's nur ab! Wir hatten nur etwas Pech!«

Als Tom den Rumpf des Bootes auflaufen ließ, lupfte Beth den Saum ihres Kleides und watete ihm lachend entgegen.

»Hast du gesehen, wie groß die Welle war?«, sagte er, als er die Ruder unten ins Boot legte und anschließend heraussprang. »Ich dachte schon, wir wären fällig.«

Beth nickte, und sie kehrten Hand in Hand zurück auf trockenen Boden. »Ich auch. Ich dachte, euer Boot würde kentern. Du wirst dir wohl einiges anhören müssen, nachdem Blue und Mick gewonnen haben.«

»Ja«, stimmte er ihr lachend zu. »Diese Niederlage werden sie uns so bald nicht vergessen lassen.«

Edward kam auf sie zugelaufen. »Mann, war das eine Monsterwelle, Tom«, rief er. »Ich hatte richtig Angst. Ihr hattet großes Glück, dass ihr nicht ins Wasser gefallen seid.«

Tom schenkte Beth einen eigentümlichen Blick. »Glück?«, schmunzelte er. »Das war mehr als das.«

»Wie meinst du das?«

Edward zog an Toms Ärmel und hüpfte ungeduldig vor ihm auf und ab. »Fahren wir jetzt ein Stück raus, Tom? Du hast es versprochen, weißt du noch?«

»Klar, Sportsfreund. Komm, gehen wir.« Tom bückte sich und fuhr Edward mit der Hand durch das Haar, bevor er mit dem Jungen zurückging in Richtung Boot.

»Was hast du damit gemeint?«, wiederholte Beth ihre Frage und folgte den beiden. Sie legte Tom eine Hand auf den Arm und zwang ihn, stehen zu bleiben. »Warum war es mehr als Glück?«

Er sah ihr in die Augen. »Weil ich nicht schwimmen kann, Dummerchen«, entgegnete er. »Es macht mir nichts aus, in einem Boot zu sitzen, aber das Gefühl, keinen Boden unter den Füßen zu haben, war mir noch nie geheuer.«

Beth blickte ihm nach, als er mit ihrem Neffen zum Wasser ging, einen Arm um die Schultern des Jungen gelegt. Sie versuchte sich zu erinnern, wann sie Tom je in tieferem Wasser gesehen hatte, aber vergeblich. Erst jetzt wurde ihr bewusst, dass er sich beim Schwimmen am Fluss immer mit den Kindern am seichten Ufer aufgehalten hatte, anstatt mit den anderen rauszuschwimmen.

Seltsam, dachte sie, dass er es bisher nicht für wichtig genug erachtet hatte, es zu erwähnen.

Als Kitty endlich einschlief, stürzte eine Fülle furchtbarer Bilder auf sie ein, die sich mehrfach wiederholten. Erst war da das Boot, das in Schräglage geriet. Aber anstatt sich wieder aufzurichten, kenterte es vor ihren Augen, und Ted und Tom stürzten in die schäumende See. In ihrem Traum waren sie nur noch dunkle Schatten vor dem Hintergrund heller Wellen, Gestalten mit ausgestreckten Armen und Beinen, die fielen ... fielen ...

Irgendwann mitten in der Nacht wachte Kitty schweißgebadet auf. Sie tastete im Dunkeln nach Ted, aber er war nicht da. Die Bettdecke war zurückgeschlagen, und sein Platz war kalt. Sie stützte sich auf einen Ellbogen und sah einen schmalen Lichtstreifen unter der Tür.

Sie nahm ihren Schal vom Fußende des Bettes und legte ihn sich locker um die Schultern. Dann öffnete sie leise die Tür und ging den Flur hinunter zur Küche. Ted saß mit dem Rücken zu ihr an dem polierten Tisch. Leise trat sie hinter ihn und drückte ihm einen Kuss auf den Nacken.

»Komm ins Bett«, sagte sie leise. »Es ist schon nach Mitternacht.«

Ein Schauer jagte durch seinen Körper, und er zuckte zusammen. Er wirbelte herum und fegte dabei mit den Händen Zettel vom Tisch. »Heiland, Kitty! Schleich dich nie wieder an mich heran!«

Er bückte sich und sammelte die Papiere ein, die er in seinem Schreck hatte fallen lassen. Kitty wollte ihm helfen und hielt abrupt mitten in der Bewegung inne. Es waren keine Zettel, wie sie erst gedacht hatte, sondern Geldscheine verschiedener Größenordnung, Fünfer, Zehner und Zwanziger. Hunderte von Banknoten.

»Oh!« Sie fuhr zurück und starrte auf den Fußboden. »Das ist ja Geld«, sagte sie tonlos.

Ted blickte zwischen ihr und den Banknoten hin und her, einen unergründlichen Ausdruck auf dem Gesicht. Langsam sammelte sie einige Scheine ein und richtete sich wieder auf. »Wo kommt das her? Das müssen ja mehrere tausend Pfund sein. Das Geld kann unmöglich alles aus dem Holzverkauf stammen.«

Langsam schüttelte er den Kopf und musterte sie mit eigentümlichem Blick. »Nein, nicht alles.«

»Und woher stammt es dann?« Sie legte den Kopf schräg und stemmte die Hände in die Seiten. Ihre Marktfrauen-Positur, wie Ted es nannte, aber im Moment kümmerte sie das nicht. »Es ist doch nicht gestohlen, oder?«, fragte sie, als diese Möglichkeit ihr durch den Kopf schoss.

»Nein«, lachte Ted und entspannte sich sichtlich. »So dramatisch ist es nicht, Liebes.«

Kitty ließ sich mit zitternden Knien auf einen Stuhl sinken. Ted setzte sich zu ihr und legte ihr einen Arm um die Schultern. »Vielleicht ist es an der Zeit, dass ich dich mehr in Finanzbelange einweihe. Das Holz macht nur einen kleinen Teil unserer Einkünfte aus. Das Transportunternehmen, die Milchwirtschaft, die Ernteerträge und das Hotel sind allesamt profitable Betriebe.«

»Aber das viele Geld«, wandte sie ein, von nagenden Zweifeln erfüllt. Sie hatte immer geglaubt, ihre Beziehung zu Ted wäre offen und ehrlich. Sie selbst hatte ihm in den Jahren ihrer Ehe bislang nichts verheimlicht. Aber wenn Ted ihr bisher nichts hiervon erzählt hatte, was für Geheimnisse mochte er dann noch haben? »Und wenn dir etwas passiert wäre? Wenn ich nichts von dem Geld gewusst hätte ...«

»Dummchen«, entgegnete er mit einem verlegenen Lächeln. »Mir passiert schon nichts. Im Übrigen steht alles in meinem Testament.«

»Aber du hast mir nichts davon erzählt«, sagte sie anklagend. »Ich wusste gar nicht, dass wir Geheimnisse voreinander haben.«

»Nein«, versprach er und drückte ihre Schulter. »Keine Heimlichkeiten mehr. Wie immer hast du Recht. Ich hätte dir davon erzählen sollen.«

Sie betrachtete das Durcheinander von Geldscheinen auf dem Küchentisch. »Hältst du es für klug, so große Summen im Haus aufzubewahren? Vielleicht bringst du es besser zur Bank. Da wäre es sicherer. Was, wenn es brennt oder wir ausgeraubt werden?«

Ted lachte. »Das Geld ist an einem sicheren Platz versteckt, unter den Bodendielen des alten Stalls. Niemand käme je auf die Idee, dort zu suchen, und im Übrigen sind Diebstähle in Boolai äußerst selten. Und was das Feuer betrifft: Das Geld ist in einer Metallkassette untergebracht, und die ist mehrere Zentimeter tief vergraben.«

Ted, immer so praktisch, so überlegt. Wie gewöhnlich hatte er an alles gedacht. Er rückte näher, bis sie die blauen Sprenkel in seinen Augen sehen konnte. »Nein«, sagte er noch einmal nachdrücklich mit ernster Miene. »Dieses Geld ist unser Geheimnis. Bring es niemals zur Bank. Versprichst du mir das?«

»Wenn du es so willst.«

»Dieses Geld geht niemanden etwas an. Es ist für dich und Edward bestimmt. Falls mir etwas zustoßen sollte, wäre ich nicht mehr da, um für euch zu sorgen, und ich möchte sichergehen, dass du wenigstens keine finanziellen Sorgen hast.«

Kitty legte eine Hand an seine Wange, ganz aufgewühlt von der Intensität seiner Worte. Wenn Ted etwas zustieß? Unvorstellbar. Sie konnte sich ein Leben ohne ihn gar nicht vorstellen. »Sei nicht albern. Du wirst immer da sein, um für mich und Edward zu sorgen.«

Gemeinsam gingen sie im Dunkeln hinüber zum Stall, wo er ihr im flackernden Lampenschein das Versteck zeigte. Als er gerade die Erde über der Kassette verteilte, wandte er sich ihr zu. »Versprichst du mir etwas?«, fragte er leise und küsste sie auf den Mund.

»Und was?«

»Erzähl keiner Menschenseele von dem Geld. Es ist unser Geheimnis. Unser Notgroschen für die Zukunft. Eines Tages werden wir dieses Geld brauchen, und bis dahin werde ich es vermehren.«

Paddy kam zum Hotel, um Kitty und Ted von der Geburt seines zehnten Kindes zu berichten, der gewünschten Tochter, die Mayse Jess genannt hatte. »Mir will einfach nicht in den Kopf, warum sie nicht einen guten irischen Namen auswählen konnte«, grummelte er, aber das Strahlen auf seinem Gesicht verriet, dass er nicht wirklich böse war. Ted gab ihm zur Feier des Tages an der Bar zwei Whisky aus.

Sie war ein dunkelhaariges kleines Würmchen mit makellosen feinen Zügen und einem winzigen Mündchen, das an eine Rosenknospe erinnerte. »Und so brav!«, verkündete Mayse stolz, als sie eine Woche später mit ihrem Töchterchen Kittys Küche betrat. »Schläft die ganze Nacht durch, und das ist wirklich ein Segen, wenn man in meinem Alter ist. Möchtest du sie mal halten?«

Kitty nahm das Baby entgegen und hielt es schützend in den Armen. Jess' Haut erinnerte sie an die Farbe erblühter Dupontii-Rosen, weich und samtig, cremefarben mit einem Hauch von Rosa. Sie ist so klein, dachte sie und atmete den Duft nach Babyseife ein. Sie konnte sich kaum noch an Edward als Neugeborenem erinnern.

Sie betrachtete den Säugling sehnsüchtig. Sie wusste selbst nicht zu sagen, wie viele unproduktive Monate in ihrem eigenen Leben verstrichen waren. Edward war fast fünf. Sie und Ted hatten Jahre auf ein weiteres Baby gehofft, aber dieser Traum war ihnen bislang nicht erfüllt worden, und dies schmerzte umso mehr, als sie nun Mayses kleine Tochter hielt.

Reverend Carey war der Geistliche des Bezirks und betreute die Hauptkirche in North Harbour sowie die umliegenden Dörfer. Nach Paddys Wünschen plante er die erste Taufe in der neuen Kirche.

Ted hatte das Land gespendet, eine zwei Morgen umfassende Parzelle neben dem Hotel, und das Geld für den Bau war über Spendengelder hereingekommen. Es war eine presbyterianische Kirche, da die Mehrzahl der Bewohner von Boolai dieser Glaubensrichtung angehörten, und Paddy war Katholik, aber dieses Detail störte ihn nicht weiter. »Was macht das schon«, murmelte er an der Hotelbar. »Letztlich ist es doch alles dasselbe.«

Die Kirche war fast fertig gestellt. Es war ein kleines Gebäude, gemessen an normalen Maßstäben sogar winzig, mit einer Holztreppe, die zu einer überdachten Veranda hinaufführte. Im Inneren waren mehrere Reihen Bänke aufgestellt und am hinteren Ende ein Altar. Die Bogenfenster waren hoch und ließen viel Sonnenlicht herein.

Ted und Tom beendeten eben die letzten Malerarbeiten für die Eröffnung und Jess' Taufe. Andere hatten ihnen den ganzen Vormittag geholfen und waren dann einer nach dem anderen zum Mittagessen aufgebrochen.

Schließlich legte Ted den Pinsel beiseite und warf einen Blick auf seinen Helfer. Tom O'Reilly war ein guter Junge. Er und Beth waren jetzt seit über zwei Jahren befreundet. Das Transportunternehmen lief gut, und Tom war ehrlich und zuverlässig. Ted hoffte, dass Edward zu einem Mann wie Tom heranwachsen würde. Allerdings war Tom manchmal etwas langsam, fand Ted, vor allem, was Beth anbelangte. Sah der dumme Junge denn nicht, dass sie sich nach ihm verzehrte? Nein, sagte er sich gleich darauf, wohl nicht. Es lag also bei ihm, den Lauf der Dinge ein wenig zu beschleunigen.

»Äh, Tom«, begann er zögernd. Zwar wusste er, was er zum Ausdruck bringen wollte, war sich aber noch unsicher, was die richtige Wortwahl anbelangte.

Tom klatschte mit abwesendem Gesichtsausdruck Farbe an die Holzwände. »Mmmmm«, entgegnete er, als hätte er Teds Stimme nur am Rande wahrgenommen.

»Jetzt da wir eine Kirche haben, ist es vielleicht an der Zeit, dass du tust, was ein anständiger Mann tun muss, was meinst du?«

»Entschuldige. Was hast du gesagt?«

Zerstreut wandte Tom sich Ted zu, den Pinsel in der Hand. Er war in Gedanken Meilen weit weg gewesen. Oben von der Leiter konnte er den Fluss glitzern sehen, der sich zügig in Richtung Meer wand.

Er träumte von dem Boot, das er eines Tages besitzen würde. Ein solides Ruderboot wie Teds, auf dem er an langen, heißen Sonntagen mit Beth rausfahren konnte, damit sie ungestört Zukunftspläne schmieden konnten. Und wenn sie weit genug flussabwärts gefahren waren, außer Sichtweite der Häuser und der Schmiede, würde er sie in die Arme schließen und sie auf den Mund küssen, so wie sie es schon ein paar Male in der Küche von Roselea getan hatten, wenn sie sicher gewesen waren, dass sie niemand beobachtete. Es würde traumhaft sein draußen auf dem Wasser, endlich ungestört.

»Ich sagte, es ist an der Zeit, dass du tust, was sich gehört«, wiederholte Ted. Als er den verständnislosen Ausdruck in Toms Augen sah, fügte er hinzu: »Mein Gott, du Schlafmütze. Du sollst sie endlich heiraten!«

»Oh.« Tom fuhr ein letztes Mal mit dem Pinsel über das Holz und sprang dann von der Leiter. Er war wie vor den Kopf geschlagen, konnte gar nicht glauben, was Ted da sagte. Er sollte sie heiraten? Ted wollte, dass er, Tom O'Reilly, seine Tochter heiratete?

Ted ging zu ihm hin und klopfte ihm herzlich auf die Schulter. »Nicht so schüchtern. Du gehörst doch praktisch schon zur Familie. Dann kannst du es ebenso gut auch amtlich machen, oder?«

»Ja, jawohl, Sir!« Tom grinste von einem Ohr zum anderen. »Dann habe ich deine Erlaubnis, sie zu fragen?«

»Je eher, desto besser, wenn du mich fragst. Es wird langsam etwas lächerlich, wie ihr beide euch über meinen Küchentisch hinweg schöne Augen macht. Höchste Zeit, Nägel mit Köpfen zu machen.«

Tom lief den ganzen Weg bis Roselea und machte nur kurz Halt, um in der Zufahrt einen kleinen Strauß von Kittys Rosen zu pflücken. Kaira schickte ihn in die Waschküche, wo Beth gerade Laken aus dem Waschzuber fischte. Im ganzen Raum war es dunstig, und auf ihrer Stirn und Oberlippe standen Schweißperlen. Ihre Wangen waren gerötet von der Hitze und Anstrengung.

»Beth?« Obwohl er eigentlich ernst hatte bleiben wollen, strahlte er wie ein Honigkuchenpferd.

Sie blickte auf, überrascht, ihn in der Tür stehen zu sehen. Mit einem verwunderten Ausdruck auf dem Gesicht ließ sie das letzte Laken in das kochende Wasser zurückgleiten. »Was ist denn?«

Verlegen holte er den Blumenstrauß hinter dem Rücken hervor und hielt ihn ihr hin wie eine Opfergabe.

»Die sehen mir aber verdächtig danach aus, als stammten sie von Kittys Sträuchern. Lass dich bloß nicht von ihr dabei erwischen, wie du ihre Blumen stibitzt.«

»Ich glaube nicht, dass sie etwas dagegen hätte in Anbetracht des Anlasses.«

Beth legte den Kopf schief und lächelte. »Komm zur Sache, Tom O'Reilly. Red nicht länger um den heißen Brei herum. Ich habe zu tun und ...«

Er brachte sie mit einem Kuss zum Schweigen. »Die Arbeit kann warten«, sagte er, als er wieder von ihr abrückte. »Immerhin frage ich Beth Hall nicht jeden Tag, ob sie meine Frau werden will.«

Sie erstarrte förmlich, stand so reglos da wie eine Statue. Schließlich fand sie die Sprache wieder. »Was ... was hast du gesagt?«, stammelte sie.

Tom legte die Arme um sie und legte die Wange an ihr Haar. Es duftete frisch nach Seifenlauge. »Heirate mich, Beth, und du machst mich zum glücklichsten Menschen auf Erden.«

Und so wurde die Trauung geplant, die erste in der Kirche. Kitty und Beth nähten eifrig ein weißes Musselinkleid mit Schleppe und Schleier aus Chantilly-Spitze. In mühevoller Kleinarbeit bestickten sie die Korsage mit Hunderten von Perlen, bis sie im Licht glänzte und glitzerte.

Kitty hielt die Luft an, als Beth das Kleid am Tag der Hochzeit ein letztes Mal über den Kopf zog. Es war wunderschön und saß wie angegossen. Geschickt schlang Kitty Beths Haar zu einem Knoten, den sie im Nacken feststeckte. Dann holte sie den großen Spiegel.

Die schlichte Schönheit des Kleides erinnerte sie an ihr eigenes türkisfarbenes Hochzeitskleid, das einmal Mayse gehört hatte. Jetzt, sechs Jahre später, schloss sich der Kreis mit der Hochzeit von Beth und Mayses Sohn.

»Sieh nur«, sagte sie und umarmte die junge Frau liebevoll. »Ich wusste es. Du siehst bezaubernd aus. Tom wird schrecklich stolz auf dich sein. Und dein Papa erst.«

Bei der Erwähnung der beiden stiegen Beth Tränen in die Augen. Ein Seufzer entfuhr ihr, leise wie ein Windhauch.

»Was ist denn?«, fragte Kitty leise und wischte ihrer Ziehtochter die Tränen von den Wangen. »Heute ist dein Hochzeitstag. Du solltest glücklich sein.«

Beths Lippen zitterten. »Das bin ich auch. Aber ich musste gerade an Mama denken und daran, wie gern sie heute dabei gewesen wäre. Ich ... ich weiß ja, dass es Jahre her ist, und es tut mir Leid, dass ich es erwähnt habe, das hätte ich nicht tun sollen.«

Nachdem er laut angeklopft hatte, stürmte Ted herein, dicht gefolgt von Emma. »Seid ihr fertig?«, fragte er lächelnd. »Ich habe gehört, dieser O'Reilly wäre schon an der Kirche.«

»Er ist eine halbe Stunde zu früh«, kicherte Beth, ihre Tränen schlagartig vergessend.

»Manche Leute sind eben bedauerlicherweise furchtbar ungeduldig«, sagte Ted mit gespieltem Ernst.

Neben Edward in der vordersten Bank sitzend, sah Kitty wie Emma als Erste den Mittelgang hinunterschritt, ihr Kleid das zitronengelbe Gegenstück des Brautkleides. Dann folgte Ted, der stolz seine älteste Tochter zu Tom geleitete. Mayse, mit der schlafenden Jess auf dem Arm, strahlte. »O Kitty«, flüsterte sie, als Beth an Teds Arm zu ihrem Sohn vor den Altar trat. »Sind sie nicht ein schönes Paar?« Und wie um ihre Worte zu untermalen, schnäuzte sie sich laut in ihr Taschentuch.

Tom schaute seine Braut an, reichte ihr die Hand und

schenkte ihr ein Lächeln, das seine ganze Liebe verriet. Und tatsächlich, wie sie in der kleinen Kirche stolz vor Reverend Carey standen, waren sie wirklich ein schönes Paar. Als Ted, nachdem er seine Tochter übergeben hatte, an seinen Platz an Kittys Seite zurückkehrte, schien es ihr, als läge ein verräterischer Glanz in seinen Augen.

Alle Nachbarn und Bekannten der Umgebung kamen, lehnten sich über den kleinen Holzzaun und warfen Reiskörner, als die frisch Vermählten die Kirchentreppe hinabstiegen. Beths Gesicht glühte vor Glück, und Tom lächelte stolz, ein Strahlen von einem Ohr zum anderen. Sie umarmten sich, und Tom gab ihr vor aller Augen einen zärtlichen Kuss.

Man schrieb das Jahr 1888. Kitty war 23 Jahre alt.

Das Leben war fast perfekt.

Fast ...

KAPITEL 8

Tom und Beth verbrachten ihre Flitterwochen in North Harbour, in einem der Gästehäuser, die in den letzten Monaten reihenweise dort entstanden waren. Den Aufenthalt bezahlte Ted: ein Hochzeitsgeschenk. Beth wäre gern länger geblieben, aber Tom hatte gemeint, eine Woche wäre genug. Das Transportunternehmen war noch kein Jahr alt, und er machte sich Sorgen, er könnte Kunden verlieren, wenn er zu lange pausierte.

Sonnengebräunt und ausgeruht von einer Woche Urlaub kehrte das junge Paar am darauf folgenden Sonntag zurück, empfangen von lautem Jubelgeschrei Edwards, der ihnen auf einem der Ponys von Roselea entgegenkam. »Hallo, Beth! Tom!«, rief er aufgeregt. »Papa hat schon gesagt, ihr kämt wahrscheinlich heute zurück. Das Essen ist gleich fertig. Beeilt euch.«

Ihre Heimkehr sorgte für einige Aufregung. Kitty wollte mit vor Freude strahlenden Augen wissen, ob sie ihren Urlaub genossen hätten und ob ihre Unterbringung auch ordentlich gewesen sei. »Ich habe das Gästezimmer fertig gemacht«, fügte sie hinzu und führte Tom mit den Koffern den Flur hinunter. »Es ist viel größer als dein altes Zimmer, Beth.«

»Und das Bett ist größer«, flüsterte Tom seiner Frau ins Ohr, die prompt heftig errötete.

Das frisch vermählte Brautpaar wollte einige Wochen auf Roselea wohnen, bis ein Häuschen gefunden war, das ihnen zusagte. »Mit dem Thema einer neuen Bleibe könnt ihr euch befassen, wenn ihr wieder da seid«, hatte Ted vor der Hochzeit gesagt. »Es wird sich schon etwas finden. Und bis es so weit ist, ist bei uns Platz genug.«

Als er nun den Lärm hörte, kam Ted herein und schloss Beth in die Arme. »Sieh sich einer mein kleines Mädchen an«, sagte er schließlich stolz und hielt sie auf Armeslänge von sich. »Ganz erwachsen und eine verheiratete Frau.« Tiefe Röte überzog Beths Wangen.

Es ist schön, wieder zu Hause zu sein, dachte sie, als sie bei Tisch saßen und sich am traditionellen Sonntagsbraten gütlich taten. Emma war für ein paar Wochen daheim. Die Schule in Beenleigh hatte ihr eine Stelle als Lehrerin angeboten, und so würde sie weiter bei den Nonnen im Kloster wohnen. Sie erzählte begeistert von ihrer Arbeit, die sie nach Weihnachten antreten würde.

Nach dem Essen waren alle träge und faul. Schließlich ging Ted zum Hotel, um den Pub wie jeden Sonntag für zwei Stunden zu öffnen. Tom begleitete ihn. Zwei Stunden später kehrte Ted allein zurück.

»Wo ist Tom?«, fragte Beth. Sie und Kitty hatten nach dem Essen abgewaschen und anschließend den Garten inspiziert. Die Blumen standen in voller Blüte, die Zufahrt war gesäumt von einem dicken Teppich Rosenblüten.

»Keine Ahnung«, entgegnete Ted achselzuckend. »Ich habe ihn mit dem jungen Hugh Tarlington sprechen sehen, und als ich dann abgeschlossen habe, waren die beiden verschwunden.«

Zehn Minuten später kam Tom hereingestürmt. Seine Augen leuchteten, und er grinste breit. »Ratet mal, was ich gekauft habe.«

»Was?«, fragte Beth verwundert.

»Ein Boot.«

»Ein Boot?«

»Ein kleines Dingi. Ich habe doch davon erzählt.«

»O Tom! Du hast doch versprochen, dass wir unser ganzes Geld für ein Haus sparen. Und wir können ja schlecht auf einem Ruderboot wohnen.«

Tom machte ein betretenes Gesicht, und Beth wünschte sofort, sie hätte nicht so vorwurfsvoll geklungen. Es tat ihr Leid, dass sie Toms Begeisterung einen solchen Dämpfer versetzt hatte. Er hatte die letzten Wochen von nichts anderem gesprochen als von einem Boot. Und doch, obwohl von vorneherein geplant gewesen war, dass sie einige Zeit auf Roselea wohnen würden, sehnte sie sich nach einem eigenen Zuhause. Sie mussten praktisch denken; sie hatten kein Geld für Spielereien.

»Stimmt, wir werden uns bald nach einem Haus umsehen müssen«, gab Tom mit einem Seitenblick auf Ted zu. »Aber ich hatte da eine Idee. Könnten wir nicht das alte Cottage mieten, in dem Dan gewohnt hat?«

»Nein!«

Tom schien überrascht von Teds schroffer Ablehnung. Obwohl das Haus ziemlich heruntergekommen war, ließ es sich mit etwas Arbeit in wenigen Tagen wieder herrichten. Außerdem lag es verhältnismäßig nah bei Roselea und den Weiden, auf denen die Pferde des Fuhrunternehmens standen. Das Haus stand leer, seit Dan so kurz nach Maddies Tod auf und davon war. Beth war nicht sicher, was der Grund für Dans plötzlichen Weggang gewesen war; Kitty und Ted hatten damals nur ausweichend auf ihre Fragen geantwortet, und so hatte sie sein Verschwinden schließlich einfach hingenommen. Und jetzt wurde ihr Vater richtig böse wegen Toms Vorschlag.

Tom zuckte die Achseln. »Kein Problem. War ja nur so ein Gedanke.«

Aber Ted schien seine Haltung erklären zu wollen. »Ich habe das Cottage Dan versprochen. Ich weiß, dass er schon vor Jahren von hier weggegangen ist, aber vielleicht kommt er eines Tages wieder, und dann möchte ich, dass er sein Haus so vorfindet, wie er es hinterlassen hat.«

Tom akzeptierte Teds Haltung. »Kann ich verstehen. Dann suchen wir uns etwas anderes.«

»Ich habe da allerdings einen anderen Vorschlag«, sagte Ted nachdenklich.

»Vorsicht«, warnte Kitty lachend. »Den Gesichtsausdruck kenne ich. Gleich fängt er an von Expansion und Geschäftserweiterung zu sprechen.«

Ted grinste und umarmte Kitty. »Scheint, als würde meine Frau mich zu gut kennen.«

»Und?«, fragte Tom erwartungsvoll. »Ich bin ganz Ohr.«

Ted setzte sich an den Tisch und trommelte mit den Fingern auf das Holz. »Boolai braucht einen Gemischtwarenladen. Ich denke schon eine ganze Weile darüber nach. Kitty und ich haben dafür keine Zeit, aber das wäre ein ideales Geschäft für euch beide. Beth könnte den Laden führen und Tom das Fuhrunternehmen weiter betreiben.«

»Und wo sollen wir einen Laden errichten?«, fragte Tom, dessen Interesse ganz offensichtlich geweckt war. »Er müsste in der Nähe des Anlegers sein, damit man die Waren leicht von dort zum Laden bringen kann. Bis hierher wäre es zu weit. Für einen Pub ist es ja okay, weiter vom Fluss weg zu sein. Eine durstige Kehle nimmt Meilen auf sich für ein kühles Bier. Bei einem Laden sieht es schon anders aus.«

Ted streckte die Beine aus, lehnte sich in seinem Stuhl zurück und verschränkte die Arme hinter dem Kopf. »Bist du interessiert?«

Tom warf Beth einen Blick zu, und sie nickte. »Ja ... Ja. Ich finde, das klingt wirklich gut.«

»Erst müssen wir mit Paddy sprechen. Wenn er das Grundstück zur Verfügung stellt, steuere ich das nötige Geld bei. In der Nähe der Schmiede wäre ein idealer Standort.«

»Es ist ja gut und schön, von Geschäftsideen zu sprechen und davon, einen Laden zu bauen, aber dann haben wir immer noch kein Dach über dem Kopf«, gab Beth zu bedenken.

»Wir können hinter dem Laden einen Wohntrakt anbauen«, meinte Ted.

»Und in der Zwischenzeit?«

»Bleibt ihr hier«, sagte Kitty. »Platz ist genug. Ich freue mich sogar, wenn Ted und ich nicht ganz allein sind in dem Riesenkasten.«

Tom wollte erst noch einmal gründlich über den Vorschlag nachdenken, bevor er darüber mit seinem Vater sprach. Beth war anzusehen, dass sie am liebsten sofort zu ihren Schwiegereltern gegangen wäre, aber dass Ted den Laden finanzieren wollte, behagte ihm nicht so ganz. Er hatte das Geld für ein Haus sparen wollen. Andererseits war die Idee gut und vernünftig.

Tom spürte, dass Beth enttäuscht war. Sie hatte gehofft, dass sie schon bald ihr eigenes Cottage haben würden, bloß ein kleines Häuschen, nichts Besonderes, nur damit sie unter sich waren. »Wenn alles planmäßig läuft, dauert es nur ein paar Monate«, flüsterte er ihr ins Ohr und drückte ihren Arm, als sie in der Nachmittagssonne die Treppe hinunterstiegen.

Beth trat vor ihn und versperrte ihm den Weg. Sie schmiegte sich an ihn und legte den Kopf an seine Brust. »Ich wollte nur, dass wir allein sind«, sagte sie schließlich. »Du und ich. In unserem eigenen Zuhause. Es tut mir Leid. Papa hat schon immer gesagt, dass Geduld nicht eben meine Stärke ist.«

»Du hast immerhin auf mich gewartet«, neckte er und küsste sie auf die Stirn. »Zwei ganze Jahre. Ich würde sagen, das hat eine ordentliche Portion Geduld erfordert.«

»Nein«, lachte sie. »Nicht Geduld – Durchhaltevermögen.«

»Komm«, sagte er, nahm ihre Hand und zog sie mit sich

fort. »Lass uns mit dem Boot rausfahren. Bis zur Flussbiegung.«

Beth stand am Ufer und schaute auf das Ruderboot. Es war an Land gezogen worden und lag mit dem Bug auf dem Trockenen, während die Wellen gerade noch gegen das Heck schlugen. Das Holz war verwittert und die Farbe stellenweise abgeblättert. An jedem Ende des Bootes befanden sich zwei schmale Sitze.

»Das ist aber klein«, bemerkte sie zögernd.

Tom ignorierte ihren unsicheren Tonfall. »Hüpf rein. Du kannst hinten in der Sonne sitzen und so tun, als wärst du eine feine Dame und ich dein Chauffeur. Oder wir tun so, als wäre ich ein Gondoliere und als würden wir durch die Straßen von Venedig fahren.«

»Durch Straßen kann man nicht rudern, Dummkopf. Das weiß doch jedes Kind.«

»Und genau da irrst du, Beth O'Reilly. In Venedig gibt es Wasserstraßen, und die Venezianer bewegen sich mit Booten fort.«

»Wer sagt das?«, fragte sie ungläubig. Die Sonne schien auf ihr helles Haar, und ihre Wangen waren rosa angehaucht. Er hätte sie am liebsten auf der Stelle geküsst, widerstand jedoch der Versuchung und nahm stattdessen die Ruder aus dem Boot.

»Ach, das habe ich in einem Buch gelesen.« Tom war eine echte Leseratte; er las alles, was ihm in die Finger kam. Seine Mutter hatte sich einmal darüber beklagt, dass er sogar das Etikett auf den Marmeladengläsern genau studierte. Er wollte alles wissen über fremde Städte und ferne Länder mit exotisch klingenden Namen. Eines Tages würde er reisen und Beth mitnehmen zu diesen fremden Orten, ihr wundervolle exotische Parfums schenken, edle Schals und orientalische Kleider. Aber jetzt galt es erst einmal, über das Angebot seines Schwiegervaters nachzudenken. Seufzend zwang er sich zurück ins Hier und Jetzt.

»Und wenn etwas passiert? Wenn du über Bord gehst? Du hast mir doch selbst erzählt, dass du nicht schwimmen kannst.«

»Es ist vollkommen ungefährlich«, versicherte er ihr. »Ich verspreche auch, ganz vorsichtig zu sein.«

Er zog Stiefel und Socken aus und rollte die Hosenbeine auf. Dann hob er Beth ins Boot. Grunzend vor Anstrengung schob er anschließend das Boot ins Wasser. Beth saß auf der schmalen Bank und hielt sich an der Bordwand fest. Er drehte sich um, um zu sehen, ob er mit dem Rücken schiebend mehr Kraft aufbrachte. Da sah er Edward verloren am Ufer stehen, die Zügel seines Ponys in der Hand. »Komm, Tiger«, rief er dem Jungen zu, »willst du mitfahren?«

Edward nickte strahlend. Er wickelte die Zügel um einen tief hängenden Ast und watete durch das seichte Wasser zum Boot.

Auf dem Wasser war es windig, und kleine Wellen klatschten fröhlich gegen den Rumpf des Ruderbootes. Sonnenlicht glitzerte auf dem Wasser, Tausende einzelner Reflexe, die alle zusammen einen funkelnden Teppich bildeten. Tom ruderte schweigend. Der Wind klärte seine Gedanken. Durch den Stoff seines Hemdes konnte er die Sonne auf seinem Rücken fühlen. Er liebte das Gefühl, wie das Boot durch das Wasser glitt. Seine Armmuskeln spannten sich jedes Mal, wenn er sich in die Riemen legte.

Schließlich gelangten sie zu einer kleinen Insel in der Mitte des Flusses. Tom holte die Ruder ein, und der

Rumpf des Bootes schrammte knirschend über den Kies ans Ufer.

»Los, alles aussteigen.«

Edward bummelte am Ufer entlang und stach mit einem Stock kleine Löcher in den nassen Sand. Beth setzte sich ins Gras und schaute auf das Wasser. »Das mit dem Laden ist keine schlechte Idee«, sagte Tom schließlich. »Wir hätten ein zusätzliches Einkommen, und es wäre praktisch, gleich hinter dem Laden zu wohnen. Ich habe mir überlegt, dass ich ein Glöckchen an der Tür anbringen könnte, das läuten würde, jedes Mal, wenn jemand den Laden betritt. Dann bräuchtest du nicht die ganze Zeit im Laden zu stehen, sondern könntest dich auch hinten im Haus aufhalten, wenn gerade keine Kundschaft da ist.«

Beth nickte. Sie schien sich inzwischen ebenfalls mit der Idee angefreundet zu haben. »Wenn Papa sagt, dass er für den Bau aufkommt, wären wir verrückt, wenn wir nicht zugreifen würden.«

Tom nahm ihre Hand. »Beth«, sagte er bedächtig. »Das ist das andere, worüber ich mit dir sprechen möchte. Du weißt, wie sehr ich dich liebe, und dein Vater war immer sehr hilfsbereit. Aber ich kann mir dieses Geld nicht einfach schenken lassen. Ich akzeptiere nur unter der Bedingung, dass er mir das Geld in Form eines Darlehens zur Verfügung stellt, das ich zurückzahle, sobald der Laden anfängt, Gewinn abzuwerfen.«

Sie dachte eine Weile über seine Worte nach.

»Bitte, Beth. Dein Vater hat mir schon Arbeit gegeben und unsere Flitterwochen bezahlt. Ich habe auch meinen Stolz.«

Sie redeten, bis es dämmrig wurde, und Edward beklagte sich über die vielen Mücken. Sie waren sich einig.

Tom würde am nächsten Tag mit Paddy sprechen bezüglich des Grundstücks, und er und Beth würden auf Roselea bleiben, bis der Laden mit angeschlossenem Wohnhaus fertig gestellt war.

Langsam ruderte Tom zurück. Der Mond war aufgegangen und warf einen silbrigen Schimmer auf das Wasser. Gelegentlich flog ein Vogel über den Fluss hinweg und verabschiedete krächzend den Tag. Wieder an Land, ließ Tom Edward auf seinem Pony vorausreiten, schloss dann Beth in die Arme und vergrub das Gesicht in ihrem duftenden Haar.

»Ich liebe dich, Beth«, sagte er leise. »Ich liebe dich mehr als alles andere auf der Welt. Es wird sich alles finden, du wirst sehen. Bald haben wir ein eigenes Zuhause, und irgendwann werden wir auch Babys haben. Dann haben wir unsere eigene Familie.«

Er fühlte in der Dunkelheit die Konturen ihres Körpers, geschmeidig und warm, wie geschaffen für die Liebe.

»Ja«, entgegnete sie. Dann: »Wer zuerst beim Haus ist. Der Verlierer ist ein faules Ei.«

»War das wirklich dein Ernst, dass du das Cottage freihältst, für den Fall, dass Dan eines Tages zurückkommt?«

Kitty lag im Bett und blickte verschlafen zu Ted auf, der gerade frisch gewaschen aus dem Bad kam. Er hatte ein großes weißes Handtuch um die Taille geschlungen. Sie schaute zu, wie er sich Haar und Bart bürstete und beides mit der gleichen Entschlossenheit bändigte.

»Ja«, entgegnete er und wandte sich ihr zu. »Warum fragst du?«

»Er ist seit sechs Jahren fort«, sagte sie sanft. »Ich denke nicht, dass wir ihn je wiedersehen werden.«

Er musterte sie mit sonderbarem Ausdruck. »Hast du ihn sehr vermisst, damals, als er auf und davon ist?«

Es war das erste Mal seit ihrer Hochzeit, dass Ted seinen Bruder erwähnte. Kitty ihrerseits hatte in den ersten Wochen und Monaten nach Dans Verschwinden tagtäglich an ihn denken müssen. Ob sie ihn vermisst hatte? Das war noch untertrieben! Tag und Nacht hatte sie sich gefragt, wo er und Dominic sein mochten. Dan hatte sie in ihren Tagträumen und auch nachts richtiggehend verfolgt, und jedes Mal, wenn die Erinnerung an gemeinsame Erlebnisse sie eingeholt hatte, wäre sie beinahe in Tränen ausgebrochen.

Aber mit Edwards Geburt hatte sie endlich ihren Frieden gefunden, und die Erinnerung an Dan war verblasst. Bald war sie so beschäftigt gewesen mit dem Baby, dass immer öfter mehrere Tage am Stück verstrichen, ohne dass sie an ihn dachte.

Inzwischen waren sechs Jahre ohne ein Wort von Dan vergangen. Bridie hatte hin und wieder Postkarten und Briefe von Dominic erhalten, aus Charters Towers und anderen Orten, sodass sie wenigstens wusste, dass es ihm gut ging. Nur eine Adresse hatte er nie genannt, weil er nie lange an einem Ort blieb, wie er schrieb. Und kein Wort von Dan.

»Ja«, gab sie zu und sah, dass ihr Mann sie eindringlich musterte. Sie konnte Ted nicht anlügen. Sie hatte Dan vermisst.

»Ich weiß«, sagte Ted und nickte. Er trat ans Fenster und blickte hinaus in die Dunkelheit. Mit brüchiger Stimme fuhr er fort. »Es ist, als hätte man einen Teil von sich verloren, einen Arm oder ein Bein. Man kann ohne leben, aber man fühlt sich verkrüppelt, beeinträchtigt. So habe ich nach Maddies Tod empfunden.«

Kitty glitt aus dem Bett und ging zu ihm. Sie schlang ihm die Arme um die Brust und schmiegte die Wange an seinen Rücken. Sie wusste, welche Überwindung es ihn kostete, von so intimen Dingen zu sprechen. Sie hatten beide einen schweren Verlust erlitten, aber sie hatten beide auch etwas gefunden.

Ted drehte sich um, nahm sie in die Arme und bedeckte ihr Gesicht und ihren Hals mit Küssen. Dann legte er die Hände auf ihren Po und zog sie fest an sich.

»Lieber Gott, Kitty. Du und ich, wir haben so viel durchgemacht und haben unser Schicksal gemeistert. Ich liebe dich so sehr. Komm ins Bett. Es wird langsam Zeit, dass unser Sohn einen Spielkameraden bekommt, meinst du nicht auch?«

Kitty, die gerade die letzten Gläser nach dem Mittagsandrang spülte, hob den Kopf, als sie laute Stimmen draußen vor dem Pub hörte. Die Bar war leer, und Ted war bei den O'Reillys, um Tom bei der Fertigstellung des Daches für den neuen Laden zu helfen. Kitty trocknete sich die Hände an der Schürze ab und eilte die Treppe hinunter.

Ein Planwagen stand auf der Lichtung vor dem Hotel. Er war in glänzendem Schwarz lackiert, und auf der Seite war in gold-roter Schönschrift der Name *Dr. Soule* aufgemalt.

Eine größere Menschenmenge hatte sich um den kleinen, alten Mann versammelt, der vor dem Wagen stand. Er trug einen schwarzen Anzug und einen schwarzen Zylinder. Sein weißer Bart reichte ihm fast bis zur Taille. Mit einer Hand hielt er eine Flasche über den Kopf.

»Ja, Leute«, hörte sie ihn verkünden, mit erstaunlich kraftvoller Stimme für einen so alten Mann. »American Hop Bitters kuriert Männer von den Konsequenzen von Jugendsünden, von Schüchternheit, unerwünschtem Erröten, Schmerzen beim Wasserlassen, Kopfschmerzen, Verdauungsproblemen, Leber- und Nierenbeschwerden, aufbrausendem oder cholerischem Temperament, Herzklopfen und allen anderen Zuständen, die zu Leid, Krankheit und Tod führen.«

»Heh, Doc!«, rief ein Mann. »Vielleicht geht es schneller, wenn sie uns sagen, wogegen es nicht wirkt.«

»Genau«, rief ein anderer. »Wundermittel, von wegen. Verdammte Quacksalber«, brummte er.

»Achten Sie nicht auf die ewigen Zweifler«, rief der Doktor laut. »Dieses Heilmittel ist sehr gefragt in England, Schottland und Australasien.«

»Und was ist drin? Wonach schmeckt es?«, rief eine Dame mit rosa Sonnenhaube. Kitty erkannte sie als eine der Frauen aus dem Tal, die einmal wöchentlich kam, um die Post zu holen.

»Gute Frage, Mrs. McBeath«, sagte jemand und nickte weise. »Man kann nicht vorsichtig genug sein. Und manche Mittel sind eher dazu angetan, einen umzubringen, als zu heilen. Die würde man keinem Hund verabreichen.«

Der Doktor tippte sich mit einer Hand an den Hut. »Ich bin froh, dass Sie gefragt haben, Ma'am. Diese Flasche enthält nur erlesenste Ingredienzen, das kann ich Ihnen versichern. Hopfen, Alraunwurzel, Kamille und Löwenzahn. Außerdem wurde das Ganze sorgfältigst destilliert, sodass es völlig geschmacksneutral ist.« Er wandte sich wieder der Menge zu und hielt die Flasche hoch, sodass alle sie sehen konnten. »Los, Leute. Verliert keine Zeit. Dieses Mittel hat Tausende böser Dämonen ausgetrieben, und bei allen Anwendern Gesundheit und Manneskraft wiederhergestellt. Ich versichere euch, noch länger zu warten, wäre verrückt.«

Kitty wartete, bis die Menge sich verlaufen hatte, viele gleich mit mehreren Flaschen des Gesundheitselixiers. Der alte Mann warf ihr einen Blick zu, während er die Türen seitlich an seinem Wagen schloss, und nickte knapp.

Nervös trat sie näher und wischte sich die feuchten Handflächen seitlich am Rock ab. »Das Elixier ... wie viel kostet es?«, fragte sie.

Der alte Mann musterte sie nachdenklich. »Was will denn eine so junge und hübsche Person wie Sie mit Hop Bitters?«

Kitty fühlte, wie sie errötete und die Wärme über ihr Gesicht und ihren Hals wanderte. Sie senkte verlegen den Kopf.

Der Mann strich sich mit den Fingern über den Bart. »Ich kann Ihnen nicht helfen, wenn Sie mir nicht verraten, wo das Problem liegt.«

Kitty holte tief Luft. »Mein Mann möchte noch ein Baby. Es ist Jahre her, dass unser Sohn geboren wurde.«

Der Doktor nickte in Richtung des Hotels. »Gehört das Ihnen?«, fragte er.

»Ja.« Sie wusste nicht, was der Besitz des Pubs mit ihrem Problem zu tun haben sollte.

»Ich mache Ihnen einen Vorschlag«, fuhr er fort. »Es wird langsam spät, und ich brauche eine Unterkunft für die Nacht. Was halten Sie davon, wenn ich Ihnen ein paar Flaschen meines Elixiers überlasse im Austausch gegen ein Zimmer für die Nacht?«

»Klingt fair.«

Nachdem der alte Mann auf seinem Zimmer untergebracht war, versteckte sie die Flaschen ganz hinten im Schrank unter der Spüle. Später, als sie mit der Arbeit fertig war, öffnete sie eine der Flaschen und roch daran. Überrascht stellte sie fest, dass der Inhalt völlig geruchlos war. Sie gab eine kleine Menge in ein Glas, nahm einen vorsichtigen Schluck und wartete darauf, dass sich der bittere Geschmack einstellte. Aber der Doktor hatte nicht gelogen; das Elixier war völlig geschmacksneutral. Hastig leerte sie das Glas und gab dann eine ordentliche Menge in den Tee, den sie Ted eben gekocht hatte.

Paddy war der letzte Gast. Er hatte mehr als eine halbe Flasche Rum intus. Ted lehnte an der Bar und las ein Flugblatt.

»Wer zu weit weg wohnt, kann Dr. Soule kostenlos per Post konsultieren. Legen Sie Ihrem Schreiben eine detaillierte Beschreibung der Symptome bei, und der Doktor wird Ihnen prompt eine Diagnose zukommen lassen. Die Beratung ist kostenfrei. Die Medizin wird in alle Teile der Welt geliefert, bruchsicher in neutraler Verpackung«, las Ted lächelnd.

»Hier, lies das«, sagte er lachend, als Kitty mit der Tasse Tee zu ihm kam. »Verdammter Quacksalber.«

Kitty nahm das Blatt mit klopfendem Herzen entgegen. Während sie vorgab zu lesen, beobachtete sie verstohlen, wie Ted seine Teetasse leerte.

»Danke, Schatz«, sagte sie unschuldig, als er ihr die leere Tasse reichte.

Ted schickte Kitty nach Hause und versprach, in Kürze abzuschließen und nachzukommen. Er wartete, nachdem sie gegangen war, noch zehn Minuten, durchquerte dann den verlassenen Pub und steuerte die Gästezimmer im rückwärtigen Teil des Gebäudes an. Nachdem er angeklopft hatte, dauerte es nicht lange, bis der Doktor ihm in einem rot-weiß gestreiften Nachthemd öffnete.

»Doktor Soule?«, fragte Ted, die Lampe hoch über den Kopf haltend. »Entschuldigen Sie bitte die Störung, aber ich wollte fragen, ob ich vielleicht ein paar Flaschen von dem Elixier aus Ihrer Werbung kaufen kann.«

»Natürlich, natürlich«, murmelte der Doktor und forderte ihn beflissen auf einzutreten. »Und wie viele hätten Sie gerne? Eine, zwei?«

»Ich nehme gleich ein Dutzend«, entgegnete Ted und zog ein Bündel Geldscheine aus der Tasche. »Und machen Sie sich keine Gedanken wegen der Zimmermiete, mein Freund. Sie sind mein Gast.«

Er wünschte dem Doktor eine gute Nacht und trug die Flaschen in die Küche, um sie im Schrank unter der Spüle zu verstecken. Er hockte sich hin und wollte sie eben ganz nach hinten schieben, als er sah, dass dort schon etwas stand. Stirnrunzelnd griff er in den Schrank. Ein Lächeln erhellte seine Züge, als er sah, was da zum Vorschein kam. Eine Flasche von demselben Elixier, das er gerade erstanden hatte. Der Korken war zur Hälfte herausgezogen, und die Flasche war nicht mehr ganz voll. Er fand noch eine weitere Flasche.

Er ließ sich zurücksinken, bis er auf den Bodendielen saß, und schüttelte lächelnd den Kopf. »Hexe«, sagte er leise. »Dumme kleine Hexe.«

»Hier. Was würdest du sagen, was das ist?«, fragte Ted am folgenden Tag Paddy in der Bar.

Paddy nahm das Glas und nippte an der klaren Flüssigkeit. »Keine Ahnung. Für mich schmeckt es jedenfalls wie Wasser.«

Ted musterte stirnrunzelnd das Glas in seiner Hand. Der Inhalt sah aus wie Wasser und schmeckte wie Wasser, das hatte auch Paddy festgestellt. Es gab nur eine logische Schlussfolgerung. Es war Wasser.

Er schlug sich mit der Hand auf den Oberschenkel und lachte schallend. Es kam nicht alle Tage vor, dass es jemand schaffte, Ted Hall übers Ohr zu hauen, aber diesmal war er ganz schön hereingelegt worden. Doktor Soule war längst fort. Pferd und Wagen waren schon weg gewesen, als er am Morgen das Hotel aufgeschlossen hatte.

Wenn ich schneller gewesen wäre, hätte ich den alten Mann vielleicht noch am Fluss beim Auffüllen leerer Flaschen erwischt, sagte er sich schmunzelnd.

KAPITEL 9

Der Erfolg des Ladens übertraf alle Erwartungen, und im Dezember, rechtzeitig zu Weihnachten, hatte Ted bereits die Post dorthin verlegt. Wie versprochen befestigte Tom ein Glöckchen an der Tür, das Beth signalisierte, wenn Kundschaft den Laden betrat. Aber sie kam gar nicht dazu, den Laden zu verlassen, war ständig mit Kunden oder dem Auffüllen der Regale beschäftigt, mit dem Sortieren der Post oder der Nachbestellung von Waren.

Kitty war Stammkundin und kam zweimal wöchentlich, um Vorräte für die Hotelküche einzukaufen. Jeder Besuch wurde gebührend gefeiert. Beth breitete eine blau-weiß karierte Tischdecke über den kleinen Tisch in ihrer Küche hinter dem Laden, und Kitty deckte den Tisch, während Beth Tee kochte.

Wenn sie Kittys Buggy vor dem Laden stehen sah, kam Mayse oft mit der kleinen Jess auf dem Arm herüber. Der Anblick des schlafenden Babys erinnerte Kitty immer wieder von neuem schmerzhaft an ihre eigene Unfähigkeit, ein weiteres Kind zu empfangen. Beth hatte ihr erst in der vergangenen Woche eröffnet, dass sie schwanger war, und das bevorstehende Mutterglück färbte ihre Wangen bereits rosig. Kitty seufzte in sich hinein. Was war nur los? Sie und Ted waren seit Jahren verheiratet. Und nachdem sie Edward in ihrer ersten Liebesnacht empfangen hatte, sollte man meinen, sie müssten mittlerweile einen ganzen Stall voll Kinder haben.

Als sie sehnsüchtig über das dunkle, seidige Haar des Babys strich, atmete Kitty tief den typischen Geruch nach Seife und Puder ein, nach Wärme und Geborgenheit. Jess wachte auf, öffnete eines ihrer blauen Augen und musterte sie ernst.

»Was ist mit dir und Papa?«, fragte Beth plötzlich. »Edward ist doch inzwischen aus dem Gröbsten heraus. Wäre es nicht Zeit für ein zweites Kind?«

»Ich weiß«, erwiderte Kitty, um einen neutralen Tonfall bemüht. »Wir hoffen seit Jahren, aber bisher vergeblich ...«

»Keine Sorge.« Beth beugte sich vor und drückte ihre Hand. »Eines Tages wird es doch noch passieren.«

Ted kaufte seinem Sohn ein neues Pferd, das Edward auf den Namen Dancer taufte.

»Sie ist ein echter Kracher, ein Pferd, wie man kein besseres für Geld bekommen kann«, erklärte Ted seinem Sohn stolz, »du solltest also lernen, wie man die Stute richtig versorgt.« Geduldig zeigte er Edward, wie man ein Pferd striegelte und fütterte. »Und wenn es so weit ist«, versprach er, »lassen wir sie decken, und du bekommst ein eigenes Fohlen.«

Nach Jahren entsprechender Bittschriften an das Bildungsministerium erhielten die Bewohner von Boolai schließlich eine Schule. Am Eröffnungstag trat Edward in seinem Sonntagsanzug ungeduldig von einem Fuß auf den anderen, während Kitty versuchte, mit der Bürste sein widerspenstiges Haar zu bändigen.

»Gerade rechtzeitig«, sagte Kitty, als sie auf dem Weg zur Schule kurz bei Beth vorbeischaute. »Er wird in ein paar Wochen sechs, und Ted hat schon seit Wochen gehofft, dass uns eine Schule bewilligt würde.«

»Aufgeregt?«, fragte Beth, kam hinter dem Verkaufstresen hervor und zauste Edward das Haar. Sie war jetzt im siebten Monat, ermüdete schnell und war nicht mehr so leichtfüßig und schnell wie bisher.

»Aufgeregt ist gar kein Ausdruck! Er ist seit fünf Uhr auf«, lachte Kitty. »Ich bin sicher, er hat die ganze Nacht kein Auge zugetan.«

»Dann weiß ich, wie er sich fühlt«, seufzte Beth. »Das Baby hat die ganze Nacht Purzelbäume geschlagen.«

Kitty traf sich vor dem Schulhof, der nur einen Steinwurf vom Laden entfernt war, mit Ted. Gemeinsam begleiteten sie Edward hinein. Die frisch gestrichenen Stufen des neuen Gebäudes führten in einen kleinen, zweckdienlichen Klassenraum, in dem Reihen von Pulten und Stühlen aufgestellt waren. Neben dem Fenster standen zwei Holzkisten mit Schulheften, Lesebüchern und Schiefertafeln. An einer Wand war eine große schwarze Tafel befestigt.

Eine junge Frau saß an einem Tisch vor der Tafel, vor sich eine Vase mit Blumen und ein Anwesenheitsbuch. Jemand hatte in großen Lettern auf die Tafel geschrieben: *Miss Rosser – Willkommen in der Boolai Provisional School.* Einer nach dem anderen fanden sich die Menschen aus der Gegend ein, ihre Kinder im Schlepptau. Ted stand ganz vorn in der Reihe, Edward an der Hand. Die Lehrerin trug die Namen der Kinder in das schwere Buch mit den dicken Seiten ein. Kitty registrierte stolz, dass der Name ihres Sohnes der allererste war.

Hinterher gingen sie und Ted hinaus ins fahle Winterlicht. »Das war's dann also«, sagte Ted und verschränkte die Arme vor der Brust. »Irgendwie ein komisches Gefühl, dass der kleine Mann jetzt tagsüber nicht mehr daheim ist.«

»Gerade zur rechten Zeit«, entgegnete Kitty und versuchte mit aller Macht, das Grinsen zu unterdrücken, das drohte, hervorzubrechen. »Zum Jahresende hin werde ich so beschäftigt sein, dass ich nur wenig Zeit für Edward haben werde.«

Ted musterte sie mit einem verwirrten Ausdruck auf dem Gesicht. »Du bist doch bisher immer gut zurechtgekommen.«

»Stimmt, aber als ich das letzte Mal schwanger war, musste ich keinen Pub führen. Ein Baby nimmt viel Zeit in Anspruch, weißt du.«

Sie konnte sehen, wie er nach und nach den Sinn ihrer

Worte realisierte. Er stieß einen lauten Freudenschrei aus, hob sie hoch und wirbelte sie durch die Luft. »Ein Baby! Wir bekommen ein Baby! Nach all dieser Zeit. Du bist eine Hexe, Katherine Hall. Warum hast du es mir nicht früher gesagt?«, flüsterte er in ihre glänzende, rotgoldene Mähne.

»Lass mich runter, Ted. Die Leute starren uns schon an«, befahl sie lachend. »Außerdem zerknautschst du mein Kleid.« Fröhlich lief sie ihm voraus die Straße hinunter und wackelte dabei einladend mit den Hüften.

Kitty half die folgenden Monate noch im Hotel, bediente die Männer am Tresen, schäkerte mit ihnen und schickte sie heim zu ihren Frauen. Als sie im fünften Monat war, verbot Ted ihr jede schwere Arbeit und bestand darauf, dass sie sich in den nächsten Monaten ganz darauf konzentrierte, sich auf das Baby vorzubereiten.

»Ich will nur das Beste für dich«, sagte er streng. »Für dich und das Baby. Viel Ruhe, hat Dr. Grace gesagt, weißt du noch?« Und so blieb sie daheim, umgeben von ihren Rosenstöcken, und verbrachte ihre Zeit damit, Babykleidung zu stricken und zu nähen.

Kitty genoss ihre zweite Schwangerschaft. Sie war überglücklich, als sie die ersten ganz leichten Bewegungen ihres Babys spürte. Weil sie zuerst glaubte, sie hätte sich den leichten Tritt eingebildet, legte sie eine Hand auf den Bauch und wurde von beinahe ehrfürchtigem Staunen ergriffen, als sie das Baby erneut fühlte.

Ted brachte ihr hübsche Umstandskleider aus weich fallendem Musselin, die ihren Leibesumfang jedoch nicht zu verbergen vermochten. Sie und Beth lachten viel, schmiedeten Pläne und brüteten über Namenslisten. Nachts, wenn sie in den Armen ihres schlafenden Mannes lag, seufzte Kitty zufrieden. Nie hatte sie Ted glücklicher gesehen. Sogar Beth hatte vor einigen Wochen lachend gemeint: »Die Schwangerschaft scheint Papa gut zu bekommen.«

Fast exakt neun Monate nach der Trauung brachte Beth ein kleines Töchterchen zur Welt, das sie Rose nannte. Jetzt waren auch Beth und Tom eine Familie.

Die Tage vergingen langsam, aber das kümmerte Kitty nicht. Ihr Körper folgte jetzt einem anderen, inneren Rhythmus, der bestimmt wurde von der Entwicklung des neuen Lebens, das in ihr heranwuchs. Weihnachten würden sie zu viert sein. Sie, Ted, Edward und das ungeborene Kind, das sie noch mehr aneinander schweißte.

Das Leben hätte nicht perfekter sein können.

Es war ein trockenes Jahr gewesen. Das Gras verdorrte und verbrannte auf den Weiden, und von dem Wasserlauf hinter dem Pub blieb nur ein Rinnsal übrig. Die Tauben aus den Bergen fielen zu Tausenden auf Futtersuche über die Täler her. Jeden Abend zogen sich über dem Meer Wolken zusammen, die in einer dunklen Front auf die Berge zuwanderten. Gezackte Blitze zerrissen vorübergehend den Himmel, gefolgt von lauten Donnerschlägen. Dancer in ihrer Box wieherte und scharrte nervös mit den Hufen.

Aber die Wolken standen zu hoch am Himmel. Es fielen nur ein paar Tropfen, und der Boden blieb staubig, die Luft erfüllt von knisternder Spannung. Die drückende Schwüle machte Kitty zu schaffen: Ihr war unerträglich heiß, und sie bekam kaum Luft. Nach dem Essen saßen sie und Ted für gewöhnlich auf der Veranda und hofften auf eine noch so leichte Brise. Gewöhnlich war der Himmel bis zum Abend wieder sternenklar, das vorbeigezogene Gewitter nur noch ein flackernder Schatten am Horizont.

Layla kam täglich mit ihrer Tochter Kaira nach Roselea, um ihr im Haushalt zur Hand zu gehen. Kaira war inzwischen neun, groß und schlank wie ihre Mutter, und ihre Züge ließen erahnen, dass sie einmal sehr schön werden würde. Kitty bekam Kairas Vater Johnno, der jetzt viel im Hotel half, kaum zu Gesicht.

Ab und an, wenn sie es vor Einsamkeit nicht mehr aushielt, schlenderte sie zum Pub hinüber, an den Rosen vorbei, wobei sie versuchte, die schlaff herabhängenden Blätter und Knospen zu ignorieren.

Viele der örtlichen Farmer kehrten jeden Nachmittag vor dem Melken im Pub ein. Sie standen draußen auf der Veranda und löschten mit kaltem Bier ihren Durst, den Blick auf den Himmel gerichtet. Das Wetter war Gesprächsthema Nummer eins: die ›große Dürre‹.

Kitty ärgerte sich, Randolph dort zu sehen, der sich scheinbar immer freitags dort herumtrieb, wenn Layla mit Kaira kam, um ihren Wochenlohn abzuholen. Er ließ Laylas kleine Tochter nicht aus den Augen. Die Jahre haben ihn nicht verändert, dachte sie, als sie eines Tages Zeugin wurde, wie er einige Farmer anherrschte.

»Grundgütiger! Ständig beklagt ihr euch. Entweder ist es zu trocken, zu nass oder der Frost ruiniert die Ernte. Ich bin euer Gejammer leid. Ich kann es nicht mehr hören!«

Zuerst folgte auf seine Worte nur höfliches Gemurmel,

aber dann kam Paddy O'Reilly mit bitterböser Miene herüber.

»Wenn Sie hier zusammen mit den Männern trinken wollen, Randolph, sollten Sie sich an ihre Art gewöhnen, ansonsten verschwinden Sie. Wir haben keine Lust, uns Ihren Müll anzuhören.« Der stämmige, wettergegerbte Ire wandte sich ab und grinste den Männern zu, die zustimmend nickten.

»Ich werde euch mal was sagen. Ihr alle haltet euch für schrecklich schlau, ihr *Farmer.*« Randolph spie das Wort förmlich aus, einen verächtlichen Zug um den Mund. »Aber wenn der Regen endlich kommt, das weiß ich aus Erfahrung, dann tut ihr gut daran, euch rechtzeitig in höher gelegene Gebiete zu verziehen.«

Ohne einen Blick zurück durchquerte er die Bar, begleitet vom Gejohle und Gelächter der Männer. Er war ihnen ein Rätsel, Teil der Gemeinde, ja, aber doch in vieler Hinsicht ein Außenseiter, arrogant und distanziert.

Es schien keine Wetteränderung in Sicht. Während die Wochen ins Land zogen, lag Kitty jede Nacht erschöpft auf dem Bett, ganz auf die Bewegungen ihres Kindes konzentriert. Es war eine unwirkliche Zeit, als befände sich ihr ganzer Körper in Erwartung der Geburt in Hab-Acht-Stellung. Es gab geheime, kleine Signale, ein leichtes Ziehen hier und da, Verhärtungen, Zeichen, die sie vorbereiteten und sie wünschen ließen, die Zeit würde schneller vergehen.

Mitte Dezember fand zur Einleitung der Weihnachtsferien eine kleine Feier für Schüler und Eltern in North Harbour statt. Ted war dafür, dass sie daheim blieben, weil er sich Sorgen um Kitty machte. Das Baby sollte in drei Wochen zur Welt kommen.

»Nein«, schimpfte sie mit erhobenem Zeigefinger. »Ich bin gesund wie ein Pferd, nur müde. Und es wäre Edward gegenüber nicht fair. Es gibt keinen Grund, weshalb ich nicht hingehen sollte.«

Hotel, Schmiede und Laden wurden einen Tag geschlossen, und das Picknick wurde zu einem Riesenfest. Um zehn waren alle eingetroffen, und der Schulhof war zugeparkt mit einer Vielzahl von Buggys und anderen Kutschen. Jede Familie hatte etwas zu essen und Kerosin mitgebracht, um Tee zu kochen.

Mehr als zwei Dutzend Kutschen nahmen die einstündige Fahrt auf sich und fuhren in einer langen Reihe hintereinander zum Strand. Vor dem Mittagessen gab es eine Reihe organisierter Spiele für die Kinder: Jungen und Mädchen traten im Sackhüpfen, beim Dreibein-Rennen, beim Eierlaufen, Schubkarrenrennen und Hindernislauf gegeneinander an. Ted und Edward nahmen gemeinsam am Dreibein-Rennen teil, und Kitty musste so herzlich über ihre Vorstellung lachen, dass sie sich ganz atemlos hinsetzen musste.

»Alles in Ordnung, Kitty?«, fragte Beth, die ihre kleine Tochter stillte.

Die Frauen hatten es sich zwischen den Buggys im Schatten gemütlich gemacht, während die kleineren Kinder im Sand und welken Gras spielten. Mal tratschten sie, mal feuerten sie ihre Liebsten an, je nachdem, ob gerade ein Wettkampf stattfand.

»Genau, Kitty«, fügte eine der Frauen hinzu, von der sie nur wusste, dass sie Bea hieß. »Bist du ganz sicher, dass du keine Zwillinge bekommst?«

Kitty wischte sich die Lachtränen aus dem Gesicht. Es stimmte, sie kam sich schrecklich aufgeschwemmt und dick vor. »Meine Güte, ich hoffe nicht, obwohl ich mir langsam vorkomme wie eine von Teds Kühen.«

Ihre Bemerkung brachte ihr mitfühlendes Gelächter seitens der anderen Frauen ein.

Später machten sie Feuer und kochten in großen Kesseln Teewasser. Corned Beef und Lachs-Brote wurden ausgepackt, leicht gesalzene hart gekochte Eier, saftige Tomaten und ganze Brote. Es folgten diverse Kuchen: Obstkuchen, Misch-, Kaffee- und Schokoladenkuchen, dazu Biskuitrollen gefüllt mit frischer Sahne und einer Glasur, die in der Hitze ganz klebrig geworden war.

Nach dem Essen bekam jeder Schüler ein Buch geschenkt. Edward umarmte Kitty linkisch und zeigte ihr seinen Preis. »Ich bin so glücklich, Mum«, sagte er. »Ein neues Buch, das tolle Picknick und bald noch ein Baby.«

Während die Erwachsenen sich ausruhten und Babys und Kleinkinder im Schatten der Bäume auf Decken schliefen, spielten die älteren Kinder träge im Sand. Schließlich war es an der Zeit, die Heimfahrt anzutreten. Ted wollte den Pub für ein paar Stunden öffnen, und die Farmer mussten die Kühe melken.

Als alle aufbruchbereit waren, dämmerte es bereits, und der Himmel hatte eine grünliche Färbung angenommen. »Das gefällt mir nicht«, sagte Ted mit einem Blick himmelwärts. Wie als Antwort hierauf war in der Ferne Donnergrollen zu hören.

Sie hatten erst die halbe Strecke zurückgelegt, als der Himmel seine Schleusen öffnete. Auf fette, warme Regentropfen folgten unmittelbar dicke Hagelkörner. Die Pferde scheuten und stiegen im Geschirr. »Hooooo«, rief Ted beruhigend.

Durch die dunklen Gewitterwolken drang kaum noch

Licht, es war beinahe so dunkel wie in der Nacht, obwohl erst später Nachmittag war, und die Wolken jagten über sie hinweg. Der Wind war aufgefrischt und peitschte die Baumwipfel. Keine Meile entfernt schlug ein Blitz im Boden ein und tauchte das Land für einige Sekunden in blendendes Licht. Es folgte ein ohrenbetäubender Knall, und die Pferde gingen endgültig durch, jagten in panischem Schrecken die Straße hinunter, ungeachtet der Kutsche, die sie zogen.

Ted zog mit aller Kraft an den Leinen, aber vergeblich. Die Tiere flohen in Todesangst vor dem Lärm und den Hagelkörnern, die auf sie herabprasselten. Sie rannten immer weiter, eine schmale, holprige Seitenstraße entlang, kaum mehr als ein Trampelpfad durch den Busch. Kitty klammerte sich fest, so gut es ging, während Ted Edward an sich zog und mit aller Macht festhielt.

Es kam ihnen vor wie eine Ewigkeit, bis die Pferde endlich stehen blieben, weil der Busch unpassierbar wurde. Der Buggy kam am Fuß eines kleinen Hügels schlingernd im sandigen Boden zum Stehen. »Bist du okay?«, fragte Ted besorgt, als er Edward eilig auf festen Boden stellte, bevor er Kitty beim Aussteigen half.

Kitty atmete schwer. »Ich denke, es geht gleich wieder«, entgegnete sie zittrig, als Ted sie zu einem schützenden Baum trug. Da kamen auch schon einige Kutschen angeprescht.

Irgendwie gelang es den Männern, den Wagen mitsamt dem Gespann auf engstem Raum zu wenden, und schließlich kamen sie durchgerüttelt und durchgefroren nach Roselea zurück. Ted schickte sie sofort ins Bett; Widerspruch duldete er nicht. »Ich komme schon zurecht«, versicherte er ihr, »und morgen kommen Layla und Kaira. Du bleibst liegen, Liebes, sonst bekommst du es mit mir zu tun.«

Es regnete mehrere Tage am Stück, so heftig, dass die Berge hinter einem undurchdringlichen Wasservorhang verschwanden. Der Fluss schwoll wieder an. Das Trommeln des Regens auf das Eisendach schläferte Kitty jeden Abend von neuem ein.

Am vierten Morgen hörte sie beim Aufwachen immer noch dasselbe Geräusch. Es war ungewöhnlich dunkel für diese Uhrzeit; der Himmel war schiefergrau, und weiße Nebelschwaden umwaberten die umliegenden Berge. Ein ungewöhnlich kalter Wind fuhr heulend um das Haus und zerrte mit Urgewalt an den Bäumen.

»Der richtige Tag für Toast und ein warmes Feuer«, sagte Kitty, stieg aus dem Bett und machte Anstalten, in die Küche zu gehen, um das Frühstück zuzubereiten.

Aber Ted stieg schon in seine Hose und in die Stiefel, die noch feucht waren vom Vorabend. Sie beobachtete ihn mit klopfendem Herzen. Schweigend begleitete sie ihn zur Haustür.

Ganze Seen hatten sich rund um die Veranda gebildet, und das Wasser reichte bereits bis an die Verandadielen. Als sie zum Fluss hinüberschauten, hörten sie ein seltsames Dröhnen. Auch aus der Ferne war das Wasser zu sehen, eine schäumende, braune Masse, die durch die Eukalyptusbäume schoss, die normalerweise weit auf dem Trockenen standen. Das Wasser trug Baumstämme und allerlei Trümmer mit sich und entwurzelte junge Bäume.

Ted machte ein besorgtes Gesicht. »Ich habe noch nie erlebt, dass der Fluss so reißend gewesen wäre. Ich gehe besser und treibe die Kühe in die Pferche beim Haus. Ich nehme Johnno mit. Vielleicht brauche ich Hilfe.«

Er war den ganzen Tag fort. Kitty und Edward saßen am Feuer und warteten auf seine Rückkehr.

Nach dem Mittagessen brachte Tom Beth und Baby Rose. »Ich habe den Laden zugemacht«, erklärte sie. »Bei dem Wetter kommt sowieso niemand. Tom wollte fragen, ob Ted Hilfe braucht, und da dachte ich mir, ich schaue vorbei und verbringe den Nachmittag bei euch. Wie geht es dir?« Sie drückte Kitty. »Und was macht mein kleiner Halbbruder?«, fügte sie lächelnd hinzu. »Mein Röschen kann es jedenfalls nicht erwarten, das Baby zu sehen, nicht wahr, Schätzchen?« Sie drückte ihr Töchterchen an sich, und Rose lächelte und ruderte mit den kleinen Ärmchen.

Kitty legte eine Hand auf den Bauch und fühlte die beruhigenden Konturen des Kindes. Die Hitze des Feuers machte sie ganz träge. »Mir geht es gut«, sagte sie. »Ich bin nur etwas müde.«

Tom machte sich auf die Suche nach Ted.

»Leg dich doch hin, ich passe auf Edward und Rose auf«, erbot sich Beth.

Kitty ging auf ihr Zimmer, legte sich ins Bett und betrachtete den flackernden Feuerschein an der Decke. Der Regen schien weit weg; ein anhaltendes, gedämpftes Rauschen. Das Baby strampelte und streckte sich.

Als Kitty wieder aufwachte, war es fast dunkel. Es regnete immer noch. Sie lauschte. Ted war doch sicher inzwischen zu Hause? Langsam stand sie auf. Im Haus war es dunkel. Und im Wohnzimmer saßen nur Beth und die Kinder.

Endlich, kurz bevor die Nacht anbrach, taumelte Ted

ins Haus. Sein Gesicht war aschfahl vor Anstrengung, und das Haar klebte klatschnass an seinem Schädel. Seine Hose war mit Schlamm bespritzt. Johnno folgte ihm.

Kitty half Ted, das nasse Hemd auszuziehen. »Gott sei Dank. Ich habe mir schon Sorgen gemacht. Komm, zieh die nassen Sachen aus. Ich koche uns allen eine heiße Tasse Tee.«

Sein Gesicht war fast blau vor Kälte, und er zitterte am ganzen Leib. Er schüttelte den Kopf. »Keine Zeit«, sagte er zähneklappernd.

Beth trat neben Kitty. »Wo ist Tom?«, fragte sie stirnrunzelnd.

Sie hörten Geräusche draußen auf der Veranda, das Poltern von Stiefeln, und gleich darauf tauchte Tom in der Tür auf. »Fertig?«, fragte er.

Ted blickte Kitty an und zuckte hilflos die Achseln. »Tut mir Leid, Schatz. Das Hochwasser hat bedrohliche Ausmaße angenommen, und wir machen uns Sorgen um Paddy, Mayse und die Kinder. Wir wollen rüber und nachsehen, ob bei ihnen alles okay ist. Wird nicht lange dauern.«

Beth lief zu ihrem Mann. »Tom, nicht!«

Tom nickte resigniert und legte Beth die Hände auf die Schultern. »Wir müssen nach Ma und Pa sehen. Der Fluss ist über die Ufer getreten, und ihr Haus liegt gefährlich nah am Wasser. Möglicherweise steigt der Wasserpegel noch weiter an. Die Eingeborenen haben ihr Lager an eine höher gelegene Stelle verlegt. Sie spüren Dinge, lange bevor wir sie wahrnehmen.«

»Es ist fast dunkel. Kann das nicht bis morgen warten?« Beth stand in der Tür, die Lippen an Roses Haar gedrückt. Kitty sah, dass ihre Augen von unterdrückten Tränen unnatürlich glänzten.

»Ich muss gehen, Beth. Es sind meine Eltern, und ich muss wissen, ob es ihnen gut geht. Du und Rose, ihr bleibt hier bei Kitty. Wir sind bald wieder da.«

Beth war aber nicht gewillt, so leicht klein beizugeben. »Und wie wollt ihr bei diesem Hochwasser über den Fluss kommen?«

Er strich ihr mit einer Hand über die Wange. »Mit dem Ruderboot, Dummchen.«

»Nein!« Es war nur ein ersticktes Flüstern, ihre Kehle wie zugeschnürt vor Angst.

»Es wird schon gut gehen«, mischte Ted sich ein und zog sich ein trockenes Hemd über den Kopf. »Und ehe ihr euch verseht, sind wir zurück. Haltet uns das Essen warm.«

Dann waren sie fort, undeutliche Schatten, die von Regen und Dunkelheit verschluckt wurden.

Das Baby wachte auf und fing an zu schreien. »Du stillst Rose«, sagte Kitty und machte sich auf in Richtung Küche. »Ich fange schon mal mit dem Abendessen an.«

KAPITEL 10

Es war kalt auf dem Fluss, und sie mussten gegen heftige Sturmböen ankämpfen. Die Laternen warfen schwaches Licht auf das dunkle Wasser, vermochten jedoch den Regenvorhang kaum zu durchdringen, sodass die Männer in der Dunkelheit nur wenige Meter weit sehen konnten. Tom sah, wie Teds Lippen Worte formten, die jedoch vom Tosen des Flusses übertönt wurden.

»Was ist?«, rief Tom zurück, wobei er eine Hand trichterförmig an den Mund legte und zu rudern aufhörte. Johnno ruderte weiter; seine muskulösen schwarzen Arme bewegten sich rhythmisch vor und zurück. Trotz aller Anstrengungen schien das Boot sich jedoch kaum von der Stelle zu rühren.

»Sieh nach vorn!«, brüllte Ted und nickte in die entsprechende Richtung.

Toms Schätzungen nach hätten sie beinahe bei der Schmiede sein müssen. Angestrengt sah er nach vorn und war erleichtert, als er ein hüpfendes, schwaches Licht in der Dunkelheit ausmachte. Mas und Pas Haus. Ein Licht bedeutete, dass sie sicher waren, oder?

Tom schaute noch einmal hin und runzelte die Stirn. Etwas stimmte nicht. Das Licht war viel zu hoch, weit oberhalb der Häuserlinie, und es schwang von einer Seite auf die andere, so als würde jemand mit einer Lampe auf sich aufmerksam machen wollen.

Seine letzten Kraftreserven mobilisierend, legte er sich wieder in die Riemen. *Ma! Pa!,* wollte er rufen. *Ich komme. Sagt den Kindern, es wird alles gut.* Er dachte an Kathleen, die im selben Alter war wie Beth.

Das Boot stieß irgendwo gegen und hielt abrupt an. Ted hielt die Laterne hoch. Es war das Haus der O'Reillys, rundum von Wasser eingeschlossen. Das Wasser reichte bis über Fenster und Türen. »Paddy? Mayse? Seid ihr da?«, rief Ted.

Plötzlich tauchte von oben ein Licht auf, und Paddy blinzelte mit sorgenvollem Gesicht vom Dach herab. »Hallo! Hier oben sind wir«, rief er. Und dann sahen die Männer im Boot auch die bleichen Gesichter der anderen Familienmitglieder, die pudelnass und verfroren auf dem Dach hockten. Tom atmete erleichtert auf.

Ted hielt die Laterne, und während Johnno sich am Haus festkrallte, damit der Sog des Wassers das Boot nicht mit sich fortriss, begannen sie, Toms Eltern und Geschwister an Bord zu lotsen. Der Platz reichte nicht für alle, und Paddy weigerte sich einzusteigen, obwohl auch er sichtlich durchgefroren war. »Nein, erst Mayse und die Kleinen. Ich kann noch warten.«

Und so traten sie mit Mayse und den jüngsten Kindern die Rückfahrt an, wobei die kleine Jess sich an ihre Mutter klammerte und vor Angst laut weinte. Die Männer ließen sie ein Stück flussabwärts an Land, von wo aus sie zu Fuß zu Nachbarn gelangen konnten, deren Haus höher gelegen und bislang von der Flut verschont worden war. Als Nächstes kamen Kathleen und ein paar der älteren Jungen. Kathleen hockte zusammengesunken im Boot und klammerte sich mit solcher Kraft an die Bordwände, dass ihre Fingerknöchel im Lampenlicht weiß schimmerten.

Dann waren auch sie in Sicherheit; blieben nur noch Paddy, Mick und Blue, dann konnten sie endlich an ein warmes Abendessen und ein heißes Bad denken. »Das Wasser ist noch weiter gestiegen«, rief Ted, als sie sich zum letzten Mal zum Haus durchkämpften. »Los, Paddy. Beeil dich. Es ist verdammt kalt hier draußen, und daheim wartet ein warmes Bett auf mich.«

Mit Micks und Blues Hilfe stieg Paddy vorsichtig vom Dach und in die helfenden Arme der Männer im Boot. Tom half ihm, sich zu setzen. Pa wird auch nicht jünger, dachte er bei sich. Richtig steif ist er geworden. Tom war klar, dass die Stunden in Nässe und Kälte seinem Vater arg zugesetzt hatten.

Sie setzten die drei Männer an derselben Stelle ab wie

zuvor bereits den Rest der Familie. »Schaffst du es, Pa?«, rief Tom, als Paddy mit Micks Hilfe schwerfällig an Land kletterte.

»Alles klar, kein Problem«, versicherte Paddy und winkte. »Und jetzt ab mit euch. Ihr habt euch eine warme Mahlzeit verdient.«

Tom sah zu, wie sein Vater die Böschung hinaufkraxelte. »Das war's dann also«, sagte er schließlich und stieß das Boot mit einem Ruder vom Ufer ab. »Eine warme Mahlzeit wäre jetzt genau richtig.«

Und so legten sie sich ein letztes Mal ins Zeug. Mehrfach krachten Äste und sogar ganze Baumstämme gegen die Bordwand, wurden aber gleich wieder von der Strömung weggerissen. Undefinierbare Schatten trieben außerhalb der Reichweite ihrer Laterne vorbei.

Tom zog mechanisch an den Rudern, kämpfte verbissen gegen den Sog der Strömung an, aber das Boot wurde all ihren Bemühungen zum Trotz flussabwärts getragen. Regen klatschte das Haar an seinen Schädel, und Wasser rann ihm in die Augen, sodass er nur noch verschwommen sehen konnte. Er war längst nass bis auf die Knochen. Jeder Muskel in seinen Armen schmerzte höllisch. Er war so erschöpft, dass er fürchtete, jeder Ruderschlag wäre der letzte.

Plötzlich hielt Ted die Lampe hoch und legte den Kopf schräg. »Hörst du das?«, fragte er stirnrunzelnd.

Tom spitzte die Ohren, nicht sicher, was Ted meinte. Dann schließlich hörte er es auch. In das Rauschen und Tosen von Regen und Fluss mischte sich ein lautes Donnern. Das Geräusch schien näher zu kommen und an Lautstärke zuzunehmen. Es kam von flussaufwärts. Kleine, schäumende Wellen schlugen gegen das Boot.

»Heilige Scheiße!«, fluchte Ted und stellte die Laterne hastig im Boot ab.

Tom sah eine gewaltige Wand aus Wasser aus der Dunkelheit auftauchen. Die Wassermassen bewegten sich unaufhaltsam auf sie zu. Das Getöse war jetzt ohrenbetäubend; er hatte noch nie etwas so Lautes gehört. Instinktiv duckte er sich, als das Wasser das Boot erreichte, ließ die Ruder fallen und verschränkte schützend die Arme über dem Kopf.

Es passierte ganz langsam, und jede Sekunde schien für sich zu stehen. Ein großes Gewicht legte sich über ihn und drückte ihn gegen den Boden des Bootes. Dann fühlte er, wie er durch die schäumende Gischt geschleudert wurde. Nase und Hals füllten sich mit Wasser. Seine Beine stießen gegen einen harten, vorbeischießenden Gegenstand. Das Boot, dachte er, während der Druck auf seine Lungen immer mehr zunahm. Wenn er nicht bald Luft holen konnte ... Verzweifelt ruderte er mit den Armen und versuchte, an die Wasseroberfläche zu gelangen. Aber um ihn herum war es stockfinster, und tief unten im erstickenden Fluss hatte er jede Orientierung verloren und wusste nicht mehr, wo oben und wo unten war.

Kitty blieb am Fenster sitzen, lange nachdem Beth und die Kinder zu Bett gegangen waren. Sie hatte die Arme um den Oberkörper gelegt und schauderte. Wo war Ted? Er, Tom und Johnno hätten längst zurück sein müssen.

Eine Weile hörte sie Rose schreien, dann kehrte Ruhe ein. Sie starrte durch die Fensterscheibe, die ganz beschlagen war von der Wärme im Haus. Draußen war es so dunkel, dass sie nichts erkennen konnte. Nur noch ein Weilchen, dann gehe ich ins Bett.

Minuten verstrichen, eine halbe Stunde. Der Regen trommelte weiter mit unverminderter Kraft auf das Dach. Als sie eine Bewegung hinter sich spürte, drehte Kitty den Kopf. Beth stand in der Tür und knöpfte gerade die kleinen Knöpfe vorn an ihrem Kleid zu.

»Alles in Ordnung? Ist Rose wieder eingeschlafen?«, fragte Kitty und stand auf.

Als Beth näher kam, sah Kitty, dass ihre Augen vom Weinen gerötet waren. Sie legte die Arme um die jüngere Frau und sagte mit aller Zuversicht, die sie aufbringen konnte: »Kopf hoch, Beth. Den Männern wird schon nichts passieren. Ich weiß es. Es ist stockdunkel draußen, und sie sind wahrscheinlich von der Strömung flussabwärts getrieben worden. Sicher warten sie ab, bis es hell wird. Sie werden morgen Früh wieder da sein, ganz bestimmt.«

»Kitty, ich würde dir ja gerne glauben, wirklich«, entgegnete Beth leise. »Aber ich habe solche Angst, dass ihnen etwas zugestoßen ist.«

»Schhhhht. Das ist doch albern. Wir reden von erwachsenen Männern, die sehr gut auf sich selbst aufpassen können.«

»Du verstehst nicht. Mag sein, dass Ted auf sich aufpassen kann, und Johnno ebenso. Ich mache mir Sorgen um Tom.«

»Was verstehe ich nicht, Liebes?«, fragte Kitty sanft.

»Ich habe ihn angefleht, nicht zu gehen. Nicht auf den Fluss.«

»Und warum nicht?«

Beth schien nach Worten zu suchen, und ihre Augen

füllten sich erneut mit Tränen. »Tom kann nicht schwimmen, Kitty! Er kann nicht schwimmen!«

Kitty hörte die Worte, aber es dauerte eine ganze Weile, bis sie ihren Sinn begriff. Was hatte Tom sich nur dabei gedacht, sich bei diesem Wetter mitten in der Nacht in seinem Ruderboot aufs Wasser zu wagen, wenn er nicht schwimmen konnte. Er hatte eine Frau und ein Kind, an die er denken musste.

»Und das ist noch nicht alles«, schluchzte Beth. »Ich bin wieder schwanger, und er weiß es noch nicht einmal. Wenn ich es ihm gesagt hätte, wäre er vielleicht nicht gegangen. Es ist alles meine Schuld.«

Kitty legte die Arme um Beth und hielt sie fest, bis sie sich beruhigt hatte. »Mach dir keine Sorgen«, schalt sie, »und hör auf, dir Vorwürfe zu machen. Tom wäre so oder so gegangen, auch wenn er von dem Baby gewusst hätte. Du weißt selbst, wie besorgt er um Paddy und Mayse war.« Sie hielt Beth auf Armeslänge von sich. »Komm schon, trockne deine Tränen. Weinen bringt uns auch nicht weiter«, sagte sie streng. »Die Männer, die wir geheiratet haben, sind aus hartem Holz geschnitzt. Wahrscheinlich sind sie gestrandet und irgendwo an Land gegangen. Ich wette, sie sind bereits auf dem Weg hierher. Oder aber sie sitzen oben in einem Eukalyptusbaum und warten, bis es hell wird.«

Kitty kochte eine Kanne Tee und brachte Beth eine Tasse. »Fühlst du dich besser?«, fragte sie.

Beth nickte. »Du hast Recht«, gab sie zu. »Sich Sorgen zu machen hilft niemandem. Wahrscheinlich sind sie am Morgen hier und wundern sich über die ganze Aufregung.«

Spontan umarmte Kitty ihre Nichte noch einmal. »So

ist es richtig. Wir können nicht mehr tun, als zu beten, dass sie in Sicherheit sind. Warum gehst du nicht wieder ins Bett und ruhst dich aus?«

Beth lächelte matt. »Und was ist mit dir?«

»Gleich. Ich möchte noch eine Weile sitzen bleiben.«

Nachdem Beth den Raum verlassen hatte, schaute Kitty nach Edward. Der Regen hatte immer noch nicht nachgelassen.

Obwohl ihre Augen wie Bleigewichte in den Höhlen lagen, fand Kitty keinen Schlaf. Das Baby drückte gegen ihre Rippen und machte ihr das Atmen schwer. Das Bett kam ihr ungewohnt groß und leer vor. Sie streckte sich und versuchte, eine bequeme Stellung zu finden. Der Regen, der auf das Dach prasselte, klang wie tausend Trommeln, und das Getöse hallte laut durch das stille Haus. Beths Worte gingen ihr nicht mehr aus dem Sinn, wirbelten durcheinander, überstürzten sich. Tom kann nicht schwimmen, Kitty! Er kann nicht schwimmen!

Sie konzentrierte sich auf die Sturmgeräusche und versuchte, sich zum Schlafen zu zwingen. Der Wind peitschte gegen die ungeschützten Seitenfenster. Bäume ächzten. Schließlich hörte sie nur noch das hypnotisierende Rauschen des Regens, das in ihrem Bewusstsein immer leiser wurde, bis es schließlich zu einem Hintergrundgeräusch wurde, das der Verstand gar nicht mehr richtig wahrnahm. Wusch, wusch, wie Wasser, das unter den Rädern des Buggys aufspritzte. Wasser, Unmengen von Wasser.

Sie glaubte, über den Lärm des Sturmes hinweg jemanden rufen zu hören. »Hilfe! Hilfe!« Das war Teds Stimme, schwach und wie aus weiter Ferne.

»Ted? Wo bist du?«, rief sie verzweifelt.

Sie lief auf die Veranda und die Treppe hinunter in Richtung Fluss. Die Berge waren im Regen nur als undeutliche Formen auszumachen. Die eisigen Tropfen, die auf ihr Gesicht klatschten, fühlten sich an wie Nadelstiche, und sie schnappte nach Luft vor Schmerz.

Kitty lief in die Richtung, aus der sie die Stimme gehört zu haben glaubte, und glitt mehrmals auf dem glitschigen Boden aus. Schlamm spritzte auf, klumpte an ihren Stiefeln und behinderte sie. »Hilfe!« Da war es wieder. Aber je schneller sie lief, desto weiter entfernt schien die Stimme.

Plötzlich stürzte sie, überschlug sich mehrmals und wurde schließlich unsanft von einem Felsbrocken abgefangen. Sie verspürte einen reißenden Schmerz im Bauch. Hilflos lag sie im Schlamm, und der Regen vermischte sich mit ihren Tränen. »Wo bist du?«, rief sie. »Bitte komm zurück!«

Jemand schüttelte sie. »Kitty! Ich bin es, Kitty!«

Langsam wurde sie wach, noch schweißgebadet, und sah Beth mit einer Lampe an ihrem Bett stehen. »Kitty, es ist alles gut. Nur ein böser Traum.«

Nachdem Beth auf ihr eigenes Zimmer zurückgekehrt war, lag sie noch lange wach und versuchte, ihr rasendes Herz zu beruhigen. Nach einer Weile stieg sie aus dem Bett und tastete sich barfuß durch das dunkle Haus zum Wohnzimmerfenster. Sie schaute hinaus. Es war nichts zu sehen außer undurchdringlicher Schwärze. Kein Licht. Nichts rührte sich. Gar nichts.

Sie schloss die Augen, lehnte den Kopf gegen die Rückenlehne ihres Stuhls und schlang die Arme schützend um den Bauch. Das Kind darin fühlte sich real an, lebendig, anders als ihre Hirngespinste der vergangenen Stunde. Wie um ihr vor Augen zu führen, wie lebendig es war, strampelte ihr Kind und trat sie mit seinen winzigen Füßchen.

Als Kitty die Augen aufschlug, hatte der Regen nachgelassen und die Wolkendecke war am westlichen Horizont aufgerissen. Wässriges Mondlicht fiel durch die Öffnung und tauchte den Garten in fahles Licht. Sie zuckte zusammen, als sie eine Bewegung wahrnahm. Ted? Sie umklammerte mit einer Hand die Fensterbank und rieb mit der anderen kreisförmig über die beschlagene Scheibe. Aber es war nur eine Kuh auf Futtersuche. Seufzend ließ sie sich gegen die Wand sinken, den Kopf auf den angewinkelten Arm gestützt.

Als die ersten blassen Sonnenstrahlen den östlichen Horizont erhellten und Schwarz sich in Grau verwandelte, streckte Tom die Arme nacheinander zu voller Länge aus, darauf bedacht, dabei nicht den Halt zu verlieren.

Wenigstens lebte er noch. Wenn er die Augen schloss, sah er wieder die Wand aus Wasser, die sich auf ihn zuwälzte, ihn auf den Boden des Bootes drückte. Dann war er ins Wasser geschleudert worden. Was danach geschehen war, wusste er nicht mehr. Seine Erinnerung griff erst wieder bei dem Moment, da seine Kleider sich im Geäst eines überfluteten Baumes verfangen hatten. Atemlos und in Todesangst hatte er sich festgeklammert, zuerst noch ohne zu wissen, was ihm da das Leben gerettet hatte.

Die ganze Nacht hatte er sich an dem Baum festgehalten, obwohl diverses Treibgut gegen ihn gestoßen war. Nach einiger Zeit hatte er gerufen, erst nach seinem Vater, dann nach Ted und Johnno, hatte aber keine Antwort bekommen. Das Einzige, was er hörte, war das Tosen des Wassers.

Im Licht des anbrechenden Tages konnte er sich ein genaueres Bild von seiner Situation machen. In der Nacht hatte er nicht gewagt, sich zu rühren, weil er fürchtete, dass der Ast, an den er sich klammerte, brechen könnte. Nun erkannte er, dass der Baum solider war, als er befürchtet hatte. Vorsichtig schob er sich an dem Ast entlang zum Stamm und kletterte höher aus dem Wasser heraus.

Völlig überflutet, erkannte er die Gegend kaum wieder. Er war viel weiter stromabwärts getragen worden, als er ursprünglich angenommen hatte. Er schaute sich um. Weit und breit war nichts von den anderen zu sehen. Von seinem erhöhten Ausguck aus sah er, wie das Wasser über die Ufer getreten war und tiefer liegende Schluchten überflutet hatte. Der Anleger in Boolai lag bestimmt mehrere Meter tief unter Wasser. Und der Regen lief ihm immer noch in die Augen und den Hals hinunter.

Gelegentlich glitt eine Schlange vorbei. Vorsichtig wegen der zahlreichen Prellungen, die das Treibgut ihm zugefügt hatte, zog er sein Hemd aus und wickelte es sich um den Arm, um die langen, schwarzen Reptilien abzuwehren, die versuchten, sich ebenfalls im Geäst des Baumes festzuklammern. Er zog Stiefel und Strümpfe aus und schließlich auch die Hose, und hängte die Kleider über einen Ast. Er rieb sich mit den Händen Arme und Beine und versuchte, sich auf diese Weise ein wenig zu wärmen.

Nach einer Weile hörte der Regen auf, und die Wolken lichteten sich. Tom blickte mit zusammengekniffenen Augen gen Himmel und stellte fest, dass die Sonne ziemlich genau über ihm stand. Er verging vor Hunger, nachdem er fast 24 Stunden nichts gegessen hatte. Wenigstens mangelt es mir nicht an Trinkwasser, sagte er sich sarkastisch, auch wenn das schäumende, schlammige Flusswasser nicht unbedingt appetitlich aussah. Geduldig lehnte er sich an den Stamm und wartete. Kitty würde ganz sicher jemanden schicken, der nach ihnen suchte, wenn sie bis zum Morgen nicht zurück waren.

Am späten Nachmittag näherte sich ein Ruderboot. »Pa!«, rief er, winkte mit beiden Armen und stieg in seine feuchte Hose und die Stiefel. Aber als das Boot näher kam, erkannte er, dass nicht sein Vater an den Rudern saß, sondern Mac, einer der Farmer, dessen Parzelle weiter flussaufwärts lag.

»Heh! Es ist der junge O'Reilly«, rief der Farmer dem zweiten Mann im Boot zu, als sie an dem Baum anlegten. Sie machten das Boot fest, und Mac half Tom an Bord.

»Ted? Johnno?«, keuchte er sofort. »Habt ihr sie gesehen?«

Die Männer schüttelten den Kopf. »Kitty Hall hat euch vermisst gemeldet«, entgegnete der zweite Mann, »aber wir haben außer dir niemanden gefunden, obwohl wir den ganzen Tag über den Fluss abgesucht haben.« Der Mann betrachtete Toms geprellten, verfärbten Brustkorb. »Sieht aus, als solltest du möglichst bald nach Hause und dich von deiner Frau zusammenflicken lassen.«

»Nein! Wir müssen die anderen finden. Vielleicht sind sie verletzt oder sitzen in einer Baumkrone fest wie ich. Wir können sie nicht noch eine Nacht sich selbst überlassen.«

Auf ein lautes Klopfen hin eilte Kitty zur Tür. Vor ihr stand ein Farmer von weiter flussaufwärts. Seine Kleider waren triefnass, und um ihn herum bildete sich bereits eine Pfütze auf der Veranda.

Beth kam hinzu und blickte über Kittys Schulter. »Was ist los? Gibt es etwas Neues?«, fragte sie mit blassem Gesicht.

Der Mann nahm den Hut ab. Das dunkle Haar klebte nass an seinem Schädel. »Ich glaube, sie haben einen von ihnen gefunden, Missus«, sagte er.

»Wen?«, fragten Kitty und Beth wie aus einem Mund.

Der Mann zuckte die Achseln. »Mac und Bates sind heute Morgen beim ersten Tageslicht aufgebrochen. Jemand hat sie weiter flussabwärts, etwa auf Höhe von North Harbour gesehen. Er hat gesagt, es wären drei Mann an Bord gewesen, aber bei dem starken Regen konnte er nicht erkennen, wer es war. Ich dachte nur, Sie würden es trotzdem wissen wollen.«

Der Mann verabschiedete sich und ging über die schlammige Wiese davon.

Kitty und Beth sahen einander an. Ein Mann war gefunden worden, aber was war mit den anderen beiden? Und vor allem, wer war der Mann bei Mac und Bates im Boot? Ted, Johnno oder Tom?

Es hatte wieder angefangen zu regnen, erst leicht, aber dann zunehmend stärker, bis es wieder goss wie aus Kübeln. Tom und seine beiden Retter legten an und suchten das Flussufer zu Fuß ab, behindert von der einsetzenden Dämmerung und dem glitschigen Untergrund.

»Es ist zwecklos«, rief der Farmer schließlich, seine Stimme über das Rauschen des Wassers hinweg kaum zu hören. »Bei diesem Licht kann man nichts sehen.« Er hielt seine Laterne in Kopfhöhe, und Tom sah, wie der Regen einen weißen Vorhang um sie herum bildete. »Das bringt nichts mehr. Wir kehren zurück nach Hause, ruhen uns aus, so gut es geht, und morgen suchen wir weiter. Vielleicht haben wir morgen mehr Glück.«

Tom musste ihm beipflichten. Weiterzusuchen wäre völlig sinnlos gewesen. Deprimiert stieg er mit Mac und Bates zurück ins Boot, und sie ruderten zurück in Richtung Roselea.

Kitty saß am Fenster und starrte in den Regen, der wieder so dicht fiel, dass nicht einmal die Bäume zu sehen waren, die dem Haus am nächsten standen. Die Landschaft war trostlos, grau in grau, so wie ihre Laune.

Dann endlich sah sie im schwindenden Licht eine einsame Gestalt über die Weiden kommen.

Sie hielt die Luft an und schloss einen Moment die Augen, um ihre inneren Kräfte zu sammeln. Ted! Es musste Ted sein.

Sie rief Beth und lief, so schnell sie in ihrem Zustand konnte, die Treppe hinunter und durch das hohe Gras, ohne sich um den Regen zu scheren, der ihr Haar und ihre Kleider durchweichte.

Abrupt machte sie Halt. Es war nicht Ted, der auf sie zukam, sondern Tom, mit gebeugten Schultern und gesenktem Kopf.

»Kitty«, sagte er kopfschüttelnd, seine Stimme kaum zu hören beim Rauschen des Regens.

Ein weiterer Tag verstrich, und die Haltung der Männer verriet ihr schon von weitem, dass sie keine Spur von Ted und Johnno gefunden hatten. Es bestand kaum noch Hoffnung. Wenn die beiden noch leben würden, wären sie inzwischen längst wieder da.

Sie brachte es nicht über sich, ihren Posten am Fenster aufzugeben, ehe Ted nicht gefunden worden war. Der Platz zog sie magisch an, fesselte sie an die beschlagene Fensterscheibe, durch die sie, sofern das Wetter es erlaubte, den schäumenden Fluss sehen konnte und die Zufahrt mit den vom Regen abgeschlagenen Rosenblüten.

Ted! Wo bist du, Ted?

Sie erhielt keine spirituelle Antwort, hatte keine Ahnung, kein Gefühl, das ihr sagte, ob er noch lebte oder tot war. Nichts. Nur Leere. Und doch gingen ihr die Worte unablässig durch den Kopf wie eine Litanei und ließen keinen anderen Gedanken zu. Jedem verstreichenden Augenblick schien eine quälende Dringlichkeit anzuhaften, Zeit, die sie immer weiter von etwas entfernte, wenngleich sie selbst nicht genau wusste, wovon.

Beth fand sie am Fenster vor, als der Morgen über dem nebligen Tal dämmerte. Sie starrte durch den Regen über die Weiden, die Wolken inzwischen so tief hängend, dass es beinahe schien, als würden sie stellenweise die Erde berühren. Ihre Augen waren glasig und trübe, und ihre Stimme war nur noch ein heiseres Flüstern.

Irgendwann fühlte sie, wie Tom sie von ihrem Stuhl hob, so mühelos, als wiege sie nicht mehr als eine Feder. Er legte sie ins Bett und deckte sie zu: Bilder spulten sich vor ihrem geistigen Auge ab, verschwammen mit den Wassermassen, die weiterhin unablässig vom Himmel herabregneten.

Sie schlief etwa eine Stunde tief und fest, und als sie aufwachte, war es heller Tag. Der Regen hatte aufgehört, und die Wolkendecke war stellenweise aufgerissen, sodass blasses Sonnenlicht hindurchfallen konnte. Der Fluss war nicht mehr ganz so reißend, und über dem ganzen Tal lag eine unheimliche Stille.

Die Männer kamen, um Tom zu holen und zu einer weiteren Suchexpedition aufzubrechen. Im letzten Moment eilte sie hinter Tom her die Treppe hinunter und zupfte ihn entschlossen am Jackenärmel. »Bitte lasst mich mitkommen. Ich ertrage es nicht länger, tatenlos herumzusitzen und zu warten.«

Sanft schob er sie auf Beth zu. »Tut mir Leid, Kitty. Wir haben einen harten Tag vor uns, und unsere Aufgabe ist auch so schon schwer genug.«

Wieder im Haus blieb sie vor dem Spiegel in der Diele stehen und betrachtete sich: stumpfe grüne Augen, strähniges Haar, Hände, die sie nicht still halten konnte. Sie fühlte, wie das Baby fest gegen ihre Bauchdecke trat, wie um ihre Empfindungsfähigkeit zu testen. Beth stand hinter ihr, einen besorgten Ausdruck auf dem Gesicht.

»Es gibt keine Hoffnung mehr, oder?«, sagte Kitty, ihre Stimme kaum mehr als ein Flüstern.

Beth schüttelte den Kopf. »Sag das nicht. Wir müssen auf Gott vertrauen und beten.«

»Vertrauen?« Kitty lächelte schwach. »Worauf soll ich noch vertrauen? Die Macht des Wassers, die Gnade der Naturgewalten?«

»Lass uns beten ...«

»Es ist zu spät«, entgegnete sie bestimmt. »Ich weiß, dass Ted von uns gegangen ist, auch wenn ich noch nicht weiß, ob ich mich je damit werde abfinden können.«

Erst als der Wasserpegel eine Woche später drastisch sank, wurden die Leichen der beiden Männer geborgen, eingeklemmt unter einem alten, halb verrotteten Baumstamm, halb bedeckt mit Schlick.

Als er an die Nacht zurückdachte, in der er Ted das letzte Mal gesehen hatte, setzte Tom sich ans schlammige Ufer und weinte. Tränen rannen ihm unaufhaltsam über die Wangen, als er an die Abende dachte, die sie gemeinsam am Küchentisch von Roselea verbracht hatten, an die Flaschen Rum, die sie gemeinsam geleert hatten, an die Tanzveranstaltungen in der Scheune.

Er weinte um seine Tochter Rose, die nie die Menschlichkeit und das goldene Herz ihres Großvaters kennen lernen würde. Er weinte um Kitty und ihr ungeborenes Kind, das nie väterliche Liebe erfahren würde.

Und vor allem weinte Tom um den Verlust seines Freundes.

KAPITEL 11

Kitty saß auf der Veranda und blickte der kleinen Prozession entgegen, die sich dem Haus näherte, begleitet von Bridie Tarlington. Die Männer trugen eine alte Holztür, auf der eine verhüllte Gestalt lag von der Größe eines Mannes. Noch bevor Bridie ihr aus dem Stuhl half und sie ins Haus führte, in den kühlen Salon, in dem kein anderes Geräusch zu hören war als das Ticken einer Uhr, wusste sie, dass die Gestalt unter dem Laken Ted war.

»Er kann nicht tot sein«, sagte sie leise. »Er wollte doch nur nach Paddy und Mayse sehen. Er wollte gleich hinterher zurückkommen.«

Bridie legte Kitty einen Arm um die Schultern und tätschelte sie mütterlich. »Es tut mir so schrecklich Leid, Kitty. Ich kann gar nicht in Worte fassen, was ich fühle.«

Bridies Hände waren warm, ganz im Gegensatz zu ihren, die eiskalt waren. Kalt wie die eines Leichnams, der tagelang auf dem Grund des Flusses gelegen hat, dachte Kitty schaudernd.

Plötzlich kam ihr ein Gedanke. Vielleicht lag ja ein Irrtum vor. Vielleicht war es gar nicht Teds Leiche, sondern die eines anderen unglücklichen Opfers der Fluten. Vielleicht saß Ted noch irgendwo fest und wartete auf Rettung.

»Ich will die Leiche sehen!«, erklärte sie und schüttelte Bridies Hände ab. »Ich muss ganz sichergehen, dass es Ted ist.«

Aber Bridie hielt sie zurück und drückte sie auf einen Stuhl mit harter, hoher Lehne. Kitty fühlte durch das

Kleid den harten Sitz. »Es tut mir Leid, aber das kann ich nicht zulassen.«

Es war eine Verschwörung, das wusste sie. Sie wollten alle, dass sie glaubte, er wäre tot. »Du kannst mich nicht daran hindern! Es sind alles Lügen! Nichts als Lügen! Warum lässt du ihn mich nicht sehen?«

Sie schrie hysterisch und schlug mit den Fäusten auf Bridies Schultern ein, bis sie fühlte, wie starke Arme sie von hinten umfassten. Als sie den Kopf zur Seite drehte, sah sie, dass es Paddy war, das Gesicht von Tränen überströmt und schluchzend in seinem Schmerz.

»O Kitty«, stöhnte er. »Mach es uns nicht noch schwerer, als es ohnehin schon ist.«

»Du darfst den Leichnam nicht sehen«, sagte Bridie kalt und sachlich, »weil ich es nicht zulasse. Ted hat über eine Woche im Wasser gelegen, es ist also nicht mehr viel Wiedererkennbares übrig.«

Der Boden schien unter ihren Füßen zu schwanken, Vasen, Kissen, Stühle und Bilder bewegten sich ganz von allein auf und ab. Ihre Augen brannten, und ihr Kopf dröhnte von hämmernden Kopfschmerzen. Draußen in der Diele hörte sie Leute flüstern. Benommen versuchte sie, die Stimmen, die durch die halb geschlossene Tür drangen, zuzuordnen.

»Wie geht es ihr?«

Mayse O'Reilly, registrierte sie und schüttelte den Kopf.

»Ich weiß es nicht, Mayse. Sie kann nicht schlafen. Genau genommen hat sie kaum geschlafen seit dem Abend, an dem sie ...« Beth verstummte, unfähig, es auszusprechen.

»Sie hat über eine Woche nicht mehr geschlafen?«

»Nein, und ich mache mir große Sorgen. Bis zur Geburt ist es noch eine Woche. Sie isst nicht. Sie sitzt nur da und starrt aus dem Fenster, als würde er jeden Moment zur Tür hereinkommen. Ich weiß nicht, was ich tun soll. Bridie ist jetzt bei ihr, sie sagt, sie bleibt ein paar Tage. Ich muss zurück und den Laden wieder aufmachen ...«

Die Stimmen entfernten sich, wurden immer leiser, bis sie schließlich nicht mehr zu hören waren. Es stimmte, sie hatte schon Tage keinen Schlaf mehr gefunden, war höchstens für eine Stunde eingenickt. Jedes Mal, wenn sie die Augen zumachte, sah sie Teds Gesicht vor sich. Sie wollte die Hand ausstrecken und ihn berühren, die Festigkeit seines Körpers fühlen, aber sie sagten ihr immer wieder, dass er nicht zurückkommen würde. Ohne ihn sah die Zukunft öde aus. Die Trauer verursachte ihr einen ganz eigentümlichen Schmerz, der in einem Vakuum zu bestehen schien. Sie wollte weinen. Sie wollte schreien. Aber kein Laut kam über ihre Lippen.

Die Eingeborenen hatten ihr Lager an einen höher gelegenen Ort verlegt, ein paar hundert Meter von Roselea entfernt. Vom Haus aus konnte Kitty ihre Gesänge und Klagerufe hören. Bridie hatte ihr erzählt, dass auch Johnno umgekommen, sein Leichnam neben Teds gefunden worden war. Die beiden Männer waren befreundet gewesen, seit die Familie Hall sich 14 Jahre zuvor in Boolai niedergelassen hatte. Und Johnnos spätere Heirat mit Layla und die Geburt ihrer beiden Kinder waren praktisch wie Familienereignisse gefeiert worden. Welche Ironie, dachte Kitty, dass sie letztlich gemeinsam ihr Leben gelassen hatten.

Kitty ging zum provisorischen Lager, das vorwiegend aus primitiven Schutzhütten bestand, die in aller Eile unter den Eukalyptusbäumen errichtet worden waren. Als sie das Lager betrat, stimmten die Hunde hysterisches Gekläff an. Rauchspiralen von verschiedenen Feuern stiegen in einem unsichtbaren Luftzug auf.

Die normalen Aktivitäten ruhten an diesem Tag. Stattdessen saßen die Stammesmitglieder im Schneidersitz im Schatten der Bäume und beobachteten sie neugierig, als sie an ihnen vorbeiging.

Etwas abseits von den anderen saß eine Gruppe älterer Frauen vor einer Hütte. Sie gaben leise Klagelaute von sich und wiegten sich dabei von einer Seite auf die andere. Mehrere von ihnen hielten die mit leicht gekrümmten Fingern aneinander gelegten Hände vor sich und führten diese wiederholt nach vorn, wobei sie die Handflächen nach außen drückten. Eine der Frauen hielt ein Baby an der Brust.

Als Kitty sich ihnen näherte, erkannte sie Layla in ihrer Mitte. Ihre Wangen und ihre Stirn waren mit weißem Ton angemalt, was, wie Kitty wusste, ein Symbol der Trauer war. Kaira saß neben ihr und wedelte ihrer Mutter mit einem Zweig voller Blätter Fliegen aus dem Gesicht.

»Layla?«

Die Frauen verstummten abrupt. Layla hob den Kopf und starrte Kitty ausdruckslos an, bevor sie einen Blick nach rechts warf. Dort konnte Kitty ein frisches Grab sehen, auf dem kleine Steine abgelegt worden waren: Johnnos letzte Ruhestätte.

Als sie den Blick wieder auf Layla richtete, sah Kitty, dass die Wangen der jungen Frau nass waren von Tränen. Sie liefen ihr unablässig über die Wangen, vermischten sich mit dem Ton und bildeten weiße Rinnsale. Eine nach der anderen standen die Frauen auf und entfernten sich. Sie beobachteten die beiden Witwen, sagten jedoch kein Wort. Schwerfällig aufgrund ihrer fortgeschrittenen Schwangerschaft kniete Kitty sich hin und nahm Laylas Hand. Was sollte sie sagen? Der Eingeborenen-Tradition nach war es tabu, den Namen des Verstorbenen zu nennen.

Layla hob Kittys Hand an ihre Wange und benetzte diese mit ihren Tränen, wobei sie aus großen, gequälten braunen Augen zu ihr aufblickte.

»Es tut mir sehr Leid, Layla«, sagte Kitty leise. »Es ist das Schicksal der Männer, zu sterben, und das der Frauen, um sie zu trauern. Es tut mir so schrecklich Leid.«

Langsam erhob sie sich wieder und schaute stumm auf die dunkelhäutige junge Frau hinab. Ihr fiel nichts ein, was sie noch hätte sagen können. Nichts würde den unerträglichen Verlust mildern können.

Langsam kehrte sie zurück nach Roselea.

Der Trauergottesdienst fand in der kleinen Kirche statt, in der vor gut einem Jahr Beths und Toms Trauung stattgefunden hatte. Freunde und Nachbarn kamen zahlreich, sprachen ihr ihr Beileid aus, Worte, die sie kaum wahrnahm.

Sie war ganz in Schwarz gekleidet. Bridie hatte das Kleid erst wenige Stunden zuvor gebracht und ihr über den Kopf gezogen, während sie teilnahmslos dastand und alles über sich ergehen ließ. Ein schwarzer Schleier wurde ihr über das Gesicht gezogen und verbarg ihre bleichen Wangen. Das Haar wurde zu einem strengen Knoten geschlungen und im Nacken festgesteckt.

Stumm saß sie in der vordersten Reihe, wie betäubt. Edward rutschte unruhig neben ihr hin und her, einen verwirrten Ausdruck auf dem Gesicht. »Ist Papa da drin?«, fragte er unschuldig und zeigte auf den Sarg, der vor dem Altar aufgestellt worden war.

Er war aus Zedernholz, Teds liebste Holzart, mit Schnitzereien verziert und mit silbernen Griffen versehen. Paddy hatte ihn aus Brisbane kommen lassen, und er war als Sonderlieferung am selben Morgen eingetroffen. Kitty starrte auf den Sarg und sagte sich, dass das alles ein Albtraum sein musste, aus dem sie jeden Moment aufwachen würde. Ja, Ted würde bald nach Hause kommen, einen Strauß Feldblumen hinter dem Rücken versteckt.

Bilder stiegen vor ihrem inneren Auge auf: Ted inmitten der leise muhenden Kühe im Morgennebel auf der Weide; Ted, der mit von Schweiß fleckigem Hemd und schwellenden Armmuskeln die Axt schwang oder an der Bar lehnte und laut mit den Männern diskutierte; Ted, der sie an seine Brust drückte, sie liebte, sie streichelte ...

Das Baby strampelte wild und holte sie zurück in die Gegenwart. Nein, dachte sie und starrte blind auf die Zedernholzkiste vor dem Altar. Es würde keine Blumensträuße von Ted mehr geben. Das Schicksal hatte ihn ihr in einem Akt sinnloser Grausamkeit genommen. Ihr Leben würde nie wieder dasselbe sein.

Sie beerdigten Ted am Donnerstag vor Weihnachten auf dem grasbewachsenen, windigen Hügel, auf dem bereits seine erste Frau, Kittys Schwester, ihre letzte Ruhestätte gefunden hatte. Die Rosen hatten den kleinen Friedhof überwuchert und standen in voller Blüte. Windböen wehten den Trauergästen Blütenblätter um die Füße. Paddy hob zwei kleine Löcher aus, je eins rechts und links des neuen Grabes, und pflanzte dort zwei kleine Rosenbüsche ein. Die Duchesse de Brabant war eine von Teds Lieblingsrosen gewesen.

Emma war am Vortag aus Beenleigh angereist, hatte es allerdings vorgezogen, bei Beth hinter dem Laden zu wohnen anstatt in ihrem alten Zimmer auf Roselea. Sie war sehr still und wortkarg, aber Kitty sah ihr auch so an, wie tief betroffen sie war: Ihre Hände zitterten, und Tränen glitzerten in ihren Augen.

Kitty hatte nach dem Trauergottesdienst den Arm um sie gelegt, aber Emma war kerzengerade sitzen geblieben, einen abweisenden Ausdruck auf dem Gesicht. »Erst Mama, und jetzt Papa«, sagte sie leise, wandte sich ab und ging fort von dem frischen Grab und den Rosen.

Der Leichenschmaus wurde im Pub abgehalten, und alle brachten Platten mit Speisen mit, aber Kitty bekam kaum einen Bissen hinunter. Es war schon später Nachmittag, als Bridie Kitty und Edward schließlich nach Roselea zurückbrachte. »Bist du wirklich ganz sicher, dass ich nicht über Nacht bleiben soll?«, fragte sie besorgt.

Kitty schüttelte den Kopf. Sie wollte mit ihren Erinnerungen allein sein. Wenn noch jemand da war, fühlte sie sich verpflichtet, Konversation zu machen, wozu sie nicht die geringste Neigung verspürte. »Bitte. Edward und ich kommen schon zurecht. Außerdem würde das das Unabwendbare doch nur hinauszögern. Früher oder später muss ich mich ans Alleinsein gewöhnen.«

Bridie drückte ihre Hand. »Überstürze nichts, Kitty.

Und vergiss nicht, dass du viele gute Freunde hast, die dir gerne helfen. Lass dir Zeit, eins nach dem anderen anzugehen. Wir sehen uns morgen Früh?«

Nachdem Bridie gegangen war, brachte sie Edward auf sein Zimmer. Er war völlig erschöpft und war in der Kutsche schon fast eingeschlafen. »Schlaf ein wenig«, sagte sie, deckte ihn zu und schloss die Vorhänge gegen die Nachmittagshitze.

Als sie den Flur hinunterging, hörte sie leises Hufgetrappel in der Auffahrt. Sie sah aus dem Wohnzimmerfenster und war verblüfft, ein vertrautes schwarzes Pferd zu sehen, das auf das Haus zupreschte.

Obgleich Kitty den Besucher eigentlich mehr oder weniger erwartet hatte, hätte sie gedacht, dass er sich aus Pietätsgründen noch einige Tage Zeit gelassen hätte. Sie strich sich eine Haarsträhne, die sich aus dem Knoten gelöst hatte, aus der feuchten Stirn, ging in die Küche und nahm eins von Teds Gewehren von der Wand. Dann ging sie hinaus auf die Veranda, blieb auf dem oberen Treppenabsatz stehen und wartete, bis das Pferd unten zum Stehen kam.

»Mrs. Hall.«

Als Randolph Tarlington den Hut abnahm und Anstalten machte, vom Pferd zu steigen, hob Kitty die Waffe und zielte direkt auf seinen Kopf. »Ich an Ihrer Stelle würde auf dem Pferd sitzen bleiben.«

Randolph schnaubte laut. »Um Himmels willen, legen Sie das weg. Ladys sollten keine Waffen anrühren, hat Ihnen das noch nie jemand gesagt? Das gehört sich nicht, schon gar nicht für Frauen in Ihrem Zustand.«

»Wie ich sehe, reiten Sie immer noch gerne auf Anstandsregeln herum, Mr. Tarlington.«

»Nennen Sie mich doch bitte Randolph. Immerhin sind wir in gewisser Weise Nachbarn. Und wir sind beide erwachsen.«

Sie schob das Kinn vor und kniff die Augen gegen das grelle Licht der tief stehenden Sonne zusammen. Das Baby strampelte in ihrem Bauch, als hätte sie es mit ihrem Zorn angesteckt. »Was wollen Sie diesmal?«

»Immer noch so freundlich wie eh und je, wie ich sehe«, erwiderte er sarkastisch und nickte in Richtung des Hotels. »Sie sollten zuvorkommender sein jemandem gegenüber, der gekommen ist, um Ihnen aus diesem Schlamassel zu helfen.«

Kitty wandte sich zum Gehen; sie verspürte nicht die geringste Lust, das Gespräch zu verlängern. »Schlamassel? Was für ein Schlamassel? Ich weiß wirklich nicht, wovon Sie sprechen. Und jetzt habe ich zu tun. Ich muss Papierkram erledigen und dergleichen. Ich bin eine viel beschäftigte Frau. Wenn Sie mich also entschuldigen würden ...«

»Warten Sie. Ich bin hier, um Ihnen ein anständiges Angebot für Ihr Land zu machen. Und das Hotel.«

»Was Sie nicht sagen.«

Er nannte eine Zahl, die weit unter dem Wert des Pubs lag. »Machen Sie sich nicht lächerlich!«, rief sie aus. »Das Hotel ist viel mehr wert als das, und das wissen Sie auch.«

»Nicht mehr, wenn Sie es heruntergewirtschaftet haben«, entgegnete er mit einem spöttischen, herablassenden Lächeln. »In einem Jahr werden Sie dankbar sein für mein Angebot. Was verstehen Sie schon davon, wie man ein Geschäft führt? Ein Pub ist kein Ort für eine allein stehende, schwangere Frau mit Kind. Es gibt Gesetze, die so etwas verbieten.«

Sie wandte sich ihm wieder zu und herrschte ihn zornig an. »VERSCHWINDEN SIE! MACHEN SIE, DASS SIE WEGKOMMEN! Wagen Sie es ja nicht, jemals wieder mit Ihrem lächerlichen Angebot und Ihren Drohungen angekrochen zu kommen. Frauen dürfen seit fünf Jahren sehr wohl eine Schanklizenz haben. Seit fünf Jahren, haben Sie mich verstanden?«

Als sie einen Schritt auf ihn zukam und erneut das Gewehr hob, ließ er sein Pferd zurücktreten. »Aber Mrs. Hall, es besteht kein Grund, gleich laut zu werden. Das gehört sich wirklich nicht für eine Lady.«

»Wann kapieren Sie das endlich? Ich habe nicht die Absicht, die Geschäfte meines Gatten zu veräußern, und schon gar nicht an Sie. Weder jetzt noch sonst irgendwann. Haben Sie das jetzt verstanden? Ja, ich bin eine Frau, Mr. Tarlington. Und ich kann diesen Pub ebenso gut führen wie jeder Mann, warten Sie es nur ab. Und jetzt runter von meinem Land, und wenn ich Sie jemals wieder hier antreffe, schieße ich, so wahr mir Gott helfe.«

Randolph setzte mit einer schwungvollen Geste den Hut wieder auf und wendete sein Pferd.

Im letzten Moment warf er noch einmal einen Blick zurück und bedachte sie mit einem harten Blick. »Das wird Ihnen noch Leid tun!«, rief er und drohte ihr mit ausgestrecktem Zeigefinger. »Wenn Sie kurz davor stehen, alles zu verlieren, werden Sie vor mir auf dem Bauch kriechen und mich um Hilfe anflehen.« Mit grimmiger Miene spuckte er auf den Boden. »Frauen! Pah!«

Kitty ging ins Wohnzimmer und ließ sich auf das Sofa sinken. Das voluminöse, bequeme Möbelstück mit dem blassblauen Bezug war Teds Lieblingsplatz gewesen. Weniger als eine Woche bis Weihnachten. Die Geschenke, die sie und Ted einen Monat zuvor in Beenleigh ausgesucht hatten, lagen in buntes Papier eingeschlagen unter dem Christbaum, Päckchen, die sie an glückliche Zeiten erinnerten. Ihre Hände zitterten unkontrolliert, und sie barg das Gesicht in ihnen. Sie versuchte, die Szene mit Randolph Tarlington zu verdrängen. Ted wäre stolz auf sie gewesen, so wie sie diesen arroganten Flegel in die Wüste geschickt hatte.

Abwesend ging sie zurück in die Küche und genehmigte sich einen Brandy aus der Flasche, die Ted in der Vorratskammer aufbewahrte. Mit dem Glas in der Hand wanderte sie ziellos durch das Haus, bis sie zu ihrem gemeinsamen Schlafzimmer gelangte. Ihr und Teds Zimmer. Es war dunkel und wirkte irgendwie leer, erfüllt von der Trauer der vergangenen Tage, die sich mit den Widrigkeiten des Alltagslebens vermischte.

Mit zitternden Fingern hielt sie ein Streichholz an die Lampe und sah zu, wie der Docht Feuer fing. Es wurde hell, und die Flamme warf tanzende Schatten an die Wände. Sie nippte an ihrem Brandy und nahm kaum wahr, wie die Flüssigkeit ihr feurig die Kehle hinunterrann und sie vorübergehend wärmte.

Langsam wanderte sie durch den Raum, nahm hier und da einen vertrauten Gegenstand auf und wog ihn in der Hand. Der Kasten mit Teds Kragen, seine Tonpfeife von Gambier, Maddies Familienbibel, die sie längst aus ihrem Versteck in der Holztruhe geholt hatte. In einer Ecke stand ein Paar Ersatz-Reitstiefel. Auf einem Sessel lag eine graue Fellmütze, die Ted das letzte Mal, als er sie getragen hatte, achtlos dort abgelegt hatte. Eine Büchse Schuhpolitur, die Flasche Oriviola-Parfum, das er erst Wochen zuvor für sie in Beenleigh ausgesucht hatte: alles Gegenstände, die sie nicht nach vorn, sondern zurückblicken ließen.

Ohne sich dessen bewusst zu sein, war sie ans Bett getreten. Langsam griff sie nach Teds Kissen und hielt es sich vor das Gesicht. Es fühlte sich warm an, obwohl es Tage her war, dass sein Kopf auf ihm geruht hatte. Sie atmete tief ein und roch Tabak und Rum, ein schmerzlich-vertrauter Geruch.

Sie seufzte und drückte sich das Kissen an die Wange. Ihre Augen füllten sich mit Tränen. Sie hörte ein Geräusch und blickte zur Tür. Edward stand auf der Schwelle und musterte sie mit einer Mischung aus Neugier und feierlichem Ernst.

Einen kurzen Moment betrachtete sie ihn distanziert und sah eine Miniaturausgabe von Ted. Ihr Herz zog sich zusammen. Sie schnappte nach Luft, nicht mehr in der Lage zu sprechen.

Sie streckte ihrem Sohn die Arme entgegen, und als er zu ihr kam, drückte sie ihn so fest und schützend, dass das Baby in ihrem Bauch protestierte. Ihre Kehle war plötzlich wie zugeschnürt und schmerzte. Sanft schob sie Edward beiseite, barg das Gesicht in den Händen und schluchzte.

Zum ersten Mal seit Teds Tod ließ sie ihren Schmerz heraus.

Das Baby kam schnell, wie das bei Zweitgeburten oft der Fall war. Schon seit mehreren Tagen zwickte es hier und zog es dort, aber an diesem Morgen waren die Schmerzen andere: Sie waren intensiver und kamen in regelmäßigen

Abständen. Es ist so weit, dachte sie, stand auf und ging in die Küche, um Edward Frühstück zu machen.

Das Baby hatte sich gesenkt, sodass ihr das Gehen schwer fiel. Eine halbe Stunde später schickte Kitty Edward mit einer Nachricht für Bridie nach Glengownie. Sie blickte ihm nach, als er auf Dancer davonritt und dem Pferd die Hacken in die Seiten grub. Als er mit Bridie zurückkam, waren die Wehen so schlimm geworden, dass sie sich hatte hinlegen müssen.

»Bist du in Ordnung, Mum?«, fragte Edward, als er Bridie mit besorgter Miene ins Zimmer folgte.

»Ja«, versicherte sie ihm und tätschelte seine Hand. »Mir geht es gut. Geh nur spielen, Schatz.«

»Genau, junger Mann«, sagte auch Bridie und scheuchte ihn hinaus. »Ich habe nach Beth geschickt. Sie wird bald hier sein, und du kannst den Tag im Laden verbringen. Und wenn du wiederkommst, hast du einen kleinen Bruder oder eine kleine Schwester. Ist das nicht toll?«

»Wirklich?« Seine Augen leuchteten auf.

»Ja«, bestätigte Bridie lachend. »Und jetzt sei lieb und geh spielen.«

Edward lief davon, und Kitty konzentrierte sich ganz auf das bevorstehende Ereignis. Die Schmerzen waren unerträglich und kamen in Wellen. Wie konnte ich nur vergessen, wie das ist, fragte sie sich verwundert und dachte zurück an Edwards Geburt vor über sechs Jahren.

Ein Schwall Flüssigkeit lief aus ihr heraus, als Bridie sie untersuchte. Bridie legte ihr ein Handtuch zwischen die Beine. »Ich glaube, es dauert nicht mehr lange. Hast du das Gefühl, du musst pressen?«

»Ich weiß nicht«, keuchte Bridie zwischen zwei Wehen. Sie war inzwischen schweißgebadet.

»Versuchen wir es«, schlug Bridie vor und half ihr in eine hockende Stellung. Dann legte sie ihr einen Arm um die nackte Taille und forderte Kitty auf, sich auf sie zu stützen.

Die Bewegung schien das Baby auf den Weg nach unten zu bringen, und Kitty fühlte, wie ein großes Gewicht sich abwärts verlagerte. In diesem Moment schaute Beth zur Tür herein. »Ich gehe mit Edward ... O mein Gott!«

»Pressen! Pressen!«, drängte Bridie und zog den Arm um Kittys Taille fester, während Beth an die andere Bettseite eilte.

Die Ereignisse der vergangenen Wochen hatten ihre Kräfte aufgezehrt, und Kitty wusste nicht, wie sie die Energie aufbringen sollte. Ihre Reserven waren verbraucht. »Ich kann nicht«, keuchte sie und wollte sich auf die feuchten Laken zurücksinken lassen.

Jemand packte sie bei den Schultern und schüttelte sie. »Du kannst jetzt nicht aufgeben. Los, Kitty. Denk an Ted. Er hätte alles darum gegeben, um jetzt hier zu sein, bei dir. Wenn du es schon nicht für dich selbst tun willst, dann tu es für ihn.«

Sie weinte jetzt, und die Tränen vermischten sich mit Schmerz und Erinnerungen. Sie weinte ebenso um die Vergangenheit wie um die Zukunft. Um das Baby, das nie seinen Vater kennen lernen würde.

Ein Baby! Ein Baby! Nach all der Zeit. Du bist eine Hexe, Katherine Hall. Warum hast du es mir nicht früher gesagt?

Ich will nur das Beste für dich und das Kind.

Die Schwangerschaft scheint Papa gut zu bekommen.

Worte, die ihr das Herz zerrissen und eine wahre Flut von Tränen auslösten.

Und dann fühlte sie Teds Gegenwart, eine Wärme an ihrer Seite, und sie glaubte sogar, leichten Tabakgeruch zu riechen. Plötzlich hatte sie das Gefühl, dass, wenn sie die Augen aufschlug, er dort sein und ihr gut zureden würde.

»Komm schon, Kitty. Du schaffst das.«

Im ersten Moment war sie verwirrt, als sie nicht Ted sah, sondern Beth.

Sie ergriff Beths Hände und presste mit aller Kraft. Teds Baby, dachte sie und ließ sich nicht länger von den Schmerzen überwältigen. Teds Kind kämpfte darum, das Licht der Welt zu erblicken, drängend und ungeduldig, wie sein Vater es gewesen war.

Ein gequältes Stöhnen brach aus ihr hervor, als sie ein letztes Mal presste, und dann glitt der kleine, glitschige Körper aus ihr heraus.

»Ein Junge!«, rief Beth und hielt das schreiende Kind triumphierend in die Höhe, während Kitty sich kraftlos in die Kissen zurücksinken ließ.

Kitty beschloss, das Kind James zu nennen, nach ihrem eigenen längst verstorbenen Vater. Zwei Tage später holte sie die Familienbibel hervor und trug den Namen ihres Neugeborenen ein, zusammen mit seinem Geburtsdatum. Als sie die anderen Einträge überflog, vergoss sie ein paar Tränen beim Anblick von Teds ordentlicher, gestochen scharfer Handschrift. Schließlich, nach langem Zögern, griff sie zur Feder und schrieb: *Edward Hall, 1845–1889.*

Sie starrte lange auf die Seite, bis die schwarze Schrift vor ihren Augen verschwamm. Es war einfach nicht fair. Warum musste das nur geschehen?

Beth kam vorbei, nachdem sie den Laden geschlossen hatte. Sie traf Kitty noch im Morgenmantel an. Ihre Tante und Stiefmutter starrte wie hypnotisiert auf eine Seite der aufgeschlagenen Familienbibel. James lag in seinem Bettchen und schrie. Beth nahm ihn heraus und brachte ihn zu seiner Mutter. Von Edward war weit und breit nichts zu sehen.

»Er ist bei den O'Reillys«, antwortete Kitty tonlos auf Beths Frage und knöpfte ihr Nachthemd auf, um das Baby zu stillen. »Mayse war hier und hat ihn für ein paar Tage mitgenommen.«

»Wie lange sitzt du schon hier? Warum bist du nicht angezogen?«

Kitty blickte überrascht an sich herab. Ihr war gar nicht bewusst gewesen, dass sie noch im Nachthemd war. »Wie spät ist es denn?«, fragte sie verwirrt.

»Fünf Uhr?« Die Worte kreisten bedeutungslos in ihrem Kopf. Fünf Uhr? Wo war nur die Zeit geblieben?

»Willst du für immer im Nachthemd herumsitzen und das Leben an dir vorbeiziehen lassen? Was ist mit den Kindern? Sie brauchen dich«, fuhr Beth erbarmungslos fort. »Willst du den Rest deiner Tage auf irgendwelche Buchseiten starren?«

»Du verstehst das nicht«, stammelte Kitty, die wieder den Tränen nah war. »Dein Vater hat mir alles bedeutet. Ich weiß nicht, wie ich je allein zurechtkommen soll.«

Plötzlich stand Beth vor ihr und hielt sie bei den Schultern. Ihre Augen funkelten zornig. »Um Himmels willen, Kitty. Ich habe ihn auch geliebt. Immerhin war er mein Vater, aber ich werde nicht zulassen, dass du den Rest deines Lebens ruinierst, nur weil er nicht mehr da ist. Der Pub ist seit Wochen geschlossen, und Tom hat alles

Menschenmögliche getan, um alles andere am Laufen zu halten, aber auf Dauer kann er Papas geschäftliche Angelegenheiten nicht alleine regeln. Wir haben noch den Laden und das Fuhrunternehmen, und der Tag hat nun einmal nur 24 Stunden.«

»Und was soll ich deiner Meinung nach tun?«, fragte Kitty müde. »Ich kann ein zwei Tage altes Baby schlecht sich selbst überlassen und arbeiten gehen.«

»Das verlangt auch niemand von dir. Aber du könntest Geschäftsführer einstellen, zuverlässige, fähige Männer. Dann kannst du erst einmal zu Hause bleiben und dich um James kümmern, so wie Papa es gewollt hat.«

Kitty schaute mit ausdrucksloser Miene auf das Kind, das friedlich an ihrer Brust schlief. Ihre Unterlippe zitterte.

Beth war sofort bei ihr und umarmte sie etwas unbeholfen. »Tut mir Leid, Kitty. Ich wollte dich nicht aufregen, aber du musst dich der Realität stellen. Wir alle haben mit Vaters Tod einen schweren Verlust erlitten. Du, ich, Edward und James. Vor allem James. Er wird nie erfahren, was für ein gutherziger, wundervoller Mensch sein Vater war. Aber du hast keine Zeit für Selbstmitleid. Du hast jetzt zwei Kinder zu versorgen.«

Kitty saß eine Weile schweigend da und musste die Worte erst verdauen. Sie musste sich widerwillig eingestehen, dass Beth Recht hatte. Vielleicht konnte sie sich tatsächlich den Luxus nicht mehr leisten, noch weiter zu weinen und zu trauern. Ted war tot, und daran ließ sich nichts mehr ändern. Sie musste für zwei Kinder sorgen, und das Geld in dem Versteck in der Scheune würde irgendwann aufgebraucht sein. Wenigstens war sie nicht mittellos. Ted hatte ihr eine ordentliche Summe Bargeld hinterlassen und dazu noch verschiedene Betriebe. Es lag ganz bei ihr. Ein Verwalter, ja, das war eine gute Idee. Einen für das Hotel und einen für Teds andere Geschäfte. Es war nicht fair, die ganze Arbeit und Verantwortung Tom aufzubürden, zumal der seine eigene Familie hatte.

Später, nachdem Beth in den Laden zurückgekehrt war, drückte sie das schlafende Baby an sich. »Ich werde dafür sorgen, dass du ein gutes Leben hast«, flüsterte sie entschlossen.

Die einzige Antwort des schlafenden Säuglings war ein leises Wimmern.

TEIL II

KAPITEL 12

Boolai, 1893

Kitty stellte die letzten Gläser in den Schrank, nahm die Schürze ab und legte sie über den Tisch. »Ich bin dann weg, Jim«, rief sie auf dem Weg zur Tür. »Kannst du die Briefe auf meinem Schreibtisch auf dem Heimweg zur Post bringen? Es sind ein paar sehr wichtige darunter.«

Nachdem sich mehrere Verwalter, die sie eingestellt hatte, als ungeeignet erwiesen hatten, kümmerte sich inzwischen Jim Morgan, Clarries Bruder, um den Hotelbetrieb, eine Regelung, die beiden Parteien sehr entgegenkam, nachdem Jim als Farmer wenig erfolgreich gewesen war und Kitty in den ersten Jahren nach Teds Tod dringend tatkräftige und zuverlässige Unterstützung gebraucht hatte.

Sie stieg die Hintertreppe hinunter und machte sich auf den Weg nach Roselea. Es war ein lauer Nachmittag am Ende eines sehr heißen und trockenen Sommers. Staubpartikel hingen von einer leichten Brise getragen in der Luft und verliehen dem Licht etwas Diffuses. Sie ging über die satte grüne Wiese und lachte, als James ihr auf seinen stämmigen, kurzen Beinchen entgegengelaufen kam, dicht gefolgt von Kaira.

Er war im vergangenen Dezember drei geworden. Kräftig und blond wie sein Vater, erinnerte er sie ständig an Ted, dessen fröhliche, optimistische Art er ebenfalls geerbt hatte, sodass er sie auch die größten Probleme vergessen machte. Und derer hatte es in den vergangenen Jahren reichlich gegeben.

Und auch das laufende Jahr sah nicht allzu rosig aus. Erst wenige Tage zuvor hatte die Queensland National Bank geschlossen, gefolgt von mehreren anderen Banken, sodass die Investoren sich fragen mussten, ob sie ihr Geld je wiedersehen würden. Kitty war heilfroh, dass Ted ihr damals das Versprechen abgenommen hatte, das Geld in seinem Versteck zu belassen und es keinesfalls auf die Bank zu bringen.

Außerdem hatte es zweimal Hochwasser gegeben, und das im Abstand von nur wenigen Wochen. Der Anblick des Wassers, das über die Ufer trat, erinnerte sie schmerzhaft an die tragischen Ereignisse von vor drei Jahren.

In den ersten Wochen und Monaten nach Teds Tod hatte sie ständig an ihn denken müssen, ganz egal, wo sie auch hinging und was sie machte, und mehrmals täglich war sie in Tränen ausgebrochen. Dabei konnte sie es sich nicht leisten, Zeit darauf zu verschwenden, zu trauern. Es gab so viel zu tun, Verwalter mussten eingestellt und Papiere unterschrieben werden, und das alles neben der Pflege eines Säuglings.

Sie fing an, Menschen zu meiden, weil sie sich vor dem fürchtete, was sie sagen mochten. Die Männer wollten über Ted sprechen, um sich selbst und auch sie daran zu erinnern, was für ein guter Mann er gewesen war.

»Ted Hall war ein anständiger Kerl. Hat ’ne Menge für die Gemeinde getan. Boolai wird ihn vermissen.«

»Stimmt, und hilfsbereit war er.«

Diesen rauen Burschen, die dem Busch ein karges Dasein abrangen, machten sich nicht klar, wie schmerzlich es für sie war, ständig an Ted erinnert zu werden.

Erst Monate später gestattete sie sich, über Teds Tod nachzudenken – nicht über die Umstände seines Todes, sondern über das Ertrinken selbst. Sie gestattete sich ein paar zögerliche Gedanken, vorsichtig und immer bereit, sich wieder auf dringlichere Angelegenheiten zu konzentrieren, wenn der Schmerz sie zu überwältigen drohte.

Sie versuchte, sich vorzustellen, wie es gewesen sein mochte, als er unter Wasser gedrückt und von der Strömung fortgerissen wurde, hilflos und mit schmerzenden Lungen. Was hatte er empfunden, als das Wasser ihn auf den schlammigen Grund zog, wo er über Felsen und Steine schrammte.

Nachts in ihren Träumen sah sie sein Gesicht vor sich, blass und in Panik verzerrt inmitten der tosenden Fluten. Dann wieder sah sie seinen leblosen Körper im schlammigen, schäumenden Wasser treiben, fortgetragen wie ein Stück Treibgut. Wenn sie dann schweißgebadet aufwachte, sah sie überrascht fahles, kaltes Sonnenlicht durch das Schlafzimmerfenster auf die leere Betthälfte fallen.

Als Kitty schließlich anfing, richtig zu trauern, gab sie sich dem Schmerz ganz hin. Und sie trauerte nicht nur um Ted, sondern auch um andere, die sie bereits verloren hatte: ihre eigenen Eltern, Maddie und Dan. Vor allem Dan.

Nach einiger Zeit fing sie an, die Dinge analytisch zu betrachten, was den Schmerz vorübergehend dämpfte. So sagte sie sich, dass das Leben ein Labyrinth miteinander verwobener Pfade war, die alle in eine andere Richtung führten, je nachdem, welchen Abzweig man nahm. Das

Problem bestand darin, zu wissen, welche Richtung man einschlagen sollte. Was, wenn sie den falschen Weg wählte? Sie dachte an Dan und daran, wie sehr er sie geliebt hatte. Und wenn sie Dan geheiratet hätte? Wenn Maddie nicht gestorben wäre?

Aber darauf hatte sie keine Antwort erhalten. Jetzt, drei Jahre später, hatte sie akzeptiert, was passiert war, konnte sogar damit leben, auch wenn sie an manchen Abenden, wenn die Kinder im Bett waren, schrecklich einsam war.

Aber wie gewöhnlich vertrieb der Anblick ihres Jüngsten die düsteren Gedanken. Sie lief ihm entgegen und umarmte ihn, als er sich ihr an den Hals warf. »Mummy! Mummy! Kaira hat mir das Vogelnest in dem Baum am Tor gezeigt. Rate mal, wie viele Vogelbabys drin sind?«

»Keine Ahnung, Schatz. Wie viele denn?«, lachte sie und vergrub das Gesicht an seiner Halsbeuge.

Konzentriert zählte er an seinen pummeligen Fingern ab. »Eins, zwei, drei. Drei! Und sie haben noch gar keine Federn. Kaira sagt ...«

Aber da sah er einen blauen Schmetterling, wand sich aus ihrer Umarmung und stürzte ihm nach.

»Meine Güte«, sagte Kitty lächelnd und strich sich den Rock glatt. »Was für ein Wirbelwind. Ich komme ja schon ganz außer Atem, wenn ich ihm nur zusehe.«

Kaira war inzwischen 13, groß, mit der kaffeebraunen Haut ihrer Mutter und einem bezaubernden Lächeln. Seit einem Jahr betreute sie James, während Kitty einige Stunden im Hotel arbeitete oder über den Büchern saß. Früher hatte sie die Bücher daheim im geräumigen Arbeitszimmer geführt, aber inzwischen genoss sie die menschlichen Kontakte und die Kameradschaft der Männer im Pub wieder und blieb nach getaner Arbeit meistens noch da, um Jim beim Aufräumen zu helfen.

Nur Randolph Tarlingtons Anwesenheit verdarb ihr ab und an die Laune, so auch heute. Er war schroff und abweisend gewesen und hatte sie doch nicht aus den Augen gelassen, als sie ein paar Bier ausgeschenkt und die letzten Gläser gespült hatte. Schließlich war sie dann gegangen, um von ihm wegzukommen.

Kitty folgte James und Kaira die Zufahrt hinauf. Als sie sich dem Haus näherte, sah sie überrascht, dass jemand auf der Veranda wartete, einen kleinen Koffer neben sich.

»Emma, Schatz«, rief sie, stürzte die Treppe hinauf und küsste die junge Frau auf die Wange. »Wie schön, dich hier zu haben. Bleibst du lange? Ist das nicht komisch? Bridie hat erst gestern nach dir gefragt. Ich wünschte, du würdest mir vorab kurz Bescheid geben, wenn du kommst. Kaira hätte dein Zimmer lüften können und ...«

»Hör auf, solches Aufhebens zu machen«, entgegnete Emma lächelnd und umarmte James kurz. »Meine Güte, du klingst ja wie eine Mutter.«

»Ich bin ...« Sie brach ab und lachte. »Ich weiß, was du meinst. Edward meint auch, dass ich manchmal übertreibe.«

Emma hakte sie unter und führte sie ins Haus. »Es ist nur eine Stippvisite; ich bleibe nur ein paar Tage.«

»Kannst du nicht länger bleiben?«

»Nein.« Sie blieb stehen, drehte einen Ring an ihrem Finger und schaute Kitty mit seltsam bedrückter Miene an. »Um es kurz zu machen, Kitty, ich bin gekommen, um mich zu verabschieden.«

Randolph Tarlington stand auf der Hotelveranda und starrte grimmig vor sich hin. Das Jahr hatte schlecht angefangen, und der Rest sah auch nicht viel versprechend aus. Es hatte bereits zwei Überschwemmungen in ebenso vielen Wochen gegeben. In Brisbane war das nördliche Ende der Victoria Bridge fortgespült worden, und mehrere Eisenbahnstrecken waren beschädigt worden.

Das, was er von seiner durch die Dürre in Mitleidenschaft gezogenen Ernte hatte retten können, war dem Wasser zum Opfer gefallen, und dabei hatte er fest mit dem Geld gerechnet, um einige offene Rechnungen zu begleichen, vor allem im Gemischtwarenladen. Tom O'Reilly hatte ihn bereits zweimal schriftlich aufgefordert, endlich zu bezahlen. Und erst vergangene Woche hatten mehrere Banken dichtgemacht, womit seine letzte Hoffnung auf einen Kredit gestorben war.

Als er sah, wie Kitty Hall die Treppe hinunterstieg und Roselea ansteuerte, wuchs sein Zorn. Die Halls waren vergleichsweise spät nach Boolai gekommen, im Gegensatz zu den Tarlingtons, die zu den ersten Siedlern gehört hatten. Er müsste eigentlich Inhaber florierender, profitabler Geschäfte sein, nicht diese Hall-Schlampe.

Er hatte nach dem Tod ihres Mannes versucht, die Männer gegen sie aufzubringen, indem er an der Bar die eine oder andere Andeutung fallen ließ darüber, dass es kaum schicklich für eine Frau sei, einen Pub zu führen sowie andere Geschäfte, die immer eine Männerdomäne gewesen waren. Was verstand eine Frau schon von einem Ochsengespann? Eine Zeit lang war es ihm gelungen, Unruhe zu stiften, bis sich dann Paddy O'Reilly eingemischt hatte.

»Heh, Tarlington!«, hatte O'Reilly eines Tages kurz vor Feierabend gesagt. »Ich habe gehört, Sie haben sich wieder das Maul zerrissen.«

»Wie meinen?«, hatte Randolph mit entsprechender Unschuldsmiene entgegnet. »Ich habe keine Ahnung, was Sie meinen.«

»Ach nein?« O'Reilly packte ihn bei den Jackenaufschlägen. »Ich denke, Sie wissen sehr genau, wovon ich spreche. Ich habe zwei Augen und zwei Ohren, und ich durchschaue Ihre miesen Absichten. Kurz, ich habe den Männern den Kopf gerade gerückt, und es wird kein weiteres Gerede mehr geben. Ted Hall war ein guter Freund von mir, und Kitty arbeitet hart. Wenn es jemand verdient hat, Erfolg zu haben, dann sie.«

Bei der Erinnerung an dieses Streitgespräch presste Randolph die Lippen zusammen. Er fluchte und schlug mit einer Hand auf die Verandabrüstung. Das war einfach nicht fair. Kitty Hall besaß alles, während er, Randolph, nichts hatte. Sogar sein Land und die Ernte waren keinen Pfifferling wert.

Wütend blickte er wieder in Richtung Roselea. Kitty überquerte noch die Wiese, die zur Zufahrt von Roselea führte, als ihr zwei Gestalten entgegenkamen, ein Kind und ein junges Mädchen. Das Kind rannte auf sie zu und warf sich in ihre Arme; das junge Mädchen folgte langsamer. Trotz der Entfernung konnte Randolph Kaira erkennen.

Er hatte seit jener ersten Begegnung am Fluss vor Jahren immer wieder an sie denken müssen. Mehrmals hatte er sich, wenn Kitty im Pub war, vom Fluss aus nach Roselea geschlichen und sich im Schatten der Sträucher versteckt, hoffend, dass niemand ihn bemerkte. Er hatte

Kaira beim Spielen mit James beobachtet und befriedigt registriert, wie ihr Körper im Laufe der Monate erblühte. Kleine, spitze Brüste drückten gegen den Stoff des einfachen Kittels, den sie trug. Ihre Hände schwangen beim Gehen geschmeidig mit der Bewegung mit, ein Anblick, der ein sehnsüchtiges Ziehen in seinen Lenden bewirkte. Geduldig beobachtete er und wartete. Kaira war wie eine Rose, eine dunkle Knospe, deren Blütenblätter sich langsam der Sonne öffneten.

»Wollen Sie noch was, Tarlington? Es ist eben eine Lieferung gekommen, und ich muss runter in den Keller, um den Rum wegzuräumen.«

Randolph war so in Gedanken versunken gewesen, dass er Jim Morgans Schritte auf der Veranda gar nicht gehört hatte. »Nein danke«, sagte er schroff, verärgert, dass der Barmann ihn gestört hatte. »Ich muss sowieso los.«

Er sah, wie der Manager in die Bar zurückkehrte, und folgte ihm.

Die Bar war leer. Jims Stimme war auf der Treppe in einer Ecke des Raumes zu hören; er gab Anweisungen, wo und wie die Fässer aufgestellt werden sollten. Randolph wanderte ziellos durch den Raum. Er trat hinter die Bar, hob verschiedene Flaschen hoch und studierte die Etiketten. »Teufel!«, fluchte er und stellte die Flasche so schwungvoll zurück ins Regal, dass sie klirrend mit einer anderen zusammenstieß. Randolph wartete auf eine Reaktion aus dem Keller, aber es gab keine.

Er wandte sich zum Gehen, als sein Blick auf die halb offene Tür fiel, die ins Hinterzimmer führte. Neugierig trat er näher und warf einen Blick hinein.

Eine Art Büro mit Papieren auf dem riesigen Schreibtisch in der Mitte. An den Wänden hingen verschiedene Kalender. In der Ecke am Fenster stand ein Aktenschrank mit einem Regal darüber, in dem verschiedene Bücher standen: die Buchhaltung und Wareneingangsbücher.

Lautlos trat er ein und schloss die Tür hinter sich. Auf dem Schreibtisch lehnten mehrere Briefe am Tintenfass, die bereits adressiert und versiegelt waren. Er sah sie durch: Kennedy's Beer Supplies, South Coast Steamship Company, City Mercantile. Beim letzten Umschlag stutzte er. City Mercantile war eine bekannte Versicherungsgesellschaft, mit der sein Vater seinerzeit schon zusammengearbeitet hatte. Er steckte den Umschlag ein.

Als Randolph die andere Post wieder ordentlich hinstellte, streifte seine Hand etwas Weiches. Ein Baumwollbeutel, der oben mit einem Stück Kordel zusammengebunden war. Der Inhalt fiel klimpernd durcheinander, als er den Beutel hochhob, und er unterdrückte ein Lachen, als ihm aufging, was das war. Die Tageseinnahmen des Pubs; bestimmt ein ordentliches Sümmchen.

Der Beutel folgte dem Umschlag. Randolph strich seine Jacke über der Beule glatt, verließ das Büro wieder und sah sich in der Bar um. Gut. Niemand da. Er stieg die Vordertreppe hinunter, eilte zur Pferdekoppel und holte seine Rappstute. Erst als er außer Rufweite des Pubs war, stieg er auf und hieb dem Tier die Absätze in die Seiten.

Am Fluss machte Randolph Halt, stieg ab und setzte sich ins Gras. Er holte den Brief aus der Tasche, schob den Daumen unter die Lasche und öffnete das Schreiben. Es enthielt zwei Dokumente, eine Versicherungspolice für das Commercial Hotel, Boolai, mit Prämie und Einzelheiten zu den Versicherungsleistungen und der Prämie. Das zweite Papier war ein Scheck.

Randolph betrachtete Kittys saubere Schrift, lächelte und lachte schließlich laut. Er zerknüllte den Brief, den er anschließend wieder einsteckte, streckte sich im Gras aus und fischte den Beutel aus der Hosentasche.

Er war voller Kleingeld, vor allem Shillings und Sixpence-Münzen, darunter ein paar Scheine unterschiedlicher Höhe. Grinsend ließ er das Geld durch die Finger rinnen. Das Klimpern war Musik in seinen Ohren. Es war kein Vermögen, aber es würde reichen, um ein paar Schulden zu bezahlen und sich diesen lästigen O'Reilly vom Hals zu schaffen.

Randolph schwang sich wieder in den Sattel und rieb sich die Hände. Ende kommenden Monats lief die Versicherung für das Hotel aus. Mit etwas Glück würde die Hall-Schlampe nicht merken, dass der Scheck nicht eingereicht worden war.

Er hatte bereits eine Idee, wie er sich an ihr rächen konnte für die Art, wie sie ihn behandelt hatte. Wenn er das Hotel nicht bekam, sollte es niemand haben. Ohne es zu ahnen, hatte Kitty Hall ihm das Werkzeug seiner Rache selbst in die Hand gegeben, und er, Randolph, würde es zu nutzen wissen.

»Wenn du gekommen bist, um dich zu verabschieden, heißt das, du gehst fort«, sagte Kitty unbekümmert, nahm Emmas Tasche und führte sie über den Flur zu dem geräumigen Zimmer, das immer für sie reserviert war.

Kitty hatte in den vergangenen Jahren gespürt, dass

Teds jüngste Tochter sich immer mehr abgenabelt hatte. Sie lebte schon lange in Beenleigh und hatte die Familie nur selten besucht.

Emma ließ sich langsam auf die Bettkante sinken und musterte Kitty ernst. »Ich denke, es bringt nichts, lange um den heißen Brei herumzureden. Ich habe beschlossen, Nonne zu werden.«

Kitty griff nach hinten und tastete mit der Hand nach einer Armlehne des Schaukelstuhls, der in einer Ecke des Zimmers stand. »Nonne?«, sagte sie schwach und setzte sich.

»Ich habe viel darüber nachgedacht«, fuhr Emma fort. »Es ist keine Kurzschlusshandlung, und ich wurde auch von niemandem beeinflusst, falls du das denken solltest.«

»Was glaubst du, was deine Mutter davon gehalten hätte?« Kitty musterte ihre Nichte ernst. Maddie war eine gläubige Presbyterianerin gewesen, und jetzt wollte ihre Tochter zum Katholizismus konvertieren. Kitty malte sich aus, wie Maddie die Stirn runzelte, und tat es genauso. »Sie hätte einen Anfall bekommen, Emma.«

»Nein. Mama wäre einverstanden gewesen.«

»Du kannst dich kaum an sie, ihre Wertvorstellungen und Ansichten erinnern. Wie kannst du dir da so sicher sein?«

Emma seufzte, stand auf und hob ihren kleinen Koffer auf das Bett. »Weil es, wenn man einmal von den vielen verschiedenen Bezeichnungen absieht, um ein und dieselbe christliche Religion geht. Ob wir uns jetzt Methodisten, Presbyterianer oder Katholiken nennen ...«

Sie ließ die Schlösser des Koffers aufschnappen und klappte den Deckel hoch. Nach einem abwesenden Blick auf den Inhalt ging sie langsam ans Fenster. Sie sprach weiter, und ihre Stimme schwebte irgendwie losgelöst in die düsteren Ecken des Zimmers.

»Es macht keinen großen Unterschied. Nicht, wenn man es im Ganzen betrachtet. Gleich welche Religion, es gibt nur einen Gott. Einen Schöpfer.« Unvermittelt fuhr sie herum. »Außerdem ist in deiner Kirche kein Platz für Frauen.«

»Unsinn. Du könntest einen Priester heiraten. Was ist mit dem jungen Reverend Parry, der manchmal aus Beenleigh herkommt? Irgendwie habe ich das Gefühl, dass er nicht abgeneigt wäre zu heiraten.«

Emma schnaubte verächtlich bei der Erwähnung des Geistlichen. »Reverend Parry? Wirklich, Kitty! Bitte erspare mir solche und ähnliche Verkupplungsversuche.«

Kitty musterte Emma eindringlich. Jemand hatte ihr einmal erzählt, dass Nonnen sich das Haar schoren. Bei diesem Gedanken hob sie die Hände an die eigene rotgoldene Mähne und stellte sich Emma mit Bürstenhaarschnitt vor anstatt mit dem wunderschönen blonden Haar. Sie versuchte, Emma im Nonnen-Habit zu sehen, mit strengen, ernsten Zügen.

In Emmas Augen trat ein weicher Ausdruck, und sie ging auf Kitty zu. »Ich weiß, dass du denkst, dass es mich verändern wird, aber dem ist nicht so, weißt du. Ich werde immer ich bleiben, die kleine Emma, die nachts Albträume hatte und am Daumen lutschte. Ich weiß, dass du dir etwas anderes für mich gewünscht hättest, eine Ehe und Babys. Aber ich kann nicht. Mama ist im Kindbett gestorben. Und Papa ist ebenfalls tot, und du bist allein. Die Ehe ist so unstet, so zerbrechlich. Man heiratet jemanden und stellt sich vor, wie man zusammen alt wird, aber es kommt doch nie dazu. Mein Gott aber ist immer

Der Rest des Morgens verging wie im Flug. Dann kehrte sie heim, wobei James sie ungeduldig hinter sich herzog. »Komm schon, Mami. Kaira wartet bestimmt schon.«

Daheim saß sie lange Zeit in der Küche auf einem Stuhl und starrte blind auf den Herd. Sie sollte Mittagessen machen, obwohl James vermutlich noch satt war von den Keksen und der Milch bei Bridie.

Und sie dachte an Dominics Hände. Sie stellte sich vor, wie es wäre, sie auf der nackten Haut zu fühlen, und die Vorstellung erfüllte sie mit unanständigem Verlangen.

»Wer ist der Mann?«, fragte Beth später, als er Kitty durch die offene Ladentür zuwinkte.

»Dominic Tarlington, Bridies Sohn. Erinnerst du dich nicht an ihn?«

»Hmmmmm«, brummte Beth und warf einen flüchtigen Blick aus dem Fenster, um sich dann wieder der letzten Bestellung dieses Tages zuzuwenden. Mehl, Zucker und ein halbes Pfund Sultaninen. Entschlossen ließ sie alles in eine Kiste fallen. Kekse, eine Büchse goldener Sirup. »So«, sagte sie und schob die Kiste ans andere Ende des Verkaufstresens. »Das war alles für heute.« Dann, aus heiterem Himmel: »Er sieht ziemlich gut aus, nicht wahr?«

»Beth!«, schalt Kitty und hoffte, dass es ihr gelang, angemessen schockiert zu klingen.

Sie ging ans Fenster, während Beth die Vordertür abschloss, und blickte hinaus auf die Straße in der zunehmenden Dunkelheit. Drüben bei den O'Reillys brannte Licht. Blues Metzgerei lag im Dunkeln, ebenso die Schmiede. Dominic war längst weg, aber die Erinnerung an ihn blieb. Sie lehnte sich seufzend an den Tresen. Sie stützte das Kinn auf eine Hand, lächelte flüchtig und wandte sich dann wieder Beth zu.

»Ja«, sagte sie. »Ich glaube, du hast Recht. Er ist zweifellos seit langem der attraktivste Mann, den ich in Boolai gesehen habe.«

KAPITEL 14

Dominic hatte die letzten Jahre in Brisbane verbracht und für Messrs Edmonds und Murphy gearbeitet, ein bekanntes Sägemühlenwerk. Als er gekündigt und dem Verwalter von seiner Absicht erzählt hatte, nach Boolai zurückzukehren, hatte man ihm prompt die Stellung des Holzeinkäufers für die Region angeboten.

»Wir brauchen jemanden vor Ort in den Wäldern«, hatte der alte Edmonds gesagt, nachdem er Dominic in sein dunkles, muffiges Büro gerufen hatte. »Wir haben keine wirklich hochwertigen Ladungen mehr aus der Gegend bekommen, seit unser Mann vor Ort gekündigt hat. Außerdem kann man damit gutes Geld verdienen, wenn man bereit ist, hart zu arbeiten.«

Dankbar hatte er das Angebot angenommen, zu dem auch ein kleines Cottage gehörte, das er mietfrei nutzen konnte.

Die Jahre in der Fremde hatten ihn abgehärtet und unabhängig gemacht, und es war ihm außerordentlich schwer gefallen, zurückzukommen. Er war nicht sicher, wie seine Mutter ihn aufnehmen würde. Immerhin hatte er sich die letzten Jahre nur sehr selten gemeldet. Ein paar lausige Briefe und anonyme Geschenke an Weihnachten und zum Geburtstag. Und doch hatte er sie schrecklich vermisst. Mehrmals war er kurz davor gewesen, zurückzukommen, aber der Gedanke an Randolph hatte ihn jedes Mal davon abgehalten.

Er war entsprechend überrascht gewesen zu erfahren, dass sein Bruder schon Jahre nicht mehr auf dem Anwesen lebte. Seine Mutter und Cordelia leiteten Glengownie mit Hughs Hilfe. Der anständige, zuverlässige Hugh, dachte Dominic lächelnd. Er mochte seinen älteren Bruder, der ihn überrascht, aber freudig empfangen hatte, als er die Küche von Glengownie betreten hatte.

Obwohl die Farm inzwischen ein gut gehender Betrieb war, wollte Dominic keinen Anteil daran haben. Das Tagesgeschäft interessierte ihn nicht. Seine Zukunft lag im Holzgeschäft. Er verspürte nicht die geringste Neigung, den Boden zu pflügen und zuzusehen, wie die Ernte heranwuchs, immer wieder hoffend und betend, dass sie nicht von Überschwemmungen oder Dürre vernichtet wurde.

Die zweite Überraschung war das Wiedersehen mit Kitty gewesen. Sie war verschwitzt und atemlos nach Glengownie gekommen und hatte nach Dan gefragt, Fragen, die er nicht hatte beantworten können. Er hatte die Enttäuschung in ihren Augen gesehen, aber sie war trotzdem geblieben und hatte mit ihm geredet. Er hatte gleich eine Anziehung zwischen ihnen gespürt, ein Gefühl der Zusammengehörigkeit, des Heimkommens.

Alles in allem präsentierte sich das Leben nach seiner Rückkehr nach Boolai viel versprechend. Obwohl er gleich am Tag seiner Ankunft am Hafen Randolph begegnet war, war das Zusammentreffen reibungslos verlaufen. Randolph hatte ihn sogar zu sich eingeladen. »Natürlich liegt meine Farm Meilen weit weg von Boolai, und das Land ist teilweise ziemlich überwuchert. Aber es gehört mir.«

Sein Gesicht war faltiger als in Dominics Erinnerung, aber seine Art war noch ebenso schroff.

Das Cottage, das die Sägemühle ihm mietfrei zur Verfügung gestellt hatte, war klein, aber für eine Person ausreichend. Und auch die Ware stellte sich ein. Regelmäßig wurden Esche-, Birken- und Mahagoni-Stämme auf Ochsenkarren zum Hafen gebracht. Neben den Riesenstämmen auf den ächzenden Gefährten wirkten die peitschenschwingenden Holzfäller winzig. »Vorsicht, Platz da«, riefen die Gespanntreiber und jagten Hunde und Kinder davon.

Ja, dachte Dominic zuversichtlich, das verspricht, ein gutes Jahr zu werden. Der Herbst stand vor der Tür, und bald würden die Holzfäller sich auf die Suche nach Zedern machen, dem hochwertigsten Holz der Gegend. Bridie und die anderen schienen sich zu freuen, dass er wieder da war.

Und Kitty?

Er dachte oft an sie, und ihr Gesicht tauchte immer wieder ganz unvermittelt vor seinem inneren Auge auf. Er gewöhnte sich an, am späten Nachmittag, wenn die Dämmerung einsetzte, in den Pub zu gehen, um sie zu sehen. Er beobachtete sie, wie sie hinter der Bar arbeitete, Bier ausschenkte und mit den Männern scherzte. Ihr natürliches, unkompliziertes Auftreten war erfrischend. Ihre Bewegungen glichen einem Tanz, ein sich wiederholendes Ritual, das ihn gleichermaßen verwirrte und erregte. Wenn er sie anschaute, fühlte er eine Wärme in sich, die er nicht näher erklären konnte, die ihm aber die Gewissheit gab, dass es richtig gewesen war, heimzukommen.

Randolph wartete am Fluss und blickte angestrengt auf den Weg, über den sich langsam die Dämmerung herabsenkte. Es war spät am Nachmittag und einigermaßen frisch. Der Himmel hatte sich dunkel gefärbt, und nur am Horizont war noch ein tiefroter Lichtstreifen zu sehen. Über ihm kreischten die Vögel, die sich in den Baumwipfeln zur Ruhe begaben, schwarze Schatten, die sich flüchtig vor dem Himmel abhoben und gleich wieder verschwunden waren.

Kein Zeichen von Kaira. Ungeduldig nahm er die Uhr aus der Tasche und blickte mit einem ärgerlichen Seufzen auf das Zifferblatt. Er musste noch den langen Heimritt berücksichtigen. Außerdem würde es in einer Stunde stockfinster sein, und Randolph wusste aus Erfahrung, dass Kairas Bruder Billinoba sie nach Hause begleitete, wenn sie zu spät mit der Arbeit fertig wurde.

Randolph wartete seit Monaten jeden Nachmittag darauf, dass das Mädchen vorbeikam. Bisher hatte er sich damit zufrieden gegeben, sie nur anzusehen und sich im Schutz des Dickichts an die raue Rinde der Bäume zu drücken. Kaira mit wiegendem Gang und einladend schwingenden Hüften, der samtigen, dunklen Haut.

Ein Schauer der Erregung durchlief seinen Körper. Sie musste inzwischen etwa vierzehn sein, und ihr Körper hatte frauliche Formen angenommen. Die Eingeborenenmädchen schienen schneller zu reifen, und es war an der

Zeit, dass Kaira in die Bräuche der Weißen eingeweiht wurde. Er betrachtete sie als reines Lustobjekt und konnte sich ausmalen, welche Freuden ihr Körper einem Mann bereiten würde.

Randolph tippte ungeduldig mit der Stiefelspitze auf den Boden. Ob der weite Ritt vergebens gewesen war? In der vergangenen Woche war Kitty jeden Abend länger im Pub geblieben, was dazu geführt hatte, dass auch Kaira erst später zur Hütte ihrer Mutter im Lager der Eingeborenen zurückgekehrt war, weshalb er sie schon Tage nicht mehr gesehen hatte. Das ist alles nur diese Hall-Schlampe schuld, dachte er wütend und richtete seinen ganzen Zorn auf Kitty. Kaira zu beobachten war das einzige Vergnügen, das ihm im Leben noch geblieben war, und jetzt hatte sie ihm auch das noch genommen. Zornig stapfte er durch den Busch davon, zurück zu seinem Pferd, das er weiter flussabwärts angebunden hatte.

»Verdammte Frauen!«, schimpfte er. »Immer müssen sie sich in alles einmischen!«

Es musste etwas geschehen, und zwar bald. Kitty Hall und ihr Hotel waren die Wurzel allen Übels. Seit Jahren strebte er danach, sie ganz aus Boolai zu vertreiben, hatte ihr mehrfach angeboten, ihr das Land und das Hotel abzukaufen. Aber sie hatte abgelehnt und ihn verhöhnt. Im Laufe der Jahre waren ihm noch andere Ideen gekommen, sich des Problems dauerhaft zu entledigen. Doch diese Pläne wären nicht ganz legal und außerdem riskant gewesen. Sie war im Ort zu beliebt, ihre Familie fest in die Gemeinde integriert.

Er überlegte einen Moment, und ein verschlagenes Lächeln erhellte seine Züge. Noch war nicht der richtige Zeitpunkt gekommen, um Kitty Hall von ihrem hohen

Ross zu stoßen, aber mit dem Pub war das etwas völlig anderes.

»Komm schon, Kitty. Es ist doch nur ein Picknick, weiter nichts. Wir nehmen die Jungen als Anstandswauwaus mit.« Er hob in einer Geste des Ergebens beide Hände. »Rein freundschaftlich, versprochen.«

Kitty lächelte und griff nach dem leeren Glas, das Dominic auf den Tresen gestellt hatte. Es war nicht seine erste Einladung, und sie argwöhnte, dass es auch nicht die letzte war. Warum nahm sie nicht einfach an? Sie mochte ihn, und ganz offensichtlich mochte er sie auch.

Zappeln lassen, hätte Beth es genannt, aber das war es nicht, nicht wirklich. Obwohl sie sich zu Dominic hingezogen fühlte, hielt sie etwas zurück. Lass es langsam angehen, warnte eine innere Stimme sie. Denk an Ted und Dan. Und das hatte sie getan, und Schuldgefühle und Trauer waren prompt in ihr aufgestiegen.

»Los, weg mit dir«, lachte Kitty, kam um den Tresen herum und scheuchte ihn zur Tür. Dominic war der letzte Gast, und außer ihm war nur noch Jim da, der den Boden aufwischte. Sie stemmte die Hände in die Seiten und versuchte, eine strenge Miene aufzusetzen. »Es ist schon spät. Feierabend. Ich verliere noch meine Lizenz.«

Dominic hob protestierend einen Finger, ließ sich dann nach einem verstohlenen Blick auf Jim, der inzwischen Gläser polierte, von seinem Barhocker gleiten und richtete sich zu voller Größe auf.

»Also gut, du hast gewonnen. Aber nur für heute. Vergiss nicht, ich bin ein hartnäckiger Kerl und akzeptiere kein Nein.«

Er verneigte sich übertrieben galant vor ihr und wankte von dannen. Sie wandte sich Jim zu. »Akzeptiert kein Nein, sagt er. Na das wollen wir doch mal sehen.«

»Ganz schön hartnäckig, der Bursche«, entgegnete Jim grinsend. »Und jetzt ab nach Hause, Kitty. Geh heim zu den Kindern. Ich mache den Rest.«

»Danke.« Kitty lächelte. Der gute alte Jim. Immer hilfsbereit, immer zuverlässig. Nach ihrem Gespräch mit Beth vor ein paar Wochen hatte sie den Verdacht, er hätte das Geld genommen, aufgegeben. Ihr Instinkt sagte ihr, dass er zu den vertrauenswürdigsten Menschen zählte, die ihr je begegnet waren. Wo aber war das Geld geblieben? Hatte Randolph es genommen, wie sie inzwischen argwöhnte? Sie würde es wohl nie erfahren.

Kitty seufzte leise, nahm die Schürze ab und legte sie in ein Regalfach unter dem Tresen. Dann nahm sie ihren Schal vom Haken hinter der Tür und legte ihn sich um die Schultern. Es war Herbst, und die Abende wurden schon recht frisch.

Als sie die Treppe hinuntereilte, dachte sie an die heimelige Küche von Roselea. Kaira würde Tee gekocht haben, und James war sicher schon gebadet und bettfertig. Edward, der ungewöhnlich groß war für sein Alter, würde am Küchentisch sitzen und mit konzentriertem Gesicht seine Schulaufgaben zu Ende machen.

Sie lächelte bei der Vorstellung und übersah vollkommen die dunkle Gestalt, die ihr am Fuß der Treppe den Weg versperrte. Sie stieß gegen etwas Warmes, Pelziges, das nach Stroh und Melasse roch. Es wieherte und scharrte ungeduldig mit den Hufen.

Jim tauchte in der offenen Tür auf. »Alles in Ordnung, Kitty?«

»Ja«, entgegnete sie, als ihre Augen sich an die Dunkelheit gewöhnten. »Nur ein Pferd, das jemand hier angebunden hat. Das kommt immer wieder mal vor.«

»Ach ja?«, kam eine Stimme aus der Dunkelheit, gefolgt von einem großen Schatten.

»Dominic Tarlington! Ich hätte es wissen müssen!«

»Ist wirklich alles in Ordnung?«, rief Jim beunruhigt.

»Ja, Jim. Alles bestens.«

Jim schüttelte den Kopf und ging wieder hinein. Dominic stand vor ihr, den Hut in den Händen. Im Licht, das durch die Pubfenster hereinfiel, konnte sie seinen betretenen Gesichtsausdruck sehen.

»Tut mir Leid, wenn ich dich erschreckt habe.«

»Dominic, ich sagte doch schon, dass ...«

»Schhhhht«, unterbrach er sie.

Kitty sah verblüfft zu, wie er die rechte Hand nach ihr ausstreckte und ihr einen Finger auf die Lippen legte. Sie hätte sich abwenden, ins Hotel zurücklaufen, Jim rufen können. Es gab ein Dutzend Möglichkeiten. Aber sie blieb reglos vor dem Mann stehen, der so sanft ihre Lippen berührte.

»Bitte sag Ja. Ein Picknick, mehr verlange ich doch gar nicht. Und wenn du mich hinterher nie mehr sehen willst, werde ich mich damit abfinden müssen.«

Er zog die Hand zurück und sah sie mit flehendem Ausdruck an.

»Und wenn ich Nein sage?«, fragte sie herausfordernd. Ihre Hände legten sich auf die Hüften, als sie versuchte, eine strenge Pose einzunehmen, während sie innerlich verzweifelt versuchte, die aufsteigende Heiterkeit zu unterdrücken.

»Dann, Ma'am«, erwiderte er grinsend, »werde ich

mein Pferd besteigen und in den Busch reiten. Allerdings würde das dieser Treppe gar nicht bekommen.«

»Ach nein? Und warum nicht?«

»Weil das Pferd am Geländer angebunden ist. Es wäre wirklich schade um die schöne Treppe, wenn ich das einmal sagen darf.«

Kitty konnte nicht länger an sich halten und lachte. »Also gut, Dominic, du hast gewonnen. Ein Picknick. Und danach ...« Sie verstummte, als sie sein breites Grinsen sah. »Was das Weitere betrifft, kann ich nichts versprechen.«

Sie gingen den Strand von North Harbour entlang. Es wehte ein kräftiger Ostwind, der intensiv nach Salz roch. James lief voraus und hüpfte durch den Sand. Edward und Dominic trugen gemeinsam den Picknickkorb.

»Das scheint mir ein guter Platz zu sein.« Dominic nahm beide Griffe des Korbs und stellte diesen im Schatten eines Baumes ab, bevor er eine karierte Decke auf dem Sand ausbreitete.

Das Meer war tiefblau und aufgewühlt; die Wellen trugen weiße Schaumkronen. Vor ihnen lag der Pier, ein langer Holzsteg mit einem kleinen Schuppen gleich daneben. Ein paar unerschütterliche Angler lehnten über dem Geländer des Piers, und einige Paare schlenderten über die silbrigen Planken. Über ihnen segelten Möwen am blassen Himmel vorbei, ihre Schreie vom Wind fortgetragen.

Kitty hatte ihr langes Haar im Nacken zu einem Knoten geschlungen. »Die Frisur steht dir gut«, sagte Dominic, als die Jungen mit Eimern zum Pier rannten.

»Danke.«

Es kam ihr irgendwie seltsam vor, mit Dominic an einem Ort zusammen zu sein, den sie oft mit Ted besucht hatte. Und es war ein komisches Gefühl, überhaupt mit einem Mann zusammen zu sein, der nicht ihr Ehemann war, einem Mann, der Gefühle in ihr weckte, die Jahre tief in ihrem Innersten geschlummert hatten.

Der Wind löste einige Strähnen ihres roten Haares aus der Frisur. Als sie die Hand hob, um sie zurückzustecken, griff er nach ihren Fingern und führte sie an seinen Mund. Seine Haut war überraschend warm, und seine Lippen fühlten sich wunderbar weich an. Sie war wie verzaubert, wusste, dass sie ihm ihre Hand entziehen sollte, wünschte aber gleichzeitig, der Moment würde ewig dauern.

»Du frierst«, stellte er in leicht vorwurfsvollem Ton fest und legte ihre Hand zurück auf ihren Schoß. »Warum hast du nichts gesagt?« Er stand auf, lief durch die Dünen zum Buggy und holte eine Decke mit Schottenkaro, die er ihr über die Schultern hängte. »Besser?«

Kitty nickte und zog die Decke enger um sich. Immer noch konnte sie die Berührung seiner Finger spüren. Sie schloss die Augen, und als sie sie wieder öffnete, sah sie, dass er zum Wasser gegangen war.

Sie betrachtete sein Profil, während er am Strand entlangging und mit den Stiefeln gegen kleine Sandhügel trat. Die Hände tief in den Manteltaschen vergraben und die Schultern gegen den Wind hochgezogen, schien er ganz in Gedanken verloren. Das volle blonde Haar wehte ihm ins Gesicht, und er blickte starr nach vorn, als würde er irgendeine Landmarke weiter vorn fixieren.

»Mummy! Sieh mal, was ich gefunden habe!«

James kam auf sie zugelaufen und riss sie aus ihren Gedanken. Aufgeregt hielt er den Eimer vor sich, aus dem das Wasser schwappte. Er schaute über den Rand und begutachtete den Inhalt. »Da sind Muscheln drin, und die leben noch. Sieh nur, wie sie an den Seitenwänden hochkrabbeln. Und ich habe einen Fisch gefangen. Er ist ganz winzig. Kannst du ihn sehen?«

Kitty blickte in den Eimer. Körniger Sand trieb im Wasser. Ganz unten schoss ein kleines Tier hin und her, fast nicht zu sehen. Edward kam ebenfalls herbeigelaufen. »Wann essen wir zu Mittag, Mum? Ich sterbe vor Hunger.«

Dominic war immer noch nicht zurück. Kitty hielt sich eine Hand über die Augen und schaute in die Richtung, in die er gegangen war, aber von ihm war nur noch ein winziger Punkt am Ende des Strandes zu sehen. Es würde eine Ewigkeit dauern, bis er zurück war. Sie seufzte; es wäre zwecklos, auf ihn zu warten. »Du bist immer hungrig«, lachte sie, zauste Edward das Haar und zog den Picknickkorb zu sich heran. »Mal sehen, was wir hier haben.«

Es gab kaltes Huhn, einen Laib frisches Brot, Käse, Tomaten und kleine Kartoffelbällchen. Hinterher packte Kitty noch die Pastete aus, die sie extra gebacken hatte.

Erst als die Jungen ans Wasser zurückgegangen waren, um ihre Entdeckungstour zwischen den Felsen fortzusetzen, kehrte Dominic zurück. Kitty war gerade dabei, die schmutzigen Teller einzupacken, als sie ihn lächelnd auf sich zulaufen sah.

»Die Jungs sind fast gestorben vor Hunger, um Edward zu zitieren, also haben wir schon gegessen. Ich habe etwas für dich beiseite getan«, sagte sie, als er sich auf die Decke fallen ließ.

»Später vielleicht. Ich habe noch keinen Hunger.« Er hielt ihr die Hand hin. »Ich habe dir etwas mitgebracht.«

Auf seiner Handfläche lag eine noch feuchte, faustgroße Muschel. Feierlich legte er sie ihr in die Hand.

»Die ist wunderschön.«

Die Muschel spitzte sich an einem Ende spiralförmig zu, die Außenseite auf der einen Seite rau und grau und zur Öffnung hin rosa und perlmuttfarben schimmernd. Sie fühlte sich kalt an. Vorsichtig strich sie mit einem Finger über die Oberfläche.

»Man sagt, wenn man eine Muschel mit nach Hause nimmt, wird man immer wieder ans Meer zurückkommen.« Er nahm sie von ihrer Hand und hielt sie ihr ans Ohr. »Wenn du genau hinhörst, kannst du das Meer rauschen hören.«

Kitty schloss die Augen; sie war plötzlich ganz atemlos. Sie war sich seines Handgelenks an ihrer Wange nur zu bewusst und fühlte sogar seinen Puls. Das dumpfe Rauschen aus dem Inneren der Muschel registrierte sie hingegen nur am Rande.

Als sie später zwischen die kühlen Laken ihres Bettes schlüpfte, nahm sie die Muschel vom Nachttisch und wog sie nachdenklich in der Hand.

Seit Tagen wurden ihre Gedanken von Dominic Tarlington beherrscht. Anfangs hatte Dan sie zu ihm geführt, weil sie gewusst hatte, dass er Teds Bruder zuletzt gesehen hatte. Aber jetzt schien zwischen ihnen eine noch stärkere, undefinierbare Anziehung zu bestehen.

Von dem Moment an, da Kitty ihn in Bridies Küche gesehen hatte, hatte sie gewusst, dass er bald ihr Bett teilen würde. Es gab keinen unmittelbaren Grund für dieses Gefühl. Dominic hatte nichts getan oder gesagt, um diesen Gedanken zu provozieren, aber sie hatte es einfach gespürt.

Sie war überrascht vom Wiederaufleben ihrer Sinnlichkeit, die seit Teds Tod geruht hatte. Sie fühlte sich wunderbar an, lebendig. Sehnsüchtig dachte sie an Dominics schlanken, drahtigen Körper, gleichzeitig schockiert und erregt von ihrem Verlangen. Sie erschauerte, als prickelnde Wärme in ihr aufstieg.

Sie seufzte, legte die Muschel zurück an ihren Platz und löschte das Licht. Durch die Gardinen fiel fahles Mondlicht ins Zimmer und warf bewegliche Schattenbilder an die Wände: Dunkelheit neben gedämpftem Weiß.

War Dominic in seinem Cottage in das gleiche mystische Licht getaucht?

Edward saß vorn auf dem Kutschbock des Buggys und fühlte den Wind auf seinem Gesicht. In der Luft lag ein leichter Eukalyptusduft, ein fast greifbarer Geschmack nach Freiheit.

Er blickte seitwärts auf Dominic, der auf ihn herablächelte. »Alles klar?«

Edward grinste und nickte eifrig. Sie fuhren zum Pferderennen, das auf einem Privatgrundstück in der Nähe von North Harbour stattfand. Es war ein mühsames Geschäft gewesen, seine Mutter zu überreden, ihn hingehen zu lassen. Sie hatte Dutzende von Ausreden angeführt, darunter das Hauptargument, dass er einen Schultag versäumen würde. Aber letztendlich hatte sie seinem Betteln nachgegeben und ihn mit einem Lächeln aus dem

Zimmer gescheucht. Das ist das Gute an ihr, dachte er nun: Sie war nie wütend oder unvernünftig, ganz anders als die Mütter einiger seiner Schulkameraden.

Das Rennen fand auf einem ebenen Grundstück statt, das an der Straße zwischen Boolai und North Harbour gelegen war. Dominic parkte den Buggy, spannte die Pferde aus und brachte sie auf eine kleine Weide. Edward wanderte umher und spielte mit zwei Münzen, die seine Mutter ihm am Morgen geschenkt hatte. Er überlegte, wofür er sie ausgeben würde.

An einem Ende der Rennstrecke gab es einen Erfrischungsstand, an dem allerlei kalte Getränke verkauft wurden. Da er Durst hatte, bestellte Edward eine kalte Limonade.

Erfrischt schlenderte er weiter und machte vor einer Bude Halt, an der Süßigkeiten, Schokolade und Zigarren verkauft wurden. Er zögerte, hin und her gerissen zwischen Pfefferminzbonbons, bunten Zuckerstangen und Erdnüssen mit Schokoladenüberzug. Letztendlich fiel seine Wahl auf die Pfefferminzbonbons. Er erklomm einen kleinen Hügel und setzte sich ins Gras.

Von diesem erhöhten Platz aus konnte er das Meer sehen. Heute sah es kalt und grün aus, und weiter draußen waren weiße Schaumkronen zu sehen. Ein paar einsame Seemöwen schwebten über dem Wasser, nur als undeutliche, winzige Punkte auszumachen. Ein Schauer durchlief ihn. Er schob sich noch ein Bonbon in den Mund und richtete seine Aufmerksamkeit dann wieder auf das Geschehen auf dem Rennplatz.

Die Strecke war mit roten Flaggen markiert, und die Pferde des ersten Rennens nahmen am anderen Ende bereits Aufstellung. Er konnte Dominic sehen, der sich mit einem Mann unterhielt, der einen kleinen Beutel in der Hand hielt. Es sah aus, als würde nach einem kurzen Wortwechsel Geld den Besitzer wechseln. Kurz darauf, gerade als das Rennen begann, ließ Dominic sich neben Edward ins Gras fallen und zeigte aufgeregt auf das Pferd an der Spitze des Pulks. »Siehst du das Pferd, Mystic Prince? Ich habe ein Pfund auf ihn gewettet. Hoffen wir, dass er auch gewinnt.«

Es gab sechs Rennen, und Dominic war vier Mal mit seinen Wetten erfolgreich. »Komm«, sagte er zu Edward. »Ich lade dich zum Mittagessen ein.«

Sie schlenderten zwischen den Imbissbuden her und wählten schließlich frische Sandwiches und zwei Stücke Apfelkuchen. Dominic trug außerdem zwei Gläser einer bernsteinfarbenen Flüssigkeit mit weißer Schaumkrone vor sich her. Sie fanden einen freien Tisch, und Dominic schob eins der Gläser vor Edward.

»Was ist das?«

»Bier.«

Edward blickte stirnrunzelnd auf. »Ich glaube nicht, dass Mum das erlauben würde.«

Dominic beugte sich vor und stützte die Ellbogen auf den Tisch. »Wie alt bist du, Edward?«

»Zehn. Das heißt, fast. Nächsten Monat.«

»Zehn, ja?« Dominic lehnte sich zurück, rieb sich das Kinn und gab vor nachzudenken. Dann beugte er sich wieder vor und gestand: »Ich war zehn, als ich meinen ersten Schnaps probiert habe. Whisky, den ich aus dem Schrank meines Vaters stibitzt hatte. Er hat mir fast ein Loch in die Kehle gebrannt. Randolph hat mich erwischt und mich furchtbar verprügelt.« Dominic lachte und schob das Glas dann weiter auf Edward zu. »Ich würde für erste Erfahrungen mit Alkohol nicht unbedingt Whisky empfehlen, aber Bier ist nicht übel. Aber sag deiner Mutter besser nichts davon. Abgemacht?«

Edward nickte und griff nach dem Glas. Es war kalt, beinahe eisig, und kleine Rinnsale Kondenswasser liefen an den Seiten hinab. Er nahm einen Schluck. Es schmeckte erst süß, dann säuerlich. Er zog die Nase kraus und nahm noch einen Schluck, bevor er das Glas schließlich wieder abstellte.

»Schmeckt es dir nicht?«, fragte Dominic.

Edward zuckte die Achseln. »Ist ganz okay. Ich bin nicht durstig. Du kannst den Rest haben.«

Dominic brüllte vor Lachen und griff nach dem Glas. Edward spürte, dass sein Gegenüber nicht über, sondern mit ihm lachte. Dominic leerte das Glas in einem Zug und reichte ihm anschließend die Hand. »Freunde?«, fragte er.

»Freunde«, entgegnete Edward feierlich und drückte die dargebotene Hand.

Es war schon dunkel, als sie nach Roselea zurückkehrten. Edward war überrascht, dass Kaira noch da war und seine Mutter noch nicht vom Hotel zurück war. Er trank eine Tasse Tee und setzte sich dann auf die Veranda, um auf sie zu warten. Er hatte in letzter Zeit viel über seinen Vater nachgedacht. Vor allem hatte er sich gewünscht, es hätte das Hochwasser nie gegeben, und sie wären noch eine Familie. In der Schule hatten alle außer ihm einen Vater. Edward biss sich auf die Unterlippe und kniff die Augen fest zu. Vielleicht, wenn er betete ...

Er dachte zurück an den Tag, den er mit Dominic beim Pferderennen verbracht hatte. Dominic war das, was die Jungen in der Schule einen guten Kumpel nennen würden. Er wusste viele interessante Dinge und versuchte nicht, Edward herumzuschubsen, wie manche Erwachsenen es taten. Er war größer, als sein Vater gewesen war, und im Gegensatz zu Ted blond. Und doch hatte Dominic etwas an sich, das ihn an seinen Vater erinnerte.

Vielleicht würde seine Mutter Dominic ja heiraten. Er hätte nichts dagegen, nicht wirklich. Wenn er seinen richtigen Vater nicht haben konnte, wäre Dominic immerhin ein annehmbarer Ersatz. Er schloss die Augen wieder, neigte den Kopf und hielt sich die zum Gebet gefalteten Hände vor das Gesicht.

»Lieber Gott«, flüsterte er. »Bitte mach, dass Mum Dominic Tarlington mag. Wenn du machst, dass die beiden heiraten, verspreche ich, nie wieder Bier zu trinken ...«

Langsame, gemessene Schritte auf der Veranda rissen ihn aus seinen Gedanken. Er blickte auf und sah, dass es seine Mutter war. Sie musste durch die Hintertür gekommen sein, und er war so in Gedanken gewesen, dass er sie nicht gehört hatte.

»Edward, da bist du ja! Kaira sagte, du wärst hier draußen. Was machst du denn ganz allein im Dunkeln?«

»Nichts, Mum. Ehrlich. Ich habe nur auf dich gewartet.«

Sie fuhr ihm mit der Hand durch das Haar und gab ihm einen dicken Kuss auf die Wange. »Ab in dein Zimmer, Schatz. Es ist schon spät. Du müsstest längst im Bett sein.«

Er lief davon, um weiteren Fragen zu entgehen. »Und sag ihr bitte nicht, worum ich gebeten habe«, bat er den lieben Gott, als er die Bettdecke zurückschlug und zwischen die Laken schlüpfte.

KAPITEL 15

In der alten Scheune hinter dem Hotel war ein Tanzabend organisiert worden. Mit Wonne hatte Kitty das Ereignis zusammen mit Beth und Bridie geplant. Die Nacht war wolkenlos, und am Himmel standen Millionen von Sternen, als Kitty den Buggy die Zufahrt hinunterlenkte. Es war nicht weit, die Entfernung war auch zu Fuß gut zu bewältigen, aber sie wusste, dass es spät werden würde, und hatte keine Lust, den Weg mit zwei todmüden Kindern laufen zu müssen.

Jim war bereits da und trug Tabletts voller Gläser zu der improvisierten Bar in einer Ecke der Scheune. »Hallo, Jungs«, sagte er und nickte Edward und James zu. »Gerade rechtzeitig. Ihr könnt mir mit den Flaschen helfen.«

Sie folgten dem Verwalter hinüber in den Pub.

Beth hatte eine kleine Band organisiert, und die Männer waren gerade dabei, ihre Instrumente zu stimmen. Kitty breitete eilig ein weißes Leinentuch über den langen Tisch an einem Ende des Raumes. Dort würde sie das Abendessen servieren. Sie warf einen Blick um sich und war zufrieden mit dem, was sie sah. Die Scheune sah richtig festlich aus mit den Papiergirlanden entlang den Dachbalken.

Es war der erste Tanzabend, den sie seit Teds Tod veranstaltete. Ursprünglich war es Bridies Idee gewesen. »Findest du nicht, dass es langsam an der Zeit ist, dass du aufhörst zu trauern?«, hatte sie sanft gemeint. »Es ist jetzt über drei Jahre her. Vergiss nicht, dass dein Leben weitergeht. Und das kann nicht nur aus Arbeit bestehen. Du hast dir auch etwas Spaß verdient.«

Bridie hatte Recht, sagte sich Kitty, als die ersten Gäste eintrafen. Sie hatte den Spaß vermisst, den solche Abende brachten. Clarrie Morgan und seine Frau waren die Ersten, gefolgt von Bridie, Cordelia und Hugh Tarlington. Paddy und Mayse O'Reilly kamen, Tom, Beth und die beiden Mädchen. Blue O'Reilly erschien in Begleitung eines dunkelhaarigen Mädchens, und die anderen O'Reilly-Nachkommen gesellten sich zu ihren Eltern. Jess hatte James entdeckt, und die beiden lugten spitzbübisch unter dem Tischtuch hervor.

»Sieh dir die beiden an«, rief Mayse aus, als sie auf Kitty zukam. »Die haben es faustdick hinter den Ohren.«

Als die Band anfing zu spielen, waren bereits mehrere Dutzend Gäste eingetroffen. Die meisten Frauen hatten Tabletts mit verschiedenen Speisen mitgebracht. Die Männer kamen mit Flaschen alkoholfreier Getränke für die Kinder. Kitty ließ suchend den Blick über die Menge schweifen, aber von Dominic war nichts zu sehen.

Nach mehreren Tänzen eilte sie zu Beth. »Ich gehe schnell rüber in die Hotelküche und wärme die kleinen Pasteten für das Abendessen auf.«

»Soll ich dir helfen?«, fragte Beth. »Tom kann eine Weile auf die Kinder aufpassen.«

Kitty schüttelte den Kopf. »Nein, bleib nur hier. Das dauert nur ein paar Minuten.«

Sie ging rüber zum Hotel und hob dabei ihren Rocksaum an, um ihn nicht zu beschmutzen. Licht fiel aus der Scheune auf den Hinterhof, sodass die Unebenheiten deutlich zu sehen waren. Musik wehte hinaus in die Nacht. Als sie die Hoteltreppe hinaufeilte, nahm sie eine leichte Bewegung am anderen Ende der Veranda wahr und sah ein winziges Licht in der Dunkelheit glühen.

Sie blieb stehen und starrte ins Dunkel. »Wer ist da?«

»Guten Abend, Mrs. Hall.«

Diese Stimme hätte sie unter Tausenden wiedererkannt: Randolph Tarlington. Wütend ging Kitty auf den Mann zu, der lässig rauchend am Geländer lehnte. »Was machen Sie hier?«

»Ich genieße Ihre Gastfreundschaft.«

»Die erstreckt sich nicht auf diese Veranda, Mr. Tarlington. Ich wäre Ihnen sehr verbunden, wenn Sie entweder zu den anderen Gästen in die Scheune gehen oder verschwinden würden. Die Entscheidung liegt bei Ihnen.«

Er richtete sich zu voller Größe auf, warf den Zigarettenstummel auf die Verandadielen und trat ihn mit dem Stiefelabsatz aus. »Verschwinden? Das meinen Sie doch sicher nicht wirklich. Ich amüsiere mich prächtig, wissen Sie.«

Kitty schaute in Richtung der Treppe und blickte Randolph nach, der zur Scheune zurückkehrte. Mit einem tiefen Seufzer sperrte sie die Tür auf und ging durch die Bar in die Küche. Die Tabletts mit den frisch zubereiteten Pasteten standen auf dem Tisch und brauchten nur kurz zum Aufwärmen in den Ofen geschoben zu werden. Sie schürte das Feuer und legte kleine Holzscheite nach.

Sie schob gerade die letzten Pasteten in den Ofen, als sie Schritte hinter sich hörte. Zornig schlug sie die Ofentür zu und fuhr herum.

»Ich dachte, ich hätte mich klar genug ausgedrückt. Sie sollen ...«

Sie verstummte abrupt. Vor ihr stand nicht Randolph, sondern Dominic Tarlington. »Ach, du meine Güte. Entschuldige, ich habe dich nicht gemeint ...«

Er lächelte, ein leises Lächeln, das seine Lippen auf

sehr anziehende Weise umspielte. »Und für wen hast du mich gehalten?«

»Für deinen Bruder Randolph.«

»Randolph!« Er verdrehte in gespielter Bestürzung die Augen.

»Er war vorhin auf der Veranda vor dem Pub. Ich habe ihm gesagt, er soll von da verschwinden.«

»Und ich, darf ich bleiben?«

Kitty lachte und strich sich mit beiden Händen den Rock glatt. Plötzlich war sie sich seiner Nähe sehr bewusst. Er trug einen dunklen Anzug, der dem dezenten Duft nach zu urteilen frisch gewaschen war. Der helle Haarschopf fiel ihm ins Gesicht, und sie musste an sich halten, ihm das Haar nicht aus der Stirn zu streichen. Stattdessen drückte sie die Finger so fest zusammen, dass ihre Nägel sich schmerzhaft in ihre Handflächen bohrten.

»Kitty ...«

»Dominic ...«

Sie sprachen gleichzeitig, brachen ab und lachten. Kitty fand, dass er etwas nervös aussah. »Du zuerst«, sagte er.

»Ich wollte nur sagen, dass der Tag beim Pferderennen Edward offenbar sehr gefallen hat. Ich hatte noch gar keine Gelegenheit, mich dafür zu bedanken, dass du ihn mitgenommen hast.«

»Es war mir eine Freude«, entgegnete Dominic schlicht.

Sie schwiegen beide einen Moment. Kitty überlegte fieberhaft, was sie Geistreiches sagen könnte, aber ihr wollte einfach nichts einfallen. Ihr Kopf war leer. Sie sah nur die Form von Dominics Mund und die Art, wie seine Hand auf dem Küchentisch ruhte. Sie sollte weggehen, auf Distanz gehen zu diesem Mann, der so sonderbare Reaktionen in ihr auslöste. Und doch widerstrebte es ihr zu gehen, es kam ihr vor, als könnte sie auch dann nicht weglaufen, wenn ihr Leben davon abhinge.

Abrupt drehte sie sich um und beugte sich hinab zur Ofenklappe. Die Pasteten! Wenn sie sie nicht bald herausholte, würden sie verbrennen. Dominic half ihr, holte ein Blech nach dem anderen heraus und legte sie auf den Holztisch. »So«, sagte er und rieb die Handflächen aneinander. »Und jetzt helfe ich dir unter einer Bedingung, die Pasteten rüber in die Scheune zu bringen.«

»Und die wäre?«

»Der nächste Tanz gehört mir.«

Er schaute sie lächelnd an und wartete auf ihre Antwort. Tanzen? Wenn er sie berührte, würde sie ganz sicher dahinschmelzen wie Butter in der Sonne. Tiefe Röte überzog ihre Wangen. Sie fühlte, dass sie glühten, und war dankbar, dass in der Küche nur eine einzelne Lampe brannte, die nicht viel Licht spendete.

»Ich glaube, das würde mir gefallen«, sagte sie mit leicht zittriger Stimme.

Randolph Tarlington sah von seinem Beobachtungsposten im Schatten der Scheune aus, wie Dominic Kitty aus der Küche und die Vordertreppe hinunter folgte. Das Hotel lag wieder dunkel und verlassen da. Worauf mochte Dominic aus sein? Was fand er an Kitty Hall? Dieses arrogante Miststück, das ihn davongejagt hatte wie einen Hund. Er würde auf der verdammten Veranda sitzen, wann und wie lange es ihm gefiel, und kein Weibsbild würde ihm das verbieten.

Einen verbissenen Zug um den Mund, schlich er lautlos über den Hof. Ein Muskel an seiner Schläfe fing an zu zucken. »Zum Teufel mit euch!«, fluchte er, als er sich auf sein Pferd schwang und dem Tier die Absätze in die Seiten grub.

Die Tanzveranstaltung war für ihn eine öde Angelegenheit: nur ein Haufen Bauern mit ihren Frauen und Kindern. Tödlich langweilig. Er hatte zuvor bereits einen Blick über die Menge schweifen lassen, um zu sehen, ob Kaira vielleicht dort wäre, aber diese Hoffnung hatte sich nicht erfüllt.

Er überlegte, wo er vom Hotel aus hinreiten sollte. Der Rest seiner Familie war auf dem Fest. Er konnte die Gelegenheit nutzen, sich eine Weile unbemerkt Glengownie anzuschauen und zu sehen, was sich auf dem Anwesen so getan hatte in den letzten Jahren. Oder er kehrte heim in seine Hütte auf seiner staubigen, unfruchtbaren Parzelle. Plötzlich hatte er einen Einfall. Höchste Zeit, dass er mal wieder den Eingeborenen einen Besuch abstattete. Er würde zum Lager reiten, sich im Gebüsch verstecken und sie eine Weile beobachten.

In seiner Jackentasche klimperten ein paar Münzen. Von dem Geld konnte er sich ein paar Stunden Vergnügen erkaufen. Die Aborigine-Frauen waren immer dankbar für etwas Bargeld, und er musste sein angestautes Verlangen befriedigen. Allein bei dem Gedanken daran strahlte süßer Schmerz von seinen Lenden aus. Gott! Wie lange war es her, seit er das letzte Mal mit einer Frau geschlafen hatte? Früher hatte er nicht gezögert, ins Lager zu reiten, aber in letzter Zeit ...

Er hatte mehr und mehr an Kaira denken müssen. Seinen Berechnungen nach musste sie inzwischen alt genug sein für einen Mann, und er war das Warten leid. Sie war der Hauptpreis, das ultimative Ziel, und schon bald würde sie ihm gehören.

Unwillig dachte er zurück an Kitty Hall und ihr Gespräch auf der Veranda. Es war nicht das erste Mal, dass die Schlampe ihn von ihrem Grund und Boden vertrieben hatte, aber bei Gott, es war das letzte Mal gewesen.

Am Abend nach der Tanzveranstaltung lud Kitty Dominic zum Essen ein. Er nahm die Einladung freudig an und klopfte pünktlich zur vereinbarten Zeit an ihre Tür. In der Hand hielt er einen großen Strauß Rosen.

»Die sind wunderschön, vielen Dank«, rief sie aus, vergrub das Gesicht in den Blüten und atmete ihren betörenden Duft ein.

»Natürlich sind sie das. Sie sind ja aus deinem Garten. Ich habe sie auf dem Weg zum Haus in der Zufahrt gepflückt. Hast du meinen Garten schon mal gesehen? Nichts als Unkraut.«

Sie musste lachen angesichts seines verschmitzten Lächelns, das sie irgendwie an Ted erinnerte. Ted, dachte sie traurig, blinzelte mehrmals in rascher Folge und barg erneut das Gesicht in den Rosen, um die aufsteigenden Tränen vor Dominic zu verbergen.

Dominic nahm ihr die Blumen aus der Hand und umfasste mit einer Hand ihren Ellbogen. »Wir brauchen eine Vase und Wasser«, sagte er und holte sie in die Gegenwart zurück. Das Brennen in den Augen ließ nach, die Tränen waren nur noch eine Erinnerung.

Edward schien begeistert von ihrem Gast, und die beiden unterhielten sich über ihren gemeinsamen Tag beim

Pferderennen. Nach dem Essen förderte Dominic zwei Lutscher zu Tage, die er Edward und James reichte. »Mit Grüßen von Beth«, erklärte er. »Ich habe auf dem Weg hierher bei ihr vorbeigeschaut.«

»Bevor du meine Rosenbeete geplündert hast«, fügte Kitty lachend hinzu und schickte dann die Jungen ins Bett.

Sie saßen im Salon vor dem Kaminfeuer, das angenehme Wärme ausstrahlte. Dominic hatte sein Jackett abgelegt und es sich in einem der Sessel bequem gemacht. Kitty musterte ihn verstohlen. Der Sessel war Teds Lieblingsplatz gewesen. Irgendwie kam es ihr unloyal vor, dass jetzt ein anderer Mann dort saß, und doch konnte sie sich nicht der unwiderstehlichen Anziehung erwehren, die von Dominic ausging.

Etwas an ihm reizte sie ungemein. Seine Gegenwart schien ihre Wahrnehmung zu steigern. Sie nahm Gerüche und Geräusche intensiver wahr, und sie registrierte plötzlich auch allerlei Kleinigkeiten: das blonde Haar, das sich in seinem Nacken leicht wellte, die Art, wie seine langen schlanken Finger über die Armlehne des Sessels strichen. Einen flüchtigen Augenblick stellte sie sich vor, wie ebendiese Finger über ihren Körper glitten, sie liebkosten und ihr nie gekannte Ekstase bescherten. Aber Dominic schob den Sessel zurück und erhob sich. »Vielen Dank für das Abendessen, Kitty, aber ich muss morgen sehr früh raus, also gehe ich jetzt besser.«

Er bewegte sich rückwärts auf die Tür zu, ein entschuldigendes Lächeln auf den Lippen. »Schön, dass du da warst«, entgegnete sie steif.

Kitty blieb noch lange, nachdem er gegangen war, vor dem Kamin sitzen und starrte ins Feuer. Dominic, der einen Schritt auf sie zu machte und dann wieder zwei zurückwich. Das Hin und Her brachte sie ganz durcheinander, dass er einerseits mit ihr zusammen sein wollte, aber dann im entscheidenden Moment auf Distanz ging. Er war ein Rätsel, unbeständig, anders als alle Männer, die sie bisher gekannt hatte.

Was trieb ihn in die Flucht? Sie selbst? Sie hatte doch nichts getan, nichts gesagt, oder? Und obwohl er den Eindruck erweckt hatte, ihre Gesellschaft zu genießen, hatte er keine Anstalten gemacht, sie zu berühren oder gar zu küssen. War sie so wenig anziehend und begehrenswert?

Verwirrt schüttelte sie den Kopf.

Randolph hievte den schweren Kerosinkanister vom Wagen und zog ihn über die trockene Erde zu dem vorbereiteten Holzstapel. Er schob den Kanister darunter und breitete die Äste wieder über die Öffnung. Dann trat er zurück und begutachtete den Stapel kritisch. Gut. Sein geheimes Lager würde niemandem auffallen.

Mit einem weiteren Ast verwischte er die Schleifspuren, die der Kanister hinterlassen hatte, sowie seine eigenen Stiefelabdrücke. Zufrieden mit dem Ergebnis ging er zurück zum Fluss.

Sein Pferd wartete an einen niedrigen Ast gebunden. Es wieherte und scharrte mit dem Huf, als Randolph sich ihm näherte. »Nein, mein Freund«, sagte er und klopfte dem Tier beruhigend den Hals. »Noch nicht.«

Er ging am Ufer entlang in Richtung Roselea. Der Pfad wurde, wie Kotspuren bewiesen, regelmäßig von Wallabys benutzt. Randolph bewegte sich vorsichtig vorwärts, wobei er darauf achtete, nicht auf nackten Boden zu treten, sondern sich an grasbewachsene Flächen zu halten, um möglichst keine Abdrücke zu hinterlassen. Er lauschte aufmerksam: das Rauschen des Wassers, das Seufzen des Windes in den Eukalyptusbäumen, das Summen von Insekten.

Abrupt blieb Randolph stehen. Durch das Gestrüpp direkt vor ihm drang Gesang. Es war eine Frauenstimme, tief aber melodisch, und sie sang immer wieder dieselben Worte. Randolph schlich vorsichtig weiter, darauf bedacht, weder auf trockenes Laub noch auf kleine Äste zu treten. Als er die letzten Sträucher passierte, konnte er sein Glück gar nicht fassen. Vor ihm, in dem natürlichen, von wilden Lilien umgebenen Wasserbecken, badete Kaira.

Sie schwamm von ihm weg, wobei ihre dunklen Arme anmutig durch das Wasser glitten. Nur Kopf und Schultern waren zu sehen. Plötzlich tauchte sie unter, und er erhaschte einen flüchtigen Blick auf ihre Pobacken und die langen, schlanken Beine.

Randolph trat aus dem Schutz der Bäume, setzte sich ins Gras und wartete, dass sie wieder auftauchte. Anfangs konnte er anhand von Luftblasen verfolgen, wo sie war, aber nach einer Weile hörten sie auf. Stirnrunzelnd blickte er auf das Wasser, zunehmend beunruhigt. Sein Herzschlag beschleunigte sich vor Sorge. Aber dann sah er sie, sie tauchte dicht vor ihm durch das glasklare Wasser an die Oberfläche.

Kaira watete ans Ufer. Wasser rann an ihren Schenkeln hinab, und ihre braune Haut glänzte im Sonnenlicht. Das dunkle Haar fiel ihr nass auf die schmalen Schultern. Als sie sich der Böschung näherte, schaute sie auf und blieb abrupt stehen. Aus leuchtenden braunen Augen blickte sie unschuldig zu ihm auf.

Sein Blick glitt über ihren nackten Körper, den langen, schlanken Hals hinab, über die kleinen, spitzen Brüste, den flachen Bauch, die glitzernden Tropfen auf kaffeebrauner Haut.

»Hallo, Kaira.«

»Mista Tarlington.«

Kaira wich einen Schritt zurück und verschränkte die Arme über der Brust, als Randolph aufstand und näher kam. Er verspürte ein wohliges Ziehen in den Lenden.

»Wie alt bist du, Kaira?«, fragte er, seine Stimme ganz heiser von ihrer Nähe.

»Vierzehn.«

Vierzehn. Alt genug, um nach Sitte der Aborigines zu heiraten, und es würde nicht mehr lange dauern, bis Layla einen Mann für ihre Tochter gefunden hatte.

Er holte tief Luft. Er fuhr sich mit der Zungenspitze über die Lippen und konnte beinahe die Süße des Triumphes schmecken. Das Ziel seiner Träume war greifbar, fast in Reichweite. Er kramte mit einer Hand in der Jackentasche und hielt ihr dann einige Münzen hin. »Du und ich, wir könnten ein Geschäft machen, Kaira. Du würdest es nicht bereuen.«

»Geschäft?« Sie runzelte die Stirn und griff nach ihren Kleidern, die sie im Gras abgelegt hatte. »Was für ein Geschäft?«

»Es wird nicht lange dauern. Nur ein paar Minuten.«

Randolph ließ die Münzen in seiner Hand klimpern. Kaira starrte auf das Geld, und Randolph nutzte diesen Moment, um ihr die Kleider aus der Hand zu nehmen.

»Tag auch.«

Kitty blickte überrascht auf, als Dominic seinen Hut auf den Tresen legte und auf einem der Barhocker Platz nahm.

»Du hast dich eine ganze Weile nicht blicken lassen«, sagte sie freundlich.

Zwei Wochen war er nun schon nicht mehr im Hotel gewesen. Vierzehn Tage, in denen sie sich gefragt hatte, warum er nichts von sich hören ließ. Seine kleine Hütte hatte verlassen ausgesehen, die Läden verschlossen, die Vorhänge zugezogen und die Tür verriegelt.

Bridie hatte am Vortag Gläser Eingemachtes und eine Kiste Tomaten und Kohl vorbeigebracht, aber Kitty hatte Dominic nicht erwähnt, um Bridie nicht hellhörig zu machen. Und so hatte sie einfach abgewartet, dass er sich früher oder später wieder meldete.

Und jetzt stand er vor ihr, mit dem ihm eigenen umwerfenden Lächeln, und tat so, als hätten sie sich am Vortag noch gesehen. »Ich war geschäftlich in Brisbane.«

»Oh.«

»Hast du mich vermisst?«

Dominic musterte sie eindringlich, immer noch lächelnd, und sie fühlte, wie sie errötete.

»Ich wollte schon Jim kündigen, wenn der Umsatz bis kommende Woche nicht gestiegen wäre«, scherzte sie und wischte dabei die Bar. »Wir sind beinahe Pleite gegangen ohne dich. Und, wie war es in der Stadt?«

»Laut und hektisch, wie immer.«

»Also so wie hier.« Sie griff nach einem Tablett leerer Gläser, die sie in die Küche bringen wollte. »Bin gleich zurück. Ich bringe das eben weg, dann gebe ich dir etwas zu trinken ...«

»Kitty ...«

Sein Tonfall klang irgendwie dringlich, als bräuchte er sofort eine Antwort. Sie drehte sich zu ihm um. Die Gläser auf dem Tablett schlugen klirrend aneinander. »Ja?«

»Ich muss mit dir reden. Können wir vielleicht irgendwo ...?«

Sie stellte das Tablett zurück auf den Tresen. Ihre Hände zitterten plötzlich, und sie blickte auf die Uhr über der Bar. »Schon vier Uhr. In einer Stunde mache ich hier Schluss. Warum kommst du nicht zum Essen? Ich erwarte dich gegen sieben.«

Ohne einen weiteren Blick nahm sie das Tablett und ging in die Küche. Als sie zurückkam, war sein Platz leer.

Randolph lag im Gras, die Hände unter dem Kopf verschränkt, während Kaira sich bückte und ihre Kleider aufhob. Er beobachtete, wie der Stoff über ihre nackte Haut glitt, so wie vorhin noch seine Hände über ihren Körper gefahren waren.

Randolph seufzte genüsslich bei der Erinnerung. Wenngleich er für gewöhnlich Frauen bevorzugte, die mehr Erfahrung besaßen und wussten, was Männern gefiel, hatte es etwas unvergleichlich Befriedigendes, junge Eingeborene in die Geheimnisse der körperlichen Liebe einzuweihen. Das Warten hatte sich gelohnt.

Er hatte sie mühelos überwältigen können, hatte sie auf den Rücken geworfen und mit einem Knie ihre Schenkel auseinander geschoben, bevor er sich auf sie gelegt hatte. Sie hatte sich gewunden und gestrampelt, hatte nach Kräften versucht, sich zu befreien bei seinen ersten, noch vorsichtigen Stößen. Sie hatte die Augen weit aufgerissen vor Furcht und Schmerz, hatte sogar angefangen zu schreien, so durchdringend und schrill, dass er ihr mit einer Hand den Mund hatte zuhalten müssen.

Später, nachdem er sich von ihr gerollt hatte, war sie zurück ins Wasser gelaufen und hatte sich gewaschen. Als sie fertig angezogen war, blickte sie auf ihn herab.

Randolph erhob sich träge und knöpfte seinen Hosenstall zu. Er wusste, dass Kaira auf das Geld wartete, dass er ihr versprochen hatte, und er würde sich nicht drängen lassen, nicht jetzt. Er fuhr sich mit den Händen durch das Haar und gab vor, sein Hemd auf Grasflecken hin zu untersuchen, fand aber keine. Schließlich vergrub er die Hand in der Tasche, holte eine einzelne Münze heraus und legte sie in ihre ausgestreckte Hand.

Kaira blickte verdutzt auf das Geld und schüttelte den Kopf. »Nein«, sagte sie leise. »Sie haben mir mehr Geld gezeigt. Wo ist der Rest?«

»Ich habe keine Summe genannt, meine süße kleine Hure«, lachte er leise. »Aber ich weiß aus Erfahrung, dass Frauen gerne falsche Schlüsse ziehen.«

Kaira legte die Hände auf die Hüften. »Sie sind ein Lügner!«, schimpfte sie mit blitzenden Augen.

»Das sind harte Worte, Kaira.«

»Es ist die Wahrheit. Das sagt jeder.«

Abrupt drehte sie sich um und machte Anstalten zu gehen. Randolph packte ihren Arm und wirbelte sie zu sich herum. »Wer sagt das? Sag es mir. Was sagt man über mich?«

Sie stand schweigend vor ihm, die Lippen fest zusammengepresst, und weigerte sich, ihm zu antworten. Der trotzige Ausdruck auf ihrem Gesicht machte ihn rasend. Ohne nachzudenken, hob er die freie Hand und ohrfeigte sie. Ihr Kopf wurde herumgeschleudert. »Wag es ja nicht, noch einmal so mit mir zu sprechen!«

Tränen traten ihr in die Augen. Randolph sah sie in ihren Augen glitzern, kurz davor, hervorzuquellen und über ihre braunen Wangen zu laufen. Sein Verlangen regte sich wieder, und er fing an, ihr Kleid aufzuknöpfen. Er schob eine Hand unter den Stoff, umfasste eine Brust und drückte mit Daumen und Zeigefinger ihre Brustwarze. Sie runzelte vor Schmerz die Stirn und versuchte, sich aus seinem Griff zu befreien.

»Kaira?« Randolph zog seine Hand zurück; er fühlte die Wärme ihrer Haut immer noch.

Kaira nickte, immer noch die unvergossenen Tränen in den großen Augen.

»Ich bin der Boss, der Master«, fuhr er fort. »Weißt du, was das heißt?«

Kaira nickte wieder, senkte den Kopf und starrte zu Boden.

»Das heißt, du musst tun, was ich sage. Du wirst niemandem erzählen, was heute passiert ist. Das ist unser Geheimnis. Du kommst morgen wieder, zur selben Zeit, und dann gebe ich dir wieder Geld. Hast du verstanden?«

Sie nickte.

»Braves Mädchen«, lobte Randolph zufrieden. »Und ich weiß, dass du eine willige Schülerin bist. Es gibt so vieles, was ich dir beibringen kann.«

Als Kaira sich in Richtung Eingeborenenlager entfernte, blickte Randolph gen Himmel. Es dämmerte bereits; Zeit für ihn, nach Hause zu reiten. Auf dem Heimritt pfiff er vor sich hin. Schatten fielen auf den Weg, teilten ihn in helle und dunkle Abschnitte. Ein paar einsame Vögel flogen am Himmel vorbei. Der Horizont im Westen wies dunkelrote und orangefarbene Streifen auf. Gut. Morgen würde es trocken sein. Er dachte voller Vorfreude an sein morgiges Stelldichein mit Kaira, und sein Unterleib prickelte erwartungsvoll.

Erst als er sein Land erreichte und die schäbige Hütte im schwindenden Licht erblickte, dachte er wieder an den Kanister Kerosin.

KAPITEL 16

Wo ist Kaira?«

Kitty stürmte durch die Tür, und durch den Luftzug ging ein Blütenregen von den Blumen in der Vase auf dem Mahagonitisch nieder. »Kaira!«, rief sie den Flur hinunter, nahm den Schal von den Schultern und warf ihn über einen Stuhl.

James kam aus der Küche angelaufen. »Was ist denn, Mummy?«, fragte er und schlang die Ärmchen um ihre Beine.

Sie bückte sich und küsste ihn auf den Scheitel. »Ist Kaira in der Küche?«

»Nein. Sie ist vor einer Ewigkeit zum Fluss gegangen, um zu schwimmen, und nicht wiedergekommen.«

Kitty blickte aus dem Fenster. Es dämmerte bereits, und es war unwahrscheinlich, dass das Eingeborenenmädchen um diese Zeit noch zurückkam. Wahrscheinlich ging Kaira gleich vom Baden zurück ins Lager.

»Dann müssen wir ohne sie klarkommen«, sagte sie und führte James den Flur hinunter zu seinem Zimmer.

»Du und Edward, ihr schlaft heute Abend bei Tante Beth. Wir packen schnell ein paar Sachen, und ich fahre euch mit dem Buggy rüber.«

James baute sich vor ihr auf und stemmte die Hände in die Seiten. »Warum?«

»Weil Mummy heute Abend etwas Wichtiges zu erledigen hat, darum.«

Sie schloss einen Moment die Augen und dachte zurück an Dominics Worte und seinen dringlichen Tonfall.

Es war fast dunkel, als Kitty die Jungs vor dem Haus hinter dem Gemischtwarenladen absetzte. Sofern Beth überrascht war, sie zu sehen, ließ sie sich nichts anmerken und quittierte ihre Ankunft nur mit einer hochgezogenen Braue. Kitty schob sie in die Küche.

»Dominic kommt zum Abendessen, und ich möchte, dass alles perfekt wird. Können die Jungs bitte über Nacht bei dir bleiben?«, bat sie flüsternd.

»Natürlich«, entgegnete Beth achselzuckend. »Tom wird nichts dagegen haben, und Rose und Sophie werden begeistert sein, mit ihren Cousins spielen zu können.«

»Noch etwas. Ich möchte nicht, dass außer dir jemand weiß, warum die Kinder hier übernachten. Nicht einmal Tom.«

Beth schaute verwundert drein. »Und wie soll ich Edwards und James' Anwesenheit dann erklären?«

Kitty überlegte kurz und kaute dabei auf der Unterlippe. »Sag Tom, dass ich mich nicht wohl fühle. Kopfschmerzen oder ein verdorbener Magen. Irgendetwas.«

Beth zögerte und legte die Stirn in Falten. »Ich weiß nicht ...«

»Du weißt doch, wie gern hier getratscht wird«, fiel Kitty ihr ins Wort. »Kannst du dir vorstellen, wie die

Gerüchteküche brodeln würde? Glaub mir, es ist besser so, und ein bisschen Diskretion tut niemandem weh. Es bleibt unser Geheimnis, Beth.«

»Und Dominics«, erwiderte Beth. »Also gut. Ich verspreche, kein Wort darüber zu verlieren.«

Kitty schloss sie spontan in die Arme. »Danke. Ich weiß das wirklich zu schätzen.«

Und schon war sie fort, hastete durch den Vorgarten zu ihrem Buggy, erfüllt von einer Spannung, wie sie sie seit Jahren nicht mehr verspürt hatte.

Daheim auf Roselea warf sie einen Blick auf die Uhr. Gut. Sie hatte noch eine Stunde Zeit, bis Dominic kam. Sie schleppte mehrere Eimer Wasser zu der frei stehenden Badewanne und kippte schließlich noch kochendes Wasser aus dem Kessel hinzu. Großzügig schüttete sie Lavendel-Badesalz hinein und gab noch ein paar Tropfen Lavendelparfum hinzu. Dann stieg sie in die Wanne, lehnte sich entspannt zurück und ließ ihre Gedanken schweifen.

Sie stellte sich vor, wie Dominic durch die Tür kam und sie mit dem ihm eigenen Schlafzimmerblick betrachtete. Wie er sie aus dem Seifenwasser hob und sie zu dem großen Messingbett trug, um sie, nass wie sie war, auf die weichen, weißen Laken zu legen. Sie würde es geschehen lassen, und er würde Lage um Lage die Trauer von ihr abschälen, bis ihre Seele nackt, bloß und verwundbar vor ihm lag.

Sie fuhr mit den Händen über ihren Körper, erkundete die Rundungen und Mulden und sagte sich, dass es eine Ewigkeit her war, dass ein Mann sie berührt hatte.

Plötzlich setzte sie sich so abrupt auf, dass Wasser über den Wannenrand schwappte. Das Essen, dachte sie in Panik. Sie hatte Dominic zum Essen eingeladen, aber noch gar nichts vorbereitet. Hastig stieg sie aus der Wanne und trocknete sich ab.

Nachdem sie sich angekleidet hatte, schlang sie das Haar zu einem Knoten, der den Nacken frei ließ. Sie war sehr blass, als sie in den Spiegel schaute. Sie kniff sich in die Wangen, die sich sofort rosig färbten. Zufrieden hetzte sie in die Küche.

In der Vorratskammer fand sie einen Teller mit kaltem Lammfleisch, die Reste des gestrigen Bratens. Es gab außerdem reichlich frisches Brot, Tomaten, Käse und saures Gemüse, dazu zwei Flaschen Wein, die sie am Nachmittag aus dem Hotel mitgebracht hatte.

Sie war noch dabei, das Essen anzurichten, als es klopfte und Dominic vor der Tür stand, eine Viertelstunde zu früh. Er hielt ein kleines Fellbündel auf dem Arm. »Hallo«, sagte er, und ein Lächeln umspielte seine Mundwinkel.

Das Bündel bewegte sich und drückte eine feuchte Nase an sein Kinn. Kitty beugte sich neugierig vor. »Was um alles in der Welt ...«

»Hier«, sagte er und drückte ihr das pelzige Etwas in die Arme. »Ich habe dir ein Geschenk mitgebracht.«

Es war ein Hund, ein winziger braun-schwarz-weißer Welpe mit leuchtenden, neugierigen Augen. Er schaute zu ihr auf und schnupperte interessiert an ihr. Kitty konnte seine Körperwärme fühlen, als er sich vertrauensvoll an ihre Brust schmiegte.

»Aber ich will gar keinen Hund«, protestierte sie schwach, aber das kleine Wesen hatte bereits ihr Herz erobert.

»Natürlich willst du«, widersprach Dominic. »Und mir

wurde glaubhaft versichert, er sei herzallerliebst. Außerdem braucht jede allein stehende Frau einen Wachhund. Siehst du, er mag dich.«

Es stimmte. Der Welpe war bereits auf ihrem Arm eingeschlafen, erschöpft von dem Marsch bis hierher. Dominic holte unter Kittys Anleitung eine alte Kiste aus der Vorratskammer und legte sie mit einem Handtuch aus, bevor Kitty das schlafende Tierchen hineinlegte.

»Die Jungs werden begeistert sein«, räumte sie widerwillig ein. Edward wünschte sich seit Jahren einen Hund.

Kitty sah zu, wie Dominic die Kiste in eine Ecke der Küche trug und in der Nähe des Feuers abstellte. Er streichelte den Welpen, und bei dem Anblick zog sich unerklärlicherweise ihre Kehle zusammen, als müsste sie gleich weinen.

Sie blinzelte mehrmals, wandte sich ab und deckte den Tisch fertig. »Du hast bestimmt Hunger, nachdem du das ausgetüftelt hast.«

Dominic zuckte die Achseln. »Ein wenig.« Er schaute sich fragend um. »Wo sind eigentlich die Jungs?«

Kitty holte tief Luft. »Sie übernachten bei Beth.«

»Sie bleiben die ganze Nacht weg?«

Sie nickte und war plötzlich schrecklich nervös. »Du ... du hast gesagt, du müsstest mit mir reden«, stammelte sie. »Es klang wichtig, und da habe ich mir gedacht, es wäre das Beste, wenn die Kinder nicht da sind.«

Was genau wollte er mit ihr besprechen? Geschäftliches oder Privates? Sie wünschte, er würde es ihr sagen, der unerträglichen Spannung ein Ende machen. Aber er beugte sich wieder über das Hündchen in der Kiste und schenkte ihr keine weitere Beachtung.

Das Essen verlief ereignislos. Sie unterhielten sich über unverfängliche Dinge, nichts Tiefschürfendes. Dominic schien ihr irgendwie auszuweichen – nicht im körperlichen Sinne, immerhin hatte seine Hand mehrmals die ihre gestreift, als sie ihm die Platten gereicht hatte –, aber verbal und insofern, als er es vermied, ihr in die Augen zu sehen. Er starrte die ganze Zeit auf das Tischleinen und strich beim Sprechen mit einem Finger über den bestickten Damast.

Nach dem Essen holte Kitty die Karaffe Portwein und zwei Gläser und bat ihn hinüber in den Salon. Sie nahm an einem Ende des breiten Sofas Platz und erwartete, dass er sich zu ihr setzte, aber stattdessen ging er vor dem kalten Kamin auf und ab und trank seinen Portwein im Stehen.

Nach einigen Minuten stellte er das leere Glas auf einem Beistelltisch vor dem Fenster ab und machte Anstalten zu gehen. »Ich gehe dann mal«, sagte er und machte einen Bogen um das Sofa, auf dem sie saß. »Ich habe morgen einen harten Tag. Ich werde zu einer Besprechung in der Stadt erwartet und möchte darum nicht zu spät schlafen gehen.«

»Dominic!«

Kitty stand auf. Sie nahm nichts anderes mehr wahr als seine Nähe. Sie atmete schwer. Ein süßer, alles überschattender Schmerz war in ihrem Bauch entstanden und schien in ihren ganzen Körper auszustrahlen. Er konnte jetzt nicht gehen, nicht so. Außerdem hatte er noch mit keinem Wort erwähnt, was er so Dringendes mit ihr hatte besprechen wollen.

Dominic stand in der Tür; seine Konturen hoben sich von dem Halbdunkel im Flur ab. Er starrte sie an, seine

Lippen leicht geöffnet. Unbewusst hob er eine Hand und fuhr sich mit den Fingern durch das Haar.

Sie erschauerte. Erregung oder Furcht, fragte sie sich, als sie auf ihn zuging. Ihr Innerstes gierte förmlich danach, ihn zu berühren und von ihm berührt zu werden.

»Heute Nachmittag hast du gesagt, du möchtest etwas mit mir besprechen. Willst du mir denn nicht sagen, worum es geht?« Tränen schossen ihr in die Augen, und sie konnte nur noch verschwommen sehen.

»O Kitty.«

Die Worte klangen wie ein tiefer Seufzer, ein Flüstern, das bis in den tiefsten Winkel vordrang. Und dann war er bei ihr, seine Lippen auf ihrem Mund, ihrem Hals, ihrem Gesicht.

Und da wusste Kitty, dass es kein Zurück gab. Ihr Verlangen nach ihm überdeckte alles andere, war übermächtig in seiner Intensität. Eine seltsame Leichtigkeit stieg in ihr auf, ein Schwindelgefühl, so als würde sie schweben, als seine Hände sie besitzergreifend an seinen muskulösen Körper zogen.

»O Gott«, murmelte Dominic und legte den Mund an ihre Stirn.

Dann bückte er sich, hob sie auf die Arme und trug sie durch die Tür. »Wo lang?«, fragte er mit vor Verlangen heiserer Stimme.

Kitty nickte in Richtung ihres Schlafzimmers.

Sonnenlicht strömte durch die Gardinen, und grelle Lichtreflexe huschten über die strahlend weißen Wände des Schlafzimmers. Dominics Kopf ruhte auf einem angewinkelten Arm, und ihr Haar war fächerförmig über seine Brust gebreitet, die sich im Schlaf gleichmäßig hob und senkte.

Die Uhr auf dem Nachttisch zeigte an, dass es fast zwölf Uhr mittags war. Durch das Fenster konnte Kitty die Bäume sehen, die sich träge vor blauem Himmel wiegten. Ganz vorsichtig, um ihn nicht zu wecken, stützte sie sich auf einen Ellbogen und betrachtete den Schlafenden.

Sie hatten die Nacht damit verbracht, ihre Körper im Lampenlicht zu erforschen. Es kam ihr vor, als würde sie jede Furche seiner Haut, jedes goldene Haar auf seiner Brust und jedes Grübchen in seinen Wangen kennen.

Ihre Körper waren wie füreinander geschaffen. Es hatte weder Zurückhaltung noch Unsicherheit gegeben, als sie dieses wunderbare erste Mal eins geworden waren. Er hatte sie in ungeahnte Höhen getragen, und die Ekstase hatte sie so ausgelaugt, dass sie überzeugt gewesen war, zu nichts anderem mehr fähig zu sein, als zu schlafen. Aber schon Minuten später hatte Dominic sie wieder gestreichelt und liebkost, bis sie vor Verlangen bebte und ihn angefleht hatte, sie noch einmal zu nehmen. Gierig hatte sie ihn in sich aufgenommen, ihn festgehalten, bis ihre Welt sich gedreht hatte und es für sie nichts anderes mehr gegeben hatte als diesen Mann, der ihr so unerwartete Wonnen bereitete.

Als hätte er ihren Blick gespürt, bewegte er sich, schlug die Augen auf und blickte ernst zu ihr auf. Kitty wandte den Blick ab. Sie fühlte sich verwundbar, allein und nackt in diesem Bett, das sie vor so langer Zeit mit ihrem Mann geteilt hatte. Was, wenn Ted irgendwo da oben im Himmel war und auf sie herabblickte? Was würde er denken, wenn er erfuhr, dass sie sich einem anderen hingegeben hatte? Sie strich sich mit einer Hand das

Haar aus dem Gesicht. Himmel! Ted war schon so lange tot. Und sie hatte jemanden gebraucht.

Aber jetzt, im kalten Licht des Tages, nagten kleine Unsicherheiten an ihr. Was sollten sie zueinander sagen? Würde Dominic die Ereignisse der vergangenen Nacht einfach übergehen, sich verabschieden und für immer aus ihrem Leben verschwinden? Hatte sie ihn irgendwie enttäuscht?

Die Fragen ließen ihr keine Ruhe, verlangten nach Antworten.

»Wegen gestern Nacht«, begann sie zögernd. »Ich wollte nicht, dass das passiert, aber ich habe jemanden gebraucht. Es war sehr lange her.«

»Wir sind nur Menschen. Wir alle haben Bedürfnisse und Wünsche.«

Verwirrt von seiner Direktheit, dachte sie einen Moment über seine Antwort nach.

»Trotzdem möchte ich nicht, dass du denkst ...«

Sie beendete den Satz nicht. Was dachte er wirklich von ihr? Zwar war die Initiative von ihm ausgegangen, aber sie hatte willig mitgemacht, ohne zu zögern.

»Worüber?« Er lächelte träge.

»Dass mir ... so etwas öfter passiert!« Sie machte eine Handbewegung, die keinen Zweifel ließ an dem, was sie meinte. Kleidungsstücke lagen auf dem Boden verstreut, dort, wo sie sie am vergangenen Abend achtlos hatte fallen lassen. »Gott, Dominic, du machst es mir nicht gerade leicht!«

Er lachte, rutschte näher und fuhr mit einem Finger über ihre milchig weiße Brust. Sie konnte seine Männlichkeit riechen, den Moschusduft ihrer Liebe.

»Du sagtest gestern, du müsstest mit mir reden.«

»Ja.« Sein Finger blieb an ihrem Hals liegen, drückte leicht gegen ihren pochenden Puls.

»Und, was wolltest du so dringend besprechen?«, fragte sie ungeduldig.

Er legte die Arme um sie und schmiegte das Gesicht an die weiche Rundung ihrer Brüste. »Ich wollte dir sagen, wie sehr ich dich liebe und brauche, wie sehr ich mir wünschte, an deiner Seite aufzuwachen, nach einer langen Liebesnacht. Ich wollte ...«

Damit waren alle ihre Fragen beantwortet, und sie brachte ihn mit einem Kuss zum Schweigen.

Edward hatte unten am Fluss ein altes Ruderboot gefunden. Es lag seit Jahren dort, mit dem Kiel nach oben, und verrottete langsam, aber sicher im Schilf.

Edward tat gerne so, als wäre es das Boot seines Vaters gewesen, und er stellte sich vor, wie Ted das Boot mit kraftvollen Ruderschlägen am schlammigen Ufer entlangsteuerte. Damals wäre es noch ein adrettes Boot gewesen, ordentlich gestrichen, wo die Farbe heute weitgehend von den Seiten abgeblättert war, und die heute zu hellem Rosa verblassten Ruder noch knallrot. Im Rumpf war ein großes Loch, dort wo das Holz vollständig verfault war.

Er hatte das Boot unter großer Kraftanstrengung ans Ufer gezogen, bis es oben auf dem Gras lag, oberhalb der Flutmarke, und dann hatte er gewartet, dass Tom mit dem leeren Fuhrwerk vorbeikam. Tom kletterte vom Wagen und erklärte, das Boot habe einmal ihm gehört. Dann schwieg er und machte noch lange einen bedrückten Eindruck.

Das Boot war noch recht gut in Schuss, abgesehen von einigen Planken, und nach und nach zeigte Tom Edward, wie man es reparierte. Edward verwendete in den nächsten Wochen jede freie Minute darauf, zu schmirgeln und zu flicken, abzudichten und zu streichen, bis der Rumpf in neuem Glanz erstrahlte und das Boot fast wieder aussah wie neu.

Als er das erste Mal mit dem Boot auf den Fluss hinausfuhr, sah seine Mutter schweigend vom Ufer aus zu, ihre Augen unnatürlich groß und dunkel vor Furcht. Er wusste, dass ihre Ängste mit dem Tod seines Vaters zu tun hatten, aber sie sagte kein Wort.

An jenem ersten Tag ruderte er nicht weit, nur bis zur Biegung, wo die Äste der Trauerweide bis aufs Wasser reichten, und dann zurück.

Er ließ das Boot auf Grund laufen und rannte zu seiner Mutter. »Hast du das gesehen?«, rief er strahlend. »Ich bin die ganze Strecke ganz allein gerudert. Das Boot ist ein Traum, Mum. Möchtest du nicht mit rausfahren?«

Sie schüttelte den Kopf und umarmte ihn nur wortlos. Hiernach kam sie nie wieder mit ans Wasser – offenbar vertraute sie ihm, als hätte es ihre Furcht gemildert, ihm dieses erste Mal zuzusehen.

Edward fühlte sich dem Fluss seltsam verbunden. Er ruderte gerne bis zur Mündung, wo der Fluss ins Meer strömte, liebte es, den Widerstand des Wassers zu fühlen, liebte die Kraft, die man aufwenden musste, um gegen die Strömung anzukommen.

Der glitzernde Fluss war wie ein lebendiges Wesen. Hin und wieder sprangen Fische aus dem Wasser und hoch in die Luft. Platsch! Dann waren sie wieder verschwunden, und nur die immer größer werdenden, silbrig schimmernden Ringe, die sie hinterließen, zeugten davon, dass es sie tatsächlich gab.

Er warf Angelleinen aus, um Schollen und Brassen zu fangen, starrte konzentriert auf die Schnüre und staunte immer wieder, dass etwas, das so dünn war und aussah, als würde es ganz leicht reißen, dem Gewicht eines Fisches standhielt. Die Schnur hinterließ eine weiße Linie auf seinen Fingern und reckte sich schräg vom Boot aus zum Wasser hin, um schließlich in dessen schlammigen Tiefen zu verschwinden.

Während über ihm die Möwen ihre Kreise zogen, summte er vor sich hin, eine seltsame Melodie, die dem Rhythmus der Gezeiten folgte.

Auf dem Wasser, unter dem endlos weiten Himmel, spürte Edward sich dem Vater, an den er sich kaum noch erinnern konnte, irgendwie verbunden. Er versuchte, Ted mit den Augen eines anderen zu sehen. Er wusste auswendig, was sie über ihn sagten.

»Er war ein guter Mensch, Edward, Junge«, sagten die Männer im Pub und legten ihm dabei die fleischigen Bauernarme um die schmalen Schultern.

»Er war immer bereit, anderen einen Gefallen zu tun.«

»Ich würde jedem den Marsch blasen, der ein schlechtes Wort über ihn sagt.«

»Ein anständiger Kerl war er, der Ted.«

Er lernte seinen Vater über diese freundlichen Männer kennen. Durch sie wurde Ted zu einer gottgleichen, überlebensgroßen Gestalt, mutiger, intelligenter und noch beliebter, als er es im Leben tatsächlich gewesen war. Nach den Beschreibungen anderer stellte Edward ihn sich breitschultrig, clever, großzügig und ohne Fehl und Tadel vor: das ideale Vorbild für seinen jungen Sohn.

Edward versuchte, dieses Bild mit dem Mann auf dem Foto in Einklang zu bringen, das auf dem Nachttisch seiner Mutter stand, verknüpfte die verborgenen Qualitäten mit den physischen Eigenschaften. Es gab noch andere Fotos in einem verblichenen Album, das in einem Schrank im Wohnzimmer aufbewahrt wurde. Vorsichtig nahm er es heraus, betrachtete die Bilder eingehend und suchte nach Ähnlichkeiten zwischen sich und seinem Vater.

Über all das dachte er nach, wenn er auf dem Fluss ruderte und seine Muskeln sich bei jedem Ruderschlag spannten. Dann kehrten seine Gedanken abrupt zurück in die Gegenwart, und er starrte einen Moment verwirrt und desorientiert auf das Wasser. Er sah das Gras am Ufer, in dem, wie er wusste, unzählige Grashüpfer lebten, und vereinzelte tief hängende Wolken, die sich vor die Sonne schoben.

Wenn er nachts im Bett lag, hörte er den Ruf der Brachvögel, ein schrilles Kreischen, das vom Fluss heraufhallte.

»Ich liebe dich immer noch, Vater«, flüsterte er in die Dunkelheit.

Die Worte waren wie ein Gebet, ein Mantra, sein letzter Gedanke des Tages. Mit fest religiösem Eifer sagte er sie auf und fragte sich dabei, ob die Verbindung zur Vergangenheit abreißen würde, wenn ein Abend verstrich, an dem er den Namen seines Vaters nicht aussprach, ob dann die Züge auf den alten und verblassten Fotografien zu einem körnigen Graubraun verschwimmen würden.

Die letzte Erinnerung, die er mit seinem Vater verknüpfte, war jene, wie der Sarg auf einen Wagen gehoben wurde, der sich in Richtung Roselea in Bewegung setzte. Die Trauergemeinde folgte in einer feierlichen

Prozession. An jenem Tag war ihm der Weg schrecklich lang vorgekommen, obwohl es in Wirklichkeit nur eine kurze Strecke war bis auf den Hügel. Aber damals, als er dem Sarg seines Vaters die holprige Straße hinauf gefolgt war, hatte er das Gefühl gehabt, viele Meilen zu laufen.

Auf dem Friedhof hatte er die Hand seiner Mutter gehalten, als der Sarg in die tiefe, dunkle Grube hinabgelassen worden war. Er erinnerte sich noch an die Steine und das feuchte Erdreich der Grubenwände und an den Haufen frischen Erdaushubs gleich neben dem Grab. Seine Mutter war steif vorgetreten, mechanisch wie eine Puppe, hatte mit einer behandschuhten Hand Erde von dem Haufen genommen und sie ins Grab fallen lassen. Mit dumpfem Poltern war sie auf den Deckel der Holzkiste gefallen, in der der Leichnam seines Vaters lag. Er hatte es ihr nachgemacht und die feuchte, bröselige Erde auf der Haut gespürt. Ein paar Erdkrumen waren an seinen Fingern kleben geblieben, und er hatte sie verstohlen an seiner Hose abgewischt, hoffend, dass seine Mutter es nicht bemerkte.

Er erinnerte sich daran, dass er zu ihr aufgeblickt und ihr ausdrucksloses, bleiches Gesicht unter dem schwarzen Schleier gesehen hatte, ihre Lippen zu einem schmalen Strich zusammengepresst. Dann war sie gegangen, auf Mr. O'Reilly und Tom gestützt. Immer wieder war sie auf der unebenen, lehmigen Erde gestolpert. Und er erinnerte sich daran, wie er mit den Tränen gekämpft hatte, als Beth ihm einen Arm um die Schultern gelegt und ihn kurz gedrückt hatte.

Edward rechnete zurück. Wie alt war er gewesen? Sechs? Sieben? Es war lange her, und doch waren seine

Erinnerungen an diesen Tag gestochen scharf. Seufzend zog er die Angelschnur aus dem Wasser und stellte fest, dass der Wurm nicht mehr am Haken steckte.

Er befand sich unmittelbar oberhalb von Roselea. Durch die Bäume schimmerten die Umrisse des Daches mit den hohen Kaminen. Er zählte sie. Eins, zwei, drei, vier, und hakte dabei ihren jeweiligen Standort im Haus ab: Küche, Wohnzimmer, Esszimmer und das Schlafzimmer seiner Mutter. Seltsam, dass seine Mutter ihn und James nicht bei Beth abgeholt hatte. Dass sie dort über Nacht geblieben waren, war für sich allein schon ungewöhnlich genug.

Es war Mittag, die Sonne stand ganz hoch am wolkenlosen Himmel, und es gab kaum Schatten. Edward versuchte, durch das dichte Laub der Bäume weitere Einzelheiten zu erkennen. Auf der Veranda stand ein Schaukelstuhl; die Rosen rechts und links der Zufahrt. Er konnte die leuchtenden Farben vor dem tieferen Grün der Blätter sehen. Und da, vor dem Haus, stand Dominic Tarlingtons Buggy.

Dominic besuchte also seine Mutter, während er und James zu ihrer Tante abgeschoben worden waren. Nachdenklich ruderte er wieder stromabwärts.

Dominic war nicht sein Vater, aber er hatte Edward zum Pferderennen mitgenommen und ihn sein erstes Bier probieren lassen: väterliche Gesten, die ein Band geknüpft hatten, das auch etwas wert sein musste. Und ihm war nicht entgangen, wie die Augen seiner Mutter aufleuchteten, wenn Dominic sie besuchte.

Zweifellos war Dominic ein anständiger Kerl.

Am späten Nachmittag verließ Kitty das Schlafzimmer und ging barfuß hinaus auf die Veranda. Es hatte leicht geregnet, und sie atmete tief den Duft der feuchten Erde und Blätter ein. Alles glänzte und glitzerte im Licht des späten Nachmittags. Regentropfen lagen wie Edelsteine auf den Rosen, die unter dem Gewicht die Köpfe hängen ließen. Dominic schlief. Von dort, wo sie stand, konnte sie ihn sehen; er lag wie ein Kind zusammengerollt zwischen den zerwühlten Laken.

Der Welpe lief an ihr vorbei, die Treppe hinunter und durch das Gras, blieb dann stehen und hockte sich hin, um sein Geschäft zu verrichten. »Braver Junge«, sagte sie, als er fertig war.

Kitty schlenderte hinunter ans Flussufer, und das Hündchen trottete hinter ihr her. Sie ließ den Blick über den Fluss und das umliegende Dickicht schweifen und hatte das eigentümliche Gefühl, nicht allein zu sein, obwohl sie niemanden sehen konnte.

Sie spürte Teds Präsenz in diesem Augenblick sehr deutlich. Unwillkürlich lief sie ans Wasser, als die Erinnerung sie überfiel: Ted, der sie wie einen Mehlsack zum Fluss trug und sie entkleidete, so wie Dominic es am Vorabend getan hatte. Ted, der ihr Gesicht mit beiden Händen umfasste und ihr Gesicht zu sich heranzog, um sie zu küssen.

Kitty hielt inne, hob die Hände an die Lippen, ganz vertieft in eine noch ältere Erinnerung ... jene an Dan.

Ein leichter Wind kam auf, fuhr ihr durch das Haar und ließ das Laub rascheln. Instinktiv drehte sie sich um und atmete den Geruch von Pfeifentabak ein.

Es war dieselbe Marke, die auch Ted geraucht hatte. Den Geruch hätte sie überall wiedererkannt.

»Wer ist da?«, rief sie.

Wieder raschelte es in den Bäumen, dann legte sich der Wind, und auch der Geruch war verschwunden. Kitty seufzte und dachte kurz über das Unausweichliche der Situation nach. Dominic: der Sohn Bridies, einer ihrer besten und liebsten Freundinnen. Aber er war auch der Halbbruder eines Mannes, den sie verabscheute: Randolph Tarlington.

Sie fuhr sich mit einer Hand durch das Haar, hob es seitlich hoch und ließ die rotgoldenen Strähnen durch die Finger gleiten, bis sie ihr auf die Schultern fielen. Als sähe sie sie zum ersten Mal, betrachtete sie die kreischenden Papageien oben in den Bäumen und beneidete sie um ihre Freiheit.

Langsam machte sie kehrt, nahm das Hündchen auf den Arm und ging zurück zum Haus, zurück in die Wirklichkeit und zum schlafenden Dominic.

KAPITEL 17

Randolph fühlte prickelnde Erregung, als er sein Pferd an einem tief hängenden Ast festmachte. Zuerst sah er nach dem Kerosinkanister und stellte fest, dass die Blätter der Äste, mit denen er ihn getarnt hatte, bereits welk geworden waren. Das normalerweise leuchtend grüne Laub hatte sich silbergrau verfärbt. Außerdem hatten sich die Blätter an den Rändern eingerollt. Wenn er nicht wollte, dass jemand das Versteck entdeckte, musste er den Kanister bald dort wegholen. Am besten noch an diesem Abend, nachdem der Pub geschlossen hatte.

Das letzte Wegstück zum Fluss legte er zu Fuß zurück, wobei er sich wie schon am Vortag an die grasbewachsenen Stellen hielt, um keine erkennbaren Spuren zu hinterlassen.

Kaira war bereits dort, so wie Randolph es erwartet hatte. Sie lehnte mit dem Rücken an einem Baum und blickte auf das Wasser. Sofern sie ihn kommen hörte, ließ sie sich nichts anmerken und drehte sich erst um, als er bis auf wenige Meter herangekommen war. Sie sah ihm in die Augen, ohne zu blinzeln, ihre Augen weit und dunkel.

»Ah, Kaira«, sagte er neutral und zwang sich zu einem Lächeln. »Wie schön, dass du gekommen bist.«

»Sie haben gesagt, ich soll kommen, und da bin ich«, erwiderte sie ausdruckslos.

»Und Mrs. Hall? Hatte sie etwas dagegen, dass du früher gehst?«

Kaira zuckte die Achseln. »Ich habe nicht gefragt.«

»Du bist einfach gegangen, ohne ihr Bescheid zu sagen?« Verdammt, er wollte nicht, dass jemand sich auf die Suche nach ihr machte und sie im entscheidenden Moment störte.

»Nein!« Sie schüttelte den Kopf, und er registrierte, wie das Haar ihr über die Schultern fiel, über den roten Stoff ihrer Bluse, bis über die spitze Erhebung ihrer Brüste. »Edward und James übernachten im Laden. Ich habe sie heute Morgen dort gesehen. Außerdem hat sie Besuch.«

»Besuch? Und wen?«

»Mista Dominic. Er ist schon den ganzen Tag da.«

Randolph brauchte einen Moment, um diese Neuigkeit zu verdauen. Kitty und Dominic ganz allein im Haus, und die beiden Gören bei ihrer Schwester?

»Bist du sicher?«, fragte er und packte Kaira unsanft bei den Schultern.

Sie nickte.

Randolph fühlte sich betrogen. Wie konnte sich Dominic ausgerechnet mit der Frau einlassen, die er in den Ruin zu stürzen beschlossen hatte? Wütend stieß er Kaira vor sich her und versetzte ihr mit knappen Bewegungen der flachen Hand harte Schläge auf die nackten Arme. Er konnte das Zucken an seiner Schläfe fühlen, ein gleichmäßiges Pochen, das ihn ebenso ärgerte wie erregte. Ehe Kaira sich seiner erwehren konnte, stieß er sie ins Gras und zerrte an ihrem Rock und ihrer Unterwäsche, bevor sein Verlangen nachlassen konnte.

Hinterher blieb sie reglos liegen, ihre Kleider im Gras verstreut. Mit einem zufriedenen Grunzen schnallte Randolph seinen Gürtel zu und stopfte die Hemdschöße in den Hosenbund. Dann griff er in die Hosentasche und ließ Kleingeld auf ihren nackten Körper regnen. »Da hast du«, sagte er und registrierte die Prellungen an ihren Armen, die trotz ihrer dunklen Haut zu sehen waren. »Ich bin heute großzügig.«

Er zog Kaira auf die Füße und sah träge zu, wie sie sich ankleidete. Sie mied seinen Blick und konzentrierte sich stattdessen darauf, ihre Kleider und ihr Haar in Ordnung zu bringen. Als sie fertig war, nahm er ihre Hand und zog das widerstrebende Mädchen hinter sich die Uferböschung hinauf. Das Gras war stellenweise rutschig, und sie stolperte und klammerte sich Halt suchend an seinen Arm.

Als Randolph den oberen Rand der Böschung erreichte, dort wo der Boden wieder eben und flach war, hörte er ein Zischen, und ein dunkler Gegenstand flog an seinem Gesicht vorbei, das er nur um Zentimeter verfehlte. Er blieb stehen und stieß Kaira von sich.

»Was war das?«, fragte er und folgte dem Geräusch mit den Blicken. Rechts von ihm lag ein umgestürzter Baumstamm. In dem verrotteten Holz steckte ein Speer, dessen Schaft noch zitterte. Überrascht wirbelte er herum und sah sich einem dunkelhäutigen Aborigine gegenüber.

Randolph hatte den Mann noch nie gesehen; offenbar gehörte er nicht zu Kairas Stamm. Er hatte breite Schultern und schmale Hüften, und sein Gesicht wurde teilweise von einem dunklen Bart verdeckt. Er war nackt bis auf einen Lendenschurz und einen Gürtel.

Der Mann musterte Randolph unverwandt und schweigend. Dann trat er unvermittelt vor und zog mit einer geschmeidigen Bewegung den Speer aus dem Baumstamm. Seine nackten Füße verursachten auf dem laubbedeckten Boden nicht das geringste Geräusch, als er sich ins Dickicht zurückzog, und hinterließen auch keine Spuren.

»Himmel!«, brummte Randolph und rieb sich das Kinn. »Was hatte das denn zu bedeuten?«

Kaira zuckte die Achseln und entfernte sich. »Keine Ahnung.«

»Kaira!«

Sie drehte sich um und sah ihn mit ausdrucksloser Miene an.

»Wer war der Mann?«

Sie zuckte erneut mit den Schultern, eine ganz leichte,

hoffnungslose Geste. »Sie haben ihn hergeholt. Er soll mein *nubung* werden, mein Ehemann.«

»Du wirst diesen Mann heiraten?«, fragte er ausdruckslos. »Wann?«

Kaira schüttelte den Kopf und wich langsam zurück. »Morgen, nächste Woche oder nächsten Monat. Ich weiß es nicht. Ich kann nicht wieder herkommen.«

»Glaubst du, er hat gesehen ...?«

Randolph beendete den Satz nicht.

Kaira lächelte leise und schob das Kinn vor. »Sein Name ist Kougoon. Das bedeutet Kookaburra. Er hockt oben in den Bäumen und hält Ausschau nach Schlangen. Er sieht alles.«

Spät am Nachmittag, als Dominic gegangen war, fuhr Kitty im Buggy zum Laden, um die Jungen abzuholen. Edward zog gerade das frisch gestrichene Boot an Land, als sie eintraf. Glitzernde Wassertropfen liefen an den Seiten hinab ins Gras.

Sie spürte jedes Mal einen Kloß im Hals, wenn sie Edward mit dem kleinen Ruderboot sah. Es erinnerte sie an Ted, an ihre Bootsausflüge und die Bootsrennen. Aber der Fluss hatte ihn getötet, in ebendiesem Boot, und ihre kleine Familie zerstört.

Edward lief die Uferböschung hinauf auf sie zu, ein strahlendes Lächeln auf dem Gesicht. In der Hand hielt er zwei recht große Fische mit glänzenden Schuppen. »Sieh mal, Mum. Können wir die zum Abendessen haben?«

»Ja«, lachte Kitty und blickte anerkennend auf die Brassen. »Und warte nur ab, bis wir zu Hause sind. Dominic hat eine Überraschung für euch vorbeigebracht.«

»Was ist es?«, wollte James wissen, der gerade aus dem Laden gelaufen kam.

»Geduld, Geduld«, ermahnte ihn Kitty und drohte ihm mit gespielter Strenge mit erhobenem Zeigefinger.

Auf dem Heimweg schauten sie im Hotel vorbei. Jim, der gerade in der Bar aufräumte, schickte Kitty fort. »Ich brauche keine Hilfe«, versicherte er ihr. »Es war ziemlich ruhig heute. Die Zimmer sind allerdings allesamt belegt. Die Postkutsche war spät dran, und die Fahrgäste haben kurzerhand beschlossen, hier zu übernachten und die Fahrt erst morgen fortzusetzen.«

»Und wann brechen sie morgen auf?«

»Früh.«

Kitty stöhnte. »Wie früh?«

»Sie wollen bei Tagesanbruch losfahren. Aber keine Bange. Maggie und die Kinder sind bei ihrer Mutter und kommen erst morgen Früh zurück, und da dachte ich mir, ich bleibe die Nacht hier und kümmere mich um das Frühstück. Dann brauchst du nicht extra rüberzukommen.«

Sie umarmte Jim flüchtig. »Danke. Das ist wirklich nett von dir. Dann sehen wir uns morgen Früh?«

Die Jungen brachen in Freudengeheul aus, als sie den Hundewelpen sahen, und jeder wollte ihn zuerst streicheln. »Vorsicht«, sagte Kitty streng. »Ihr müsst euch abwechseln, sonst tut ihr ihm noch weh.«

»Wie sollen wir ihn nennen?«, fragte James, und der Hund leckte ihn am Ohr. »Ooooh, das kitzelt.«

»Wie wäre es mit Patches«, meinte Edward. »Er hat so viele unterschiedliche Farben und Flecken, dass er ein bisschen aussieht wie eine Patchwork-Decke.«

»Patches, Patches«, rief James, während der Hund

mehrmals um ihn herumrannte und sich dann erschöpft neben ihn auf den Boden plumpsen ließ.

Randolph schleifte keuchend den schweren Kanister durch den Busch. Irgendwie schaffte er es, ihn sich auf die Schulter zu hieven und ihn den Rest des Weges zu tragen. Verdammt, das Ding wog eine Tonne.

Im Pub war noch Licht, obwohl längst geschlossen war. Vorsichtig stellte er den Kanister im Gras ab, schlich die Treppe hinauf und die Veranda entlang.

Jim Morgan stand hinter der Bar und räumte die letzten Gläser weg. Widerwillig zog Randolph sich zurück zum Kanister. Er setzte sich eine Weile ins Gras und wartete, dass das Licht im Pub gelöscht wurde. Um ihn herum waren die üblichen Nachtgeräusche zu hören: das Zirpen der Zikaden, der Flügelschlag der Fledermäuse, der Ruf eines Nachtvogels.

Er legte sich ins Gras, schloss die Augen und dachte an die Zerstörung, die er in dieser Nacht verursachen würde. Diese verdammte Schlampe hatte sich also diesen Nachmittag in ihrem schönen Haus mit seinem Bruder die Zeit vertrieben. Was mochten die beiden getrieben haben, während die Kinder bei ihrer Tante waren? Ihr würde das Lachen schon noch vergehen. Am Morgen würde sie wünschen, sie hätte vor Jahren auf ihn gehört und an ihn verkauft, nachdem ihr Hundesohn von einem Ehemann ins Gras gebissen hatte. Eine Frau, die einen Pub führte? Pah!

Er musste eingeschlafen sein. Als er die Augen aufschlug, erinnerte er sich noch vage an einen Traumfetzen, der jedoch bereits verblasste. Seine Kleider waren feucht vom Tau, und das Licht im Pub war gelöscht worden. Die Umrisse des Hauses hoben sich dunkel vom mondhellen Himmel ab.

Er rappelte sich auf und griff nach dem Kanister, der ihm plötzlich federleicht vorkam.

Dominic traf ein, als die Jungen bereits im Bett waren. Kitty ging mit ihm nach draußen auf die Veranda, wo er sich auf die Holzbank setzte und auf den Platz an seiner Seite klopfte, um ihr zu bedeuten, sich zu ihm zu setzen.

Sie schüttelte den Kopf, ging stattdessen zum Geländer und sah zum Pub hinüber. Das Gebäude lag im Dunkeln. Jim musste sich schlafen gelegt haben. Sie hob das Gesicht gen Himmel. Er war sternenklar. Der Mond war eben über den Bergen aufgegangen und warf silbriges Licht über das Tal. Die Luft war kühl, und sie fröstelte unwillkürlich.

»Kalt?«, fragte Dominic, stand von der Bank auf, trat zu ihr und legte ihr einen Arm um die Schultern.

»Nein. Nicht wirklich. Nur ein Schauer. Ein Gefühl, als würde jemand über mein Grab laufen, wie deine Mutter sagen würde.«

Dominic lachte. »Du hörst meiner Mutter zu, wenn sie solchen Unsinn redet? Das ist doch alles dummes Zeug. Das ist ihr irisches Blut.«

Kitty schmiegte sich an seine Brust. Es tat gut, seine Wärme zu spüren und seinem gleichmäßigen Herzschlag zu lauschen. Sie schloss die Augen. Klopf, klopf, klopf.

»Ich muss morgen für ein paar Tage weg.«

»Ach?« Damit hatte sie nicht gerechnet. Sie hatte gedacht, er würde zum Tee kommen und bleiben, vielleicht die Geschehnisse der vergangenen Nacht wiederholen.

»Warum kommst du nicht mit? Ich übernachte in der Stadt. Tagsüber werde ich ziemlich beschäftigt sein, aber es gibt viele Geschäfte, die du dir anschauen könntest, und abends könnten wir essen und zum Tanzen gehen. Oder ins Theater.«

»Nein, das geht nicht«, lehnte Kitty ab. »Es gibt zurzeit so vieles zu erledigen. Außerdem muss ich an die Jungen denken – und an den Hund. Ich kann nicht einfach so weggehen. Ich habe Verantwortung.«

»Die haben wir alle, Kitty, vor allem einander gegenüber.«

Sie blickte überrascht zu ihm auf. Aber er zog sie bereits in die Arme, und seine Lippen suchten in der Dunkelheit die ihren. »Glücklich?«, murmelte er und streichelte durch den Stoff ihres Kleides hindurch ihre Brüste.

Kitty nickte schläfrig. »Und müde. Ich glaube, es ist Zeit, schlafen zu gehen.«

»Ist das eine Einladung?«

»Möglicherweise«, neckte sie ihn und rückte von ihm ab, bis sie wieder am Geländer stand. »Wenn du es möchtest, ja.«

Er trat dicht an sie heran, nahm wortlos ihre Hand und legte sie zwischen seine Schenkel, sodass sie seine Erregung fühlen konnte.

»Was meinst du?«

Es war ein Spiel mit Andeutungen. Worte, die das eigentliche Thema mieden und doch vage berührten. Worte und Fragen, die mit weiteren Fragen beantwortet wurden. Sie wünschten sich beide das Gleiche, aber ihre

Beziehung war noch so neu, dass sie noch nicht frei und ungezwungen miteinander umgehen konnten. Kitty lachte und löste sich mit einem leichten Hüftschwung von ihm, der ihn aufforderte, ihr zu folgen. Sie war in Flirtlaune, fühlte sich richtig verwegen, und dieses Gefühl erfüllte sie mit Erregung und Vorfreude. Dominic begehrte sie. Sie war begehrenswert. Er gab ihr das Gefühl, schön zu sein und gebraucht zu werden.

»Komm ins Bett«, sagte er heiser.

Kitty nahm Dominics Hand und zog ihn auf der Veranda um die Hausecke herum zur Vorderseite. Ihr eigenes Schlafzimmer lag gleich neben der Tür. Als Dominic an ihr vorbeiging und die offen stehende Tür ansteuerte, versteifte sie sich.

»Was ist?«, fragte er und blieb abrupt stehen.

Kitty zeigte in Richtung des Hotels. Einen Moment konnte sie nicht sprechen. Es war, als sei ihre Stimme in der Kehle festgefroren. »Mein Gott! Sieh doch!«, hauchte sie schließlich. Im Inneren des Pubs war ein rötlicher Schein zu erkennen. Dunkler Rauch stieg von dem Gebäude auf und hob sich schwarz vom mondhellen Nachthimmel ab.

In der nächsten Sekunde rannten sie die Vordertreppe hinunter und über den Rasen, der bereits nass war von Tau. Das Gras, das mehrere Wochen nicht gemäht worden war, zerrte an Kittys Rocksaum und behinderte sie beim Laufen. Nass und schwer schlug der Stoff um ihre Beine.

Dominic lief voraus, legte mühelos die kurze Strecke zurück und sprintete um das Gebäude herum. Als Kitty keuchend näher kam, konnte sie hören, wie er mit den Fäusten an die Türen der Gästezimmer trommelte. »Feuer! Feuer! Alle raus! Kommen Sie alle raus! Schnell, es brennt!«

Die Gäste stolperten noch ganz verschlafen aus ihren Zimmern, wobei sie die Gürtel ihrer Morgenmäntel verknoteten und husteten, als sie nach draußen in den Rauch traten.

Kitty atmete schwer, als sie bei Dominic eintraf. Das Hauptgebäude brannte lichterloh und strahlte eine unerträgliche Hitze aus, die sie zwang, zurückzuweichen. Die Nacht war erfüllt vom Knistern der Flammen, in das sich lautes Knallen mischte und das Klirren zerspringenden Glases.

»Wo ist Jim?«, rief sie Dominic zu, der fragend die Stirn runzelte und zu ihr herüberkam.

»Der ist sicher längst weg. Wahrscheinlich liegt er zu Hause im Bett und schläft.«

»Nein! Er wollte hier übernachten, um morgen Früh für die Gäste das Frühstück zu machen, damit ich nicht extra rüberkommen muss.«

Besorgt wandte sie sich an die Gäste, die eng beisammenstanden. »Hat von Ihnen jemand Jim gesehen, Sie wissen schon, den Manager?«

Einer nach dem anderen schüttelten sie den Kopf. »Er hat noch in der Bar sauber gemacht, als ich zu Bett gegangen bin«, meinte ein Mann mit rosigem Gesicht und gewachstem Schnauzbart.

Sofort rannten Kitty und Dominic los, um das Hotel herum, aber Jim war nirgends zu sehen. Kitty blickte entsetzt auf die Fassade, an der die Flammen hochschlugen. »O mein Gott! Jim ist noch da drin! Tu etwas, Dominic! Tu doch etwas!«

Dominic spurtete zur Hintertür, dicht gefolgt von Kitty. Flammen züngelten bereits am Türrahmen. Als Dominic die Tür aufriss, schlug ihnen glühende Hitze entgegen. Dominic hob schützend eine Hand vor das Gesicht. »Es ist zwecklos!«, rief er zurückweichend. »Das da drin ist der reinste Glutofen. Jim kann dieses Inferno unmöglich überlebt haben.«

Kitty sah plötzlich Maggie und Jims zwei Kinder vor sich, die kaum älter waren als James. Sie entzog Dominic ihre Hand. »Wir müssen ihn rausholen!«, schrie sie und stürzte wieder zur Tür. »Ich kann ihn finden, ich weiß es!«

Ihre Hand legte sich auf den Blasen werfenden Türknauf, und sofort schoss ein stechender Schmerz ihren Arm hinauf. Hitze und Rauch schlugen ihr entgegen, als sie die Tür öffnete, und sie hielt sich hustend den Rock vor das Gesicht. Dann fühlte sie, wie Dominics starke Arme sich um ihre Taille legten und sie vom Feuer wegzerrten. Es roch durchdringend nach versengtem Haar, aber sie realisierte erst später, dass es ihr eigenes war.

Dominic trug sie auf die Wiese vor dem Pub und setzte sie im Gras ab. »Tut mir Leid, Kitty. Es war nichts mehr zu machen. Siehst du das ein?«

Sie nickte stumm und überließ ihm ihre Hände. Stirnrunzelnd betrachtete er die Brandblasen auf den Handflächen. Durch einen Tränenschleier sah sie, wie mit ohrenbetäubendem Getöse das Dach einstürzte und glühende Funken und schwarzer Rauch in den Himmel aufstiegen. Schluchzend beobachtete sie, wie das Feuer langsam erstarb. Von dem Gebäude blieb nur eine verkohlte, rauchende Ruine.

Dominic nahm ihren Arm und zog sie auf die Füße. »Komm, lass uns zum Haus zurückgehen. Wir können hier nichts mehr tun.«

Langsam führte er sie zurück nach Roselea. Ganz mechanisch setzte sie einen Fuß vor den anderen. Die Hotelgäste folgten in einer düsteren Prozession; Kitty hörte ihre geflüsterten Kommentare, deren Bedeutung sie jedoch nur am Rande registrierte.

»Das war verdammt knapp.«

»Wir hätten alle umkommen können. Danke, Mann«, drückte einer von ihnen Dominic seine Dankbarkeit aus.

»Tragisch, das mit dem Manager. Aber in dem Inferno hatte er keine Chance.«

Auf Roselea nahm Dominic alles Weitere in die Hand, wofür Kitty ihm unsagbar dankbar war. Es wurde Tee gekocht, und anschließend wurden für die Hotelgäste behelfsmäßige Betten auf der Veranda eingerichtet. Die meisten von ihnen hatten alles verloren, abgesehen von der Nachtwäsche, die sie auf dem Leib trugen. Morgen, seufzte Kitty am Ende ihrer Kräfte. Morgen würde sie herumfahren und Kleidungsstücke für die Geretteten auftreiben. Vielleicht konnte Mayse O'Reilly etwas entbehren. Und Bridie.

Als die Gäste schließlich versorgt waren, kochte Dominic eine frische Kanne Tee, und er und Kitty setzten sich zusammen an den Küchentisch. Kitty hielt ihre Tasse wegen der Brandblasen an beiden Händen ungelenk mit den Fingerspitzen. Sie war ganz durcheinander. Vielleicht war das alles ja nur ein Albtraum, aus dem sie jeden Moment erwachen würde. Vielleicht war ja tatsächlich mit Jim alles in Ordnung, und auch das Hotel stand noch.

»Kitty?« Dominics Stimme riss sie aus ihren Gedanken.

»Ja?«

»Ich muss das fragen. Das Hotel war doch versichert, oder?«

Kitty seufzte innerlich erleichtert auf. Der Scheck an die Versicherung war vor Monaten verschickt worden. Das war immerhin eine Sorge weniger.

»Ja«, entgegnete sie und machte in Gedanken einen weiteren Eintrag auf der langen Liste von Dingen, die sie am folgenden Tag erledigen musste. Sie musste die Versicherung benachrichtigen, Jims Frau Maggie über das Unglück informieren, die Polizei von Beenleigh verständigen, den Bestatter ...

»Du bist todmüde«, sagte Dominic kopfschüttelnd. »Komm. Ich bringe dich ins Bett.«

Widerspruchslos ließ sie sich von ihm auf ihr Zimmer führen. Sie stand hilflos da, während er ihr die verrußten Kleider auszog und anschließend mit einem Waschlappen den schlimmsten Schmutz von ihrem Körper wusch. Abschließend wischte er auch die Tränen von ihren Wangen, bevor er ihr das Nachthemd über den Kopf zog. In dem großen Bett rollte sie sich zusammen wie ein kleines Kind und schlang die Arme um die Knie. Dominic legte sich zu ihr und schloss sie in die Arme.

»Ich kann gar nicht sagen, wie Leid es mir tut, Kitty«, sagte er schließlich. »Jim, der Pub.«

Sie nickte stumm, unfähig zu sprechen. Er drückte sie an sich und streichelte sie mit seinen starken Händen, die ihren Schmerz linderten.

Sie war müde, so schrecklich müde. Ihre Arme waren bleischwer, ihr Kopf lag auf dem Kissen, als würde er eine Tonne wiegen, und doch wusste sie, dass sie keinen Schlaf finden würde. Stattdessen zogen Dutzende längst vergangener Szenen an ihrem geistigen Auge vorbei, verschmolzen miteinander. Tom, der die Lampe über der Tür des Pubs anbrachte, die Tanzveranstaltung zur Eröffnung. Ted hinter der Bar, wie er lachte und mit den Männern herumalberte.

Sie musste sich immer wieder vor Augen halten, dass es vorbei war, Vergangenheit. Jim. Das Hotel. Teds hochfliegende Zukunftsträume. Hoffnungen und Erwartungen eines ganzen Lebens. Die Flammen tanzten hinter ihren geschlossenen Lidern, wanden sich und züngelten golden vor schwarzem Hintergrund. Sie glaubte, Jims Hilferufe zu hören, panische, gequälte und vergebliche Schreie.

Morgen, morgen. Der Tag hätte ebenso gut tausend Jahre entfernt sein können. Sie konnte nicht mehr denken. Ihr Hirn war wie betäubt, steckte fest, irgendwo zwischen Rauch, Hitze und den Schmerzen in ihren verbrannten Händen.

Irgendwann früh am Morgen, kurz vor Sonnenaufgang, fühlte sie, wie Dominic aus dem Bett stieg und hörte, wie er sich anzog. Geh nicht, wollte sie ihn anflehen. Sie brauchte ihn, brauchte seine lindernde, beruhigende Gegenwart. Aber sie mussten gewissen Anstandsregeln Rechnung tragen.

Er beugte sich herab und küsste sie auf die Wange. »Schlaf«, befahl er. »Du musst ausruhen und neue Kräfte sammeln. Ich komme in ein paar Stunden zurück.«

Sie hörte die Tür knarren, als er hinausging, dann seine gedämpften Schritte.

Die Stunden zogen sich hin, zäh, endlos.

Nachdem sie Edward und James verboten hatte, Roselea zu verlassen, ging Kitty am Morgen die Zufahrt hinunter in Richtung der immer noch schwelenden Hotelruine.

Eine Menschentraube hatte sich dort eingefunden, größtenteils Farmer, die auf dem Weg zur Anlegestelle am Schauplatz der Tragödie vorbeigekommen waren. Sie wurde mit Fragen bombardiert, auf die sie keine Antwort wusste. Wie war das Feuer entstanden? Hatten alle das Gebäude rechtzeitig verlassen können? Wollte Kitty das Hotel wieder aufbauen?

Der Anblick der verkohlten Ruine rief die Erinnerung an das Grauen und die dramatischen Szenen des Vorabends wach. Hier und da stiegen immer noch dünne Rauchfahnen auf, kleine Feuerherde, die der Wind immer neu anfachte. Ein Übelkeit erregender Geruch lag in der Luft, und Kitty hatte mit einem hartnäckigen Würgereiz zu kämpfen. Wie betäubt ging sie um die Ruine herum, vorbei an den Überresten des Büros, in dem Jim die Nacht auf dem alten Sofa hatte verbringen wollen. Die Männer würden später die Trümmer beseitigen und seine Leiche bergen.

Sie entdeckte die verkohlten Überreste vertrauter Gegenstände: mehrere Barhocker und den großen Fleischschrank in der Küche, der Reifen, an dem das Moskitonetz befestigt gewesen war, ein Spielzeug von James, das er im Hotel hatte liegen lassen. Sie hob es hoch und wog es in der Hand. Neue Tränen liefen ihr über das Gesicht.

Später, wieder daheim, zog Dominic sie wortlos an seine Brust und legte schützend eine Hand um ihren Kopf. Er drückte ihr einen Kuss auf das Haar und wiegte sie sanft. »Maggie wird heute mit dem Dampfschiff zurückkommen. Möchtest du sie dort treffen, um ihr mitzuteilen, was passiert ist?«

Bei der Erwähnung ihres Namens brach sie erneut in Tränen aus. Tränen um Maggie und die Kinder, wegen dieses sinnlosen, unnötigen Verlustes eines Menschenlebens. Aber sie weinte auch um sich selbst bei der Erinnerung an jene schrecklichen Tage, in denen sie am Fenster gesessen und in den Regen hinausgestarrt hatte, in der Hoffnung, Ted würde doch noch zurückkehren. Arme Maggie. Die kommenden Tage und Wochen würden ein Albtraum für sie sein.

Dominic brach einen Tag später als vorgesehen in die Stadt auf. Er küsste sie zum Abschied und versprach, möglichst bald wieder zurück zu sein. »Ich mache es so kurz wie möglich. Ich bin in zwei, drei Tagen zurück. Kommst du so lange allein zurecht?«

Sie nickte stumm. Dominic war erst so kurze Zeit Bestandteil ihres Lebens. Sie war vorher ohne ihn zurechtgekommen, und sie würde es auch jetzt allein schaffen.

Die Versicherungsgesellschaft schickte schon am folgenden Tag einen Vertreter nach Boolai, einen groß gewachsenen, schroffen Mann, der ihr eröffnete, dass die Police schon vor Monaten erloschen wäre. »Bedaure, Mrs. Hall, da können wir nichts tun.«

»Das kann nicht sein. Ich habe einen Scheck geschickt.«

»Bei uns ist keine Zahlung eingegangen.«

»Aber ich war Jahre bei Ihnen versichert. Da muss ein Irrtum vorliegen.« Sie zeigte ihm den Scheckabschnitt mit sämtlichen Einzelheiten.

»Tut mir Leid, aber unsere Gesellschaft kann keine Auszahlung leisten allein auf die Behauptungen einer geschädigten Partei hin.«

Der Versicherungsvertreter wanderte durch die erkalteten Ruinen und machte sich hastig einige Notizen. Hin und wieder hob er den Kopf, schnupperte und rümpfte die lange Nase. Schließlich teilte er ihr grimmig mit: »Es ist nicht meine Art, voreilige Schlüsse zu ziehen, Mrs. Hall, aber meiner ganz persönlichen Meinung nach haben wir es hier mit Brandstiftung zu tun.«

»Wie kommen Sie denn auf so was?«, fragte sie und trat schockiert einen Schritt zurück.

»Aus verschiedenen Gründen, Ma'am. Erstens riecht es stark nach Kerosin.«

»Es stand eine Tonne Kerosin hinter dem Haus«, entgegnete sie. »Für die Lampen.«

»Richtig, aber Sie können sich selbst davon überzeugen, dass die Tonne noch intakt ist.«

»Ist das der einzige Grund für Ihren Verdacht?«

»Nein.« Der Mann folgte einer Brandspur durch das Gras, die bis zu einigen Sträuchern etwas abseits des Gebäudes führte. Wie ein Bluthund, dachte Kitty, als sie dem Mann folgte, der schnuppernd und tief gebückt den verkohlten Grasbüscheln folgte.

»Ah ja. Wie ich schon vermutet habe«, sagte er schließlich, als er in Höhe der ersten Bäume stehen blieb. Dort lag ein leerer Kanister. Die Brandspur führte bis zur Öffnung. »Wenn ich nicht irre, hat der Brandstifter den Kanister in der Eile, fortzukommen, hier zurückgelassen. Er hat auf seinem Rückzug vom Gebäude eine Kerosinspur hinterlassen, die irgendwann Feuer gefangen hat. Ich denke, Sie sollten die Polizei einschalten, Mrs. Hall.«

»Die war bereits da«, entgegnete sie dumpf und dachte daran zurück, wie sie Jims gekrümmte verkohlte Leiche auf einer geschwärzten Tür aus den Ruinen getragen hatten.

»Na ja, es wäre sowieso praktisch unmöglich, jemandem die Tat nachzuweisen, es sei denn, es gibt Augenzeugen. Wenn ich Sie wäre, würde ich die Sache auf sich beruhen lassen und noch einmal von vorn anfangen. Es wäre sinnlos, sich darüber den Kopf zu zerbrechen, wer für das Feuer verantwortlich ist.«

Sie musste bis tief in die Nacht an die Worte des Versicherungsvertreters denken. Sie hatte mit einer vorbeifahrenden Kutsche Nachricht nach Beenleigh geschickt, um nachzufragen, ob der von ihr ausgestellte Scheck an die Versicherungsgesellschaft eingelöst worden war. Morgen würde sie mehr wissen, aber inzwischen konnte sie sich denken, wie das Ergebnis lauten würde.

Dominic kehrte einige Tage später zurück, und Kitty fuhr mit dem Buggy zum Anleger, um ihn abzuholen. Er sieht müde aus, dachte sie, als er mit seinem schweren Koffer die Gangway hinunterkam. Aber er schien sich zu freuen, sie zu sehen.

Sie luden gerade sein Gepäck auf die Kutsche, als Kitty Randolph erblickte. Er nickte ihr zu und kam dann, die Hände in den Hosentaschen vergraben, auf sie zugeschlendert.

»Eine Schande, das mit dem Feuer«, sagte er nonchalant. »Sieht aus, als wäre Boolai kein Pub vergönnt.«

»Ach nein?«, entgegnete Kitty und legte den Kopf schräg.

Irgendetwas stimmte nicht. Seit Tagen nagte eine Erinnerung an ihr, etwas, das sie nicht mehr losließ. Der Scheck an die Versicherung war bei den Briefen gewesen, die auf ihrem Schreibtisch standen an jenem Tag vor einigen Monaten, an dem die Tageseinnahmen verschwunden waren. Sie erinnerte sich noch sehr gut daran, wie sie Jim gebeten hatte, die Briefe aufzugeben, die sie an das Tintenfässchen gelehnt hatte. Und wenn jemand den Brief abgefangen hatte? Dieselbe Person, die das Geld genommen hatte? Es war nur logisch. Es machte Sinn. Und eben der Mann, den sie dieses Diebstahls für fähig gehalten hatte, stand jetzt vor ihr und grinste höhnisch auf sie herab.

»Sie wissen nicht zufällig Näheres über das Feuer, oder, Randolph?«, fragte sie leise. »Ich meine, etwas, das außer Ihnen niemand weiß.«

Er runzelte die Stirn, setzte eine überraschte und empörte Miene auf, die Kitty jedoch unecht erschien. »Sie müssen verrückt sein!«, protestierte er vehement. »Ich weiß wirklich nicht, wovon Sie sprechen.«

»Ich denke, Sie wissen sehr genau, wovon ich spreche. Sie wissen mehr, als Sie zugeben.«

Er trat einen Schritt zurück. »Sie haben keine Beweise.«

Schaulustige hatten sich inzwischen eingefunden, Farmer und andere Bewohner des Buschlandes, die gekommen waren, um ihre Erzeugnisse zum Hafen zu bringen. Jenseits der Menschenmenge konnte sie Tom sehen, der einen Fuhrwagen belud, und etwas weiter den Hügel hinauf rollte Paddy vor der Schmiede ein Rad vor sich her. Sie sah, wie er in der Schmiede verschwand, und irrationale Wut flammte in ihr auf.

»Eines Tages«, prophezeite sie und zeigte anklagend auf Randolph, »eines Tages werde ich die Wahrheit aufdecken, und wenn ich dafür Himmel und Hölle in Bewegung setzen muss. Nehmen Sie sich in Acht! Wo Sie auch hingehen, was Sie auch tun, schauen Sie immer über die Schulter, denn so wahr ich hier stehe, Ihre Lügen, Ihre Hinterlist und Tücke werden eines Tages Ihr Untergang sein, und ich werde zur Stelle sein, um Ihnen den Todesstoß zu versetzen, Sie trauriges Abfallprodukt der Gesellschaft.«

Die Umstehenden nahm Kitty nur verschwommen wahr; sie sah nur Randolphs Gesicht, die abstoßend verzerrten, vor Zorn geröteten Züge. Er öffnete den Mund, um etwas zu erwidern, schloss ihn jedoch gleich wieder.

Jemand zog an ihrer Hand, versuchte, sie wegzuführen. Es war Dominic, das Gesicht wie erstarrt. »Was willst du?«, fragte sie unwirsch und versuchte, seine Hand abzuschütteln. »Lass mich los.«

»Hör auf damit, Kitty«, zischte er.

Sie riss sich los und musterte ihn verblüfft. »Auf wessen Seite stehst du eigentlich? Ich hatte erwartet, dass du mir in dieser Angelegenheit am meisten Rückhalt geben würdest. Unter den Männern hier ist wohl keiner, der nicht argwöhnt, dass er etwas mit der Brandstiftung zu tun hat.«

Schweigend fuhren sie zurück zu Dominics Häuschen. Dominic machte stur ein grimmiges Gesicht, und Kitty fühlte, dass ihre eigenen Lippen abweisend zusammengepresst waren.

Etwas an Randolph hatte ihr verraten, dass sie mit ihrem Verdacht richtig lag, aber einstweilen waren ihr die Hände gebunden. Wie Randolph ganz richtig bemerkt hatte, hatte sie keine Beweise.

Eines Tages, schwor sie sich, als Dominics Cottage inmitten eines kleinen Eukalyptuswäldchens in Sicht kam, werde ich wissen, was genau sich in dieser Nacht zugetragen hat. Und wenn dieser Tag gekommen ist, Randolph Tarlington, werde ich deine verachtungswürdige, widerwärtige Tat der ganzen Welt vor Augen führen.

KAPITEL 18

Es war ihr erster Streit.

Später entschuldigte Dominic sich mit den Worten: »Es tut mir Leid, Kitty. Ich wollte dich nicht verletzen, aber du kannst nicht herumlaufen, irgendwelche Behauptungen aufstellen und ohne Beweise Leute beschuldigen ...«

»Und er ist dein Bruder!«, fiel Kitty ihm wütend ins Wort. »Blut ist eben doch dicker als Wasser.«

»Mach dich nicht lächerlich!«, begehrte er auf. »Er mag mein Bruder sein, aber ich finde Randolph ebenso verabscheuungswürdig wie du.«

Sie standen auf der Veranda von Roselea und funkelten einander zornig an, bis Dominic sie schließlich anlächelte und ihre Wut an einen fernen Ort verbannte. »Sieh uns an«, murmelte er und zog sie an sich. »Wie zwei verwöhnte Gören. Lassen uns ausgerechnet von Randolph entzweien. Eigentlich sollten wir vernünftiger sein.«

Er demonstrierte seine Reue, indem er sie in ihr Schlafzimmer führte und sie in dem breiten, weichen Bett liebte. Hinterher lag sie da und starrte an die Decke, auf das fahle Mondlicht, das durch die Spitzengardinen hereinfiel. Das Hotel lag in Schutt und Asche. Jim war tot. In mancher Hinsicht war ihr Leben ein Scherbenhaufen. Teds Traum war buchstäblich in Rauch aufgegangen. Aber das war nicht das Ende, sondern nur der Anfang von etwas Neuem: ihrer Beziehung mit Dominic, ihrer Zukunft, die viel versprechend und doch noch vage vor ihr lag.

Morgen würde sie darüber nachdenken, das Hotel wieder aufzubauen. In der Kassette, die im Stall versteckt war, war genug Geld.

Sie würde nicht aufgeben.

Nichts und niemand würde sie aufhalten.

Dominic war ein komplexer Charakter. Nach außen hin war er sorglos und eigenwillig. Er hatte einen lässigen, wiegenden Gang, aber hinter dieser nach außen hin demonstrierten Lässigkeit verbargen sich völlig andere Züge. Kitty fand mit der Zeit heraus, dass das betont selbstbewusste Auftreten im Grunde vor allem dazu diente, eine tief verwurzelte Unsicherheit zu überdecken.

Umgänglich, unerschütterlich und draufgängerisch, so sahen alle Dominic Tarlington. Bei Kitty war er jedoch ein ganz anderer, ein sanfter und sensibler Mann. »Das ist doch alles nur Schau. Die meisten lassen sich davon täuschen«, vertraute er ihr an in einer Situation, in der er am verwundbarsten war, nämlich mit ihr allein im Bett. Er hielt sie fest in den Armen, als er ihr dieses Geständnis machte, und überraschte sie mit seiner Kraft.

Er war allseits beliebt, ja sogar angesehen, und manches junge Mädchen machte ihm schöne Augen, aber er schien sie gar nicht zu sehen, sondern hatte nur Augen für Kitty. Die Aufmerksamkeit, die er ihr zollte, sorgte für einigen wohlwollenden Klatsch, den Kitty höflich ignorierte.

»Im Laden erkundigen sich alle nach dir«, lachte Beth. »Und ich bin sicher, dass Mayse insgeheim schon die Hochzeit plant.«

»Das soll sie mal schön bleiben lassen«, entgegnete Kitty grimmig. »Außerdem ist es allein meine Sache, mit wem ich mich treffe. Die anderen sollen sich doch um ihre eigenen Angelegenheiten kümmern.«

Dominic war selbst recht wohlhabend und hatte in den vergangenen Monaten einen einträglichen Holzhandel aufgebaut. Außerdem hatte sein Vater, Hedley, seinem jüngsten Sohn eine beträchtliche Summe hinterlassen, hieß es. Große Holzkontingente wurden unter Dominics Leitung in die Stadt geschickt, gewaltige Kiefern- und Zedernstämme, die auf ächzenden Wagen in Boolai eintrafen. Die Ochsengespanne wurden nach und nach von Kaltblutpferden abgelöst, und der Boden erzitterte unter ihren riesigen Hufen, wenn die Gespanne sich mit ihrer Last auf dem Weg zum Anleger die Main Street hinunterbewegten.

Nachdem das Hotel ihre Zeit nicht mehr beanspruchte, wandte Kitty ihre Aufmerksamkeit den anderen Familienbetrieben zu. Die Sägemühle unter dem Namen Hall & Söhne florierte; der Verwalter lebte mit seiner Frau auf dem Gelände, sodass er immer alles im Blick hatte. Mick O'Reilly führte nach wie vor den Holztransport, und der Milchtransport war im vergangenen Jahr Toms Fuhrunternehmen einverleibt worden.

Alles in allem lief es bestens, und doch vermisste sie die tägliche Arbeit und die gesellschaftlichen Kontakte im Pub. Paddy O'Reilly hatte ihr erst vergangene Woche im Vertrauen erzählt, dass er ein Stück Land in Hafennähe an die Eisenbahngesellschaft verkauft habe. »Noch ist es nicht offiziell, aber in ein paar Jahren wollen sie die Eisenbahn bis hierher legen.«

Diese Neuigkeit gab ihr zu denken. Der Bau der Eisenbahn würde mehr Arbeiter und auch Reisende nach Boolai bringen. Wenn sie den Pub wieder aufbaute, wäre es vernünftiger, ihn möglichst nah bei den Schienen zu platzieren. Arbeiter und Reisende: hungrige, durstige Männer, die ein ordentliches Hotel brauchten, Schnaps, Stallungen, Zimmer. Ihre Gedanken überschlugen sich.

Die Zeit verging wie im Flug, und ehe sie sich versah, brach ein neues Jahr an: 1894. James war einige Tage vor Weihnachten vier geworden. Blond und groß im Gegensatz zu seinem dunkelhaarigen und stämmigen Bruder Edward, kam er eher auf seinen Onkel Dan, wie sie überrascht feststellte.

Ihre Gedanken kehrten zurück zu Dominic. Er war seit Monaten Dauergast auf Roselea, teilte tagsüber ihrer aller Leben und nachts ihr Bett. Es war ein praktisches Arrangement, und doch musste sie in letzter Zeit immer häufiger an Dan denken. Die Erinnerung weckte alte Gefühle. Wo war er? Was machte er? Vielleicht war er verarmt und vermisste ihre kleine Familie.

Sie bekam keine Antworten auf ihre Fragen, musste sich mit Spekulationen zufrieden geben. Wenn Dan nach Boolai zurückkehrte, konnte sie ihm einen Job und ein Dach über dem Kopf besorgen. Er könnte ins Familiengeschäft einsteigen.

Entschlossen nahm Kitty Papier und Bleistift aus der Schublade ihres Sekretärs. Ein neues Jahr brachte auch neue Entschlossenheit mit sich, Ziele und Pläne für die kommenden Monate. In diesem Jahr wollte sie versuchen, den Familienstreit beizulegen und Zorn und Hass zu begraben.

Sie tippte sich mit einem Ende des Bleistifts an die Lippen und starrte blind auf das Papier. Wenn sie ihre Absichten in Worte fasste, musste sie auch danach handeln. Gott! Es war elf Jahre her, dass sie Dan zuletzt gesehen hatte. Wie sollte sie ihn finden? Australien war ein weites Land. Er konnte sonst wo sein.

»Ich muss es tun!«, murmelte sie und zog das Papier dichter heran. Irgendwie würde sie einen Weg finden.

Langsam wanderte der Bleistift über das Papier, kohlschwarze Buchstaben auf schneeweißem Untergrund. Worte, die möglicherweise ihr Leben verändern würden. Worte, die sie vielleicht noch bereuen würde. Aber sie musste es wissen, musste herausfinden, ob jener Abschnitt ihres Lebens ein Fehler gewesen war.

Schließlich legte sie den Bleistift beiseite und betrachtete das Resultat ihrer Bemühungen. Eine seltsame Leichtigkeit erfüllte ihr Herz; sie fühlte sich irgendwie erleichtert. Sie hatte endlich eine Entscheidung getroffen.

Ganz oben auf dem Blatt stand: Hotel wieder aufbauen.

Darunter: Dan finden.

Kaira fühlte sich ständig müde und unwohl. Das ging nun schon seit Wochen so, seit Beginn der warmen Jahreszeit. »Du hast die Geister verärgert«, sagte Old Mary, ihre Großmutter, und zermahlte eine bestimmte Samenmischung zu einer sämigen Paste. »Hier, nimm das, dann wird es dir nach und nach wieder besser gehen.«

Sie schluckte die Paste, erbrach sie jedoch bereits wenige Minuten später hinter einigen Weiden am Flussufer.

Ihre Mutter fand sie dort, wie sie gekrümmt auf dem Boden kniete und würgte. »Was ist mit dir, Kind?«, fragte sie und schaute ihrer Tochter forschend ins Gesicht. »Du bist doch sonst nie krank.«

»Stimmt«, sagte Kaira mit hängendem Kopf.

Eine der anderen Frauen aus dem Dorf warf ihr im Vorbeigehen einen flüchtigen Blick zu. »Frag sie nach den Treffen am Fluss. Vielleicht ist ihr davon so schlecht. Vielleicht ist sie ja schwanger.«

»Wer erzählt so etwas von meiner Tochter?«, fragte Layla aufgebracht.

»Kougoon weiß es«, erwiderte die Frau und ging davon. »Kougoon sieht alles.«

Layla umfasste mit einer Hand das Kinn ihrer Tochter und zwang diese, sie anzusehen. »Antworte mir, Tochter. Du hast mit Kougoon am Fluss etwas Schändliches getan? Noch bist du nicht verheiratet, sondern nur versprochen.«

Kaira schüttelte unglücklich den Kopf. Offensichtlich wusste das ganze Dorf Bescheid, und ihre Mutter würde es früher oder später auch erfahren. »Nein«, flüsterte sie. »Nicht mit Kougoon.«

»Mit wem dann?«

»Randolph Tarlington.«

Kaira sah, wie ihre Mutter einen Schritt zurückwich. Die Bestürzung stand ihr ins Gesicht geschrieben. Dann krachte die Hand ihrer Mutter mit überraschender Kraft gegen ihre Wange, so fest, dass ihr Kopf zur Seite flog.

Layla legte die Hände an die Wangen und wiegte sich stöhnend vor und zurück. Kaira wusste nicht, was sie tun sollte. Sie konnte zu ihrer Mutter gehen und diese trösten, war sich jedoch nicht sicher, ob das etwas bringen würde, da sie immerhin die Ursache für Laylas Kummer war. Und so wartete sie stattdessen und sah, wie Tränen über deren Gesicht und zwischen die Finger ihrer von der Arbeit rissigen, staubigen Hände rannen.

Dann, so plötzlich wie sie gekommen waren, versiegten die Tränen wieder. Layla packte ihre Tochter mit eisernem Griff bei den Schultern.

»Glaubst du, dass du ein Kind von diesem Mann erwartest?«, fragte Layla mit zornsprühenden Augen. »Du solltest dich schämen, dass du dich mit Randolph Tarlington am Fluss getroffen hast. Er ist ein böser Mann, ein Taugenichts. Habe ich dir nicht immer wieder gesagt, dass du dich von ihm fern halten sollst?«

»Doch.« Beschämt ließ Kaira wieder den Kopf hängen.

Layla zwang ihre Tochter erneut, sie anzusehen. »Du hast zugelassen, dass dieser Mann dir ein Kind macht? Warum hast du das getan? Warum?«

Kaira schmollte, zuckte die Achseln und befreite ihr Kinn aus Laylas Griff. »Er hat gesagt, er gibt mir Geld.«

»Wann war das? Diese Woche? Letzte Woche? Wie lange ist das her?«

»Vielleicht zwei Monate.«

Layla schloss die Augen, schluckte hart und wankte. Ihre Haut war blasser als gewöhnlich und von einem feinen Schweißfilm überzogen. So hockte sie lange da, mit geschlossenen Augen und wankend, bis Kaira glaubte, ihre Mutter würde gleich ohnmächtig werden.

»Wir müssen das Kind wegmachen«, sagte sie schließlich. »Wir dürfen keine Zeit verlieren. Das ist böse, schlecht.«

Randolph saß am Tisch und las Zeitung, als Layla seine Hütte betrat. Ohne anzuklopfen, wie er ärgerlich registrierte. Sie blieb vor ihm stehen, verschränkte die Arme vor der Brust und funkelte ihn wütend an.

»Was gedenken Sie, wegen Kaira zu unternehmen?«

»Kaira?«, wiederholte er und spielte den Überraschten. »Wovon zum Teufel sprichst du?«

»Ich habe Ihnen gesagt, Sie sollen sich von ihr fern halten, aber das haben Sie nicht getan. Jetzt bekommt sie ein Baby von Ihnen, und wir müssen etwas unternehmen.«

»Wir?«, wiederholte er, das eine Wort betonend. »Ich gedenke nicht, etwas zu unternehmen. Warum sollte ich?«

Layla holte tief Luft und richtete sich zu ihrer vollen Größe auf. Plötzlich kam sie dem sitzenden Randolph sehr groß vor. »Weil Sie Kairas Großvater sind.«

Er starrte lange wortlos zu ihr auf. Fand sie das vielleicht komisch? Wenn ja, vermochte er nicht darüber zu lachen.

»Wie ich sehe, glauben Sie mir nicht«, fuhr Layla fort. »Erinnern Sie sich an meine Mutter, Old Mary?«

»Ja.«

Old Mary hatte dem ursprünglichen Stamm reinblütiger Aborigines angehört. Natürlich hatte sie noch nicht so geheißen, als Randolph nach Boolai gekommen war, und damals war sie auch noch nicht alt gewesen. Sie war seit über einem Jahr mit einem jungen Krieger eines Nachbarstammes verheiratet, aber noch kinderlos gewesen, wie sie ihm zu verstehen gegeben hatte. »Kein *tcharjoom*«, sagte sie, als er sie allein im Wald traf, und indem sie die Arme zusammenlegte, als würde sie ein Kind wiegen, machte sie deutlich, was sie meinte.

Munderoogum nannte man sie damals, was so viel wie Giftnatter bedeutete, und sie war eine große, schlanke Frau von stolzer, beinahe arroganter Haltung. Nun, die stolze Arroganz hatte er ihr auf dem Blätterteppich sehr rasch ausgetrieben. Sonnenstrahlen waren durch das dichte Laub der Eukalyptusbäume gefallen, und Staub tanzte im gelben Licht. Für einige Zeit war dieser Treffpunkt für ihn ein mystischer, magischer Ort voller sinnlicher Freuden, die ihm bis dahin unbekannt gewesen waren.

Die Sinnlichkeit der Eingeborenen war eine Überraschung für ihn gewesen; er selbst war damals nicht älter als 16. Er erinnerte sich noch so deutlich an die Einzelheiten, als wäre es erst gestern gewesen: ihr süßlicher, betörender Moschusgeruch, der goldene Schimmer ihrer dunklen Haut, der unbeschreibliche Genuss, wenn er in ihr war und sich ihren Weisungen folgend bewegte.

Eine Woche lang ging er jeden Tag in den Wald, und als sie dann von einem Tag auf den anderen nicht mehr kam, war er wütend, dass sie ihn so schmählich im Stich ließ.

Einige Tage später sah er Munderoogum zusammen mit einigen anderen Frauen des Stammes; sie gruben im Wald Wurzeln der Grasbäume aus. Sie wandte ihm das Gesicht zu: Ihre Lider und ihre Lippen waren grotesk angeschwollen, und ihre Unterlippe war seitlich aufgeplatzt. Ganz offensichtlich war sie verprügelt worden. Vermutlich von ihrem Ehemann. Der Gedanke, dass seine Affäre mit ihr zu der körperlichen Attacke geführt hatte, erregte ihn, und er hätte sie am liebsten gleich wieder genommen, ungeachtet der anderen Frauen. Und er hätte es sogar getan, wenn nicht sein Vater bei ihm gewesen wäre.

Obwohl er nach ihr Ausschau hielt, dauerte es sechs Monate, ehe Randolph Munderoogum erneut zu Gesicht bekam. Er führte sein Pferd am Zügel durch den Busch und bückte sich unter einem tief hängenden Ast hinweg, als er sie entdeckte. Sie hockte gebückt da, ihm den Rücken zugewandt, und sammelte Beeren. Als sie das Rascheln des trockenen Laubes unter den Hufen seines Pferdes hörte, drehte sie sich zu ihm um. Randolph sah, dass sie hochschwanger war. Ihre einzige Bekleidung bestand aus einem Lendenschurz unter ihrem dicken, prallen Bauch.

»Munderoogum«, sagte er verblüfft. Sie legte ganz automatisch eine Hand auf den Bauch, wie um ihr ungeborenes Kind zu schützen, und streichelte die gespannte Haut. Fasziniert blickte er ihr entgegen, als sie auf ihn zukam, ganz natürlich und ohne jene Scham, mit der weiße Frauen ihre Schwangerschaft unter schweren Roben verbargen.

Aber sie war nicht allein. Ihr Mann trat aus dem Schatten der Bäume, den Kopf hoch erhoben.

»Yangahlar-n'gaio«, sagte er.

Randolph kannte ein paar Worte der Eingeborenensprache und verstand, dass er verschwinden sollte. Erst wollte er sich weigern, aber der Anblick des langen Speeres in der Hand seines Gegenübers genügte, um ihn zur Vernunft zu bringen. Ohne den jungen Krieger aus den Augen zu lassen, stieg er in den Sattel und ritt davon ...

»Nun?«, holte Layla ihn in die Gegenwart zurück. Kairas Großvater? Damals war ihm der Gedanke nie gekommen, aber es war tatsächlich möglich, dass das Kind, mit dem Munderoogum damals schwanger war, von ihm war.

Das bedeutete, das Layla seine Tochter war. Er starrte sie ungläubig an.

»Sie darf das Kind nicht bekommen«, unterbrach Layla seine Gedanken. »Blutschande. Das bringt Probleme im Lager. Was werden Sie tun?«

»Tun?«

»Ja. Sie werden etwas unternehmen, damit das Kind ihr weggemacht wird. Wenn Old Mary davon erfährt, wird sie den anderen befehlen, Kaira festzuhalten, und dann wird sie mit Steinen und Stöcken das Baby in ihrem Bauch töten. Sie wollen doch nicht, dass sie das tun, oder? Ihr Weißen wisst doch bestimmt einen besseren Weg?«

»Nein!« Er erbleichte bei dem Gedanken. »Nein«, sagte er noch einmal und ermahnte sich dabei, ruhig zu bleiben. Kaira war seine Enkelin? Warum hatte ihm nie jemand etwas gesagt?

»Sie sollten besser schnell handeln!«, befahl Layla und ging zur Tür. »Bevor es zu spät ist. Ich werde Kaira übermorgen herbringen. Bis dahin haben Sie sich etwas einfallen lassen, ja?«

»Ja«, gab Randolph nach und schluckte hart.

Er kannte in Beenleigh eine Frau. Für einen bestimmten Betrag würde sie den Eingriff unter etwas hygienischeren Bedingungen vornehmen als jenen im Eingeborenenlager.

Zwei Tage später brachte Layla wie vereinbart ihre Tochter zu ihm.

Er hatte in Beenleigh seine ganze Überredungskunst aufwenden müssen, um Polly Tidmarsh dazu zu bringen, ihn nach Boolai zu begleiten. Sie verlangte einen auch nach Randolphs Maßstäben horrenden Betrag und hatte erst jemanden geschickt, ihr Pferd anzuspannen, nachdem er sich mit ihrer Forderung einverstanden erklärt hatte.

Jetzt stand die strenge, sachlich-nüchterne Frau mit der abgewetzten schwarzen Tasche da und musterte das junge Eingeborenen-Mädchen, das von seiner Mutter durch die Tür in die dunkle Hütte geführt wurde. Kaira setzte sich schweigend auf einen Stuhl, sichtlich verängstigt wegen des Eingriffs, der ihr bevorstand.

»Also dann«, sagte Polly knapp, nachdem sie Layla mit den Worten fortgeschickt hatte, sie könne ihre Tochter am nächsten Morgen abholen. »Haben Sie Schnaps hier?«

Randolph starrte sie entgeistert an. Er hatte sie hergebracht, damit sie Kairas inzestuöses Kind wegmachte, und nicht, damit sie sich einen hinter die Binde kippte. Außerdem war nur noch eine Flasche Whisky da, und er war nicht gewillt, diese letzte Reserve rauszurücken. Sie konnte sich von ihrem horrenden Honorar, das sie für ein paar Minuten Arbeit kassierte, ihren eigenen Schnaps in Beenleigh kaufen.

»Wozu?«

Polly zog ihn hinaus ins grelle Sonnenlicht. Draußen war es heiß und drückend. Wolken zogen sich am Himmel zusammen und kündigten einen Sturm am Nachmittag an.

»Sehen Sie sie doch an«, zischte sie. »Sie ist schrecklich nervös und verkrampft. Wie zum Teufel soll ich tun, weshalb ich gekommen bin, wenn sie so angespannt ist? Wir müssen sie locker machen und beruhigen. Ich will nicht, dass sie sich herumwirft und schreit, während ich versuche, meine Arbeit zu tun. Ein paar Gläser Schnaps dürften reichen. Sie haben doch welchen, oder? Ich würde sie nämlich nicht als Nichttrinker einschätzen.«

Wortlos ging Randolph hinein und nahm einen Becher aus einem Regal. Er füllte ihn mit Whisky und drückte ihn Kaira in die zitternde Hand. »Trink das!«, befahl er und führte ihre Hand an ihren Mund, als sie sich nicht rührte.

Polly stand neben ihm und tippte ungeduldig mit der Stiefelspitze auf den Holzboden. Kaira blickte ängstlich von einem zum anderen. Zögernd nippte sie an der Flüssigkeit und verzog gleich darauf angewidert das Gesicht. Sie wollte Randolph den Becher zurückgeben.

»Nein!«, herrschte Randolph sie an und hielt ihr den Becher erneut an den Mund. Sie würde das Zeug trinken, und wenn er es ihr gewaltsam einflößen musste.

Der Whisky schwappte gegen ihre Lippen und lief ihr das Kinn hinab. Wortlos befolgte sie Randolphs Anweisung. Als der Becher leer war, schenkte Randolph nach und schaute ungeduldig zu, wie das Mädchen den Becher erneut an den Mund hob.

Als sie auch den zweiten Becher geleert hatte, wurden Kairas Bewegungen langsamer, und sie sprach undeutlich. Ihre Augen wirkten glasig. Er ging zu ihr und nahm ihr den Becher ab, bevor sie ihn fallen ließ. Dann zog er sie auf die Füße und führte sie nach nebenan.

Randolph hatte am Morgen das Bett abgezogen und ein halbwegs sauberes Laken über die blau-weiße Matratze gebreitet: sein einziges Zugeständnis an den obskuren Eingriff, der später an diesem Tag dort vorgenommen werden würde. Das Laken war einmal weiß gewesen, hatte aber inzwischen einen deutlichen Grauschleier. Gemeinsam hoben er und Polly Kaira auf das Bett.

Das Mädchen murmelte unverständliches Zeug vor sich hin, Worte in ihrer Eingeborenensprache, die er noch nie gehört hatte. Sie fuchtelte in einer ihm rätselhaften Pantomime mit den Händen herum. Dann lag sie plötzlich ganz still und atmete tief und gleichmäßig.

Ihre Brust hob und senkte sich rhythmisch, und ihre Augenlider hörten auf zu zucken. »Sie schläft«, erklärte Polly, nachdem eine Minute verstrichen war.

Randolph wandte sich zum Gehen. Er hatte nicht die geringste Lust zuzusehen. Was ihn betraf, konnte das Mysterium Abtreibung ruhig eines bleiben. Aber die ältere Frau hatte offenbar andere Pläne. »O nein, Sie bleiben«, sagte sie und hielt ihn am Hemd fest. »Sie können sich hier nützlich machen. Ich schaffe das alles nicht ganz allein. Ich brauche jemanden, der sie festhält.«

»Aber sie schläft doch«, protestierte Randolph schwach. »Das haben Sie doch selbst gesagt.«

»Allmächtiger«, stöhnte Polly und holte einige gefährlich anmutende Instrumente aus ihrer schwarzen Tasche. Sie legte sie zwischen Kairas ausgestreckte Beine. »Und so wird sie liegen bleiben, ganz still und ruhig, während ich Ihren Balg aus ihrem Bauch schabe?«

Sie nahm zwei kurze Seilenden aus der Tasche und fesselte Kairas Hände ans Kopfende des Bettes. Kaira protestierte einen Moment schwach, dann sackte ihr Kopf wieder kraftlos auf das Kissen, und sie war wieder eingeschlafen.

Unsanft spreizte Polly die Beine des Mädchens, winkelte dann ihre Knie und schob die Füße fest gegen die Pobacken. Dann winkte sie Randolph herbei und befahl ihm, die Arme um eins von Kairas angezogenen Knien zu legen und dieses fest an seine Brust zu drücken. »Ich halte das andere«, erklärte sie. »Auf diese Weise kann sie sich nicht allzu sehr bewegen.«

Mit der freien Hand nahm Polly eine scherenartige Zange vom Bett und schob die gebogenen Klingen zwischen die Schenkel des Mädchens, in den feuchten, warmen Gang, der Randolph solches Vergnügen bereitet hatte. Kaira grunzte und bäumte sich auf, und er umklammerte mit aller Kraft ihr Knie. Ihm wurde übel, und er wandte den Blick ab.

»Können Sie den Anblick nicht ertragen?«, fragte Polly spöttisch, und er schaute wieder hin. Sie bewegte das Instrument kräftig hin und her.

Kaira riss die Augen auf. Sie waren geweitet und dunkel vor Furcht. Wieder bäumte sie sich auf, und diesmal beschrieb ihr Körper einen gespannten Bogen. Ihre Handgelenke zerrten vergeblich an den Fesseln, während er und Polly ihre Beine hielten und das Instrument sich weiter vorarbeitete.

Plötzlich schrie sie, ein schriller, durchdringender, beinahe animalischer Laut. Randolph hätte sich am liebsten die Ohren zugehalten, um das Kreischen nicht länger hören zu müssen, aber Kaira warf sich jetzt von einer Seite auf die andere, und Polly warnte ihn eindringlich, das Bein unter keinen Umständen loszulassen.

»Heh!«, herrschte Randolph Polly schockiert an. »Seien Sie doch etwas vorsichtiger. Sie brauchen doch nicht so brutal zu sein.«

»Keine Sorge«, entgegnete Polly grinsend. »Sie ist nur eine Abo. Die sind nicht wie wir. Die fühlen nichts. Was die Kleine da veranstaltet, ist doch nur Theater.«

Polly drehte das Instrument ein letztes Mal abrupt herum und zog dann die Klingen aus Kairas Körper. Randolph sah, dass sie blutig waren. Kaira sank stöhnend auf das Laken zurück. Ihr stand der Schweiß auf der Stirn, und sie wirkte wie im Delirium.

»Sind Sie auch sicher, dass sie in Ordnung ist?«, fragte Randolph und ließ Kairas Knie los.

»Keine Bange«, erwiderte Polly, entfernte die Fesseln von Kairas Handgelenken und steckte sie zurück in ihre großen Rocktaschen. »Sie wird bluten und irgendwann in den nächsten Stunden ihr Kind verlieren. Morgen früh ist sie wieder in Ordnung.«

Randolph bezahlte die Frau und brachte sie zurück zu ihrem Wagen. Der Verlust des Geldes schmerzte ihn unsäglich. Er hätte sich davon dringend benötigte Vorräte und Schnaps kaufen können. Jetzt blieb ihm nur noch ein lächerlicher Betrag übrig, um die nächsten Wochen und Monate über die Runden zu kommen.

Die Übelkeit regte sich wieder, als er einem der Pferde mit der flachen Hand auf die Kruppe schlug, woraufhin das Gespann sich in Bewegung setzte. Als die Pferde zügig lostrabten, beugte Polly sich seitlich aus dem Wagen und winkte. »Sollten Sie irgendwann noch einmal meine Dienste brauchen, zögern Sie nicht.«

Als sie nicht mehr zu sehen war, lehnte Randolph erschöpft die Stirn an den rauen Stamm eines Baumes. Die Wolken am Horizont hatten sich tief violett verfärbt. In der Ferne war Donnergrollen zu hören, das an gedämpften Trommelwirbel erinnerte. Obwohl er hätte schwören können, dass der widerwärtige Eingriff nur Minuten gedauert hatte, waren die Schatten merklich länger geworden.

Bei der Erinnerung stieg erneut ätzende Galle in seiner Kehle auf. Er würgte mehrmals und spie die widerlich schmeckende Flüssigkeit aus, bis sein Magen leer sein musste. Er wischte sich mit dem Hemdsärmel den Mund ab und ließ sich an dem Baumstamm hinabgleiten, bis er kraftlos auf der trockenen Erde kauerte.

KAPITEL 19

Im Inneren der Hütte war es dunkel, und überall lauerten bedrohliche Schatten. Randolph tastete sich zum Bett, bis er schließlich die vagen Umrisse des Mädchens auf dem hell schimmernden Laken sah.

»Kaira?«, sagte er und schüttelte leicht ihren Arm. »Ist mit dir alles in Ordnung?«

Sie gab ein dumpfes Stöhnen von sich und rollte sich auf die andere Seite, wobei sie ihm den Rücken zukehrte.

Damit hatte Randolph nicht gerechnet. Hilflos stand er da und überlegte, was er als Nächstes tun sollte. Vielleicht sollte er ins Eingeborenenlager reiten und Layla sagen, sie solle jemanden herschicken. Kaira war offensichtlich nicht in der Lage, zu gehen oder auch nur aufzustehen. Oder war es besser, wenn er sie allein ließ, sich verzog und erst bei Tagesanbruch zurückkam?

Letzteres schien ihm die beste Lösung zu sein. *Morgen früh ist sie wieder in Ordnung,* hatte Polly gesagt. Und *Irgendwann in den nächsten Stunden wird sie das Kind verlieren.* Er war nicht scharf darauf, dabei zu sein, wenn es so weit war. Das war Frauensache und nicht sein Bier.

Er stellte eine Lampe neben dem Bett auf, nahm eine Decke aus einem selbst gezimmerten Schrank am Fenster und verließ die Hütte. Es war früher Abend. Am noch nicht ganz dunklen Himmel blinkten die ersten blassen Sterne, und in Richtung der Wolkendecke im Westen zuckten in Abständen Blitze. Der Ruf eines Rieseneisvogels hallte durch die windstille Luft.

Er ging über den Hof zum Stall. Eine Box war leer. Dort würde er es sich auf einer weichen Lage Stroh gemütlich machen, und wenn er aufwachte, würde es Morgen sein, ein neuer Tag, und er konnte die ganze unangenehme Angelegenheit vergessen.

Randolph legte sich hin und starrte an die Decke. Im Dunkeln konnte er gerade noch die Dachbalken sehen und die blanken Holzwände. Er hatte nichts zu Abend gegessen, verspürte aber keinen Hunger. Er musste ständig an Kairas Schreie denken und daran, wie ihr schlanker Körper sich vor Qual aufgebäumt hatte.

Irgendwann in den nächsten Stunden wird sie ihr Kind verlieren. Kairas Kind. Und das seine. Erst jetzt, da es vorbei war, gestattete er sich, über die Ereignisse der vergangenen Tage nachzudenken. Laylas Eröffnung, dass er seinerzeit Old Mary geschwängert hatte. Und das Kind war Layla, die ihm gegenüber nie ein Wort davon erwähnt hatte, dass er ihr Vater war, ihm aber von Jugend an mit Verachtung und Abneigung begegnet war. Dann zu erfahren, dass Kaira sein eigen Fleisch und Blut war, seine eigene Enkeltochter. Er hatte mit seiner eigenen Enkelin geschlafen und ...

Er durfte gar nicht daran denken. Blind starrte er ins Dunkel und wünschte, es wäre bereits Morgen, als die ersten Regentropfen auf das Wellblechdach klatschten.

Morgen früh ist sie wieder in Ordnung.

Gott, er hoffte wirklich, dass Polly Recht behielt.

Der Schmerz weckte sie, riss sie abrupt aus dem wohltuenden Schlaf. Im ersten Moment wusste sie nicht, wo sie war, und schaute sich verwirrt um. Das Bett war nicht das ihre, und das primitive Mobiliar hatte sie auch noch nie gesehen. Oder doch?

Eine Erinnerung nagte beharrlich an ihr. Sie fühlte sich benommen und konnte sich kaum rühren. Plötzlich kehrte der Schmerz zurück. Er durchzuckte ihren Bauch, und die Heftigkeit der Krämpfe ließ sie überrascht nach Luft schnappen.

Als der Schmerz verebbte, wandte sie sich der Lampe zu und erinnerte sich wieder. In ihrem Bauch war ein Baby gewesen, oder zumindest das, was einmal ein Baby werden sollte. Ihre Mutter war sehr wütend gewesen und hatte sie hergebracht, in Randolphs Hütte. Der hatte sie gezwungen, eine widerlich schmeckende Flüssigkeit zu trinken, die in ihrem Magen gebrannt hatte und von der sie schrecklich müde geworden war. Randolph hatte sie getragen und auf das Bett gelegt. Darauf war seliger Schlaf gefolgt, bis sie aufgewacht war und die weiße Frau mit dem strengen Gesicht etwas Kaltes und Hartes in sie hineingesteckt hatte, das ihr unerträgliche Schmerzen verursachte.

Die Krämpfe kehrten zurück, furchtbar, kaum auszuhalten. Kaira fuhr sich mit der Hand über den Mund. Schweiß stand auf ihrer Oberlippe. Als sie eine Hand zwischen die Schenkel schob, fühlte sie etwas Warmes, Klebriges, und als sie sie zurückzog, waren die Finger mit einer dunklen Flüssigkeit bedeckt. Blut, dachte sie, als sie die Finger an die Nase hielt. Der metallische Geruch war unverkennbar.

Sie erschauerte vor Furcht. Wo war ihre Mutter? Randolph? Alle hatten sie in der Stunde der Not allein gelassen. Tränen brannten in ihren Augen. Sie wischte sie fort und verschmierte dabei ihr Gesicht mit Blut. Der anhaltende Schmerz in ihrem Unterleib verriet ihr, dass das winzige Wesen in ihrem Bauch den Kampf ums Überleben verlor. Resigniert rollte sie sich zusammen, die Arme um den Bauch geschlungen.

Es dauerte Stunden, bis der glitschige Fleischklumpen aus ihr herausglitt. Ein letzter unerträglicher Krampf, dann war es vollbracht, und ihr Baby lag in einer Lache frischen Blutes zwischen ihren Schenkeln: ihre Strafe dafür, dass sie sich mit Randolph am Fluss getroffen hatte.

Kaira stand auf, hob ein Blatt Zeitungspapier vom Boden auf, wickelte den blutigen Klumpen hinein und schob ihn unter das Bett, außer Sichtweite. Die Krämpfe hatten etwas nachgelassen, waren in einen dumpfen, nagenden Schmerz übergegangen, aber sie war immer noch nicht in der Lage zu gehen, konnte sich kaum auf den Beinen halten. Sie wollte heim, zurück ins Lager. Da sie nicht wusste, was sie sonst tun sollte, legte sie sich wieder auf das Bett und lauschte dem Regen, der auf das Dach der Hütte trommelte.

Obwohl es eine laue Nacht war, fror sie und zitterte unkontrolliert. Sie griff nach der Decke am Fußende des Bettes und zog sich den kratzenden Stoff über die Schultern. Die Lampe flackerte und erlosch. Um sie herum war undurchdringliche Schwärze. Das Blut strömte immer noch aus ihrem Körper, lief warm zwischen ihren Schenkeln hinab und durchweichte die Matratze.

Sie klammerte sich an den einen tröstlichen Gedanken: Morgen früh durfte sie heim. Zurück ins Lager, zu ihrer Mutter und Kougoon. Bald würde sie heiraten, und dann würde sie wieder schwanger werden und Babys bekommen, die ihr nicht gewaltsam entrissen wurden wie dieses hier. Babys, die sie halten, lieb haben und stillen konnte. Babys, die in Liebe gezeugt worden waren und nicht in Schande.

Kaira rollte sich wieder zusammen wie ein Fötus, als neue Krämpfe ihren Bauch zusammenzogen. Sie hielt ihren Unterleib fest umklammert, während ein Schwall frischen Blutes aus ihr herausfloss, und wünschte, die Nacht würde endlich zu Ende gehen.

Kitty erwachte von einer leichten Bewegung, einem Nachgeben der Matratze. Dominic, der aufstand. Sie beobachtete, wie seine dunkle Silhouette durch das Zimmer ging, zu dem Stuhl, auf dem seine Kleider lagen.

Sie blickte zum Fenster. Jenseits der Spitzengardinen graute der Morgen am östlichen Horizont.

»Wie spät ist es?«, murmelte sie verschlafen.

»Kurz nach vier.«

Er stieg in seine Hose und zog sie über die kräftigen Schenkel. Dann zog er das Hemd über den Kopf, knöpfte es zu und zuckte dann leicht die Achseln, wie um die Kleider den Konturen seines Körpers anzupassen.

»Ich wünschte, du müsstest dich nicht mitten in der Nacht davonstehlen«, flüsterte sie und streckte eine Hand nach ihm aus, als er noch den Gürtel zuschnallte.

»Das sind deine eigenen Regeln, Kitty«, lachte er, nahm ihre Hand und küsste sie.

Es stimmte. Dominic verbrachte oft die Nacht mit ihr, aber sie hatte immer darauf bestanden, dass er ging, bevor die Kinder aufwachten. Auch wenn die Jungen Dominic mochten, zögerte sie noch, sie wissen zu lassen, wie weit die Beziehung ihrer Mutter zu ihm reichte. James war noch zu jung, um eine Beziehung unter Erwachsenen zu verstehen, aber Edward war jetzt elf und hatte trotz seiner Freundschaft zu Dominic einen sehr ausgeprägten Beschützerinstinkt ihr gegenüber entwickelt.

»Könntest du dir vorstellen, wieder zu heiraten?«

Die Frage kam für sie sehr plötzlich und unerwartet. »Ist das ein Antrag?«, fragte sie und lächelte zu ihm auf.

»Könnte sein«, entgegnete er ungewöhnlich ernst.

Abrupt beugte er sich herab und küsste sie auf den Mund. »Ich bin in ein paar Tagen zurück, sobald alles Geschäftliche geregelt ist.«

»Du wirst mir fehlen.«

»Du kannst mich jederzeit begleiten«, erwiderte er. »Und das weißt du auch, Kitty.«

Und das nächste Mal tue ich das wirklich, dachte sie, als Dominic das Zimmer verließ. Ein paar Tage in der Stadt, Einkaufsbummel und ungestörte Nächte mit Dominic. Sobald Kaira kam, würde sie sie bitten, das nächste Mal bei den Jungen zu bleiben.

Randolph, der erwartet hatte, dass Kaira bereits fort wäre, war überrascht, sie im Bett liegend vorzufinden, zusammengerollt und halb mit der kratzigen Wolldecke zugedeckt. Ihr dunkles Haar war über das Kissen gebreitet. Ihr Gesicht war entspannt, friedlich.

Als er näher kam, sah er schockiert, dass Laken und Decke mit Blut getränkt waren. Die ersten Fliegen hatten sich bereits eingefunden und summten nervenaufreibend.

»Kaira?«, rief er und schüttelte sie leicht bei der Schulter. »Los, Zeit aufzustehen.«

Sie rührte sich nicht, so als hätte sie ihn nicht gehört. Stirnrunzelnd schüttelte er sie noch einmal. Ihr Körper war ungewöhnlich steif und schwer. Als er sich herabbeugte, sah er, dass ein Auge offen stand und glasig in die Ferne starrte. Einer ihrer Arme glitt herab und baumelte kraftlos vom Bett.

Hier stimmte etwas nicht. Randolph wich einen Schritt zurück und schlug eine Hand über den Mund. »Kaira!«, rief er noch einmal, gegen alle Wahrscheinlichkeit hoffend, er hätte sich getäuscht. Das Echo seiner Stimme schien aus hundert verschiedenen Richtungen zurückgeworfen zu werden. Mit zwei Fingern fühlte er ihren Puls am Hals. Nichts. Kein Herzschlag, kein Atemzug. Ihre Haut war kalt und klamm und unnatürlich weich. Als er die Hand wegnahm, blieb dort, wo seine Finger gelegen hatten, eine Delle zurück.

Er saß immer noch am Bett, als Layla eine Stunde später eintraf. Sie blieb in der Tür stehen und starrte herüber.

»Komm rein«, sagte Randolph müde und fuhr sich mit der Hand über das Gesicht.

Zögernd näherte sie sich dem Bett und blieb dann einige Meter davor stehen, als spüre sie, dass etwas nicht stimmte. Sie legte den Kopf auf die Seite. »Was ist los?«, fragte sie. »Was hast du mit meinem Kind gemacht?«

Teufel auch, dachte er und fühlte Zorn in sich aufsteigen. Er hatte Kaira nichts angetan. Layla hatte auf einem Schwangerschaftsabbruch bestanden, nicht er. Er hatte sich nur überreden lassen, hatte helfen wollen, und jetzt wollte man ihm die Schuld in die Schuhe schieben, dass es schief gelaufen war. Layla und Polly Tidmarsh waren mindestens ebenso verantwortlich für das Desaster. Ganz offensichtlich war die Engelmacherin keineswegs so erfahren und vorsichtig gewesen, wie sie behauptet hatte.

»Sie ist tot«, entgegnete er schroff und dachte an die ruinierte Matratze und an das, was er Polly bezahlt hatte und von dem er sich eine neue Schlafunterlage hätte kaufen können. Und wo zum Teufel sollte er jetzt schlafen?

»Kaira ist *kurubu*? Tot?«

Layla fiel neben dem Bett auf die Knie. Sie wimmerte leise, ihr Mund auf groteske Weise verzerrt. Tränen liefen ihr über die Wangen, und sie stimmte leise ein Lied für ihre Tochter an.

Wanyoonba binde may dhavoon thome vurr.

Mivumbar urree yan-go-booee dhavoon kurree.

Winnam-ba woolov wy-wong wy-yannee.

Eine sonderbare Aneinanderreihung von Worten, und doch waren sie ihm jedes für sich allein bekannt. Ein Totengesang.

Randolph konnte den Singsang nicht länger ertragen. Ärgerlich stand er auf, stürmte zur Tür und stieß diese auf. Draußen schien die Sonne von einem Himmel, über den Schäfchenwolken zogen. Nach dem Regen sah alles frisch und sauber aus.

»Allmächtiger!«, fluchte er. Er konnte immer noch nicht glauben, was passiert war. Er hatte sein Bestes getan, hatte getan, was sie wollten, und jetzt hockte Layla in seiner Hütte und sang Totenlieder. Was hatte sie denn erwartet? Glaubte sie denn, er könne Wunder wirken?

Aus dem Schatten der Bäume heraus sah er, wie Layla

aus der Hütte rannte und einige Zeit später mit mehreren Männern ihres Stammes zurückkehrte. Sie bückten sich unter der Tür durch und gingen hinein. Minuten später tauchten sie wieder auf; Kaira lag auf einer Trage aus Stangen und Baumrinde.

Als sie sich langsam entfernten, lag ihm die Furcht, die Gewissheit drohenden Unheils, wie ein Stein im Magen.

Am folgenden Tag spannte Randolph eins der Pferde vor den Pflug. Er wollte auf dem Acker direkt bei der Hütte Mais anpflanzen. Dort war der Boden am fruchtbarsten, nicht so felsig oder lehmig wie an vielen anderen Stellen seiner Parzelle.

Die Erde teilte sich unter der gebogenen Metallklinge und bildete kleine Furchen. Ein feuchter Geruch stieg von ihnen auf, der Geruch der Erde, der jedoch bald wieder verflog.

Die Sonne brannte unerbittlich auf seinen Rücken nieder, und es dauerte nicht lange, bis sein Hemd schweißnass war und der grobe Stoff an seiner Haut klebte. Eine Länge des Ackers hatte er fast geschafft. Langsam, den Kopf gesenkt, um das Gesicht vor der Sonne zu schützen, wendete er Pferd und Pflug, um mit der nächsten Furche zu beginnen.

Als er das Pferd wendete, spürte Randolph plötzlich, dass er beobachtet wurde. Er blickte unter der Hutkrempe hervor und sah keine zehn Meter entfernt einen Aborigine stehen. Er trug Zeichen aus gelbem Lehm im Gesicht, breite Streifen über Bart, Nase und Wangen.

Trotz der Bemalung erkannte er Kougoon, den Mann, dem Kaira versprochen gewesen war. Der Aborigine hielt sich sehr gerade und musterte Randolph unverwandt. Das Weiße seiner Augen hob sich leuchtend von seiner dunkelbraunen Haut ab.

Langsam hob Kougoon eine Hand und zeigte mit dem Finger auf Randolph. »Kaira tot«, sagte er ausdruckslos. »Was passiert ist, alles deine Schuld. Stück für Stück, ganz langsam, du auch sterben.«

Der junge Krieger wandte sich ab und marschierte über den Acker davon. Randolph blickte ihm wortlos nach, sah die hellen Fußsohlen des Mannes aufblitzen, als er über die frische Ackerfurche hinwegstieg. Er bewegte sich mit der Anmut und Geschmeidigkeit eines Wildtieres, und fast schien es, als würde er auf die Bäume zugleiten, im Schatten derer einige weitere Stammesmitglieder warteten, sich leicht wiegten und dabei sangen.

Ganz leise wurden die Worte von einer schwachen Brise bis zu ihm getragen. Worte, die wie Seufzer klangen und sich mit dem Ächzen der Eichen entlang dem Zaun vermischten. Worte, mal lauter, mal leiser, ein Requiem für die Tote.

Wanyoonba binde may dhavoon thome vurr.
Mivumbar urree yan-go-booee dhavoon kurree.
Winnam-ba woolov wy-wong wy-yannee.

Lange stand er da und lauschte dem Singsang, bis dieser schließlich vom Wind davongetragen wurde und erstarb. Erst nach einer Weile wurde ihm bewusst, dass er wieder allein war. Er tat den Zwischenfall mit einem zittrigen Lachen ab, fest entschlossen, ihn zu verdrängen.

»Primitiver Quatsch«, brummte er und trieb das Pferd an. »Wenn die sich einbilden, ich würde an den Blödsinn glauben, haben sie sich geschnitten.«

Wie um seinem Standpunkt Nachdruck zu verleihen, stemmte er die Schulter gegen das Metall und drückte den Pflug tief in die feuchte Erde.

Als Dominic den dritten Tag fort war, kam Beth nach Roselea und brachte Neuigkeiten von ihm. Er hatte mit einem der Flussschiffe Nachricht geschickt, dass er bis Ende der Woche zu tun haben würde.

»Was geht hier eigentlich vor?«, fragte Beth und nickte in Richtung Fluss. »Für mich klingt das wie ein altmodisches Korrobori.«

Aus dem Flusstal drang fremdartiger Gesang, der in Fetzen vom Wind bis zu ihnen getragen wurde. Es war Jahre her, genau genommen seit ihrer Ankunft in Boolai, dass Kitty solche Eingeborenengesänge gehört hatte.

Stirnrunzelnd schüttelte sie den Kopf. »Ich weiß auch nicht. Das geht jetzt schon ein paar Tage so, und Kaira ist auch seit dem Tag vor Doms Abreise nicht mehr hier gewesen. Langsam mache ich mir Sorgen.«

Beth zuckte die Achseln. »Ich weiß auch nicht. Es gibt wohl nur eine Möglichkeit, wie du dir Gewissheit verschaffen kannst: indem du ins Lager gehst.«

»Und wenn es sich um heilige, geheime Zeremonien handelt? Dann wäre ich dort sicher nicht willkommen.«

»Stimmt. Aber schlimmstenfalls wird man dich bitten zu gehen.«

»Vielleicht hast du Recht«, entgegnete Kitty unsicher.

Nachdem Beth zum Laden zurückgekehrt war, wies Kitty Edward und James an, daheim zu bleiben, während sie ins Eingeborenenlager hinüberging. Es war Sonntag, und als sie das Haus verließ, saßen die Jungen im Salon und lasen.

Auf den ersten Blick wirkte das Lager verlassen. Keine Feuer, von denen Rauchsäulen aufstiegen, und es roch auch nicht nach bratendem Fleisch. Sogar die Hunde verhielten sich still. Der Gesang kam aus einiger Entfernung.

Nervös ging Kitty an den primitiven Hütten vorbei, die kaum mehr waren als ein einfacher Regen- und Sonnenschutz aus Baumrinde und trockenem Laub. Sie schaute sich suchend um. Schließlich gelangte sie in den Teil des Lagers, in dem die verwitweten und unverheirateten Frauen lebten. Vielleicht war Kaira ja hier irgendwo.

Eine einsame Gestalt saß mit gesenktem Kopf im Schneidersitz draußen vor der Hütte. Es war Layla.

»Hallo«, sagte Kitty und hockte sich neben sie.

Layla hob den Kopf und schaute sie mit stumpfem Blick an.

»Ah, Kitty«, sagte sie schließlich. »Du bist also gekommen.«

»Ja, ich bin gekommen.«

»Du bist gekommen, um dich von meiner Tochter zu verabschieden, ja? Ist sie nicht ein ganz besonderes Kind?«

»Wo ist Kaira?«

Bei der Erwähnung ihres Namens zuckte Layla zurück und musterte Kitty dann aus zusammengekniffenen Augen. »Du weißt nicht, was passiert ist?«

»Nein.«

»Meine Tochter sollte für dich arbeiten, und du lässt zu, dass sie sich am Fluss mit diesem ... streunenden Köter trifft. Und dann weißt du nicht, was passiert ist?«

»Wo ist sie?«, fragte Kitty noch einmal.

»Komm.«

Layla erhob sich steif und ging dann zügig in Richtung Fluss, wobei sie sich ganz automatisch unter tief hängenden Ästen wegduckte. Kitty folgte ihr, ein mulmiges Gefühl in der Magengegend. Sie näherten sich dem Gesang, der sie überhaupt erst bewogen hatte, ins Dorf zu gehen. Der Gesang wurde lauter, Wehklagen, das die ganze Luft mit fast greifbarer Trauer erfüllte.

Etwas daran erinnerte sie an die Zeit, nachdem Ted und Johnno verunglückt waren. Dieselbe Melodie vielleicht? Derselbe melancholische Klang?

Sie gelangten zu einer Lichtung. Männer und Frauen des Stammes saßen in einem Kreis um einen Erdhügel herum. Kitty war verwirrt. Layla schien der Ansicht zu sein, sie müsse wissen, was los war, aber sie tappte immer noch im Dunkeln.

»Wo ist Kaira?«, wiederholte sie ungeduldig.

Layla schüttelte den Kopf. »Du darfst ihren Namen nicht mehr aussprechen«, flüsterte sie. »Die Geister mögen das nicht.«

Kairas Abwesenheit. Der Erdhügel. Die Klagelaute. Der Brauch der Aborigines, den Namen eines Verstorbenen nicht auszusprechen. Plötzlich machte alles Sinn.

»Sie ist tot?« Kitty schloss einen Moment die Augen. Die Luft um sie herum kam ihr plötzlich erstickend heiß vor. Layla hatte erwähnt, Kaira sei während ihrer Arbeitszeit am Fluss gewesen. Mit jemandem, den sie als streunenden Köter bezeichnet hatte.

»Wie ist das passiert?«

Aber Layla ließ sie stehen und setzte sich zu den anderen an das Grab ihrer Tochter, wiegte sich vor und zurück und stimmte in das Wehklagen der anderen ein.

Kitty kam sich vor wie ein Eindringling. Die Eingeborenen hatten ihre eigenen Bräuche und Traditionen, Begräbnisrituale, von denen sie nichts wusste. Langsam wandte Kitty sich ab und ging davon.

Der Gesang wehte ihr hinterher, schien den Konturen von Hügeln und Tälern zu folgen und durch das dichte Laub der Bäume zu schweben. Er passte zu diesem Land, dem der Glaube der Ureinwohner entsprungen war, ihre Mythen und Legenden, ihre Geschichten aus der Traumzeit. Land, das sie ernährt hatte. Und dann war der weiße Mann gekommen, hatte ihnen das Land weggenommen, es gerodet und ihnen den Zutritt verwehrt. Jetzt war Kaira nicht mehr, und die Population des ohnehin schon stark dezimierten Stammes war wieder weniger geworden.

Sie fühlte sich frustriert und hilflos. Die Sinnlosigkeit dieses Todes bedrückte sie. Und ein Wort nagte an ihr. Streunender Köter, hatte Layla gesagt.

Der einzige Mann im Umkreis, auf den diese Beschreibung passen könnte, war Randolph Tarlington, Dominics verhasster Bruder.

Der Mais war gepflanzt, und nach den ersten Regenfällen sprossen zarte Pflänzchen auf dem Acker. Randolph saß auf der Veranda und blickte auf das noch spärliche Grün.

Seit Kairas Tod waren zwei Monate vergangen. Anfangs waren die Tage nur langsam und zäh vergangen. Bei jedem Schritt hatte er damit gerechnet, dass Kougoon wieder auftauchte, aber der Aborigine hatte sich nicht mehr blicken lassen, und Randolph hatte nach und nach begonnen, die tragische Episode abzuhaken.

Und als er nun so dasaß, empfand er trotz aller Widrigkeiten eine gewisse Befriedigung. Nach Jahren eines harten Überlebenskampfes zeichneten sich bessere Zeiten ab. Und wenn diese Maisernte erst eingebracht war, würde sie einen guten Preis bringen.

Ein heiseres Krächzen riss ihn aus seiner Tagträumerei. Randolph stand auf und schirmte die Augen mit einer Hand gegen die grelle Sonne ab. Am Ende des Ackers hatte sich eine einzelne schwarze Krähe niedergelassen, hüpfte die Ackerfurchen entlang und pickte nach den Schösslingen.

Randolph eilte über den Hof und holte sein Gewehr aus der Scheune. Krähen waren der Fluch eines jeden Farmers, und er würde nicht zulassen, dass sie sich auf seinem Land häuslich niederließen. Vorsichtig und mit hochgezogenen Schultern schlich er sich an das Tier heran. Als er nahe genug heran war, um einen gezielten Schuss abfeuern zu können, hob er das Gewehr und legte an.

Er blickte am Lauf entlang und versuchte, die dunkle Gestalt ins Visier zu nehmen. Der Vogel flatterte und hüpfte, bewegte sich irgendwie gezielt. Da stimmte etwas nicht. Randolph ließ das Gewehr sinken.

Die Sonne brannte erbarmungslos herab, so intensiv, dass er fast geblendet wurde. Dunkle Punkte tanzten vor seinen Augen. Der Busch, der den Acker säumte, flimmerte wie eine Fata Morgana.

Und die Krähe? Er starrte aus zusammengekniffenen Augen auf den Acker, aber anstatt des Vogels kauerte nun ein Mann zwischen den Ackerfurchen. Ein Aborigine mit angemaltem Gesicht und einem Speer. Kougoon, dachte Randolph und fühlte, wie der Muskel an seiner Schläfe anfing zu zucken.

Er ließ das Gewehr sinken und lief auf den Mann zu. Dreiste Mistkerle, die es wagten herzukommen, um ihn einzuschüchtern. Sollten sie doch kommen, er würde sie schon verjagen, jeden einzelnen von ihnen.

Draußen auf offenem Feld schien die Sonneneinstrahlung noch stärker zu sein. Er atmete keuchend, und das Ende des Ackers schien noch Meilen weit weg zu sein. Schweiß rann ihm die Wange hinunter, und Randolph wischte sich mit dem Hemdsärmel die Stirn trocken, während er stolpernd weiterlief.

Plötzlich hörte er lautes Flügelschlagen, und vor ihm erhob sich laut krächzend ein Vogel in die Luft. Er flog so dicht an ihm vorbei, dass Randolph den Luftzug spüren konnte, den seine Schwingen verursachten, und das Klappern seines Schnabels hörte. Der Vogel stieg kreisend immer höher hinauf, bis er nur noch ein kleiner Punkt am strahlend blauen Himmel war.

Der Acker lag verlassen da. Kein Vogel. Und erst recht kein Aborigine, der zwischen den Furchen kauerte. Nichts als flirrende Leere.

Kopfschüttelnd kehrte Randolph zurück zur Hütte. Leises Unbehagen regte sich in ihm, eine leichte Übelkeit, die nicht weichen wollte. Er hatte das Gefühl, als rückten die umliegenden Bäume immer näher, obwohl sie Hunderte Meter entfernt standen. Er war ganz sicher, das beinahe melodische Rascheln ihres Laubs hören zu können.

Wanyoonba binde may dhavoon thome vurr.

Abrupt wirbelte er herum, in die Richtung, aus der der Gesang kam, und ließ den Blick über das Land schweifen. Flirrende Hitze stieg vom Boden auf und sorgte für trügerische Luftspiegelungen.

Plötzlich stieg Galle in seiner Kehle auf bis in seinen Mund. Er krümmte sich, würgte und erbrach grünlichen Magensaft, vermischt mit hellem Blut.

KAPITEL 20

Als Randolph aufwachte, fühlte sein Kopf sich an, als stünde er in Flammen. Seine Stirn glühte, und er spürte, wie die Hitze an seinen Wangen und seinem Hals abwärts wanderte. Er versuchte, die Bettdecke zurückzuschlagen, konnte aber die Arme nicht bewegen. Sie fühlten sich hölzern und steif an, schwach wie die eines Neugeborenen.

Er blieb eine Minute reglos liegen, um Kräfte zu sammeln, und fragte sich dabei, was er tun sollte. Unter Aufbietung aller Kraftreserven setzte er sich auf und schob die Bettdecke ans Fußende des Bettes.

Er stand auf und wankte auf zittrigen Beinen ins Nebenzimmer. Das Feuer im Ofen war heruntergebrannt und nur noch ein Haufen glühender Kohlen. Fröstelnd machte er Halt, um ein paar Holzscheite nachzulegen, deren raue Rinde zu seiner Freude sofort Feuer fing.

Im flackernden Schein des lodernden Feuers war deutlich das Chaos im Raum zu sehen. Das Zimmer war schmutzig und unordentlich. Daran sind nur Abos schuld, sagte Randolph sich zornig. Er war immer ausgesprochen ordentlich, ja regelrecht pedantisch gewesen.

Zorn wallte in ihm auf. Er riss die Tür auf und trat hinaus auf die Veranda. Draußen war es kalt, die Luft schwer und feucht. Am westlichen Horizont ging gerade die Sonne unter und warf lange Schatten über das Tal. In weniger als einer Stunde würde es dunkel sein.

Er fröstelte in der kalten Luft, und ein Schauer jagte ihm über den Rücken. Als er sich umwandte, um in die warme Hütte zurückzukehren, hatte er das eigentümliche Gefühl, beobachtet zu werden. Hunderte Augenpaare blickten ihn aus den dunklen Tiefen des Waldes heraus an. Leuchtende Augen, lauernd und feindselig.

Er erstarrte und stierte zurück, die Augen in der zunehmenden Dunkelheit zusammengekniffen. Plötzlich wehte ihm ein Geräusch zu, ein leises, gedämpftes Gemurmel, das mitten aus den umliegenden Wäldern zu kommen schien.

Wanyoonba binde may dhavoon thome vurr.

Er drehte den Kopf in die Richtung, aus der der Singsang kam. Anfangs kamen die Worte noch zögernd und stockend, leise, aber bald steigerten sie sich zu schrillem Kreischen.

Kaira. Kaira. Kaira.

Das eine Wort ging auf ihn nieder wie ein Hagelschauer. Er wich einen Schritt zurück, als hätte ihn jemand ins Gesicht geschlagen. Verdammte Schweinehunde! Jetzt reichte es! Er stolperte durch die Tür und nahm das Gewehr vom Tisch. Es war geladen. Gut. Er eilte zurück auf die Veranda und gab kurz hintereinander fünf Schüsse auf die Bäume ab.

Als er das Gewehr sinken ließ, konnte er das Echo der Schüsse verhallen hören, bis es schließlich wieder völlig still war. Kein Vogel war zu hören. Sogar die Grillen waren verstummt. Die Sonne war nur noch ein roter Feuerball unmittelbar über den Bergen.

Langsam ging Randolph zurück ins Haus, schloss die Tür hinter sich und lehnte sich schwer atmend an das Holz. Er fuhr sich mit den Fingern durch das Haar und rieb kräftig die Stelle an der Schläfe, an der wieder einmal das unkontrollierbare Muskelzucken eingesetzt hatte.

Vielleicht würde er ja sterben. Vielleicht blieben Kougoons Worte doch nicht ohne Folgen. Nein, protestierte er innerlich. Flüche, Beschwörungen, das war doch nur ein Haufen Unsinn. Jeder vernünftige Mensch wusste das. Aber warum wurde er dann immer schwächer, kaum noch in der Lage, die Bettdecke zu heben? Das ergab doch keinen Sinn.

Eine Welle der Verzweiflung erfasste ihn, und sein Herz fing an zu rasen. Er konnte nicht mehr. Sie machten ihn wahnsinnig, schlichen um sein Land herum, jagten ihm Angst ein mit ihrem unheimlichen Singsang, immer dann, wenn er am wenigsten damit rechnete. Er verspürte den übermächtigen Drang zu fliehen. Aber wohin? Sie folgten ihm überallhin, jagten ihn, ließen ihm einfach keine Ruhe. Vielleicht ging es ihnen darum, ihn von seinem Land zu vertreiben. Aber er würde nicht aufgeben. Er musste sie mit ihren eigenen Waffen schlagen. Aber wie?

Plötzlich kam ihm ein Gedanke. Bridie würde wissen, was zu tun war. Sie unterhielt doch freundschaftliche Bande zu den Schwarzen, oder? Engel der Eingeborenen hatte er sie einmal genannt. Vielleicht würde sie mit ihnen reden, sie bitten, ihn in Frieden zu lassen, wenn er ihr erst alles erklärt hatte.

Sein Entschluss war gefasst. Resolut ging er zum Schrank und nahm eine Laterne heraus. Kerosingeruch stieg ihm in die Nase, als er ein Streichholz anriss und an den Docht hielt. Gut. Das Öl würde bis Glengownie reichen. Lange genug, dass Bridie ihm die Abos vom Hals schaffen konnte.

Er sattelte das verdutzte Pferd und hievte sich schwerfällig in den Sattel. Dann trabte er den Weg hinunter in Richtung Glengownie. Glengownie würde ihn beschützen. Er stellte sich die einladende, heimelige Küche vor und fühlte sich gleich besser.

Es kam ihm vor, als wäre er schon Stunden unterwegs, dabei hatte er noch nicht einmal die Kreuzung an der Hauptstraße passiert. Randolph hielt die Lampe höher und sah, wie die Schatten vor ihm zurückwichen. Da war die Kreuzung, am Fuß des nächsten Hügels.

Er wandte sich nach rechts, trieb sein Pferd an und warf einen Blick zurück. Die Sonne hatte den Himmel über den Bergen im Westen glutrot gefärbt. Vorbeiziehende Wolken schimmerten golden.

Nach einiger Zeit wurde es ziemlich dunkel, und er war froh, dass er die Lampe hatte, die Unebenheiten und Schlaglöcher in der Straße sichtbar machte. Das Pferd trabte im Halbdunkel weiter, bis der Mond blutrot am östlichen Horizont aufging und Bäume und Straße in rötliches Licht tauchte.

Er wusste, dass sie ihn verfolgten. Einmal glaubte er sogar, ihre Schritte auf trockenem Laub zu hören. Dann wieder hörte er ein unterdrücktes Lachen. Mistkerle! Sie lachten ihn aus! Aber er würde es ihnen schon zeigen, wenn er erst auf Glengownie war.

Das Pferd war nervös und scheute mehrmals vor Schatten rechts und links der Straße. Dann stolperte das

Tier über eine Baumwurzel und knickte vorne ein. Randolph stürzte, und die Lampe ging aus. Schwerfällig stieg er wieder auf und tastete im Dunkeln nach den Zügeln, dankbar für das Mondlicht.

Der Mond war inzwischen höher gestiegen, eine nun silberne Scheibe, die fahl und kühl am Himmel stand. Leichter Nebel lag unter den Bäumen. Er konnte sehen, wie die gespenstischen weißen Schwaden über den Boden waberten.

Er war nicht überrascht, als er die erst zittrigen Klänge des Liedes hörte. Sie wehten ihm mit dem Nebel durch die Bäume entgegen. Er tat so, als hörte er sie nicht. Vielleicht konnte er den Singsang ausblenden, wenn er sich nur genug konzentrierte.

Er dachte an eine Melodie aus seinen Kindheitstagen und versuchte, sich ausschließlich auf diesen Text zu konzentrieren. Aber die anderen Worte, ihre Worte, wurden lauter und lauter, ließen sich nicht so ohne weiteres ignorieren. Sie raubten ihm den Atem, erstickten ihn, bis er schließlich ärgerlich aufgab.

»Aufhören! Schluss damit!«, keuchte er und lenkte das Pferd blind auf die umliegenden Bäume zu. Er wünschte, er hätte daran gedacht, das Gewehr mitzunehmen. »Hört mit dem verfluchten Lärm auf!«

Es wurde wieder still. Einen Moment war Randolph verwirrt.

Wo war er?

Wohin wollte er?

Dann fiel es ihm wieder ein. Natürlich, er war unterwegs nach Glengownie.

Als sie ein Pferd wiehern und gleich darauf die Haustür mit lautem Knall zuschlagen hörte, eilte Bridie den Flur hinunter zum Salon. Hugh und Cordelia würden frühestens in ein paar Tagen aus der Stadt zurück sein, und doch hatte jemand das Haus betreten und dabei einen Lärm veranstaltet wie eine ganze Kompanie.

Es war Randolph. Er stand in der Diele, schmutzig und verknittert, die Arme um den Oberkörper gelegt, als friere er. Auf seinem Gesicht lag ein sonderbarer Ausdruck, eine Mischung aus Furcht und Erregung. »Bridie«, rief er laut und nahm ihren Arm. »Du musst mir helfen.«

Er strahlte etwas Seltsames, Unkontrollierbares aus. Irgendetwas stimmte nicht mit ihm. Er war barfuß und ungewaschen, sein Haar strähnig und ungekämmt. Ein irrer Glanz lag in seinen Augen. Er hatte sich allem Anschein nach seit Tagen nicht rasiert, und dunkle Stoppeln bedeckten Kinn und Wangen.

Bridie führte ihn ins Wohnzimmer zu einem Sessel vor dem Kamin. »Was willst du hier?«, fragte sie zurückhaltend.

»Du musst mir helfen«, flehte er und klammerte sich an ihre Arme. »Mach, dass sie mich in Frieden lassen.«

Er redete wirr. »Wer soll dich in Frieden lassen?«

Er sprang auf und ging rastlos vor dem Kamin auf und ab. »Die verdammten Schwarzen. Sie verfolgen mich. Es war doch nicht meine Schuld. Ich habe es ihnen gesagt, aber sie glauben mir nicht.«

Bridie schob ihn erneut auf den Sessel zu. »Setz dich. Ich mache dir einen Tee.«

»Nein! Nein!«, rief er, lief zum Fenster und starrte in die Dunkelheit. Das Glas beschlug, und er wischte ungeduldig mit einer Hand darüber. »Sie sind da draußen, hinter mir her. Ich kann sie ständig singen hören. Dieses Lied ... Es macht mich noch wahnsinnig.« Abrupt verstummte er, als wäre ihm plötzlich ein Gedanke gekommen. »Vielleicht versuchen sie ja, mich dazu zu bringen, wegzugehen, aber ich lasse mich nicht vertreiben. Die Tarlingtons leben seit Jahrzehnten auf diesem Land. Es ist mein Land.«

Er klang wie ein trotziges Kind. »Natürlich ist es das, Randolph«, entgegnete Bridie beschwichtigend. »Aber jetzt setz dich erst einmal. Ich gehe in die Küche, setze Wasser auf und koche uns eine erfrischende Kanne Tee. Und dann erzählst du mir alles.«

Etwas an Randolph machte ihr Angst. Das ungepflegte Äußere, der panische Ausdruck auf seinem Gesicht: Er war nicht er selbst. Sie schloss die Küchentür hinter sich, zog die Schürze aus und warf sie auf die Bank. Dann nahm sie ihren Schal von einem Haken hinter der Tür und eine Lampe vom Tisch. Wenn sie sich beeilte, konnte sie in wenigen Minuten drüben auf Roselea sein. Und mit etwas Glück war Dominic dort bei Kitty. Vielleicht konnte er mit herkommen und ihr helfen, Randolph zur Räson zu bringen.

Es war kalt draußen. Nebel waberte durch die Bäume, und das Laub raschelte laut unter ihren Füßen. Sie fröstelte und zog den Schal enger um sich, ganz auf den gewundenen Pfad konzentriert, der sich vor ihr durch den Busch schlängelte.

Der Weg zu ihren Nachbarn kam ihr endlos vor. In der einen Minute war sie noch von Schwärze umgeben, doch dann tauchten die willkommenen erleuchteten Fenster von Roselea vor ihr auf. Sie lief die Stufen zur Veranda hinauf und trommelte mit der Faust an die Tür. »Dominic. Ich bin's, Dominic.«

Ihr Sohn öffnete. Nie war sie glücklicher gewesen, ihn zu sehen. Er musterte sie stirnrunzelnd. »Komm rein. Da draußen in der Kälte holst du dir noch den Tod. Was um alles in der Welt ist denn los?«

»Randolph«, keuchte sie und trat ein. Dominic schloss die Tür hinter ihr. »Er ist in einem schrecklichen Zustand auf Glengownie aufgekreuzt und redet wirr. Ich brauche deine Hilfe.«

»Was ist mit Hugh?«

»Er und Cordelia sind seit Tagen in Brisbane.«

»Dann bist du ganz allein im Haus?«, fragte Dominic und runzelte erneut die Stirn.

Gemeinsam gingen sie in die Küche. Edward und James saßen am Tisch und malten, während Kitty den Abwasch erledigte. Es herrschte eine entspannte, heimelige Atmosphäre, wie in einer richtigen kleinen Familie.

Kitty blickte überrascht auf. »Hallo, Bridie. Was ist denn passiert?«

Bridie ließ sich auf einen Stuhl neben James sinken und strich dem Jungen flüchtig über das Haar. »Randolph.«

»Oh.« Kitty wandte sich mit grimmiger Miene wieder ihrer Arbeit zu.

»Er tobt wie ein Wahnsinniger«, fuhr Bridie an ihren Sohn gewandt fort. »Er sagt, die Eingeborenen würden ihn verfolgen. Sie würden ständig singen und ihn damit wahnsinnig machen. Aber das ist unmöglich.«

»Warum?«, fragte Kitty, die kein Wort verstand.

»Weil das Lager seit Tagen verlassen ist. Sie sind fortgegangen. Ich habe sie gesehen. Sie sind in einer langen Schlange abgezogen. Sogar Old Mary war unter ihnen.«

Dominic schaute nachdenklich drein. »Meinst du, er ist vielleicht verrückt geworden so ganz allein? Es ist ziemlich einsam so weit draußen. Ich habe mich schon lange gefragt, wie er das aushält.«

Bridie schüttelte den Kopf. »Ich glaube, Randolph verschweigt etwas. Er hat gefaselt, es sei nicht seine Schuld, und das hätte er ihnen auch gesagt, sie hätten aber nicht hören wollen.«

»Und mit ›sie‹ meinte er die Eingeborenen?«

Bridie zuckte die Achseln. »Keine Ahnung«, sagte sie leise. »Ich weiß es wirklich nicht.«

»Ist euch vielleicht schon der Gedanke gekommen, dass Randolph möglicherweise etwas angestellt hat und selbst schuld ist an seiner Situation? Soll er doch allein die Suppe auslöffeln, die er sich eingebrockt hat«, meinte Kitty.

Dominic nahm seinen Mantel von dem Haken an der Hintertür und trat an ihre Seite. »Ich mache mir Sorgen, Liebes. Ich weiß, dass es im Grunde Randolphs Problem ist, aber wenn es meine Mutter betrifft, geht es auch mich etwas an. Ich werde mit rübergehen und mit ihm reden, mir anhören, was eigentlich los ist. Vielleicht kann ich ihn ja überreden, für ein paar Wochen nach Brisbane zu gehen, bis er sich wieder gefangen hat.«

»Wie du meinst.«

Er küsste sie und strich mit einem Finger über ihre Lippen und das kleine Grübchen an ihrem Kinn. »Sperr ab, wenn ich weg bin, nur für alle Fälle. Ich lasse das Pferd hier und gehe mit Mutter zu Fuß rüber. Die Stute geht hinten lahm, und ich möchte sie schonen. Es ist ja nur gut eine Meile. Das wird ein ordentlicher Verdauungsspaziergang.«

»Glaubst du, du kannst ihn zur Vernunft bringen?«, fragte sie, einen besorgten Ausdruck auf dem Gesicht.

»Natürlich. Ehe du dich versiehst, bin ich zurück.«

Er schlüpfte in den Mantel und hakte Bridie unter. »Los, Mum. Gehen wir zurück und regeln die Sache.«

Kitty schaute Dominic und seiner Mutter von der Tür aus nach, bis die Dunkelheit sie verschluckte. Sie schauderte, als die Kälte durch ihr Kleid drang. Dominics Weisung folgend, verriegelte sie die Tür, und das Einrasten des Riegels vermittelte ihr ein Gefühl der Sicherheit.

»Das wäre das«, murmelte sie und klemmte die Hände unter die Achseln, um sie aufzuwärmen.

In der Küche kochte inzwischen das Wasser, und der Dampf, der aus dem Kessel aufstieg, beschlug die Fensterscheibe. Der Duft des Abendessens – Lammbraten und Kartoffeln mit frischer Pfefferminzsoße – hing noch in der Luft. Die Jungen waren ins Wohnzimmer gegangen, und sie konnte sie auf dem Klavier klimpern hören. Edward hatte vor einiger Zeit angefangen, sich für das Instrument zu interessieren, und konnte bereits ein paar Melodien mit zwei Fingern spielen. Wenn das Interesse anhielt, sollte sie sich um richtigen Unterricht für ihn kümmern.

Seufzend kehrte sie zurück zur Arbeitsfläche. Es gab so viel zu tun, und nie reichte die Zeit. Resolut machte sie sich daran, die letzten Spuren der Mahlzeit zu beseitigen.

Als die Küche wieder aufgeräumt und das Geschirr gespült und weggeräumt war, setzte Kitty sich an den

Tisch, stützte das Kinn auf die Hände und dachte über ihre Zukunftspläne nach. Sie hatte Paddy ein Grundstück abgekauft, um darauf ein neues Hotel zu errichten, und das Bauunternehmen, das sie ausgewählt hatte, wollte in der kommenden Woche mit der Arbeit beginnen. Die Lage war perfekt, in unmittelbarer Nähe zur Anlegestelle und gleich gegenüber der geplanten Eisenbahnstation. Es war ein Eckgrundstück, was wunderbar zu der eleganten Fassade im Kolonialstil passte, für die sie sich entschieden hatte.

Ihre Gedanken kehrten zurück zu Dominic. Er war nicht erfreut von ihren Plänen, hatte sich aber mit Kritik zurückgehalten, wie sie der Fairness halber einräumen musste, und sich sogar erboten, ihr bei der Auswahl der Handwerker zu helfen. Aber sie fühlte, dass er nur widerwillig half und es am liebsten sähe, wenn sie das ganze Vorhaben in letzter Minute aufgab.

Erst am vergangenen Abend hatte er sie wieder gefragt, ob sie ihn heiraten wolle. »Komm schon, Kitty«, hatte er gesagt. »Du hattest reichlich Zeit, um darüber nachzudenken und mich kennen zu lernen. Es ist doch nicht so, als wäre ich ein Fremder. Ich liebe dich.«

Ihre Weigerung, sich so oder so zu äußern, hatte ihn verärgert. Ein Teil von ihr wollte ja allem zustimmen, was er sagte, aber ein anderer Teil mahnte sie zur Vorsicht: Sie war schon zu lange unabhängig.

Hinzu kam, dass sie an manchen Tagen ständig an Dan denken musste, als wäre sie auf eine seltsame, unerklärliche Weise mit der Vergangenheit verbunden. Das ließ sie ebenfalls zögern, sich endgültig an Dominic zu binden. Sie würde bald konkret etwas unternehmen müssen, um ihn zu finden. Dominic war sehr hilfsbereit gewesen und hatte ihr sogar einen Privatdetektiv in der Stadt empfohlen ...

Dominic, dachte sie abrupt und verspürte plötzlich das unerklärliche Bedürfnis, bei ihm zu sein. Irrationale Furcht schnürte ihr die Kehle zu, und sie warf nervös einen Blick auf die Wanduhr. Es war mindestens eine halbe Stunde her, dass er Bridie zurück nach Glengownie begleitet hatte. Inzwischen mussten sie dort sein. Vielleicht war das Problem mit Randolph ja bereits erledigt, und er war schon wieder weg. Sie wies die Jungen an, die Tür hinter ihr zu verriegeln, und holte ihren Mantel. Dann verließ sie eilig das Haus.

Mit einer kleinen Laterne in der Hand hastete sie in Richtung Glengownie. Äste und Zweige zerrten an ihrem Rocksaum und zerkratzten ihre Knöchel oberhalb der robusten Schnürstiefel. Sie hielt die Laterne hoch, um den nicht befestigten Weg besser sehen zu können und nicht zu fallen, aber schon bald tat ihr der Arm weh vom Gewicht der Lampe. Im Dickicht rechts und links des Weges war es stockfinster. Sie war umgeben von bedrohlichen Schatten, die nur vorübergehend dem Schein der Laterne wichen. In einiger Entfernung konnte Kitty Zweige knacken hören: Wildtiere, die vor ihr flüchteten.

Als sie sich Glengownie näherte, hörte sie Randolphs laute, zornige Stimme, konnte aber nicht verstehen, was er sagte. Dann kamen die erleuchteten Fenster des Hauses in Sicht, und sie entdeckte eine Gestalt, die wartend unter einem Baum vor dem Haus kauerte. Es war Dominic. Sie näherte sich ihm von hinten, und er fuhr erschrocken zusammen, als er sie plötzlich hinter sich hörte.

»Herrgott, Kitty«, zischte er und zog sie zu sich herab. »Hast du mich erschreckt.«

Dominic war allein. Von Bridie keine Spur. »Wo ist Bridie?«

»Im Haus. Sie wollte erst allein mit ihm sprechen. Sie hat gesagt, ich solle hier warten, sie würde mich rufen, falls sie mich braucht. Sie wollte nicht, dass Randolph weiß, dass sie Verstärkung geholt hat. Du weißt ja, wie cholerisch er ist.«

Kitty schob eine Hand unter seinen Arm. Er legte ihr den Arm um die Schultern und zog sie fest an sich. Tau tropfte aus dem Baum auf sie herab, und der frische Geruch feuchter Erde stieg ihr in die Nase.

Randolph wartete und wartete, aber aus der Küche drang kein Laut. Bridie brauchte aber verdammt lange, um Tee zu kochen. Er kramte seine Uhr aus der Hosentasche. Inzwischen war gut eine halbe Stunde vergangen. Diese Mistkerle lauerten draußen sicher schon auf ihn. Er sollte sich auf den Kampf vorbereiten und nicht auf eine verfluchte Tasse Tee warten.

Ungeduldig ging er auf die Küchentür zu. Bridie hatte sie vorhin hinter sich geschlossen. Er öffnete sie und schaute hinein. Der Raum war ordentlich, die Arbeitsflächen sauber. Glänzende Töpfe und Pfannen hingen von Haken an der Decke, und auf dem Sims über dem Herd standen unterschiedlich große Behälter.

Aber wo war Bridie? Ihre Schürze lag zusammengeknüllt auf der Arbeitsfläche, und ihre Hausschuhe standen neben der Matte. Ihr Schal hing nicht mehr an dem Haken hinter der Tür.

Miststück! Sie hatte ihn im Stich gelassen.

Er wünschte, er hätte daran gedacht, sein Gewehr mitzunehmen. Seine Dummheit verfluchend, verließ er die Küche. Bridie hatte ganz sicher irgendwo eine Waffe versteckt. Sie hatte immer eine im Haus gehabt.

Gehetzt lief er den Flur hinunter, riss Türen auf und stürmte in die verschiedenen Zimmer. Hughs Zimmer, sehr maskulin. Er riss die Schranktür auf, suchte zwischen den auf Bügeln hängenden Hemden und Hosen und unter dem Bett. Nichts.

Dann kam Cordelias Zimmer voller Spitzendeckchen und allerlei Schnickschnack. Ungeduldig zog er die Kissen vom Bett und schaute unter der Matratze nach. Jeden Winkel suchte er ab, den Schrank, die Kommode: nirgendwo eine Waffe.

Das letzte Zimmer auf dem Flur war einmal seins gewesen. Zögernd stieß er die Tür auf und trat ein. Es roch muffig. Alles war noch so, wie er es zurückgelassen hatte, dieselbe Tagesdecke auf dem Bett, dieselben Bilder an den Wänden. Allerdings fehlte die persönliche Note: keine Kämme und Bürsten auf der Kommode, weder Flaschen Rasierwasser noch ein Kästchen mit Hemdkragen. Der Raum wirkte verlassen und seelenlos. Er stürzte zurück auf den Flur und knallte die Tür hinter sich zu.

Ein kalter Luftzug wehte durch den Gang, und er zog fröstelnd den Mantel enger. Das Licht, das am Ende des Korridors aus dem Wohnzimmer auf den verblichenen Läufer fiel, war ein willkommener Anblick und zog ihn magisch an.

KAIRA!

Er erstarrte mitten in der Bewegung und sah sich hektisch nach dem Ursprung des Schreis um, aber der Klang stürzte von allen Seiten auf ihn ein, hallte von den Wänden wider, von der Decke, dem Fußboden. Das Herz schlug ihm bis zum Hals.

Schweine!

Er hörte eine Tür zuschlagen, gefolgt von einem schabenden Geräusch in der Küche. Er wirbelte herum und wich einige kleine Schritte zurück. Sie waren gekommen, um ihn zu holen. Also gut, sagte er sich und rieb sich mit einer Hand die zuckende Stelle an der Schläfe. Er würde vorne rausgehen, außen um das Haus herum, und sich den Überraschungseffekt zu Nutze machen.

Er öffnete die Haustür und schaute sich verstohlen um. Links. Rechts. Niemand zu sehen. Er legte den Kopf schräg und lauschte angestrengt. Da war ein leises Geräusch drüben zwischen den Bäumen.

Wieder dieser Gesang, der rhythmische Singsang, der ihn rief, ihn ins Freie lockte.

KAPITEL 21

Bridie betrat die Küche und zog entschlossen die Tür hinter sich zu. Es war alles noch so, wie sie es zurückgelassen hatte, sauber und ordentlich. Ihre Schürze lag noch am anderen Ende der Arbeitsfläche. Ihre Hausschuhe standen neben der Matte. Und der Wärme im Raum nach zu urteilen, war auch noch genug Holz im Ofen.

Der Wasserkessel stand am äußersten Rand des Herdes. Sie dachte an die versprochene Tasse Tee, zog den Kessel in die Mitte des Kochfeldes und machte sich dann auf die Suche nach Randolph.

»Randolph?«, rief sie, als sie das Wohnzimmer betrat. Aber er war nicht dort. Der Raum war leer. Sie schauderte trotz der Hitze, die der Kamin verströmte. Dann spürte sie einen Luftzug. Sie ging den Flur hinunter und sah, dass die Haustür offen stand. Sie blickte nach draußen, schaute auf der Veranda nach, aber er war nicht dort. Randolph war fort.

Als sie die Vordertreppe hinunterstieg und über den Rasen auf die Bäume zuging, trat ihr Sohn ins Licht und winkte. »Hier drüben, Mutter.«

Er zog sie zu sich in den Schutz der Bäume. Sie war überrascht, Kitty dort zu sehen, die auf der feuchten Erde hockte. »Randolph ist weg«, sagte sie.

»Nein. Wir haben ihn gerade außen um das Haus herumlaufen sehen.«

Bridie wandte sich wieder dem Haus zu. »Dann gehe ich besser zurück und sehe nach ihm.«

»Nein!« Dominic legte ihr eine Hand auf den Arm und hielt sie zurück. »Ich halte das für keine gute Idee. Bleib hier bei Kitty. Ich gehe und spreche mit ihm, versuche, ihn zu beruhigen.«

Er wollte gerade den Schutz der Bäume verlassen, als Bridie seine Hand nahm und ihn zurückhielt. »Pssst. Warte.«

Schritte erklangen, und gleich darauf kam Randolph um das Haus gelaufen, schwenkte dabei die Arme und schrie. »Kommt raus, ihr schwarzen Hunde, hört ihr? Ich weiß, dass ihr da seid. Kommt doch und holt mich. Kommt, und singt eure verdammten Lieder, dann werden wir ja sehen, ob mich das kratzt. Ihr macht mir keine Angst, o nein!«

»Was macht er denn?«, fragte Kitty.

Dominic zuckte die Achseln. »Keine Ahnung.«

Im Licht, das durch die Fenster nach draußen fiel, sah Bridie, wie Randolph einen Gegenstand aus der Hosentasche kramte. Plötzlich flammte ein heller Schein auf, Funken stoben auf, und er hielt eine brennende Fackel in der Hand. Im flackernden Feuerschein tanzten geisterhafte Schatten über die kleine Lichtung um das Haus.

Randolph rannte auf das Dickicht gegenüber dem Haus zu. »Los, ihr Mistkerle. Ich weiß, dass ihr da drin seid.«

Er schwenkte die Fackel vor sich. Bridie wusste, dass das Gras dort vom Frost braun und knochentrocken war. Ein Funke genügte, und der ganze Wald würde in Flammen stehen.

»O mein Gott«, flüsterte sie erstickt. »Wenn er nicht aufpasst, brennt er noch alles nieder. Dominic, tu doch etwas.«

Jetzt konnte er sie deutlich hören; die Stimmen kamen aus dem Gebüsch auf der Nordseite des Hauses. Flüsternde Stimmen, die ihn vom Haus fortlockten. »Ich weiß, dass ihr da seid!«, schrie er und schwenkte erneut die Fackel, diesmal dicht über dem Gras am Fuß der Bäume.

Funken fielen auf die trockenen Halme, eine Flamme züngelte auf, und gleich darauf brannte bereits ein ganzer Strauch. Das Feuer griff rasend schnell um sich. Randolph führte einen grotesken Freudentanz auf und hüpfte dabei von einem Fuß auf den anderen. Er würde sie ausräuchern. Sie verjagen. Und je mehr Feuer er entzündete, desto deutlicher würden ihre fliehenden Gestalten zu sehen sein. Er lief am Rand der Lichtung entlang und ließ dabei die Fackel über den Boden schleifen, wobei er eine Reihe kleiner Feuerherde entfachte, die sich bald zu einer zusammenhängenden Feuerwand vereinten.

Und jetzt zum Haus. Die Mistkerle versuchten bestimmt, sich dort zu verstecken, weil sie glaubten, dass er sie dort nicht suchen würde. Aber er war schlauer als sie. Er stürmte über die Lichtung und schwenkte dabei die brennende Fackel über dem Kopf.

»Ich kriege euch!«

Seine Stiefel waren rutschig vom taunassen Gras, und er schlitterte förmlich durch die Tür ins Haus. Oben, dachte er. Er würde die Mistkerle als Erstes aus den Zimmern im Obergeschoss vertreiben. Er rannte die Treppe hinauf, wobei er zwei Stufen auf einmal nahm, und stieß im Laufen die einzelnen Zimmertüren auf.

Der erste Raum war eine Wäschekammer mit Laken und Handtüchern. Niemand dort. Dann folgte Bridies Zimmer. Er ließ sich auf die Knie fallen, hob die überhängende Tagesdecke an und schaute unter dem Bett nach. Nichts. Er richtete sich wieder auf. Eine leichte Bewegung hinter den Vorhängen. Sie waren aus schwerem Brokat, zu schwer, um allein von einem Luftzug bewegt zu werden. Als der Stoff zurückfiel, war er sicher, dahinter die Umrisse eines Mannes zu erkennen. Er führte die Fackel von oben nach unten an den Vorhängen entlang.

Winzige Flammen züngelten auf, erst zögernd, dann größer, gieriger. In Windeseile schossen sie an Vorhängen und Wänden hinauf.

Er eilte zurück nach unten. Die Stimmen waren jetzt lauter und kamen aus allen Richtungen. Er schlug mit der Fackel nach ihnen, nach Vorhängen, Sofas, unter den Esstisch. Das Mobiliar fing Feuer, angefacht vom Luftzug, der durch die offene Haustür hereinwehte.

»Randolph!«

Er erstarrte. Jemand rief vom oberen Treppenabsatz aus nach ihm. Es klang wie Kairas Stimme. Aber das konnte nicht sein. Kaira war tot.

»Randolph! Randolph!«

Wieder diese Stimme. Es waren diese Mistkerle. Er stürzte zur Treppe. Kalter Hass wallte in ihm auf. Rasende Wut bemächtigte sich seiner.

Das Treppengeländer war heiß, und Rauch quoll ihm auf dem Flur entgegen.

»Randolph. Hier drin, Randolph.«

Er öffnete noch einmal dieselben Türen wie erst wenige Minuten zuvor und steckte den Kopf in jeden Raum. Das Dach über ihm brannte. Das Feuer knisterte und fauchte ohrenbetäubend.

Er grinste zufrieden. Lange würden sie sich hier nicht mehr verstecken können. Bald würde er sie vertrieben haben.

Dominic lief als Erster zu den brennenden Sträuchern. Er brach einen Ast von einem Eukalyptusbaum ab und schlug auf die Flammen ein. Bridie und Kitty folgten seinem Beispiel. Das Feuer hatte bereits um sich gegriffen und bildete eine massive Wand, gegen die sie kaum noch etwas ausrichten konnten. Schwarzer Rauch brannte in ihren Augen und ihren Lungen und drohte, sie zu ersticken.

»Es ist zwecklos«, keuchte Bridie schließlich und gab auf.

Erst da sah sie das rote Glühen oben im Haus und den Rauch, der entlang dem Dach hervorquoll.

»O mein Gott«, stöhnte sie und griff nach Dominics Arm. »Das Haus! Seht doch, das Haus brennt!«

Dominic drehte sich um und folgte ihrem Blick. Sein Gesicht war rußgeschwärzt, aber das Weiße seiner Augen war im Feuerschein deutlich zu sehen. »Allmächtiger!«, rief er aus und rieb sich mit einer Hand die Stirn.

»Im Haus habe ich Sachen, die unersetzlich sind«, rief Bridie. »Ich muss versuchen, zu retten, was noch zu retten ist!«

Dominic packte ihre Arme, und seine Finger gruben sich tief in ihr Fleisch. »Bist du verrückt?«, schrie er und zog sie über den Rasen vom Haus fort. »Bist du lebensmüde?«

Sie schlug die Hände vor das Gesicht und brach schluchzend zusammen.

Das Feuer war außer Kontrolle. Die Flammen schlugen immer höher, und das anfängliche Knistern steigerte sich zu einem ohrenbetäubenden Dröhnen. Hin und wieder konnte er Randolph schreien hören, erst durch die Fenster im Obergeschoss, dann unten.

Bridie warf einen letzten verzweifelten Blick auf das Haus. Die Flammen züngelten an den Fenstersimsen, und sie schauderte, als sie Glas klirren und dumpfes Poltern hörte. Das Haus stürzte in sich zusammen. An einem Fenster war eine dunkle stolpernde Gestalt zu sehen.

Randolph?

Dann war sie wieder fort.

Kitty legte die Arme um sie und redete beruhigend auf sie ein.

»Randolph«, rief die Stimme und lockte ihn weiter den oberen Flur hinunter.

Er konnte nicht weiter. Die Hitze war unerträglich, und vor Rauch bekam er keine Luft mehr. Er musste weg, nach unten. Er drehte sich um und stockte. Vor ihm war eine Feuerwand, deren Hitze mit gierigen Fingern nach ihm griff.

Er hielt die Luft an. Schweinehunde! Diese stinkenden miesen Schweine! Sie hatten ihn hereingelegt, hatten ihn nach oben gelockt und dafür gesorgt, dass er vom Feuer eingeschlossen wurde! Aber er war ihnen einen Schritt voraus. Er öffnete Bridies Schlafzimmertür, in der Hoffnung, vielleicht aus dem Fenster steigen und außen an der Fassade hinunterklettern zu können, aber auch dieser Raum brannte lichterloh, und er wich erschrocken zurück. Er schluchzte vor Angst. Der einzige Weg nach unten führte über die brennende Treppe.

Er zog sich den Mantel über den Kopf, holte noch einmal tief Luft und rannte los. Die Hitze war unbeschreiblich. Er fühlte, wie sie seine ungeschützte Haut versengte, und der Geruch verbrennenden Fleisches stieg ihm in die Nase.

Kitty sah entsetzt, wie Randolph aus dem Haus gelaufen kam. Kleidung und Haare brannten. Er schlug auf seinen Kopf ein, um die Flammen zu ersticken, und stieß dabei unmenschliche, schrille Schreie aus, die ihr einen kalten Schauer über den Rücken jagten.

»Hilf ihm, Dominic. Hilf ihm doch«, wollte sie schreien, brachte jedoch nur ein heiseres Krächzen hervor, das vom Tosen der Flammen übertönt wurde.

Randolph ließ sich ins Gras fallen und wälzte sich auf dem Boden wie ein vor Schmerzen wahnsinnig gewordenes Tier. Aber seine Schreie waren bei all dem Lärm nicht zu hören.

»Bitte hilf ihm«, schluchzte Bridie und sank weinend in Dominics Arme.

Es gab eine ohrenbetäubende Detonation, als das Kerosinfass auf der hinteren Veranda explodierte. Ein Funkenregen stieg in den Himmel auf und leuchtete einen Moment hell vor dunklem Nachthimmel, als das obere Geschoss einstürzte und brennende Trümmer auf Randolph fielen. Einige Sekunden lang sahen sie, wie er verzweifelt um sich schlug, dann erstarb seine Gegenwehr, und er rührte sich nicht mehr.

TEIL III

KAPITEL 22

Boolai
Südost-Queensland, Juli 1904

Edward erinnerte sich noch an drei Ereignisse des Jahres 1904. Die Eisenbahnlinie nach Boolai wurde offiziell in Betrieb genommen, er feierte seinen 21. Geburtstag, und Stella Martin kam in die Stadt.

Die Arbeiten an der Eisenbahnlinie hatten Jahre gedauert. Dutzende von Arbeitern waren in die Gegend gekommen und hatten mit ihren Familien in Zeltstädten auf Gemeindeboden in der Nähe des Anlegers gelebt. Die Männer errichteten stabile Brücken über Senken und Wasserläufe und bearbeiteten wochenlang die Erde mit dem lärmenden Bohrgerät, dessen Rattern die Fensterscheiben des Pubs erzittern ließen. Aber Kitty beklagte sich nicht. Die Zuwanderung der Arbeiter war für das neue Hotel gleich gegenüber der neuen Bahnstation ein Segen.

Als sein Geburtstag näher rückte, bestand seine Mutter darauf, im großen Festsaal des Hotels eine Feier auszurichten. Einladungen wurden verschickt, blassblau in passenden Umschlägen, und die Zusagen ließen nicht lange auf sich warten. Kitty und die Köchin brüteten über Menüvariationen. Im Garten wurden ein rot-weiß gestreiftes Zeltdach und Stühle aufgestellt.

Dann war der große Abend da, kalt aber klar. Draußen vor dem Hotel drängten sich Kutschen aller Formen und Größen, und die geladenen Gäste strömten herein. Edward freute sich, dass die Gäste so zahlreich erschienen.

Beth und Tom waren als Erste eingetroffen, zusammen mit Rose und Sophia. Rose war inzwischen 15, groß und anmutig. Sophia war ein Jahr jünger, blond und pummelig wie ihre Mutter. Kürzlich war eine Straße hinauf in die Berge gebaut worden, und neue Siedler waren in die üppigen Regenwälder im Westen gezogen. Entsprechend gut lief Beths Laden, und auch Toms Transportunternehmen hatte expandiert und beschäftigte jetzt eine größere Zahl von Angestellten. Beth war nach langjähriger Pause wieder schwanger.

Unter den Gästen entdeckte er auch Bridie und Cordelia Tarlington. Sie waren damals, nachdem Glengownie niedergebrannt war, endgültig in die Stadt gezogen und nur zur Feier angereist. Sie hatten sich für ein paar Nächte in einem der Gästezimmer des Hotels einquartiert. Hugh fehlte. Edward erinnerte sich noch gut daran, wie Dominic ihnen vor Jahren eröffnet hatte, sein Bruder wäre an Bord eines Schiffes auf dem Weg nach Afrika gestorben. Hugh war unterwegs gewesen, um in irgendeinem militärischen Konflikt zu kämpfen, worum genau es gegangen war, wusste Edward nicht mehr. Er konnte sich nur vage erinnern, in der Zeitung etwas von einem Burenkrieg, Tausende Meilen entfernt auf einem fremden Kontinent, gelesen zu haben.

Dominic wich Kitty nicht von der Seite, auch wenn die Beziehung im Laufe der Jahre merklich abgekühlt war. Nach dem Krieg hatte Dominic sich in einen florierenden Holzhandel in der Stadt eingekauft, hatte aber das Cottage in Boolai behalten und kam alle paar Wochen her, um sein hiesiges Geschäft zu kontrollieren.

Es hatte eine Zeit gegeben, da Edward gehofft hatte, Dominic würde den Platz seines Vaters einnehmen, aber dazu war es nie gekommen. Stattdessen sprach Kitty oft von ihrer Suche nach Dan, dem Onkel, den er nie kennen gelernt hatte.

Mayse und Paddy kamen durch die Tür, gefolgt von sämtlichen O'Reilly-Söhnen. Blue trug neuerdings einen Bart, der ebenso flammend rot war wie sein Haar. Seine Metzgerei machte gute Geschäfte. Er hatte fünf Kinder, und Edward sah, dass seine Frau wieder schwanger war. Der Apfel fällt nicht weit vom Stamm, dachte Edward grinsend. Billy, der jüngste O'Reilly-Sohn, führte stolz seine Frau vor, die bis zur Hochzeit vor wenigen Wochen Lehrerin an der örtlichen Schule gewesen war.

James saß in einer Ecke und unterhielt sich angeregt mit Jess O'Reilly. Das Nesthäkchen der Familie war inzwischen 15, ein Jahr älter als James. Die beiden waren unzertrennlich und verbrachten ihre ganze Freizeit in dem kleinen Ruderboot, das Edward seinerzeit wieder in Stand gesetzt hatte.

»Hallo, Edward.«

Jemand schlug ihm auf den Rücken und riss ihn damit aus seinen Gedanken. Er drehte sich um und sah sich Billy O'Reilly und seiner Frau gegenüber.

»Billy Boy«, entgegnete er und reichte dem Nachbarn und Freund die Hand. »Cynthia.« Er nickte der fülligen, dunkelhaarigen Frau an Billys Seite höflich zu. »Wie gefällt dir das Eheleben?«

»Nicht übel«, erwiderte Billy mit einem schüchternen Blick auf seine Frau. »Wir sind gerade aus den Flitterwochen zurück.« Paddy hatte seinem jüngsten Sohn und seiner Braut einen zweiwöchigen Aufenthalt in einem der neuen Gästehäuser in den Bergen spendiert.

Eine leichte Bewegung hinter Cynthia erregte Edwards Aufmerksamkeit. »Oh«, rief Cynthia aus. »Das hätte ich fast vergessen. Edward, das ist Stella Martin. Stella ist die neue Lehrerin. Sie ist noch fremd hier und kennt kaum jemanden. Ich habe sie mitgebracht, damit sie ein paar Leute kennen lernen kann.«

Edward erinnerte sich vage, dass Billy vor ein paar Wochen eine neue Lehrerin erwähnt hatte, Cynthias Nachfolgerin. »Sehr erfreut«, sagte er, trat auf sie zu und reichte ihr zum Gruß die Hand.

Ihre Finger lagen kühl in seiner Hand. Cynthia war schon wieder in ein Gespräch mit einem anderen jungen Paar vertieft, und Billy wich ihr nicht von der Seite.

»Ich hoffe, Sie haben nichts dagegen«, sagte Stella lächelnd. »Cynthia meinte, es wäre kein Problem, wenn ich uneingeladen mitkäme.«

»Ich freue mich, dass Sie gekommen sind. Immerhin habe ich nicht jeden Tag Gelegenheit, eine hübsche neue Lehrerin kennen zu lernen. Und, wie gefällt Ihnen Boolai?«

Sie war blond und attraktiv auf eine zierliche, zerbrechliche Art. Sie hatte das Haar hochgesteckt, aber einige Strähnen hatten sich gelöst und rahmten nun ihr feines, herzförmiges Gesicht ein. Ihre veilchenblauen Augen hatten beinahe die gleiche Farbe wie ihr Kleid, das im Übrigen ziemlich gewagt war mit dem schulterfreien tiefen Dekolleté, das den Ansatz wohl gerundeter Brüste sehen ließ.

»Ich liebe Boolai«, lachte sie, und ein Hauch von Rosé überzog ihre Wangen. »Es ist so hübsch, so pittoresk mit den kleinen Geschäften, dem Hafen und der neuen Eisenbahnstation. Sie können sich glücklich schätzen, hier zu leben.«

»Glücklich?«

So hatte er es noch nie gesehen. Boolai war Boolai. Er kannte nichts anderes. Die Geschäfte, der Hafen und sogar die Eisenbahnstation waren ihm so vertraut wie sein eigener Herzschlag.

»Edward!«

Er blickte auf und sah, dass seine Mutter ihm von der anderen Saalseite aus zuwinkte. Sie hatte eine Gruppe eben eingetroffener Gäste bei sich. »Wenn Sie mich entschuldigen würden?«, bat er und wünschte beinahe, er müsste sie nicht sich selbst überlassen in einem Raum voller fremder Leute.

»Reservieren Sie mir für später einen Tanz?«

»Gern.«

Es blieb nicht bei dem einen Tanz: eine Polka, ein Menuett und ein langsamer Walzer, bei dem er sie fest an sich zog und schützend den Arm um ihre Schulter legte. Sie bewegte sich locker und geschmeidig, und er fühlte durch den Stoff ihres Kleides hindurch, wie schlank sie war. Als das Musikstück endete, ließ er sie nur widerwillig los.

Kitty bat um den nächsten Tanz, und dann Beth, obwohl sie von ihrem dicken Bauch stark behindert wurde. Tom beobachtete sie liebevoll. Um Mitternacht, nachdem er den traditionellen Kuchen angeschnitten hatte und die obligatorischen Reden gehalten worden waren, sah er Stella hinten im Saal stehen. Sie lächelte ihm zu. Bis er jedoch dorthin gelangt war, wo sie eben noch gestanden hatte, war sie fort.

Das Zelt lag im Dunkeln, als Stella heimkehrte. Drinnen konnte sie ihren Vater schnarchen hören. Sie blieb einen Augenblick draußen vor dem Zelt stehen und hasste ihn plötzlich für das Leben, das er sich ausgesucht und damit auch ihr aufgezwungen hatte.

Als ihre Mutter noch lebte, war alles anders gewesen. Sie hatten in einem hübschen Haus in der Stadt gewohnt. Pa hatte eine gute Stelle als Vorarbeiter in einer Maschinenbaufabrik in der Alice Street in der Nähe der Fähre. Er war jeden Morgen in dunkelblauem Overall zur Arbeit gegangen, und jeden Abend hatten sie reichlich zu Abend gegessen. Aber jetzt ...

Sie blickte grimmig auf das Zelt, das im Mondlicht weiß schimmerte. Nach dem Tod ihrer Mutter hatte er angefangen zu trinken. Anfangs noch in Maßen, aber irgendwann war er den Anforderungen des Tages ohne ›Stärkung‹ nicht mehr gewachsen gewesen. Erst hatte er den Job verloren, und dann hatten sie aus ihrem Haus ausziehen müssen. Heute hausten sie im Zelt.

Sie trat gegen die Zeltleinwand, woraufhin der Stoff sich von unten nach oben wellte. Pa hatte für zwei Monate einen Job als Eisenbahnarbeiter angenommen und säuberte die Strecke nach ihrer Inbetriebnahme. Vier Wochen waren bereits vergangen. In weiteren vier Wochen würde er sich anderswo Arbeit suchen müssen. Ein oder zwei Wochen hier, und höchstens ein Monat dort. Pa hatte gemeint, im Pub erzähle man sich, im Westen würden Arbeiter gebraucht. Stella schauderte bei dem Gedanken.

Sie waren gerade drei Wochen in Boolai gewesen, als die Lehrerinnen-Stelle frei geworden war. Sie war 23 und unverheiratet, und auch an der richtigen Qualifikation mangelte es ihr, nachdem sie ihre Ausbildung in der

Stadt hatte abbrechen müssen. Es grenzte an ein Wunder, dass man sie überhaupt genommen hatte. Offenbar gab es keine anderen Anwärterinnen für die Stelle, sodass das Bildungsministerium sie sofort eingestellt hatte, da sonst die Schule vorübergehend hätte geschlossen werden müssen.

»Erst einmal zur Probe«, hatte der Vertreter der Schulkommission gemeint.

Stella war das recht gewesen: In ein paar Wochen würden sie und ihr Vater sowieso nicht mehr da sein.

Aber jetzt war alles anders. Wenn sie an Edward und ihre Tänze zurückdachte, schlug ihr das Herz bis zum Hals. Er war nett auf eine solide Art. Seiner Mutter gehörte das Hotel, was bedeutete, dass er sich vermutlich auch finanziell recht gut stand. Und er hatte unter allen Frauen auf dem Fest ihr die größte Aufmerksamkeit geschenkt. Offenbar hatte es sich gelohnt, den Lohn von zwei Wochen für das neue Kleid auszugeben, das sie im örtlichen Gemischtwarenladen erstanden hatte.

Als sie das Zelt betrat, verstummte das Schnarchen. »Wer ist da?«, fragte eine nuschelnde Stimme.

»Ich bin's nur, Pa«, flüsterte sie.

Hierauf folgte das Geräusch eines Streichholzes, das angerissen wurde, und ihr Vater zündete die Lampe an, die neben ihm auf dem Boden stand. Er blinzelte in der plötzlichen Helligkeit und blickte zu ihr auf.

»Wo bist du gewesen?«, fragte er gereizt. »Ich hatte mich auf eine Tasse Tee gefreut, als ich von der Arbeit gekommen bin. Und was habe ich stattdessen vorgefunden? Nichts. Ein leeres Zelt, verdammt nochmal.«

Er hatte getrunken. Im Zelt roch es säuerlich nach billigem Fusel und Schweiß. Sie ignorierte ihren Vater und trat auf den kleinen Zeltabschnitt zu, den sie für sich abgetrennt hatte. Ihr Vater war grundsätzlich streitsüchtig, wenn er getrunken hatte.

Er stand von seiner schmalen Pritsche auf, torkelte zu ihr hin und ergriff ihren Ellbogen. »Ich habe gefragt, wo du gesteckt hast. Hast du deine Zunge verschluckt?«

»Auf einer Geburtstagsfeier.«

Erst jetzt bemerkte er ihr Kleid, und seine Augen weiteten sich. »Und wo hast du das her?«

»Ich habe es gekauft. Von meinem Geld«, sagte sie trotzig und ahnte bereits, dass er ihr den Abend nachträglich noch verderben würde.

Ihr Vater holte aus. Sie sah die Ohrfeige kommen und registrierte den Schmerz, als seine Hand ihre Wange traf. Ihr Kopf wurde von der Wucht des Schlages herumgerissen, und sie fühlte einen schmerzhaften Ruck im Hals. Sie hob eine Hand an die Wange und versuchte, die Tränen herunterzuschlucken. Pa hasste Tränen.

»Sieh dich nur an!«, schimpfte er. »Zurechtgemacht wie ein Flittchen. Vergeudest dein Geld für Hurenkleider. Ich will dich nie wieder in einer solchen Aufmachung sehen, hast du mich verstanden?«

Er stapfte zurück zu seinem Bett und löschte das Licht.

Stella stand noch eine Weile reglos in ihrem winzigen ›Zimmer‹. Ihre Wange pochte. Rasende Wut regte sich tief in ihrem Inneren. Pa war nicht fair. Sie war kein Kind mehr. Sie hatte einen guten Job, wenn auch nur vorübergehend. Warum durfte sie nicht auch hübsche Sachen haben, so wie andere Frauen? Edward hatte ihr Kleid gefallen. Er hatte sie mehrmals zum Tanzen aufgefordert.

Langsam löste sie die Häkchen und ließ den weich fließenden Stoff an ihrem Körper hinabgleiten. Als sie unter dem Kissen nach ihrem Nachthemd tastete, hatte sie plötzlich eine Idee. In vier Wochen würde Pa weiterziehen, aber sie musste ja nicht zwangsläufig mitgehen.

Sie hatte Arbeit. Endlich hatte sie eine Zukunftsperspektive. Und wenn sie ihre Trümpfe geschickt ausspielte, würde sie auch Edward Hall bekommen.

Neue Zuversicht stieg in ihr auf, und ein Lächeln lag auf ihrem Gesicht, als sie den Kopf auf das Kissen bettete.

James lag bäuchlings im Gras und ärgerte träge eine Ameise mit einem Stöckchen. An seiner Seite lag Jess auf dem Rücken. Die Sonne schien ihr angenehm warm auf das Gesicht.

»Glaubst du, Edward mag sie?«, fragte sie.

James ließ das Stöckchen fallen und kniff die Augen gegen die Sonne zusammen. »Wen?«

»Unsere Lehrerin, Miss Martin. Er hat gestern Abend drei Mal mit ihr getanzt.«

»Na und?«

»Ich glaube, er mag sie, sonst hätte er mit jemand anderem getanzt.«

Jess schwieg. Offenbar dachte sie nach. Sie lag mit geschlossenen Augen da. Er konnte das laute Zirpen der Grillen in den Bäumen hören. Das Geräusch erinnerte ihn an das Holzkästchen, das er unter seinem Bett aufbewahrte. Darin lagen drei Grillenpanzer, die er im vergangenen Sommer gefunden hatte.

»Vielleicht hat sie ihm Leid getan«, fuhr Jess fort. »Sie ist neu in der Stadt und wird noch nicht viele Leute kennen. Glaubst du, er hat sie geküsst, als niemand hingesehen hat?«

»Nein, das glaube ich nicht. Warum sollte er?«

Er wusste nicht viel über das Küssen. Jedenfalls nicht über das Küssen zwischen Jungen und Mädchen, von dem Jess ständig erzählte. Seine Mutter gab ihm jeden Abend, bevor er zu Bett ging, einen Gutenachtkuss, und Tante Beth mochte es, wenn er ihr einen Kuss auf die Wange gab, wenn er sie im Laden besuchte.

»Weil ein Mann eine Frau küssen will, wenn er in sie verliebt ist. Weißt du denn gar nichts?«

»Das ist mir jedenfalls neu.«

»Hat denn dein Vater deine Mutter nie geküsst?«

»Du weißt doch, dass mein Vater schon vor meiner Geburt gestorben ist«, entgegnete er unglücklich. »Und was ist mit dir? Hast du schon einmal jemanden geküsst?«

Jess beugte sich vor. Ihr von einer wilden, blauschwarzen Mähne eingerahmtes Gesicht wirkte im Licht des späten Nachmittags ungewöhnlich weich, ihre Haut beinahe durchscheinend. Er konnte ihren süßen Atem riechen, nur Zentimeter von seinem Gesicht. »Nein. Aber du kannst mich küssen, wenn du willst.«

James sagte sich, dass das wohl in Ordnung wäre. Er hatte noch nie davon gehört, dass sich jemand beim Küssen eine unheilbare Krankheit eingefangen hätte. Er schloss die Augen, beugte sich vor, schürzte die Lippen und drückte sie auf Jess' Mund. Als seiner Ansicht nach genug Zeit vergangen war, brach er den Kuss ab und öffnete die Augen wieder. Jess starrte ihn an.

»Das war's«, sagte er und rollte sich wieder auf den Bauch. Er wusste wirklich nicht, warum so großes Aufhebens darum gemacht wurde. Küssen war doch offensichtlich halb so wild.

Jess ließ nicht locker. »Hat es dir gefallen?«

»Es war okay.«

»Und was ist, wenn wir jetzt ein Baby gemacht haben? Agnes aus der Schule sagt, dass Mädchen vom Küssen schwanger werden.«

James stützte sich auf die Ellbogen und starrte sie an. Sie mochte ja ein Jahr älter sein als er, aber in mancher Hinsicht war sie noch ein richtiges Kind. »Man bekommt kein Baby vom Küssen. Das weiß doch jeder.«

»Und wenn doch?«

»Dann würde ich dich heiraten, Jess. Ich liebe dich.« Es stimmte. Sie waren seit der Kindheit befreundet, was aufgrund der engen Freundschaft zwischen ihren Familien nicht überraschend war.

»Dann versprich mir, dass du nie, niemals eine andere heiraten wirst.«

Sie klang sehr feierlich und ernst, und ihre Stimme bebte. »Ich verspreche es«, entgegnete er, ohne zu zögern. Er würde Jess niemals wehtun.

Jess kuschelte sich an ihn und legte den Kopf an seine Schulter. Aus den Augenwinkeln konnte er sehen, wie ihr dunkles Haar ihm über die Brust fiel.

Am Freitag nach seinem Geburtstag wartete Edward am Nachmittag im Schatten eines ausladenden Eukalyptusbaumes draußen vor der Schule, als die Kinder nach dem Unterricht aus dem Klassenzimmer strömten. Jess und James waren die Ersten und liefen in Richtung Eisenbahnstation, wo in wenigen Minuten ein Zug einfahren würde.

Als auch die letzten Schulkinder auf der staubigen

Straße den Heimweg angetreten hatten, ging Edward hinein. Sie saß an ihrem Pult.

»Hallo«, sagte er, als er den Kopf durch die Tür zum Klassenzimmer steckte. Stella sah abrupt auf und starrte ihn sichtlich überrascht aus großen Augen an. »Entschuldigen Sie«, sagte Edward. »Ich wollte Sie nicht erschrecken.«

»Nein, nein, schon gut, das haben Sie nicht. Ich habe nur nicht mit Ihnen gerechnet, das ist alles.«

Er lehnte sich an den Türrahmen. »Darf ich hereinkommen?«

»O ja, natürlich.« Sie stand auf und stellte einen Stuhl vor ihren Tisch. »Setzen Sie sich doch.« Sie selbst nahm wieder hinter dem Schreibtisch Platz.

»Wenn ich mich da hinsetze, komme ich mir vor wie ein unartiger Schuljunge«, sagte er lächelnd.

»Und? Waren Sie einer? Ein unartiger Schuljunge, meine ich? Irgendwie kann ich mir das gar nicht vorstellen.«

»Nein. Ich glaube, ich war immer der Liebling der Lehrerin, um es mit den Worten meiner Mutter auszudrücken.«

»Ich bin beeindruckt.«

Sie neckte ihn, und als er das Blitzen in ihren großen veilchenblauen Augen sah, wurde er ganz verlegen. Er war spontan hergekommen, um sie zu fragen, ob sie nicht Lust hätte, ihn zum Picknick zu begleiten. Es versprach, ein schöner Tag zu werden, mit Tennis und Kricket am Strand.

»Ich bin gekommen, um zu fragen, ob Sie vielleicht morgen einen Ausflug machen möchten. Wir wollen zu mehreren mit dem Zug nach North Harbour fahren. Wenn Sie zu tun haben, können wir das aber auch gerne verschieben.«

»Nein, nein, morgen ist wunderbar. Ich habe nichts vor.« Sie war aufgestanden und kam um den Schreibtisch herum auf ihn zu. »Nein, wirklich, ich komme sehr gerne.«

»Dann hole ich Sie um zehn Uhr ab?«

»Nein ...«, entgegnete sie hastig. »Ich komme direkt zum Bahnhof. Das ist einfacher.«

Sie sammelte die Bücher auf ihrem Schreibtisch ein und stapelte sie ordentlich. Dann schob sie den Stuhl unter den Tisch, nahm ihre Tasche und ging zur Tür. »Ich werde jetzt abschließen, wenn Sie nichts dagegen haben.«

Er wartete, bis sie abgeschlossen hatte. Dann wandte sie sich mit einem strahlenden Lächeln zu ihm um. »Fertig. Dann sehen wir uns morgen. Zehn Uhr am Bahnhof.«

Er blickte ihr nach, als sie mit verführerischem Hüftschwung die Straße hinunterging. Als er später darüber nachdachte, kam ihm die abrupte Beendigung ihres Gesprächs seltsam vor. Und dann, dass sie nicht wollte, dass er sie abholte. Noch später fiel ihm dann auch wieder ein, dass er sie eigentlich hatte fragen wollen, warum sie von seiner Feier verschwunden war, ohne sich zu verabschieden.

James saß auf dem Feld neben dem Bahnhof und beobachtete die Gruppe, die vom Pub aus die Straße überquerte und zur Eisenbahn ging. Es wurde viel gelacht und gerufen. Zwei der Männer trugen große Picknickkörbe. Ein paar von ihnen kannte er: Edward, Billy O'Reilly und seine neue Frau Cynthia. Und er glaubte auch Miss Martin zu erkennen, deren Gesicht von einem breitkrempigen Schlapphut verdeckt wurde.

Obwohl es noch recht früh war, war es bereits sehr heiß. Die Sonne brannte von einem strahlend blauen Himmel herab, und Bienen summten zwischen den kleinen gelben Blumen im Gras. Ihr Summen vermischte sich mit dem Gelächter, das vom Bahnhof herüberwehte. Er wäre gerne mit nach North Harbour gefahren, wenn Edward ihn gefragt hätte.

Gelangweilt legte er sich hin und hielt ein Ohr an die Schiene. Das Metall vibrierte, und er hörte ein leises Rattern, das die baldige Ankunft des Zuges ankündigte. Er schaute suchend die Geleise hinunter und entdeckte bald darauf weiße Dampfwolken in der Ferne. Dann sah er auch einen schwarzen Punkt, der rasch immer größer wurde.

Die Gruppe hatte nur wenige Minuten gewartet, als der Morgenzug mit lautem Zischen und Klappern am Bahnsteig zum Stehen kam. Die Männer hievten die Körbe in die Waggons, nachdem sie den Damen hinaufgeholfen hatten. Dann setzte der Zug sich knirschend wieder in Bewegung.

James streckte sich bäuchlings im Gras aus und lauschte dem abnehmenden Rattern des Zuges. Das hier war sein Lieblingsplatz. Er und Jess liebten es, auf Grasebene die Welt der Insekten zu beobachten. Dort existierte eine komplexe Subkultur: Marienkäfer, Grashüpfer und ganze Heerscharen von Ameisen krabbelten umher. Er machte die einzelnen Grashalme aus und winzige Steinchen, Erdkörnchen.

Er kam immer schmutzig heim, und seine Mutter beklagte sich jedes Mal darüber, wie seine Kleider aussahen. »Ich möchte mal wissen, was Mayse dazu sagt, wie Jess aussieht, wenn sie heimkommt«, schimpfte sie oft.

James hob den Kopf und blickte die Straße hinauf zur Schmiede, aber sie war nicht zu sehen. Des Wartens müde, stand er auf und schlenderte in Richtung Bahnhof.

Er liebte die Ordnung und Routine dort. Der Bahnsteig war erst kürzlich fertig gestellt worden, und der Beton vor dem kleinen Warteraum wies noch feuchte Stellen auf. Dutzende Milchkannen standen an einem Ende des Bahnsteigs aufgereiht und warteten auf die nächste Lok, die sie zur Weiterverarbeitung zum Milchbetrieb im Süden brachte. Die beiden Schienenstränge glänzten und funkelten in der Sonne, wiesen auf der einen Seite nach Brisbane und auf der anderen nach Tweed Heads und – über ein Nebengleis – nach North Harbour an der Küste.

Er setzte sich auf die Bank und stützte das Kinn auf die Hände. Vielleicht konnten er und Jess ja eines Tages mit dem Zug in die Stadt fahren. Vielleicht, wenn er Kitty fragte ...

»Ich muss etwas trinken. Möchtest du auch etwas?«

Es war Mrs. Smith, die Stationsvorsteherin, kugelrund und mit entsprechend üppiger Oberweite.

»Danke«, sagte er und nickte lächelnd. »Das wäre schön.«

Jenseits des Sumpfgebietes, in Richtung Meer, nisteten Tausende von Vögeln. Er und Jess gingen gern dorthin, um Eier zu sammeln. Sie hatten inzwischen schon eine ordentliche Sammlung, die sie ausgeblasen hatten und in einem alten Glaskasten aus Beths Laden aufbewahrten. Aber jetzt wurde der Sumpf trocken gelegt. Riesige Bagger, die weiße Dampfwolken ausstießen und laut klapperten, hatten angefangen, breite Drainagegräben auszuheben.

»Der Lärm weckt ja Tote auf«, hatte Jess' Mutter einmal gegrummelt, als sie dem schweren Gerät bei der Arbeit zugesehen hatte.

Schon jetzt war ein großer Teil des Landes trocken, und die öligen Wasserpfützen waren verschwunden. Was würde aus den Vögeln werden? Mrs. Smith kam zurück und reichte James eine Tasse Tee, bevor sie sich seufzend neben ihm auf die Bank sinken ließ. Er fühlte, wie das leise ächzende Holz unter ihrem Gewicht nachgab, als er an seinem brühend heißen Tee nippte.

»Was hast du denn heute so getrieben, Junge?«, fragte die Bahnhofsvorsteherin freundlich. »Warst du wieder Eier sammeln?«

Er schüttelte den Kopf und achtete dabei darauf, seinen Tee nicht zu verschütten. »Heute nicht. Ich habe auf Jess gewartet, aber sie ist nicht gekommen.«

»Vielleicht war sie zu Hause beschäftigt, musste ihrer Mum helfen oder so was.«

»Wahrscheinlich.«

Jess war ein Teil von ihm. Sie waren zwei Hälften eines Ganzen. Ohne sie war er verloren, ein Wanderer ohne Ziel. Er schloss die Augen und wünschte von ganzem Herzen, sie würde auftauchen und die staubige Straße hinunter auf ihn zugelaufen kommen. Aber als er die Augen wieder öffnete, lag die Straße in der gleißenden Sonne immer noch verlassen da.

KAPITEL 23

Das Dorf am Meer, das Würdenträger aus Brisbane North Harbour getauft hatten, wurde von den Bewohnern einfach nur als ›Stadt‹ bezeichnet. Diese lag auf der nördlichen Seite der Bucht, und die weit auseinander liegenden Häuser erstreckten sich bis ans Wasser. Zu Beginn hatten an der Küste nur einige Ferienhäuser gestanden, gefolgt von massiveren Bauten weiter landeinwärts in den Hügeln. Sie gehörten denen, die sich dauerhaft dort niederließen, und waren ein wenig geschützt vor dem zuweilen recht kräftigen Seewind.

Inzwischen gab es längst diverse Geschäfte, ein Krankenhaus, einen Gemeindesaal, eine Schule und einen Park mit einem kleinen Springbrunnen voll sprudelndem, algenverseuchtem Wasser. Etwas abseits gelegen waren der Pub und der Bahnhof, wo ständig das Stampfen von Maschinen zu hören war.

Der Fluss strömte am schmaleren Ende der Bucht ins Wasser, breit und kraftvoll, mal vor, mal zurück, je nach Gezeitenströmung. Es war viel von einer Brücke geredet worden, aber bisher war dieses Projekt noch nicht realisiert worden. Stattdessen brachte eine kleine Fähre Pendler ans Südufer, wo die meisten Ferienhäuser und Fischerhütten standen.

Als der Zug über den kleinen Viadukt ratterte und in den Ort einfuhr, sah Edward, dass zahlreiche Urlauber dort waren. Große Markisen schützten die Geschäftsauslagen vor der Sonne, und in den Straßen flanierten zahlreiche Passanten.

Die Ausflügler machten sich auf zu dem kleinen Park

am Meer. Kasuarinen und riesige Kiefern warfen hochwillkommenen Schatten ans Ufer. Im Pavillon spielte ein Orchester, und die Musik wurde bis zum Wasser getragen, wo Kinder planschten und mit ihren Hunden spielten. Draußen in der Bucht war das Wasser spiegelglatt, und nur in Höhe der Sandbank kräuselte es sich.

Mehrere von ihnen waren dafür, durch die Dünen zum Strand zu gehen. Edward überließ den Picknickkorb Billy und Cynthia, nahm Stellas Hand und zog sie die schmalen Straßen hinunter. Sie lief mit kurzen, hüpfenden Schritten neben ihm her und hielt mit der freien Hand den Hut fest, der drohte, ihr vom Kopf geweht zu werden.

Endlich gelangten sie zu den Dünen. Edward bückte sich, zog sich die Schuhe aus und bedeutete Stella, es ihm gleichzutun. Dann liefen sie lachend zum Wasser. Es war ein schöner Tag, wie geschaffen zum Nichtstun. Ein angenehmer Wind wehte und trieb einen salzigen Dunst vor sich her, der das andere Ende des Strandes verdeckte. Möwen schwebten über dem dunkelgrünen Wasser und schossen pfeilschnell herab, um Fische zu fangen. Schweigend schlenderten sie am Steg, den Umkleidehäuschen und den belegten Liegestühlen vorbei.

»Stella?«

»Ja?«

Sie sah ihn an. Er konnte sehen, wie ihre Lippen sich bewegten, aber der Wind trug ihre Worte davon. Das Kleid von schimmernder, blaugrüner Farbe klebte förmlich an ihrem Körper. Der Stoff wurde ihr vom Wind an Bauch und Brüste gedrückt und betonte so die sonst verborgenen Rundungen. Blonde Strähnen, hell wie Silber, wehten ihr ins Gesicht. Er schluckte hart und blickte zurück. Sie waren ein ganzes Stück gegangen, mindestens eine Meile, und hatten den Rest der Gruppe weit hinter sich gelassen.

Sie sah aus wie eine Nymphe, wie eine Meerjungfrau, ganz in Grün und Silber. Winzige Tröpfchen Salzwasser klebten an ihren Wimpern und ihrem Haar und funkelten dort wie Tau. Er verspürte das unwiderstehliche Bedürfnis, sie zu berühren, sich davon zu überzeugen, dass sie real war. Er trat dicht vor sie, legte ihr eine Hand unter das Kinn und hob ihr Gesicht leicht an. Überrascht blickte sie zu ihm auf.

»Ich habe unbändige Lust, dich zu küssen«, sagte er.

Sie lachte. »Hier und jetzt?«

»Ja. Tut mir Leid. Ich kann nicht länger warten. Ich bin ein sehr ungeduldiger Mensch.«

»Das sehe ich. Nun, in diesem Fall möchte ich deinem Tatendrang nicht im Wege stehen.«

Sie neckte ihn, flirtete mit Blicken. Langsam senkte er den Kopf, bis seine Lippen die ihren berührten. Sie schmeckte süß wie Honig. Und dann erwiderte sie seinen Kuss, schlang die Arme um ihn und zog ihn an sich. Er verspürte ein Ziehen in den Lenden. Bei Gott, dass sie ihn kalt ließ, konnte man wahrlich nicht behaupten. Sicher konnte sie sein Verlangen durch den Stoff ihrer Kleider an der Hüfte spüren.

»Ich muss dich wiedersehen«, flüsterte er ihr ins Ohr. »Nächste Woche findet eine Tanzveranstaltung statt. Wirst du mit mir hingehen?«

»Das wäre schön.«

Sie lächelte. Eine Woge der Zärtlichkeit durchströmte ihn, und plötzlich schnürten die Emotionen ihm die Kehle zu und ihm war, als müsse er gleich weinen. Das ist nur der Sand, den der Wind mir in die Augen geweht hat, versicherte er sich.

Er legte ihr fest einen Arm um die Schultern und drückte ihr noch einen Kuss auf das Haar. So standen sie lange reglos da, nur sie zwei, ganz allein, und lauschten dem Geschrei der Möwen und dem Rauschen der Wellen, die sich am Strand brachen.

Es war schon spät, als sie nach Boolai zurückkehrten, sonnenverbrannt und todmüde. Edward erbot sich, Stella heimzubringen, aber sie bestand darauf, alleine zu gehen. »Ich bin ein großes Mädchen«, scherzte sie, und er spürte, dass sie ihn von ihrem Zuhause fern halten wollte. Achselzuckend ließ er ihr ihren Willen und kehrte zurück nach Roselea.

Das Haus wirkte verlassen. Auf dem Küchentisch lag eine Nachricht von Kitty, auf der stand, dass sie bei Beth war. Er nahm sich eine Flasche Bier aus dem Fleischschrank und ging ins Wohnzimmer, um die Zeitung fertig zu lesen, mit deren Lektüre er am Morgen begonnen hatte.

Überrascht sah er, dass James mit dem Rücken zur Tür vor der Chiffoniere stand. Er hielt etwas in der Hand, das Edward nicht sehen konnte. Als er näher kam, erkannte er, dass es sich um die gerahmte Fotografie seines Vaters handelte.

Edward legte seinem Bruder eine Hand auf die Schulter. »Hallo, Tiger.«

James sah überrascht auf. »Oh, du bist's.«

»Was dachtest du denn?«

James zuckte die Achseln. »Ich habe wohl geträumt. Ich war Meilen weit weg.«

»Hattest du einen schönen Tag?«

James zog erneut die Schultern hoch. »Ganz okay. Jess war hier, ist aber mit Mum nach Hause gegangen. Hast du den Zettel gesehen?«

»Ja«, grinste Edward. »Das heißt dann wohl so viel wie ›Mach dir deinen Tee selbst‹.«

James antwortete nicht, sondern starrte weiter unverwandt auf das Foto. »Kannst du dich an ihn erinnern?«, fragte er schließlich.

»Nur vage. Ich war ja erst sechs, als er starb.«

»Wenigstens hast du ihn gekannt«, platzte James heraus und drückte das Bild an die Brust. »Er war nicht schon tot, als du auf die Welt gekommen bist.«

»Das stimmt«, gab Edward ihm Recht und wusste nicht, was er sonst noch dazu sagen sollte. Er hatte sich Erinnerungen an den Vater erhalten, auch wenn sie inzwischen ziemlich verschwommen waren und vermischt mit dem, was seine Mutter ihm erzählt hatte. »Es gibt da einen Tag, an den ich mich noch gut erinnern kann. In North Harbour fand ein Bootsrennen statt, und Tom und Vater traten unter anderem gegen Mick und Blue O'Reilly an.«

»Und wer hat gewonnen?«

»Eigentlich hätten Tom und Dad gewinnen müssen. Aber dann gab es eine riesige Welle, die sie zurückwarf, als sie gerade die Sandbank passiert hatten. Pech, aber ich weiß noch, wie enttäuscht ich damals war.«

James machte ein nachdenkliches Gesicht und kaute an der Unterlippe. »Ich wünschte, ich hätte ihn gekannt. Alle haben einen Vater, nur ich nicht.«

»Aber du hast immerhin Mum und mich«, versuchte Edward ihn aufzuheitern. »Du bist also alles andere als ein armes Waisenkind, Sportsfreund.«

Später versuchte Edward, sich zu erinnern, sich von dem Foto zu lösen und stattdessen ein eigenes mentales Bild heraufzubeschwören. Ted, untersetzt und stämmig wie er selbst, mit einem dunklen Bart. Ted, der aus dem Boot ins knietiefe Wasser sprang und rief: »Das nächste Mal zeigen wir es ihnen! Wartet's nur ab, Jungs! Wir hatten nur etwas Pech.«

An dieser Stelle verschwamm die Erinnerung, und er sah Ted wieder so wie auf der Fotografie im Wohnzimmer. Manchmal wünschte er ebenso wie James, sie wären eine vollständige Familie mit Mutter und Vater. Aber das waren sie nun einmal nicht, und daran würde auch Wunschdenken nichts ändern.

»Post für mich?«, fragte Dominic, als er durch die Tür des Gemischtwarenladens trat. Er war einige Wochen weg gewesen und hatte Beth gebeten, seine Post bis zu seiner Rückkehr aufzubewahren.

»Fast ein ganzer Sack voll«, entgegnete Beth und watschelte vom Verkaufstresen zu den Postfächern. »Ich bin nur froh, dass ich den Packen nicht beantworten muss.«

Sie sieht müde aus, dachte er. Sie war inzwischen hochschwanger und hatte sichtlich mit der zusätzlichen Last zu kämpfen. »Ich dachte, das Baby wäre inzwischen schon geboren«, neckte er sie, um ihr ein Lächeln zu entlocken.

»Ich auch.« Sie lächelte schief und legte eine Hand auf den Bauch. »Gott, ich hatte ganz vergessen, wie ermüdend eine Schwangerschaft ist, vor allem in einem besonders heißen Sommer.«

Es ist wirklich außergewöhnlich heiß gewesen in diesem Jahr, dachte Dominic, als er den Laden verließ und zu seinem Cottage hinüberging. Die Temperaturen hatten deutlich über dem normalen Durchschnitt gelegen. Der Fluss begann auszutrocknen. Er blickte nach oben und suchte den Horizont nach Wolken ab, aber die Sonne brannte von einem wolkenlosen Himmel herab. Nicht das leiseste Anzeichen von Regen.

Sein Garten war völlig verdorrt, und das Gras stand kniehoch. Dominic nahm sich vor, jemanden einzustellen, der den Rasen mähte und regelmäßig wässerte. Er kam nur noch selten nach Boolai, nur noch ungefähr einmal monatlich. Der Holzhandel in der Stadt lief gut und erforderte seine ganze Aufmerksamkeit. Trotzdem kam er immer wieder her, wenn er es irgendwie einrichten konnte, und sei es nur für einen Tag.

Im Haus rollte er die Hemdsärmel auf, setzte sich an seinen Schreibtisch und ging die Post durch. Rechnungen, fast nur Rechnungen, dachte er ärgerlich und legte den Packen beiseite. Dann erregte der Absender auf einem Umschlag seine Aufmerksamkeit. Er steckte den Umschlag ein, ging zur Tür und zog diese entschlossen hinter sich zu.

Er beschloss, zu Fuß zu gehen. Es war später Nachmittag, und die Straße lag weitestgehend im Schatten der großen Eukalyptusbäume. Eine Schar Vögel pickte an den verdorrten Grasbüscheln am Fuß der Bäume. Als er näher kam, flogen sie auf, um sich ein paar Meter weiter zwischen den Bäumen wieder niederzulassen.

Auch der Busch war in den letzten Wochen stark ausgetrocknet. Alles war graubraun und staubtrocken. Ideale Bedingungen für Buschfeuer, dachte er und nahm sich vor, die Vegetation hinter seinem eigenen Haus entfernen zu lassen.

Kitty war draußen in der Auffahrt und schnitt die verwelkten Blumen aus den Rosenbüschen. Sie hielt in der einen Hand einen kleinen Eimer und in der anderen eine Blumenschere. Er sah, dass der Eimer fast voll war. Die restlichen Rosen befanden sich in unterschiedlichen Stadien der Blüte, von geschlossenen Knospen bis hin zu vollständig geöffneten Blumen: blutrot, violett, lila und weiß mit perlmuttfarben schimmerndem Rosa.

Sie gab ihm einen flüchtigen Kuss auf die Wange und begleitete ihn zum Haus, wo kühle Getränke warteten. »Ist das nicht eine unerträgliche Hitze?«, seufzte sie, als sie die vergleichsweise kühle Küche betraten.

»Wo sind die Jungs?« Das Haus wirkte unnatürlich still.

»Ach, James treibt sich irgendwo mit Jess herum, und Edward räumt im Pub auf. Er hat mich nach Hause geschickt. Ich glaube, er hatte nur Hunger und wollte damit erreichen, dass das Essen früher auf dem Tisch steht.«

»Und was gibt es Neues?«, fragte er und nippte an seinem Eistee. Er zögerte den Augenblick, da er ihr den Brief übergeben würde, bewusst hinaus.

»Nicht viel«, entgegnete Kitty achselzuckend. »Wie du siehst, brauchen wir dringend Regen. Das Hotel läuft gut, und James kommt in der Schule gut mit. Letzte Woche habe ich einen Brief von Emma bekommen. Sie nennt sich jetzt Schwester Mary Kathleen. Komisch, aber ich kann mich irgendwie nicht daran gewöhnen. Übrigens, ich habe einen neuen Gast im Hotel«, schloss sie fast nebenbei.

»Ach ja? Und wer ist es?«

»Stella Martin, die Schullehrerin.«

Dominic hatte Stella auf Edwards Geburtstagsparty vor drei Monaten kennen gelernt. Er erinnerte sich an eine sehr schlanke Frau mit blonden Haaren und einem hübschen Lächeln. Aber Kitty lächelte nicht; vielmehr machte sie ein grimmiges Gesicht.

»Du scheinst nicht sehr glücklich darüber zu sein.«

»Nun ja«, begann sie zögernd. »Eigentlich ist es hier Tradition, dass die Lehrerin bei einer Privatfamilie in der Stadt unterkommt. Mrs. O'Malley hätte sie nur zu gern bei sich aufgenommen. Sie könnte das Geld brauchen. Seit dem Tod ihres Mannes kommt sie nur schwer über die Runden. Außerdem ist das Hotel auf Dauer sicher keine geeignete Bleibe für eine junge Frau. Die Männer in der Bar reden doch sehr frei von der Leber weg.«

»Dich stört das doch auch nicht.«

»Das ist etwas anderes. Ich bin daran gewöhnt. Außerdem ist es mein Pub.«

»Wie ist es überhaupt dazu gekommen, dass sie ins Hotel gezogen ist?«

Kitty schob das leere Glas von sich fort. Es hinterließ eine nasse Spur auf dem Tisch von dem Kondenswasser, das außen am Glas herabgelaufen war. Nachdenklich tupfte sie das Wasser mit einer Serviette weg. Dominic registrierte, dass ein heller Fleck auf dem dunklen Holz zurückblieb.

»Das war Edwards Idee. Offenbar ist ihre Mutter schon lange tot, und ihr Vater wollte aus beruflichen Gründen in den Westen. Stella wollte hier bleiben, und jetzt hat sie eins meiner besten Zimmer in Beschlag genommen, und ich habe so das Gefühl, dass sie auch gedenkt, dort zu bleiben. Edward war ein paar Mal mit ihr aus. Zum Tanzen und in North Harbour. Ich glaube, sie hegt ihm gegenüber romantische Absichten.«

»Magst du sie nicht?«, fragte Dominic abrupt.

»Es spielt keine Rolle, ob ich sie mag oder nicht. Sie ist

Edwards Freundin, und ich möchte nicht klingen wie eine eifersüchtige Glucke ...«

»Aber ...?«

»Ich glaube, es ist etwas Ernstes zwischen den beiden. Was, wenn er sie heiraten will?«

»Dann richtest du als liebende, treu sorgende Mutter die prunkvollste Hochzeitsfeier aus, die Boolai seit Jahren gesehen hat. Und wenn es vorbei ist, wirst du dein Bestes geben, dich mit ihr zu vertragen, auch wenn es dich fast umbringt.«

Sie lachte und küsste ihn zum zweiten Mal an diesem Tag auf die Wange. Ihre Brust streifte flüchtig seinen Arm, und ihr vertrauter warmer Geruch stieg ihm in die Nase.

»Wir könnten ja Doppelhochzeit feiern«, scherzte er.

Sie rieb sich mit einer Hand die Stirn. »Nicht«, sagte sie stirnrunzelnd. »Hör zu, Dom, das haben wir doch alles schon besprochen, und jedes Mal landen wir in derselben Sackgasse.«

»Aber das muss doch nicht sein. Dass wir in einer Sackgasse landen, meine ich. Du könntest einfach Ja sagen, und damit wäre die Angelegenheit erledigt.«

Sie wandte sich ab und fuhr sich erneut mit der Hand über die Stirn. »Ich bin nicht die richtige Frau für dich, Dom. Ich kann nicht so sein, wie du mich gerne hättest. Such dir eine Frau, die dich glücklich macht, eine Frau, die weniger eigenständig ist.«

»Ich will aber keine andere. Ich will dich. Und eines Tages, wenn du zur Vernunft kommst, werde ich da sein. Ich warte. Ein Wort von dir genügt.«

Kitty warf ihm einen traurigen Blick zu und trat wieder vor ihn. Sie umschloss sein Gesicht mit beiden Händen und sagte leise: »Lieber Dom. Opfere nicht dein Leben für mich. Ehrlich, ich bin es nicht wert.«

Der Augenblick wurde ihm zu rührselig. Er fischte den Brief aus der Tasche und überreichte ihn ihr wortlos.

»Was ist das?«, fragte sie und drehte den Umschlag in der Hand.

»Nachdem du so fest entschlossen warst, habe ich in der Stadt einen Privatermittler engagiert.« Sie blickte verständnislos zu ihm auf. »Um Dan zu finden, Dummchen.«

Im ersten Moment war sie wie erstarrt, dann riss sie ungeduldig mit fliegenden Fingern den Umschlag auf. »O Gott! Glaubst du, er hat ihn gefunden?«

Sie zog das Schreiben heraus und überflog die Zeilen auf dem Papier. »Sehr geehrter Mr. Tarlington«, las sie. »Ich habe wie vereinbart alles in meiner Macht Stehende getan, um Mr. Daniel Hall ausfindig zu machen. Bedauerlicherweise muss ich Ihnen mitteilen, dass die Spur sich im Juli 1889 in der Gegend von Cairns verliert.«

Sie hob den Kopf, und er sah überrascht, dass sie Tränen in den Augen hatte. »Aber das ist ja 15 Jahre her. Er könnte heute überall sein.«

»Kitty, möglicherweise lebt er nicht mehr«, sagte Dominic sanft.

»Sag so etwas nicht«, flüsterte sie entsetzt und rückte von ihm ab. Sie ging ans Fenster und sah ihr Spiegelbild vor dem blassen Nachmittagshimmel. »Ich weigere mich, das zu glauben. Hier!« Sie langte in die Tasche und holte eine Hand voll Banknoten hervor, die sie auf den Tisch knallte. »Sag ihnen, sie sollen weitersuchen. Ich werde zahlen, ganz egal, was es kostet. Ich will, dass Dan gefunden wird. Um jeden Preis.«

Dominic gab sich geschlagen. Seufzend ließ er sich auf einen Stuhl sinken. »Kitty, ist dir noch nie der Gedanke gekommen, du könntest einem Traum nachlaufen?«

»Mag sein, aber ich muss es einfach tun, verstehst du das nicht?«

Sie kam zu ihm, schlang von hinten die Arme um seine Schultern und legte den Kopf an seinen. Sie duftete nach Rosen, und er fühlte durch den Stoff seines Hemdes hindurch ihre Wärme. »Weiß Gott, Dominic Tarlington, ich habe dich nicht verdient.«

Es war schon fast dunkel, als Dominic Roselea verließ und zu Fuß zu seinem etwa eine Meile entfernten Cottage zurückkehrte. Es war jetzt kühler. Eine leichte Brise wehte vom Fluss herauf. Der Wind beruhigte ihn, und die innere Anspannung fiel von ihm ab.

Auf dem Höhepunkt ihrer Auseinandersetzung hatte er den übermächtigen Drang niederkämpfen müssen, sie nach oben ins Schlafzimmer zu tragen und sie zu lieben wie in alten Tagen. Vielleicht würde sie dann die Vergangenheit und die sinnlose Suche vergessen. Ihr Vorhaben konnte nur Leid bringen, wenn nicht ihr, dann auf jeden Fall ihm. Seit Jahren stand Dan nun zwischen ihnen. Ein Traum, Hirngespinste, aber das wollte sie einfach nicht einsehen.

Abgesehen davon war sein Leben ganz in Ordnung. Ein paar Monate nach dem Brand auf Glengownie und Randolphs Tod hatte Kitty seiner Mutter das Land abgekauft und es Roselea einverleibt. Er hatte ihr beim Wiederaufbau des Hotels geholfen, bei der Beschaffung von Handwerkern und Baumaterialien. Er war nicht glücklich darüber gewesen, aber wenigstens hatte er so in ihrer Nähe sein können.

Die alte Routine kehrte wieder ein. In Südafrika kam es zum Krieg, und seine Mutter schrieb, dass Hugh in die Armee eingetreten sei. Aber Hugh war nie in Afrika angekommen; er war sechs Wochen später auf der Überfahrt gestorben. Nicht an einer Kriegsverletzung, die er sich als tapferer Soldat in heroischem Kampf zugezogen hätte, sondern an einem Sonnenstich.

Deprimiert vom Tod seines Bruders und Kittys Gleichgültigkeit hatte Dominic beschlossen, ebenfalls fortzugehen, fort von Boolai und den ständigen Enttäuschungen. Sein Eintritt in die Armee war nur eine Formalität, und er wurde dem Third Contingent – den ›Buschmännern‹ – zugeteilt, die am 10. März 1900 von Melbourne aus an Bord der *Euryalus* in See stachen.

Er überlebte den Hinterhalt am Elands River und marschierte durch den Busch: Pretoria, Mafeking, Transvaal, Kimberley. Staubige, schmutzige Townships mit Eingeborenenlagern rundherum. Die Rationen waren knapp, und sie mussten sich den ganzen Tag mit einem einzigen Zwieback begnügen. Hunger nagte an ihm, und doch schaffte er es, zu überleben, wo andere zu Grunde gingen. Er hatte keine Angst. Boolai hatte ihm nichts mehr zu bieten. Glengownie gab es nicht mehr, seine Mutter lebte wieder in der Stadt, und Kitty ...

Sie kamen nach Bloemfontein, was so viel bedeutete wie Blumen-Springbrunnen, der Hauptstadt des Oranje-Freistaates. Die Stadt lag auf einem erhöhten Plateau und erstreckte sich über mehrere kleine Hügel. Die Krankenhäuser waren nicht mehr als improvisierte Feldlazarette, in denen die von Hitze, Erschöpfung, Sonnenstich, Diphterie und Fieber Geplagten dahinvegetierten. Wenn er nachts wach in seinem Bett lag, hörte er die Leichenkarren durch die Straßen der Stadt rumpeln.

Alles in allem konnte er sich wohl glücklich schätzen. Er hatte im Krieg nur eine leichte Wunde am Bein davongetragen, die rasch und komplikationslos verheilt war. Wieder in Brisbane, kaufte er sich in einen florierenden Holzhandel ein, da er sich ein Leben in Boolai unter den gegebenen Umständen nicht mehr vorstellen konnte. Und doch kehrte er bei jeder sich bietenden Gelegenheit dorthin zurück. Er konnte einfach nicht wegbleiben, vermisste sie schmerzlich, musste sie einfach in Abständen sehen.

Er zerknüllte den Brief in der Tasche und wünschte, Dan wäre gefunden worden. Wenigstens hätte dann die Ungewissheit ein Ende.

Edward wischte den Tresen sauber und entdeckte dabei überrascht ein Armband, das im schwachen Licht funkelte. Es gehörte Stella. Er hatte es ihr in der Woche vor ihrem Geburtstag geschenkt. Sie war vorhin hier gewesen, nachdem die anderen Gäste alle gegangen waren und er den Pub geschlossen hatte. Sie hatten zusammen etwas getrunken, er einen Whisky und sie ein Bier mit Zitronenlimonade. Er erinnerte sich wieder, dass sie das Armband abgenommen, auf den Tresen gelegt und es nachdenklich hin und her geschoben hatte, während sie sich unterhielten.

Er hatte es bei einem Juwelier in North Harbour gekauft. Zwar war ihm der Preis sehr hoch vorgekommen, aber andererseits war es ein besonders schönes Stück. Der Ausdruck auf ihrem Gesicht, als sie es das erste Mal angelegt hatte, war jeden Penny wert, dachte er bei sich, als er die Treppe zu ihrem Zimmer hinaufstieg.

Er klopfte laut, drei Schläge, von denen seine Fingerknöchel vibrierten. »Wer ist da?«

»Ich bin's, Edward.«

Sie öffnete in einem blassrosa Nachthemd. Der Stoff schimmerte wie Satin und umschmeichelte verführerisch ihren Körper. Die Träger waren nur zwei schmale Bändchen, und das Oberteil war aus feiner Spitze. Fast durchsichtig, stellte er fest und registrierte die Umrisse ihrer vollen Brüste unter dem dünnen Stoff.

»Edward! Was machst du denn hier oben?«, fragte sie, ein verschmitztes Lächeln auf den Lippen. Er konnte sich des Eindrucks nicht erwehren, dass sie ganz und gar nicht überrascht war, ihn zu sehen, sondern vielmehr mit seinem Auftauchen gerechnet hatte.

»Das hast du unten liegen lassen.« Er hielt ihr das Armband hin. Stella nahm seinen Ellbogen, zog ihn ins Zimmer und schloss eilig die Tür hinter ihm.

»Danke. Ich weiß gar nicht, wie ich es vergessen konnte.« Sie hielt ihm das Handgelenk hin, und er legte ihr das Armband wieder um. Ihre Haut fühlte sich kühl an unter seinen Fingern, und der betörende Duft ihres Parfums stieg ihm die Nase. Sie ging zur Frisierkommode und griff nach einer Flasche. »Möchtest du etwas trinken? Das ist Portwein. Etwas anderes habe ich nicht, fürchte ich.«

»Danke«, entgegnete er, immer noch verdattert. »Gern.«

Sie nahm zwei Gläser vom Waschtisch. Während sie einschenkte, schaute er sich in ihrem Zimmer um. Es war groß, mit einem hohen Fenster und einer Tür, die auf die Veranda führte, die rund um das Hotel verlief. Die Wände waren in zartem Gelb gestrichen, eine Farbe, die sich auch in Vorhängen und Tagesdecke wiederfand. Die Vorhänge waren zugezogen und die Bettdecke war zurückgeschlagen. Offensichtlich hatte sie gerade ins Bett gehen wollen.

Sie reichte ihm ein Glas und hob dann das ihre. »Cheers.«

»Worauf trinken wir?«, fragte er höflich und vermied es dabei verlegen, sie anzusehen. Stellas verführerisches Nachthemd, die zurückgeschlagene Bettdecke ... Er konzentrierte sich auf die Sammlung von Tiegeln und Fläschchen auf der Kommode.

Die Tür zur Veranda stand offen, und ein schwacher Luftzug wehte herein. Edward ging auf die Tür zu und trat hinaus in die Nacht. Hier war es zumindest ein klein wenig kühler. Er starrte hinunter auf die Straße. Ganze Mottenschwärme flatterten im Licht der Gaslaternen. Weiter oben auf dem Hügel brannte noch Licht in der Schmiede. Paddy machte offenbar Überstunden.

»Weihnachten!«, sagte sie und trat zu ihm, so nah, dass er ihre Schulter an seinem Arm fühlen konnte. »Nur noch ein paar Tage.«

»Und was wünschst du dir vom Weihnachtsmann?«, fragte er nervös, sich ihrer Nähe und ihres Geruchs überdeutlich bewusst.

Sie hielt das Glas zur Seite und küsste ihn auf die Wange. Ihre Lippen fühlten sich samtweich an. »Dich«, entgegnete sie schlicht.

Da nahm er ihr das Glas aus der Hand, und wenn er später an diesen Moment zurückdachte, wusste er selbst nicht mehr so genau, was als Nächstes geschah. Er zog sie an sich, und sie klammerten sich aneinander wie Ertrinkende, konnten einfach nicht genug voneinander bekommen. Sie küsste ihn, erforschte seinen Mund mit der Zunge und weckte in ihm ein bislang nie gekanntes Verlangen. Sie streichelte seinen Nacken, fuhr mit den Händen durch sein Haar, zog sein Gesicht zu sich herab.

»Allmächtiger, Stella!«, stöhnte er, hob sie auf die Arme und trug sie zurück ins Zimmer. Er legte sie auf das Bett, und sie zog ihn neben sich. Einer der Träger ihres Nachthemdes war heruntergerutscht, und eine ihrer perfekten prallen Brüste war entblößt. Beinahe ehrfürchtig schloss er die Hand um das feste milchweiße Fleisch. Sie unternahm keinen Versuch, ihn zu bremsen, und so löste er den zweiten Träger ihres Nachthemdes und schob die feine Spitze der Korsage herunter, bis auch ihre zweite Brust entblößt war.

»Du bist so wunderschön«, flüsterte er, beugte sich herab und liebkoste ihre Brüste hingebungsvoll.

Vorn wurde das Nachthemd von winzigen Knöpfen zusammengehalten. Einen nach dem anderen knöpfte er sie auf. Darunter war sie nackt. Nackt und schön wie eine Marmorstatue. Verzaubert von ihrer perfekten Symmetrie verschlang er sie mit den Blicken, bis sie die Arme um ihn legte und ihn näher zu sich heranzog. Sein Blut kochte. Mit vor Aufregung ungeschickten Händen öffnete er Gürtel und Hosenknöpfe und befreite seine pochende, pulsierende Männlichkeit von allen störenden Stoffschichten. Er schob ihre Schenkel auseinander und ...

»NEIN!«

Ganz plötzlich wehrte sie ihn mit Händen und Füßen ab und stieß ihn mit solcher Kraft zurück, dass er beinahe vom Bett gefallen wäre. Als er sich wieder gefangen hatte, stand sie am Fenster und hatte das offene Nachthemd fest über den Brüsten zusammengezogen. Das Ziehen in seinen Lenden war eine Qual. »Habe ich etwas Falsches gesagt oder getan?«

Sie schluchzte leise und schüttelte den Kopf. »Ich kann nicht. Entschuldige, aber ich kann das einfach nicht.«

Er wusste nicht, was er tun sollte. Gehen? Versuchen, sie zu trösten? Schließlich klopfte er neben sich auf das Bett. »Wir könnten es noch einmal versuchen«, meinte er hoffnungsvoll.

»Du denkst bestimmt, ich hätte dir etwas vorgemacht«, schluchzte sie.

»Du hast mich verführt. Warum? Warum etwas anfangen, das du doch nicht durchziehst?«

»Es ... es tut mir Leid. Ich hatte plötzlich Angst. Ich meine, was ist, wenn ich schwanger werde?«

»Dann heirate ich dich.«

Hierauf schwieg sie eine Weile und spielte mit dem Armband an ihrem Handgelenk. Schließlich blickte sie mit verweinten Augen zu ihm herüber, und sein Herz zog sich zusammen. Gott, wie sehr er sie begehrte.

»Wa... was hast du gesagt?«, stammelte sie.

»Ich sagte, dass ich dich heiraten würde, das heißt, wenn du mich würdest haben wollen.«

Stella nickte und brach erneut in Tränen aus, alberne Frauentränen, die ihn dennoch zutiefst berührten. Sie kam zurück zum Bett, und er zog sie zu sich auf die Laken. Sanft löste er ihre Hände vorn von ihrem Nachthemd. Dann löschte er die Lampe auf dem Nachttisch, und das Zimmer wurde nur noch schwach von den Gaslaternen unten auf der Straße erhellt. Er konnte sehen, wie ihre Brüste sich bei jedem Atemzug hoben und senkten. Seine Finger wanderten über ihren Bauch, immer weiter abwärts, auf ihre verlockende Weiblichkeit zu, und als sie schließlich den seidigen Flaum erreichten, drängte sie ihm entgegen.

»Fangen wir noch einmal ganz von vorne an«, flüsterte sie.

Und dann liebte er sie, sanft und zärtlich, und es war so unvergesslich, wie er es sich erträumt hatte.

KAPITEL 24

Und?«, fragte Dominic, beugte sich über die Bar und drückte seine Zigarette im Aschenbecher aus. »Was willst du jetzt tun?«

»Ich werde das tun, was du schon vor Monaten vorgeschlagen hast«, entgegnete Kitty mit einem säuerlichen Lächeln. »Ich werde als liebende, treu sorgende Mutter die prunkvollste Hochzeit arrangieren, die Boolai seit Jahren gesehen hat. Und wenn es vorbei ist, werde ich ...«

»Wirst du alles tun, um dich mit ihr zu vertragen, auch wenn es dich fast umbringt«, beendete Dominic den Satz für sie, und sie mussten beide lachen.

»Aber mal im Ernst«, fuhr Kitty dann fort und rieb ein letztes Mal mit dem Wischlappen über den glänzenden Tresen. »Natürlich freue ich mich für ihn. Und Stella scheint auch ein ganz nettes Mädchen zu sein. Trotzdem habe ich irgendwie das dumme Gefühl, dass die Verlobung irgendwie forciert wurde. Stella zieht ins Hotel, ihr Vater verlässt die Stadt, dann der Antrag. Immerhin kennen sie sich erst ein paar Monate.«

»Heh«, schalt er sanft. »Sie sind beide erwachsen, und es ist ihre Entscheidung. Denk nur an deine Ehe mit Ted. Die hat auch unter denkbar ungünstigen Voraussetzungen begonnen. Und du weißt selbst am besten, wie glücklich sie war.«

»Du hast Recht«, entgegnete sie seufzend. »Wenigstens ist Stella nicht schwanger.«

»Zumindest sieht man noch nichts.«

»Die Hochzeit findet erst im Juni statt«, bemerkte Kitty trocken. »Bis dahin sind es noch Monate.«

»Und wo wird das glückliche Paar nach der Heirat wohnen?«

»Ich dachte, ich überlasse ihnen ein paar Zimmer im Obergeschoss. Stellas Zimmer ist ziemlich groß. Sie könnten das daneben liegende Zimmer als Wohnzimmer nutzen, und die Abstellkammer ließe sich in ein Bad umfunktionieren. Groß genug wäre sie jedenfalls.«

»Das ist sehr großzügig von dir, Kitty.«

»Er ist mein Sohn, und ich will nur das Beste für ihn.«

»Und schließt das Stella mit ein?«

»Ja«, antwortete sie nachdrücklich.

Sie gab warmes Wasser ins Becken und fing an, die letzten schmutzigen Gläser zu spülen. Ihre Gedanken schweiften ab. Edward hatte Stella einen Ring gekauft, ein schlichtes Goldband mit einem atemberaubend schönen Solitär. Sie hatte zum nächsten Ersten ihre Stelle gekündigt. »Ich möchte nicht, dass sie weiter dort arbeitet«, hatte Edward gesagt. »Und es gibt da noch ein Problem. Ich weiß, dass normalerweise der Brautvater die Hochzeit ausrichtet, aber Stellas Dad könnte sich nicht einmal einen bescheidenen Umtrunk leisten.«

Wie sollte sie ihm eine Feier verwehren?

»Komisch, nicht?«, sagte sie nach einer Weile. »Die ganzen Jahre fragt man sich, was für eine Frau die eigenen Söhne sich einmal aussuchen werden und ob man sie mögen wird. Irgendwie hatte ich mir die Frau, die Edward eines Tages heiraten würde, anders vorgestellt. Ich hatte erwartet, dass er ein Mädchen aus der Gegend zur Frau nehmen würde. Eine junge Frau, deren Eltern ich kenne.«

»Jemanden wie Jess?«

»Genau. Nimm beispielsweise Jess und James. Es würde mich nicht im Mindesten überraschen, wenn die beiden in ein paar Jahren heiraten würden. Sie sind seit Jahren befreundet, und Paddy und Mayse gehören fast zur Familie.«

»Befreundet, ja, aber kein Liebespaar«, gab Dominic mit einem bedeutungsvollen Blick zu bedenken.

»Das will ich doch sehr hoffen!«, rief Kitty aus und schauderte übertrieben. »James ist erst fünfzehn!«

»Ich habe uns gemeint und nicht die beiden. Aber die zwei sind wirklich unzertrennlich, durchstreifen stundenlang die Sümpfe oder fahren mit dem Boot auf dem Fluss herum. Was weißt du schon, was die beiden so treiben? Ich weiß noch, dass ich in diesem Alter ziemlich unreine Gedanken hatte.«

»Daran hat sich bis heute nichts geändert«, entgegnete Kitty trocken und warf den Lappen nach ihm. »Hier, wenn du schon hier sitzen und mit mir flirten willst, kannst du dich dabei auch nützlich machen.«

Weihnachten war vergangen, und auch James 15. Geburtstag. Stella und Edward waren verlobt, und Kitty plante für Juni eine Hochzeit mit allem Drum und Dran.

Beth hatte Zwillinge zur Welt gebracht, zwei Jungen, Thomas Junior und Charles. Mit Rose, Sophia und Jess mangelte es nicht an willigen Babysittern.

Alles sprach nur von Heiraten und Babys. Sogar Jess hatte ihn im Stich gelassen, dachte James bitter, als er allein auf der Wiese neben dem Bahnhof lag.

Er hatte die vergangenen Tage damit verbracht, den letzten Rest Sumpfland jenseits der Geleise zu durchforsten. Entlang der Eisenbahnstrecke waren noch einige große Teiche übrig, stehende Gewässer mit gelben Blasen und Schaum an der trüben Oberfläche. Wenn man nur lange genug suchte, fand man todsicher Kaulquappen, Schnecken und Egel, die sich an einem festsaugten, wenn man nicht aufpasste. Das sumpfige Wasser hatte die Farbe von Tee.

Er kannte die grasbewachsenen Inseln, auf denen die Enten nisteten, ebenso auswendig wie die tiefen Löcher, in denen man immer noch ordentlich große Barben fangen konnte. Er kannte alle Vogelarten, die dort nisteten, die Sumpfhühner, Wildenten, Blaustirnamazonen, Aras, Kasuare. Nicht, dass noch viele übrig wären. Auf der Karte im Rathaus war zu sehen, dass der Sumpf sich früher einmal meilenweit fast bis ans Meer erstreckte. Inzwischen war er fast vollständig trockengelegt und in Ackerland verwandelt worden, die säuerlich riechende Erde umgepflügt und Luft und Sonne erschlossen.

James rollte sich auf den Rücken und fühlte, wie die Sonne tief in seine Haut drang. Er schloss die Augen, aber schon bald tanzten rote Blitze hinter seinen geschlossenen Lidern, und er drehte den Kopf seitwärts. In der Ferne hörte er das heisere Krächzen der Krähen. Krahhh ... Krahhhh ...

Er setzte sich auf, ganz benommen von der Hitze, und schaute über das raschelnde, trockene Gras um sich herum. Verdammt! Ohne Jess machte alles nur halb so viel Spaß. Missmutig stand er auf und machte sich auf den Weg zum Laden.

Es war früher Nachmittag, und die Straßen waren menschenleer. James schlenderte am Straßenrand entlang und blieb wo immer möglich im Schatten der Häuser. Weiter vorn sah er das Schild: *Thos. J. O'Reilly – Gemischtwaren.*

Der Laden war im Laufe der Jahre erweitert worden. Beth und Tom hatten sich längst ein anderes Haus weiter oben gebaut und den Laden auf die bescheidenen Räume ausgeweitet, die ihnen in den ersten Jahren ihrer Ehe als Zuhause gedient hatten. In ihrem ehemaligen Schlaf- und Wohnzimmer stapelten sich jetzt Kurzwaren, Schnittwaren und Eisenwaren, während Lebensmittel, Zeitungen und Tabak weiter im ursprünglichen Ladenlokal verkauft wurden. In einem kleinen Anbau hinter dem Laden waren Futtermittel und Getreide untergebracht.

James öffnete die Ladentür. Irgendwo in den dunklen Tiefen des Ladens läutete ein Glöckchen. Jess kam mit einem der Säuglinge auf dem Arm nach vorn. Ihr Neffe war winzig und rosig.

»Welcher von beiden ist das?«, fragte James. Für ihn sahen die Zwillinge völlig identisch aus.

»Thomas. Möchtest du ihn mal halten?«

»Nein.« Er wich ein wenig zurück, und als er ihren belustigten Gesichtsausdruck sah, zeigte er ihr seine Hände. »Ich bin ziemlich schmutzig, siehst du? Ich war im Sumpf. Ich habe einen neuen Nistplatz entdeckt. Da liegt ein Dutzend Eier. Komm doch mit, ich zeige sie dir.«

»Ich kann nicht. Ich habe zu tun.«

»Wir sehen uns so gut wie gar nicht mehr«, beschwerte sich James. »Ständig hängst du hier herum.«

»Mum sagt, ich muss Beth mit den Babys helfen.«

Beth kam in den Laden und nahm Jess das schlafende Kind ab. Sie drückte James den obligatorischen Kuss auf die Wange, was er nicht ausstehen konnte. »Steh nicht so rum«, sagte sie streng. »Es gibt viel zu tun, und du kannst ebenso gut mit anpacken, wo du schon mal da bist.«

Die nächste Stunde verbrachten sie damit, Beutel Mehl, Zucker und Tee aus den Fässern unter dem Tresen abzuwiegen und in die Regale zu räumen. Sie arbeiteten schweigend, und Jess kaute konzentriert auf der Unterlippe, während sie die Beutel abwog. Schließlich waren die Regale wieder aufgefüllt, und James nahm sich zwei Stück Lakritz aus einer Bonboniere.

»Magst du sie?«

»Was, Lakritzstangen?« Er hatte ihr ein Stück Lakritz abgegeben, und ihre Zunge war bereits ganz schwarz.

»Nein, Babys.«

Sie packten zerbrochene Kekse in braune Papiertüten und wogen sie ab. Jess musterte ihn eine Weile, ehe sie antwortete. »Natürlich. Du nicht?«

James zuckte die Achseln. »Weiß nicht. Ich schätze, sie sind ganz okay.«

»Wenn ich heirate, werde ich ganz viele Babys bekommen. Das heißt, mindestens zwei oder drei.«

Er starrte sie an. »Wenn *wir* heiraten«, verbesserte er sie. »Du hast es dir doch nicht etwa anders überlegt, oder?«

Jess nahm die letzten Kekse aus der Blechbüchse und ließ sie in die Tüte fallen. »Mum sagt, ich muss weg von hier. Tante Ethel hat ein Schreibbüro in Brisbane, und sie will, dass ich dort arbeite. Ich lerne Tippen, Stenografie und Ablage.«

»Willst du das denn?«

»Ich weiß nicht, vielleicht wird es ganz interessant. Natürlich nicht so schön wie hier.«

Ein Kunde betrat den Laden, und Beth kam nach vorne, um ihn zu bedienen. »Hier«, sagte sie und reichte Jess eine Tüte voll Kekse. »Geht damit nach hinten, aber bitte nicht krümeln. Ich möchte keine Mäuse im Laden haben.«

Das war ein interner Witz: Im Hinterzimmer wimmelte es nur so von den kleinen grauen Nagern. James und Jess liefen lachend zum Anbau, wo Futtermittel und Getreide gelagert wurden. Sie kletterten auf einen Sack Mehl und teilten sich den Inhalt der Tüte.

James liebte den Geruch von Melasse. Genüsslich atmete er den süßen, zuckrigen Duft ein. Melasse vermischt mit dem herberen Geruch des Getreides. Mehl rann aus unsichtbaren Löchern in den Baumwollsäcken und legte sich wie Schnee auf die Bodendielen. Schräg fallende Sonnenstrahlen fielen durch die Ritzen der halb offenen Tür, und Staub tanzte im gelben Licht.

Hinter den Säcken lag ein Wurf wenige Wochen alter Katzen. Vorsichtig hob James eines der Kätzchen auf, einen kleinen Rottiger, der sich schnurrend auf seiner offenen Hand einrollte. Die Mutter beobachtete ihn aufmerksam und rieb sich an seinen Beinen.

»Ich glaube, ich werde Mum fragen, ob ich das Kätzchen hier haben darf«, sagte er und streichelte mit einem Finger das samtweiche Fell. »Ich könnte es Ginger nennen.«

»Kein sehr origineller Name.«

Er legte das Kleine zurück zu den anderen, und die

Katze machte sich sofort daran, es inbrünstig zu putzen. »Wann gehst du fort?«

»Diesen Sommer. Mum sagt, ich darf bis zu Edwards Hochzeit bleiben. Aber in den Ferien komme ich heim.«

Zwei schwarze Hühner waren durch die Tür hereinspaziert und pickten Körner vom Boden auf. Beth kam mit einem Ei herein. »Seht mal, was ich unter der Zisterne gefunden habe.«

Es war cremeweiß, oval und perfekt geformt. »Hier«, sagte sie und reichte es James. »Nimm das mit nach Hause, Schatz.« Dann wandte sie sich an Jess. »Deine Mum ruft nach dir. Ich konnte sie den ganzen Weg bis hierher hören. Du solltest mal rübergehen.«

Nachdem Jess gegangen war, saß James noch eine Weile im Schuppen und dachte nach. In ein paar Monaten würde sie weg sein, nicht mehr fester Bestandteil seines Lebens. Es würde nicht mehr dasselbe sein, sie nur noch in den Ferien zu sehen. Vielleicht würde sie ja nach einiger Zeit gar nicht mehr heimkommen wollen. Vielleicht fand sie die Stadt ja interessanter.

Eins der Hühner pickte um seine Füße herum. Frustriert trat er mit dem Stiefel nach dem Tier, das laut gackernd davonstob. Zurück blieb nur aufgewirbelter Staub, der sich nie setzte, sondern scheinbar ewig in der Luft hängen blieb.

»Und, was meinst du? Das wäre sicher schön, oder?«, fragte Billy O'Reilly und beugte sich eifrig über den Tresen. »Nur über das Wochenende.«

»Ein bisschen weit für zwei Tage, meinst du nicht auch?«, entgegnete Edward skeptisch.

»Ach was!«, widersprach Bill. »Es liegt gleich hinter Brisbane. Mit dem Zug sind das nur ein oder zwei Stunden. Wenn wir pünktlich wegkommen, können wir Freitagabend um acht da sein. Es soll ganz toll sein. Kleine Hütten zum Übernachten. Und den ganzen Tag jagen, fischen und reiten. Es gibt sogar einen kleinen Pub, falls wir Lust haben, etwas zu trinken.«

Edward stöhnte übertrieben. »Pub! Wenn ich ein Wochenende wegfahre, dann sicher nicht, um es in einem Pub zu verbringen!«

»Ich meinte ja nur, dass es einen gibt, wo wir uns mit Schnaps versorgen können«, sagte Billy. »Ein bisschen was zu trinken muss schon sein. Komm schon. Immerhin heiratet man nicht alle Tage. Und bevor du diesen entscheidenden Schritt tust, brauchst du noch ein Wochenende unter Männern. Ehrlich, das wird super.«

Letztendlich zogen sie zu acht los: die vier O'Reilly-Brüder Mick, Blue, Tom und Billy, er selbst, Dutchie, Toms junger Gehilfe, und Jacko, Cynthias jüngerer Bruder.

Im letzten Moment lud Edward auch noch James ein. »Er ist in letzter Zeit etwas bedrückt«, sagte er zu Kitty. »Jess ist fast ständig im Laden. Außerdem denke ich, dass ein paar Tage unter Männern ihm gut tun werden. Das formt den Charakter.«

»Formt den Charakter!«, schnaubte Kitty und zauste ihm das Haar. »James' Charakter ist völlig in Ordnung. Ich argwöhne vielmehr, dass dieses Wochenende nur ein Vorwand ist für eine Sauftour.«

Edward setzte eine beleidigte Miene auf. »Nicht mit den O'Reilly-Brüdern. Wo denkst du hin«, entgegnete er und konnte sich ein Grinsen nicht verkneifen.

Kitty gab schließlich nach, und ihre beiden Söhne fuhren mit dem Fünf-Uhr-Zug davon.

Die Lok erklomm die letzte Steigung vor dem Bahnhof. James konnte das angestrengte Puffen hören, als er sich aus dem offenen Fenster lehnte. Er sah, wie die Lichter der Lokomotive einen Bogen beschrieben, als der Zug um die letzte Kurve der Strecke bog. Weiter vorn leuchtete die Lampe auf dem Bahnsteig wie ein Signalfeuer in der Dunkelheit.

Der Zug kam zitternd zum Stehen und ließ zischend Dampf ab. Einer nach dem anderen stiegen die Freunde aus dem Waggon in die Kühle der Nacht. »'n Abend, Männer«, gähnte der Stationsvorsteher und kam mit einer Laterne auf sie zu. Es war der letzte Zug des Abends, und James sagte sich, dass der Mann sich wahrscheinlich schon auf sein Bett freute.

Hallidays Ferienhäuser stand auf dem Schild neben der einsamen Kutsche, die draußen vor dem Bahnhof wartete. Ein bärtiger Mann in einer Hose aus verblasstem Moleskin und einem karierten Hemd kam auf sie zu. »Halliday?«, fragte Edward, und der Mann nickte.

Schweigend lud er die Taschen auf, und die Männer stiegen ein.

Sie waren ein ausgelassener Haufen und lachten und alberten auf der ganzen Fahrt herum. Halliday saß derweil gebeugt auf dem Kutschbock. James, der vorn neben ihm saß, warf hin und wieder im Licht der Straßenlaternen einen verstohlenen Seitenblick auf den Mann, bis sie das Dorf hinter sich ließen und sie einem dunklen Pfad durch den Busch folgten.

Er hätte sich gerne mit dem Mann unterhalten, ihm ein paar Fragen über den Ort gestellt, aber das grimmige Gesicht Hallidays hielt ihn davon ab. Im Übrigen war der Mann nur eine flüchtige Bekanntschaft. In zwei Tagen würden sie wieder abreisen, da brachte es doch nichts, sich anzufreunden.

Die Männer waren sehr verschieden. James kannte die vier O'Reillys von Kindesbeinen an, aber Jacko und Dutchie waren fast Fremde für ihn. John Jackson, der von allen nur Jacko gerufen wurde, war Billy O'Reillys Schwager, ein ausgelassener Kerl mit trockenem Humor und einer sehr direkten Art, mit der er nicht selten aneckte. Dutchie arbeitete seit einigen Monaten als Kutscher in Toms Transportunternehmen. Er war ein zurückhaltender Mann, ein Denker, wie Edward sagte, nachdenklich und still.

Am folgenden Nachmittag blickte James von dem Buch auf, in dem er gerade las, als Halliday mit einem Krug frischer Milch auf die Hütten zukam.

»Ich dachte mir, ich schaue mal vorbei und erkundige mich, ob ihr alles habt, was ihr braucht«, sagte er und schaute sich um. »Ist aber still hier. Wo sind denn alle?«

»Die anderen sind zum Pub gegangen. Vor etwa einer Stunde oder so.«

»Und da haben sie dich ganz allein zurückgelassen?«

James zuckte die Achseln. »Sie wollten auf ein paar Bier dort bleiben, und ich bin noch zu jung. Aber das macht mir nichts aus.«

»Na dann.«

»Es ist schön hier«, fuhr James fort, um Konversation zu machen.

Halliday schaute sich um, nickte und lächelte unerwartet. »Ja, ist nicht übel. Ich habe die Anlage vor etwa zehn Jahren übernommen, aber die Leute hier nennen sie immer noch nach dem ersten Besitzer Halliday. Also habe ich es bei ›Hallidays Ferienhäuser‹ belassen, auch nach all den Jahren. Alte Gewohnheiten lassen sich eben nur schwer ablegen, was?«

»Dann heißen Sie gar nicht Halliday?«

»Nein.« Der Mann schüttelte den Kopf und lachte. »Aber alle nennen mich so. Ich habe selbst fast vergessen, wie ich wirklich heiße.«

Halliday blickte die Reihe der Hütten hinunter, zwischen die sorgfältig Bäume gepflanzt worden waren, um für eine gewisse Privatsphäre zu sorgen. »Ja, ist zehn Jahre her, dass ich mich hier niedergelassen habe«, sagte er und rieb sich das bärtige Kinn. »Natürlich war damals alles ziemlich runtergekommen. Der Besitzer war gestorben, und seine Witwe hat noch eine Weile versucht, allein weiterzumachen. Es war viel Arbeit, alles wieder in Schuss zu bringen, aber harte Arbeit hat noch niemandem geschadet.«

»Nein, wohl nicht«, entgegnete James. »Und was für Leute kommen her?«

»Vornehmlich Männer aus der Stadt, die zum Fischen und Jagen herkommen. Und gelegentlich auch Paare in den Flitterwochen.« Halliday nahm auf einer einfachen Holzbank Platz. Er holte Papier und Tabak aus der Tasche und drehte sich geschickt eine Zigarette. Er riss ein Streichholz an, hielt die Flamme an das Ende der Zigarette und tat einen kräftigen Zug. »Deine Freunde machen mir nicht den Eindruck, Stadtmenschen zu sein. Woher kommt ihr?«

»Boolai. Ein kleiner Ort an der Südküste. Sie haben wahrscheinlich noch nie davon gehört.«

Halliday nahm die Zigarette aus dem Mund und starrte sie eine Weile schweigend an. »Boolai, ja?«, sagte er und schnippte die Asche auf den Boden.

»Dann kennen Sie es?«

»Bin vor Jahren mal da gewesen. Ziemlich kleines Kaff, richtig?«

»Richtig.«

»Muss in der Zwischenzeit etwas gewachsen sein. Ich habe gehört, dass es dort sogar einen Bahnhof gibt. Man kann den Fortschritt eben nicht aufhalten.«

»Nein, wohl nicht.«

Der Mann zog wieder an seiner Zigarette. »Und was machst du in Boolai so?«

»Nicht viel. Meiner Mutter gehört das Commercial Hotel.«

»Ein Pub! Sieh mal einer an! Das Boolai von damals hatte nichts dergleichen aufzuweisen. Und was ist mit deinem Vater?«

James wandte den Blick ab und stützte das Kinn auf die Hände. »Er ist noch vor meiner Geburt gestorben.«

»Das tut mir Leid.«

James sah Halliday wieder an, der gerade eine Rauchwolke in die Luft blies. »Das braucht es nicht. Sie haben ihn ja nicht gekannt.«

»Wie heißt du?«

»James.«

»Also, James, es war nett, mit dir zu plaudern, aber ich

muss jetzt. Ich muss noch ein paar Sachen erledigen, bevor es dunkel wird.«

»Zum Beispiel?«

»Die Kuh muss gemolken werden, und ich muss die Eier einsammeln. Außerdem muss ich Wasser aus dem Fluss pumpen.«

James wollte plötzlich nicht mehr allein sein. Er unterhielt sich gerne mit diesem Mann, mochte dessen unkomplizierte Art. »Ich könnte Ihnen helfen.«

Halliday musterte ihn nachdenklich. »Na ja, warum nicht.«

Er ackerte wie ein Pferd, fegte den Hühnerstall, mistete den Schweinestall aus und beklagte sich kein einziges Mal, obwohl seine Arme und Schultern von der ungewohnten körperlichen Anstrengung höllisch schmerzten. Später, als die Arbeit getan war, teilten sie sich eine Kanne Tee und einen Brotfladen. Es war schon fast Abend, als Halliday ihn zur Hütte zurückschickte. »Wenn die anderen zurückkommen und dich nicht antreffen, werden sie sich Sorgen machen.«

»Kaum«, entgegnete James lachend. »Die werden viel zu betrunken sein, um mein Fehlen überhaupt zu bemerken.«

Halliday wurde erst bewusst, wie sehr er die Gesellschaft des Jungen genossen hatte, als dieser gegangen war. Er hatte sich in den vergangenen Jahren zu sehr an das Alleinsein gewöhnt. »Zu einsam hier«, brummte er und häufte sich eine Kelle Eintopf auf den Teller. Aus Richtung der Hütten drang betrunkener Gesang herüber. Er überlegte, ob er sich seinen Gästen anschließen sollte, sagte sich aber dann, dass sie Fremde waren – abgesehen von dem Jungen.

Er dachte wieder an James. Wenn er geheiratet und Kinder bekommen hätte, hätte sein Sohn diesem Jungen wahrscheinlich ziemlich ähnlich gesehen. Groß, schlank und blond. Und es hatte vor langer Zeit einmal eine Frau gegeben ...

Resolut schlug er mit der Faust auf den Tisch. Nein! Er hatte sich vor Jahren geschworen, nicht mehr an sie zu denken. Er hatte seinen Frieden gefunden, und es brachte nichts, über Vergangenes nachzugrübeln.

Der Tag der Hochzeit rückte immer näher, und James fragte sich, weshalb alle ein solches Aufhebens darum machten. Seine Mutter hetzte kopflos umher und organisierte Lebensmittel und Stühle. Ein großes, rot-weiß gestreiftes Zelt wurde hinter dem Haus aufgestellt, und Kisten voller Besteck, Gläser und Porzellan wurden gebracht.

Die Trauung fand im Garten statt, gefolgt von einem Festessen. Edward und Stella verbrachten ihre Flitterwochen in einem Hotel in Brisbane. Während sie fort waren, ließ Kitty einige der Räume im Obergeschoss als Wohnung für die beiden herrichten, sogar ein neues privates Bad.

Eines Nachmittags einige Wochen später, als er gerade mit seinem Boot unterhalb des Anlegers herumruderte, sah er, wie Jess ihm vom Ufer aus zuwinkte. Abgesehen von der Hochzeit hatte es in den vergangenen Monaten kaum eine Gelegenheit gegeben, sie zu sehen. Sie war ständig bei Beth im Laden und half ihr mit den Babys, die sich prächtig entwickelt hatten, jeden anstrahlten und krabbelnd ihre Umwelt unsicher machten.

Er ruderte ans Ufer. »Was ist denn passiert?«

Sie sah aus, als wäre sie gerannt. Ihre Wangen waren gerötet, und sie atmete keuchend. »Nichts. Ich bin nur gekommen, um mich zu verabschieden.«

James kam es vor, als hätte ihm jemand einen Schlag in die Magengrube versetzt. Dann war es also so weit. Jess hatte vor Monaten angekündigt, dass sie fortgehen würde, aber er hatte den Gedanken konsequent verdrängt, als würde es nicht dazu kommen, wenn er sich nur weigerte, es zu akzeptieren.

»Und wann reist du ab?«

Seine Stimme klang hölzern. Boolai ohne Jess? Unvorstellbar. Auch wenn sie bei Beth gewesen war, hatte das Wissen um ihre Nähe die Trennung immerhin erträglich gemacht.

»Morgen.«

Sie hob den Rock bis zu den Knien hoch und watete durch das Wasser. Als sie ins Boot stieg, sah er, wie das Wasser an ihren Waden hinabrann. Ihr dunkles Haar glänzte in der Sonne.

Er stieß mit einem Ruder das Boot vom Ufer ab und ruderte schweigend, warf nur ab und an einen Blick in ihre Richtung. Sie saß ihm auf der zweiten Sitzbank gegenüber, das Gesicht abgewandt und den Blick auf das gegenüberliegende Ufer gerichtet.

»Willst du wirklich fort?«, fragte er schließlich. »Und wenn es dir gar nicht gefällt in der Stadt?«

»Dann komme ich zurück.«

»Du wirst mir fehlen.«

Er hatte das Boot unter den herabhängenden Ästen einer Trauerweide zum Halten gebracht. Stellenweise reichten die Äste bis ins Wasser, und von dort gingen immer neue, immer größer werdende Ringe aus. Die Sonne schien durch das Laub und warf Lichtkreise auf ihr Gesicht. Sie lächelte, aber ihre Augen füllten sich mit Tränen.

»Ich weiß.«

Linkisch stand er auf, drehte sich um und setzte sich neben sie. Das Boot schlingerte bedenklich, und Jess lachte gezwungen. »Vorsicht, sonst landen wir noch beide im Wasser.«

Er kramte ein Taschentuch aus der Hosentasche; es war zerknittert, aber sauber. Sanft wischte er ihr die Tränen von den Wangen. »Gott, Jess! Wenn du nicht aufhörst zu weinen, muss ich auch gleich losheulen.«

KAPITEL 25

Als Stella zum x-ten Mal an diesem Morgen die Bar sauber wischte, sah sie Bill Mastertons Pferd die Straße entlangschleichen. Das Tier war schon alt und die reinste Schnecke, wie Edward gemeint hatte. Es zog einen ramponierten Wagen, der aussah, als würde er jeden Moment auseinander fallen. Als der Wagen sich dem Pub näherte, sprang Bill vom Bock, sprintete quer über ein unbebautes Grundstück und kam atemlos und mit vor Anstrengung gerötetem Gesicht in die Bar gelaufen.

»Bitte das Übliche, Missus«, keuchte er und knallte das Geld auf den Tresen.

Stella hatte bereits eingeschenkt. Als das Pferd um die

Ecke bog, rannte Bill zurück und schwang sich wieder auf den Bock, wobei er keinen Tropfen Bier verschüttete. Als das Pferd das Ende des Hotelgebäudes erreicht hatte, hatte Bill sein Glas geleert und stellte es im Vorbeifahren auf einem Pfosten ab.

Als sie dieses Ritual das erste Mal miterlebt hatte, war sie belustigt gewesen. »Bill hasst es zu lügen«, hatte Edward schmunzelnd erklärt. »Wenn also die alte Ma Masterton ihm vorwirft, er hätte wohl wieder Zeit im Pub vertrödelt, kann Bill wahrheitsgemäß erwidern, dass das nicht stimmt.«

»Und sie glaubt ihm?«, hatte Stella gestaunt.

Heute, fünf Jahre später, wusste sie es besser. Man glaubte, was man glauben wollte, weil man sich dann besser fühlte.

Stella ging nach draußen und holte das Glas. Es war noch kalt, und am Rand haftete noch weißer Schaum. Fast konnte sie sich Bills Mund am kühlen Glas vorstellen, und wie er das kalte, bernsteinfarbene Gebräu durstig in sich hineinschüttete. Es war ein heißer Tag, bleiern. Die Sonne brannte von einem wolkenlosen Himmel herab. In der Ferne kreisten ein paar Krähen, schwarze Punkte vor dem endlosen Blau des Himmels. Sie konnte sie hören, ihr heiseres Krächzen. Trotz der Hitze erschauerte sie.

Sie spülte das Glas, trocknete es ab und überlegte, was sie als Nächstes tun sollte. Die Bar war verlassen, und der Zug würde erst in einer Stunde eintreffen. Edward war vor einiger Zeit nach oben gegangen und gönnte sich eine Arbeitspause. Kitty war zum Laden gefahren, um Vorräte zu holen. Stella stützte die Ellbogen auf den Tresen, legte das Kinn auf eine Hand und seufzte. Nicht wegen der Hitze oder wegen der mangelnden Kundschaft, sondern vielmehr weil sich alles verschworen hatten, um sie im Hotel festzuhalten.

Die Stelle als Lehrerin vor ihrer Heirat war eine traurige Enttäuschung gewesen. »Sie müssen sich etwas mehr Mühe geben, Miss ...«, hatte der Schulinspektor gemurmelt und nach einem Blick auf seine Notizen erleichtert dreingeschaut. »Wie ich sehe, werden Sie bald heiraten und uns verlassen.«

»Ja, Sir«, hatte sie entgegnet und sich im Geiste vorgenommen, mit Edward zu sprechen, um möglichst bald kündigen zu können. Obwohl es noch Monate waren bis zur Hochzeit, gab es bis dahin noch unendlich viel zu erledigen.

Sie hätte tanzen und singen mögen. Ihre Träume würden sich in Kürze erfüllen. Edward war zweifellos ein guter Fang. Er sah auf eine etwas herbe Art gut aus mit der gebräunten Haut und den blauen Augen zu dunklem Haar. Und als Sohn der Hotelbesitzerin musste er auch einigermaßen wohlhabend sein und nicht so bettelarm wie einige der Farmer aus der Gegend.

Sie hatte nicht erwartet, nach der Heirat arbeiten zu müssen, und sie hatte damit gerechnet, dass Kitty ihnen ein eigenes Haus kaufen würde. Ein hübsches kleines Cottage in Hotelnähe, damit Edward es nicht so weit zur Arbeit hatte, und davor ein gepflegter kleiner Garten. Ein Gärtner würde jede Woche kommen, um den Rasen zu mähen und Unkraut zu jäten, während Stella sich um die Kinder kümmerte. Sie würden einen Sohn und eine Tochter bekommen, in dieser Reihenfolge, im Abstand von drei Jahren. Der Junge, den sie unter keinen Umständen Edward Junior nennen würde, würde seinem

Vater nachschlagen. Und das kleine Mädchen, zierlich und hübsch, würde blondes Haar haben und ein unwiderstehliches Lächeln. Und wenn Edward von der Arbeit heimkam, würden die Kinder ihm entgegenlaufen, ihm um den Hals fallen und sein Gesicht mit Küssen bedecken.

Aber es war alles anders gekommen. Der Traum vom eigenen Cottage war als erster zerplatzt. Während sie und Edward in den Flitterwochen gewesen waren, hatte Kitty zwei Zimmer im Obergeschoss des Hotels herrichten lassen und in eine abgeschlossene kleine Wohnung umgewandelt.

Stella war aus allen Wolken gefallen. »Wir sollen über einem Pub wohnen?«, zischte sie, als Kitty außer Hörweite war.

»Sieh es doch so«, hatte Edward beschwichtigend entgegnet: »Wir müssen keine Miete zahlen und können Geld für ein eigenes Häuschen ansparen.«

»Und wenn wir ein Baby bekommen? Der Pub ist wohl kaum der richtige Ort, um Kinder großzuziehen.«

»Übertreib nicht, Stella. Ich habe meine halbe Kindheit im Pub verbracht, und ich glaube nicht, dass sich das negativ auf meine Entwicklung ausgewirkt hat.«

Sie bedachte ihn mit einem vernichtenden Blick.

»Im Übrigen kannst du nach unten kommen und mir in der Bar helfen, wenn du Lust hast. Dann hast du eine Beschäftigung, bis wir Kinder haben. Und sobald ein Baby da ist, kaufe ich uns ein Haus.«

Sie musterte ihn zweifelnd. »Versprochen?«

»Ich verspreche es. Abgesehen davon hat die Wohnung auch den Vorteil, dass sie so nah bei meinem Arbeitsplatz gelegen ist. Wenn unten alles ruhig ist, kann ich mich zu dir raufschleichen«, sagte er lächelnd und küsste sie auf die Nase, die Stirn, den Mund.

Sie konnte nie lange böse auf ihn sein. Es war nicht Edwards Schuld; seine Mutter hatte es so bestimmt, ohne sie zu fragen.

Sie sehnte sich nach einem Kind, um alledem entfliehen zu können: dem Pub, dem endlosen Strom von Männern, die die Bar besuchten, der mangelnden Privatsphäre. Anfangs war es ein Spiel: Edward kam nach oben gelaufen, während Kitty sich um die späten Mittagsgäste kümmerte. Stella erwartete ihn in dem großen Messingbett, nackt unter dem raffiniert drapierten Laken, ihr Körper glühend und sich verzehrend nach seiner Berührung. Später, wenn er an die Arbeit zurückgekehrt war, träumte sie von dem Baby, das sie bald haben würden, und stellte sich ihren dicken, harten Bauch in der Schwangerschaft vor.

Monate zogen ins Land, und alle vier Wochen stellten sich die gewohnten Unterleibsbeschwerden ein, begleitet von der üblichen Blutung. Cynthia O'Reilly kam vorbei, um ihr stolz ihr neugeborenes Töchterchen zu zeigen. Stella war höflich, stellte die richtigen Fragen und lächelte tapfer, aber innerlich brach ihr das Herz. Nachdem Cynthia wieder gegangen war, warf Stella sich auf das Bett und weinte bitterlich. Weinte um das Kind, das sie nicht empfangen hatte, weinte um das eigene Haus, das ihr verwehrt blieb, und um ihre Träume, die heute ferner schienen denn je.

»Versuchen Sie, nicht daran zu denken, Mrs. Hall«, hatte der Doktor in North Harbour ihr nach der ersten Untersuchung gesagt. »Ich habe nichts feststellen können, was einer Empfängnis im Wege stünde.«

Sie hatte auf einer schmalen Liege gelegen, die angewinkelten, gespreizten Beine auf speziellen Halterungen ruhend, während der Doktor mit einem kalten Instrument in ihr herumgestochert hatte. Es war eine unangenehme Erfahrung gewesen, nicht schmerzhaft, aber peinlich. Darüber hinaus war es ihr unangenehm gewesen, ein Versagen einzugestehen auf einem Gebiet, das anderen Frauen offenbar keinerlei Schwierigkeiten bereitete.

»Und warum werde ich dann nicht schwanger?«

»Bei manchen Frauen dauert es eben etwas länger, das ist alles. Entspannen Sie sich, dann wird es schon werden.«

Sie hatten darüber gesprochen, eventuell ein Kind zu adoptieren. Stella war unbedingt dafür, Edward hingegen war weniger begeistert. »Vielleicht setzen wir uns ja nur zu sehr unter Druck«, sagte er hoffnungsvoll. »Vielleicht hat der Doktor ja Recht, und es wird schon irgendwann klappen.«

Aus reiner Langeweile heraus fing sie an, in der Bar mitzuarbeiten. Anfangs nur ein paar Stunden hier und da, um Kitty zu entlasten, damit sie die Buchhaltung erledigen konnte, wenn Edward eine Lieferung Bier und Schnaps entgegennahm. Jeden Monat wartete sie von neuem und wagte gar nicht zu hoffen.

Inzwischen, fünf Jahre später, langweilte sie der Betrieb. Das Einzige, was sich verändert hatte, war das Baby, einstmals Gegenstand ihrer Träume und Fantasien, das nun in ihr heranwuchs.

Edward war überglücklich gewesen, als sie ihm die Neuigkeit mitgeteilt hatte, hatte sie auf die Arme genommen und herumgewirbelt. Kitty schien sich ebenfalls zu freuen. »Das ist wunderbar, Liebes«, hatte sie lächelnd gesagt. »Endlich ein Enkelkind, stell sich das einer vor.«

Prompt hatte sie angefangen, in ihrer Freizeit kleine Strampelhöschen und Pullöverchen zu stricken.

Ganz allein in der Bar ließ Stella sich müde auf einen Stuhl sinken und legte die Arme um ihren dicken Bauch. Es würde ein Junge werden, da war sie ganz sicher. Sie hatte sogar schon einen Namen ausgesucht – Arthur Alfred Martin Hall –, auch wenn sie diesen Punkt noch nicht mit Edward besprochen hatte. Sie würde warten, bis das Kind geboren war, dann würde er in seiner Freude vielleicht vergessen, dass er bereits mehrmals erwähnt hatte, dem Kind seinen Namen und den seines eigenen verstorbenen Vaters zu geben. Sie zählte die Wochen bis zur Geburt des Kindes an den Fingern ab. Eins. Zwei. Drei. Vier. Fünf. Fünfunddreißig Tage.

Edward hatte sich bisher dagegen gewehrt, ein eigenes Haus zu kaufen. »Wir können doch noch mindestens ein Jahr hier wohnen bleiben«, hatte er eingewendet, »und weitere 12 Monate Geld beiseite legen. Wenn wir sparsam sind, habe ich bis dahin den gesamten Kaufpreis beisammen. Dann brauchen wir keinen Kredit aufzunehmen.«

Stella zog die Arme fester um den Bauch, als würde sie das Ungeborene umarmen, und summte ein altes Lied, woraufhin das Kind sich plötzlich bewegte und mit den winzigen Gliedmaßen strampelte. Gelangweilt ließ sie den Blick durch den Raum schweifen. Keine Gäste, nichts zu spülen. Hinter der Bar war alles bereit für den nachmittäglichen Ansturm.

Alles bis auf das oberste Regal.

Es war Monate her, seit das letzte Mal jemand dort oben sauber gemacht hatte. Stella zog einen Barhocker heran und kletterte hinauf. Im obersten Regalfach türmten sich liegende Flaschen, die mit einer dicken Staubschicht und Spinnweben überzogen waren. Stella stieg wieder herunter und ging einen Eimer warmes Wasser und einen Putzlappen holen.

Den Eimer in einer Hand stieg sie anschließend wieder auf den Hocker und lief dann vorsichtig über die Arbeitsfläche hinter der Bar, wobei sie über Flaschen Rum, Whisky, Wodka und Gin hinwegstieg. Dann machte sie sich an die Arbeit. Bereits nach wenigen Minuten war das Putzwasser schmutzig. Sie drehte sich um und wollte zum Barhocker zurücklaufen, um von der erhöhten Arbeitsfläche hinunterzusteigen.

»Um Himmels willen, Stella! Was um alles in der Welt machst du da oben?«

Sie fuhr herum, und Wasser schwappte aus dem Eimer auf die Arbeitsfläche. Es war Edward. Er stand in der Tür zum Festsaal, einen verdatterten Ausdruck auf dem Gesicht.

»Ich wollte dich überraschen. Sieh nur, wie sauber diese Ecke ist im Vergleich zum Rest des obersten Regals. Noch ein Eimer, und es ist wieder alles blitzblank.«

Sie bewegte sich auf ihn zu. Ein Schritt, noch einer, dann rutschte sie aus und stürzte. Es kam ihr vor, als würde sie ewig fallen, dabei konnte es nur ein Sekundenbruchteil sein. Dann krachte sie auf den Barhocker und ging mit ihm zusammen zu Boden.

Unerträgliche Schmerzen durchzuckten sie. »Mein Baby«, rief sie, »meinem Baby darf nichts passieren.«

Sie hörte ihre eigene Stimme wie durch einen langen Tunnel. Sie hallte unnatürlich. Dann wurde es schwarz um sie herum, und sie spürte auch keine Schmerzen mehr.

Der Doktor machte gerade einen Hausbesuch, und so dauerte es zwei Stunden, ehe er gefunden war und nach Boolai geholt werden konnte. Stellas Wehen kamen jetzt in regelmäßigen kurzen Abständen. Edward hatte Kitty geholt, die wiederum Mayse hatte holen lassen, die mindestens ein Dutzend Babys auf die Welt geholt hatte. Edward saß neben dem Bett und wischte Stella den Schweiß von der Stirn, bis der Doktor eintraf, der den besorgten Ehemann hinausschickte.

Kitty hatte den Pub geschlossen. Edward setzte sich in die verlassene Bar und versuchte, nicht an die Ereignisse der vergangenen Stunden zu denken. Stella, die oben auf der Arbeitsfläche hinter der Bar stand, ihr Sturz auf den Barhocker und der unheilvolle, dumpfe Aufprall ihres Körpers auf die Holzdielen. Als er sie nach oben in ihr Schlafzimmer getragen und vorsichtig auf das Bett gelegt hatte, hatte sie bereits geblutet – ein starker Blutstrom, der innerhalb kürzester Zeit die Laken durchweicht hatte.

»Darf ich reinkommen?«

James stand mit betretener Miene in der Tür. »Ich habe drüben bei Paddy vorbeigeschaut, und der hat mir gesagt, was passiert ist. Geht es Stella gut? Dem Baby ist doch nichts passiert, oder?«

»Ich weiß es nicht. Der Doktor ist bei ihr. Die Wehen haben eingesetzt, aber es ist gut einen Monat zu früh«, erwiderte Edward achselzuckend. Für ihn klangen die Worte, als kämen sie gar nicht aus seinem Mund.

»Kann ich irgendetwas tun? Jemanden verständigen?«

Mrs. Martin war vor Jahren gestorben, und Stellas Vater hatte sich nach seinem Weggang aus Boolai nie wieder gemeldet. Edward schüttelte den Kopf. »Nein. Danke. Ich glaube nicht.«

James ging an die Bar und schenkte zwei Brandys ein. »Hier«, sagte er und reichte Edward eins der beiden Gläser. »Das wird dich beruhigen.«

Edward nippte an seinem Glas und musterte seinen jüngeren Bruder. James würde in wenigen Wochen 21 werden. Kitty hatte bereits mit den Vorbereitungen für eine große Feier begonnen. Dann durchzuckte ihn ein stechender Schmerz. Stellas Baby hätte etwa um die gleiche Zeit zur Welt kommen sollen. Eine Doppelfeier. Er schloss die Augen und drängte die aufsteigende Furcht zurück. Stella. Das Baby. Und er konnte nichts für sie tun.

Edward kam es vor, als hätten sie schon eine Ewigkeit dagesessen, aber als er auf die Uhr hinter dem Tresen sah, stellte er zu seiner Überraschung fest, dass erst eine Stunde vergangen war. Eine weitere Stunde. Drei Stunden waren seit Stellas Sturz vergangen. Noch war kein Babygeschrei zu hören. Ganz bestimmt würde alles gut ausgehen. Bei jedem Schritt, der oben gemacht wurde, knarrten die Holzdielen.

Es war bereits dunkel, als der Doktor schließlich herunterkam. Die Gaslaternen entlang der Main Street waren angezündet worden, und ihr Licht warf einen goldenen Schimmer auf die Straße. Etwas an der Art, wie der Arzt den Hut vor sich in den Händen hielt wie ein Priester, der einem sein Beileid bekunden wollte, ließ ihm das Blut in den Adern gefrieren.

»Es tut mir sehr Leid, Mr. Hall. Ich konnte nichts tun. Ein kleines Mädchen, aber es war einfach zu früh, wie Sie ja wissen. Sie hat nur ein paar Minuten gelebt. Da es eine Lebendgeburt war, verlangt der Staat, dass Geburt und Tod registriert werden und eine offizielle Bestattung erfolgt. Die Einzelheiten überlasse ich Ihnen.«

Die Worte hallten wie eine traurige Melodie in seinem Kopf wider, aber er registrierte sie kaum. Stella. Was war mit Stella? Der Doktor hatte sie mit keinem Wort erwähnt. »Und meine Frau?«

»Ihre Frau hat eine geistig und körperlich überaus anstrengende Erfahrung hinter sich. Sie hat sehr viel Blut verloren und ist sehr schwach. Sie braucht mindestens ein paar Wochen Ruhe.«

Er konnte nicht denken. Das Baby war tot, und Stella hatte sich so sehr ein Kind gewünscht. »Wird sie ... Kann sie noch andere ...«

»Sie wird wieder schwanger werden«, versicherte ihm der Arzt und klopfte ihm mitfühlend auf die Schulter. »Ich glaube nicht, dass ein dauerhafter Schaden entstanden ist, aber das nächste Mal werden wir sie genau beobachten, um kein Risiko einzugehen.«

Nachdem der Arzt gegangen war, zündete Edward sich eine Zigarette an. Seine Hände zitterten von dem Schock. Kitty kam herunter. Er eilte zu ihr, als er sah, wie erschöpft sie wirkte.

»Wie geht es ihr, Mum?«

»Sie ist am Boden zerstört, Edward. Ich wüsste nicht, wie ich es anders beschreiben sollte.«

»Ich will zu ihr.«

Kitty schüttelte den Kopf. »Der Doktor hat ihr einen Schlaftrunk verabreicht, und Mayse ist bei ihr. Lass sie noch etwas in Ruhe, mein Sohn. Sie ist im Moment sehr aufgewühlt.« Sie blickte hinauf zu dem Regal, das Stella vor ihrem Sturz gesäubert hatte. »Was um alles in der Welt hat sie sich nur dabei gedacht?«

Edward zog ein letztes Mal an seiner Zigarette und drückte diese dann im Aschenbecher aus. »Weiß der Teufel. Sie wollte im oberen Regal sauber machen, hat sie gesagt.« Er ließ sich auf einen Stuhl fallen und barg das Gesicht in den Händen. So saß er lange reglos da. »Ich fürchte, es ist meine Schuld«, sagte er schließlich mit brüchiger Stimme. »Wenn ich nicht gerufen hätte, hätte sie sich nicht erschreckt, und dann wäre vielleicht nichts passiert.«

»Du willst dir also die Schuld geben?«

»Gott, Mutter, wie sollte ich Stella für das Unglück verantwortlich machen? Dieses Baby hat ihr mehr bedeutet als ...«

Ihm fehlten die Worte. Jahre hatte Stella an nichts anderes denken können. Ein Kind, das Geschenk Gottes, das sie sich mehr als alles andere auf der Welt gewünscht hatte. Unglücklich blickte er zu seiner Mutter auf.

»Als du?«, fragte Kitty.

Er konnte nicht antworten. Tief im Innersten wusste er, dass es stimmte.

Später schlich Edward zum Schlafzimmer hinauf und betrachtete seine schlafende Frau. Sie wirkte zerbrechlich und klein in dem großen Bett. Ihr helles Haar war über das Kissen gebreitet und schimmerte im gedämpften Licht fast silbern. Sie atmete tief und gleichmäßig im künstlich herbeigeführten Schlaf. Der Ehering an ihrem Finger wirkte viel zu groß, als würde er abfallen, wenn sie die Hand bewegte. Edward stellte sich vor, wie der Ring zu Boden fiel und in eine dunkle Ecke rollte, wo er außer Sichtweite liegen blieb.

Verrückt, sagte er sich gleich darauf kopfschüttelnd,

an einen Ring zu denken, während seine Frau leichenblass und schwach dalag.

Würde sie, wenn sie aufwachte, noch wissen, dass sie ihr Kind verloren hatte? Oder würde er sie daran erinnern müssen und sehen, wie der Schmerz sie von neuem übermannte. Würde sie laut schreien und nach ihrem toten Kind rufen, oder würde sie still trauern? Je mehr er darüber nachdachte, desto klarer wurde ihm, dass Kitty Recht hatte. Das Kind war zum Mittelpunkt ihrer Ehe geworden. Es hatte Stella beruhigt und milder gestimmt, und auch er war abends wieder daheim geblieben.

Was würde jetzt werden? Aus ihm? Aus Stella?

Am nächsten Morgen ritt er nach North Harbour. Er trieb sein Pferd unerbittlich an, erfüllt von einer Wut, die er irgendwie abreagieren musste. Der Himmel war wolkenverhangen, und das triste Grau des Tages passte zu seiner Laune. Es hatte in der Nacht leicht geregnet, und die Hufe seines Pferdes wirbelten große Schlammklumpen auf.

Als er das kleine Gerichtsgebäude erreichte, war ihm ganz übel. Der Doktor hatte gesagt, dass Geburt und Tod des Kindes registriert werden müssten. Als er Stella davon erzählt hatte, hatte sie unter Tränen entgegnet: »Kümmere du dich darum.« Dann hatte sie das Gesicht wieder der Wand zugedreht.

Der Beamte reichte ihm die entsprechenden Formulare. Das Leben, etwas so Zerbrechliches und Flüchtiges für das Kind, das er nie gesehen hatte. Der Tod hingegen so endlich und unwiderruflich. Tränen verschleierten seinen Blick, und alles vor ihm verschwamm zu einem blassen, konturlosen Farbgemisch.

»Geben Sie her«, sagte der Beamte freundlich. »Nennen Sie mir nur die Einzelheiten, und ich fülle die Formulare für Sie aus.«

Edward nickte dankbar. Mechanisch machte er alle notwendigen Angaben. Ort und Datum der Geburt. Eltern. Beruf des Vaters.

»Name des Kindes?«, fragte der Beamte, und Edward blickte verdattert auf. Er und Stella hatten keinen Mädchennamen ausgesucht.

»Sie müssen nicht notwendigerweise einen Namen angeben. Wir können auch eintragen ›weiblich, namenlos‹, wenn Ihnen das lieber ist.«

Edward runzelte die Stirn. Er hatte seiner Tochter nicht das Leben schenken können, aber er sollte verdammt sein, wenn sie namenlos bestattet wurde. Er dachte lange nach.

»Katherine«, sagte er schließlich und dachte dabei an seine Mutter Kitty. »Katherine Stella Hall.«

Kitty organisierte einen Gottesdienst in der kleinen Kirche, und Edwards und Stellas Baby wurde auf dem Familienfriedhof bestattet. Inmitten der Rosen, dachte James traurig, neben Ted, dem Vater, den er nie gekannt hatte.

Haus und Pub waren erfüllt von stiller Trauer. Stella verließ ihr Zimmer nur selten. Ihre Augen waren ständig verweint. Offensichtlich kam sie nicht über den Verlust ihrer kleinen Tochter hinweg. Edward war brummig und kurz angebunden. James hatte versucht, mit ihm zu sprechen, aber sein Bruder hatte ihn ins Leere laufen lassen.

In seiner Verzweiflung stieg James an einem Freitagnachmittag in den Zug und fuhr zu Halliday. Sein letzter

Besuch lag mehrere Monate zurück, und er hatte die Gesellschaft des älteren Mannes vermisst. Und nun hatte er mehr denn je das Bedürfnis, von Boolai wegzukommen.

Die Ferienanlage Hallidays Ferienhäuser hatte in den vergangenen fünf Jahren expandiert. Inzwischen gab es insgesamt 20 Hütten, von denen die meisten vor allem an den Wochenenden belegt waren. Halliday hatte Personal eingestellt, eine Frau, die die Hütten sauber hielt und sich um die Wäsche kümmerte, und einen Hausmeister. Er hatte sogar ein kleines Lokal eingerichtet, in dem ein Koch und eine Bedienung arbeiteten.

»Willst du Arbeit für die ganze Bevölkerung der Gegend schaffen?«, fragte James grinsend, als der ältere Mann, der längst zu einem guten Freund geworden war, ihm alle Neuerungen zeigte. »Als Nächstes wird man dich noch in Amt und Würden erheben.«

»Nicht doch«, entgegnete Halliday bescheiden. »Ich expandiere nur, damit ich immer etwas zu tun habe und mich nicht langweile.«

Beim Kartenspiel am Abend erzählte James ihm von Jess. »Sie ist hübsch und gescheit, und ich vermisse sie ganz furchtbar«, sagte er. »Anfangs kam sie noch jedes zweite Wochenende nach Hause, und es war fast wie in alten Zeiten. Aber dann wurden die Abstände zwischen ihren Besuchen immer größer.«

»Wie lange hast du sie nicht mehr gesehen?«

James überlegte einen Moment. »Das müssen jetzt drei Monate sein.« Dann: »Warst du mal verheiratet?«

Halliday schüttelte entschieden den Kopf. »Nein.«

»Wolltest du denn? Heiraten, meine ich?«

Einen kurzen Augenblick trat ein sonderbarer Ausdruck auf sein Gesicht, der jedoch gleich darauf wieder verschwunden war. »Früher, aber das ist lange her.« Seine Stimme klang plötzlich schroff und kalt.

James wechselte rasch das Thema. »Ich dachte mir, ich mache noch einen Tag zusätzlich frei und lege einen Zwischenstopp in der Stadt ein, um Jess zu besuchen.«

Halliday stand auf und streckte sich. »Tu das, mein Sohn. Ich für meinen Teil muss jetzt in die Federn. Wir sehen uns morgen Früh.«

James lag noch lange wach. Er war fast 21; Jess war ein Jahr älter. Er liebte sie, konnte es kaum ertragen, von ihr getrennt zu sein. Er hatte sich entschieden. Er würde auf dem Heimweg in Brisbane Halt machen. Er würde ihr einen Antrag machen, in aller Form, ein für alle Mal.

Er lächelte in der Dunkelheit vor sich hin und ließ die letzten Jahre Revue passieren. Er und Jess in den Sümpfen, auf dem Fluss, wie sie barfuß durch den Wald liefen. Immer Jess und James, zwei unzertrennliche Schatten, die das Land durchstreiften.

Jess, die sich im Boot zu ihm herüberbeugte, das zarte Gesicht von blauschwarzen Locken umrahmt. Jess, die ihn küsste, deren Lippen so süß schmeckten wie Nektar ...

Ich liebe dich, Jess.

Wenn wir verheiratet sind ...

Die Kindheit war im Laufe der Jahre von ihnen abgefallen, aber nun sollte ihr Kindheitstraum wahr werden.

Es war schon spät, als der Zug in den Bahnhof einfuhr. James nahm eine Straßenbahn, die grob in Richtung von Jess' Wohnung fuhr. Er würde kurz bei ihr vorbeischauen, bevor er sich ein Hotelzimmer suchte. Vielleicht fand sich ja sogar ein Lokal, das noch geöffnet war und in dem sie feiern konnten, wenn sie seinen Antrag annahm.

Der Straßenbahnfahrer erklärte ihm den Weg von der Haltestelle bis zu ihrer Adresse. Den Zettel mit Jess' Anschrift in der Hand, folgte er eilig der Straße und legte nur kurze Pausen ein, um Straßenschilder zu studieren. Schließlich war er am Ziel und klopfte an.

Es war ein altes Haus, das zum Mietshaus mit kleinen Wohnungen umgebaut worden war. *Miss J. O'Reilly* stand auf dem Türschild. Sie lässt sich aber viel Zeit, dachte James und wippte ungeduldig mit dem Fuß. Vielleicht schlief sie schon. Er klopfte erneut und horchte dann an der Tür. Nichts.

Er ging zurück auf die Straße und wollte sich unverrichteter Dinge aufmachen, um ein Hotel zu suchen, als er sie sah. Sie kam auf ihn zu, aber sie war nicht allein. Ein Mann war an ihrer Seite, und er hatte besitzergreifend den Arm um ihre Taille gelegt. Im Licht der Straßenlaterne sah er, dass sie den Kopf zurücklegte und herzlich über eine Bemerkung ihres Begleiters lachte.

James zog sich in den dunklen Schatten zurück und kam sich plötzlich vor wie ein Eindringling. Damit hatte er nicht gerechnet. Sollte er sich bemerkbar machen? Ihm wurde übel.

Vor der Haustür blieben sie stehen. Jess lachte wieder, und der Mann zog sie an sich. »Du Hexe«, hörte James den Mann sagen, und dann küssten sie sich. Er konnte den Anblick nicht ertragen und wandte sich ab.

Jess. Geliebte Jess.

»Sehen wir uns morgen?«

James drehte sich wieder um. Sie waren voneinander

abgerückt, hielten sich nur noch bei den Händen. »Selbe Zeit, selber Ort?«

Jess nickte und blickte dem Mann nach, als dieser sich langsam die Straße hinunter entfernte. Erst als er um die Straßenecke bog, ging sie hinein.

James wartete und lauschte dem Geräusch mehrerer Türen, die im Haus geöffnet und wieder geschlossen wurden. Ein Fenster leuchtete auf. Jess war dort oben und machte sich fertig zum Schlafengehen. Vielleicht sollte er raufgehen und so tun, als wäre er eben erst eingetroffen, als wäre nichts geschehen.

Dann musste er wieder an den Mann denken, an den Kuss, daran, wie sie zärtlich seine Hand gehalten und ihm nachgeblickt hatte, und ihm wurde wieder übel.

Langsam wandte er sich ab und ging.

KAPITEL 26

Edward wollte über das Baby sprechen. Er behauptete, dass es ihr helfen würde, wenn sie darüber sprachen, aber Stella konnte einfach nicht. Die Worte blieben ihr im Hals stecken. Ihr Vater hatte auch nie viele Worte gemacht, hatte alles in sich hineingefressen, still vor sich hin gebrütet. Wie glühende Nadeln stach der Schmerz ihr ins Herz, wenn sie an ihre kleine tote Tochter dachte, und die Trauer nahm immer größere Ausmaße an, bis sie schließlich drohte, daran zu zerbrechen. Nein, sie ertrug es nicht, an das Baby zu denken, geschweige denn, darüber zu sprechen.

Sie verbrachte jetzt mehr Zeit in ihrem Zimmer und ließ sich kaum noch im Hotel blicken. Wenn sie das lärmende Stimmengewirr in der Bar hörte, bekam sie Herzrasen, und von der verräucherten Luft brannten ihre Augen. Sie zog es vor, sich im abgedunkelten Zimmer auf dem Bett zusammenzurollen und vor sich hin zu dämmern. Wo sie auch hinging, wurde sie an ihren Verlust erinnert. Hochschwangere Frauen führten allen ihre Fruchtbarkeit vor Augen, stolze Mütter schoben Kinderwagen mit winzigen pausbäckigen Babys. Sie sehnte sich schmerzlich danach, ein Kind in den Armen zu halten, irgendein Kind, aber sie fühlte sich leer und unfruchtbar. Die Sehnsucht wurde zur Besessenheit. Sie träumte davon, dass pummelige Finger sich um ihre schlossen, und sie streichelte versonnen ihren blassen, flachen Bauch, der noch vor kurzem dick und prall gewesen war von dem Kind, das darin heranwuchs.

Der Doktor hatte ihr nicht erlaubt, Katherine zu sehen, wie Edward sie genannt hatte. »Nein, meine Liebe, es ist besser so, glauben Sie mir«, hatte er gesagt. Nicht einmal einen flüchtigen Blick. Keine Erinnerungen. Wenn sie ihr erlaubt hätten, sie zu halten und ihr winziges Gesichtchen zu sehen, hätte sie den Verlust möglicherweise besser verkraftet. Aber es war zu spät. Kitty hatte veranlasst, dass Katherine gleich am nächsten Tag beerdigt wurde, und nun konnte sie, Stella, es nicht einmal ertragen, an ihr Grab zu gehen.

Niemand erwähnte das Baby, um sie nicht aufzuregen. Kurze Zeit nach dem Unfall war sie nach unten gegangen. Ein Mann war hereingekommen, ein Handelsreisender, der etwa einen Monat zuvor schon einmal im Hotel abgestiegen war. »Dann haben Sie Ihr Baby also mittlerweile bekommen? Und, ist es ein Mädchen oder ein Junge?«

Sie hatte ihn verwirrt angestarrt. »Es gibt kein Baby.«

»Aber das letzte Mal, als ich hier war, sah es so aus, als wären Sie hochschwanger, meine Liebe.«

Und da hatte der Schmerz sie übermannt, so brutal, als hätte der Mann ihr die Faust ins Gesicht geschlagen. Sie war in Tränen ausgebrochen und aus dem Raum gestürzt, vorbei an der verblüfften Kitty am anderen Ende der Bar. Sie war in der Nachmittagshitze zum Fluss gelaufen, ohne das Spiel von Sonne und Schatten zwischen den Bäumen zu registrieren oder den Rauch, der sich aus den Schornsteinen kräuselte und davon kündete, dass überall die Essensvorbereitungen im Gang waren.

Sie folgte dem Flussufer und sah, wie die Strömung allerlei Treibgut aufs Meer hinaustrug. Es kam ihr vor, als würde das Wasser auch sie davontragen, oder zumindest einen Teil von ihr, der auf immer verloren war.

Edward war an dem Tag nicht zu Hause. Langsam ging Stella heim, stieg hinauf zu ihren Räumen über dem Pub. Sie setzte sich auf das Sofa und zog die Beine an, ohne Licht zu machen. Dann betrachtete sie ihre zitternden Hände. Sie wollte davonlaufen, immer weiter, aber der Dämon, der sie jagte, war sie selbst.

Flüchtig fragte sie sich, ob sie vielleicht dabei war, den Verstand zu verlieren. Fühlt es sich so an, wenn man langsam aber sicher die Kontrolle verliert? Sie paffte nervös an einer Zigarette und musste von dem ungewohnten Kratzen im Hals leicht husten. Ich weiß was, sagte sie sich, als ihr plötzlich eine Idee kam. Nur ein kleiner Schluck. Das wird mir helfen, mich zu beruhigen.

Sie kramte in den Küchenschränken auf der Suche

nach der Flasche Whisky, die Edward vor Monaten mitgebracht hatte. Immer noch zitternd schenkte sie sich ein Glas voll ein und nahm einen kräftigen Schluck. Sie würgte und hustete, aber es gelang ihr dennoch, alles hinunterzuschlucken. Die Flüssigkeit brannte in ihrer Kehle und ihre Brust hinab und entsandte feurige Impulse an ihr Gehirn. Dann machte sich wohlige Wärme in ihr breit. Sie nahm noch einen Schluck. Und noch einen.

Nach einer Weile fühlte sie sich schon viel ruhiger.

James blickte auf und sah Kitty in der Tür seines Zimmers stehen. Er war gerade dabei, seine Sachen zu packen, um eine ganze Woche bei Halliday zu verbringen. Der Aufenthalt war seit Monaten geplant, seit seinem letzten Besuch.

»Können wir reden?«, fragte sie und trat ein.

»Worüber?«, fragte er leichthin und gab ihr einen Kuss auf die Wange. Er fand, dass sie an diesem Abend besonders müde aussah. Die letzten Monate waren nicht leicht gewesen, vor allem wegen Stellas Fehlgeburt. Und obwohl Kitty nicht viel darüber gesagt hatte, wusste James, dass der Verlust ihres Enkelkindes sie tief getroffen hatte.

Sie ließ sich auf die Bettkante sinken. »Über Jess.«

Jess, die draußen vor ihrem Mietshaus den fremden Mann küsste. Jess, die den Kopf in den Nacken legte und lachte. Die Erinnerung schnürte ihm die Kehle zu. Der Ausdruck auf dem Gesicht seiner Mutter verriet ihm, dass sie keine guten Neuigkeiten für ihn hatte. Wollte er es wirklich wissen?

»Was ist mit ihr?«, fragte er ausdruckslos.

»Mayse hat mir heute erzählt, dass sie heiraten wird.«

Heiraten! Das Wort trudelte orientierungslos durch seinen Schädel, landete dann mit einem Rumms auf dem Boden seines Bewusstseins und starrte von dort überrascht zu ihm auf. Er konnte das Wort sehen, nackt und bloß, ganz blass vom Schock.

»Ich verstehe.«

Er kehrte seiner Mutter den Rücken zu und legte ganz mechanisch noch ein weiteres Hemd in den Koffer. Jess heiratete? Sie würde mit einem anderen Mann zusammenleben, seine Kinder kriegen? Was war mit ihren Versprechungen und jenen, die sie von ihm gefordert hatte?

Er hielt inne und starrte seine Mutter an. »Sie war mein bester Freund, und sie hat versprochen, mich zu heiraten!«, sagte er langsam, fassungslos.

»James, damals wart ihr noch Kinder, und es waren kindliche Schwüre. Heute seid ihr erwachsen. Ihr empfindet anders.«

»Sie hat gesagt, sie würde warten, und ich empfinde für sie nicht anders als vor fünf oder zehn Jahren. Ich habe sie geliebt! Ich liebe sie!« Dann, heftig: »Verdammt!«

Er knallte den Deckel seines Koffers zu. Er ließ die Schlösser einschnappen, hievte das Gepäckstück vom Bett und trug es zur Tür.

»James, wohin gehst du? Du fährst doch erst morgen Abend. Warte. Lass uns reden.«

Aber er konnte nicht bleiben. Ein dumpfer Schmerz braute sich in seinem Kopf zusammen, unheilvoll wie Gewitterwolken. Halliday würde Rat wissen. Er musste mit ihm sprechen, musste möglichst bald zu ihm.

»Es gibt nichts zu reden!«, rief er. »Überhaupt nichts.«

Edward verabscheute ihren Alkoholkonsum. Irgendwie gelang es ihr nicht, die richtigen Worte zu finden, um ihm zu erklären, dass mit Hilfe des Alkohols der Schmerz für eine Weile erträglicher wurde und die Dämonen verstummten.

Ein kleines Glas am Morgen half ihr, den Tag zu beginnen. Es betäubte ihre Sinne genügend, um den Schmerz zu lindern. Aber schon Mitte des Vormittags kehrte der Schmerz zurück, und so genehmigte sie sich einen weiteren Schluck ihrer ›Medizin‹. Sie half ihr einzuschlafen und vertrieb die bösen Träume, aber wenn sie aufwachte, fühlte sie sich wieder ruhelos und unausgefüllt.

Jeden Monat wartete sie auf das ersehnte Zeichen dafür, dass sie wieder schwanger war, aber es blieb aus. Sie schaute auf die Flaschen, die sie in den Schränken versteckt hatte, und schwor sich, bald mit dem Trinken aufzuhören. »Bald geht es mir wieder besser, und dann brauche ich das nicht mehr.«

Seit Katherines Tod waren drei Jahre vergangen.

Kitty stieg langsam die Treppe hinauf und überlegte, was sie sagen sollte. Stella, ich mache mir Sorgen um dich? Edward hat mir erzählt, dass du zu viel trinkst? Sie schüttelte den Kopf. Nein, sie musste subtiler sein.

Sie klopfte an. »Stella, ich bin's, Kitty. Darf ich reinkommen?«

Keine Antwort.

Sie wusste, dass Stella daheim war. Edward hatte es erwähnt, als er am Morgen in die Bar gekommen war, und sie hatte ihre Schwiegertochter das Hotel nicht verlassen sehen.

Kitty drückte die Klinke herunter. Die Tür war nicht abgeschlossen und schwang auf. »Stella?«

Die Wohnzimmerfenster standen offen, und die Vorhänge bauschten sich im Wind. Die Stille in der Wohnung verhieß nichts Gutes. Es war totenstill, abgesehen vom Ticken der großen Wanduhr über dem Kamin. Kitty blickte sich um. Keine Stella. Sie ging zur Schlafzimmertür. Sie war geschlossen. Zögernd klopfte sie wieder. Immer noch keine Antwort.

Was sollte sie tun? Nach unten gehen und Edward rufen? Immerhin war er mit Stella verheiratet. Nein, dachte sie dann und holte tief Luft. Stella musste mit einer Frau reden, mit jemandem, der ihren Schmerz verstehen konnte.

Sie stieß die Tür so schwungvoll auf, dass diese mit einem lauten Knall gegen die Wand schlug. Kitty konnte Stella deutlich sehen. Sie lag auf dem Bett und zuckte nicht einmal zusammen bei dem plötzlichen Geräusch.

»Stella?«

Sie bewegte sich leise vorwärts, ihre Schritte von dem dickflorigen Teppich verschluckt.

Stella lag seltsam verkrümmt auf dem Bett. Ein Glas war ihr aus der Hand gerutscht, und eine bernsteinfarbene Flüssigkeit hatte einen bräunlichen Fleck auf dem Laken hinterlassen. Auf dem Nachttisch lag eine umgekippte braune Flasche, inmitten von einer Hand voll Pillen.

Kitty packte Stella bei den Schultern und schüttelte sie. Sie fühlte sich steif und schwer an. »Stella! Komm zu dir!«, herrschte sie ihre Schwiegertochter an.

Das Glas entglitt ihrer Hand endgültig, und der braune Fleck auf dem Laken wurde noch größer.

»Ein potenziell tödlicher Cocktail aus Schlaftabletten und einer halben Flasche Brandy«, stellte der Arzt später fest. »Sie kann von Glück sagen, dass sie noch lebt.«

Edward war sehr blass, als er das Formular unterschrieb. »Ich weiß nicht, ob es der richtige Weg ist. Sie einfach wegzuschicken, Doktor.«

»Haben Sie eine bessere Idee?«, entgegnete dieser schroff. »Hören Sie, ich will ehrlich zu Ihnen sein, Mr. Hall. Ihre Frau hätte heute sterben können. Sie leidet an schweren Depressionen und ...«

»Und sie wird mir und nicht Ihnen die Schuld geben, wenn ihr klar wird, dass ich die Einweisungspapiere unterschrieben habe«, fiel Edward ihm ins Wort.

»Es ist doch nur vorübergehend. Eine Woche, höchstens zwei. Dann kann sie wieder nach Hause. Tut mir Leid, aber so kann es nicht weitergehen.«

»Nein«, entgegnete Edward resigniert. »Da mögen Sie Recht haben.«

Er fuhr oder ritt täglich nach North Harbour, um sie zu besuchen, aber sie weigerte sich, ihn zu sehen.

»Sie will niemanden sehen«, teilte ihm die Krankenschwester in der gestärkten Uniform am Empfang mit. »Sie können die Blumen bei mir lassen. Ich bringe sie ihr später rauf.«

Eine Woche später war Stella wieder daheim, wortkarg und in sich gekehrt. Sie weigerte sich, ihr Zimmer zu verlassen, und bat darum, dass ihr die Mahlzeiten nach oben gebracht wurden.

»Ich möchte mit ihr reden«, sagte Kitty.

»Sie hat doch mich, Mum, und ich schaffe es schon nicht, zu ihr durchzudringen.«

Kitty sagte sich, dass er müde aussah, als schliefe er

seit einiger Zeit nicht gut. Ihre eigenen Augen brannten, und ihre Glieder waren bleischwer. Die Sorge um Stella machte ihnen allen zu schaffen.

»Bitte, Edward, vielleicht braucht sie eine Frau, der sie ihr Herz ausschütten kann.«

Er zuckte die Achseln. »Dann sprich mit ihr, wenn du unbedingt willst. Ich wünsche dir viel Glück.«

Stella schien nicht überrascht, sie zu sehen. Kitty traf sie im Bett an, umgeben von Büchern und Magazinen. Sie war blass, ihr Haar glanzlos und strähnig.

»Ich dachte, du freust dich über etwas Gesellschaft«, sagte Kitty. »Ich kann dir beim Haarewaschen helfen, wenn du magst. Es wird ganz schnell trocknen, wenn wir uns anschließend auf die Veranda setzen.«

Stella musterte sie feindselig. Sie war übel gelaunt und zupfte rastlos an der Bettdecke. »Ich habe mich schon gefragt, wann du aufkreuzen würdest«, sagte sie. »Bist du hier, um der armen Stella eine Predigt über ihre ehelichen Pflichten zu halten?«

»Um Himmels willen, Stella, du hättest sterben können«, rief Kitty aus.

»Das hatte ich auch vor.« Wütend funkelte sie Kitty an. »Und wo wir schon dabei sind ... Wessen Idee war es eigentlich, mich in dieses grauenhafte Krankenhaus zu schicken? Deine oder Edwards?«

»Der Doktor hat darauf bestanden.«

Sie dachte einen Moment darüber nach. »Der Doktor also, ja? Und ich habe meinem Ehemann die Schuld gegeben.«

Kitty packte die Gelegenheit beim Schopf. »Und was ist mit Edward? Denkst du eigentlich nie darüber nach, was du ihm antust?«

»Was ich ihm antue!«, kreischte sie. »Genau das ist doch der Punkt, Kitty. Ich bin nutzlos, Kitty, verstehst du das denn nicht? Ich kann deinem Sohn nicht einmal ein Kind schenken. Ohne mich wäre er besser dran. Ich mache ihn nur unglücklich.«

Sanft nahm sie Stellas Hand und streichelte sie besänftigend. »Es wird andere Babys geben, Stella, wart's nur ab. Dieser ganze Selbsthass ist reine Kraftverschwendung. Du musst optimistisch sein und noch einmal von vorn anfangen. Um deinetwillen. Und auch Edward zuliebe.«

Stella entzog ihr ihre Hand und musterte sie verächtlich. »Du konntest deinem Mann zwei Kinder schenken, was weißt du also davon, wie ich mich fühle. Dein Baby ist ja nicht gestorben. Du hast kein Kind verloren!«

Kitty ging zur Tür, erfüllt von einer Mischung aus Wut und Empörung. Sie hätte ihre Schwiegertochter am liebsten geschüttelt und ihr ins Gesicht geschrien, dass sie sinnlos ihr Leben wegwarf.

»Du bist ein Dummkopf, Stella, ein blinder, ignoranter Dummkopf. Während du dich in Selbstmitleid ergehst, riskierst du, den Menschen zu verlieren, der dich am meisten liebt: deinen Mann.«

Stella hob den Kopf und musterte Kitty unverwandt. »So lasse ich nicht mit mir reden. Außerdem stimmt es nicht, was du sagst.«

»Und wo wir gerade beim Thema sind«, fuhr Kitty fort. »Du irrst dich, Stella. Nein, ich habe kein Kind verloren. Aber ich weiß sehr wohl, wie es ist, wenn man einen Menschen verliert, der ein Teil von einem ist. Ich weiß, was es heißt, den Mann zu verlieren.«

Hierauf verließ sie das Zimmer und schloss leise die Tür hinter sich.

Wieder unten löste sie Edward an der Bar ab. »Du gehst besser rauf zu Stella. Ich fürchte, sie ist ein bisschen aufgebracht.«

»Was ist passiert?« Er klang ungewöhnlich barsch.

»Ich war oben, um zu sehen, wie es ihr geht, Herrgott nochmal. Sie ist in letzter Zeit herumgeschlichen wie ein Gespenst und hat mit niemandem mehr ein Wort gewechselt. So kann sie nicht weitermachen. Wir können so nicht weitermachen.«

»Und was schlägst du vor? Mir fällt nichts mehr ein«, entgegnete er resigniert.

Kitty warf ihm einen strengen Blick zu. »Ich würde vorschlagen, dass du sie hier wegschaffst. In der Nähe von Beths Laden ist ein kleines Haus zu vermieten. Nimm drei Monate frei, und versuch, das Problem aus der Welt zu schaffen. Vielleicht braucht ihr beide einfach Ruhe und Zeit für euch allein, um wieder zueinander zu finden.«

In der folgenden Woche zogen sie aus. Stella kam auf Edwards Arm gestützt nach unten, um sich kurz zu verabschieden. Aus ihrem unsicheren Gang schloss Kitty, dass sie wieder getrunken hatte.

Edward brachte sie zur Kutsche und kam dann noch einmal herein. »Danke, Mum«, sagte er leise und küsste sie impulsiv auf die Wange. »Danke für alles.«

»Ich hoffe, ihr schafft es, mein Junge.«

Von der Veranda aus blickte sie dem Buggy nach, der hoch beladen die Straße hinunterrollte.

»Lieber Gott, hilf ihnen«, betete sie.

In der Nacht lag sie wach und dachte nach. Stellas Besessenheit, ein Kind haben zu müssen, und ihre eigene Suche nach Dan: Vielleicht waren sie sich ja gar nicht so unähnlich. Der rationale Teil von ihr sagte ihr, sie solle die Vergangenheit ruhen lassen, wie ihr Dominic geraten hatte. Und doch war da dieser kleine Teil von ihr, der einfach nicht aufgeben konnte. Sie musste es einfach wissen. Wo steckte Dan? War er verheiratet? Glücklich? Dachte er manchmal an sie?

Dutzende von Fragen nagten tagtäglich an ihr. Nur Antworten gab es keine.

In der ersten Woche im Haus dachte Edward bereits, Stella hätte sich wieder gefangen. Sie machte einen recht fröhlichen Eindruck, richtete die Küche ein und räumte Kleider und Wäsche in die neuen Schränke. Gemeinsam stellten sie die Möbel um, bis Stella zufrieden war.

Es war nur ein Cottage mit zwei Schlafzimmern, Badezimmer, Küche, Esszimmer und Wohnzimmer. Fast ein Puppenhaus mit winzigen, hohen Räumen, einer kleinen Rasenfläche vor und einem überwucherten Garten hinter dem Haus.

Aber es war unerwartet friedlich dort am Ende einer langen schmalen Straße. Keine Stimmen aus der Bar. Kein Straßenlärm. Nicht einmal Straßenlaternen gab es.

Kitty kam sie besuchen und brachte einen riesigen Strauß Rosen mit. Es waren Damaskus-Rosen, noch Knospen, die sich zu perlmuttschimmernden, von zartem Rosa durchzogenen Blüten öffnen würden. Stella kochte Tee und servierte frisch gebackene Scones. Sie unterhielten sich über allerlei Banalitäten.

Nachdem Kitty gegangen war, fand Edward die Rosen im Abfalleimer.

In der zweiten Woche bemerkte er die Veränderung. Stella war wieder missmutig, launisch. Wenn die Hausarbeit getan war, wanderte sie lustlos durch die Zimmer und verrückte dies und jenes. Einen Stuhl hier, einen Dekorationsgegenstand dort. Erst Tage später ging ihm auf, warum. Da er nun fast ständig daheim war, war es ihr praktisch unmöglich, unbemerkt zu trinken.

Als er eines Morgens nach dem Frühstück in die Küche kam, stand sie an der Anrichte und trank aus einer Tasse.

»Ich hätte auch gerne einen Tee«, sagte er.

Sie setzte Wasser auf. Seltsam, dachte er und fragte sich, wo die Kanne Tee war, aus der Stella sich Tee eingeschenkt hatte. »Ist denn keiner mehr da?«, fragte er freundlich.

»Der ist schon kalt«, entgegnete sie eilig und schenkte ihm ein angespanntes Lächeln. »Ich mache dir frischen.«

»Das kann ich doch selbst machen.«

»Nein!« Sie schob ihn zu einem Stuhl, weg von der Anrichte. »Das macht mir nichts aus, wirklich.«

Sie wirkte unnatürlich gut gelaunt und summte vor sich hin, als sie einige Backzutaten aus dem Schrank nahm. Mehl und Zucker. Blaubeeren und Sultaninen. Eine Flasche Sherry zum Kochen. Komisch, dachte er. Er hätte schwören können, dass die Flasche noch voll gewesen war, als sie in der vergangenen Woche die Umzugskisten ausgeräumt hatten.

»Was hast du vor, Stella? Willst du backen?«

Das Wasser kochte, und Dampf stieg von dem Kessel auf. Stella schüttete das kochende Wasser auf die frischen Teeblätter und schwenkte dabei die Teekanne. »Ich dachte mir, ich backe einen Rosinenkuchen.«

Später, als sie mit frisch gewaschener Wäsche und Handtüchern nach draußen gegangen war, um sie zum Trocknen aufzuhängen, schlich er zurück in die Küche und roch an Stellas Tasse. Sherry, dachte er grimmig.

Sherry, und das um acht Uhr am Morgen.

Er konnte ihr nicht helfen, auch wenn er es weiß Gott versuchte. Er wich ihr nicht von der Seite, beobachtete jede ihrer Bewegungen. Er fuhr mit ihr zum Einkaufen nach North Harbour und kaufte ihr Verschiedenes für das Haus, einen hübschen Teppich, einen Rattankorb für ihr Strickzeug, mehrere Bücher und Topfpflanzen, um die Zimmer zu schmücken.

Die drei Monate vergingen wie im Flug. Kitty kam einige Male vorbei, aber bei ihren Besuchen war die Stimmung angespannt. James ließ sich nur sehr selten blicken. »Er ist wieder zu diesem Halliday gefahren«, entgegnete Kitty regelmäßig, wenn er sich nach seinem Bruder erkundigte.

»Findest du nicht, dass er ein bisschen viel Zeit dort verbringt? Er sollte dir lieber im Pub zur Hand gehen.«

»Ich komme schon zurecht«, versicherte ihm Kitty. »Er scheint sich sehr gut mit dem Besitzer dieser Ferienanlage zu verstehen.«

Edward nickte. »Soweit ich mich erinnern kann, ist er ein netter Kerl.«

»Habe ich dir schon erzählt, dass Jess Mutter geworden ist? Sie hat ein kleines Mädchen bekommen. Thelma haben sie sie genannt, auch wenn sie Mayse zufolge alle nur Thellie rufen.« Sie seufzte. »Mir kommt es vor, als wäre es erst gestern gewesen, dass sie mit James durch den Busch gestreift ist.«

Manchmal, vor allem nachts, wenn Stella schlief, hatte er das Gefühl, als überstiege die ganze Situation seine Kräfte. Es war, als trüge er eine schwere Last mit sich herum. Im Haus kam es ihm vor, als würden die Wände immer näher zusammenrücken. Die Zimmer kamen ihm kleiner vor, beklemmend. Immer öfter verspürte er das Bedürfnis, raus an die kühle Luft zu gehen und tief durchzuatmen.

Er fing an, durch die Straßen zu wandern. Die friedlichen, stillen Nebenstraßen der Stadt wirkten beruhigend auf ihn. Er schlenderte zum Anleger, setzte sich auf den Holzsteg und schaute zu, wie das Wasser schäumend die Pfeiler umspülte. Es war kein anderes Geräusch zu hören außer gelegentlichem Hundegebell oder dem erstickten Ruf eines Brachvogels.

Wenn er so dasaß und auf das tintenschwarze Wasser starrte, empfand Edward so etwas wie Trauer. Er sah ein Leben voller Streitigkeiten, Vorwürfe und Bedauern vor sich. Stella hatte wieder angefangen, ganz offen zu trinken; sie versuchte gar nicht mehr, ihre Sucht vor ihm zu verbergen. Whisky, Gin, Rum. Eine besondere Vorliebe hatte sie offenbar nicht. Nach ein paar Gläsern wurde sie gemein und grausam. Ihre Augen verengten sich zu schmalen Schlitzen, und ihre Zunge wurde spitz und scharf.

Er war müde, war das alles leid. Die stummen gemeinsamen Mahlzeiten, Stella, die auf dem Sofa einschlief, das kalte leere Bett: Das konnte doch nicht alles gewesen sein. Und doch hasste er sie nicht. Manchmal wurde er von grenzenlosem Mitleid für sie übermannt. Wenn sie dalag und schlief, sah sie aus wie ein unschuldiges Kind, hilflos, außer Kontrolle geraten, auf selbstzerstörerischem Kurs.

Dominic wartete im Schatten neben der Tür, bis der letzte Gast gegangen war. Dann erst, als sie ganz allein war, trat er vor und reichte ihr das Päckchen.

»Süßigkeiten, wie lieb von dir«, rief sie aus und drückte ihm einen Kuss auf die Wange. »Und womit habe ich das verdient?«

Sie verströmte einen leichten Moschusgeruch, eine Mischung von Parfum und abgestandenem Bier. Dominic seufzte. Er hätte sie vor Jahren von alledem wegholen können, wenn sie ihn nur gelassen hätte. »Du hast nächste Woche Geburtstag, oder hast du das vergessen? Ich werde den Rest des Monats weg sein, also dachte ich mir, ich bringe mein Geschenk lieber zu früh als zu spät vorbei.«

Sie öffnete den Deckel und warf einen Blick in die Schachtel. »Pralinen. Dunkler Fondant. Den esse ich am liebsten. Möchtest du eine haben?« Ohne seine Antwort abzuwarten, nahm sie ein Stück aus der Geschenkschachtel und führte es an seinen Mund. »Weit aufmachen.«

Die Szene erinnerte Dominic an eine Vogelmutter, die ihr Junges fütterte. Er musste lachen, und als er den Mund aufmachte, schob sie die Praline hinein. Er fühlte ihre Finger an seinen Lippen und hätte schreien mögen. Herrgott, Kitty, wollte er ausrufen. Vergiss die Vergangenheit, vergiss Dan. Ich liebe dich.

Stattdessen schluckte er hart und nahm einen Brief

aus der Jackentasche. »Hier. Das dürfte dich interessieren.«

Er hatte im Laufe der Jahre verschiedene Detektive engagiert und ein kleines Vermögen für die Suche nach Dan Hall ausgegeben. Aber Dan war wie vom Erdboden verschluckt.

»Was steht drin?«, fragte Kitty. »Sag du es mir.«

Er öffnete den Umschlag und überflog den Inhalt. »Da steht, dass Mr. Daniel Hall vor zehn Jahren in der Nähe von Toowoomba das letzte Mal gesehen wurde.«

»Toowoomba. Dort fährt doch James immer hin. Meinst du dieser Mann, wie heißt er noch gleich ...«

»Halliday.«

»Genau. Meinst du, er weiß vielleicht etwas über Dan?«

»Lieber Gott, Kitty! Das ist eine ziemlich große Stadt. Menschen kommen und gehen. Außerdem ist das schon zehn Jahre her. Dan könnte längst sonst wo sein, Meilen weit weg.«

»Gut möglich«, pflichtete sie ihm niedergeschlagen bei.

»Heh!« Er legte ihr die Hand unter das Kinn und strich mit dem Daumen über die samtweiche Haut. »Was hältst du davon, wenn wir beiden Hübschen zusammen essen gehen? In North Harbour hat ein neues Restaurant eröffnet. Es soll sehr gut sein.«

Das Essen war köstlich und die Bedienung erstklassig. Und doch hatte Dominic den ganzen Abend über das Gefühl, dass sie an den Brief dachte, an Dan und eine Vergangenheit, die sie einfach nicht losließ. Er kämpfte auf verlorenem Posten, rannte gegen unbezwingbare Mauern an.

KAPITEL 27

Es war der übliche Streit, der auf die gewohnte Weise begann und aus immer demselben Anlass: Stellas Trinkerei. Allerdings war er diesmal anders ausgegangen, noch unerfreulicher als sonst.

Mit einem Messer in der Hand war sie auf ihn zugewankt und hatte gedroht, sich die Pulsadern aufzuschneiden.

»Herrgott nochmal, Stella!«, schrie er verzweifelt, ging zur Tür und zog seinen Mantel über. Er hatte endgültig genug von ihren theatralischen Auftritten und Einschüchterungsversuchen. »Los, tu es endlich! Bring es hinter dich. Dann brauche ich mir auch keine Sorgen mehr deswegen zu machen.«

»Du gefühlloses, gleichgültiges Schwein!«, kreischte sie, und die Worte flogen ihm in die kalte Nachtluft hinterher wie Steine. »Ich werde es tun, und dann wird es dir Leid tun!«

Sie warf das Messer, und er hörte, wie es klappernd von der Wand abprallte. Er verschloss die Ohren vor der Drohung und zog sich den Hut tief in die Stirn.

Es war fast Mitternacht, und die Straßen waren menschenleer. Edward ging in Richtung Bahnhof. Das Gebäude lag dunkel da; nur eine einzelne Lampe brannte am anderen Ende des Bahnsteigs. Dort glänzten die Geleise in dem Lichtkreis, den sie auf die Schienen warf. Niedergeschlagen setzte er sich auf eine leere Milchkanne und wünschte, es würde ein Zug einfahren. Dann würde er einsteigen, ganz egal, in welche Richtung er fuhr. Und er würde immer weiter fahren, fort von Boolai, fort von Stella, fort von dem gähnenden schwarzen Abgrund, der sich zwischen ihnen aufgetan hatte. Er war ihre Wutausbrüche, ihre Drohungen und ihre ewig schlechte Laune satt. Er war 30 Jahre alt, Stella ein Jahr älter. Sie konnten noch ewig so weitermachen.

Aber der letzte Personenzug war längst abgefahren, und die Geleise lagen ebenso verlassen da wie die Straßen des Städtchens.

In Augenblicken wie diesen wünschte er, sein Vater würde noch leben. Er musste von Mann zu Mann mit jemandem sprechen, der ihn verstand. Er hätte zu Tom oder Dominic gehen können, aber etwas hielt ihn zurück, das Bedürfnis, seine eigene Würde zu wahren, seine Intimsphäre zu erhalten.

Lange saß er brütend da und starrte vor sich hin. Raureif lag über dem Feld neben dem Bahnhof, und das Gras schimmerte weiß in der Dunkelheit. Sein eigener Atem bildete weiße Dampfwolken, und er schob die Hände tiefer in die Manteltaschen. Und wenn er erfror, er würde in dieser Nacht nicht mehr heimgehen, niemals.

Er hörte ein Grollen in der Ferne, und die Geleise schienen im Mondlicht zu tanzen. Edward blickte auf und lauschte, den Kopf leicht schräg gelegt. Das Grollen wurde lauter und hallte über die stillen Felder und Wiesen.

Es war ein Güterzug. Mit einem Zischen entweichenden Dampfes kam er zum Stehen, und ein Mann lud hastig mehrere Dutzend leere Milchkannen aus und stellte sie unter der Lampe auf. Edward beobachtete ihn aus der Dunkelheit heraus.

Schritte näherten sich ihm über den kalten Beton. Der Uniform und den Abzeichen an Mantel und Mütze nach zu urteilen, handelte es sich um den Lokführer, der auf und ab ging, um sich die Beine zu vertreten. Ein eisiger Wind kam auf, und Edward zog den Mantel enger um sich.

Der Mann blieb vor ihm stehen und musterte ihn einen Moment. »Ein bisschen kalt heute, um draußen zu sitzen.«

Edward schaute mit ausdruckslosem Gesicht auf. »Scheißkalt ist es.«

»Wollen Sie irgendwohin?«

Das ging den Mann wohl kaum etwas an. »Vielleicht.«

Der Lokführer nickte in Richtung der Dampflokomotive. »Steigen Sie ein, wenn Sie wollen. Ich nehme Sie ein Stück mit. Da oben ist es etwas wärmer als hier auf dem Bahnsteig. Ich hätte nichts gegen etwas Gesellschaft einzuwenden.« Er blickte auf den Heizer, der sich gerade aus dem Fenster lehnte. »Stimmt's nicht, Stan?«

Stan warf einen gleichgültigen Blick auf Edward und fuhr dann fort, Kohlen zu schaufeln. In der Glut des Feuers leuchteten Kopf und Overall des Heizers einen Moment tiefrot.

»Bist ein richtiges Plaudertäschchen, nicht wahr, Stan?«

Stan zuckte die Achseln und schaufelte weiter. Edward kletterte ins Führerhaus und drückte sich an die Wand. »Danke«, sagte er.

»Wohin wollen Sie?«

Er dachte kurz nach. Irgendwohin, wollte er antworten. Nur weg. »In die Stadt«, sagte er stattdessen.

»Gut, da will ich auch hin. Stimmt's nicht, Stan?«

Stan zuckte erneut die Achseln und grinste zurückhaltend. »Wenn Sie es sagen, Boss.«

Als die Lokomotive sich langsam in Bewegung setzte und aus dem Bahnhof fuhr, räusperte sich der Lokführer laut und spuckte in die Nacht. »Sagen Sie aber niemandem, dass ich Sie mitgenommen habe. Das darf ich nämlich eigentlich nicht. Verstößt gegen die Vorschriften.«

Er holte einen silbernen Flachmann aus der Gesäßtasche seines Overalls und nahm einen Schluck. »Verdammte Vorschriften. Tu dies nicht und tu jenes nicht. Bei dem Verein ist es fast so weit, dass man fragen muss, wenn man pinkeln möchte.« Er nahm noch einen Schluck und hielt dann die Metallflasche Edward hin. »Hier. Sie sehen aus, als könnten Sie einen Schluck brauchen.«

Edward schüttelte den Kopf. Der Anblick der Flasche erinnerte ihn an Stella und an den Grund, weshalb er vor Stunden das warme Cottage verlassen hatte. »Vielen Dank, aber ich möchte nicht.«

Der Mann schnaubte verächtlich. »Dann sind Sie also auch so ein Miesepeter? Typisch, dass ich um diese Zeit an einen hochmoralischen Abstinenzler geraten muss.«

»Das wohl kaum«, entgegnete Edward und musste wider Willen lächeln. »Meiner Mutter gehört der Pub da drüben.« Er zeigte über die Schulter zurück in die Richtung, aus der der Zug gekommen war.

Der Mann lachte und stieß Edward mit dem Ellbogen in die Rippen. »Ein eigener Pub war schon immer mein Traum. Der Job wäre so gut wie jeder andere. Allerdings müsste ich aufpassen, dass ich nicht den ganzen Gewinn versaufe.«

Der Zug puffte laut durch die Nacht. Funken stiegen in die Luft auf, glimmende, stecknadelkopfgroße rote Punkte, die größtenteils verloschen, bevor sie den Boden berührten. Die weiß schimmernden Streckenpfosten flogen vorbei.

Als der Zug über den Viadukt rumpelte und North Harbour in Sicht kam, holte Edward die Uhr aus der Tasche und warf einen Blick auf das Zifferblatt. Drei Uhr.

»Was wollen Sie machen, bis es hell wird?«, fragte der Lokführer, als Edward aus dem Führerhaus stieg. »Um diese Zeit ist alles geschlossen.«

»Ich weiß nicht. Ich denke, ich werde einfach so rumlaufen.«

»Bis Sie sich beruhigt haben und bereit sind für eine Versöhnung mit Ihrer Gattin?«

Edward grinste. Plötzlich kam es ihm lächerlich vor, dass er mitten in der Nacht in der Eiseskälte in North Harbour auf dem Bahnsteig stand und nicht wusste, wo er hin sollte. »Wie haben Sie das erraten?«

»Die Hausschuhe, Kumpel. Ein todsicherer Hinweis.«

Edward blickte an sich herab und sah jetzt erst, dass er noch Pantoffeln an den Füßen hatte. Hastig zog er sie aus und steckte sie in die Manteltaschen. Jetzt stand er barfuß auf dem rußigen kalten Boden.

»Danke fürs Mitnehmen. Irgendwann revanchiere ich mich und gebe Ihnen einen aus.«

»Klar, Kumpel. Wir sehen uns.«

Edward blickte dem Zug nach, als dieser mit lautem Schnaufen und Ächzen anfuhr. Als die Räder knirschend über die Geleise rollten, kam der Bahnhofsvorsteher aus einem der erleuchteten Räume.

Nach einem Blick auf die Uhr sagte er: »Das war der letzte Zug bis sechs Uhr, und ich muss jetzt abschließen.«

Gegenüber dem Bahnhof befand sich der Station Pie Shop, wie es in großen, weißen Lettern auf dem Schaufenster hieß. Gleich nebenan war das Railway Hotel. Edward rüttelte an der Tür, aber die war verschlossen, und es brannte auch kein Licht.

Ab und an in dunkle Schaufensterauslagen spähend, wanderte er durch die menschenleeren Straßen. Er musste daran denken, wie er mit Stella hier gewesen war. Bilder aus einer anderen Zeit, ja aus einem anderen Leben, wie ihm schien. Seine nackten Füße waren inzwischen eiskalt. Er war müde, so schrecklich müde. Erschöpft fuhr er sich mit einer Hand über die Augen.

Er gelangte in den Park unten am Ufer. Der Springbrunnen war abgeschaltet, und es waren auch keine schrillen Kinderstimmen zu hören. Kleine Wellen brachen sich am Strand. Er rollte sich auf einer harten Holzbank zusammen und verdrängte entschlossen jeden Gedanken an Stella. Morgen, sagte er sich, damit setze ich mich morgen auseinander.

Er schloss die Augen und fühlte, wie der Schlaf sich auf ihn herabsenkte wie ein schwarzer Schleier. Er war weich wie Samt und überraschend warm und drängte die Erinnerungen in einen dunklen, fernen Winkel seines Bewusstseins.

Kitty starrte mit klopfendem Herzen an die Decke. In der Ferne krähte ein Hahn und kündigte den anbrechenden neuen Tag an. Stöhnend rollte sie sich auf die Seite und warf einen Blick auf den Wecker auf dem Nachttisch. Vier. Fast Morgen.

Ein böser Traum hatte sie unsanft aus dem Schlaf hochfahren lassen. Dan, irgendetwas mit Dan, erinnerte sie sich vage und versuchte, sich Einzelheiten ins Gedächtnis zu rufen. Dan und Ted. Und Dominic. Aber die Details waren bereits verblasst und unwirklich.

Drei Männer. Sie alle hatten sie einmal geliebt, und

nun waren sie fort. Ted war tot, Dominic hatte sie selbst aus ihrem Bett vertrieben. Und Dan?

Dominic hatte seine Spur bis Toowoomba verfolgt, wo sie sich allerdings schon vor zehn Jahren verloren hatte. Vielleicht lebte er ja heute sogar noch näher an Boolai. Aber er konnte ebenso gut Tausende Meilen weit weg oder sogar tot sein, wie Dominic mehrfach zu bedenken gegeben hatte. Die Ungewissheit ließ ihr keine Ruhe, verfolgte sie wie ein Dämon, unerbittlich.

Der Morgen graute gerade erst, als Edward davon aufwachte, dass Regentropfen auf sein Gesicht klatschten. Sein Kopf war schwer, und er war ganz steif gefroren von den Stunden auf der harten Parkbank. Er setzte sich auf und ließ den Blick um sich schweifen. Der Morgen brach über einem grauen Ozean an, aber weit draußen strahlte die Sonne kalt und silbrig auf den Wellen am Horizont. Mehrere Seiten einer alten Zeitung wurden vom Wind an ihm vorbeigeweht.

Als Edward das alles aufgenommen und registriert hatte, regnete es bereits so heftig, dass er laufen musste, um sich irgendwo unterzustellen. Er hetzte durch den Park und über die Straße, um unter den Markisen der Läden Schutz zu suchen. Er blickte in ein Schaufenster und schnitt eine Grimasse. Das Haar klebte an seinem Schädel, und seine Kleider waren feucht. Was soll's, sagte er sich achselzuckend. Wen interessiert das?

Draußen vor dem Bestattungsinstitut Hopgood & Hopgood schrubbte Mr. Hopgood oder einer seiner Angestellten den Bürgersteig. Tageslicht glitzerte auf dem nassen Beton. Er nickte dem Mann zu und machte sich auf den

Weg zum Bahnhof. Er wollte heim, ein heißes Bad nehmen und dann zur Arbeit, auch wenn er nicht wusste, wie er den Tag durchstehen sollte.

Edward sah auf die Uhr. Halb sieben. Den ersten Zug hatte er verpasst, aber in einer Stunde fuhr der nächste. Sein Magen knurrte, und aus der Bäckerei neben dem Hotel wehte ein verführerischer Duft nach frischem Brot herüber.

Eine junge Frau nahm seine Bestellung entgegen und holte ein Blech mit noch warmem Gebäck. »Hier«, sagte sie und ging durch eine im Tresen verborgene Klappe auf die Tische und Stühle des Cafés zu. »Nehmen Sie sich doch einen Stuhl herunter. Sie können ebenso gut im Sitzen essen.«

Gemeinsam nahmen sie zwei der hochgestellten Stühle von einem Tisch. Dann kehrte die Bedienung zurück hinter den Tresen und verschwand in der dahinter liegenden Backstube. Kurz darauf kam sie mit zwei dampfenden Tassen wieder. »Zeit für eine kleine Pause.«

Edward blickte überrascht auf. »Danke, aber werden Sie keinen Ärger bekommen? Müssen Sie nicht arbeiten?«

»Normalerweise habe ich Tagschicht, aber einer der Bäcker ist krank, und da habe ich angeboten, die Frühschicht zu übernehmen. Sehen Sie den Mann dort mit dem Bart? Das ist mein Onkel. Ihm gehört der Laden.«

»Danke für den Tee, Miss ...«

»Schon gut«, entgegnete sie und lächelte nur schüchtern, ohne ihren Namen zu nennen. Sie war etwas rundlich, was ihr jedoch gut stand, und hatte sehr helle Haut, die ihn an Porzellan erinnerte. Das dunkle Haar hatte sie zu einem unordentlichen Knoten im Nacken hochgesteckt.

»Ich bin Edward«, sagte er und reichte ihr die Hand. Ihre Finger waren überraschend warm.

»Also, Edward! Wie kommt es, dass Sie schon so früh unterwegs sind? Und auch wenn Sie barfuß sind, sehen Sie nicht aus wie einer der Tagediebe, die im Park unten am Strand herumlungern.«

Er grinste zynisch. »Nicht?«

Sie hat ein anziehendes Lächeln, dachte er. Außerdem fand er sie ausgesprochen sympathisch. Nett und freundlich, mit einer Art, die dazu einlud, sich ihr anzuvertrauen. Er kannte sie nicht. Sie kannte ihn nicht. Sie waren zwei Fremde, die zusammen in einer Bäckerei saßen und gemeinsam frühstückten.

In gedämpftem Tonfall erzählte er ihr seine Geschichte. Von Stella, der Fehlgeburt, den gemeinsamen Kindern, die sie nie haben würden, den Enttäuschungen, dem Leid. Die Worte sprudelten nur so aus ihm heraus, so hastig, dass sie sich stellenweise überschlugen. Sorgfältig beobachtete er ihr Gesicht und hielt Ausschau nach Anzeichen dafür, dass sie verstand, was in ihm vorging. Aber ihre Miene blieb unergründlich; sie runzelte nur leicht die Stirn.

Er konnte selbst nicht genau sagen, was an ihr seine Zunge gelöst hatte, was ihn dazu veranlasste, ihr Geheimnisse anzuvertrauen, die er bisher für sich behalten hatte. Als er fertig war, schaute er sie verwundert an. »Ich habe keine Ahnung, warum ich Ihnen das alles erzählt habe. Ich habe noch mit niemandem so offen über meine Gefühle gesprochen, nicht einmal mit Stella.«

Sie machte ein betroffenes Gesicht. »Sie können nicht mit Ihrer Frau über diese Dinge reden?«

Er schüttelte den Kopf. »Es geht einfach nicht. Wir

reden überhaupt nicht mehr. Unsere Kommunikation beschränkt sich inzwischen auf Dinge wie ›Gib mal die Marmelade rüber‹ oder ›Wo ist die Zeitung?‹«

»Aber wie wollen Sie die Krise überwinden, wenn Sie nicht miteinander reden?«

Edward barg einen Moment das Gesicht in den Händen. Er dachte an das Messer und Stellas Drohungen, an das Klappern, als die Klinge von der Wand abprallte. Was hatte er gesagt? *Herrgott, dann tu es doch endlich! ... Dann brauche ich mir deswegen keine Sorgen mehr zu machen.* Vielleicht hatte sie sich ja inzwischen tatsächlich das Leben genommen? Vielleicht hätte er sie nicht allein lassen dürfen, so aufgebracht wie sie war.

Er hob den Kopf und begegnete dem Blick der jungen Frau. »Allmächtiger!«, seufzte er und fuhr sich mit einer Hand durch das Haar. »Stella hat die Antwort auf ihre Probleme gefunden. Die Flasche. Es ist völlig egal, was drin ist, Rum, Whisky, Brandy oder Gin, Hauptsache es ist alkoholisch und betäubt den Schmerz.«

»Sie ist Alkoholikerin?«

Edward nickte. Er lachte, und der Laut klang sogar für ihn wie leicht irre. »Und als Bonus durfte ich schon einmal miterleben, wie sie versucht hat, sich das Leben zu nehmen. Sie hat Tabletten geschluckt, zusammen mit einer halben Flasche Brandy. Der Doktor meinte später, sie wäre beinahe gestorben.«

»Sie müssen stark sein. Für Stella. Und für sich selbst.«

Edward blickte auf seine zitternden Hände und schüttelte den Kopf. »So funktioniert das nicht. Ich glaube, ich halte das nicht länger aus.«

Die junge Frau nahm seine Hand zwischen ihre warmen Finger. Sie hatte einen festen, entschlossenen Händedruck, und ihm war, als würde neue Energie von ihr auf ihn übergehen und ihm neue Kraft schenken. Sie nickte in Richtung der Backstube und lächelte schwach. »Hören Sie, ich muss wieder an die Arbeit. Fahren Sie heim, Edward. Gehen Sie nach Hause, und sagen Sie Ihrer Frau, dass Sie sie lieben.«

Er schüttelte abwehrend den Kopf. Liebe? War es das, was er für sie empfand? Mitleid, ja, Scham, Reue und vielleicht auch Bedauern. Aber Liebe?

»Sagen Sie ihr, dass Sie sie lieben«, wiederholte die junge Bedienung eindringlich. »Ich weiß, dass Sie sie lieben. Ich kann es in Ihren Augen sehen, unter dem ganzen Schmerz. Sagen Sie es ihr, bevor es zu spät ist.«

Abrupt ließ sie seine Hand los, stand auf und schob geräuschvoll ihren Stuhl zurück. »Schauen Sie wieder vorbei, wenn Sie das nächste Mal auf den Güterzug aufspringen.«

»Ich weiß nicht einmal Ihren Namen«, entgegnete Edward.

»Thea. Ich heiße Thea«, sagte sie lächelnd und war gleich darauf verschwunden.

Langsam ging Edward zum Bahnhof hinüber. Er wartete draußen auf dem kalten Bahnsteig, die Hände tief in den Hosentaschen vergraben. Von dort aus hatte er freien Blick auf die Bäckerei und konnte sehen, wie Thea zusammen mit einem jungen Gehilfen Tische und Stühle aufstellte. Einmal blickte sie zu ihm herüber und winkte. Er unterdrückte ein Lächeln und winkte zurück.

Endlich fuhr der Zug zischend ein und versperrte ihm die Sicht. Träger eilten über den Bahnsteig und öffneten die Türen, und Passagiere strömten auf den Bahnsteig.

Edward wartete, bis alle ausgestiegen waren, ehe er in den leeren Waggon stieg. Mit einem Ruck setzte der Zug sich in Bewegung, und in letzter Minute erhaschte er durch das Schaufenster der Bäckerei noch einen Blick auf Thea, die gerade einen Mann im blauen Overall bediente.

Er lauschte dem Rattern der Räder und dachte zurück an Theas Worte. Sagen Sie ihr, dass Sie sie lieben. *Sagen Sie es ihr, bevor es zu spät ist.*

Er hatte das Gefühl, dass, was Stella betraf, ihre Ehe nicht mehr zu retten war.

Stella wartete in einem Sessel im Wohnzimmer, das Gesicht aschfahl vor Erschöpfung. »Wo warst du?«, keifte sie. »Ich war die ganze Nacht auf und habe mir Sorgen gemacht, als du nicht zurückgekommen bist!«

»Unterwegs!«, entgegnete er schroff.

Plötzlich sackte sie in sich zusammen, wiegte sich langsam vor und zurück und begann zu weinen. »Es tut mir Leid, Edward. Ich habe nicht wirklich gemeint, was ich gesagt habe.«

»Du warst betrunken«, erwiderte er. Die Tränen verfehlten die gewünschte Wirkung nicht. »So können wir nicht weitermachen. Es muss sich etwas ändern. Ich habe mich heute Morgen mit einer jungen Frau unterhalten und ...«

Wie von der Tarantel gestochen sprang sie auf und stürzte sich auf ihn wie eine Furie. Sie zerkratzte ihm mit den Fingernägeln das Gesicht. »Wo warst du? Bei irgendeiner Hure, wette ich, und jetzt bringst du allerlei Krankheiten mit, die du dir da eingefangen hast. Du widerst mich an.«

Er packte ihre Handgelenke und stieß sie unsanft zurück. »Nein, Stella. Du bist es, die widerwärtig ist. Sieh dich an. Du hast jetzt noch eine Schnapsfahne von gestern. Könntest du mir wirklich einen Vorwurf machen, wenn ich ins Bordell ginge? Wann hast du das letzte Mal nüchtern das Bett mit mir geteilt?«

Er wusste, dass sie darauf keine Antwort hatte. Es war Monate her, seit sie das letzte Mal miteinander geschlafen hatten. Seither hatte er lange, einsame Nächte an ihrer Seite verbracht, in denen er sich nach einer zärtlichen Berührung und einem freundlichen Wort gesehnt hatte. Aber diesen Wunsch hatte ihm letztlich nicht seine Frau erfüllt, sondern eine füllige, dunkelhaarige Fremde namens Thea.

KAPITEL 28

Rose – Toms und Beths älteste Tochter – heiratete in der kleinen Kirche. Sophia war eine wunderschöne Brautjungfer, und die Zwillinge Thomas und Charles, inzwischen acht Jahre alt, trugen die Ringe.

Jess war Brautführerin. James war nicht sicher, wie er dazu stand, wohl wissend, dass er der Hochzeit nicht fern bleiben konnte. Es würde sich nicht umgehen lassen, dass sie sich begegneten und miteinander sprachen. Jess reiste mit Ehemann und Tochter aus der Stadt an.

Er stand in einer der hinteren Bankreihen und sah zu, wie sie den Mittelgang herunterkam, eingezwängt zwischen Sophia und den Zwillingen. Sie trug ein helles, pfirsichfarbenes Kleid, und in dem langen dunklen Haar, das ihr offen über die Schultern fiel, steckten Blüten. In der Hand hielt sie einen Strauß weißer Lilien mit roten Rosen und Schleierkraut. Sie warf ihm im Vorbeigehen einen Seitenblick zu und schenkte ihm ein strahlendes Lächeln. Ihm stockte der Atem. Er bekam keine Luft mehr, als hätte ihre Anwesenheit allen Sauerstoff aus seinen Lungen gesogen.

Er hatte sie seit ihrer Hochzeit nicht mehr gesehen. Sie sah gut aus, glücklich und zufrieden. Auf der gegenüberliegenden Seite der Kirche hatte er bereits ihren Gatten ausgemacht, ein großer blonder Mann, der ein ebenfalls blondes Kleinkind auf dem Schoß hielt.

Mayse war auch dort und strahlte vor Stolz. Sie saß inzwischen im Rollstuhl und wurde von Paddy geschoben, dessen ehemals flammend roter Haarschopf inzwischen fast weiß war. Umgeben von ihren Kindern und Enkeln machten sie einen rundum glücklichen Eindruck.

Er entdeckte auch Edward und Stella. Die beiden waren erst spät eingetroffen, nur wenige Minuten vor der Braut. Edward hatte die Lippen grimmig zusammengepresst, und seine Frau, die er fest untergehakt hatte, in die vorderste Bankreihe geführt. Jetzt stand sie etwas abgerückt von ihrem Mann und hatte ihm den Rücken zugekehrt. James fiel auf, dass sie etwas wacklig aussah.

Als sie vor dem Altar angelangten, trat Tom zurück und stellte sich vor die vorderste Kirchenbank. Beth war bereits dort und tupfte sich die Tränen aus den Augenwinkeln. Tom legte seiner Frau einen Arm um die runden Schultern. Neben ihr standen Kitty und Dominic.

James runzelte die Stirn, als er über die Beziehung der beiden zueinander nachdachte. Dominic und seine Mutter waren seit Jahren befreundet. Er wusste, dass Dominic sie sofort geheiratet hätte, aber sie hatte anderes im Sinn, unter anderem, seinen Onkel Dan zu finden.

Er schüttelte den Kopf. Die Suche nach Dan war zu einer fixen Idee von ihr geworden. Sie hatte sogar angefangen, Briefe an fremde Leute zu schreiben, um sich nach Dans möglichem Aufenthaltsort zu erkundigen. Sie hatte ihn sogar gebeten, Halliday zu fragen, ob der Name Dan Hall ihm etwas sagte. Halliday hatte gefragt, weshalb er das wissen wolle.

»Er ist mein Onkel«, hatte James erwidert.

Ein seltsamer Ausdruck war flüchtig in die Augen des älteren Mannes getreten, und er hatte fast unmerklich die Stirn gerunzelt. »Und«, hatte er dann langsam gesagt, als wähle er seine Worte mit Bedacht, »wie heißt deine Mutter?«

»Katherine Hall. Aber alle nennen sie nur Kitty.«

Halliday hatte den Kopf geschüttelt und war eine Weile ungewöhnlich still gewesen. Offenbar hatte auch er noch nie von einem Mann namens Dan Hall gehört.

James seufzte und blickte auf Jess' Rücken. Sie hielt sich sehr aufrecht und gerade, den Kopf leicht schräg, sodass er ihr Profil sehen konnte. Kecke Stupsnase, strahlende Augen, verführerischer Mund.

Hör auf damit, ermahnte er sich wütend. Es war Jahre her, dass er mit dem Boot an Land gerudert war, um Jess an Bord zu nehmen, die ihn wenig später unter der Trauerweide geküsst hatte. Damals hatte sie seine Sinne entfacht. Jetzt war sie verheiratet. Hatte ein Kind. Sie war Vergangenheit.

Weihnachten kam und ging, und die Stimmung zu Hause war gespannter denn je. An Silvester badete Edward und kleidete sich sehr sorgfältig. Er wollte mit ein paar Freunden, deren Ehefrauen und Freundinnen in einem Pub in North Harbour Neujahr feiern. Stella war ebenfalls eingeladen worden, hatte aber prompt abgelehnt. Stattdessen hatte sie den ganzen Tag getrunken. Während er sich für den Abend zurechtmachte, lag sie schlafend auf dem Bett und rührte sich kein einziges Mal.

Jetzt, als er den Kragen an seinem Hemd befestigte, rollte sie sich auf den Rücken und blickte träge zu ihm auf. »Fährst du zu deiner Hure?«, fragte sie gepresst.

In den vergangenen Wochen hatte sie sich einzureden begonnen, dass er eine Affäre hatte. Mit wem, wusste sie natürlich nicht zu sagen, und Edward fragte sich, wie sie sich das überhaupt vorstellte. Wo zum Teufel sollte er überhaupt die Zeit für eine Freundin hernehmen?

»Wir haben das Thema ausdiskutiert, Stella«, entgegnete er ruhig. »Du weißt, dass ich mich mit Freunden treffe. Dutchie und Jacko werden auch da sein. Du wurdest ebenfalls eingeladen.«

»Du willst mich doch gar nicht dabeihaben.«

»Das stimmt nicht. Komm, zieh dich an, ich warte so lange.«

»Nein!«, entgegnete sie stur.

Er hätte sie am liebsten geohrfeigt. Aber stattdessen ballte er die Hände zu Fäusten und ging zur Tür. »Wie du willst. Wir sehen uns, wenn ich wieder da bin.«

Die Bäckerei hatte noch geöffnet, als der Zug in North Harbour einfuhr. Edward war zu früh dran, und so beschloss er, rüberzugehen, um Thea Hallo zu sagen. Sie war noch dort, stand mit dem Rücken zur Tür und räumte gerade die letzten übrig gebliebenen Kuchen aus den Regalen.

»Hallo.«

Sie drehte sich um und lächelte breit. »O, Edward, was für eine schöne Überraschung.«

Er hatte sie seit ihrer ersten Begegnung mehrmals besucht. Manchmal war er mit dem Buggy gekommen, und manchmal war er ganz spontan in den Zug gestiegen. Einmal hatten sie zusammen zu Mittag gegessen, und zwischen ihnen hatte sich so etwas wie Freundschaft entwickelt.

»Was hast du heute Abend vor?«, fragte sie und musterte ihn anerkennend. »So wie du aussiehst, gehst du wohl fein aus.«

»Nur mit ein paar Freunden rüber ins Hotel. Und du?«

Thea zuckte lächelnd die Achseln. »Ich denke, ich bleibe zu Hause.«

»Komm doch mit mir«, sagte er impulsiv, ohne nachzudenken. »Ich lade dich zum Essen ein, und anschließend gehen wir tanzen. Wir werden sicher viel Spaß haben.«

»Und was ist mit deinen Freunden? Werden sie dich nicht vermissen?« Er war froh, dass sie Stellas Namen nicht erwähnte.

»Vermutlich nicht.«

Edward war so aufgekratzt wie seit Jahren nicht mehr. Er begleitete Thea zu ihrer Pension und wartete draußen, während sie sich anzog. Als sie wieder auftauchte, trug sie ein tief ausgeschnittenes hellblaues Kleid, das bei jedem Schritt seidig schimmerte und ihre Knöchel umschmeichelte. »Gefällt es dir?«, fragte sie und drehte sich um die eigene Achse.

Er fand, dass es das schönste Kleid war, das er seit Jahren gesehen hatte, und das sagte er ihr auch.

Es wurde ein fantastischer Abend. Das Essen war perfekt, und es gelang ihnen sogar, bei einer der Tanzveranstaltungen einen Tisch zu ergattern. Thea war glänzender Laune und plauderte und lachte die ganze Zeit.

Erst als er sie nach Hause begleitete, dachte er wieder an Stella. »Geh heim zu deiner Frau«, sagte sie und küsste ihn leicht auf die Wange.

Edward lehnte sich an das Tor und blickte Thea nach, die durch den Vorgarten auf die Haustür zuging. Die Trennung stimmte ihn traurig. Sie gelangte zur Tür und steckte den Schlüssel ins Schloss. In letzter Minute drehte sie sich noch einmal um. »Um Himmels willen, Edward, geh heim!«, flüsterte sie. »Du bist verheiratet, und zwischen uns kann nichts sein außer Freundschaft.«

»Ich weiß.«

»Es tut mir Leid«, fuhr sie fort, ihre Stimme plötzlich etwas heiser. »Ich weiß auch keine Lösung für deine Probleme. Ich kann nicht hexen, auch wenn ich weiß Gott wünsche, ich könnte es. Ich kann nicht mehr tun, als dir helfen, zu vergessen, wie heute Abend.«

Und für den Augenblick war das genug.

KAPITEL 29

Tage, Wochen und Monate verstrichen, der eine wie der andere. Herbst, Winter. Edward und Stella sprachen kaum noch miteinander. Sie schwiegen sich an, hatten eine Art stummer Übereinkunft getroffen, dass sie sich gegenseitig in Ruhe ließen und er auch nichts mehr zu ihrem Alkoholkonsum sagte, während Stella ihrerseits nicht mehr fragte, wohin er ging, und seine gelegentlichen Abende auswärts gleichgültig hinnahm.

Thea freute sich jedes Mal, ihn zu sehen. Wenn sie Feierabend hatte, schlenderten sie durch die schmalen, gewundenen Straßen der Stadt und gingen hin und wieder etwas trinken oder essen. Sie unterhielten sich stundenlang, diskutierten über Weltereignisse, Aktuelles, die politische Lage im Land. Stella wurde nie erwähnt.

Seit der Neujahrsnacht hatte Thea sich von ihm nicht mehr heimbringen lassen. Stattdessen schien sie es geradezu darauf anzulegen, sich nur an belebten Orten mit ihm zu treffen, wo sie praktisch nie allein waren. Er war verheiratet. Und wie Thea in der ersten Nacht des neuen Jahres ganz richtig bemerkt hatte, konnte es für sie keine gemeinsame Zukunft geben.

Im Laufe des Jahres rückten die Ereignisse in Europa immer mehr in den Mittelpunkt. Ende Juni wurde der österreichische Erzherzog Franz Ferdinand von einem serbischen Fanatiker getötet, aber die Zeitungen berichteten nur sehr verhalten über das Attentat. Exakt einen Monat später erklärte Österreich Serbien den Krieg. Die Schlagzeilen verkündeten die sofortige Mobilmachung Russlands.

Am letzten Julitag hatte Thea Geburtstag. Edward holte sie von der Arbeit ab, und sie gingen zum Abendessen in ein kleines Lokal in der Nähe des Piers. Nach dem Essen fischte er ein kleines Päckchen aus der Jackentasche und reichte es ihr über den Tisch hinweg.

»Hier. Ich wollte dir gerne etwas schenken.«

»Das wäre doch nicht nötig gewesen«, sagte sie, und ihre Lippen zuckten. Ihre Augen glitzerten verdächtig im gedämpften Licht.

»Nicht weinen«, sagte er und legte eine Hand über ihre.

Sie schluckte hart und richtete den Blick auf das Päckchen. Ganz vorsichtig entfernte sie das Geschenkpapier.

Es war eine rote Haarspange. Er hatte sie in einem Schaufenster gesehen. Im Grunde war es nur eine lächerliche Kleinigkeit, aber irgendwie hatte er sie sich sofort in Theas dunklem Haar vorgestellt und sie spontan gekauft.

Er hatte stundenlang die Auslagen der Juweliere angestarrt und Armbänder, Broschen und Ringe betrachtet. Er hätte ihr gerne etwas Kostbareres geschenkt, aber der beklemmende Gedanke an Stella hatte ihn davon abgehalten.

»Sie ist wunderschön, vielen Dank«, sagte Thea. Als sie sich über den Tisch beugte, um ihn auf die Wange zu küssen, erhaschte er einen Blick auf ihr Dekolleté, und die dunklen Tiefen zwischen ihren vollen Brüsten ließen ihn nicht mehr los.

Seine Haut fühlte sich an, als stünde sie in Flammen, und er hob eine Hand und berührte die Stelle, an der ihre Lippen sie berührt hatten. Aber Thea merkte gar nicht, welche Wirkung die zärtliche Geste auf ihn hatte. Sie war vollauf damit beschäftigt, die Spange in ihrem Haar zu befestigen.

Eine Welle der Trauer senkte sich auf ihn herab und nahm ihm die Luft. Stella, Thea. Die Wahl zwischen einer lieblosen Ehe und einer Freundschaft, aus der nie mehr werden konnte. Edwards Kopf war plötzlich völlig leer. Er fühlte sich gefangen wie ein Tier im Käfig. Die Wände stürzten auf ihn ein und drohten, ihn zu zerquetschen. Er musste raus.

»Lass uns gehen«, sagte er abrupt, schob seinen Stuhl zurück und half Thea beim Aufstehen.

Er nahm ihre Hand und führte sie durch die menschenleeren schmalen Straßen, ohne ein bestimmtes Ziel vor Augen. Schließlich gelangten sie zum Park. Edward führte sie zu einer Bank, und sie saßen im Halbdunkel Schulter an Schulter nebeneinander, ihr Haar schimmernd im Licht einer einzelnen Gaslaterne. Sie schwiegen eine Weile.

»Es wird Krieg geben«, sagte er schließlich.

»Wirst du gehen?«

»Vermutlich. Ich habe noch nicht darüber nachgedacht.« Das schwarze Wasser klatschte lustlos auf den Sand. »Ich denke schon, das heißt, wenn sie mich haben wollen.«

»Ich werde dich vermissen. Unsere Gespräche bedeuten mir sehr viel.«

Der Seewind war kalt und schien geradewegs durch seine Kleider zu dringen. Thea fröstelte, und er legte die Arme um sie, um sie zu wärmen. Die Geste überraschte ihn selbst. Er hatte sie nicht anfassen wollen, hatte sie noch nie angefasst, aber das Band war da, eine unsichtbare Kraft, die sie auf unerklärliche Weise aneinander kettete.

»Es tut mir Leid, ich hätte nicht mit dir herkommen sollen. Es ist eisig.«

Thea kuschelte sich an ihn, und er stützte das Kinn auf ihr Haar. »Das macht mir nichts aus.«

In der Ferne spielte ein Orchester, und ab und an wurden Musikfetzen bis zu ihnen getragen. Bumm, bumm, bumm ertönten die Trommeln, dann ein leiseres Ratatatata.

»Wenn es Krieg gibt«, sagte er und hielt sie ein wenig von sich, um zu sehen, wie sie auf seine Worte reagierte, »wirst du dann auf mich warten?«

Sie öffnete den Mund, um etwas zu erwidern, hielt dann inne und biss sich auf die Unterlippe. »Stella?«, sagte sie leise. »Was ist mit Stella?«

Nun war es passiert. Sie hatte ihren Namen ausgesprochen. Er hatte sich geschworen, dass er sie nicht erwähnen würde. Aber das Thema musste angesprochen werden. Es bedrückte ihn schon viel zu lange. Er wandte kurz das Gesicht ab. »Sie liebt mich nicht.«

»Aber du liebst sie.« Es war keine Frage, sondern eine Feststellung.

Edward zuckte die Achseln. »Ich weiß es nicht mehr. Ich weiß nur, dass ich nicht so weiterleben kann.«

»Du bist verheiratet, Edward. Ich kann dir nicht mehr sein, als ich es schon bin.«

»Und das wäre?«

»Eine Freundin.« Sie sprach so leise, dass er sie kaum verstehen konnte.

»Liebst du mich?«

Sie antwortete nicht gleich. Dann nickte sie, und ihre Augen füllten sich mit Tränen. »So sehr, dass es wehtut.«

Seine Lippen glitten über ihre Wange bis zu ihren Lippen. So sanft, so fest und doch willig. Sie schloss die

Augen, und eine einzelne Träne rann über ihre Wange. Er küsste sie zärtlich, und sie schmiegte sich enger an ihn.

Er schob eine Hand zwischen ihre Körper und löste langsam die Knöpfe ihrer Bluse. Darunter trug sie ein Spitzenhemdchen.

»Darf ich dich streicheln?«, fragte er. Sie nickte und gestattete ihm, die Bluse über ihre Schultern zu streifen. Dann zog sie sich das Hemd über den Kopf. Sie hatte große, aber feste Brüste. Er neigte den Kopf, und seine Lippen schlossen sich um die dunkle Brustwarze. Er saugte leicht, und als er den Kopf wieder hob und sie küsste, löste seine Hand seine Lippen ab.

Das Blut rauschte in seinen Ohren, so laut, dass er nichts anderes mehr hörte. Wie Getrommel, vermischt mit dem Rauschen der Brandung. Später, als er das Geschehen immer wieder und wieder Revue passieren ließ, konnte er sich nicht erinnern, dass sie die Bank verlassen und sich in die Dünen zurückgezogen hatten, wo sie geschützt waren vor neugierigen Blicken und dem kalten Wind. Der trockene Laubteppich hatte unter ihnen geknistert, als er ihr den Rock über die Hüften geschoben hatte und in sie eingedrungen war.

Er betrachtete sie zärtlich, obwohl er im schwachen Licht nur die Konturen ihres Gesichts sehen konnte. »Das ist für dich das erste Mal, habe ich Recht?«

»Ja.«

»Warum ich?«

Tränen liefen ihr in Strömen über das Gesicht. »Ich liebe dich, Edward. Es tut mir Leid, und ich weiß, dass es falsch ist, aber ich kann einfach nichts dagegen tun.«

»Tue ich dir weh?«

Sie schüttelte den Kopf. »Nein, es ist wunderbar. Du bist wunderbar.«

Und da kam er, wurde von unkontrollierbarer Ekstase übermannt, Wange an Wange mit ihr. Hinterher lag Thea matt und seltsam still unter ihm.

Dann erschauerte sie wieder, und er zog sich aus ihr zurück. Er hob ihr Hemdchen und die Bluse auf und reichte ihr beides. »Hier«, sagte er. »Zieh dich an, bevor du dir den Tod holst.«

Wieder angezogen, saß sie schweigend auf der Bank, während er sich im Gebüsch erleichterte. Als er zu ihr zurückkam, legte er ihr seinen Mantel um die Schultern. »Es tut mir Leid, Thea. Ich habe das alles nicht geplant. Ich weiß auch nicht, was über mich gekommen ist.«

Sie legte eine Hand an seine Wange und lächelte. »Entschuldige dich nicht«, schimpfte sie. »Ich hätte dich davon abhalten können, wenn ich es gewollt hätte.«

»Und, wolltest du? Mich davon abhalten, meine ich?«

Sie schüttelte den Kopf, und die rote Haarspange schimmerte im fahlen Licht der Laternen. »Nein.« Dann: »Wie spät ist es?«

Edward holte seine Uhr aus der Westentasche. »Verdammt, ich habe den letzten Zug verpasst.«

»Komm mit.« Thea stand auf und zog ihn lachend auf die Füße. »Komm mit zu mir«, flüsterte sie einladend, stellte sich auf Zehenspitzen und knabberte an seinem Ohrläppchen. »Wir müssen allerdings vorsichtig sein. Mrs. Madden, die Vermieterin, erlaubt nach neun keine Besucher mehr.«

»Und wenn sie uns erwischt?«

»Dann sage ich, du wärst mein Bruder.«

Darauf lief sie los, dass sein Mantel sich hinter ihr

bauschte wie ein Umhang. Lachend zog sie ihn hinter sich her. Als sie die Pension erreichten, waren sie beide ganz außer Atem. »Warte hier«, sagte Thea und sperrte die Haustür auf.

Drinnen war es totenstill. Sie bedeutete ihm, ihr zu folgen, und er betrat den vergleichsweise warmen Flur. Es roch nach Politur und Kohl, und er rümpfte die Nase. »So weit, so gut.«

»Psssst«, zischte sie und kicherte leise.

Plötzlich wurde weiter oben eine Tür geöffnet, und Licht fiel auf den Läufer. Die Silhouette einer Frau tauchte in der Türöffnung auf. »Wer ist da?«

Edward drückte sich in eine Türöffnung und versuchte, ein Lachen zu unterdrücken.

»Ich bin es nur, Mrs. Madden. Thea.«

»Gehen Sie schlafen, Kind, Sie wecken ja noch die ganze Nachbarschaft auf«, grummelte die Vermieterin. »Sie machen ja genug Lärm, um Tote aufzuwecken, Gott hab sie selig.«

Thea schloss ihre eigene Tür auf. »Gute Nacht, Mrs. Madden«, rief sie und wartete geduldig, bis die alte Frau sich wieder in ihre Räume zurückgezogen und die Tür hinter sich geschlossen hatte. »Du kannst jetzt kommen«, flüsterte sie Edward zu.

Das Zimmer war klein, aber gemütlich. Thea zündete eine Lampe auf dem Nachttisch an. In einem Regal über dem Kamin standen ein paar Bücher, und auf der Kommode verschiedene Cremetiegel, Parfumfläschchen und sonstiger Schnickschnack. Die bunten Chintzvorhänge waren zugezogen und verliehen dem Zimmer eine heimelige, freundliche Atmosphäre.

Im Kamin lagen Papier und Zunder bereit. Thea riss

ein Streichholz an, und Edward sah zu, wie die Flammen am Papier hochzüngelten und tanzende Schatten an die Wände warfen. Dann löschte sie die Lampe.

Das Feuer spendete warmes Licht. Edward nahm ihre Hände und stellte überrascht fest, dass sie zitterten. »Ich habe wirklich gemeint, was ich vorhin gesagt habe. Es tut mir Leid, was heute Abend geschehen ist. Ich hatte nicht das Recht, dich anzurühren.«

»Es ist in Ordnung, Edward. Wirklich.«

»Ich kann dir dieses Geschenk nicht vergelten. Ein paar gestohlene Stunden. Du hast etwas Besseres verdient als das. Vielleicht, wenn der Krieg vorbei ist ...«

Sie legte einen Finger auf seine Lippen und brachte ihn zum Schweigen. »Nicht. Ich bitte dich um nichts. Ich fordere nichts. *Will* nichts.«

Ihre Züge wirkten im Feuerschein besonders weich, überzogen von einem goldenen Schimmer. Sie zeichnete mit dem Finger die Konturen seiner Lippen nach, und er fühlte den Druck ihrer Hand auf dem Mund. »Weißt du, warum ich wollte, dass du mit hierher kommst?«

»Ich habe schon einmal auf einer Parkbank geschlafen. Das war nicht allzu komfortabel«, scherzte er. »Ich schätze, du hattest einfach Mitleid?«

»Nein. Ich habe dich hergebracht, damit ich das hier tun kann.« Sie zog seinen Kopf zu sich heran und küsste ihn. »Und das.« Sie küsste ihn wieder. »Und das.« Ihre Hand schob sich unter sein Hemd und streichelte ihn, und Edward fühlte, wie sein Verlangen sich wieder regte.

»O Gott, Thea!«

Ihre Hand glitt tiefer, bis sie auf seiner pochenden Männlichkeit lag und auch diese zärtlich liebkoste. »Wirst du mich noch einmal lieben?«

»Wie sollte ich da widerstehen können«, murmelte er heiser.

»Weißt du eigentlich, dass ich seit unserer ersten Begegnung in der Bäckerei an jenem Morgen hiervon geträumt habe? Weißt du, dass das schon ein Jahr her ist?«

»Ich habe nicht geahnt, dass du so empfindest«, entgegnete er verblüfft. »Du hast nie etwas gesagt oder auch nur durchblicken lassen.«

»Wie sollte ich? Du bist ein verheirateter Mann.«

»Nicht«, stöhnte er und vergrub das Gesicht in ihrem Haar.

Sie trat zurück und schaute ihm in die Augen. »Heute Nacht möchte ich so tun, als wären wir die einzigen Menschen auf der ganzen Welt. Außer uns gibt es nichts und niemanden. Keine Termine, keine Verpflichtungen, keine Familie, keine Vermieterin. Nur uns.«

Er wollte gar nicht widersprechen. Später, als draußen vor dem Fenster der Morgen graute und er sich ankleidete, um nach Boolai zurückzufahren, schaute sie mit Tränen in den Augen zu ihm auf.

»Ich danke dir, Edward. Ich werde diese gestohlenen Stunden nie vergessen.«

»Das ist erst der Anfang«, versprach er vehement und setzte sich neben sie auf die Bettkante. »Wenn der Krieg vorbei ist, wird alles anders, wart's nur ab. Irgendwie werden wir zusammenkommen.«

»Krieg«, sagte sie traurig. »Ich frage mich, ob wir hinterher noch dieselben sein werden.«

»Ich denke, die Dinge verändern sich laufend, von Tag zu Tag. Bist du nicht auch dieser Ansicht?«

Thea wischte sich die Tränen aus den Augen und schenkte ihm ein tapferes Lächeln. »Meine Güte. Ich weiß nicht, wie ich mich heute bei der Arbeit wach halten soll.«

»Denk an mich. Ich liebe dich«, flüsterte er und drückte ihr einen Kuss auf die Lippen. »Ich komme in ein paar Tagen wieder.«

Als er im eisigen Eisenbahnwaggon saß und aus dem Fenster auf die vorbeihuschende Landschaft schaute, dachte er flüchtig an Stella, überrascht, dass jedwede Gefühlsregung ausblieb. Sie war kalt und ohne Leben, schenkte ihm weder Wärme noch Trost. Und dabei brauchte er beides. Gott, und wie er es brauchte!

Und jetzt hatte er mit einer anderen Frau Ehebruch begangen, auch wenn es nicht seine Absicht gewesen war. Auf einem kalten Laubteppich hatte er sie geliebt, und hinterher noch einmal in der Wärme ihres Bettes. Thea hatte ihn in Dimensionen entführt, die er lange nicht mehr betreten hatte, in eine Welt, in der nichts unmöglich war. Plötzlich wünschte er, er könnte immer an ihrer Seite bleiben.

KRIEG! KRIEG! KRIEG!, verkündeten die Schlagzeilen sämtlicher Zeitungen. GROSSBRITANNIEN ENTSENDET FLOTTE NACH SCAPA FLOW. GENERALMOBILMACHUNG IN FRANKREICH.

»Wenn das Empire im Krieg ist, dann bedeutet das auch Krieg für Australien«, erklärte Premierminister Joseph Cook.

Kitty war blass und ungewöhnlich still. Sie lächelte nicht bei der Arbeit an der Bar und bediente schweigend die jungen Männer, die aus dem ganzen Umkreis herbeiströmten und von nichts anderem sprachen als vom

Krieg. »Hör sie dir an«, klagte sie hinterher wütend, nachdem der letzte Gast des Tages gegangen war. »Man könnte meinen, sie sprechen von einem Picknick.«

Bei der ersten sich bietenden Gelegenheit fuhr Edward wieder nach North Harbour. Seit seiner ersten Nacht mit Thea war eine Woche vergangen.

In der Bäckerei traf er nur den bärtigen Inhaber an, Theas Onkel, der mit einem feuchten Tuch die Auslage wischte. »Suchen Sie Thea?«, fragte er freundlich.

»Ja. Ist sie hier?«

Der Mann schüttelte den Kopf. »Sie ist vor ein paar Tagen fortgegangen.«

»Sie ist fort?«, wiederholte Edward wie vor den Kopf geschlagen. Thea hatte mit keinem Wort erwähnt, dass sie vorhatte, aus North Harbour wegzugehen.

»Ja, sie ist nach Brisbane gefahren. Sie hat gesagt, sie hätte schon immer Krankenschwester werden wollen und es wäre höchste Zeit, Nägel mit Köpfen zu machen. Sie meinte, mit dem Krieg und so würden sicher viele Krankenschwestern gebraucht.«

»Oh.«

»Hat sie Ihnen nichts von ihren Plänen erzählt?«

Edward schüttelte den Kopf. »Nein.«

»Frauen. Sind doch alle gleich. Schmieden im Stillen Pläne und halten es nicht für nötig, uns gegenüber ein Wort darüber zu verlieren. Manchmal denke ich, wir sind ohne sie besser dran.«

Edward wanderte ziellos durch die schmalen Straßen und durch den Park. Seine Gedanken überschlugen sich. Er ging zu der Mulde in den Dünen, in der er und Thea sich erst vor einer Woche geliebt hatten. Nichts erinnerte daran. Jenseits der Dünen sah er den Ozean, noch ganz aufgewühlt nach dem gestrigen Sturm. Salzige Gischt lag wie feiner Nebel über dem Strand.

Warum? Warum war das alles passiert? Er schlug sich frustriert mit der Faust auf den Oberschenkel. Thea liebte ihn. Hatte sie das nicht selbst gesagt? Aber er hatte ihr keine Zukunftsperspektive bieten können. Immerhin war er ein verheirateter Mann. Und jetzt war sie fort.

Schließlich gelangte er zu der Pension, in der Thea gewohnt hatte. Lange betrachtete er das Gebäude, das er zum ersten Mal bei Tageslicht sah. Es war alt und schäbig, und die Farbe blätterte von der Fassade ab. Einige mickrige Geranien wuchsen entlang des Weges, der von der Straße zur Haustür führte. Er blickte hinauf zu ihrem Fenster, hielt Ausschau nach einer Bewegung hinter den Vorhängen. Aber sie waren fest zugezogen, und nichts rührte sich. An der Fensterscheibe lehnte von innen ein Schild mit der Aufschrift ZIMMER FREI.

Impulsiv ging er zur Haustür und drehte den Knauf. Die Tür war nicht abgeschlossen. Er trat ein, und die Tür fiel leise hinter ihm zu. Eine alte Frau, die gerade den Flur wischte, fuhr erschrocken hoch.

»Guten Morgen«, sagte sie. »Sind Sie wegen des Zimmers hier?«

Er wusste selbst nicht, warum er das Haus betreten hatte. Vielleicht um näher bei der Erinnerung an die Nacht mit Thea zu sein, um sich davon zu überzeugen, dass sie real war und nicht nur ein Produkt seiner Fantasie. Die alte Frau deutete sein Schweigen als Zustimmung und fischte einen Schlüssel aus der Kitteltasche.

»Sechs Shillings die Woche«, fuhr sie fort, als sie die Tür zu Theas Zimmer aufsperrte. Edward zögerte plötzlich. »Wollen Sie das Zimmer nun sehen oder nicht?«

Er schluckte hart, nickte und trat ein.

Das Zimmer war noch so, wie er es das letzte Mal gesehen hatte, abgesehen davon, dass Theas persönliche Habe fehlte. Keine Bücher, keine Cremetiegel, stattdessen ein Gefühl der Leere.

Die Vermieterin zog die Vorhänge auf, und Licht fiel auf den verblichenen Teppich und das Bett, in dem er und Thea gelegen hatten.

»Selbstverständlich gestatte ich keine Techtelmechtel. Das hier ist ein anständiges Haus, Mr. ...?«

»Hall. Mr. Hall. Ich ...«

»Rauchen im Bett ist verboten, und nach neun sind keine Besuche mehr gestattet«, unterbrach sie ihn. »Bad und WC müssen Sie sich mit den anderen Mietern teilen, und jeder, der die Küche benutzt, hat hinterher aufzuräumen. Dienstags können Sie die Wäscheleine benutzen.«

Sie stemmte die Hände in die Seiten und wartete. »Was ist jetzt, wollen Sie das Zimmer haben oder nicht? Ich habe nicht den ganzen Tag Zeit.«

»Haben Sie etwas dagegen, wenn ich mich erst genauer umsehe und auch vorher prüfe, ob das Bett nicht zu weich ist?«

Sie zuckte die Achseln und ging zur Tür. »Wie Sie wollen«, brummte sie unwillig. »Aber lassen Sie sich nicht zu viel Zeit. Ich bin unten, wenn Sie mich brauchen. Dritte Tür links.«

In der Tür blieb sie noch einmal stehen und blickte zurück. »Das Zimmer geht nach vorne raus. Ist das beste Zimmer im ganzen Haus. So was findet man nicht alle Tage, wissen Sie.«

Edward nickte und dankte ihr. Dann endlich ließ sie

ihn allein, und er hörte, wie ihre Schritte sich den Flur hinunter entfernten.

Er ließ sich auf die Bettkante sinken und barg das Gesicht in den Händen. Wenn er ganz tief einatmete, konnte er sich fast vorstellen, ihren Geruch wahrzunehmen, eine Mischung aus Lavendel und Veilchen. Er sah beinahe Thea vor sich, wie sie auf ihn zukam.

Wirst du mich noch einmal lieben?

Das ist erst der Anfang. Wenn der Krieg vorbei ist, wird alles anders werden. Irgendwie werden wir zusammenkommen.

Du bist ein verheirateter Mann.

... ein verheirateter Mann.

... ein verheirateter Mann.

Die Worte hallten endlos in ihm wider, und der Schmerz legte sich wie ein viel zu enges Band um seine Brust. Aus den Augenwinkeln sah er einen Gegenstand neben der Frisierkommode liegen. Das Sonnenlicht, das durch das Fenster hereinfiel, ließ ihn aufleuchten.

Neugierig ging er hinüber und hob den Gegenstand auf. Es war die rote Haarspange, die er Thea erst eine Woche zuvor zum Geburtstag geschenkt hatte, das einzig Greifbare, das er ihr je gegeben hatte. Hatte sie sie absichtlich zurückgelassen, weil sie wusste, dass er herkommen würde?

Er steckte sie ein und verließ das Zimmer. Die Vermieterin war nirgends zu sehen. Er ging den Flur hinunter und trat hinaus in den Sonnenschein. Er hörte Vogelgezwitscher und Kinderstimmen aus dem Park. Aber in seinem Inneren herrschte eine Leere, die niemand würde ausfüllen können.

Später, auf der Heimfahrt nach Boolai, nahm er die

Spange aus der Tasche. Ein einzelnes langes dunkles Haar hatte sich in der Schließe verfangen. Er öffnete das Fenster und fühlte den kalten Fahrtwind auf der Hand, als er das Haar in den Luftstrom hielt und losließ.

Thea war fort, aber sie hatte ihm die Fähigkeit zu lieben zurückgegeben. Er würde heimgehen und Stella zur Rede stellen. Ihre Ehe war praktisch tot. Er kam nicht vor und nicht zurück. Er steckte fest und fühlte sich gefangen. Es musste etwas geschehen.

KAPITEL 30

Der Abend endete wie gewöhnlich im Streit.

Edward kam kurz nach sechs vom Pub nach Hause, wo er Kitty in der Bar geholfen hatte. In dem kleinen Cottage brannte kein Licht, und drinnen war es düster. Stella saß im Wohnzimmer. Im schwindenden Tageslicht konnte er nur ihre Umrisse ausmachen.

»Warum sitzt du im Dunkeln?«

Keine Antwort. Er riss ein Streichholz an und zündete eine Lampe an. Das Zimmer wurde abrupt in Licht und Schatten unterteilt.

Stella saß im Sessel, die Beine vor sich ausgestreckt. In der Hand hielt sie ein leeres Glas. Sie schaute ihn unverwandt an, ihr Gesicht völlig emotionslos.

»Besteht vielleicht die Aussicht auf ein Abendessen?«, fragte er hoffnungsvoll.

Langsam stand sie auf und kam wankend, mit klappernden Absätzen, über die Dielen auf ihn zu. Sie blieb einen Moment vor ihm stehen und schwenkte unsicher das Glas, ehe sie ihm provokant einen Arm um den Hals legte.

In seinem Inneren regte sich nichts. Was war aus ihnen geworden? Liebende waren sie schon lange nicht mehr, nur noch auf dem Papier Mann und Frau. »O Stella«, flüsterte er traurig.

»O Stella!«, äffte sie ihn nach und trat zurück. »Du bist ein unartiges Mädchen, Stella. Du hast wieder getrunken.« Sie kicherte, und es klang beinahe hysterisch.

»Ich kümmere mich um das Abendessen«, sagte er und führte sie zurück zu ihrem Sessel. Als er ihr das Glas aus der Hand nahm, drehte Stella den Kopf. Etwas schimmerte in ihrem Haar, als das Licht darauf fiel. Edward sah genauer hin und erstarrte. Theas Haarspange.

»Wo hast du das her?«, fragte er gepresst.

»Die habe ich in deiner Manteltasche gefunden.«

Rau löste er die Spange aus ihrem Haar. »Was! Durchsuchst du jetzt schon meine Taschen?«

Ihre Unterlippe zitterte. »Ich dachte, du hättest sie für mich gekauft. Entschuldige. Habe ich dir die Überraschung verdorben?«

Plötzlich sah er Thea vor sich. Thea mit der Spange im Haar, die lachend zu ihm aufblickte, als er sich an ihrem letzten gemeinsamen Morgen angekleidet hatte.

Er blinzelte und schaute wieder auf Stella. Jede Weichheit war aus ihren Augen gewichen, die jetzt kalt und dunkel funkelten. »Kein Grund, so überempfindlich zu reagieren, Edward. Ich sagte ja bereits, dass es mir Leid tut.«

Ihr Atem roch nach Whisky und Tabak. »Du bist betrunken«, knurrte er, und bittere Galle stieg in seiner

Kehle auf. Einen Moment glaubte er, er müsste sich übergeben.

Stella wich zurück und stolperte dabei leicht. »Ich werde nicht dastehen und mich von dir abkanzeln lassen«, lallte sie. »Ich gehe zu Bett.«

»Natürlich. Wenn es ungemütlich wird, sucht die arme kleine Stella das Weite und geht zu Bett.« Er packte ihren Arm und zog sie mit einem unsanften Ruck nach vorn. »Wie wäre es mit ein paar Wahrheiten?«

»Wahrheiten?« Sie kicherte wieder und versuchte dann, eine ernste Miene aufzusetzen. »Die Wahrheit, lieber Edward, tut unweigerlich weh. Aber da du Wahrheiten hören willst, gut, frag mich. Was du willst.«

Er holte tief Luft und schloss kurz die Augen, um sie nicht sehen zu müssen. »Du hast mich nie geliebt, habe ich Recht?«

Ihr Kopf fuhr hoch, und sie musterte ihn argwöhnisch. »Wie meinst du das?«

»Ich meine Liebe, wahre Liebe. Du weißt schon, bis dass der Tod uns scheidet und so weiter. Was immer du damals für mich empfunden hast, Liebe war es nicht. Das weiß ich heute.«

Sie richtete sich zu ihrer vollen Größe auf und funkelte ihn böse an. »Und was glaubst du, warum ich dich dann geheiratet habe?«

Edward packte sie bei den Schultern und registrierte nur am Rande, dass seine Finger sich in ihr Fleisch gruben. »Jawohl, Stella. Die Wahrheit. Wenigstens das bist du mir schuldig. Was war es, was du von mir wolltest? Geld? Sicherheit?«

»Geld? Ha!« Sie riss sich los und ging im Zimmer auf und ab. Schließlich blieb sie wieder vor ihm stehen.

»Wenn ich dich des Geldes wegen geheiratet habe, wurde ich bitter enttäuscht, nicht wahr?«

Edward ließ nicht locker. »Warum dann?«

Für einen flüchtigen Moment trat ein weicher Ausdruck in ihre Augen, und eine Sekunde lang sah er wieder die alte Stella, die Frau, die er geheiratet hatte. »Ich hatte solche Träume, weißt du.«

»Du hast mir nie davon erzählt.«

»Ich dachte, wir könnten zusammen etwas sein, du und ich. Edward und Stella Hall und Familie. Ich dachte, wir könnten etwas aus unserem Leben machen.« Sie lächelte bitter. »Was für ein Witz. Alles ist schief gelaufen. Keine Kinder. Kein märchenhaftes ›Und wenn sie nicht gestorben sind ...‹. Nicht für Edward und Stella. Und jetzt sieh uns an, immer noch in Boolai, gefangen in unserem todlangweiligen Leben.«

»Als wir geheiratet haben, fandest du es noch nicht so langweilig. War mein ›todlangweiliges Leben‹ und die Aussicht, die Frau des Hoteliers zu werden, nicht immer noch etwas besser, als vor einer Schulklasse zu stehen?«

Sie lachte. Es klang schrill und hysterisch. Sie trat näher, und ihm wehte wieder ihre Whiskyfahne entgegen. »Frau des Hoteliers? Du bist nicht Hotelier. Du bist nicht mehr als ein kleiner Angestellter und Barmann. Nichts als ein Muttersöhnchen!«

»Ein Muttersöhnchen!«

Die Worte schmerzten ihn, trafen sie doch einen wunden Punkt. Wut stieg in ihm auf, und er wollte ihr am liebsten das boshafte, verächtliche Grinsen aus dem Gesicht wischen. Wie von einer fremden Kraft beherrscht hob sich seine Hand, holte aus, und gleich darauf fühlte er sie gegen ihre Wange klatschen. Stella verschlug es den Atem, sie wurde aschfahl, und ihre Augen schossen Blitze. Dann taumelte sie zurück, prallte gegen die Wand und blieb dort mit ungläubiger, furchtsamer Miene stehen.

Er hatte sie noch nie zuvor geschlagen. Und dabei war er Dutzende Male kurz davor gewesen. Eine Mischung aus Wut und Gewissensbissen durchströmte ihn, als er entschlossenen Schrittes auf sie zuging. Er packte sie unter den Achseln und stieß sie in einen Sessel. Sie zuckte vor ihm zurück.

»Rühr dich nicht von der Stelle, Stella! Du wirst jetzt da sitzen bleiben und dir anhören, was ich zu sagen habe! Siehst du nicht, was du mir antust? Uns? Jeden Abend kehre ich heim zu einer Frau, die so betrunken ist, dass sie nicht einmal in der Lage ist, sich anzuziehen. Herrgott! Du bist nicht die einzige Frau auf der Welt, die ein Kind verloren hat. Es war auch mein Baby. Du bist so sehr damit beschäftigt, dich in Selbstmitleid zu suhlen, dass du völlig vergisst, dass andere Menschen auch Gefühle haben.«

Er verstummte abrupt, als ihm bewusst wurde, dass er schrie.

Stella musterte ihn kalt. »Verbiete mir nicht, um mein Kind zu trauern.«

»Du trauerst seit Jahren. Es ist langsam Zeit, dass du dich zusammenreißt. Kein Schnaps mehr, Stella.«

»Du kannst mich nicht daran hindern«, entgegnete sie trotzig.

»Ach nein? Ich werde dafür sorgen, dass du vom Hotel keinen bekommst.«

»Es gibt auch in North Harbour Pubs. Wie willst du mich daran hindern, dort welchen zu kaufen?«

»Wenn du Alkohol herbringst, werde ich ihn finden und vernichten. Und ich kenne jedes einzelne deiner kleinen Verstecke.«

Er ging zu einem Schrank, in dem sie, wie er wusste, eine Flasche versteckt hielt. Er holte sie heraus, entkorkte sie und leerte den Inhalt auf den Fußboden. Die Flüssigkeit bildete eine bernsteinfarbene Pfütze auf dem Boden. »So!«

Sie stand wankend auf und stürzte sich auf ihn. Außer sich vor Wut bearbeitete sie seine Brust mit den Fäusten. »Hör auf! Hör auf damit!«

»Du willst leben wie eine Hotelhure? Gut. Hier wird es riechen wie in einem Schnapsladen, wenn ich fertig bin.« Er hielt die fast leere Flasche außer ihrer Reichweite, nicht minder wütend als sie.

Stella versuchte, an die Flasche heranzukommen und ihn daran zu hindern, den restlichen Inhalt auf den Fußboden zu kippen. Sie zerkratzte ihm mit den Fingernägeln das Gesicht. »Lass das, Edward!«

Grob stieß er sie zurück. Sie glitt auf dem nassen Holzfußboden aus und sackte zu einem weinenden Häufchen Elend zusammen. Er stand nur da und blickte auf sie herab, unfähig, sie anzufassen, ihr auf die Füße zu helfen. Es war anders gelaufen, als es seine Absicht gewesen war. So hatte er sich ihre Aussprache nicht vorgestellt.

»Sieh dich nur an, Stella. Und sieh genau hin, es gibt nämlich nur eins, was dir helfen kann. Das bin nicht ich, und ganz sicher ist es auch keine Flasche.«

Stella wischte sich mit dem Handrücken die Tränen aus den verweinten Augen. Ihr Mund war verzerrt, als sie zu ihm aufschaute. »Und was ist es dann?«

»Du selbst.«

Sie zog einen Schuh aus und warf damit nach ihm. »Du Mistkerl. Du mit deinen schlauen Ausführungen, deinem scheinheiligen Getue, ewig willst du mir Vorschriften machen.«

»Niemand macht dir Vorschriften, Stella«, erwiderte er müde, das Streiten leid. »Ich bringe dich morgen Früh zum Arzt. Er wird dir wahrscheinlich ein Beruhigungsmittel verschreiben und dir dasselbe sagen wie ich. Letztendlich liegt es allein bei dir.«

Schließlich hob er sie vom Boden auf, schockiert davon, wie leicht sie war. Stella ließ ihn gewähren. Er trug sie ins Schlafzimmer und legte sie angezogen auf das Bett, wo sie mit geschlossenen Augen reglos liegen blieb.

Verzweiflung befiel ihn. Ihre Ehe war am Ende, nur noch ein Scherbenhaufen. Es war Krieg. Thea war fort. Noch nie in seinem ganzen Leben hatte er sich so allein gefühlt.

Er kehrte zurück ins Wohnzimmer und legte sich auf das Sofa, wo er früh am nächsten Morgen desorientiert, frierend und mit steifen Gliedern aufwachte.

Am nächsten Morgen fuhren sie mit der Kutsche in die Stadt. Stella saß sehr aufrecht und still neben ihm, das Gesicht von ihm abgewandt. Ein Teil von ihm wollte sie um Entschuldigung bitten, trotz der Wut, die immer noch in ihm schwelte.

Er wartete auf der harten Bank im Wartezimmer, bis Stella mit rot geweinten Augen aus dem Sprechzimmer kam. Sie zuckte vor ihm zurück, als er ihren Arm nehmen wollte.

»Lass mich«, zischte sie und ging zur Tür. »Fass mich nie wieder an.«

Sie standen draußen im strahlenden Sonnenschein, zwei Menschen, Mann und Frau, fast Fremde. »Du wirst dich eine Weile allein beschäftigen müssen«, sagte sie abgehackt. »Ich habe ein paar Besorgungen zu erledigen. Wir treffen uns um ein Uhr wieder hier.«

Edward warf einen Blick auf die Uhr. »Gut. Um ein Uhr.«

Er hatte drei Stunden totzuschlagen. Er schlenderte die Main Street hinunter und schaute sich die Schaufensterauslagen an.

In der Konditorei stand eine andere Bedienung hinter dem Tresen, wie er traurig feststellte. Sie war schlank und blond und hatte nicht die geringste Ähnlichkeit mit Thea. Er blieb eine Weile vor der Bäckerei stehen und schaute durch das Fenster. Dann seufzte er und ging weiter. Vor dem Railway Hotel blieb er erneut stehen.

Ein paar Kutschen rumpelten vorbei, gefolgt von einem schnittigen Wagen.

»Heh, du siehst etwas verloren aus, Kumpel.«

Edward blickte auf das Automobil, das neben ihm zum Stehen kam, und ein Lächeln stahl sich auf sein Gesicht. Es war ein brauner, viersitziger Cadillac, brandneu. Jacko und Dutchie saßen auf dem Vordersitz. Edward war seit Jahren mit ihnen befreundet, seit jenem Junggesellenabschied bei Halliday's vor seiner Hochzeit.

»Toller Wagen«, rief er. »Wo habt ihr den denn her?«

»Eine wahre Schönheit, nicht wahr?«, entgegnete Jacko. »Mein Pa hat ihn gerade gekauft. Ich habe ihn überredet, ihn uns für eine kleine Spritztour zu überlassen.«

»Zweifellos besser als laufen. Spring rein«, fügte Dutchie hinzu und zeigte auf den Rücksitz.

Edward ließ sich nicht zweimal bitten.

»Und wohin wollt ihr?«, fragte er, bereits gelangweilt von der Vorhersehbarkeit des vor ihm liegenden Tages.

»Zum Pier«, entgegnete Dutchie. »Jemand hat erzählt, da unten wäre eine Rekrutierungsstelle eingerichtet worden. Wir dachten, wir wollen uns freiwillig melden.«

»Ja«, knurrte Jacko. »Wenn wir mitmischen, wird dieser Krieg in Rekordzeit wieder vorbei sein.«

Edward dachte einen Moment darüber nach und wägte die Tragweite von Jackos Worten ab. »Klingt vernünftig«, lachte er und zauste Jacko kameradschaftlich das Haar. »Ich weiß nicht. Manchmal überraschst du mich mit deinen Geistesblitzen.«

»Wer's glaubt, wird selig«, konterte Jacko grinsend.

Dutchie warf einen Blick nach hinten, als der Wagen auf der Esplanade in der Nähe des Piers stehen blieb. »Was ist mit dir? Willst du auch in den Krieg ziehen?«

Edward lächelte. »Wenn ihr beiden mitmischen wollt, sollte ich wohl besser mitkommen, um euch im Auge zu behalten.«

Das war eine willkommene Gelegenheit, wegzukommen. Er dachte an Stella und seine zermürbende Ehe. Zu viele Tränen. Zu viel, was er bedauerte, zu viele Beschuldigungen. Er konnte nicht so weiterleben. Er wollte nicht den Rest seines Lebens heimkommen zu einer Frau, die ihn nicht mehr liebte. Ein winziger Teil von ihm liebte sie immer noch, wünschte sich eine allerletzte Chance, aber die Vernunft sagte ihm, dass es zu spät war. Sie war ohne ihn besser dran. Sein Mitleid war weitaus stärker als seine Liebe.

Auf dem Pier hatte sich bereits eine große Menschenmenge eingefunden. Edward ließ den Blick über die jungenhaften, hoffnungsvollen Gesichter schweifen und erkannte den einen oder anderen Gast aus dem Pub seiner Mutter. Einige der Burschen in der Schlange sahen noch so verdammt jung aus. Mit seinen 31 Jahren fühlte er sich unter ihnen richtig alt. Sie standen lässig da, die Hände in den Hosentaschen, bereits Kameraden. Einige lachten und alberten herum, während andere in ernste Gespräche vertieft waren und sich bemühten, verwegen dreinzuschauen.

Schon jetzt verband diese Männer ein Band der Kameradschaft, waren sie Fremde und doch Freunde im Angesicht eines unsichtbaren Feindes. Dieses Gefühl der Zusammengehörigkeit hatte er in seiner Ehe am meisten vermisst. Kameradschaft. Dieses Stadium ungezwungener Vertrautheit hatte er mit Stella nie erreicht.

»Was glaubst du, wie lange es dauern wird?«, fragte eine Stimme neben ihm.

Edward zuckte die Achseln und wandte sich dem Fremden zu. Es war ein junger Mann von höchstens 20 Jahren. Sein Gesicht strahlte von unverhohlenem Enthusiasmus.

»Nicht lange«, antwortete ein anderer. »Wir fahren rüber, versohlen ihnen den Arsch und sind in null Komma nix wieder da!«

»Kann nicht länger dauern als ein paar Monate«, stimmte ein anderer zu.

Gesprächsfetzen flogen um ihn herum. Herbeigerufen von einem Gefühl patriotischer Pflicht fürs Vaterland, wirkten die Männer so locker, so ...

Er überlegte angestrengt, fand aber nicht das richtige Wort. Am liebsten hätte er sie bei den Schultern gepackt und sie angeschrien: »Ihr blöden Hunde! Ihr werdet vielleicht umkommen.«

Er dachte an Thea, und ganz plötzlich, von einer Sekunde auf die andere, war ihm alles egal. Und so stellte er sich hinten in der Schlange an.

Edward wartete eine Ewigkeit auf Stella. Schließlich fragte er in einem Café ganz in der Nähe nach und erfuhr, dass eine Frau, auf die seine Beschreibung passte, vor über einer Stunde zum Bahnhof aufgebrochen sei. Wütend stieg er auf den Kutschbock und fuhr in verstärktem Tempo zurück nach Boolai.

Er fand sie im Bad, wo sie Tiegel und Fläschchen in eine kleine Tasche warf. »Ich habe auf dich gewartet.«

»Ach ja?« Eine kleine Parfumflasche entglitt ihren Fingern, zersprang auf dem Boden und verströmte eine widerlich süße Duftwolke. Der penetrante Geruch raubte ihm einen Moment den Atem.

»Was machst du da?«, fragte er kochend vor Wut und gleichzeitig überrascht davon, sie nüchtern anzutreffen.

»Ich gehe.«

Sie hatte ihm den Rücken zugekehrt, sodass er ihr Gesicht nicht sehen konnte. Edward legte ihr die Hände auf die Schultern. Als sie sich umdrehte, sah er, dass sie geweint hatte.

Mit gesenktem Kopf trat er zurück, hielt sich eine Hand an die Stirn und fuhr sich dann langsam mit den Fingern durch das Haar. Sie sahen einander an. Sie war sehr blass.

»Herrgott, Stella! DU GEHST?!«, schrie er. »Einfach so?«

»Nicht, Edward«, entgegnete sie sanft.

»Können wir nicht darüber reden?«

»Nein.«

»Na wunderbar. Meine Frau verlässt mich und will nicht einmal darüber reden.«

Sie ging an ihm vorbei ins Schlafzimmer und fing an, ihre Kleider in einen großen Koffer zu packen, der auf dem Bett lag. Ihre Züge waren angespannt, spitz. Sie war also fest entschlossen. Sie würde ihn tatsächlich verlassen.

»Das war's dann also. Wir sind fertig miteinander, du und ich. Keine Ehe mehr, kein Stella und Edward.«

»So ähnlich, ja.«

»Und wo willst du hin?«, fragte er, immer noch verblüfft.

»Nach Brisbane.«

»Und wenn ich dich bitte zu bleiben?«

Stella schüttelte nachdrücklich den Kopf. »Ich würde nicht darauf eingehen. Ich habe mich entschieden. Wir können nicht so weitermachen, sonst zerstören wir uns noch gegenseitig.«

»Vielleicht haben wir das bereits.«

Sie zuckte die Achseln. »Ich werde etwas Geld brauchen.«

Er wollte seine Brieftasche holen, aber sie hielt ihn zurück. »Nein, nicht nur ein paar lausige Pfund. Unsere Ersparnisse. Die Hälfte gehört mir.«

Er starrte sie an. »Das Geld ist für das Haus bestimmt.«

Stella lachte. »Was für ein Witz. Unser Haus. Du weißt selbst, dass es das nie geben wird. All die Jahre des Wartens. Warten, dass du heimkommst. Warten auf das eigene Haus. Warten auf ein Baby. Du schuldest mir etwas, Edward, für all das Warten.«

Wahrscheinlich hatte sie Recht. Das Haus. Jetzt würde er es nicht mehr brauchen. Resigniert ging er zum Sekretär, öffnete die Schublade und holte sein Scheckbuch heraus. Er kannte den Kontostand ganz genau. Wortlos stellte er einen Scheck über exakt den halben Betrag aus. Sie sollte ihm nie vorwerfen können, er hätte sie übervorteilt in Bezug auf das, was er in den Jahren ihrer Ehe angespart hatte.

Stella warf einen Blick auf die Summe und steckte den Scheck dann in die Rocktasche. »Danke.«

Er war erschöpft, das Theater und das ganze Hin und Her satt. Plötzlich wollte er sich nur noch ins Bett legen und schlafen. Aber auf dem Bett türmten sich Stellas Kisten und Koffer sowie Berge von Kleidern. Außerdem mussten noch einige Fragen geklärt werden.

»Du hast mir noch nicht verraten, was der Doktor heute Morgen gesagt hat.«

Stella lachte bitter. »Edward, du bist ja so naiv. Hast du wirklich geglaubt, ich würde ihm auf die Nase binden, dass ich ein Alkoholproblem habe, obwohl ich weiß, dass dem nicht so ist? Ich kann mit dem Trinken aufhören, wann immer ich will. Ich habe nur keinen Grund dafür.«

»War unsere Ehe nicht Grund genug?«, fragte er und registrierte sofort, dass er bereits die Vergangenheitsform benutzt hatte.

Sie hielt in der Bewegung inne, ein pfirsichfarbenes Nachthemd über dem Arm. Er konnte sich erinnern, dass sie es vor Jahren getragen hatte.

»Möchtest du wissen, weshalb ich heute Morgen den

Doktor aufgesucht habe?« Edward setzte sich auf die Bettkante und sah sie an. »Ich wollte ihn fragen, wie meine Chancen stehen, noch einmal schwanger zu werden. Und weißt du, was er gesagt hat? ›Es tut mir sehr Leid, Stella, aber es wird keine anderen Babys geben.‹ Keine Babys, Edward. Irgendetwas ist schief gelaufen damals ...«

Ihre Stimme war nur noch ein Flüstern, dann nahm sie sich zusammen und fuhr fort. »Es war also alles nur Theater. Du wirst wieder schwanger werden, Stella. Das haben damals alle gesagt. Hast du es auch gewusst? Hast auch du mir all die Jahre etwas vorgemacht?«

Wortlos schüttelte er den Kopf.

»Es war also alles vergebens. Ich werde nie ein Kind haben.«

»Das ist doch nicht so schlimm, Stella.«

Sie schluchzte unterdrückt. »Du verstehst das nicht. Du weißt nicht, wie das ist, wenn man sich etwas so sehr wünscht, dass man sein Leben dafür geben würde.«

Er dachte an Thea und wünschte, er könnte sie berühren, sie bei sich haben. Aber sie war Meilen entfernt, wahrscheinlich in irgendeiner schäbigen Pension in Brisbane. Wie sollte er seiner Frau erklären, dass das, was er für diese andere Frau empfand, viel tiefer ging als alles, was er je für sie empfunden hatte?

»Nein«, entgegnete er resigniert. »Vielleicht nicht.«

Weinend sank sie neben ihm auf das Bett. Er legte die Arme um sie und drückte sie einen Moment an seine Brust. Dann ließ er sie langsam wieder los und ging zur Tür. Dort blieb er noch einmal stehen.

»Ich habe mich heute freiwillig gemeldet.«

Sie fuhr herum, einen schockierten Ausdruck auf dem verweinten Gesicht. »Du hast dich freiwillig gemeldet!

Typisch! Du triffst Entscheidungen, ohne mich je nach meiner Meinung zu fragen.«

»Es dürfte dir kaum etwas ausmachen, da du mich ja ohnehin verlässt«, entgegnete er schroff.

»Ach, fahr doch zur Hölle!«

Er musterte sie lange schweigend und fühlte nur Trauer. Er sah nicht seine Frau, sondern eine Fremde. Eine Frau, die er kaum kannte. Wie lange waren sie verheiratet? Er zählte die Jahre. Neun waren es insgesamt. Lange, zähe Monate der Anschuldigungen und Ängste, aufgestauter Emotionen und unerfüllter Träume. Er dachte an Katherine, ihre kleine Tochter, das Kind, das ihre Ehe hätte retten können, und plötzlich fühlte er sich geschlagen und sehr alt. Er hatte keine Kraft mehr zum Kämpfen, konnte nicht mehr streiten oder bitten. Sehnsüchtig dachte er an die friedliche Stille im Haus, wenn sie fort war.

Er ging in die Küche und nahm die volle Flasche Whisky aus ihrem Versteck im Schrank. Er setzte sich an den Tisch, schenkte sich einen Doppelten ein und leerte das Glas in einem Zug. Der Schnaps rann feurig seine Kehle hinab und wärmte ihn. Er knallte das leere Glas auf den Tisch und schenkte sich nach.

Die Zeit verging. Er wusste nicht, wie lange er schon dasaß, und die Flasche war inzwischen mehr als halb leer. Er hörte, wie Stella den Koffer den Flur hinunterschleppte, wie sie die Haustür öffnete und diese leise hinter ihr zufiel. Er glaubte, Hufgetrappel zu hören, war aber nicht sicher.

Draußen war die Dämmerung hereingebrochen. Die Dunkelheit kroch an den Fenstern hoch, und das Haus wirkte seltsam leer und still. Das einzige Geräusch im ganzen Haus war ein Knarren im Gebälk.

Er kramte in der Hosentasche, bis er seine Taschenuhr fand. Der Pub würde bald schließen. Gut. Jetzt war die richtige Zeit, um mit Kitty zu sprechen. Nur noch ein Drink. Dann gehe ich rüber.

Abwesend fuhr er sich mit einer Hand über die Wange und stellte überrascht fest, dass sie nass war.

KAPITEL 31

Es war bereits stockfinster, als Edward das Haus verließ. Er sattelte sein Pferd – zum Laufen war er zu betrunken – und ritt zum Hotel. Am tintenschwarzen Himmel funkelten unzählige Sterne. Der Wind wehte ihm kalt ins Gesicht.

Es waren noch ein paar Gäste in der Bar. Edward konnte ihre Umrisse durch die beschlagenen Fensterscheiben sehen und gedämpftes Stimmengemurmel hören, als er das Pferd vor der Treppe zum Stehen brachte. Der Schnaps hatte ihn mutig gemacht. Er war drei Meter groß. Unbesiegbar. Scheiß auf Stella!

Er trieb sein Pferd an, ritt die Stufen hinauf und duckte sich unter der Tür durch. In der Mitte des Schankraumes blieb er stehen. Kitty hinter der Bar starrte verdattert zu ihm auf.

»Rate mal, Mutter«, rief er über das Stimmengewirr hinweg, wobei er gefährlich im Sattel schwankte. »Ich habe mich heute freiwillig gemeldet. Zur Kavallerie.«

Nachdem er sein Pferd nach draußen gebracht und am hierfür vorgesehenen Balken angebunden hatte, war die Bar menschenleer. Seine Mutter war in der Küche und häufte sichtlich erregt kleine Portionen Teig in die gefetteten Mulden eines Scone-Blechs. Dann schob sie das Blech in den Ofen und knallte die Ofentür zu.

»Wie konntest du das tun?« Ihre Augen sprühten vor unverhohlenem Zorn. Die Hände an ihren Seiten waren zu Fäusten geballt.

Der Raum drehte sich. Was meinte sie nur? Dass er sich freiwillig gemeldet hatte oder dass er in die Bar geritten war?

»Wie konnte ich was tun?«, lallte er mit einem schiefen Lächeln.

»Wie konntest du mir vor allen Leuten, vor den Gästen in der Bar, eröffnen, dass du in den Krieg ziehst? Das ist eine Familienangelegenheit. Und übrigens, nur für den Fall, dass es dir nicht bewusst sein sollte, du bist sturzbetrunken.«

Ihre Wut wirkte ernüchternd. »Ich wusste nicht, wie ich es dir sonst sagen sollte«, gestand er beschämt. »Ich dachte mir schon, dass du wütend sein würdest, egal wie ich es dir beibringe. Außerdem ist es meine Pflicht, zu kämpfen. Du weißt schon, König und Vaterland und so weiter. Dutchie und Jacko haben sich auch freiwillig gemeldet.«

Er senkte den Blick, und wieder kam es ihm vor, als schwankte der Boden unter ihm. Er konnte sie nicht ansehen, konnte sich nicht Zorn und Furcht stellen, die ihr ins Gesicht geschrieben standen. Es war ein ganz spontaner Entschluss gewesen, den er inzwischen bereute. Nicht die Entscheidung an sich, aber dass er so überstürzt gehandelt hatte. Er hätte sie darauf vorbereiten müssen, wohl wissend, dass es sie sehr aufregen würde. Er hätte es ihr nicht so beibringen dürfen, in der Bar. Teufel, immerhin war sie seine Mutter.

»Was ist mit dem Hotel, der Farm? Du hast Verantwortung, Verpflichtungen. Und Stella? Was ist mit Stella?«

»Stella!« Er schnaubte verächtlich. »Das ist ein Witz, und er geht wohl auf meine Kosten, schätze ich. Weißt du, wo Stella jetzt gerade ist? Sie sitzt im Zug nach Brisbane. Sie hat mich verlassen. Hat ihre Sachen gepackt und ist gegangen. Meine Ehe, die ohnehin nur eine Farce war, ist vorbei. Und was das Geschäft anbelangt, kann James mich vertreten. Hat was auf dem Kasten, mein kleiner Bruder. Gib ihm nur die Gelegenheit, sich zu beweisen. Außerdem«, schloss er bitter, »ist niemand unersetzlich. Nicht einmal der gute alte Edward.«

Kitty konnte sich einfach nicht vorstellen, Edward nicht mehr um sich zu haben. Wie konnte sie ihm nur begreiflich machen, wie es für eine Mutter war, auf ihren Sohn zu warten? Bridie Tarlington hatte ihr einmal anvertraut, dass das das Schlimmste am Krieg war, die Ungewissheit ...

Sie wollte sich zu Ruhe und Vernunft zwingen, scheiterte jedoch.

»Aber ich werde nicht wissen, wo du bist, was du machst«, protestierte sie verzweifelt. *O mein Gott, was sage ich da? Warum benehme ich mich so hysterisch. Er ist kein Kind mehr.*

»Ich sage dir was, Mum«, sagte er beruhigend, in einem

Tonfall, den eine Mutter ihrem verwöhnten Kind gegenüber anschlagen mochte. »Ich schreibe dir, jede Woche. Nur damit du weißt, dass es mir gut geht. Und ich kann Tagebuch führen. Und wenn ich zurück bin, lesen wir es gemeinsam, ja?«

Versuch nicht, mich zu besänftigen, wollte sie ihn anherrschen, und wischte sich verstohlen die Tränen aus den Augen, als er nicht hinsah. Was, wenn er nicht zurückkam?

Aber noch eine zweite Angst nagte an ihr. Würde James seinem älteren Bruder nacheifern wollen? Seit Jess' Heirat und der Geburt ihrer Tochter wirkte er rastlos und verbrachte seine Ferien samt und sonders bei diesem Halliday in Toowoomba. Sie verlor ihren ältesten Sohn an die Gräuel des Krieges. Und ihren Jüngsten hatte sie offenbar bereits verloren, an einen Fremden, der Meilen weit weg lebte.

Aber Kittys Sorge erwies sich als unbegründet. Zwei Tage später kehrte James von einem Ausflug nach North Harbour zurück, einen empörten Ausdruck auf dem Gesicht. »Ich wollte mich freiwillig melden, aber sie haben mich nicht genommen.«

Kitty blieb erst das Herz stehen, dann raste es vor Freude. »Und wa... warum?«, stammelte sie, zu verdattert, um vernünftig zu denken.

»Meine Augen!«, stieß er zornig hervor und machte dabei ein ganz unglückliches Gesicht. »Ich bin beim Sehtest durchgefallen, und sie sagen, ich brauche eine Brille!«

Kitty hätte einen Freudentanz aufführen mögen.

Schließlich gewöhnte sie sich daran, dass Edward in den Krieg ziehen würde. Wie nicht anders zu erwarten gewesen war, hatte er sie letztlich um den Finger gewickelt, sodass sie ihm nicht länger hatte böse sein können, wenn auch seine wiederholten Versuche, sie aufzuheitern, um ihr die Sorge zu nehmen, kläglich scheiterten. Sie weigerte sich, von seiner bevorstehenden Abreise zu sprechen und zu akzeptieren, dass er, wie sie meinte, seinen Pflichten nicht nachkam. Aber insgeheim sagte sie sich, dass es nicht Edwards Schuld war, dass er wegwollte. Sie gab der Regierung die Schuld. Und Stella. Und schließlich auch sich selbst.

Bedrückt und müde konnte sie sich nicht aufraffen, die übliche Abschiedsfeier zu organisieren, sodass Beth und Tom das übernahmen. An jenem Abend sollte auch Jackos und Dutchies Abschied gefeiert werden.

Es war, als hätte sich ganz Boolai im Festsaal neben dem Pub eingefunden. Es wurde ausgelassen getanzt, bis das Essen aufgetragen wurde. Es wurden die üblichen Lieder gesungen – ›Soldiers of the Kind‹ und ›Rule Britannia‹ –, und Kitty wurde es ganz schwer ums Herz. Obwohl nach außen hin alle gute Laune zur Schau trugen, wurde der Abend doch von unterschwelliger Trauer überschattet.

Mehrere Reden rundeten den Abend ab. Paddy O'Reilly läutete diesen abschließenden, traditionellen Teil des Abends ein, indem er mit der Faust auf den Tisch schlug und Ruhe verlangte. Erst als alle verstummt waren und ihm ihre Aufmerksamkeit schenkten, begann er.

»Es ist am heutigen Abend meine heilige Pflicht, einen Toast auszubringen. Ihr alle wisst, dass wir heute hier zusammengekommen sind, um unsere tapferen Soldaten zu verabschieden, die in Kürze zu fremden Ufern aufbrechen werden.«

Paddy legte eine Pause ein, schaute sich um, und sein Blick begegnete Kittys. Sie glaubte in seinen Augen so etwas wie Mitgefühl zu sehen. Er räusperte sich und fuhr fort. »Dieser Krieg ist eine sehr ernste Angelegenheit. Wo diese Männer hingehen, gibt es keine Freude. Also lasst uns ihnen einen Abend bescheren, an den sie gerne zurückdenken, bis sie gesund und wohlbehalten zu uns zurückkehren. Ladys und Gentlemen, bitte erheben Sie sich, und trinken Sie mit mir auf Dutchie, Edward und Jacko. Unsere tapferen Soldaten. Möge Gott mit ihnen sein.«

Ein Trompeter stand auf und setzte sein Instrument an. Die ersten Noten von ›The Last Post‹ erfüllten den Saal, eine traurige, ergreifende Melodie, die Kitty noch einmal schmerzlich bewusst machte, dass ihr Sohn schon in wenigen Tagen abreisen würde. Ein tiefer Seufzer schien durch die Menge zu gehen und vermischte sich mit der Musik. Die Anwesenden reichten sich Trost suchend die Hände. Kitty umarmte ihren Sohn und barg das Gesicht an seinem kratzigen Tweedmantel. Unter dem Stoff fühlte sie, wie seine Brust sich hob und senkte. Sie hielt ihn fest an sich gedrückt, als wollte sie ihn nie mehr loslassen.

Der Tag begann wie jeder andere. Milchkannen schabten über den kalten Bahnsteig, und Tau tropfte von den Fallrohren auf den feuchten Beton. Vom Rangierbahnhof hallte ein gedämpftes, metallisches Klappern durch den Morgennebel.

Mehrere Dutzend Kutschen und auch ein paar Automobile parkten auf dem Bahnhofsvorplatz. Auf dem Bahnsteig drängten sich Menschen, darunter die zahlreichen Angehörigen der Freiwilligen, und schwenkten Taschentücher und Fähnchen. Noch nie hatte der Ort ein so aufregendes Ereignis erlebt. Tatsächlich hatte Edward in Boolai noch nie so viele Menschen auf einem Haufen gesehen, einmal abgesehen vom Abschiedsfest vor ein paar Tagen.

Irgendwo spielte ein Orchester. Er glaubte Jacko am anderen Ende des Bahnsteigs zu sehen, war aber nicht sicher. Eine Gruppe Frauen hatte sich vor ihn geschoben und versperrte ihm die Sicht. Kitty stand da wie erstarrt und sagte kein Wort. Ihre Augen waren rot gerändert, und Edward wusste, dass sie geweint hatte. Schweigend standen Mutter und Sohn beieinander.

Edward war hin und her gerissen. Einerseits zog es ihn fort, und andererseits wollte er bleiben. Erwartungsvolle Spannung lag in der Luft, jedoch vermischt mit einem Gefühl des Verlassenseins. Keine Stella, die ihm zum Abschied winkte. Natürlich hatte er sie vermisst, aber die Trauer war in den vergangenen Wochen von Erleichterung überlagert gewesen. Im Haus war es friedlich gewesen, und er hatte sich so entspannt gefühlt wie schon seit Jahren nicht mehr.

Er verspürte den Drang, seine Mutter zu umarmen und das Gesicht an die weiche Haut ihrer Halsbeuge zu schmiegen, aber etwas hielt ihn zurück. Und so nahm er nur ihre Hand, drückte sie und versuchte, die Tränen in ihren Augen zu ignorieren.

Der Militärzug fuhr ein und kam mit laut knirschenden Rädern und zischend weißen Dampf ausstoßend zum Stehen. In den Waggons drängten sich bereits junge Männer in khakifarbener Uniform. Edward wandte sich seiner Mutter zu und umfasste zärtlich ihr Gesicht mit beiden Händen. »Auf Wiedersehen, Mum. Bete für mich.«

Ihr entfuhr ein unterdrücktes Schluchzen, und ihr Kopf sank an seine Schulter.

Er hasste es, sie so zurückzulassen. Als er aufblickte, sah er Dominic Tarlington ganz in der Nähe stehen. Er nickte ihm zu, und Dominic trat vor. Die Sorge um Kitty stand ihm ins Gesicht geschrieben.

Ein lautes Pfeifen forderte die Rekruten auf, einzusteigen. James kam keuchend angelaufen. »Gott sei Dank. Ich dachte schon, ich komme zu spät. Hier, lass mich das für dich tragen.« Er bückte sich, hob Edwards Marschrucksack auf und trat auf die offene Zugtür zu.

»Pass auf Mutter auf.« Es war eine Feststellung und keine Frage.

»Natürlich.«

Hierauf folgte ein Augenblick der Unsicherheit, in dem sie beide nicht wussten, was sie sagen sollten. James sah mit der neuen runden Nickelbrille eher wie ein Lehrer aus denn wie ein Hotelier. Edward seinerseits hatte die Fäuste tief in den Taschen vergraben.

James wuchtete den schweren Rucksack durch die Waggontür und reichte seinem Bruder die Hand. »Pass gut auf dich auf.«

Edward lächelte gezwungen. »Klar. Wir hauen dem alten Türken Abdul die Hucke voll und sind auch schon wieder da, richtig?«

»Richtig!«

»Noch eins. Bevor ich gehe ... Falls du etwas von Stella

hörst. Sag ihr ...« Er verstummte und suchte nach den richtigen Worten. Was sollte er ihr sagen? Hatten sie sich nicht schon alles gesagt? »Sag ihr nur von mir auf Wiedersehen.«

Edward stieg ein, und der Zug setzte sich mit einem Ruck in Bewegung. Er öffnete das Zugfenster und lehnte sich hinaus.

»Auf Wiedersehen«, rief jemand.

»Vergiss nicht zu schreiben!«

Das Orchester spielte ›Auld Lang Syne‹.

›*Should old acquaintance be forgot ...*‹ – Wenn alte Bekanntschaften in Vergessenheit geraten ... Er konnte sehen, wie Kitty mitsang, auch wenn ihre Stimme im allgemeinen Lärm der Zurückbleibenden unterging. Tränen liefen ihr über das Gesicht, ihre Mundwinkel waren herabgezogen, und ihre Lippen zitterten. Es schien, als würde nur Dominic sie aufrecht halten.

Die Lok puffte laut und rollte, begleitet von Dampf und einem Funkenregen, schwerfällig aus dem Bahnhof. Kinder liefen neben den Waggons her. Taschentücher und Fähnchen wurden geschwenkt. Edward schloss die Augen und prägte sich die Szene ein.

Immer schneller und schneller fuhr der Zug, gewann mehr und mehr an Fahrt, bis die vorbeifliegende Landschaft verschwamm. Edward stellte sich vor, wie Kitty, James und Dominic den Hügel zum Hotel hinaufstiegen. Vermissten sie ihn bereits?

Wenn alte Bekanntschaften in Vergessenheit geraten ...

Pass auf Mutter auf.

Wir hauen dem alten Türken Abdul die Hucke voll und sind auch schon wieder da.

... sag ihr von mir auf Wiedersehen.

Stimmen und Geräusche verschmolzen miteinander, bildeten vage und ferne Echos in seinem Unterbewusstsein, und die winkenden Gestalten verwandelten sich bereits in Erinnerungen.

Er musste pinkeln, und zwar dringend. Als er aus der Toilette kam, begegnete er Jacko und Dutchie, die ihm im Rhythmus des schwankenden Zuges auf dem schmalen Gang entgegenkamen.

»Sind in deinem Abteil noch zwei Plätze frei?«, fragte Dutchie.

»Ja«, fügte Jacko hinzu. »Unseres ist voll mit diesen Tweed Heads, du weißt schon, die, die uns letztes Jahr beim Kricket geschlagen haben. Ich habe keine Lust, mir anzuhören, wie sie uns das bis Brisbane unter die Nase reiben.«

Sie saßen in kameradschaftlichem Schweigen beisammen und blickten hinaus auf die vorbeihuschende Landschaft. Der Zug ratterte über kleine Brücken, die graue Flüsse überspannten, dann wieder an endlosen Eukalyptuswäldern vorüber. Kleine Dörfer schossen vorbei, Fähnchen schwenkende Kinder auf dem Bahnsteig.

»Schön, nicht?«, bemerkte Jacko. »Bisher habe ich die Landschaft nie wirklich wahrgenommen. Ich werde das alles vermissen, so viel steht fest.«

»Jetzt gibt es kein Zurück mehr«, murmelte Edward. Alles kam ihm so endgültig vor. Die Abschiedsfeier, Kitty, die weinend auf dem Bahnsteig stand. *Sag Stella von mir auf Wiedersehen.*

»Ja«, pflichtete Dutchie ihm bei. »Das stimmt.«

»Wir müssen ein ganz schön verrückter Haufen sein«,

lachte Jacko und stieß Edward freundschaftlich in die Rippen.

»Du vielleicht.« Dutchie lehnte sich zurück und nahm einen Tabakpfriem aus seinem Lederbeutel. »Seht euch die Landschaft an und prägt sie euch ein. Wenn wir zurückkommen, wird sich alles verändert haben.«

»Nein«, widersprach Edward. »Wir werden uns verändert haben.«

Nachdem sie Beenleigh passiert hatten, döste er ein. In der Schwärze hinter seinen geschlossenen Lidern kreiste unablässig die Melodie eines alten Liedes, verfolgte ihn bis in seine Träume. Für Auld Lang Syne ... der alten Zeiten wegen ... für Jacko und Dutchie und seinen toten Vater. Stella und Thea, Kitty und James. Für die verstorbene Tochter, die er nie gekannt hatte.

Die Worte wirbelten in seinem Kopf durcheinander, bis das weite Land Vororten und Schloten wich. Die Räder des Waggons unter ihm sangen ihr eigenes Lied.

Rattatata, Rattatata.

Bitte komm zurück.

Rattatata.

Zurück ... zurück ... zurück ...

Er war noch nie zuvor auf einem Schiff gewesen. Anfangs war das Schwanken und Schlingern schon gewöhnungsbedürftig, aber im Gegensatz zu Jacko blieb er von Seekrankheit verschont. An Bord der *Mashobra* waren mehrere Regimenter untergebracht, und die Bedingungen waren ganz ordentlich. In der Kantine gab es Zigaretten, Tabak, Schokolade, Ananas, Obstkonserven und alkoholfreie Getränke zu kaufen.

Am sechsten Tag auf See gab es einen ersten Todesfall, als einer der Männer durch eine Ladeluke stürzte. Der Rest der Männer versammelte sich an Deck, und der Kaplan las eine Messe. Anschließend wurde der Leichnam auf See bestattet. Edward sah zu, wie der in Leintuch gewickelte, unförmige Leichnam in den smaragdgrünen Fluten versank und langsam in den Tiefen verschwand.

Er hatte bis zu seiner Abfahrt nichts von Stella gehört, hatte aber Thea kurz gesehen. Es war einen Tag vor ihrer Abfahrt gewesen. Er hatte zusammen mit ein paar anderen Rekruten im Park in der Nähe der Kaserne Fußball gespielt. Jacko hatte den Ball weit weggekickt, und Edward war hinterhergelaufen, um ihn zu holen. Er hatte den Ball vom Rasen aufgehoben, und als er sich wieder aufgerichtet hatte, hatte er verblüfft Thea auf sich zukommen sehen.

Sie war in Gesellschaft einiger anderer Frauen, bei denen es sich der Uniform nach zu urteilen um Lernschwestern handelte. Edward stand da wie erstarrt und blickte ihr entgegen. Sie trug eine weiße Schwesternhaube und ein rotes Cape, das beim Gehen hin und her schwang. Sie unterhielt sich lächelnd mit der Frau an ihrer Seite und bemerkte Edward erst, als sie auf seiner Höhe war. Verblüfft öffnete sie den Mund, und er sah ihre ebenmäßigen weißen Zähne.

Eine andere Krankenschwester sah auf und folgte Theas Blick. Edward nickte ihnen zu, als sie vorbeigingen, dann kniff er die Augen zu, weil ihr Anblick ihn zu sehr schmerzte.

»Wer war das?«, hörte er die Frau fragen.

Thea antwortete so leise, dass er nicht verstehen konnte, was sie sagte.

Ein stechender Schmerz durchbohrte seine Brust und raubte ihm den Atem. Als er die Augen schließlich wieder aufschlug und ihr nachblickte, war die Gruppe bereits ein ganzes Stück weit entfernt und setzte ihren Weg mit zügigen Schritten fort. Edward starrte ihr nach, den Ball in den Händen.

»Heh, Edward!«, rief einer seiner Kameraden. »Das ist ein Fußballspiel und kein Sonntagspicknick!«

Die Erinnerung ließ ihn Tage nicht mehr los. Wenn er über das weite Meer blickte, tauchte immer wieder unvermittelt ihr überraschtes Gesicht aus den Wellen auf.

Der einzige Lichtblick waren die Kavalleriepferde. Größtenteils handelte es sich um wirklich gute Tiere australischer Zucht, klein, zäh und wendig, wie Rinderhirten sie bevorzugten. Edward wurde ein verhältnismäßig großer Rappwallach zugeteilt. Es war ein stolzes Tier mit breiter Kruppe und schönem Hals. Edward taufte ihn spontan Midnight, und jedes Mal, wenn es in der Messe zum Nachtisch Äpfel gab, bewahrte er seinen für das Pferd auf, das den Leckerbissen mit samtweichem Maul vorsichtig aus seiner Hand nahm.

Über Hunderte von Meilen sahen sie nichts anderes als endlose See. Rauchiger Dunst am Horizont verwandelte die untergehende Sonne in einen glutroten Feuerball. Edward kam es vor, als würde der Horizont sich bewegen, sich der tiefroten Scheibe entgegenheben und das Tageslicht schlucken, bis nichts mehr übrig war.

Je weiter sie nach Norden kamen, desto wärmer wurde es. Nach den üblichen zwei Übungsstunden mit Gewehr und Bajonett verbrachten die Männer der Infanterie ihre Freizeit mit Sport und Lesen, während die Kavalleristen schufteten wie die Tiere, die Ställe ausmisteten, die Pferde striegelten und diese bei gutem Wetter sogar auf Deck bewegten. Die Pferde waren auf mehreren Etagen unterhalb der Wasserlinie untergebracht, und dort unten mangelte es an frischer Luft. Mehrere Tiere waren bereits verendet.

Edward verbrachte möglichst viel Zeit bei Midnight. Nur in Shorts und mit vor Schweiß glänzendem Rücken striegelte, wienerte und wusch er das Tier zur Abkühlung mit mehreren Eimern Wasser. Midnight ließ alles brav über sich ergehen und wieherte jedes Mal, wenn er Edward sah.

Sie kamen an Socotra vor der Küste Somalias vorbei. Es war Nacht, und der Mond erhellte die Felseninsel von hinten, sodass die ungleichmäßigen Konturen sich vom dunklen Nachthimmel abhoben wie ein Scherenschnitt. Dort, wo das silbrige Mondlicht auf das ruhige Meer fiel, glitzerte das Wasser, als wären Myriaden von Sternen vom Himmel herabgestürzt.

»Ist das ein Anblick«, sagte Jacko grinsend. »Das erinnert mich an das Mondlicht über der Sandbank vor North Harbour.«

»Blödsinn«, grunzte Dutchie und knuffte seinen Freund in die Rippen. »Könnte es vielleicht sein, dass du dir ein tropisches Fieber geholt hast?«

Als sie den Golf von Aden überquert hatten, fuhr das Schiff ins Rote Meer ein und folgte der arabischen Küste. Das Wasser war hier glatt und glasklar. In Küstennähe nahm es die Farbe des Landes an, das sich erst eben und sandig vor ihren Augen erstreckte und in weiterer Ferne in ein bergiges Felsplateau überging. Sie kamen an kleinen Dörfern vorbei, die sie aufmerksam durch ihre Feldstecher betrachteten.

Es war sehr heiß. Die Gebäude in der flimmernden Hitze waren flach und gedrungen, und das endlose flache Land wurde nur hier und da von den spitzen Türmen der Moscheen unterbrochen: die Minarette, von denen aus der Muezzin die Menschen zum Gebet rief. Bäume gab es so gut wie keine. Sonnenlicht reflektierte von allem: weißen Dächern, weißen Mauern, dem nackten Geröllboden und den Felsklippen unmittelbar am Wasser. Ab und an kamen kleine Handelsboote mit Bambussegeln längsseits, deren Insassen allerlei Waren feilboten. Die Händler wurden mit Wasserstrahlen vertrieben.

Ich sitze hier und blicke in Richtung Suez, das noch etwa zwei Meilen entfernt ist. Aus der Ferne scheint die Stadt aus einem Haufen rechteckiger Häuser zu bestehen. Vor dem Hafen liegen sechs große Schiffe vor Anker ..., schrieb er an Kitty.

Sie liefen um zwei Uhr an diesem Nachmittag in Suez ein. Oben auf Deck war die Hitze schier unerträglich und wehte ihnen wie eine glühende Welle entgegen. Innerhalb kürzester Zeit klebte ihnen das Hemd schweißnass am Rücken und war mit Schwärmen lästiger Fliegen bedeckt.

Sie gingen an Land und wechselten vom Schiff in einen Zug mit Seitengängen und unbequemen Holzsitzen. Als er durch die Stadt rumpelte, bekam Edward einige Einblicke in das Leben der Stadtbevölkerung. Inmitten von Dattelpalmen waren kuppelförmige Lehmhütten um einen zentralen Platz herum errichtet worden. Die ›Häuser‹ waren etwa drei Meter hoch und verfügten nicht über Türen, sondern lediglich über niedrige Öffnungen. Kleine Gruppen von Männern hockten vor den Hütten im Staub. Zwei Frauen, die Wäsche von einer primitiven Leine nahmen, trugen Schleier um Kopf und Gesicht.

Jenseits der Stadtgrenze war nur noch Wüste, abgesehen von einem Süßwasserkanal mit einem schmalen Band bewässerter Anbauflächen auf beiden Seiten, auf denen Datteln, Getreide und verschiedene Früchte wuchsen. Das Land auf der anderen Seite der Geleise war eine einzige Ödnis, eine Wüste, die im Vordergrund flach und eben war, aber in etwa einer Meile Entfernung anstieg und in felsige Hügel überging. Hin und wieder sah Edward auf dem Kanal Dampfschiffe, und dort, wo die Schienen unmittelbar am Wasser entlangführten, lag ein britischer Kreuzer in Bitter Lakes vor Anker.

Von Nafishah aus fuhr der Zug erst nach Osten und dann nach Süden in Richtung Kairo. In Zarzarig verkauften fliegende Händler auf dem Bahnsteig hart gekochte Eier, die sie mit den Worten »Eier koch« anboten. Dutchie kaufte zwei, die er auf der Stelle verputzte. Er behauptete anschließend, es wären die besten Eier, die er seit langem gegessen habe.

»Du wirst Durchfall bekommen«, prophezeite Jacko düster. »Der ›Kairo-Bauch‹ ist dir sicher.«

Es war schon dunkel, als der Zug in Kairo einfuhr, fast neun Uhr. Der Marsch zum Lager Zeitoun erfolgte unter klarem, mondlosem Himmel. Nach der Hitze des Tages war es empfindlich kalt, und die Myriaden von Sternen hoch oben am Himmel funkelten sogar noch kälter. In Zeitoun schimmerte eine weiße Zeltstadt in der Dunkelheit.

Die Ausbildung begann gleich am nächsten Tag. Um halb sechs ertönte das Wecksignal, als der Morgen gerade erst graute. Edward war bereits wach und sah zu, wie es im Inneren des Zeltes immer heller wurde. Er konnte

Dutchie auf seiner Pritsche liegen sehen, zusammengerollt, das Haar ein dunkler Fleck vor der beigefarbenen Decke, die er bis zum Kinn hochgezogen hatte. Jacko lag auf dem Rücken und schnarchte leise.

Beim Klang der Trompete fuhr Jacko sogleich aus dem Schlaf hoch. »Heiland«, brummte er. »Können die einen nicht in Ruhe schlafen lassen?«

»Ich bin mal gespannt, was für heute auf dem Programm steht«, sagte Dutchie, rieb sich die Augen und schlug die Leinwand am Zelteingang zurück. Zusammen trotteten sie zu den Latrinen, rasierten sich und zogen sich an.

Vor dem Frühstück wurden sie zwei Stunden Drill unterzogen, und hinterher folgten drei Stunden theoretischer Unterricht. Nach der langen Schiffs- und Zugfahrt konnten die Pferde nicht gleich geritten werden. Stattdessen mussten sie erst zwei Wochen lang vorsichtig trainiert werden, bevor den Männern gestattet wurde, auf- und wieder abzusteigen. Nach drei Wochen wurden sie dann endlich das erste Mal geritten, allerdings am ersten Tag nur eine Viertelstunde. Das Pensum wurde langsam gesteigert, in dem Maße, in dem Kraft und Kondition der Tiere zunahm.

Die Tage vergingen schnell, voll gepackt mit praktischen Übungen und Theorie. Die Waffen mussten regelmäßig gesäubert werden. Bis zum Schießplatz waren es fünf Meilen durch weichen Sand, die Männer wurden zum Wachdienst eingeteilt, und am dritten Abend stand ein Acht-Meilen-Marsch auf dem Programm, der sie so erschöpfte, dass sie noch am nächsten Tag ganz ermattet waren.

Eine Woche nach ihrer Ankunft bekam ihre Gruppe

einen Abend frei. Jacko wollte in die Stadt. »Da gibt es ein Etablissement, das Haret el Wasser ...«

»Das Wozza!«, fiel Dutchie ihm ins Wort. »Dort bekommst du entweder vergifteten Schnaps oder fängst dir einen Mordstripper ein.«

»Ach was«, widersprach Jacko achselzuckend. »Ich bin wählerisch. Bei Frauen ebenso wie beim Schnaps. Was ist jetzt, kommt ihr mit?«

Letztlich gingen sie alle. In der Stadt herrschte trotz der späten Stunde reger Betrieb, und Kochgerüche lagen in der Luft, eine Mischung aus bratendem Fleisch und Gewürzen. Garküchen und Lokale säumten die Straßen. An Tischen im Freien saßen Männer, die tranken, aßen oder rauchten.

Sie kamen durch schmale Gassen und einen Bazar, in dem edle Wandteppiche und Schmuck verkauft wurden, Seide, Parfums und Perlen. Vor einem Geschäft hing ein Schild mit der Aufschrift ›Wir sprechen Englisch und Französisch und verstehen Australisch‹.

Jacko schnaufte. »Sie verstehen uns also. Für gutgläubige Naivlinge halten sie uns, sonst nichts.«

Ein alter Mann trat aus dem Schatten neben einem der Läden und legte Edward eine Hand auf den Arm. »Du Australier, du wollen kaufen wunderschöne Brosche. Ich verkaufen sehr billig.«

Er öffnete die andere Hand und zeigte Edward eine Brosche in Käferform. »Wie viel?«, fragte Edward.

»Für dich nur drei Pfund. Sehr billig.«

Jacko sah über seine Schulter. »Das ist ein Skarabäus«, erklärte er. »Fall nicht drauf rein. Die Dinger sind tatsächlich billig. Billig und hässlich. Kosten hier nur ein Penny das Dutzend.«

»Nein, nein!«, protestierte der Händler und schüttelte vehement den Kopf. »Der hier ist mindestens zweitausend Jahre alt.«

»Nein danke«, sagte Jacko und schob den alten Mann weg. »Viel zu alt, Kumpel. Hast du auch neuere Ware?«

Sie ließen den alten Mann stehen, der ihnen arabische Flüche nachrief.

Ein kleiner Junge folgte ihnen und rief »Bakschisch, Bakschisch!«, und Edward warf ihm ein paar Piaster zu. Sofort stürzten noch andere Jungen herbei, darunter keiner älter als zehn, zwölf Jahre.

»Nicht, mehr gibt es nicht«, rief Edward und zeigte ihnen lachend seine leeren Hände. »Seht ihr, nichts mehr da.«

Eins nach dem anderen verschwanden die Kinder wieder in der Dunkelheit.

Mehrere Soldaten lagen sturzbetrunken im Rinnstein, darunter auch einige in der Uniform der Australian Imperial Force. Als sie an einer Bar vorbeikamen, konnte Edward durch die großen, offen stehenden Fenster sehen, dass drinnen eine Schlägerei im Gange war. Stühle und Tische stürzten um, und die Kontrahenten warfen sich laute Flüche und Schimpftiraden an den Kopf. Plötzlich stürzten zwei Soldaten durch die Tür und fielen Edward direkt vor die Füße.

»Heilige Scheiße!«, rief der eine aus und hielt sich eine Hand an den Kopf.

»Seid ihr okay?«, fragte Dutchie und versuchte, den beiden aufzuhelfen.

»Teufel nochmal«, fluchte der zweite, rappelte sich auf und steuerte die Tür an, durch die er eben erst wenig würdevoll das Lokal verlassen hatte.

»Mistkerle«, schimpfte der erste. Blut rann ihm die Schläfe herab, und er hatte einen faustgroßen Bluterguss um ein Auge.

Schließlich kehrten sie in einer Bar in Bahnhofsnähe ein. Sie war sauber und hell erleuchtet, und in dem großen, offenen Raum waren zahlreiche Tische aufgestellt. Dunkelhäutige Ägypter mit rotem Fes auf dem Kopf bedienten an den Tischen. Für die musikalische Unterhaltung sorgten eine zwölfköpfige, prunkvoll ausstaffierte Band und zwei Flötenspieler auf einer improvisierten Bühne an einem Ende des Raumes.

Jacko und Dutchie machten sich auf die Suche nach der Toilette. Edward ließ den Blick um sich schweifen und nahm die eigentümliche Mischung von Ost und West in sich auf. Viele Einheimische trugen lange, weite Gewänder mit modernem, europäischem Sakko darüber und natürlich den unverzichtbaren Fes. Die einheimischen Frauen trugen einen teilweise durchsichtigen Schleier aus weißer Seide oder dickerem, schwarzem Stoff. Edward kam sich vor wie auf einem anderen Planeten verglichen mit dem Pub daheim in Boolai.

Dutchie kehrte mit zwei Gläsern zurück.

»Wo ist Jacko?«, fragte Edward.

»Er sagte, wir sollen nicht auf ihn warten«, entgegnete Dutchie grinsend. »Er ist zurück zum Wozza gegangen. Er sagte, er wüsste selbst nicht, wann er zurück sein wird.«

KAPITEL 32

Jacko organisierte zwei Ägypter, die sie für ein paar Piaster zu den Pyramiden brachten. Sie legten den Weg auf Kamelen zurück. Eine interessante Erfahrung, sagte sich Edward und schwor sich, sich in Zukunft auf keins von Jackos verrückten Abenteuern mehr einzulassen, während sein Wüstenschiff ihn auf der sandigen Piste kräftig durchschaukelte.

Insgesamt waren es neun Pyramiden, gewaltige Steinbauten, die den flachen Horizont unterbrachen und dunkle Schatten auf den Sand warfen. Edward wanderte umher, den Kopf weit zurückgebogen, um die imposanten Gräber in sich aufnehmen zu können, und wünschte, er hätte eine Kamera bei sich.

Ganz in der Nähe war eine Gruppe Amerikaner mit Ausgrabungen am Fuß einer der Pyramiden beschäftigt. Edward ging hinüber und schaute hinab in die Grube. Er sah ein Labyrinth von Brunnen und Kammern, eine kleine Mulde, in der noch Knochen lagen, und einen massiven Sarkophag. Nach ein paar Minuten kam ein Wachmann heraufgestiegen und verjagte ihn. Das Betreten des Ausgrabungsgeländes sei strikt verboten, sagte er.

Edward hielt Ausschau nach Jacko und Dutchie, konnte die beiden jedoch nirgends entdecken. Er schlenderte zurück zu einer der größeren Pyramiden und setzte sich in deren Schatten.

Weiter unten sah er den Nil, der gerade Hochwasser führte. Er sah aus wie ein großer See mit zahlreichen kleinen Inseln, aber das Wasser war nicht tief, und Edward konnte ein Dutzend Kühe sehen, die hindurchwanderten.

Es war heiß, und sie hatten kein Wasser mitgebracht. Jesus, dachte er und fuhr sich mit einer Hand durch das Haar. Er hätte alles gegeben für ein kühles Bier.

Er vergrub die rechte Hand in der Jackentasche und ertastete einen kleinen, harten Gegenstand. Im ersten Moment war er verwirrt, dann zog er den Gegenstand heraus und betrachtete ihn.

Es war Theas rote Haarspange. Er drehte sie immer wieder auf der offenen Hand. Die Spange war sein Glücksbringer; sie hatte ihn um die halbe Welt begleitet, als einzige greifbare Erinnerung an ihre gemeinsamen Stunden.

Er nahm eine Bewegung an seiner Seite wahr, und Jacko hockte sich neben ihn. »Wir haben dich gesucht. Dutchie und ich wollen zurück nach Kairo, auf ein paar Bier. Was hältst du davon?«

»Klingt verlockend.«

Edward wollte die Spange wieder einstecken, aber Jacko hielt ihn zurück. »Wart mal«, sagte er und nahm sie Edward aus der Hand. »Was ist das denn? Wirst du auf deine alten Tage noch sentimental?«

Edward hielt ihm die Hand hin und bedeutete Jacko, ihm den Haarschmuck zurückzugeben.

»Ich dachte, mit dir und Stella wäre es aus«, hakte Jacko nach und hielt die Spange ins Licht.

»Sie gehört nicht Stella.«

Jacko lachte. »Wenn sie nicht Stella gehört und du nicht gedenkst, sie selbst zu tragen, gibt es da offenbar etwas, das du uns bislang verschwiegen hast.«

»Genau«, sagte Dutchie und warf sich vor ihm in den Schatten, hochrot im Gesicht von der Hitze. »Edward der Geheimniskrämer.«

»Gib das zurück!«

Jacko rückte von seinem Freund ab. »Erst wenn du uns erzählt hast, was es damit auf sich hat.«

Zorn stieg in ihm auf, brodelnd, kochend heiß. Er konnte nicht über sie sprechen, wollte nicht einmal ihren Namen nennen, wohl wissend, dass seine Freunde die ganz besondere Beziehung zwischen ihm und Thea auf eine vulgäre Affäre reduzieren würden.

»Ich habe gesagt, du sollst mir die Scheißspange zurückgeben!« Er stürzte sich auf Jacko, packte ihn am Kragen und zog das verblüffte Gesicht seines Freundes zu sich heran.

Verdattert gab Jacko ihm die Spange zurück. »Schon gut, Kumpel«, sagte er, als Edward sie wieder in der Jackentasche verschwinden ließ. »Kein Grund, gleich auszurasten. Ich habe doch nur Spaß gemacht.«

Aber Edward hörte ihn gar nicht. Er steuerte bereits die beiden Ägypter an, die im Schatten bei ihren Kamelen auf ihre ausländische Kundschaft warteten.

Der dürftige Sold wurde generell mit Verspätung ausgezahlt, und die Verpflegung in der Bataillonsmesse, die mit ägyptischen Wandteppichen dekoriert war, war ebenso knapp wie ungenießbar.

Abends lag Edward auf seinem Feldbett und schrieb seiner Mutter und James Briefe, in denen er von der Stadt und den Sehenswürdigkeiten berichtete.

Exerzieren auf Sand ist wahnsinnig anstrengend, und manchmal werden wir sieben Stunden am Tag dazu herangezogen. In Kairo sind die Straßen nicht viel breiter als unser Salon daheim, statt Autos und Pferdekutschen prägen Esel und Handkarren das Stadtbild, und überall wimmelt es von Kindern. Die Straßen sind von allerlei Geschäften gesäumt, mit Auslagen und Waren, die bis auf die Straße hinausquellen. Es ist hier nichts Ungewöhnliches, zwischen eleganten zweigeschossigen Häusern auf primitive Lehmhütten zu stoßen. Es gibt zwei große Hotels mit großen Terrassen, auf denen alle sitzen und eine Erfrischung zu sich nehmen ...

Er legte den Stift zurück auf den Tisch, übermannt von einer Woge des Heimwehs. Kitty, James und der Pub, Boolai. Bilderfetzen stürzten auf ihn ein, flackerten willkürlich vor seinem geistigen Auge auf. Vor allem an James dachte er und sah seinen jüngeren Bruder vor sich, wie er ihn vor Jahren mit der gerahmten Fotografie ihres Vaters im Wohnzimmer hatte stehen sehen.

Du hast ihn wenigstens gekannt. Du hast ihn kennen gelernt. Er ist nicht gestorben, noch bevor du auf der Welt warst.

Mit einem tiefen Seufzer griff er nach einem neuen Blatt Papier. Lieber James, begann er, ohne so recht zu wissen, wie er fortfahren sollte.

James war oft überrascht, wenn ihn ganz plötzlich und unvermittelt die Erinnerung an seine Kindheit und an Jess einholte. Er sah vor sich, wie sie um die natürlichen Wasserbecken am Fluss herumkraxelten auf der Jagd nach Eidechsen, oder wie sie in den inzwischen trockengelegten Sümpfen, die heute von Milchbetrieben und wogenden Grasflächen eingenommen wurden, Vogeleier suchten.

Er erinnerte sich so deutlich, als wäre es erst gestern

gewesen, sah noch ganz deutlich vor sich, wie die Sonne auf dem Wasser glitzerte, wie Jess das blauschwarze Haar um das Gesicht fiel und wie ihre warme Hand sich auf seinem Arm anfühlte. Er sah sie meist in einem rot-weiß karierten Trägerkleid vor sich mit einer breiten Schärpe um die Taille. Er wusste nicht mehr, zu welcher Gelegenheit sie das Kleid getragen hatte, aber aus irgendeinem Grund war es ihm im Gedächtnis haften geblieben. Nähere Einzelheiten vermochte er der Erinnerung nicht zu entlocken, wie sehr er sich auch konzentrierte.

Manchmal war die Erinnerung so real, dass er fast glaubte, er könnte sie berühren, wenn er nur die Hand ausstreckte. Dann wieder war sie nur eine diffuse, verschwommene Gestalt in seinem Kopf.

Er war nicht darauf aus, neue Freundschaften zu schließen. Er war es zufrieden, seinen Tagträumen nachzuhängen während der Tage, Wochen und Monate, die quälend langsam verstrichen. Jetzt da Edward fort war, lastete die Bürde des ganzen Familienunternehmens auf seinen Schultern. Er kam neben der Arbeit und seiner Träumerei zu nichts. Kitty machte ihn mit einigen Frauen bekannt, aber er fand sie blass und langweilig verglichen mit seiner Erinnerung an Jess.

Er vermisste Edward und schrieb ihm oft, berichtete seinem Bruder alle Neuigkeiten aus Boolai. Er hatte jetzt nur noch selten Zeit, Halliday zu besuchen, und der väterliche Freund fehlte ihm. Kitty hatte ihm vorgeschlagen, Halliday einzuladen und in einem Zimmer des Hotels unterzubringen. Aber der hatte dankend abgelehnt und James von seinen Expansionsplänen geschrieben.

Eines Tages kam Paddy aus der Schmiede rüber und

erzählte ihnen, dass Jess' Ehemann an einem Ort namens Quinn's Post umgekommen sei. Der alte Mann hatte Tränen in den Augen, und James wandte sich ab, um ihm die Peinlichkeit zu ersparen, ihn weinen zu sehen. Mehrmals setzte er sich hin, um Jess zu schreiben, wie Leid es ihm tue, aber die Worte verklebten in seinem Kopf und vermischten sich gegen seinen Willen mit hartnäckigen Erinnerungen.

»Nein«, sagte Paddy auf seine Frage hin. »Jess will in der Stadt bleiben. Sie fühlt sich dort zu Hause, und die kleine Thellie ist dort näher bei ihren Großeltern väterlicherseits. Sie ist schon zwei«, fügte er stolz hinzu.

Es ist nicht fair, dachte James und schob die Brille höher, die an seiner Nase herabgerutscht war. Alle hatten ihn verlassen. Jess, Edward, sogar sein eigener Vater.

Im Februar wurde das Regiment nach Minia verlegt, das weiter nördlich am Nil lag. Es handelte sich um einen rein defensiven Posten, bestehend aus einigen Außenposten, die alle mehrere Meilen auseinander lagen. Das Hauptlager befand sich in der Nähe eines bewässerten Tals, und die Männer freuten sich über das frische Obst und Gemüse, das die Einheimischen zum Kauf anboten. Die Arbeit war langweilig, aber verglichen mit dem, was die Kameraden in den Schützengräben Europas durchmachten, war dies wohl eher ein heißer, staubiger Urlaub.

Im März wurde das Regiment mit dem Zug nach Kantara am Suezkanal gebracht. Ihre Aufgabe war es, die Wasserstellen zu schützen. Man teilte den Männern mit, dass ihr Regiment mit zwei weiteren unter dem Kommando von Generalmajor Harry Chauvel zusammengeschlossen worden sei. Einige Wochen später war das Regiment wieder unterwegs, diesmal nach Romani, 23 Meilen weiter westlich.

Sie brachen am Ostersonntag auf, und die Hufe ihrer Pferde klapperten laut auf der Pontonbrücke, die den Kanal überspannte. Es war Nacht. Der Sand erstreckte sich weiß im Mondlicht, als die Kolonne sich mit je zwei Pferden nebeneinander auf der alten Karawanenstraße ostwärts bewegte. Obwohl die khakifarbenen Mäntel, die Hüte mit den traditionellen Emufedern, die Uniformhosen und Stiefel nur bedingt gegen die nächtliche Kälte schützten, herrschte bei der Truppe eine erwartungsvolle Stimmung. Die Pferde waren in Hochform, die Männer fit.

Abgesehen von gelegentlichen Befehlen, die die Reihen entlang weitergegeben wurden, ritten sie weitgehend schweigend. »Denk nur an all die anderen berühmten Heere, die dieser Route schon vor uns gefolgt sind«, sagte Edward nach einer Weile.

»Keins war so gut wie das unsere«, scherzte Jacko grinsend.

»Halt die Klappe, Jacko«, fuhr Dutchie ihn an. »Manchmal redest du wirklich gequirlte Scheiße.«

Edward warf Dutchie einen dankbaren Blick zu. »Die Pharaonen und die Perser«, fuhr er fort. »Und die Mazedonier unter Alexander.«

»Die Pharaos, ja?«

»Dieselben Kerle, die die Pyramiden bei Kairo gebaut haben? Die sind hier entlangmarschiert?«

»Ja, Jacko.«

Edward dachte zurück an jenen Tag vor mehreren Monaten, an dem sie die Pyramiden besucht hatten. Er nahm die rechte Hand von Midnights Zügel, vergrub sie in der Tasche und ertastete die beruhigende feste Form von Theas Haarspange.

Nach zweitägigem Ritt erreichte das Regiment das Lager in Romani, das bislang von der British Yeomanry Cavalry, der berittenen Miliz, bewohnt worden war. Die Messen zeugten von einem luxuriösen Standard: Sie fanden leere Schnapsflaschen, Luxus-Lebensmittel, die in der Hitze verdorben waren, sowie diverse Sportausrüstungen – was die erschöpften, hungrigen Männer jedoch nicht locken konnte.

»Sieh sich das einer an!«, rief Jacko wütend aus, hob eine leere Whiskyflasche auf und musterte das Etikett. Es lagen noch weitere Flaschen auf der Erde verstreut, einige von ihnen zerbrochen. »Nur der beste Scotch. Nur das beste für die Soldaten seiner Majestät.«

Das Lager war schmutzig. Abfall und Lebensmittelüberreste verfaulten in der Sonne, und überall lagen Pferdeäpfel, bedeckt von Schwärmen schwarzer Fliegen, die den Männern in Augen und Nase flogen. Zähneknirschend räumten sie Unrat und Mist fort.

Während das Trinkwasser für die Truppen in großen Kanistern auf dem Kamelrücken von den Pipelines im Osten des Kanals ins Lager gebracht wurde, bekamen die Pferde Wasser aus örtlichen Brunnen zu trinken. Es war schlammig und bitter durch die Wurzeln der umstehenden Palmen. Die Pferde tranken nur widerwillig davon.

»Kein Wunder«, bemerkte Jacko mit einem Blick in den Kessel Brunnenwasser, das er abgekocht hatte, um Tee zu machen. Es sah brackig aus und schmeckte auch so.

Die Männer machten sich daran, neue Brunnen zu graben und diese mit Holz auszukleiden. Der Sommer nahte, und die Hitze war bereits drückend. Die Khamsin-Saison war angebrochen und brachte Sandstürme mit sich, die Tage in Nächte verwandelten und nackte Haut förmlich sandstrahlten. Wenn Edward nachts in seinem Zelt lag, konnte er den Wind heulend über die Dünen hinwegfegen hören.

Tagsüber war es in der Wüste heiß wie in einem Glutofen, und Schwärme von Fliegen ließen sich auf den schweißnassen Hemden der Männer nieder. Früh am Morgen war die Plage am schlimmsten, und gegen zehn erreichte die Temperatur ihren Höhepunkt. Mittags blies dann eine kühle Brise vom Mittelmeer über den Sinai und machte den Rest des Tages ein wenig erträglicher. Aber die Nächte waren bitterkalt, und die Männer waren dankbar für die Extradecken.

Die Pflege der Pferde war unter diesen Umständen mühsam. Die Pferdeäpfel mussten eingesammelt und wegen der Fliegenplage möglichst weit weggebracht werden. Die Beschaffung des Wassers, das in Segeltuchschläuchen herbeigeschleppt wurde, war nicht minder anstrengend. Die Pferde wurden dreimal täglich gefüttert und getränkt. Außerdem mussten sie regelmäßig bewegt werden. Hinterher waren die Männer völlig ausgelaugt und legten sich erschöpft im Schatten schlafen.

Die Patrouillen stießen regelmäßig mit türkischen Patrouillen zusammen, und kleine Gruppen Gefangene wurden nach Kantara gebracht. Edward und Jacko ritten zweimal wöchentlich mit einem Wagen und zwei Packpferden zum Ausladebahnhof, um Vorräte zu holen. Die Landschaft bestand größtenteils aus gelben Sanddünen, die hier und da von kleinen, steinigen Ebenen unterbrochen wurden. Dort wuchsen nur graugrüne Sträucher, die unweigerlich halb unter dem Sand begraben waren. Im Süden drängten sich zahllose kleine Dattelpalmenhaine um seichte, brackige Wasserlöcher.

Der Wagen blieb immer wieder im Sand stecken und machte den Ritt zu einer anstrengenden und Zeit raubenden Angelegenheit.

»Immer noch besser, als Latrinen auszuheben«, meinte Jacko, als sie zum dritten Mal an diesem Tag liegen blieben.

Am Ausladebahnhof standen etwa ein Dutzend Kisten für das Regiment bereit. Edward riss eine der Kisten auf und starrte verblüfft auf den Inhalt. »Die sind nicht mal beschriftet. Das könnte sonst was sein.«

»Gibt nur eine Möglichkeit, das rauszufinden«, entgegnete Jacko grinsend, nahm eine Konserve heraus und schnitt mit seinem Messer den Deckel auf. Dann klappte er das an den Rändern gezackte Metall nach oben, tauchte zwei Finger in die Dose und fischte tropfende Obststückchen heraus. Er bog den Kopf zurück, ließ das Obst in den Mund fallen und kaute genüsslich.

»Und?«, fragte Edward neugierig.

»Pfirsich«, entgegnete Jacko genussvoll.

Es waren auch Rotkreuz-Pakete für die Männer dabei – für jeden eins. Zurück im Lager übernahm es Jacko, diese zu verteilen, während Edward seins ungeduldig aufriss. Es enthielt zwei Flanellhemden, Socken, Taschentücher und Trockenobst. Ganz unten fand er das übliche Päckchen Zwieback, von dem wie gewöhnlich nur Krümel übrig waren.

»Langsam frage ich mich, ob wir jemals wieder einen

ganzen Zwieback zu essen kriegen«, klagte Dutchie, als Edward die Krumen in einen Topf schüttete. »Ich glaube, ich weiß schon nicht mehr, wie sie schmecken.«

»Also dann«, sagte Jacko, der mit einer Kiste beladen das Zelt betrat. »Was möchtet ihr zum Abendessen haben?«

»Räucherlachs und Kaviar«, antwortete ein Spaßvogel. »Und hinterher stoßen wir mit Champagner an.«

»Und die verdammten Türken bedienen uns«, fügte ein anderer hinzu.

»Genau«, knurrte eine spöttische Stimme. »Wir haben die Wahl? Corned Beef oder Corned Beef oder Corned Beef, richtig?«

Jemand lachte. Ein anderer warf ein Handtuch nach Jacko.

»Klappe«, entgegnete Jacko lächelnd. »Seht mal, was ich gefunden habe. Eine Änderung des Speiseplans.« Er hielt ein Dutzend Sardinenbüchsen hoch. »Zwar nicht gerade Räucherlachs oder Kaviar, aber immerhin Fisch.«

»Also dann, Männer, erst die gute Nachricht«, verkündete Dutchie und verteilte Päckchen Capstan-Zigaretten und Dosen Havelock-Tabak, Milch und Kakao. Die Männer griffen gierig nach ihren Rationen.

»Und was ist die schlechte Nachricht?«, rief eine Stimme von hinten. »Lass mich raten. Das sind nur Attrappen, die uns der Türke geschickt hat. Sie explodieren beim Aufmachen.«

»Nein«, ließ Jacko sich vernehmen, bemüht, ernst zu bleiben. »Die Deppen daheim haben vergessen, Streichhölzer einzupacken.«

Kitty kam es vor, als wäre es schon eine Ewigkeit her, seit sie den uniformierten Edward auf dem Bahnsteig verabschiedet hatte. Waren es Monate? Jahre? Manchmal wusste sie es nicht mehr. Die Tage wirbelten vorbei, ausgefüllt mit hektischer Arbeit im Hotel, mit der Organisierung des Boolai Patriotic Fund, dem Stricken von Socken und dem Backen von Obstkuchen.

Die Zeitungen waren voll vom Krieg, und es gab einen Fonds für alles: einen Sandsack-Fonds, einen Frauenorchester-Fonds, einen Socken-Fonds, einen Fond für belgische Nonnen, einen Tabak-für-die-Truppe-Fonds und einen Schützengraben-Pakete-Fonds, um nur einige zu nennen. Die Frauen waren emsig wie die Bienen und verschickten Tausende von Päckchen mit Lebensmitteln und Kleidung. Sie nähten, strickten und packten. Das lenkte sie von der frustrierenden Warterei ab. Manchmal gab es Neuigkeiten, aber meistens herrschte über lange Zeit Funkstille.

Die Aprikosenbäume brachten in diesem Jahr eine Rekordernte. Wenn sie die Früchte wusch und halbierte, die Kerne entfernte, sie in Sirup einlegte und die Einmachgläser verschloss, dachte Kitty unablässig an Edward. Wo war er? Die Briefe trafen regelmäßig ein. Sie waren ›irgendwo in Ägypten‹, aber sie wollte es genauer wissen. Wenn sie im Atlas nachschlagen und einen bestimmten Punkt auf der Karte festmachen könnte, wäre ihr wohler. Aber Ägypten war groß, ein Land der Wüsten.

Sie und James verfolgten den Verlauf des Krieges über die städtische Tageszeitung. Die Namen waren fremd, einige nicht leicht auszusprechen – Lone Pine, Chunuck Bair, Sulva Bay, Poziers, Bapaume, Bullecourt, Messines und dann weiter in die Wüste mit Gaza, Rafa und El Arish.

Nach der Schlacht von Gallipoli spielten die Kinder ›Türken und Australier‹ im Busch hinter der Schule. Kitty konnte sie von der Veranda des Pubs aus sehen. Jene, die das Pech hatten, zu Türken bestimmt worden zu sein, hatten sich Handtücher um den Kopf gewickelt. Niemand wollte auf Feindesseite sein.

Sie bekam James nur selten zu Gesicht, so beschäftigt war er mit der Leitung ihrer diversen Unternehmen: Pub, Sägewerk und Fuhrunternehmen. Sie hatten ihre ersten Lastwagen gekauft, schwerfällige, hässliche Geräte, wie sie fand, aber James war begeistert.

»Das ist der Lauf der Zeit, Mum. In ein paar Jahren wird niemand mehr reiten. Wir steigen nur früher ein als viele andere, das ist alles.«

Sie konnte sich diese Zeit nicht vorstellen, konnte nicht so weit in die Zukunft sehen. Das Ende des Krieges, weiter wagte sie nicht zu hoffen. Sie wollte nur, dass Edward heimkam und wieder so etwas wie Normalität in ihr Leben einkehrte.

Eine neue Erfindung, die sie begeisterte, war das Telefon. Der Pub hatte den ersten Anschluss in Boolai bekommen, Roselea den zweiten. Die Zentrale war in einem kleinen Anbau von Beths Laden untergebracht. Beths Tochter Sophia, die inzwischen ihr erstes Kind erwartete, bediente sie.

Das schrille Läuten des Telefons war es auch, das sie nun aus ihrer Tagträumerei riss. Neugierig nahm sie den Hörer ab – das Wunder der Telekommunikation verblüffte sie immer noch – und hörte Sophias Stimme.

»Tante Kitty?«

»Ja.«

»Ein Anruf aus Brisbane.«

Es klickte laut, und gleich darauf hörte sie Dominics Stimme, knisternd, aber verständlich. Er war seit einem Monat in der Stadt, und sie hatte seine Besuche auf Roselea vermisst.

»Kitty, bist du das?«

»Ja, ich bin's. Meine Güte, du schreist ja so laut, dass ich dich beinahe ohne Telefon von Brisbane aus hören kann.«

»Oh, entschuldige.« Er lachte verlegen und fuhr leiser fort. »Ist es so besser?«

»Ganz entschieden.«

»Hast du Nachricht von Edward?«

»Seit einer Woche nicht mehr. Soweit ich weiß, ist er noch in Ägypten.«

»Und James?«

»Dem geht es gut.«

Hierauf folgte eine längere Pause, und Kitty fragte sich, ob die Verbindung unterbrochen worden war.

»Du fehlst mir, Kitty«, sagte er schließlich mit unüberhörbarer Sehnsucht in der Stimme.

»Du mir auch«, entgegnete sie leichthin.

»Dann entscheide dich endlich, und heirate mich, dann werden wir beide glücklich.«

Sie brauchte einen Moment, um Dominics Worte zu verdauen. Es war Jahre her, seit er ihr den letzten Antrag gemacht hatte. Wortlos schüttelte sie den Kopf.

»Bist du noch dran?«, fragte er ungeduldig und klopfte mit den Fingern an den Hörer.

»Ja, ja. Ich bin noch dran.«

»Es ist lange her. Ich dachte, du hättest es dir vielleicht anders überlegt, du hättest Dan vielleicht aufgegeben.«

»Ich kann ihn nicht aufgeben«, entgegnete sie hart. »Ich kann nicht.«

Irgendetwas lag in der Luft. Die Pferde waren unruhig, die Männer nervös, trotz der kurzen Rast auf Hügel 70. Es war nichts Konkretes, nur so ein Gefühl.

An einem Spätnachmittag im August kam der Befehl, das Lager zu verlegen. Allgemeine Betriebsamkeit brach aus, Sachen wurden gepackt, Zelte abgebaut und die Pferde getränkt. Als das Regiment sein Ziel in der Nähe von Etmaler erreicht hatte, die Pferde versorgt waren und das Lager stand, war es weit nach Mitternacht.

Die Männer standen noch vor der Morgendämmerung auf, nach dem üblichen Wecksignal. Unbeschreiblich müde traten sie an zum Appell und begannen dann mit der Lagerroutine. Die Pferde mussten gefüttert und getränkt, Latrinen ausgehoben werden.

»Gott, wie sehr ich zu Hause vermisse.«

Edward, Jacko und Dutchie standen nach dem Mittagessen im Schatten einiger Palmen und gönnten sich eine kleine Pause in der Hitze des Tages, um die eben eingetroffene Post zu lesen.

»Komisch, nicht wahr?«, fuhr Dutchie fort. »Früher konnte ich nicht schnell genug aus Boolai wegkommen, in die Stadt, hinein ins pralle Leben, wie man sagt. Ich wollte immer nur Abenteuer.«

»Nun, das hast du ja jetzt gefunden.« Edward lächelte bitter. Dann: »Wolltest du das wirklich? Weg, meine ich.«

»Klar, du nicht?«

Edward dachte einen Moment darüber nach, überrascht von der Frage. »Nein. Boolai war irgendwie ein untrennbarer Teil von mir. Der Pub, das Land.« Er grübelte noch einen Moment. »Als Stella ging, sagte sie, sie könne es dort keinen Moment länger aushalten. Vielleicht hätte sie ja dich heiraten sollen, Dutchie. Ihr hättet zusammen in Brisbane glücklich werden können.«

Edward seufzte und las weiter in seinem Brief. Er war von Kitty und berichtete wie die anderen vor ihm vom Alltag in Boolai. Auch diesmal erwähnte sie Stella nicht. Dutchie zündete sich noch eine Zigarette an und blies den Rauch durch die Nase. Edward musste an seinen Vater denken und an den allgegenwärtigen Geruch seiner Pfeife.

Sein Vater, Stella, Thea. Dieser Tage holten ihn des Öfteren alte Erinnerungen ein. Das Leben hier in der Wüste veranlasste ihn zunehmend, zurückzublicken anstatt nach vorn. Er lebte in der Vergangenheit, von alten Erinnerungen, die Zeit und Entfernung verzerrt hatten. Aber war das ein Wunder? Gab es denn etwas, worauf er sich freuen konnte?

»Ja, ja, so ist das Leben eben, Edward. Hier sitzen wir, mitten in der Wüste, und haben Abenteuer satt. Und rate mal, was ich denke?«

Edward schüttelte den Kopf und lachte kurz. »Keine Ahnung.«

»Ich denke, ich wäre lieber wieder in Boolai. Na, ist das ein Sinneswandel?« Dutchie rieb sich das stoppelige Kinn, hockte sich hin und malte mit einem Finger in dem groben Sand. Plötzlich lachte er in sich hinein. »Komisch, woran man hier draußen in der Wüste alles denkt. Muss an der Sonne liegen. Erinnerst du dich an den alten Masterton?«

»Ja.«

»Mann, war das immer komisch, wie er von seinem Wagen gesprungen und in die Bar gesaust ist und sich mit einem Bier wieder auf den Bock geschwungen hat. Warum er sich nicht wie jeder normale Mensch an die Bar setzen könne, hat deine Mutter immer geklagt.«

Jacko blickte von dem Brief auf, den er gerade las. »Ich glaube, seine bessere Hälfte war das eigentliche Problem.«

»Ja, richtig.« Dutchie grinste.

»Hat mich ein wenig an deine Stella erinnert«, mischte sich Jacko ein. »Die konnte einen auch nicht in Ruhe lassen.«

Der Himmel über der Wüste war in dieser Nacht ganz besonders klar und mit Tausenden winziger Lichter gesprenkelt. Eine blasse Mondsichel hing tief über dem Horizont. Der weiße Sand schimmerte gespenstisch und erstreckte sich bis dorthin, wo die Türken lauerten.

Edward und Jacko wurden zur ersten Wache eingeteilt. Trotz ihrer langen dunklen Mäntel froren sie bitterlich in der eisigen Luft, in der ihr Atem weiße Dampfwölkchen bildete. Edward hockte auf dem harten, körnigen Sand, das Gewehr geladen und schussbereit. Seine Muskeln verkrampften. Die Dornenbüsche hier und da verschwammen vor seinen Augen.

Nach Mitternacht zerrissen die ersten lauten Rufe die nächtliche Stille. »Allah! Allah il Allah!« und »Tod Australien! Tod Australien!«, gefolgt von einer überraschend starken Salve entlang der gesamten Linie.

»Wir geben euch ›Allah‹, ihr Schweinehunde«, brummte Jacko und feuerte zurück.

Der Rest des Regiments versammelte sich hinter ihnen, und der Schusswechsel setzte sich noch eine Stunde fort, nur von kurzen Feuerpausen unterbrochen. Die Türken waren immer noch nicht deutlich zu sehen, aber Edward schätzte anhand ihrer Stimmen, dass sie 30 bis 40 Meter entfernt waren.

Der Mond war hinter der höchsten Düne verschwunden. Der Sand vor ihm war eine dunkle, unheimliche Masse. Entlang der Linie wurde der Befehl weitergegeben, die Bajonette aufzusetzen. Edward tastete nach dem kalten Metall an seiner Seite und zog die Klinge leise aus ihrer Scheide.

Dann gingen die Türken zum Sturmangriff über. Er konnte ihre dumpfen Schritte auf dem kalten Sand hören, begleitet vom schrillen Kriegsgeschrei. Das aufblitzende Gewehrfeuer erhellte einen Moment den Schauplatz des Geschehens. Edward zielte auf die Mündungsfeuer und schoss in die Dunkelheit.

Kugeln flogen pfeifend an seinem Kopf vorbei, und kleine Flammen züngelten auf, dort, wo sie im schwefelhaltigen Sand einschlugen. Jemand kam hinter ihm die Linie entlanggelaufen und rief verzweifelt »Rückzug, Rückzug!« Er überlegte einen Moment, dann machte er kehrt und rannte los.

»Dutchie hat es nicht geschafft«, sagte Jacko später, als er ins Zelt kroch und einen kleinen Karton hinter sich herzog. Er setzte sich auf den Zeltboden und barg das Gesicht in den Händen. »Diese verdammten Schweinehunde haben den besten Freund umgebracht, den ich je hatte.«

»Was ist das?« Edward zeigte auf den Karton, zu müde und benommen, um denken zu können. Dutchie tot? Der

Erste von ihnen gefallen. Es kam ihm vor wie ein Omen. Wer von ihnen würde der Nächste sein?

»Dutchies Sachen«, antwortete Jacko mit brüchiger Stimme. »Jemand muss sie zurück nach Boolai schicken, zu seiner Familie. Ich glaube, ich kann das nicht.«

Letztendlich blieb diese Pflicht an Edward hängen. Es war nicht viel, nur eine Dose mit Postkarten, eine Uhr, eine Brieftasche mit Quittungen und Briefen und ein bisschen Kleingeld – ein halber Piaster und vier Pennys. Dutchie lag unter dem Sand in Etmaler begraben, und alles, was von ihm geblieben war, waren diese banalen Gegenstände.

Edward holte Theas Haarspange aus der Tasche und hielt sie einen Moment in den kalten Händen. Er wünschte sich mehr als alles andere, er könne sie sehen, mit ihr reden, an ihrer Seite liegen, den Kopf an ihrer Brust gebettet, und die ungeweinten Tränen vergießen. Aber sie war Tausende Meilen entfernt, am anderen Ende der Welt.

KAPITEL 33

Das Päckchen traf an einem kalten, windigen Tag ein. Wortlos entfernte Kitty das Packpapier.

Liebe Mum, stand in dem Begleitschreiben. *Dutchie ist in Romani gefallen. Das sind seine Sachen. Ich hätte sie gleich an seine Eltern schicken können, aber ich dachte mir, du ziehst es vielleicht vor, sie selbst rüberzubringen. Das ist jedenfalls persönlicher als ein Paket vom Postboten.*

Wir haben Dutchie auf dem Schlachtfeld von Etmaler bestattet. Sag seiner Mum, dass wir ihn an einer hübschen Stelle begraben haben, in einem schattigen Palmenhain. Jacko und ich vermissen seine komische Art ...

Eine eisige Faust schloss sich um Kittys Herz. Dutchie tot? Unvorstellbar, dass sie nie wieder sein lächelndes Gesicht an der Bar sehen sollte. Seine Eltern mussten am Boden zerstört sein. Sie würde sie noch an diesem Nachmittag aufsuchen.

Sie dachte wieder an Edward. Auch sein Leben war in ständiger Gefahr. Was, wenn er als Nächster starb? Wie sollte sie diesen Verlust verkraften?

»Nein«, sagte sie sich entschieden. »Daran will ich nicht einmal denken.«

Sie saß lange da und starrte auf die Blechbüchse mit Dutchies ganzer Habe. Es war eine verbeulte alte Dose, von deren einstmaliger Beschriftung nicht mehr viel übrig war. Was ist aus uns geworden, wenn ein Menschenleben auf eine verbeulte alte Blechdose reduziert wird?, fragte sie sich.

Sie zogen nach Osten, erst nach Magdhaba, dann nach Rafa. Für Edward waren alle Orte gleich: Überall vermischten sich würzige Kochgerüche mit dem Rauch der Garküchen am Straßenrand, die Straßenhändler feilschten, was das Zeug hielt, und sie selbst mussten weiter, kaum dass sie die Zelte aufgestellt hatten.

Schließlich gelangten sie nach Palästina. Die weite, offene Landschaft hier kam ihm vertrauter vor, glich mehr jener daheim. Das Land war leicht hügelig, der Boden hart und voller Geröll, mit vereinzelten Grasbüscheln hier und da, erodierte Wasserrinnen zwischen den Hügeln. Der Sommer nahte wieder, und die Tage waren bereits sehr heiß. Alle waren in Anspruch genommen von der üblichen Routine, dem Versorgen der Pferde und den Schießübungen.

Sporadisch trafen Päckchen mit Lebensmitteln ein und Kleidung in mit Zeitungen ausgelegten Kartons, die einen leichten Naphthalin-Geruch verströmten. Die Kartons enthielten Socken und Hemden, Mützen, Schals, Handschuhe und Taschentücher, dazu Verbandsrollen, Kondensmilch, Schokolade, Marmelade, Tabak und Seife. Edward stellte sich vor, wie Kitty das Päckchen liebevoll gepackt und die Lücken mit Zeitungspapier ausgestopft hatte, damit nichts kaputtging.

Jacko war seit Dutchies Tod in Melancholie verfallen. Er streifte rastlos durch das Lager und konnte sich nie länger als ein paar Minuten auf eine Sache konzentrieren. Er war still und in sich gekehrt und sang oft traurige Lieder, darunter besonders häufig ›The Rose of No Man's Land‹.

»Obwohl mit Tränen bedeckt, wird sie noch Jahre im Garten meiner Erinnerung blühen«, sang er schwermütig.

»Jetzt lass mal gut sein«, flehte früher oder später jemand.

Sie alle hatten Kameraden verloren.

Hinzu kam, dass Edward ständig an Thea und Stella denken musste, deren Gesichter immer wieder unerwartet vor seinem geistigen Auge auftauchten. Manchmal, draußen in der Wüste, wenn die Hitze sich über das Land legte wie eine schwere Decke, verschmolzen die beiden

Gesichter zu einem. Verzweifelt versuchte er, sie wieder voneinander zu lösen, indem er seine Brieftasche zückte und das lächelnde Gesicht auf dem alten, abgenutzten Foto betrachtete. Stella in einem ihrer seltenen glücklichen Momente. Dann wieder holte er die Haarspange hervor und dachte daran, wie sie Theas dunkles Haar gehalten hatte, und ihm war, als würde die Sonne seine Lippen liebkosen wie eine Geliebte.

Ende März näherten sie sich den Außenbezirken von Gaza. Die vier Kompanien – die Light Horse, die New Zealand Rifles, die British Yeomanry und das Camel Corps – wirbelten auf dem Marsch eine gewaltige Staubwolke auf, die wie ein Schleier vor der Sonne hing. Der Marsch folgte einem bestimmten Rhythmus, das gleichmäßige, dumpfe Poltern der Pferdehufe, das Rattern der Wagenräder und Klirren der Ketten an den Geschützen. Das Schlusslicht bildeten Versorgungs- und Geschützwagen sowie die Ambulanzen mit dem roten Kreuz beidseits der weißen Plane.

Am Tag des Angriffs auf Gaza breitete sich vom Meer her dichter Nebel über das Land aus. Alles Gesprochene klang gedämpft wie durch Watte in den wirbelnden weißen Schwaden. Es ging nur langsam und stockend vorwärts, weil die Pferde einander nicht sehen konnten, was immer wieder zu Rempeleien führte. Als der Nebel sich einige Stunden später lichtete, waren die Regimenter in Position.

Die Stadt war von hohen Bergen umgeben, von denen der höchste der Ali Muntar war. Zwischen Bergen und Stadt lagen Felder sowie Orangen- und Olivenhaine, eingefasst von Kakteenhecken, sodass ein regelrechtes Labyrinth entstand. Geduldig warteten die Männer am Fuß der Berge und tränkten die Pferde an den Gemeindebrunnen. Erst um die Mittagszeit hörte Edward das erste Geschützfeuer, als die Infanterie vorrückte.

Nach einer Weile rumpelten einige Rotkreuz-Wagen mit den ersten Verwundeten vorbei. »Wie sieht es aus?«, fragte Jacko einen der Sanitäter hoffnungsvoll.

Der Mann schüttelte den Kopf. »Noch zu früh, um etwas zu sagen. Und durch den Staub kann man sowieso kaum etwas erkennen.«

Jacko starrte auf Edward und schlug mit einer Faust in die offene Hand. Auf seinem Gesicht lag ein harter, entschlossener Ausdruck. Seine Augen, die von der tiefen Bräune seiner Haut noch hervorgehoben wurden, blitzten. »Weißt du, was heute für ein Tag ist?«

Es war der 26. März, aber Edward wusste, dass Jacko etwas anderes meinte als das Datum. »Nein.«

»Heute ist der Tag der Vergeltung. Diese Mistkerle werden heute dafür büßen, dass sie Dutchie getötet haben.« Er zeigte mit dem Daumen zurück in die Richtung, aus der sie gekommen waren. »Sie sind schuld, dass Dutchie da draußen liegt. Er war der beste Freund, den ich je hatte – abgesehen von dir.«

Edward nickte; er wusste nicht, was er hätte sagen sollen. Es stimmte, dass sie drei seit Jahren befreundet waren, und jetzt waren sie nur noch zwei: er selbst und Jacko.

»Du hast Recht, Jacko«, sagte er schließlich. »Ich denke, das sind wir Dutchie schuldig.«

Erst am Nachmittag wurde Edwards Regiment befohlen, anzugreifen. In einer Linie galoppierten sie durch einen Olivenhain, bis sie von einer massiven Kakteenwand gestoppt wurden. Edward zügelte sein Pferd und sprang aus dem Sattel. Weiter vorn feuerten die Türken durch die dornige Vegetation. Mündungsfeuer blitzten auf, und um ihn herum flogen kleinere und größere Kaktusbrocken durch die Luft. Er rannte mit aufgesetztem Bajonett vorwärts und hieb auf die Kakteenwand ein.

Er verspürte einen kräftigen Schlag gegen die Schulter und wurde von den Beinen gerissen. Benommen versuchte er, wieder aufzustehen, was ihm jedoch nicht gelang. Irgendwo in einiger Entfernung konnte er Jackos Stimme hören: »Los, ihr Schweine. Kommt raus und kämpft wie echte Männer!«

Er kroch auf Unterarmen und Knien durch das Kampfgetümmel, und ein dumpfer Schmerz strahlte von seinem Arm bis seitlich in seine Brust. Er schmeckte Erde auf den Lippen und Blut. Plötzlich drehte sich alles, und wohltuende Schwärze senkte sich auf ihn herab. Stille.

Die Post auf dem kleinen Postamt abzuholen, gehörte für gewöhnlich zu James' letzten Aufgaben vor dem Mittagessen. Er liebte den Laden, in dem es nach Raufutter, Leder und Melasse duftete, liebte das bunte Angebot der verschiedensten Waren. Als er an diesem Tag auf das inzwischen verwitterte Gebäude zuging, kam es ihm beinahe vor, als wäre er wieder zehn und als liefe Jess mit wehenden Zöpfen neben ihm her.

Kein Tag verstrich, an dem er nicht an sie dachte und sich fragte, wie es ihr gehen mochte. Ihre Tochter musste inzwischen mindestens vier sein. Ob sie ihrer Mutter ähnlich war? Vergeblich versuchte er, sich daran zu erinnern, wie Jess in diesem Alter ausgesehen hatte.

Bei dem Gedanken an Jess hob er den Kopf und blickte

in Richtung Schmiede. Paddy O'Reilly stand vor dem Haus und begutachtete ein kaputtes Rad. Er winkte James, und James hob grüßend die Hand. Eine elegante Kutsche stand draußen vor dem Haus der O'Reillys, und ein Mann trug Koffer hinein. Mayse hatte offenbar Besuch.

Vor ihm lag der Laden, staubig und grau in der Mittagshitze. Ein Pferd war davor angebunden und wedelte träge mit dem Schweif Fliegen von seinen Flanken. Ein Hund lag hechelnd im Schatten; offenbar war sein Besitzer im Laden und verhandelte über den Preis für eine neue Schaufel oder eine Rolle Draht.

»Hallo.«

Sein Blick folgte dem Klang der Stimme. Oben auf einem Heuballen gleich hinter der Tür hockte ein kleines Mädchen, eine kleine braune Papiertüte in der Hand. Sie war blond und hübsch, und ihr Haar schimmerte in diesem Licht fast golden.

»Hallo«, sagte sie noch einmal, als hätte er sie nicht gehört, und musterte ihn ernst aus strahlend blauen Augen.

»Selber Hallo«, entgegnete James freundlich. »Ich habe dich noch nie hier gesehen, kann das sein?«

»Wir sind erst heute angekommen.«

Er hatte sie noch nie gesehen, und doch weckte etwas an ihr alte Erinnerungen. Er und Jess, wie sie im Anbau saßen und sich eine Tüte zerbrochener Kekse teilten, während Weizen in goldenen Bächen aus kleinen Löchern in den Jutesäcken rann und Staub in den schrägen Strahlen der Nachmittagssonne tanzte.

Impulsiv kniete er sich neben das Kind und lächelte. Die Kleine runzelte die Stirn, langte dann in die braune

Papiertüte, fischte ein Stück Keks heraus und schob es sich nachdenklich in den Mund.

»Ich glaube, es wird mir hier gefallen«, sagte sie, als sie den Bissen herunterschluckte. »Wohnst du auch hier?«

»Ja.« Er zeigte die Straße hinunter in Richtung Pub. »Da drüben arbeite ich. Im Commercial Hotel.«

»Oh!«, rief sie aus und machte große Augen. »Wie heißt du?«

»James«, entgegnete er ernst, obwohl er eigentlich aus einem unerfindlichen Grund grinsen musste.

Sie musterte ihn aufmerksam. »Findest du mich hübsch?«

Wieder dieses Gefühl von Vertrautheit. »Du bist sogar sehr hübsch. Weißt du, du erinnerst mich an jemanden, den ich vor langer Zeit gekannt habe. Sie war auch ein besonders hübsches Mädchen, so wie du.«

»Wirklich?« Das Mädchen blickte nach hinten in den Laden. »Meine Mummy ist hübsch. Sie ist da drin.«

Er lachte, entzückt von ihrer Direktheit. »Tatsächlich?«

»Ja«, erwiderte das Mädchen und nickte nachdrücklich. Sie schaute in die Papiertüte und leerte diese dann über den Knien aus. Ein paar Krümel fielen heraus, die sie mit einem Finger aufnahm und ableckte.

Plötzlich lächelte sie an ihm vorbei, und Grübchen erschienen an beiden rosigen Wangen. Ein Schatten fiel über seine Schulter.

»Thellie, ich habe dir doch gesagt, du sollst nicht mit ...«

Die Stimme war ihm so vertraut, dass er unwillkürlich zusammenzuckte. Wie lange war es her, dass er sie das letzte Mal gehört hatte? Er konnte nicht denken. Er richtete sich auf, fuhr herum und packte sie freudestrahlend bei den Schultern. »Jess! O mein Gott, du bist es wirklich.«

»James?« Ihre Stirn glättete sich, und ein Lächeln stahl sich auf ihr Gesicht.

Sie sah irgendwie verändert aus. Ihr Gesicht war runder, und sie trug das Haar kürzer, zu einem modischen Bob frisiert. Sie hatte einen kecken Hut auf.

»O James! Entschuldige.« Lächelnd zeigte sie auf das kleine Mädchen. »Meine Tochter ist einfach nicht davon abzubringen, mit jedem, der ihr über den Weg läuft, ein Gespräch anzufangen. In der Stadt muss man vorsichtig sein.« Ihre Stimme klang plötzlich gespannt, und sie warf wieder einen Blick auf Thellie. »Sie ist alles, was ich noch habe.«

Ein unendlich trauriger Ausdruck überschattete ihre Augen, und James musste gegen den Impuls ankämpfen, sie in die Arme zu nehmen und das Gesicht in ihrem Haar zu vergraben. »Nun, jetzt bist du ja nicht mehr in der Stadt«, sagte er sanft. »Du bist wieder zu Hause.«

»Ja.« Sie strahlte gleich wieder. »Es wird wohl eine Weile dauern, bis ich mich nach all der Zeit wieder an Boolai gewöhnt habe.«

»Es hat sich nicht so schrecklich viel verändert.« Er seufzte leise, als ihm die Bedeutung ihrer Worte aufging. »Dann willst du also bleiben?«

Sie nickte und drehte den schlichten goldenen Ring an ihrem Finger. »Mein Mann, Thellies Vater, wurde getötet.«

»Ich habe davon gehört. Mein Beileid.«

Jess blickte an ihm vorbei zur Schmiede, blinzelte mehrmals und presste die Lippen fest zusammen. Als sie ihn wieder ansah, wirkten ihre Züge gefasst, aber etwas angespannt.

»Ich wollte schreiben und dir sagen, wie Leid es mir tut.« Warum hatte er es nicht getan? Warum hatte er nicht die richtigen Worte finden können?

Jess nickte wieder und blickte auf ihre Hände, ein resigniertes Lächeln auf den Lippen. »Es ist jetzt fast zwei Jahre her, und ich dachte mir, es wäre an der Zeit, heimzukommen. Ich bin wieder bei Mum und Dad eingezogen.«

»Hältst du das für eine gute Idee?« Paddy und Mayse waren nicht mehr die Jüngsten, und Mayse saß inzwischen die meiste Zeit im Rollstuhl.

Jess registrierte seine hochgezogenen Brauen. »Ich weiß, ich weiß«, sagte sie lachend und hob in einer resignierten Geste die Hände. »Es wird nicht einfach sein, nachdem ich so lange auf mich allein gestellt war, aber ich habe ein Kind großzuziehen. Beth hat mich gebeten, ihr ein paar Tage in der Woche im Laden zu helfen.«

»Vielleicht können wir ja zusammen mit Thellie einmal nach North Harbour an den Strand fahren. Wenn du dich eingerichtet hast, meine ich. Wir könnten Boot fahren, so wie in den alten Zeiten.«

Sie lächelte und war wieder ganz die alte Jess. »Danke, das wäre schön.«

Er fühlte ein Zupfen am Ellbogen. Thellie stand vor ihm; sie reichte ihm fast bis zur Taille. »Ich mag Boote, stimmt es nicht, Mummy?«

Jess nahm Thellies Hand. »Komm, Schatz. Wir müssen jetzt rüber zu Oma und auspacken. Sag Mr. Hall auf Wiedersehen.«

Jetzt da sie gingen, wurde Thellie plötzlich ganz

schüchtern. Sie wich zurück, einen Finger fest auf die Lippen gedrückt.

James blickte ihnen nach, als sie den Hügel hinaufgingen, zum Haus der O'Reillys. Auf halber Strecke drehte Jess sich noch einmal um und winkte, als sie sah, dass er noch vor dem Laden stand. Er hob die Hand und fühlte prickelnde Erregung in sich aufsteigen.

Nach all den Jahren war Jess wieder daheim. Die Welt war wieder in Ordnung.

Der Schmerz überlagerte alles andere, wandte sich nach innen, zog ihn fort an einen fernen, dunklen Ort. Er nahm nur hell und dunkel wahr, den Wechsel von Tag und Nacht, und ein Schaukeln, das ihm verriet, dass er transportiert wurde. Werde ich sterben?, fragte er sich und überließ sich dann wieder der Bewusstlosigkeit, die ihm einige schmerzfreie Stunden bescherte.

Irgendwann wachte er in einem völlig in Weiß gehaltenen Raum auf. Edward ließ den Blick um sich schweifen. Weiße Wände, weiße Decke, eine ordentlich gefaltete weiße Decke am Fußende des Bettes. Er hob den Kopf und blickte den Raum hinunter. An der Wand standen noch weitere Betten, in denen Patienten schliefen oder lasen. Erschöpft ließ er den Kopf auf das Kissen zurückfallen.

»Wie ich sehe, sind Sie wach, Trooper Hall.«

Eine Schwester betrat mit einem Tablett den Raum. Sie trug ein knöchellanges graues Kleid und darüber eine weiße Schürze. Über den Schultern trug sie ein Cape aus rotem Flanell. Ihr Haar war fast vollständig unter einer gestärkten Haube verborgen.

»Wo bin ich?« Seine Stimme klang rau und heiser,

kaum mehr als ein Flüstern, aber schon diese geringe Anstrengung erschöpfte seine Kräfte.

Die Schwester kam an den anderen Patienten vorbei auf ihn zu und stellte das Tablett am Fußende des Bettes ab. Sie trat zu ihm und schob ihm ein Thermometer in den Mund. »Australian General Hospital. El Arish.«

»Ich bin im Krankenhaus?«, krächzte er. »Was ist passiert?«

Brüsk griff sie nach dem Patientenblatt am Ende des Bettes und trug etwas darauf ein. Dann nahm sie ihm das Thermometer aus dem Mund und notierte erneut etwas auf seiner Akte.

»Sie wurden in Gaza in die Schulter geschossen. Vor drei Wochen.«

»Drei Wochen? Ich bin schon drei Wochen hier?«

»Fast. Es hat ein, zwei Tage gedauert, bis man sie hergebracht hatte.« Sie schüttelte das Thermometer energisch und legte es zurück auf das Tablett. »Sie haben viel Blut verloren. Wenn Sie mich fragen, können Sie von Glück sagen, dass Sie noch leben. So, und jetzt stehen Sie auf, dann können wir Sie waschen.«

Er glaubte nicht, dass er die Kraft hatte, sich aufzusetzen, geschweige denn zu gehen. Aber die Schwester rief einen Pfleger herbei, und gemeinsam setzten sie ihn auf und hoben ihn dann in einen Rollstuhl.

Nach und nach kam er wieder zu Kräften, jeden Tag ein wenig mehr. Nach einer Woche konnte er bereits längere Zeit aufrecht sitzen, wenngleich seine Schulter dabei unerträglich schmerzte. Er schrieb an Kitty und James, damit sie sich keine Sorgen um ihn machten. *Mir geht es gut,* kritzelte er, *es tut nur etwas weh, und ich habe schreckliches Selbstmitleid. Die Schwestern sind großartig und tun, was sie können, um uns bei Laune zu halten. Man hat mir angeboten, mich nach Hause zu schicken, aber ich will die Sache bis zuletzt durchziehen. Ich werde erst in ein paar Monaten zurück in die Wüste gehen ...*

Er hielt sich über sein Regiment auf dem Laufenden, verfolgte interessiert seine Bewegungen. Jacko schaffte es, auf einen kurzen Besuch vorbeizukommen. »Du blöder Hund«, sagte er grinsend, als er, Mütze in beiden Händen, verlegen vor seinem Bett stand. »Du solltest diesen Schweinehunden eins überbraten und dich nicht selbst abknallen lassen.«

»Stimmt«, lachte Edward. »Da ist wohl etwas schief gelaufen.«

»Wie dem auch sei«, fuhr Jacko fort. »Wir hatten die Sache im Sack. Die Türken haben uns praktisch angefleht, sie gefangen zu nehmen, und die Briten sind den Ali Muntar hinaufgestürmt, als wäre der Leibhaftige ihnen auf den Fersen. Und weißt du, was dann passiert ist? Die idiotische Kommandospitze gab Befehl zum Rückzug. Wir konnten es nicht fassen.«

Er träumte viel. Vor allem ein Traum kam immer wieder auf, wiederholte sich ständig. Die Bilder waren klar und deutlich, und er konnte sich noch lange nach dem Aufwachen an sie erinnern. Er kehrte als Kriegsheld nach Boolai zurück, aber am Bahnhof erwartete ihn niemand. Der Bahnsteig war verlassen. Verwirrt ging er den Hügel hinauf zum Pub. Er betrat die Bar, in der reger Betrieb herrschte, und stand inmitten der Männer, die ihn gar nicht wahrzunehmen schienen. Als wäre er unsichtbar, ein Geist. An diesem Punkt wachte er dann jedes Mal auf.

Dann wieder träumte er, er befände sich in einem Zimmer. Es kam ihm vertraut vor, erinnerte ihn an das Wohnzimmer seines gemieteten Cottages in Boolai. Aber der Raum war anders möbliert, und an den Wänden hingen ihm unbekannte Bilder. Und doch war es sein Zuhause, das spürte er. Stella stand an einer Wand, Thea an der anderen. Beide riefen mit ausgebreiteten Armen nach ihm. Verwirrung stieg in ihm auf. Welcher Frau sollte er sich zuwenden? Seiner Frau oder seiner Geliebten?

Als er später aufwachte und sich an den Traum erinnerte, lachte er bitter über die Ironie des Ganzen. Tatsächlich hatte ihn keine der beiden Frauen gewollt.

In seiner Verzweiflung versuchte er, Stella zu schreiben, in der Hoffnung, dass die Träume aufhören würden, wenn er seine Gedanken und Gefühle zu Papier brachte. Er wollte das Geschehene analysieren, wollte ergründen, was schief gelaufen war, aber sein Kopf war voller bedeutungsloser Banalitäten, und profunde Erkenntnisse blieben aus. Ihm fiel absolut nichts ein, das er ihr hätte mitteilen wollen. Außerdem hatte Stella keine Nachsendeadresse hinterlassen.

»Zum Teufel damit!«, fluchte er und riss das Blatt in Stücke. Jacko und die Kameraden seines Regimentes waren jene Menschen, die ihm jetzt am nächsten standen. Und sobald er aus diesem verdammten Krankenhaus rauskonnte, würde er sich ihnen wieder anschließen.

Kitty machte sich schreckliche Sorgen und konnte an nichts anderes mehr denken als an Edwards Verwundung.

»Er schreibt, es sei nur eine Verletzung an der Schulter, die schon bald ausgeheilt sein wird«, versuchte James sie zu beruhigen und schwenkte Edwards Brief vor ihrer Nase. »Er klingt doch so, als wäre er selbst ganz guter Dinge.«

»Worte«, sagte Kitty düster. »Alles nur Worte. Wenn ich doch nur mit eigenen Augen sehen könnte, dass es ihm gut geht.«

»Das geht aber nun einmal nicht«, sagte Dominic brüsk und erhob sich von seinem Stuhl. Er legte ihr die Hände auf die Schultern und zwang sie, ihr rastloses Auf und Ab zu unterbrechen. »Du kannst diesen Teil seines Lebens nicht mit ihm teilen«, sagte er sanft. »Er ist ein Mann ...«

»Er ist Tausende von Meilen fort und kämpft in einem Krieg, den ich nicht verstehe. Sag mir nicht, ich soll mir keine Sorgen machen. Versuch nicht, mich mit Platitüden zu beruhigen. Die stehen mir bis hier.« Sie hielt sich eine Hand an den Hals, um ihren Worten Nachdruck zu verleihen. »Ich bin eine Mutter, verdammt nochmal. Und Mütter sorgen sich um ihre Kinder, ganz egal, wie alt die sind.«

James sah die Furcht in ihren Augen. Er wusste, dass sie schlecht geschlafen hatte. Er selbst war in den frühen Morgenstunden mehrmals in die Küche gegangen, um sich ein Glas Wasser zu holen, und sie hatte jedes Mal am Tisch gesessen, das Kinn auf die Hände gestützt, und blind vor sich hin gestarrt.

»Kannst du nicht schlafen?«, hatte er beiläufig gefragt und automatisch das Feuer angefacht und den Topf auf den Herd gestellt, um einen Kakao zu kochen.

Er war glücklich, weil Jess wieder zu Hause war. Er

wurde noch regelmäßigerer Kunde im Laden und kaufte öfter eine kleine Tüte Lutscher. Beim ersten Mal bemerkte Jess lächelnd: »Hast du eine Schwäche für Süßes entwickelt?«

»Nein«, entgegnete er lachend und gab ihr die Tüte zurück, nachdem er bezahlt hatte. »Die sind für Thellie.«

»Du versuchst doch nicht etwa, meine Tochter zu bestechen, oder?« Jess versuchte, ein strenges Gesicht zu machen, was ihr jedoch nicht recht gelingen wollte.

»Niemals!«

Kitty packte ihnen einen Picknickkorb, der eines Königs würdig gewesen wäre, und James holte Jess und Thellie wie versprochen zu einem Ausflug ab. Es war Sonntag, und er hatte die Tage bis zu ihrem Wiedersehen gezählt.

Sie ruderten den Fluss hinauf in Richtung North Harbour. Thellie lehnte aufgeregt über dem Bootsrand, bis James fürchtete, sie würde das Gleichgewicht verlieren und ins Wasser fallen. Jess schien es nicht zu bemerken. Sie saß gedankenverloren da, eine Hand ins kühle Wasser getaucht.

»Erinnerst du dich an unsere letzte Bootsfahrt?«, fragte sie und zeigte auf einige Trauerweiden am Ufer. »Wie alt waren wir? Sechzehn? Siebzehn? Du hast mich geküsst.«

Wie hätte er das vergessen können? Jess' Gesicht, eingerahmt von glänzendem blauschwarzen Haar, das Wasser, das an ihren nackten Waden herabrann, als sie ins Boot stieg, die Süße ihrer Lippen.

Ihr Gesicht war nur Zentimeter von seinem entfernt. Ihre Augen blitzten übermütig. »Ich erinnere mich«, entgegnete er lächelnd. »Du hast mich dazu aufgefordert.«

»Ich? Niemals.« Sie schüttelte den Kopf und versuchte, ernst zu bleiben, was jedoch gründlich misslang. »So direkt wäre ich nie gewesen.«

»O doch, das warst du.« Er holte die Ruder ein, nahm ihre Hände und legte sie um seinen Hals. »Du hast die Hände so um meinen Hals gelegt, und ich habe die Hände dahin gelegt, und ...«

Ein durchdringender Schrei, gefolgt von einem lauten Klatschen und anschließendem wilden Gestrampel im Wasser.

»Heiliger Bimbam!«, rief er lachend und zog die triefnasse Thellie an Bord. »Ich denke, wenn du künftig in Boolai lebst, sollten wir dir als Erstes das Schwimmen beibringen, junge Dame.«

Als Edward zu seinem Regiment zurückkehrte, war er von vielen neuen Gesichtern umgeben. Von den alten Kameraden waren nur noch eine Hand voll übrig, darunter Jacko. Viele waren in Gaza gefallen, andere in die Heimat zurückgeschickt und von neuen Rekruten abgelöst worden. Edward war ausgeruht und voller Tatendrang, auch wenn die gut verheilte Schulter immer noch zwickte und ihn an die langen Monate im Krankenhaus erinnerte.

Midnight freute sich, ihn wiederzusehen, wieherte zur Begrüßung und suchte in seiner Hand nach der Frucht, die er ihm mitgebracht hatte. »Langsam, Junge«, sagte er und kraulte dem Tier die Stirn, während er ihm mit der anderen Hand den Apfel hinhielt.

Sie zogen langsam weiter nach Osten, in Richtung Beersheba. Zur täglichen Routine gehörten das Ausheben von Schützengräben, das Bemannen von Außenposten sowie Patrouillengänge in ungeschütztere östliche Gebiete, wobei die Erkundungsritte sich weitestgehend nach den Wasserlöchern, den natürlichen Felsreservoirs und Brunnen richteten.

Eines Nachts, als sie auf Patrouille waren, wurden sie von einer Gruppe Gewehre schwenkender Türken gejagt. Die Männer machten kehrt und ritten zurück zum Lager, wobei sie ungewollt mitten durch ein Beduinenlager preschten. Hierauf entstand ein heilloses Durcheinander. Schafe und Ziegen stoben in alle Richtungen davon, Türken und Hühner rannten kopflos umher, die Beduinenfrauen wehklagten, Kinder schrien und Schüsse peitschten.

Einer der Offiziere nahm einen Türken gefangen. Edward starrte den Mann mit der bleichen Haut und dem primitiven Turban auf dem Kopf neugierig an. Seine Hände waren gefesselt, und in seinen Augen flackerte nackte Angst.

Edward wandte sich ab. Die Augen des Mannes reflektierten seine eigenen Gefühle. Scheint vielen so zu gehen, dachte er. Ich bin nicht der Einzige, der mit der Furcht leben muss.

»Hast du den Türken gesehen?«, fragte Edward Jacko später. »Er hatte Todesangst.«

Jacko musterte Edward eindringlich. »Hast du manchmal Angst?«, fragte er.

»Ja.«

»Gott! Bin ich froh, dass wir endlich mal darüber sprechen. Ich scheiße mir jedes Mal fast die Hosen voll, wenn wir mit vorgehaltenem Bajonett über die Kuppe irgendeiner Düne stürmen. Man weiß nie, was einen auf der anderen Seite erwartet. Jedes Mal denke ich ›das könnte dein Ende sein‹. Aber bisher ist es gut gegangen.«

Bisher, wollte Edward sagen, aber er schwieg. Stattdessen nickte er nur und lächelte, wobei seine Lippen sich anfühlten wie eine starre, gespannte Linie.

Thellie verbrachte eine Woche bei ihren Großeltern väterlicherseits, sodass sie den Tag ganz für sich allein hatten. James holte Jess am Sonntag ab, in der einen Hand eine karierte Decke, in der anderen einen Korb.

Jess schien nicht überrascht, ihn zu sehen, obwohl sein Besuch nicht geplant war. »Ich dachte mir, wir gehen picknicken«, sagte er. »Wie früher.«

»Geh nur«, brummte Paddy, der hinter Jess auftauchte. »Geh nur an die Sonne, das zaubert etwas Farbe auf deine blassen Wangen.«

Und so zogen sie davon, über die Felder jenseits des Bahnhofs, dorthin, wo früher die Wildenten genistet hatten.

»Sieh doch«, flüsterte sie und zeigte auf eine Vogelfamilie, die am Ufer eines kleinen seichten Teiches entlangwatschelte.

»Glaubst du, sie sind von derselben Familie? Vielleicht Enkel oder Urenkel?«

»Ganz sicher.«

Er legte sich neben sie ins Gras und sah zu, wie die Entenküken sich aufplusterten und dann ins Wasser hüpften. Die Mutter watschelte aufmerksam auf und ab und ließ ihre Kinderschar nicht aus den Augen.

»Sie erinnert mich an dich und Thellie.«

»Ich erinnere dich an eine alte Ente?«, lachte Jess und

knuffte ihn in den Arm. Sie rollte sich auf der Decke auf den Rücken und hielt das Gesicht in die Sonne. »Es ist so friedlich hier.«

»Dann bereust du nicht, dass du zurückgekommen bist?«

»Nein.«

»Jess?«

»Ja?« Sie drehte sich wieder auf den Bauch, stützte das Kinn auf die verschränkten Hände und blickte zu ihm auf.

»Weißt du noch, wie wir früher hergekommen sind und vom Heiraten gesprochen haben?«

Jess sah ihn ernst an. »Wir waren Kinder«, sagte sie sanft. »Das war nur ein kindisches Spiel.«

»Du warst meine beste Freundin«, fuhr er fort. »Ich dachte, du liebst mich.«

»Das habe ich auch.«

»Warum um alles in der Welt hast du dann einen anderen geheiratet?«

Sie schloss die Augen, und einen Moment dachte James, sie würde nicht antworten. »Es war alles so anders«, sagte sie schließlich. Als sie die Augen wieder aufschlug, glitzerten Tränen in ihnen. »Die Stadt war nach Boolai so aufregend. Die ganze Hektik und Betriebsamkeit, das Kommen und Gehen, die vielen Leute. Nach einiger Zeit hasste ich es, an den Wochenenden und in den Ferien in unser ödes Dorf zurückzukommen. Und als ich Thellies Vater kennen lernte, war er für mich der attraktivste und interessanteste Mann, der mir je begegnet war. Und dass er mich mochte, die unscheinbare, langweilige Jess O'Reilly aus Boolai ...«

»Du bist nicht unscheinbar und schon gar nicht langweilig!«, warf James ein. »Du bist die schönste Frau, die ich je gesehen habe.«

»Du Dummkopf«, sagte sie lächelnd und legte eine Hand auf seine. »Du sagst die wunderbarsten Sachen.«

»Es stimmt aber!«, protestierte er.

»Hör zu, James. Es tut mir Leid, wie alles gekommen ist. Ich war das Mädchen vom Lande, das in die große Stadt verpflanzt wurde. Es geriet alles etwas außer Kontrolle. Aber es ist geschehen, und daran lässt sich nun einmal nichts mehr ändern.«

Aber James ließ nicht locker. »Dann hast du jemand anders geheiratet, obwohl du mich geliebt hast?«

Sie senkte den Kopf, um seinem Blick auszuweichen. »Ja. Es tut mir Leid.« Dann: »Du musst dich auch für andere Frauen interessiert haben.«

»Ich habe nie für eine Andere so empfunden wie für dich.«

Hiernach lagen sie eine Weile schweigend da. Schließlich stützte James sich auf einen Ellbogen. Als sie die Bewegung spürte, öffnete Jess die Augen und blickte zu ihm auf. Ihr blasses Gesicht war von ihrem dunklen Haar umrahmt. Ihre Lippen verzogen sich zu einem trägen Lächeln. Bienen summten zwischen den kleinen gelben Blumen im Gras.

Die Zeit schien stillzustehen. Er konnte den Blick nicht von ihr losreißen, senkte vielmehr den Kopf und küsste sie ganz sacht auf den Mund. Unvermittelt schlang sie die Arme um ihn und zog ihn an sich. Er spürte ein Trommeln in seiner Brust wie das Schlagen riesiger Schwingen, und das Blut schoss ganz plötzlich glühend heiß durch seine Adern.

»Wann wirst du also deinen Job hinschmeißen und

mich endlich heiraten?«, fragte er und rückte zögerlich von ihr ab.

»Ist das ein Antrag?«

»Darauf kannst du Gift nehmen.«

»Du enttäuschst mich, James. Ich dachte, du wärst romantischer«, entgegnete sie und gab sich alle Mühe, nicht zu lächeln.

»Also gut«, brummte er. »Jess, ich liebe dich. Ich habe dich immer geliebt. Schon als wir noch Kinder waren, wir auf dem Fluss herumgerudert sind, du noch Zöpfe getragen hast und dein Gesicht mit Sommersprossen übersät war. Ich liebe dich. Bitte heirate mich, bevor ich den Verstand verliere. Bevor mein Verlangen nach dir so unerträglich wird, dass ich das Gefühl habe, innerlich zu verbrennen und zu sterben. Ich brauche dich.«

»So einfach ist das nicht, James. Es geht nicht nur um uns. Thellie und ich, nun ja, uns gibt es nur im Doppelpack. Glaubst du, du könntest das Kind eines anderen Mannes lieben wie dein eigenes?«

Er starrte sie fassungslos an. »Sie ist ein Teil von dir, Jess. Wenn ich sie anschaue, sehe ich dich in ihrem Alter, mit wehendem Haar und dreckbespritztem Kleid. Wie könnte ich sie nicht lieben?«

»Ich musste nur sicher sein, das ist alles.«

»Wessen musstest du dir sicher sein?«

»Thellie. Du.« Sie schwieg einen Moment mit ernster Miene. »Na ja, weniger Thellie. Meine Tochter betet dich an.«

»Ich weiß, und ich finde sie auch wundervoll. Wir beten uns gegenseitig an.«

»Ich musste mir erst sicher sein, wie du empfindest.

Dieser Krieg hat alle verändert. Wir sind andere Menschen geworden, du und ich, und es wird nie wieder so sein, wie es einmal war. Ich weiß, was es heißt, jemanden zu verlieren. Erst dachte ich, ich würde auch sterben, als ich erfuhr, dass Thellies Vater nicht mehr heimkommen würde. Manchmal glaube ich, dass man nie aufhört zu trauern.«

Er legte ihr eine Hand unter das Kinn und hob ihren Kopf leicht an. »Heh, ich möchte gar nicht den Platz deines verstorbenen Ehemannes einnehmen. Weder bei dir noch bei Thellie. Ich möchte meinen eigenen Platz in eurem Leben einnehmen.«

Jess nickte. »Ich glaube, das lässt sich einrichten.«

»Heißt das, du sagst Ja?«

Sie schlang die Arme um seinen Hals und schmiegte die Wange an seine. »Ja! Ja! Tausend Mal ja! Ich liebe dich, James. Wir werden eine Familie sein. Du, ich und Thellie. Sie wird ganz aus dem Häuschen geraten, wenn wir es ihr sagen.«

»Lass uns ein Datum bestimmen. Wann soll die Trauung stattfinden? Heute, morgen, nächste Woche?«

»Sei nicht albern! Es gibt eine Menge zu planen und vorzubereiten. Glaub ja nicht, dass Kitty dich ohne rauschendes Fest davonkommen lässt. Mal sehen. Jetzt ist August. Wie wäre es mit Dezember? Kurz vor Weihnachten?«

Er stöhnte und zog sie wieder an sich. »Ich werde verrückt, wenn ich noch so lange warten muss. Hab Erbarmen.«

Sie tat so, als würde sie einen Moment überlegen, und runzelte dabei auf so entzückende Art die Stirn, dass er die Falten liebend gern fortgeküsst hätte. »Kannst du bis

Ende Oktober warten? Ich denke, bis dahin müsste sich alles arrangieren lassen.«

»Ich denke, dass schaffe ich gerade noch so. Und jetzt komm her. Ich möchte dich noch einmal küssen. Diesmal richtig.«

KAPITEL 34

Eines Abends zog das Regiment in zügigem Schritt aus dem Gebirge um den Wadi Gaza herum und überquerte das flache Land im Südosten in Richtung Beersheba.

Sie boten einen beeindruckenden Anblick. Die Pferde waren frisch getränkt, und in ihren Futtersäcken war genug Kraftfutter für drei Tage. Die Männer hatten in den Packtaschen prall gefüllte Wasserflaschen bei sich sowie Dörrfleisch und Zwieback. An jeden Universal-Sattel waren ein Mantel, ein wasserdichtes Tuch als Schlafunterlage und Decken geschnallt. Über der Schulter trugen die Männer Three-o-three-Gewehre und Gurte mit 90 Patronen. Zehn weitere Magazine waren in einer griffbereiten Ledertasche untergebracht. An ihrem Gürtel baumelten Bajonett und Säbel.

Ein glutroter Vollmond stieg über den Horizont. Als er höher stieg, verwandelte er sich in eine silberne Scheibe, die die Landschaft in blasses Licht tauchte. Die Männer ritten jeweils zu viert nebeneinander, und das Regiment bildete eine mehrere Meilen lange Schlange. Nachdem sie zehn Meilen zurückgelegt hatten, machten sie in Esani Halt, um die Pferde zu tränken. Die Brunnen waren zahlreich und lieferten genug Wasser. Es war fast Morgen, und im Osten wurde es bereits hell. Den Tag über rasteten die Männer unter Palmen entlang dem Wadi. Kurz bevor die Nacht anbrach, sattelten sie die Pferde wieder und zogen weiter nach Khalasa.

Am nächsten Morgen wehte ein heißer Wind in Wellen über die Wüste und trug ihnen den Gestank des Todes zu. In Khalasa war vor kurzem erst gekämpft worden, und ein Dutzend Kamelkadaver verströmten einen widerlichen Verwesungsgeruch, vor dem es kein Entkommen gab. Die Männer suchten für sich und ihre Pferde Schatten und versuchten zu schlafen. Die Fliegen waren ein Riesenproblem. Sie krabbelten Männern und Pferden in Nase und Ohren und ließen sich in Scharen um ihre Augen herum nieder.

Jacko blickte grimmig zu Edward hinüber. »Diese verdammten Fliegen. Und weißt du, wo die Mistviecher herkommen? Auf direktem Wege von den Kamelkadavern. Widerlich.«

Edward nickte, zu erschöpft, um sich aufzuregen. Er wickelte sich das Hemd um das Gesicht und schlief ein, von eigenartigen Träumen geplagt, an die er sich beim Aufwachen nicht mehr erinnern konnte. Nur ein Gefühl der Furcht blieb, ließ ihn nicht mehr los.

Das Regiment zog hauptsächlich nachts weiter und rastete am Tage. Sie passierten kleine, staubige Dörfer, in denen es nach Feuerrauch und Essen roch. Die Pferde scheuten vor dem Kamelgeruch zurück, wurden unruhig und schwierig.

In Asluj, wo sie die nächste Rast einlegten, gab es eine winzige, schneeweiße Moschee und ein Dutzend verlassener türkischer Baracken, umgeben von kargen Kalksteinhügeln. Edward stieg aus dem Sattel und stellte sich mit Midnight in der Schlange vor der Wasserausgabe an.

Die Brunnen waren große, runde Konstruktionen, jahrhundertealt, und die Seile, die mit jedem Eimer, den man aus der Tiefe schöpfte, über den Stein glitten, hatten tiefe Riefen hinterlassen. Weiter vorn konnte Edward Jacko sehen, dessen Pferd gierig trank. »Heh, lasst uns noch was übrig«, scherzte er.

»Wir können von Glück sagen, dass wir überhaupt Wasser bekommen«, sagte ein Mann an seiner Seite düster. »Diese türkischen Mistkerle haben die Brunnen vor ein paar Tagen in die Luft gejagt. Die Vorhut hat in 24-Stunden-Schichten geschuftet, um die Trümmer zu beseitigen.«

Ein tiefes Dröhnen ertönte, und ein feindliches Flugzeug flog so tief über sie hinweg, dass Edward den Piloten deutlich sehen konnte.

»Ja«, sagte der Mann und nickte in die Richtung, in der das Flugzeug verschwunden war. »Und die Schurken waren auch für einige Tage hier, wie ich gehört habe.«

Weiter vorn wurden die Pferde weggeführt. »Und, kriegen wir noch was?«, fragte Edward freundlich, als er vor das Steinbecken trat.

»Nein«, entgegnete ein Soldat und schüttelte bedauernd den Kopf. »Nichts mehr da.«

»Mein Pferd hat einen ganzen Tag kein Wasser bekommen.«

Der Soldat zuckte die Achseln. »Tut mir Leid, Kamerad. Ich kann nichts machen. Wenn kein Wasser da ist, ist keins da, so einfach ist das. Wir arbeiten, so schnell wir können, um die zerstörten Brunnen zu reparieren. Vielleicht in ein paar Stunden ...«

Leider erwies sich das als reines Wunschdenken.

Bei einbrechender Dunkelheit ritten sie weiter. Nur das Klirren der Steigbügel, das Ächzen der Räder, der dumpfe Hufschlag und ein gelegentliches Wiehern waren zu hören. Mondlicht schimmerte auf den Gewehrläufen, den weißen Planen der Rotkreuz-Wagen, der gewundenen Straße. Die Pferde wirbelten einen feinen Staub auf, der bald alles im Umkreis bedeckte, einschließlich der Gesichter der Soldaten.

»Heiland!«, rief Jacko, als er nach einer Weile einen Blick auf seinen Freund warf. »Du bist so kalkweiß im Gesicht, dass du aussiehst wie ein Gespenst.«

»Du siehst auch nicht besser aus«, lachte Edward und rieb sich vergeblich die Wange.

Sie durchquerten die Berge und Wadis östlich von Beersheba und stießen bei Sonnenaufgang auf die Vorhut. Jenseits der Berge lag die Stadt in einer flachen Talsohle. Große massive Gebäude wurden flankiert von einer Ansammlung von Lehmhütten. In der Mitte ragte das Minarett einer Moschee auf, dessen Dach in der Sonne glitzerte. Die umliegenden Berge schimmerten im Morgenlicht nackt und braun, durchzogen von der dunkleren, gewundenen Linie der Schützengräben. Auf der rechten Seite war die Straße nach Hebron zu sehen.

Als sie die Pferde anhielten und abstiegen, kramte Jacko seine letzte Packung Zigaretten aus der Tasche und bot Edward eine an. »Komm, rauchen wir eine, Kumpel. Sieht aus, als hätten wir eine längere Pause vor uns.«

Der Tag, an dem James' und Jess' Trauung stattfinden sollte, brach klar und sonnig an. Das Paar hatte sich für eine Zeremonie am Vormittag entschieden, gefolgt von einem Mittagessen im Hotel. Mit dem Zug am späten Nachmittag würden sie dann zu zweiwöchigen Flitterwochen bei Halliday's aufbrechen.

Wie immer bei größeren Feierlichkeiten waren Zelte, Tische und Stühle organisiert worden. Die Köche wirkten emsig in der Küche, und köstliche Aromen lagen in der Luft. Nachdem sie sich davon überzeugt hatte, dass alles planmäßig lief, eilte Kitty zurück nach Roselea, um zu baden und sich umzuziehen.

Sie tupfte sich eben ein paar Tropfen Parfum an Handgelenke und Schläfen, als es an die Tür klopfte. James stand vor ihr. Er trug einen eleganten dunklen Anzug, und das widerspenstige blonde Haar fiel ihm wie gewöhnlich in die Stirn. »Und, wie sehe ich aus?«

»Wie der bestaussehende Junggeselle in Boolai.«

»Nicht mehr lange«, entgegnete er lächelnd.

»Nein.«

Melancholie überkam sie: Nun war auch James nicht mehr ihr kleiner Junge. Bald würde er Ehemann sein und aller Wahrscheinlichkeit in Kürze auch Vater. Er und Jess hatten übereinstimmend erklärt, dass sie einen ganzen Stall voll Kinder haben wollten. »Möglichst bald«, hatte er hinzugefügt. »Jess und ich werden beide nicht jünger. Wir haben keine Zeit mehr zu verlieren. Und Thellie hat schon ein Schwesterchen bestellt.«

»Bist du so weit?«, fragte er jetzt und holte sie in die Gegenwart zurück.

»Fast.« Kitty zwang sich zu einem Lächeln und fuhr

sich mit einer Hand über die Augen. »Meine Güte, ich glaube, ich fange gleich an zu weinen.«

James schloss sie in die Arme, wobei ihm die Brille von der Nase rutschte, sodass das Gestell sich unangenehm in ihre Wange bohrte.

Gemeinsam fuhren sie zur Kirche, wo bereits eine große Menschenmenge wartete. Dominic verteilte in der Kirche Gesangsbücher. »Schöner Tag für eine Hochzeit«, sagte er und küsste sie auf die Wange.

Kurz darauf kam Jess in einem Kleid aus handgeklöppelter Spitze in einem zarten Pfirsichton den Mittelgang hinunter, begleitet von ihrer Tochter und ihrem stolzen Vater. Sie war eine wunderschöne Braut. Kitty wischte sich verstohlen die Tränen aus den Augen, als die Zeremonie begann.

»Willst du, James, diese Frau ...«

Erinnerungen stürzten auf sie ein. Sie und Ted im Wohnzimmer der alten Hütte, die überhastete Trauung, die ungewollte Schwangerschaft. Wenigstens hatte James' und Jess' Ehe ein solides Fundament. Die beiden waren seit ihrer Kindheit befreundet; es schien nur natürlich, dass sie heirateten.

»Und so erkläre ich euch kraft meines Amtes für Mann und Frau.«

Es war fast dunkel, als das Paar aufbrach, und die meisten Hochzeitsgäste begleiteten die beiden noch zum Bahnhof, um sie mit Pfiffen und Jubelrufen zu verabschieden, als der Zug sich in Bewegung setzte.

Dominic kehrte mit Kitty zum Hotel zurück. Köche und Putzkolonne waren bereits abgezogen, und sie wollte gleich zumachen. »Möchtest du noch etwas trinken?«, fragte sie, als sie die Bar betraten.

»Sehr gern.«

»Whisky?« Sie drehte sich um und nahm die Flasche aus dem Regal.

»Das war eine sehr schöne Hochzeit, Kitty. Du kannst sehr stolz sein.«

»Das bin ich auch. Sind die beiden nicht ein schönes Paar?«

Sie stellte die zwei Gläser auf den Tresen, kam dann hinter der Bar hervor und setzte sich zu ihm. »Cheers«, murmelte sie und prostete ihm zu. Dann: »Meine Güte, ich bin so müde, dass ich eine ganze Woche schlafen könnte.«

Er legte die Hand auf ihre. Ihr Blick wurde fast magisch von den gebräunten schmalen Fingern angezogen, die warm auf ihren ruhten. »Kitty?«

»Ja?«

»Es gibt da etwas, das ich dir sagen möchte. Ich denke darüber nach zu heiraten.«

»Oh.« Es kam ihr vor, als würde ihr Herz einen Schlag aussetzen.

»Elizabeth und ich sind seit Jahren befreundet«, fuhr er fort. »Sie ist einige Jahre jünger als ich und Witwe mit zwei halbwüchsigen Söhnen. Wenn ich wieder in Brisbane bin, möchte ich ihr einen Antrag machen.«

»Liebst du sie?« Sie wusste selbst nicht, warum sie das fragte; es rutschte ihr einfach so heraus. »Ach was«, sagte sie gleich darauf und wandte den Kopf ab, damit er ihre Tränen nicht sah. »Das geht mich nichts an.«

Dominic packte sie bei den Schultern, drehte sie zu sich herum und schüttelte sie leicht. »Du bist blind und dumm, Kitty«, sagte er wütend. »Es geht dich *alles* an.«

Dann trat er zurück und ließ sie abrupt los. Kitty

wankte leicht, geschockt von seinem Ausbruch. »Es tut mir Leid.«

»Was tut dir Leid? Dass du einem Wunschtraum nachjagst, einer Illusion, kostbaren Erinnerungen? Das viele Geld, das wir ausgegeben haben, um Dan zu finden, hat zu nichts geführt. Er liebt dich nicht. Ich liebe dich.«

Sie nickte und schloss die Augen, um den Zorn und den Schmerz auf seinem Gesicht nicht länger sehen zu müssen. »Nicht«, bat sie leise.

Aber er tat, als hätte er nichts gehört. »Vor Jahren habe ich einmal gesagt, dass ich warten würde, solange es nötig wäre, bis du zur Vernunft kommst. Aber ich bin das Warten leid, Kitty. Ich brauche jemanden. Ich bin einsam; das Leben zieht an mir vorbei. Noch ist es nicht zu spät. Sag, dass du deine vergebliche Suche ein für alle Mal aufgibst und mich heiraten willst.«

»Ich kann nicht«, flüsterte sie.

Er starrte sie ungläubig an. »Kannst du nicht, oder willst du nicht? Du hast Jahre nichts mehr von Dan gehört. Lass gut sein, Kitty. Richte dir ein eigenes Leben ein, mit mir.«

»Nein!«

Sie wandte sich ab und zog sich hinter die Bar zurück. Ihr Herz schlug so wild, als wolle es ihren Brustkorb sprengen. Dominic wartete, einen gequälten Ausdruck auf dem Gesicht. Alles, was er sagte, stimmte. Ein Wort von ihr genügte, und er würde von seinem Vorhaben Abstand nehmen, einer Frau, die er nicht liebte, einen Antrag zu machen. Aber sie hatte nun einmal die Suche nach Dan zu ihrem Lebensinhalt gemacht. Jetzt aufzugeben war schlicht unmöglich.

Dominic nahm seinen Hut von der Bar. »Ich bin noch

einen Tag in der Stadt. Ich komme vor meiner Abreise noch einmal vorbei, um mich zu verabschieden.«

Kitty reichte ihm die Hand. »Ich hoffe, du wirst mit Elizabeth glücklich werden«, sagte sie steif.

Fernes Geschützfeuer und detonierende Granaten zerrissen die frühmorgendliche Stille, als die britische Infanterie kurz vor sechs Uhr ihren ersten Angriff startete.

Jacko lehnte sich zur Seite und stieß mit der Bajonettspitze Edwards Hut an. »Pass heute bloß auf deine Kängurufedern auf«, sagte er und zeigte auf die Emufedern seitlich an seinem Hut.

Explodierende Granaten wirbelten weißen Staub auf, der lange in der Luft hängen blieb. Einige Infanteristen nutzten diesen effektiven Sichtschutz, um die feindlichen Stacheldrahtsperren zu durchtrennen.

Midnight verdrückte die letzte Tagesration in seinem Futtersack. Edward führte das Pferd in den Schatten eines nahe gelegenen Palmenhains und hockte sich in den Sand. Die Zügel ließ er lose herabbaumeln.

»Sieh mal da unten«, sagte Jacko, der sich von hinten näherte. Er zeigte auf einige Hütten in der Ferne, die im morgendlichen Dämmerlicht gerade eben auszumachen waren. »Noch ein stinkendes Dorf voller Kamele, Hühner und kreischender Frauen. Gott, wie ich das alles hasse!«

Edward warf über die Schulter einen Blick auf seinen Freund und schnitt eine Grimasse. »Das solltest du nicht, weißt du, Jacko. Dieser Ort hier hat vieles mit Boolai gemein.«

»Und was sollte das sein?«

»Hitze, Staub und Fliegen, du Blödmann!«

»Stimmt, Ed. Das relativiert das Heimweh, nicht wahr?«

»Richtig.«

Beißender Rauch drang ihnen in Augen und Nase, und der Geruch von Schießpulver wehte über die Sandhügel. Edward rümpfte angewidert die Nase. Ein weiterer sterbenslangweiliger Tag in der verfluchten Sonne.

Er tätschelte Midnight freundschaftlich die Flanke, und das Pferd schnaubte zufrieden. »Das wird schon, alter Freund. Bald wird dieser verdammte Krieg vorbei sein, und dann geht es ab nach Hause. Heim nach Boolai.«

Jacko warf ihm einen verständnisvollen Blick zu und nahm eine Zigarette aus der Packung. »Ja. Heim nach Boolai«, pflichtete er ihm bei und riss ein Streichholz an. »Aber wir dürfen die Pferde nicht mitnehmen.« Als Jacko einen tiefen Lungenzug nahm, glühte die Zigarettenspitze rot, und Rauch stieg vor seinem Gesicht auf. Er setzte sich in den Sand und streckte die Beine vor sich aus. »Ein kühles Bier wäre jetzt genau richtig.«

Edward hatte längst aufgehört, an Stella zu denken, aber das Gerede über Boolai erinnerte ihn an Theas rote Haarspange. Er fischte sie aus der Jackentasche und betrachtete sie. Sie lag inmitten einiger Sandkörnchen auf seiner offenen Hand.

Jacko blies einen Ring aus Rauch in die heiße Luft und warf einen Blick herüber. »Was hat es eigentlich mit dieser Spange auf sich?«, fragte er beiläufig. »Du hast dich nie dazu geäußert.«

Die Geheimhaltung schien Edward plötzlich nicht mehr so wichtig. Zu überleben war das Einzige, was zählte, nach Boolai zurückzukommen. »Sie hat einer Frau namens Thea gehört.«

Jacko runzelte die Stirn und blickte über die Ebene in Richtung der kleinen Ortschaft. Die Zigarette ließ er lässig zwischen den Fingern baumeln. »Diese Thea, war sie eine Freundin von Stella?«

»Nein.«

»Aber sie war eine Freundin von dir?«

»Ja.«

Jacko zog erneut an der Zigarette. »Sie muss dir viel bedeutet haben, diese Thea. Du trägst ihre Haarspange mit dir herum, seit wir Boolai verlassen haben.«

Edward drückte die Spange kurz an die Lippen und steckte sie dann wieder ein. »Stella und ich ... na ja, es hat nicht geklappt. Und als ich dann Thea kennen lernte, dachte ich, Gott wollte mich entschädigen für den ganzen Ärger und Kummer in meinem Leben. Innerlich war Thea der schönste Mensch, der ...«

»Und du warst verheiratet«, fiel Jacko ihm ins Wort.

»Ja, ich war verheiratet. Wir hatten keine Zukunft, und darum hat sie mich verlassen.«

»Wirst du nach ihr suchen, wenn wir wieder daheim sind, nachdem Stella und du ...«

Edward zuckte die Achseln. »Vielleicht. Vielleicht auch nicht. Ich habe ihr sehr wehgetan. Ich wollte es nicht, aber ich habe es getan.«

Jacko schwieg eine Weile nachdenklich. »Weißt du, es gibt Männer, die verlieben sich nie«, sagte er schließlich und drückte seinen Zigarettenstummel im Sand aus. »Aber wenn ein Mann sich verliebt, sollte er um seine Liebe kämpfen, finde ich. Aufgeben ist was für Feiglinge. Wenn wir zurück sind, musst du sie suchen.«

»*Falls* wir zurückkehren, Jacko. Falls.«

Stunden verstrichen, und die Sonne brannte unerbittlich vom wolkenlosen Himmel auf sie herab. Mittags holte Edward eine Hand voll Zwiebäcke aus seiner Packtasche und kaute bedächtig. Er war nicht hungrig; es war einfach so, dass essen half, die Zeit totzuschlagen. Er spülte den Zwieback mit einem Schluck Wasser herunter. Die Feldflasche war fast leer.

Die gesattelten Pferde standen in kleinen Gruppen beisammen, ließen in der Hitze matt den Kopf hängen und wedelten mit dem Schweif unablässig lästige Fliegen weg. Mehrere Regimenter ritten in Richtung Tel el Saba davon. Die Sonne zog am Himmel ihre Bahn. Zigaretten wurden herumgereicht. Einige der Männer vertrieben sich die Zeit damit, ihr Gewehr zu reinigen. Andere schliefen im Schatten.

Es war später Nachmittag, und die Schatten waren bereits lang, als ein Offizier herangaloppiert kam und Befehle bellte: »Alles bereitmachen. Achtet darauf, dass sämtliche Ausrüstungsgegenstände sicher am Sattel befestigt sind.«

Jacko, der auf dem Rücken lag, rollte sich auf die Seite, Edward zu. »Was meinst du? Glaubst du, wir ziehen ins Gefecht?«

»Keine Ahnung, aber hier bleiben können wir jedenfalls nicht«, entgegnete Edward und schüttelte die fast leere Wasserflasche. »Wenn wir nicht bald unsere Wasservorräte auffüllen, gehen wir alle hops. Die meisten Pferde haben seit zwei Tagen nichts mehr getrunken. Die Brunnen in Asluj sind unzuverlässig, und den Rückmarsch nach Khalasa würden wir nicht durchstehen.«

Obwohl sein eigener Mund trocken war, reichte Edward Jacko seine Wasserflasche und hielt beide Hände zusammen. »Schütt den Rest da rein.«

Es war nicht viel, nicht einmal genug, um die Aushöhlung seiner Hände zu füllen. Er hielt das Wasser Midnight hin, der daran schnupperte, leise wieherte, trank und anschließend den Kopf an Edwards Arm rieb. »So, alter Freund«, sagte Edward leise und streichelte dem Pferd die breite Stirn. »Ich verspreche, dass du bald mehr bekommst, sehr bald.«

»Aufsitzen! Formiert euch!« Mehrere Offiziere kehrten zu ihren Einheiten zurück, gaben Befehle aus und brachten die Männer entlang einem ausgetrockneten Flussbett in Aufstellung.

Der Wind wehte mit gespenstischem Pfeifen über den Sand, als die Pferde in der vordersten Reihe zum Stehen kamen. Das einzige Geräusch neben dem Wispern und den Seufzern der wartenden Männer war das Scharren und Schnauben der durstigen Pferde.

»Was glaubst du, was vor sich geht?«, fragte eine Stimme zu Edwards Linken.

»Keine Ahnung!«, antwortete jemand.

»Glaubst du, jetzt geht es richtig los?«

Die Frage blieb unbeantwortet. Die Reihen setzten sich in langsamem Schritt in Bewegung und trabten gleich darauf zügig bergabwärts. Als sie auf die offene Ebene gelangten, blickte Edward über die Reihen der Reiter um ihn herum: rechts, links, vor ihm und hinter ihm. Einige der Kavalleristen trugen das Gewehr über einer Schulter und das Bajonett in der rechten Hand. Andere pressten ihre Waffen mit aufgesetzten Bajonetten an die Schenkel.

»Heh!«, rief Jacko und lehnte sich im Sattel vor. »Weißt du, was ich glaube? Ich denke, wir werden diese Schweinehunde angreifen und ihnen zeigen, was eine Harke ist.«

»Klar, Jacko.«

Sie galoppierten über den glutheißen Sand entlang der Straße. Der Boden war hart und mit Steinen und niedrigen Sträuchern übersät, unterbrochen von ausgetrockneten Bachläufen und Gräben. Weit vorn konnte Edward das Minarett einer Moschee sehen, das hoch in den Himmel aufragte und die letzten Sonnenstrahlen einfing. Entschlossen heftete er den Blick auf diese Landmarke.

Die Türken eröffneten das Feuer von einem Schanzwerk etwa eine Meile vor der Stadt aus. Einen Moment lang konnte Edward nur das ohrenbetäubende Getöse von Gewehrschüssen und Maschinengewehrsalven hören. Entlang den feindlichen Schützengräben flammten Mündungsfeuer auf.

Jemand brüllte: »Attacke!«

Der Befehl wurde aufgenommen und entlang den Reihen weitergegeben. Edward schoss durch den Kopf, dass er diesen Augenblick nie vergessen würde: den heißen Wind, der angespannten Gesichtern entgegenwehte, Bajonette, die in der zunehmenden Dämmerung nach vorn zeigten. Weißer Staub wirbelte in dichten Wolken auf und raubte ihnen den Atem, als die Pferde Schulter an Schulter mit gestrecktem Kopf und wehender Mähne dahinjagten. Schneller. Schneller. Immer schneller flogen sie dem unsichtbaren Feind entgegen.

Plötzlich hörte er nur noch das Donnern von Tausenden von Hufen auf hart gebackener Erde. Die Sonne ging unter, und der Himmel färbte sich dunkel. Die Pferde gingen durch, von der allgemeinen Erregung angesteckt. Sie konnten Wasser riechen.

Die steinige Ebene flog unter ihnen hinweg, und mehrmals drohte Edward aus dem Sattel geschleudert zu werden, wenn das Gelände plötzlich abfiel oder Midnight mit einem Satz über einen Graben hinwegsetzte. Die feindlichen Schützengräben rückten unaufhaltsam näher. Granaten explodierten in den vorderen Reihen, und Pferde und Männer gingen zu Boden. Staub und Rauch hingen in der Luft. Überall entlang den Reihen wurde gerufen, geschrien und gebrüllt.

Ungeachtet des Durcheinanders rückte die Stadt immer näher: das Minarett und die Kuppel der Moschee, die Dächer der Kaserne und des Bahnhofs. Eine Maschinengewehrsalve direkt vor ihnen. Unmittelbar zu Edwards Linken ertönte ein Schmerzensschrei. Er schaute zur Seite und sah, dass einem Soldaten die halbe Wange weggeschossen worden war. Das Blut lief ihm in Strömen den Hals hinunter. Der Mann ritt noch einige Sekunden weiter und klammerte sich tapfer an sein Pferd, dann aber kippte er zur Seite und fiel mit einem erstickten Schrei unter die Hufe der nachfolgenden Reiter. Edward beugte sich tief über Midnights Hals, obwohl es ihm von Herzen zuwider war, seinen treuen Freund als lebendigen Schutzschild zu benutzen.

Dann schien es, als würden die Granaten nicht mehr vor, sondern hinter ihnen explodieren. Edward warf einen Blick auf Jacko, der wie durch ein Wunder noch an seiner Seite war. Auf dem Gesicht seines Freundes lag ein breites Grinsen. Er hatte den Hut verloren, und sein Haar wehte im Wind. »Blöde Hunde!«, schrie er. »Sie haben die Geschütze nicht nachgerichtet.«

Die vordersten Pferde erreichten den Hauptschützengraben und überwanden ihn mühelos. Dann war auch Edward dort und sah im Graben die angsterfüllten Gesichter der Türken, die mit den Bajonetten auf die Bäuche der Pferde einstachen. Midnight stieß sich kraftvoll ab. Einer der Männer hielt eine Granate in der Hand. Aus den Augenwinkeln sah Edward, wie sie auf ihn zugeflogen kam.

Gleich darauf zuckte ein greller Blitz vor ihm auf, begleitet von einer ohrenbetäubenden Detonation. Wieder eine Explosion, und er glaubte, seine Trommelfelle würden platzen. Er stürzte und prallte hart auf dem Boden auf. Er hob den Kopf und stützte sich auf einen Ellbogen. Midnight lag neben ihm, und seine Vorderbeine zuckten im Todeskampf. Blut rann dem Tier aus Maul und Nüstern.

Der Staubvorhang lichtete sich für einen Moment. Jacko war von der ganzen Wucht der explodierenden Granate erwischt worden. Er lag reglos da, das linke Bein unter seinem strampelnden Pferd eingeklemmt. In der Flanke des Tieres klaffte ein riesiges Loch, aus dem eine Blutfontäne spritzte. Edward richtete den Blick auf Jackos rechtes Bein, nur dass kein Bein mehr da war, sondern nur noch ein zerfetztes, blutiges Hosenbein.

Eine weitere Explosion. Der Sand wölbte sich unter ihm auf. Jackos Pferd schrie vor Schmerz und rappelte sich auf. Dickflüssiges, tiefrotes warmes Blut rann an seinem Bein hinab.

Edward fühlte plötzlich eine lähmende Lethargie, fühlte sich von dem Geschehen losgelöst, als wären sämtliche Gliedmaßen von seinem Körper abgetrennt worden, als würde er in warmem Wasser treiben. Es füllte seine Nase, seinen Mund, und er bekam keine Luft mehr. Es war, als hockte Jacko auf seiner Brust und als würde Dutchie ihm spielerisch die Nase zuhalten. Aber das kann nicht sein, sagte er sich. Dutchie ist tot und Jacko vermutlich auch.

Seltsame, zusammenhanglose Bilder stiegen vor ihm auf. Kitty und James inmitten der Rosen, die die Zufahrt von Roselea säumten. Stella. Thea. Der Schmerz hielt an, pochte unkontrolliert, überdeckte alles andere. Eine seltsame Stille umgab ihn. Kein Geschützfeuer mehr und auch keine explodierenden Granaten, kein ratterndes Maschinengewehrfeuer. Stattdessen eine unnatürliche Stille, die nicht das leiseste Geräusch durchdrang. Der Himmel war hell, aber verschwommen, hinter einem wirbelnden roten Nebel verborgen.

Eine Gestalt kam durch den Nebel auf ihn zu. Sie stolperte leicht, bewegte sich seltsam vertraut. Edward starrte angestrengt durch den roten Schleier und versuchte fieberhaft, die Erinnerung auszugraben, die er mit der Gestalt verknüpfte. Er nahm einen seltsamen Geruch wahr, der nur kurz vorbeiwehte, eine Mischung aus braunem Rum, Pfeifentabak und Whisky.

Dann fiel es ihm wie Schuppen von den Augen, ein stechender Schmerz durchzuckte seine Brust, und einen Moment stockte ihm der Atem.

Es war sein Vater. Ted.

Ted sah nicht älter aus als auf dem Foto auf Kittys Frisierkommode, obwohl er schon fast 30 Jahre tot war.

Ted war blass, und seine Züge wirkten angespannt. Die Augen lagen tief in den Höhlen und leuchteten eigentümlich.

»Dad!«

Ted ging kopfschüttelnd an ihm vorbei und war gleich darauf nicht mehr zu sehen.

Edward wollte nach ihm greifen, ihn zurückhalten.

»Warte!«, rief er ihm nach und spürte plötzlich wie durch ein Wunder keine Schmerzen mehr. Sein Ruf war kaum mehr als ein heiseres Flüstern. Licht schimmerte dort, wo die Sonne sein musste, blendete ihn. Dann senkte sich Dunkelheit wie eine schützende Decke auf ihn herab.

KAPITEL 35

Das Telegramm kam, als Kitty es am wenigsten erwartete. Im Nachhinein ging ihr auf, dass die Unbekümmertheit von Edwards Briefen, von seinen Versicherungen, dass der Krieg bald vorbei sein und er in Kürze zurückkehren werde, sie mit falscher Hoffnung und Zuversicht erfüllt hatte.

Als sie das energische Klopfen hörte, eilte Kitty zur Tür, in der Hoffnung, es sei Beth. Aber das konnte nicht sein. Beth klopfte nur selten an. Und James und Jess waren noch bei Halliday's und genossen die ersten Tage ihrer Flitterwochen.

Stirnrunzelnd öffnete sie und sah einen von Beths Postboten vor der Tür stehen. Er hielt den Kopf gesenkt. In einiger Entfernung konnte sie Beth keuchend herbeieilen sehen, Dominic im Schlepptau.

Die ganze Situation verhieß nichts Gutes. Kitty musterte den Jungen argwöhnisch. »Ja?«

»Missus Katherine Hall?«

Wozu die Frage? Der Junge war einer von Blue O'Reillys Söhnen. Er wusste sehr gut, wer sie war.

»Ja«, entgegnete sie zögernd.

»Telegramm für Sie, Missus.«

Er drückte ihr den Umschlag in die Hand und war schon wieder weg, schwang sich auf sein Rad und fuhr, unter der Last der Post in den Packtaschen wankend, davon.

Beth und Dominic eilten an den letzten Rosen vorbei und über die kleine, gepflegte Rasenfläche. »Kitty, ich bin gekommen, so schnell ich konnte«, keuchte Beth, vor Anstrengung hochrot im Gesicht. »Ich war auf der Bank, als das Telegramm kam, sonst hätte ich es selbst gebracht.«

»Was steht drin?«, fragte Dominic, der unnatürlich blass war.

Kitty starrte auf den Umschlag. Sie brachte es nicht über sich, ihn aufzureißen, um das Unvermeidliche schwarz auf weiß bestätigt zu sehen.

»Komm, setz dich.« Dominic nahm ihren Arm und führte sie ins Haus.

Nach der Helligkeit draußen war es dort dunkel. Düster, irgendwie deprimierend. Ihre Augen brauchten ein paar Sekunden, um sich an die Dunkelheit zu gewöhnen. Dominic nahm ihr den Umschlag aus der zitternden Hand, riss ihn auf und reichte ihr den Inhalt. »Es tut mir Leid, Kitty, aber früher oder später musst du es doch erfahren.«

Wir bedauern, Ihnen mitteilen zu müssen ...

Vermisst wird ...

Vermutlich tot ...

Die Worte tanzten dunkel und unzusammenhängend über das weiße Papier und verschwammen dann. Sie tastete blind nach einem Stuhl. Dominics Hand lag auf ihrem Arm. Sie fühlte sich warm an auf ihrer eigenen eiskalten Haut, und sie spürte, wie ein kalter Schauer ihr den Rücken hinunterjagte.

Ein Schrei stieg in ihr auf, blieb in ihrer Kehle stecken. Als sie schließlich den Mund aufmachte, brachte sie nur ein leises Wimmern hervor. Dominic hockte sich vor ihren Stuhl und umfasste ihr Gesicht mit beiden Händen. »Mein Gott, Kitty. Sprich mit mir«, flehte er, aber seine Stimme erreichte sie nur schwach, wie aus weiter Ferne.

Beth kam mit einem Tablett durch die Tür, auf dem eine Teekanne, Tassen, ein Milchkännchen und ein Zuckerdöschen standen. Der perlenbesetzte Deckel des Milchkännchens bewegte sich bei jedem Schritt, und die Perlen stießen rhythmisch gegen das Porzellan. Kitty fühlte sich plötzlich gefangen, eingesperrt wie ein Tier im Zoo. Beth und Dominic betrachteten sie und warteten auf eine Reaktion.

Abrupt stand sie auf, schob sich an Dominic vorbei und begann, rastlos auf und ab zu gehen. Beth hatte das Tablett auf einem Beistelltisch abgestellt und war gegangen. Dominic richtete sich auf. Er fühlte sich sichtlich unbehaglich, wusste nicht, was er tun, wie er sich verhalten sollte.

»James muss informiert werden.« Dominics Worte rissen sie aus ihren Gedanken.

»Ich glaube, Halliday hat noch kein Telefon. Vielleicht können wir ein Telegramm schicken. Die Ferienhäuser liegen ein paar Meilen außerhalb der Stadt. Ich weiß nicht, wie lange es dauern wird, es zuzustellen.«

Sie sprach abgehackt. Ihre Stimme klang fremd. Dominic warf einen Blick auf die Uhr. »Wenn ich den Mittagszug noch kriege, kann ich bis heute Abend dort sein. Gott,

Kitty. James ist fast wie ein Sohn für mich. Ich würde ihm das mit Edward gern persönlich sagen. Ich möchte nicht, dass er es aus einem Telegramm erfährt.«

Sie nickte. Ihre Stimme gehorchte ihr nicht mehr.

Dominic ergriff ihre Hände und drückte sie einen Moment an seine Lippen. »Ich lasse dich jetzt ungern allein. Wirst du zurechtkommen, bis ich wieder da bin?«

Sie bejahte ganz automatisch. Aber würde sie das wirklich? Sie wusste es nicht. »Beth ist ja da«, sagte sie dumpf. »Es wird schon gehen.«

Nachdem die beiden gegangen waren – Dominic zum Bahnhof und Beth, um den Laden zuzumachen –, wanderte sie geistesabwesend durch das Haus. Ihre Gedanken kreisten um Edward: Edward als pausbäckiges Kleinkind, das seine ersten wackligen Schritte auf Ted zu machte. Jahre später, wie er am Grab seines Vaters stand, ein verwirrter Ausdruck in den Augen des Siebenjährigen. Dann jener Tag, an dem er auf seinem Pferd in die Bar geritten war und verkündet hatte, dass er sich freiwillig gemeldet hatte. »Zur Leichten Kavallerie«, hatte er stolz erklärt. Edwards Gesicht, kalt und blass, als der Zug langsam aus dem Bahnhof rollte.

Beth kehrte mit Tom im Buggy zurück. »Komm mit zu uns«, sagte sie.

Kitty schüttelte den Kopf. »Es wird schon gehen.«

»Du solltest heute Abend nicht allein sein«, widersprach Tom. »Allein in dem großen Haus mit deinen Gedanken an Edward, daran, wie er gestorben ist.«

»Er ist nicht tot!«

»Kitty, in dem Telegramm steht ...«

»Da steht, dass er vermisst wird und angenommen wird, dass er tot sei. Ich bin seine Mutter. Ich würde es fühlen, wenn ihm etwas zugestoßen wäre.« Sie legte eine Hand auf ihre Brust, dort, wo ihr Herz schlug. »Wenn Edward tot wäre, würde ich es hier drin spüren.«

Nachdem Beth und Tom wieder gefahren waren, kam ihr das Haus plötzlich schrecklich leer vor. Entschlossen nahm sie das Telegramm, öffnete die Ofenklappe und warf das Papier in die Glut. Es rollte sich an den Seiten ein, wurde schwarz und brannte schließlich lichterloh.

Wieder im Wohnzimmer nahm sie Edwards Foto von der Chiffoniere. Sein geliebtes Gesicht starrte zu ihr auf, das dunkle Haar, das breite Lächeln. Er sah seinem Vater so ähnlich. Ihre Augen füllten sich mit Tränen, und sie drückte den Rahmen schützend an die Brust.

»Du bist nicht tot. Ich lasse nicht zu, dass du tot bist«, flüsterte sie entschieden.

Dominic starrte während der Fahrt gedankenverloren aus dem Fenster. Die Stadt war grasbewachsenen Hügeln gewichen, die immer wieder unterbrochen wurden von sorgfältig bewirtschaftetem Ackerland. Bewässerungsanlagen beregneten grüne Felder, und in dem Nebel aus winzigen Tropfen spiegelten sich Regenbogen.

Er lehnte sich zurück und schloss die Augen. Es hatte ihn große Überwindung gekostet, Kitty in dieser Situation allein zu lassen. Und jetzt musste er dem frisch vermählten Brautpaar auch noch die Flitterwochen verderben.

In der Jackentasche hatte er einen Zettel mit Hallidays Adresse. Die nächste Ortschaft befand sich unmittelbar an der Bahnlinie, aber Kitty hatte ihm erzählt, dass das eigentliche Anwesen einige Meilen außerhalb lag. Es würde schon spät sein, wenn er dort eintraf. Hoffentlich fand er noch eine Fahrgelegenheit bis zur Ferienhausanlage.

Endlich fuhr der Zug in den Zielbahnhof ein. »Nein, es gibt keine Droschken und auch keine Kutschen zu leihen. Das war der letzte Zug des Tages«, teilte ihm der Bahnhofsvorsteher mit, der sich gerade anschickte abzusperren. »Wohin wollen Sie denn?«

»Zu Halliday's. Wissen Sie, wo das ist?«

»Klar. Ich komme auf dem Heimweg dort vorbei. Ich kann Sie am Tor absetzen, kein Problem.«

»Schwester Benton!«

Thea blickte von dem Instrumentenwagen auf und sah die Oberschwester den Flur herunter mit wehenden Röcken auf sie zumarschieren. Die humorlose Matrone mit den strengen Zügen erinnerte sie an einen Panzerkreuzer. »Ja, Oberschwester.«

»Gleich werden die ersten Verwundeten von der Sammelstation in Beersheba gebracht. Gehen Sie runter und holen Sie mir die Namensliste von den Sanitätern.«

»Ja, Oberschwester.«

Auch nach zwei Monaten im Krankenhaus von El Arish hatte sie noch nicht gelernt, mit dem alltäglichen Grauen umzugehen. Jeden Tag traf ein neuer, scheinbar endloser Strom von Verwundeten und Sterbenden ein. Wann würde das endlich ein Ende haben? Jeden Tag besah Thea sich die Neuzugänge ganz genau, immer damit rechnend, eines Tages auf Edwards geschundenen Körper zu stoßen. Sie wusste, dass er sich freiwillig gemeldet hatte, und dachte an jenen Tag im Park. Edward hatte die Uniform der Leichten Kavallerie getragen, mit den feschen Emufedern am Hut.

»Trooper Edward Hall?« Seit acht Wochen fragte sie jeden Verwundeten, den sie betreute, nach ihm. »Kennen Sie ihn?«

Aber niemand hatte je von ihm gehört. Er könnte überall sein, dachte sie, immerhin gab es zahlreiche verschiedene Brigaden. Oder, aber daran wollte sie gar nicht denken, er war bereits tot und lag in einem anonymen Grab auf irgendeinem Schlachtfeld in der Wüste.

»Hallo, Süße«, rief ein Sanitäter, als sie ins Freie trat. Vor der Tür standen bereits mehrere Rotkreuztransporter, die blutüberströmte Patienten ablieferten. »Haben Sie mal eine Minute Zeit?«

Thea strich sich mit einer Hand die weiße Schürze glatt. »Die Oberschwester möchte die Liste haben.«

Mehrere Kolleginnen von ihr nahmen die Verwundeten in Empfang und dirigierten die Tragen in verschiedene Richtungen. Der Fahrer reichte ihr das Papier, und aus reiner Gewohnheit überflog sie die Namen.

Halcrow. Hale. Halford. Hallett.

Kein Hall.

Innerlich seufzte sie erleichtert auf.

Sie war auf dem Weg zurück auf die Station, um der Oberschwester die Namensliste zu bringen, als zwei Sanitäter mit der letzten Trage an ihr vorbeihasteten. Ein Mann mit bandagiertem Kopf und Gipsbein lag auf dem Segeltuch.

»Ein seltsamer Fall«, hörte Thea den Krankentransportfahrer zu einer Schwester sagen. »Seine Verletzungen sind nicht allzu schwer. Nur ein gebrochenes Bein und leichte Verbrennungen im Gesicht. Das Komische ist nur, dass er noch kein Wort gesprochen hat, seit wir ihn aufgelesen haben. Er wollte uns weder seinen Namen nennen noch sein Regiment. Schock, würde ich sagen.«

Die Schwester schnalzte mitfühlend mit der Zunge. »Etwas liebevolle Pflege, und er wird wieder.«

Thea dachte an die Oberschwester und hastete weiter. Als sie die Treppe erreichte, drang die Stimme des Fahrers nur noch leise zu ihr.

»Trotzdem seltsam. Er hält eine rote Haarspange in der Hand, die er partout nicht loslassen will. Muss seiner Frau gehört haben.«

Thea wirbelte herum. Das konnte nicht sein. Solche Zufälle gab es nicht. »Eine Haarspange? Sagten Sie eine rote Haarspange?«

»Ja. Seltsam, nicht wahr?«

»Darf ich sie mal sehen?«

Sie trat an die Trage und blickte auf die Gestalt, die reglos und still dalag. War das Edward? Sie war nicht sicher. Die Größe kam hin, wenngleich Edward deutlich kräftiger gewesen war, aber das konnte auch am Krieg und an mangelnder Versorgung liegen. Sein Gesicht war zum großen Teil bandagiert und nicht zu erkennen.

Eine Hand war zur Faust geballt. Ein Sanitäter bog die Finger einen nach dem anderen auseinander, und da sah sie die rote Spange, die gleiche wie jene, die Edward ihr vor Jahren zum Geburtstag geschenkt hatte. Die Spange, die sie zurückgelassen hatte, als sie aus North Harbour weggegangen war.

Sie hockte sich neben die Trage und legte die Hände um die steifen Finger und die Spange. Tränen liefen ihr über das Gesicht. »Edward«, flüsterte sie. »O mein Gott, Edward.«

Mühsam drehte er den Kopf. Durch den Spalt in seinem Verband sah sie, wie er die Augen aufschlug. Seine Stimme war nur ein heiseres Krächzen. »Thea?«

»Kommen Sie endlich, Schwester Benton. Ich warte nun schon fast fünf Minuten auf die Liste.« Die Oberschwester stand oben auf der Treppe, und ihre Stimme hallte laut durch den Flur.

Hastig wischte Thea sich mit dem Handrücken die Tränen aus dem Gesicht und stand auf, hin und her gerissen zwischen dem Wunsch, an seiner Seite zu bleiben, und der Verpflichtung, dem Befehl der Oberschwester nachzukommen. »Ich habe um sechs Feierabend. Ich komme zu dir, sobald ich kann.«

Später fand sie Edward in seinem Bett sitzend vor. Der Kopfverband war entfernt worden. Als er aufblickte und sie auf sich zukommen sah, lächelte er breit und war wieder ganz der Edward, den sie gekannt hatte. Etwas älter und mit mehr Falten im Gesicht, aber es war unzweifelhaft dasselbe geliebte Gesicht. Sie küsste ihn schmatzend auf den Mund, zur Belustigung der anderen Patienten, die johlten und pfiffen.

»Nicht gerade viel Privatsphäre hier«, bemerkte Edward grinsend.

»Das ist mir egal. Ich bin ja so glücklich, dich zu sehen.«

Er musterte sie eine Weile schweigend. »Warum bist du weggegangen, ohne dich zu verabschieden?«, fragte er schließlich.

Thea schloss die Augen, um den Schmerz auf seinem Gesicht nicht mehr sehen zu müssen. »O Edward.«

»Wie konntest du einfach so gehen?«

»Wir hatten nichts. Keine Zukunft ...«

»Du hast gesagt, dass du mich liebst.«

»Das habe ich ... das tue ich noch.«

»Warum also?«

»Du warst verheiratet. Du hattest auch ohne mich schon genug Probleme. Ich dachte, du und Stella würdet ohne mich wieder zueinander finden.«

»Stella hat mich verlassen«, entgegnete er leise. »Noch bevor ich in den Krieg gezogen bin. Sie lebt jetzt irgendwo in Brisbane.«

Thea berührte sacht seine Wange. Die Verbrennungen heilten gut. Durch die geschwärzte Haut schimmerte bereits gesunde rosige Haut. »Es werden wahrscheinlich gar keine Narben zurückbleiben«, beruhigte er sie. »Aber das Bein ist mehrfach gebrochen, und ich werde einige Zeit mit Krücken laufen müssen. Sie schicken mich nächsten Monat heim.«

Diese ganze lange Zeit der Trennung, und er sprach bereits wieder davon zu gehen. Trauer stieg in ihr auf und dämpfte ihr Lächeln.

»Heh«, murmelte Edward und legte ihr eine Hand unter das Kinn. »Du bist mir einmal weggelaufen. Jetzt wo ich dich wiedergefunden habe, lasse ich dich nie wieder fort. Wenn das alles hier vorbei ist und die Welt wieder zur Vernunft gekommen ist, werden wir zusammen sein. Koste es, was es wolle.«

Sie fuhren an mehreren Ferienhäusern vorbei, von denen die meisten im Dunkeln lagen. »Das da drüben ist das Haupthaus«, sagte der Bahnhofsvorsteher, als Dominic vom Kutschbock kletterte. »Da finden Sie Halliday.«

Nur ein Fenster war erleuchtet. Dominic klopfte und

hörte gleich darauf Schritte, die sich der Tür näherten. Dann wurde geöffnet, und die dunkle Silhouette eines Mannes stand vor ihm in der Türöffnung.

»Ja?«

»Mr. Halliday?«

»Der bin ich.«

»Entschuldigen Sie die späte Störung, aber ich suche James Hall. Er verbringt zusammen mit seiner Frau Jess die Flitterwochen hier bei Ihnen.«

»Da lang. Drittes Haus rechts.«

Halliday wollte bereits wieder die Tür schließen. »Warten Sie«, sagte Dominic hastig. »Sie hätten nicht vielleicht eine Laterne für mich? Es ist verdammt dunkel da draußen.«

»Augenblick.«

Etwas an der Stimme kam ihm vertraut vor, und er wurde das Gefühl nicht los, dass er sie schon einmal irgendwo gehört hatte. Längst vergessen geglaubte Erinnerungen stiegen in ihm auf. Wenn er doch nur das Gesicht des Mannes deutlicher sehen könnte. Dominic folgte Halliday ins Haus. Alles machte einen sehr ordentlichen, sauberen Eindruck. Die Möbel waren schlicht und praktisch.

»So. Das müsste reichen.« Halliday kam mit einer brennenden Laterne aus dem Nebenzimmer. Das Licht fiel auf sein Gesicht, und trotz der Jahre und des ergrauten Bartes erkannte Dominic ihn sofort. Ungläubig starrte er ihn an.

»Dan! Dan Hall! Ich glaube das einfach nicht.«

Die beiden Männer musterten einander. Auf Hallidays – Dans – Lippen lag ein belustigtes Lächeln. »Wo gibt's denn so was! Wenn das nicht Dominic Tarlington ist. Was führt dich denn hierher in die Wildnis? Was gibt es denn so Wichtiges, dass du James in die Flitterwochen nachreisen musst?«

»Ich weiß, dass der Zeitpunkt nicht der beste ist.« Dominic war schlagartig ernüchtert, als er wieder an den Grund für seinen Besuch erinnert wurde. »Es geht um Edward, James' Bruder. Er gilt als vermisst.« Er schwieg einen Moment. Dann: »Ich nehme an, du weißt, wer James ist?«

»Ich weiß es, ja.«

»Aber du hast ihm nichts gesagt?«

»Dass ich tatsächlich sein Onkel bin, meinst du? Nicht Halliday, sondern Daniel Hall heiße?«

Dominic nickte.

»Nein«, sagte Dan leise. »Er weiß es nicht.«

Dominic starrte ihn erneut eindringlich an. Dan, der Mann, der all die Jahre zwischen ihm und Kitty gestanden hatte. Und jetzt hatte die Suche, die Ungewissheit ein Ende. Kitty konnte aufhören zu träumen; die Vergangenheit konnte Zukunft werden.

Er stand an einer Weggabelung und wusste nicht, in welche Richtung er sich wenden sollte. Sollte er Dan nach Boolai einladen – einmal vorausgesetzt, er wollte überhaupt mitkommen –, oder sollte er so tun, als hätte die Begegnung nie stattgefunden? Solange sie nicht wusste, was aus Dan geworden war, hatte Kitty ihn nicht haben wollen, und nun ... Es spielte keine Rolle; er hatte sowieso bereits verloren.

Er holte tief Luft. »Komm mit mir nach Boolai.«

»Was sollte ich da? Ich habe diesem Leben vor vielen Jahren den Rücken gekehrt. Warum sollte ich jetzt dorthin zurückkehren?«

»Als wir damals zusammen von zu Hause weggelaufen sind, ist vieles unausgesprochen geblieben. Ich denke, es ist an der Zeit, ein paar Dinge in Ordnung zu bringen.«

»Du meinst mit Kitty?«

Dominic nickte. »Sie braucht jetzt die Unterstützung ihrer *ganzen* Familie. Ich denke, das bist du ihr schuldig.«

»Ich habe tatsächlich in letzter Zeit darüber nachgedacht, mir die alte Heimat noch einmal anzusehen. Ich nehme an, sie hat sich verändert.«

»Nur ein klein wenig«, entgegnete Dominic lächelnd. »Dann kommst du mit?«

»Das Geschäft kommt wohl auch ein oder zwei Tage ohne mich aus. Ich habe inzwischen einen Verwalter. Was glaubst du, wie Kitty dazu stehen wird, mich wiederzusehen? Wir wollten einmal heiraten, weißt du noch?«

»Sie wird sich riesig freuen«, erwiderte Dominic grimmig. »Komm, gehen wir und überbringen James und Jess die schlechte Nachricht.«

Die Stunden schlichen sich eine nach der anderen heran, unterbrochen von Gedanken und Erinnerungen. Leute kamen und gingen, aber Kitty registrierte sie kaum. Sie waren wie vage, verschwommene Bilder am äußeren Rand ihres Blickfeldes, ein lästiges Ärgernis. Sie wollte nur in Ruhe gelassen werden.

Vielleicht lag es ja an ihr selbst, dass sie sich so komisch fühlte, daran, dass sie nicht mit der Trauer fertig wurde. Vielleicht hatte sie die Grenze zum Wahnsinn bereits überschritten?

Beth ging mit einem Tablett Schnittchen vorbei. Kitty zupfte an ihrem Ärmel. Beth missverstand sie und hielt ihr das Tablett hin.

»Nein. Ich würde keinen Bissen herunterbekommen.«

»Du musst etwas essen, sonst wirst du noch krank.«

Kitty hob ihr Glas an den Mund und trank einen Schluck. Whisky pur. Genug, um die Sinne zu benebeln, den Schmerz einzudämmen.

»Wann kommt Dominic zurück?«

»Mit dem Nachmittagszug. Er müsste jeden Moment eintreffen. Er hat angerufen, erinnerst du dich?«

Tatsächlich? Sie wusste es nicht mehr genau.

»Bringt er James und Jess mit?«

»Ja.«

O Gott, dachte sie. James und Jess waren in den Flitterwochen. »Er hätte ihnen sagen sollen, dass sie dort bleiben sollen. Sie können doch nichts tun.«

»Ich bin sicher, dass sie auf jeden Fall zurückkommen wollten«, beruhigte Beth sie.

Plötzlich hörten sie Stimmengewirr, und Kitty blickte auf. Mehrere Personen tauchten in der Tür auf und verdeckten einen Moment das Licht. James und Jess eilten auf sie zu und umarmten sie. Dominic folgte ihnen.

»Gibt es etwas Neues?«, fragte Jess. »Vielleicht könnten wir jemanden anrufen?«

Kitty schüttelte den Kopf. »Nein. Bisher nichts Neues.«

Sie traten zurück, und da sah sie eine vierte Person in der Tür stehen. Obwohl ihr Gesicht im Dunkeln lag, kam sie ihr irgendwie bekannt vor.

»Mum«, sagte James, aber die Worte erreichten sie nur gedämpft, wie aus weiter Ferne. »Wir haben eine Überraschung für dich.«

Sie trat vor, und da erkannte sie ihn. Er war natürlich älter geworden und stämmiger als in ihrer Erinnerung. Aber obwohl er einen kurzen Bart trug, waren die Züge darunter kaum verändert, die leuchtend blauen Augen noch dieselben.

»Dan«, sagte sie leise, und ihre Augen füllten sich mit Tränen. »O mein Gott, Dan ist heimgekehrt.«

Es kam ihr wie eine Ewigkeit vor, bis sie endlich an der Tür war. Sie legte die paar Meter bis zur Tür hölzern und mechanisch zurück wie ein Automat. Dann fühlte sie seine Arme um sich, als er sie fest drückte. Er roch wie damals nach Tabak und braunem Rum.

Dominic hatte Dan heimgebracht. Irgendwie, irgendwo hatte er ihn aufgespürt.

Sie blieben lange auf und redeten: James und Jess, Beth und Tom und Dan und Kitty. Dominic war früh gegangen, um zu packen; er wollte Boolai am nächsten Morgen verlassen. Zurück nach Brisbane, um Elizabeth einen Antrag zu machen, wie Kitty vermutete, und der Gedanke erfüllte sie mit Trauer.

Die Gespräche hatten sie vorübergehend von Edward abgelenkt. Als sie jedoch am nächsten Morgen am Küchentisch saß und Tee trank, sorgte sie sich wieder. Wo war er? Ganz sicher würde ihn jemand finden und heimbringen, so wie Dan zu ihr zurückgebracht worden war.

Nach einiger Zeit kam Dan fertig angekleidet herein. »Es war wunderbar, deine Familie kennen zu lernen und Boolai wiederzusehen, aber ich werde heute Morgen wieder abreisen.«

Abreisen? Er konnte nicht weggehen, nachdem sie ihn

eben erst wiedergefunden hatte. Jahrelang hatte sie davon geträumt, dass er wieder Teil ihres Lebens wurde.

»Du kannst nicht fortgehen«, entgegnete sie schwach. Sicher brauchte sie nur das Zauberwort zu sagen, dann würde er bleiben. Vielleicht wartete er nur darauf, dass sie ihn dazu aufforderte.

»Ich fürchte, ich muss. Ich habe daheim alle Hände voll zu tun.«

»Ich hatte gehofft, du würdest bleiben. Meine Familie ist deine Familie. Wir gehören zusammen.«

Er legte den Kopf auf die Seite und musterte sie nachdenklich.

»Ich verstehe nicht ganz, Kitty. Was hast du geglaubt? Dass ich zurückkomme und wir glücklich werden bis an unser Ende? So funktioniert das im wahren Leben nicht.«

Sie schüttelte den Kopf und wusste nicht, was sie sagen sollte. Ihr Traum drohte, in sich zusammenzufallen, bröckelte bereits. Sie hatte doch solche Pläne für die Zukunft. Tränen brannten in ihren Augen. Dan hatte ziemlich ins Schwarze getroffen. So hatte sie es sich tatsächlich vorgestellt.

»Hör zu, wir sind nicht mehr die, die wir damals waren, wir sind keine unreifen Kinder mehr. Du hast dein Leben hier, deine Familie. Und wie sehr du es dir auch wünschen magst, ich kann nicht Teil dieser Welt sein. Ich möchte meinen Frieden haben, liebe das Alleinsein. Einen Pub zu führen ist nicht gerade mein Lebenstraum.«

»Denk doch noch einmal darüber nach ...«

Er nahm ihre Hand und drückte sie. »Es tut mir Leid, Kitty. Ich habe dich einmal geliebt, aber du hast mir unbeschreiblich wehgetan. Wir können die Zeit nicht zurückdrehen. Der Abgrund ist zu tief. Uns trennen zu viele Jahre und zu großer Schmerz. Zu viel Unausgesprochenes steht zwischen uns. Siehst du das denn nicht?«

Sie nickte. Er hatte Recht. Es war, wie Dominic immer gesagt hatte. Sie war all die Jahre einem Traum nachgelaufen. Er liebte sie nicht mehr, und sie ...

Sie dachte nach und versuchte, sich über ihre Gefühle für Dan klar zu werden. Sie waren mit der Vergangenheit verknüpft, hatten irgendwie auch mit Dominic und Ted zu tun ...

Dan legte ihr die Hände auf die Schultern und schüttelte sie sanft. »Es gibt jemanden, der dich über alles liebt. Mach die Augen auf, bevor es zu spät ist.«

Sie wirbelte herum und lief davon, fort von seiner Stimme, fort von den Worten, die sie nicht hören wollte.

»Kitty, warte!«

Sie lief die Vordertreppe hinunter und über den Rasen, die Zufahrt hinunter zu ihren geliebten Rosen, die in der Morgenhitze bereits die Köpfe hängen ließen. Ein bunter Blütenteppich bedeckte den Staub. Sie sah das alles durch den Tränenschleier nur verschwommen. Wütend wischte sie die Tränen fort. Irgendwie schien sie in letzter Zeit ständig nur zu weinen.

Dan, Dan, Dan. Das Wort hallte dumpf in ihrem Kopf wider. Sie hatte ihn immer geliebt, all die Jahre einen ganz besonderen Platz für ihn in ihrem Herzen freigehalten. Hatte sie nicht im Laufe der Jahre viel geopfert, um die Erinnerung an ihn wachzuhalten? Ihre Beziehung zu Dominic war das beste Beispiel.

Sie blieb stehen, als sie bei den ersten Rosenbüschen angelangte. Es waren alte Damaskus-Rosen, deren rosa Blüten in der Sonne welkten. Impulsiv pflückte sie eine

Blume, die in voller Blüte stand, hob sie an die Nase und atmete ihren Duft ein.

Er erinnerte sie an Vergangenheit und Zukunft. An Edward, der viele Tausend Meilen entfernt irgendwo in der Wüste verschollen war, an Dan und Dominic und ihre irregeführten Gefühle. Dan wollte nicht Teil ihres Lebens sein. Dominic war wahrscheinlich schon unterwegs nach Brisbane, um Elizabeth einen Antrag zu machen. Aus Richtung der Kasuarinen am Flussufer drang ein leises Seufzen herüber, ein melancholischer Klagelaut, der zu der Leere in ihrem Herzen passte.

Dominic suchte im ganzen Haus nach Kitty. Er war am Vortag bewusst weggeblieben, um ihr Luft zum Atmen zu lassen. Außerdem war es nicht leicht für ihn gewesen mit Dan im Haus.

Kitty war unauffindbar, aber Dan war in seinem Zimmer und packte gerade seine kleine Reisetasche.

»Dan?« Sein alter Freund zuckte zusammen und wirbelte zu ihm herum. »Weißt du, wo Kitty steckt?«

Dan nickte. »Sie ist gerade gegangen. Ich konnte sie nicht aufhalten.«

»Habt ihr gestritten?«

Dan schaute verwirrt drein. »Ich weiß nicht genau. Nein, gestritten eigentlich nicht. Aber wir haben ein paar Dinge klargestellt.«

»Klargestellt?«

Dan schüttelte den Kopf. »Ich glaube, es war keine so gute Idee von mir, herzukommen. Offenbar hat mein Kommen alte Gefühle wachgerufen, an die ich besser nicht gerührt hätte. Jetzt ist Kitty ganz durcheinander.«

»Himmel. Und wo ist sie?«

Dan zeigte nach draußen auf die Zufahrt. »Sie ist da runtergelaufen.«

Als Dominic zur Tür ging, legte Dan ihm eine Hand auf den Arm und hielt ihn zurück. »Sie glaubt, dass sie mich noch liebt«, sagte er mit brüchiger Stimme.

»Ich weiß.«

Kitty ging weiter und strich hier über eine Blüte, da über eine Knospe. Samtige, im Sonnenlicht durchscheinende Blütenblätter nickten unter ihrer Berührung. Als sie sich umdrehte, nahm sie eine Bewegung vor dem Haus wahr. Jemand kam die Zufahrt herunter. Dominic.

»Hallo«, sagte er, als er näher kam. »Ich dachte mir, dass ich dich vielleicht hier finde.«

»Ja, ich wollte ein paar Schritte gehen.«

»So ganz allein? Im Übrigen ist es etwas heiß für einen Spaziergang.«

Sie blieb stehen und sah ihn an. Sie betrachtete seine grauen Schläfen und die fächerförmigen Lachfältchen an seinen Augenwinkeln. Dominic liebte sie. Er hatte es ihr hundert Mal gesagt, aber sie war zu blind gewesen. Geblendet von Gedanken an Dan, von Wunschträumen, gefangen in der Vergangenheit.

Wieder stiegen ihr Tränen in die Augen, und diesmal vermochte sie nicht, sie zu stoppen. Dumme Gans, schimpfte sie innerlich. Wie hatte sie so unglaublich dumm sein können?

»Kitty?« Er zog sie an sich und hielt sie fest, bis ihr Schluchzen nachließ. »Was ist denn? Was hat Dan denn getan, das dich so aus der Fassung gebracht hat?«

»Er hat mir die Wahrheit gesagt«, entgegnete sie schniefend. »Ich war ja ein solcher Dummkopf. Blind und dumm und ...«

»Verbohrt«, warf Dominic ein und zog sie lächelnd wieder an sich.

»Ja, stimmt«, gab sie zu. »Du hattest Recht. Ich war die ganze Zeit verliebt in einen Traum, so mit der Vergangenheit beschäftigt, dass für die Zukunft kein Raum mehr war.«

Plötzlich versteifte sie sich und starrte über seine Schulter. Der Telegrammbote kam ihnen auf seinem Rad wankend entgegengefahren, einen braunen Umschlag in der Hand.

Kitty dachte, sie würde gleich ohnmächtig werden. Ihr Herz raste. Dominic nahm den Umschlag entgegen und drückte dem Jungen ein paar Pennys in die Hand. »Mach du auf«, sagte Kitty mit erstickter Stimme. »Ich kann es nicht.«

Sie wagte kaum zu atmen, als er die Lasche aufriss, und beobachtete, wie seine Augen den Text überflogen. Dann lächelte er. »Edward lebt. Er liegt im Krankenhaus von El Arish, mit einem gebrochenen Bein und leichten Verbrennungen. Er kommt nächsten Monat heim.«

Grenzenlose Erleichterung durchflutete sie, eine überschäumende Freude, die sie kaum beherrschen konnte. »Gott sei Dank«, seufzte sie. »Lass uns gehen und es den anderen sagen.«

Dominic legte ihr beide Hände auf die Schultern. Er war plötzlich ganz ernst. »Wo wir gerade bei den guten Nachrichten sind ... gibt es da nicht noch etwas, das wir ihnen sagen sollten?«

»Zum Beispiel?«

»Dass Kitty Hall endlich zur Vernunft gekommen ist und eingewilligt hat, den Mann zu heiraten, der sie immer geliebt hat und sie immer lieben wird, komme, was da wolle?«

»Ist das ein Antrag?«

»Kitty«, stöhnte er und umfasste ihr Gesicht mit beiden Händen. »Natürlich ist das ein Antrag.«

Dann küsste er sie, und es fühlte sich so richtig an. Dan war vergessen; sie hatte ihn zu den anderen Erinnerungen aus der Vergangenheit gelegt. Der Wind frischte auf, und weiße Rosenblütenblätter regneten auf sie herab wie Konfetti. Wie Schmetterlingsflügel berührten sie ihren Arm. Oder waren es Dominics Hände?

Ausnahmsweise einmal war sie sich nicht sicher.

EPILOG

Kitty strahlte wie ein junges Mädchen, als sie den Mittelgang der kleinen Kirche herunterschritt. Jeder registrierte, wie glücklich sie zu sein schien.

Alle waren da, all die Menschen, die sie liebte. Thellie, James und Jess, die ein zitronengelbes Organdy-Kleid trug, das ihre fortschreitende Schwangerschaft nicht verbergen konnte. Beth, Tom und die Zwillinge, die inzwischen zwölf Jahre alt waren, sowie Rose und Sophia mit ihren Ehemännern und Kindern. Mayse und Paddy, Blue, Mick und Patrick, Billy und Cynthia und mehrere Dutzend von O'Reilly-Enkeln.

Sie wünschte, Bridie hätte der Hochzeit ihres Sohnes beiwohnen können, aber sie war zu alt, um die weite Reise auf sich zu nehmen. Cordelia war vor zwei Jahren gestorben.

Edward war da, einen Arm um Thea gelegt. Er ging noch mit Krücken, aber der Arzt meinte, das Bein würde mit jedem Tag kräftiger. Er wartete ungeduldig darauf, dass seine Scheidung von Stella amtlich wurde.

Fast hatte sie den Altar erreicht, konnte ganz deutlich Dominics Hinterkopf sehen, die einzelnen grauen Fäden ausmachen, die sein Haar durchzogen. Im letzten Moment drehte er sich zu ihr um, ein breites Lächeln auf den Lippen.

»Liebling«, sagte er, ergriff ihre behandschuhte Hand und zog sie an seine Seite.

»Eine mitreißende und spannende Lektüre. Ein Page-Turner in der Tradition großer Familiensagas.«
Herald Sun

1945 kehren zwei Männer aus dem Krieg nach Zululand, Südafrika, zurück. Sie haben nichts gemeinsam: Joe King ist ein Farmbesitzer britischer Abstammung, Wilson Mpande ist ein Zulu-Stammesmann, aber ihre Lebenswege sind untrennbar miteinander verbunden – ebenso wie die Zukunft ihrer Kinder.
Liebe und Hass, Freundschaft und Vertrauen, Feindschaft und Argwohn bestimmen das Schicksal der zwei Familien von der Nachkriegszeit bis in die Gegenwart. Ein fesselnder Afrika-Schmöker.

ISBN 3-404-15079-1

BASTEI LÜBBE

ISBN 3-404-14928-9

BASTEI LÜBBE